Kristín Marja Baldursdóttir est née en 1949 à Hafnarfjörður, en Islande. Elle est l'auteur de quatre romans, d'un recueil de nouvelles et d'une biographie. Les thèmes des femmes, leur vie, leurs passions et leurs douleurs sont très présents dans ses textes. Le livre I de Karitas, *L'Esquisse d'un rêve*, est disponible en Points.

Karitas, sans titre
Gaïa, 2008
repris sous le titre
Karitas, livre I : L'Esquisse d'un rêve
Points « Grands Romans », n° P2739

Kristín Marja Baldursdóttir

KARITAS – LIVRE II
L'ART DE LA VIE

ROMAN

*Traduit de l'islandais
par Henrý Kiljan Albansson*

Gaïa Éditions

Une première édition de cet ouvrage est parue en 2011 aux éditions Gaïa,
sous le titre *Chaos sur la toile*.

Ouvrage traduit avec l'aide du Icelandic Literature Fund, Reykjavík.

TEXTE INTÉGRAL

TITRE ORIGINAL
Óreiða á striga

© Kristín Marja Baldursdóttir, 2007
published by agreement with Forlagid Publishing House

ISBN 978-2-7578-3231-8
(ISBN 978-2-84720-212-0, 1ʳᵉ publication)

© Gaïa Éditions, 2011, pour la traduction française

Tous mes remerciements à Odette Belot, psychologue à Paris, et Elín Pálmadóttir, journaliste à Reykjavík, pour leurs informations sur la vie quotidienne des années cinquante et soixante-dix.

K.M.B.

Le traducteur tient à remercier infiniment l'auteur, Kristín Marja Baldursdóttir, pour sa souriante complicité, ainsi que pour leur conseil éclairé et leur fidèle assistance, Thuriður Baxter, Dúi J. Landmark, et tout particulièrement Sigrún Lára Hauksdóttir et Jón Thórsteinn Hjartarson, pour leur chaleureux accueil à l'hôtel Hekla, toute l'équipe d'Atlantik, pour sa gentillesse enthousiaste et sa générosité, ainsi que Véronique Picco, pour son indéfectible et inestimable soutien.

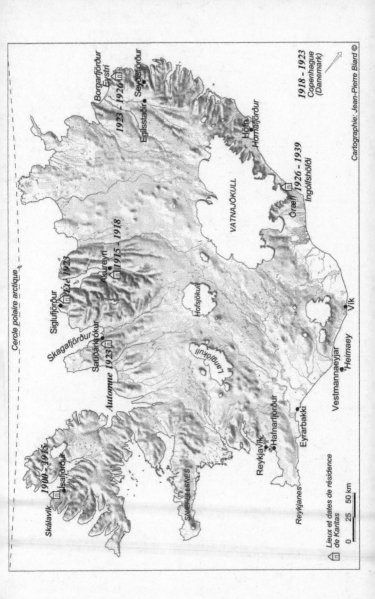

Cercle polaire arctique

Skálavík 1910 - 1915
Ísafjörður

Siglufjörður
Été 1923
Akureyri
1915 - 1918

Skagafjörður
Saurðárkrókur
Automne 1923

Borgarfjörður
Eystri
1923 - 1926
Seyðisfjörður

Egilsstaðir

SNÆFELLSNES

Langjökull

Hofsjökull

VATNAJÖKULL

Reykjavík
Hafnarfjörður

Höfn
Hornafjörður

Eyrarbakki

Öræfi
Ingólfshöfði
1926 - 1939

Reykjanes

Vestmannaeyjar
Heimaey

Vík

1918 - 1923
Copenhague
(Danemark)

Cartographie: Jean-Pierre Biard ©

Lieux et dates de résidence
de Karítas

0 25 50 km

Première partie

Une épaisse vapeur essayait de s'évader de la cuisine, se pressant contre la vitre comme une femme à la poitrine généreuse contre un homme maigrichon, mais n'arrivait à aller nulle part. J'avais refermé la fenêtre, m'apprêtais à prendre un bain, ne me préoccupais pas de l'aération. Lorsque l'air fut devenu si chaud et humide que des perles d'eau se formaient sur les tables et les chaises, je me déshabillai et grimpai dans le grand baquet en bois que les femmes utilisent pour les grosses lessives ou les ribambelles d'enfants le samedi et qui est toujours trop étroit pour une personne adulte, mais si je ramenais les jambes sous moi, en me recroquevillant, j'arrivais à contenir. Nous arrivons toujours à contenir, si nous nous y prenons bien.

L'eau éveille des souvenirs. Tant que j'ai des souvenirs, j'ai le contrôle de mon passé.

Le contrôle de ma vie. Je peux me laisser aller à rêver d'une grande lumière loin de mon obscur hiver arctique.

L'eau et moi étions devenus un, je m'oubliais, j'étais arrivée loin vers le sud, étais baignée des rayons du soleil si forts que je dus mettre ma main en visière au-dessus de mes yeux et j'aperçus indistinctement dans le lever du soleil des bateaux de pêche qui naviguaient dans le golfe, vis se former la silhouette des hirondelles qui voletaient entre les arbres en fleurs en contrebas de la maison blanche, tout comme sur l'image que j'avais vue dans le livre étranger, il me sembla aussi sentir l'odeur du savon à lessive italien et du pain frais du matin, j'étais arrivée dans mon univers paradisiaque lorsque des coups retentirent à l'extérieur.

Puis celles qui avaient frappé à la porte ouvrirent, elles n'attendirent pas d'y être invitées, c'était l'habitude, juste frapper et entrer, on ne fermait pas la porte de sa maison dans ce village, pas même en pleine nuit, je les entendis pénétrer dans l'entrée, reconnus leurs voix et me demandai pourquoi diable devaient-elles toujours débarquer juste quand je me mettais dans le bain ? Et elles disent lorsqu'elles se retrouvent plantées au beau milieu de la cuisine : tu es toujours dans la bassine, ma bonne Karitas ? Comme si j'étais une gamine dépourvue de raison qu'il fallait gronder régulièrement. Elles semblaient cependant se moquer éperdument que je sois dans la bassine, aussi je suspectai tout de suite que quelque chose d'autre les préoccupait et plus côté cœur que du côté de mes séjours dans la bassine, elles étaient venues pour me demander quelque chose avec insistance et pour cela voulaient s'y prendre en douceur avec moi. Et c'était le cas, il était maintenant plus qu'urgent de peindre les décors pour la représentation théâtrale de Noël et ça, personne ne le faisait mieux que le professeur de dessin de la maternelle qui étudia fut un temps à Copenhague. En ce qui les concernait, elle pouvait bien prendre son bain pendant qu'elles s'arrêtaient un moment chez elle.

Elles se proposèrent même pour m'aider à laver mes cheveux, l'une frotta le cuir chevelu avec du savon noir tandis que l'autre mélangeait de l'eau chaude et de l'eau froide dans une cruche pour rincer ensuite le savon. Et pendant qu'elles s'affairaient à cela, elles jasèrent en un ronronnement continu au sujet des décors, les belles-sœurs par alliance, demandèrent en fait la permission de pouvoir ouvrir un interstice dans la fenêtre, pour faire sortir le plus gros de la vapeur afin qu'elles puissent voir le visage l'une de l'autre et je les laissai œuvrer le plus longtemps possible, j'avais quoi qu'il en soit toujours ardemment désiré avoir une cour à mon service autour de moi.

Lorsque je dis que j'avais pris un bain parce que j'avais eu si froid, ce en quoi je mentais bien sûr, j'avais seulement eu envie de me plonger dans l'eau chaude, elles reprirent plutôt du poil de la bête, elles avaient visiblement attendu cela. Maudirent le chauffage des maisons, déclarèrent m'avoir dit et redit que cette maison était glaciale en hiver, mais par ailleurs qu'elles pouvaient maintenant me procurer un bon et chaud logement, la petite pièce en haut dans le grenier chez leur belle-mère, que je pourrais en disposer après les fêtes de fin d'année. C'est-à-dire, si je peignais pour elles les décors. Mais peu de choses me semblaient plus ennuyeuses que de peindre des décors pour l'association théâtrale et je déclarai simplement vouloir rester ici, que le salon était parfait pour peindre, le meilleur atelier que j'aie eu pour cela, qu'il fallait juste prendre soin de faire chauffer efficacement le poêle en pierre.

L'expression des laveuses se durcit, elles rincèrent mes cheveux dans un jaillissement d'éclaboussures, dirent que c'était tout à fait étrange avec moi, que j'étais seule sur le bateau mais que j'avais toujours besoin de la plus grande place, « tu ne peux pas peindre seulement des petits tableaux ? »

J'ai toujours eu des difficultés de logement depuis que je suis arrivée ici à Eyrarbakki, j'aurais tout aussi bien pu errer d'un endroit à l'autre dans Reykjavík, dis-je en sortant de la bassine. Elles détournèrent vite leur regard vers les murs mais jetèrent malgré tout quelques coups d'œil sur moi à la dérobée pendant que je me séchais, me trouvèrent apparemment trop maigre car elles demandèrent tout en regardant le plafond si je ne m'étais rien préparé ce soir, elles ne sentaient aucune odeur de cuisine ? Lorsque je déclarai que je n'avais pas eu envie de manger, elles dirent comme ça qu'elles s'en doutaient et sortirent d'une poche des galettes au lait. Je n'y prêtai pas attention et partis dans la chambrette pour m'habiller. Elles trouvèrent que j'étais sombre aussi elles essayèrent d'adoucir mon humeur, il était d'une importance primordiale pour elles d'avoir les décors, elles parlèrent fort pendant que je m'habillais, commencèrent à excuser les problèmes de logement dans le village qui étaient cependant moindres qu'à Reykjavík si on allait par là, mais bien sûr c'était la faute de la guerre et des armées, « oui, imagine-toi ça, Karitas, ici au pays, quand c'était au plus fort, quarante à cinquante mille soldats sont arrivés et nous, les Islandais, ne sommes tout juste que cent vingt ou cent trente mille, ça dit tout de soi-même ». Comme si les chiffres avaient quelque chose à voir avec le logement, d'autant que je savais, ces étrangers bénits s'étaient construit des hangars en tôle ondulée dans tous les coins, et elles se renfrognèrent au sujet de la situation dans la capitale, « les gens s'entassent là-bas en quittant les campagnes et puis ils doivent dormir à six dans un réduit, parfois sans même un accès à la cuisine, et maintenant la guerre est finie Dieu soit loué et l'Islande devenue une république. Nous sommes enfin indépendants. »

Quand sommes-nous devenues indépendantes, nous ? demandai-je toute habillée dans l'entrebâillement de la porte.

Elles perdirent contenance l'espace d'un instant puis changèrent de sujet de conversation car il y avait d'autres choses autrement plus importantes que l'indépendance de la nation, elles entamèrent un babillage plus léger et sans but en soi, demandèrent avec la plus pure innocence ce que j'étais en train de faire le matin à me pencher au-dessus du puits, disant qu'elles m'avaient vue par hasard de leur fenêtre, « est-ce qu'il y avait quelque chose de bouché dans les tuyaux chez toi ? » Mais épuisée de devoir expliquer tous mes agissements, je désignai la bassine du doigt et dis : pourquoi ne prenez-vous pas un bain de pieds ?

Un bain de pieds ? répétèrent les belles-sœurs comme si elles n'avaient pas bien entendu, et je dis : oui, un

16

bain de pieds, n'est-ce pas une bonne idée d'utiliser l'eau chaude ? Mais nous n'avons pas du tout envie de prendre un bain de pieds maintenant, dirent-elles mais elles virent mon expression offensée, se souvinrent des décors et enlevèrent leurs chaussettes de laine. J'essuyai les perles d'eau sur la table, m'assis sur celle-ci et l'air grave, regardai les belles-sœurs prenant leur bain de pieds tandis que je dévorais leurs galettes au lait. Elles avaient remonté leurs jupes à mi-cuisses pour que celles-ci ne se mouillent pas, étaient assises en silence l'une en face de l'autre, mal à l'aise comme des prisonniers sous étroite surveillance. Ce qu'elles étaient. Jusqu'à ce que Sveina dise prudemment sans lever les yeux de ses cuisses : est-ce que tu as reçu par hasard quelque mauvaise nouvelle de tes enfants, ma bonne Karitas ?

Les garçons se portent fort bien chez ma mère dans le Nord, à Akureyri, et ma fille comme une fleur dans l'eau chez ma sœur dans le fjord de Skagafjörður, répondis-je.

Elles le savaient maintenant et durent bien réfléchir et longtemps avant de lancer une question qui pourrait possiblement les faire progresser dans leurs investigations. Remuèrent ensemble les orteils en mesure à la surface de l'eau et ce fut alors le tour d'Ólafía : mais ton mari, n'est-il pas dans le Nord et tout ne va-t-il pas pour le mieux pour lui ?

Le mari est dans le Nord, dans le Sud et partout, achète et vend des bateaux, navigue sur les bleus océans et a une excellente intendante pour lui faire la cuisine. Je n'ai pas le temps de m'escrimer sur des décors car je vais tenir une exposition à Reykjavík à l'automne prochain et avant je dois peindre de nombreux tableaux.

Elles ne s'étaient pas du tout attendues à cela, sursautèrent légèrement, l'eau gicla sur leur entrejambe mais elles furent promptes à se ressaisir, se regardèrent rapidement dans les yeux. Ólafía prit la direction des opérations, elle se considérait selon toute vraisemblance comme ayant la connaissance des choses après un long séjour dans une École Ménagère danoise, et dit avec cordialité comme il était enseigné aux dames là-bas à l'extérieur : voilà qui est plaisant à entendre, même si ça aurait pu se produire un peu plus tôt. Toi qui peins maintenant aussi merveilleusement bien, les gens parlent encore des décors de l'année dernière, mais alors tu dois disposer d'un atelier plus chaud et la grande pièce sous le toit dans le foyer municipal convient particulièrement bien avec toutes ces fenêtres face au sud et la lumière de l'océan, tu peux avoir l'étage entièrement pour toi seule et quand nous, dans l'association des femmes, devrons utiliser la salle pour les cours de couture ou les buffets de funérailles on pourra facilement mettre le chevalet dans le réduit au fond de la cuisine. Et Sveina prit le relais, exaltée par le fait qu'Ólafía était aussi bien lancée : et puis nous veillerons à ce que tu obtiennes le grenier chez notre belle-mère juste à titre gratuit ! Là-bas il y a vraiment une bonne tiédeur, ça je peux te le dire, tu devrais t'y sentir bien à l'abri et à ton aise.

L'eau dans la bassine était devenue froide mais elles ne voulaient pas troubler les espérances qu'elles croyaient être en train de se concrétiser en attirant l'attention sur leurs jambes nues, elles se déplacèrent sur leurs tabourets avec une infinie lenteur, sortirent chacune un pied de la bassine, et étaient en train de se préparer à enlever l'autre lorsque je dis : ne bougez pas, je vais chercher mon bloc à dessin.

Elles ne se risquèrent pas à bouger pendant que je dessinais, je le savais, l'avais si souvent expérimenté avant. Les gens sont comme pétrifiés lorsque je commence à dessiner, comme s'ils craignaient que je m'arrête s'ils remuaient. Sont prêts à tout pour se faire fixer sur le papier, se rendre immortels. Je savourais de les maintenir ainsi prisonnières, avec les pieds dans le baquet à lessive, pendant que je leur parlais de l'exposition que j'avais vue à la Maison des Artistes à Reykjavík dans l'été et qui avait provoqué ma décision de faire moi-même une exposition, ça ne pouvait plus aller de continuer ainsi, et une telle exposition devait bien se préparer, peindre jour et nuit, et ce ne serait pas assez, il faudrait aussi fabriquer des cadres pour chaque peinture, se procurer une camionnette pour transporter les tableaux, obtenir une bonne galerie, même composer le programme de l'exposition.

Elles avaient maintenant le dos raide mais n'étaient malgré tout pas désarçonnées, Sveina m'interrompit, enthousiaste : ma bonne, laisse Ólafía composer le programme de l'exposition, elle rédige toujours les programmes de théâtre, elle fait ça avec un si grand talent. Et avec sa modestie bien connue Ólafía eut du mal à cacher combien elle était fière de ses dons d'écriture, ils s'étaient ébruités, elle le savait : ça ne devrait pas poser de problème, j'ai seulement besoin d'avoir un curriculum vitæ en quelques lignes, pour les titres des tableaux tu t'en occupes certainement, n'est-ce pas, et comment c'était déjà en gros ? Et puis elle égrena machinalement ma vie telle qu'elle estimait la connaître : est née dans les Fjords de l'Ouest au tournant du siècle, a déménagé à Akureyri, a étudié à l'Académie des Beaux-Arts à Copenhague, a habité un temps à Borgarfjörður-Est, a passé un long séjour dans la campagne d'Öræfi sur la côte sud-est, « est mariée, oui ne s'appelle-t-il pas Sigmar Hilmarsson, l'armateur, et ont trois enfants ensemble ». Elle fit une pause pour reprendre son souffle et je ne pus m'empêcher d'ajouter, je le regrettai plus tard parce qu'on ne doit pas donner aux gens trop de renseignements sur soi : Sigmar et moi avons eu quatre enfants, un est mort au berceau.

Il y eut un profond silence, elles passèrent leur main dans leurs cheveux, n'osant pas me regarder, moi la femme mariée sans mari, la mère sans enfants.

Elles ne s'aventurèrent pas à libérer leur dernier pied des chaînes de la bassine, restant assises complètement tordues avec une expression de douleur, elles n'avaient pas un dos pour ce genre de cambrures, et je dessinai comme si elles n'étaient pas là, comme si elles étaient seulement des photos d'elles-mêmes. Enfin je refermai en le claquant mon bloc à dessin, leur jetai un bref regard et dis qu'elles pouvaient maintenant partir.

Elles essuyèrent leurs pieds à la hâte, bien aise de leur liberté, voulurent s'éclipser avant que je trouve d'autres poses pires à leur faire prendre, mirent leurs chaussettes à l'envers et purent juste souffler un au revoir avant de sortir précipitamment.

Pourquoi sont-elles venues déjà ? me demandai-je, ne m'en souvenant pas sur l'instant.

Karitas

Puits, 1945

Huile sur toile

Des femmes sans tête surgissent du puits comme des boulets de lave dans une éruption volcanique mais le puits lui-même flotte dans le vide comme si le vent allait l'emporter. Malgré les formes douces et souples qui prennent une image biologique, se crée une tension dans le tableau lorsque s'affrontent le noir et le blanc. Le vent avait porté l'artiste en direction de l'ouest mais pas cependant jusqu'à Reykjavík comme celle-ci l'avait décidé à l'origine. À cause de la pénurie de logements dans la capitale pendant les années de guerre, elle choisit d'établir son atelier à Eyrarbakki, elle y obtint en plus du logement le poste de professeur de dessin au sein de l'école.

Dans le village, il y avait un puits joliment construit qu'elle affectionnait particulièrement, un monument de la vieille Islande, et de ce fait le tableau est symbolique en soi car à la fin de la guerre commence non seulement une nouvelle époque dans l'histoire de la nation mais aussi une nouvelle période dans la carrière artistique de Karitas. Elle-même était un puits d'idées et la grande lumière de la côte sud du pays n'était pas la dernière à tirer celles-ci des profondes ténèbres. Bien que le tableau paraisse à première vue être une abstraction, on peut distinguer le puits et les idées qui en jaillissent, et c'est ce qui rend l'œuvre plus envahissante. Mais l'eau calme au fond du puits était glacée, comme l'étaient les souvenirs liés au puits.

Tu n'as pas une photo de lui ? demandèrent Ólafía et Sveina le soir où nous devînmes en quelque sorte amies, voulant dire par là une photo de mon mari, Sigmar. Je déclarai n'avoir aucune photo de lui mais par contre plusieurs dessins qui étaient encore sous la garde de mon frère Ólafur, à Reykjavík. Je passai sous silence le fait que ces images étaient de lui nu, de ces années où nous ne faisions pas grand-chose d'autre que faire l'amour et mettre des enfants au monde dans un univers de brisants et d'embruns salés. Mon frère Ólafur avait bien sûr eu accès à ces dessins lorsqu'il avait installé mes tableaux dans son dépôt et me dit plus tard : je ne m'étais pas rendu compte à quel point tu étais une bonne artiste avant que je voie les images de Sigmar. Je passai aussi ses mots sous silence à ce moment où nous étions assises toutes les trois à l'étage sous le toit dans le foyer municipal et où nous discutâmes bien avant dans la nuit.

C'était l'année où je fis pour elles les premiers décors de théâtre. Ceux-ci furent créés au dernier moment et elles étaient plus qu'à bout de nerfs, les belles-sœurs, elles redoutaient que je ne puisse pas les achever à temps et restèrent accrochées à moi jusqu'à ce que le travail soit terminé. Mais je progressais rapidement en compagnie et nous devisions en confidence comme le font les femmes quand tout est enfin silencieux et qu'il n'y a aucun enfant dans les parages. Elles me gavèrent de café et de petits gâteaux secs, c'était juste avant Noël et elles savouraient d'avoir fini tous les préparatifs pour les fêtes, d'être fin prêtes comme disent les maîtresses de maison exemplaires, elles étaient de ce fait plutôt en forme et ne furent pas avares en renseignements sur leur vie. Et lorsqu'elles eurent raconté en détail comment tout un chacun de leurs enfants était venu au monde, rien d'autre de notable n'était arrivé dans les jours qui avaient fait leur vie, ce fut mon tour. Cela a probablement été à cause de ma solitude passée et de mon manque prolongé de compagnie que j'ai parlé en un ronronnement continu, plus longtemps et plus que je ne l'aurais choisi, en y repensant. Je leur racontai mes jeunes années dans le Nord-Ouest, les années de lessive à Akureyri, les années d'études à Copenhague, l'été du hareng à Siglufjörður, lorsque je venais juste de rentrer de l'étranger, diplômée de l'Académie des Beaux-Arts et voulais amasser de l'argent afin de pouvoir monter un atelier. « Je suis partie dans le Nord, à Siglufjörður, j'avais l'intention de saler un bon paquet et devenir riche mais j'ai succombé à l'amour et perdu bien sûr l'atelier. » Je leur dis combien Sigmar était beau alors avec ses yeux vert océan, elles m'écoutèrent en extase et j'allais en rester là mais elles me supplièrent de continuer, les femmes trouvent tant de plaisir à parler de l'amour, et je fus stimulée par leur intérêt, racontai nos années dans le fjord de Borgarfjörður-Est, combien Sigmar était décidé à devenir un riche propriétaire de bateau et combien j'avais essayé de peindre bien que j'aie trois enfants, mais j'étais alors arrivée au chapitre tragique et aurais dû m'arrêter mais je ne le pus pas, il y a quelque inclination maladive dans la bête humaine à récapituler les événements qui font des cicatrices à l'âme, et je leur racontai ma maladie, omis celle de l'esprit mais mis l'accent sur mes déchirantes douleurs au ventre, leur parlai de l'absence de Sigmar, et de ma sœur Bjarghildur qui était venue et puis avait pris ma fille avec elle quand elle était repartie. Et je poursuivis sans interruption sans rien comprendre à moi-même, leur dis que j'étais ensuite partie seule avec mes deux tout jeunes garçons vers l'Est, dans la campagne d'Öræfi

24

auprès d'une femme bienveillante chez qui j'avais recouvré la santé et habité treize ans soit jusqu'à ce que la guerre éclate. Elles restèrent silencieuses, bouche bée devant ce destin, puis bien sûr voulurent en savoir plus sur l'amour et s'enquirent de Sigmar. N'était-il pas si beau, et qu'était-il advenu de lui ? Je leur dis qu'il était parti en Italie vers la même époque où j'étais allée dans l'Öræfi et n'était pas revenu avant treize années. Et que faisait-il tout ce temps ? demandèrent-elles, devenues fort excitées. Je déclarai ne pas le savoir, que je ne le lui avais pas demandé et pensais bien ne jamais le faire. Mais que nous étions séparés, bien que nous ne soyons pas divorcés légalement. Et pourquoi n'êtes-vous pas divorcés légalement puisque vous n'avez pas vécu ensemble pendant toutes ces années ? demandèrent-elles abasourdies.

Cela, je ne voulus pas le leur dire.

N'as-tu aucune photo de lui ? demandèrent-elles, car elles avaient tellement envie de voir ce bel homme. Mais comme je n'avais aucune photo de lui je leur montrai celle de nos fils, Jón et Sumarliði, qui étaient entrés à l'école secondaire à Akureyri et elles les trouvèrent extrêmement beaux, mais je ne voulus pas leur montrer la photo de ma fille Halldóra que je portais autour du cou dans un médaillon, alors j'aurais dû parler en passant de ma sœur Bjarghildur et cela m'aurait mis de mauvaise humeur. Ce qui n'est pas bon lorsqu'on est en train de peindre. Puis je terminai les décors cette même nuit et dus ensuite me retrouver embarquée dans cette fichue histoire de décors de théâtre tous les ans après cela. Elles s'enquirent sur moi, je l'appris, et lorsqu'elles surent combien les gens de ma famille étaient instruits et accomplis, Sigmar parmi les plus riches armateurs du pays, mon frère Ólafur avocat, Páll professeur, Pétur négociant et ma sœur Bjarghildur épouse de parlementaire et présidente de l'association des femmes dans le Nord, elles me traitèrent avec un passable respect bien qu'elles trouvent étrange que je ne sois pas chez mon amant de cœur dans le Nord. Comme elles le formulaient. Mais bien entendu c'était bon de m'avoir à Eyrarbakki, elles me le firent savoir. Uniquement pour les représentations théâtrales de Noël, ajoutai-je alors. Et une fois de plus je dus lutter avec le paysage islandais, moi qui trouvais cela ennuyeux.

Elles se penchèrent en avant dans le passe-plat avec leur tasse de café à la main. Elles restaient les seules du groupe de femmes qui avait travaillé dur pour la représentation de Noël plus tôt dans la soirée. À l'étage en dessous, tout était prêt, on avait fini de balayer la scène, assembler les costumes et installer les accessoires, il ne manquait que les décors. Tu crois que ce sera sec demain matin ? demandèrent-elles avec inquiétude dans l'ouverture. Je ne leur répondis pas, mon regard avait été fortuitement attiré par la fenêtre, il me sembla voir une lumière dans l'obscurité, loin au large sur l'océan. Est-ce que c'est une lumière ? demandai-je en laissant tomber les pinceaux. Elles s'étirèrent en avant, scrutèrent les ténèbres de la nuit : c'est la lumière d'un bateau qui navigue à pleine vitesse vers le port.

Karitas

Tasses, 1945

Huile sur toile

Nous percevons la signification des tasses par la douceur dans leurs lignes arrondies et leurs féminines couleurs rose-rouge qui créent ensuite des contrastes tranchants avec le plan gris-bleu de l'image. Les tasses remplissent une surface rectangle au milieu du tableau, comme si elles flottaient dans le vide ou étaient tenues par des mains invisibles. Lorsque Karitas peignit les décors pour la représentation de Noël de l'association théâtrale elle put disposer d'une petite salle à l'étage du foyer communal. Les femmes de l'association des femmes, qui étaient en même temps les meneuses énergiques de la troupe de théâtre, suivaient volontiers son chantier depuis la cuisine qui jouxtait la salle. Elles prenaient soin de ne pas la déranger mais ouvraient prudemment le passe-plat lorsqu'il leur semblait qu'elle était absor-bée dans son travail et se penchaient en avant avec leur tasse de café à la main tandis qu'elles la consi-déraient. Karitas faisait comme si elle ne les voyait pas mais en même temps qu'elle peignait un pay-sage, de la végétation ou une barrière sur les grandes plaques en bois, le décor pour la pièce, elle avait sur le chevalet un cadre avec une toile où elle peignait ses propres œuvres pour ne pas perdre le lien avec l'art, comme elle le formulait elle-même. Les tasses rose-rouge portent en elle la curiosité et l'insistance pressante des femmes, jusqu'à une nuance risible au premier abord, mais le quotidien gris qui les encercle crée en même temps stagnation et claustration.

Certains matins les femmes se réveillent toutes retournées et n'ont aucune idée de pourquoi. Est-ce que ce sont les restes de mauvais rêves qui traînent encore sur l'âme et que la lumière du jour n'a pas réussi à effacer, ou bien les événements du jour à venir qui envoient un présage au-devant d'eux ? Peut-être le cerveau n'arrivait-il pas à se reposer suffisamment longtemps après l'activité du jour écoulé et protestait avec de sombres pensées ?

J'étais restée avec les femmes de l'association des femmes jusque vers minuit à les regarder broder. Elles m'acceptaient avec elles même si je ne m'occupais pas de travaux d'aiguille, sachant que j'étais encline dans de pareils moments à sortir mon bloc à dessin. Elles aimaient beaucoup se laisser dessiner. Je remplissais la même charge qu'un photographe de cour. Je leur donnais le portrait mais je conservais les esquisses pour moi-même. Parfois elles me faisaient lire des poèmes à haute voix ou des chapitres de livres du fait que je n'avais aucune broderie dans les mains. C'étaient les poèmes patriotiques qui leur plaisaient le plus. Elles voyaient l'Islande indépendante dans un mirage. N'étaient jamais allées au-delà des pierres du pays qui délimitaient la côte, sauf Ólafía qu'elles avaient pour cette raison aussitôt fait présidente, et déclaraient n'avoir aucun intérêt particulier pour le monde à l'extérieur car il était en ruines après la guerre mondiale. Elles n'auraient de toute façon pas pu partir avec une pleine maison d'enfants. Et puis étaient aux anges devant le seul fait de pouvoir se rassembler le soir du jeudi saint sans enfants et broder en paix, faire la causette, boire du café et écouter une lecture. Je les enviais de pouvoir se réjouir de si peu

29

et me demandais pourquoi je devais toujours être si insatisfaite dans mon cœur.

C'était vendredi saint et ma maison était froide. J'étais couchée sous la couette avec un frisson en moi dans la minuscule chambrette ouvrant au fond du salon, formulant le souhait d'avoir une femme qui s'occuperait de faire chauffer mon poêle, et pensais à toutes les pires choses qui m'étaient arrivées dans la vie. Je ne sortis pas du lit avant près de midi, j'avais lu *Les Raisins de la Colère* jusque fort avant dans la nuit, n'avais pas dormi et étais un peu triste à cause du destin du héros dans l'histoire.

C'est alors qu'arriva une camionnette bringuebalante dans la rue déserte et pleine de flaques. Et d'elle jaillit mon Jón.

Une fois encore je ne pus me garder d'imaginer s'il compterait à maturité parmi les hommes les plus grands d'Islande. Et pensai toujours la même chose quand je le revoyais après une longue séparation : ce gamin aux longues jambes fut un jour dans mon ventre. Il s'était encore allongé depuis la dernière fois où je l'avais vu mais savait cependant habiller toute la distance d'un bout à l'autre. La veste en laine à la bonne longueur, la coupe des pantalons raccourcissait légèrement ses jambes, tissu soigné pour ses vêtements et l'écharpe brun-rouge qu'il portait autour du cou allait bien avec ses cheveux châtain clair que la brise de l'océan ébouriffait. Il était bel homme, mon fils, peut-être un peu trop grand et mince, on pouvait voir que le beurre sur le pain lui avait profité tout en longueur, mais il n'avait que vingt et un ans et devait encore, il fallait l'espérer, forcir. Il me vit à la fenêtre, me sourit du sourire de son père, un frisson me parcourut un instant et lorsque j'ouvris la porte, encore en chemise de nuit, il dit quand il m'eut embrassée sur les deux joues : tu es toujours aussi petite, maman ? Oui, dis-je, mais je crois que toi tu es devenu plus grand que ton père, non ? On est aussi grands l'un que l'autre maintenant mais il dit que je dois encore m'améliorer jusqu'à la trentaine, soupira-t-il comme si sa taille l'avait considérablement tourmenté. Il regarda attentif autour de lui, ma maison toute simple et l'intérieur de mon atelier où tout était pêle-mêle et je vis qu'il était consterné, il dit doucement : alors c'est là que tu habites maintenant. Je répondis avoir enfin trouvé un bon atelier bien qu'il y fasse froid en hiver puis attirai son attention sur ses chaussures, lui en fis des compliments et demandai s'il en avait fait l'acquisition dans le Nord ? Un instant il oublia les conditions d'habitation de sa mère et raconta un peu fanfaron l'achat des chaussures, je crus comprendre qu'il était donné uniquement à quelques rares hommes de goût d'en posséder de pareilles, et tandis qu'il parlait je songeais avec désespoir à ce que je pourrais lui donner à manger. Je m'étais procuré de l'agneau de lait pendant la semaine sainte, j'avais pensé préparer une soupe de mouton traditionnelle qui avec des réchauffages répétés pourrait durer jusqu'à Pâques, mais considérant la taille de Jón et son appétit la viande fournirait juste un repas. Un homme entrait dans ma maison et la première chose à laquelle je pensais était ce que je pouvais lui donner à manger. Pas de quoi s'étonner s'ils avaient toujours prospéré.

J'avais vu mon Jón pour la dernière fois deux ans plus tôt chez mon frère Ólafur à Reykjavík et de ce fait nous avions à parler de beaucoup de choses. Lorsque je me fus habillée j'enlevai les livres du bord de mon fauteuil dans l'atelier pour qu'il puisse s'y installer, disposai sur la petite table du pain et du café puis m'assis moi-même sur le tabouret en face de lui et le regardai, mon premier-né, avec admiration. Les femmes tombent d'abord amoureuses de l'homme avec qui elles veulent avoir des enfants, puis de leurs fils. Comme Andromaque, elles font passer leurs fils avant leurs maris dans les moments critiques. Je me demandais si les femmes faisaient aussi passer leurs filles avant leurs maris, si le cas se présentait.

Il avait ce profil empreint de fragilité, Jón, dont les femmes artistes raffolent, il remarqua mon admiration et s'en réjouit en dépit du désordre autour de nous. Il parla à en perdre haleine, s'intéressant principalement à lui-même comme souvent chez les gens de son âge, et me raconta ses copains d'école dans le Nord, ses études et ses projets d'avenir. Il allait entrer à l'université l'automne prochain, devenir avocat comme son oncle Ólafur et je déclarai que j'étais heureuse d'entendre cela mais pas surprise, que j'avais toujours su qu'il deviendrait quelque chose de ce genre. Une vieille femme m'avait dit lorsque je le portais que les enfants que personne ne désirait devenaient ou bien des hommes de loi ou bien les femmes les plus habiles du pays aux travaux d'aiguille. Cela je ne le dis bien entendu pas à Jón mais lui demandai si ma mère avait attisé son désir d'étudier et il répondit que c'était effectivement le cas, « grand-mère voulait que j'habite chez oncle Ólafur mais je trouve sa femme si ennuyeuse, je vais me louer un studio pour commencer. » Cela ne me déplut pas d'entendre qu'il trouvait la femme d'Ólafur ennuyeuse, je l'avais jugée tellement sinistre que je n'avais pas pu m'imaginer habiter chez eux après que j'étais arrivée de la campagne d'Öræfi, et avais plutôt fui à Eyrarbakki lorsqu'on m'y avait proposé un travail et un logement. Comme j'aurais cependant préféré habiter dans la ville, en dépit des soldats ! il s'y tenait malgré tout des expositions. J'avais envie de parler d'art avec Jón car il était intelligent et avait connaissance de tant de choses malgré son jeune âge mais il était encore trop occupé par ses propres intérêts pour qu'une telle conversation soit possible. Il avait enfin sa mère pour auditrice, il pouvait soulager son cœur, parler de ses tracas et s'enorgueillir de ses exploits sans timidité car les mères éprouvent du plaisir à écouter toutes ces choses-là. L'espace d'un instant ma mère me manqua. Bien qu'elle nous ait exhortés frères et sœurs à ne jamais nous glorifier, elle s'était pourtant quelques fois autorisée à se vanter quand elle y était disposée. Après un long moment de réflexion et de nombreuses tartines de pain, Jón vit enfin une raison pour parler de sa famille. Chez sa grand-mère c'était toujours pareil, je le savais comme ça parce que nous nous appelions parfois l'une l'autre, puis je lui demandai quelles étaient les nouvelles de son père dans sa belle maison. Pas pour laisser entendre ainsi que cela me faisait quelque chose, je voulais juste être courtoise, c'était quand même son père. Il dit que tout allait bien pour lui, qu'il habitait seul avec son intendante dans cette grande maison, « qu'il a achetée pour toi, maman, mais il est rarement là car il a plusieurs bateaux et les pilote parfois lui-même. Mais quand il est à la maison, il nous envoie chercher, alors elle arrive en courant, son intendante qui est sèche comme un coup de trique mais qui cuisine les meilleurs ragoûts d'Akureyri, et alors on mange ensemble et on joue aux échecs jusque vers minuit. » Est-ce qu'il a grossi ? demandai-je. Une lueur froide passa dans ses yeux lorsqu'il dit : il n'a pas plus grossi que toi, vous êtes comme vous étiez et on a quelquefois parlé Sumarliði et moi, de ce que ça aurait été bien si nous, les frères, on avait pu habiter chez nos parents.

Les enfants peuvent être cruels. Ah, mon Jón chéri, dis-je en ne voulant pas m'engager sur ce sujet mais je demandai malgré tout pourquoi son frère n'était pas venu avec lui. Il allait prendre la mer après Pâques pour amasser de l'argent, répondit Jón laconiquement du fait que je ne voulais pas parler de la relation de couple de ses parents. Il se leva, mit les mains dans ses poches, déambula dans le salon avec un air boudeur, considéra les tubes et les pinceaux qui recouvraient la table de travail, buta des orteils dans les chiffons imbibés de térébenthine qui avaient été oubliés par terre, jeta un coup d'œil à la dérobée sur le chevalet qui attendait droit comme un cierge mais solitaire le prochain tableau, contempla le divan, le poêle en pierres, les chaises et les piles de livres dans un coin avec une expression de commisération, puis regarda enfin mes tableaux que j'avais empilés tournés à l'envers, appuyés le long de chaque mur. Je m'attendais à ce qu'il mentionne combien j'étais productive mais il avait plus d'intérêt pour le logement. Inspecta le salon comme s'il voulait graver dans sa mémoire combien il était long et large, leva les yeux vers le plafond avec un regard interrogateur et je dis qu'il y avait deux petites pièces froides à l'étage sous le toit que le propriétaire utilisait comme resserres, « mais j'ai aussi une chambrette au fond du salon dans laquelle je dors, tu y dormiras bien sûr tant que tu es là, ah et puis j'ai aussi une bonne cuisine, une buanderie et les cabinets à l'intérieur. »

Il y a longtemps que grand-mère a des toilettes, dit-il sèchement, et papa a deux salles de bains. Il se donna un peu de temps avant de continuer : je reste seulement une nuit chez toi, quelqu'un peut me reconduire demain matin. Tu as vécu six ans ici pour peindre en paix mais tu n'as pas encore présenté d'exposition ?

Mais mon Jón, dis-je en voulant lui faire plaisir, j'ai justement l'intention de faire une exposition cet automne. Et je lui expliquai, en parlant vite pour qu'il ne m'interrompe pas, qu'une vive agitation s'était produite dans la vie artistique islandaise ces dernières années, que beaucoup d'artistes avaient reçu de sévères critiques pour leurs œuvres, que celles-ci avaient été traitées de croûtes, et que j'avais jugé préférable d'attendre que la folie des hommes retombe, « car l'exposition ne m'échappe en rien ».

Non, mais le temps lui t'échappe.

Mon fils parlait du temps comme une grande personne, il avait depuis longtemps un discours adulte, mon Jón. Mais je n'avais jamais relié le temps à l'art. L'art ne demande jamais où en est le temps. Et il poursuivit, ce gamin aux longues jambes que j'avais enfanté dans la douleur : est-ce que tu n'es pas tout simplement devenue trop vieille, maman, pour perdre ton énergie dans ce genre de choses, tu n'aurais pas dû commencer à peindre dès que tu as eu fini tes études, qu'est-ce que tu as fait en réalité tout ce temps, à quoi tu pensais ?

Comme ça à rien, mon Jón, je suis tombée enceinte de toi et ensuite de ton frère qui est mort, puis je me suis mariée, ai eu ensuite deux enfants de plus, je ne pensais à rien de particulier.

Il dit : est-ce que ce n'est pas trop tard, maman ?

Je suis juste en train de commencer et la journée n'est pas à moitié écoulée, répondis-je, il n'est pas trop tard pour te montrer la dune littorale et le ressac, les rues et les maisons, peut-être verrons-nous un chat si nous avons de la chance. Nous allons sortir marcher.

Dans un petit village du bord de mer il n'y a personne dehors le vendredi saint. Les gens se morfondent autant qu'ils le peuvent, du fait que le Sauveur a été torturé et crucifié ce jour-là et cela, ce ne sera jamais racheté. Un vent léger jouait entre les maisons, faisant claquer les fenêtres là où il y arrivait, tirant malicieusement sur les rideaux jusqu'à ce qu'ils suffoquent et s'agitent bruyamment au-dehors avant que quelqu'un ne les fasse de nouveau rentrer. Jón et moi marchâmes le long de la rue en terre qui traversait le village, déserte et pleine de trous après la neige mouillée et les pluies, mais j'avais conscience des yeux aux petites fenêtres de cuisine qui épiaient nos déplacements. Je m'arrêtai à dessein devant la maison de Sveina, faisant semblant de montrer à Jón des oiseaux sur le toit et attendis jusqu'à ce qu'elle se montre. Elle ouvrit la fenêtre et nous fit signe de la

main. Je dis : ma bonne Sveina, c'est Jón. Et le poussai
en avant pour qu'elle puisse mieux le voir. Elle étira la
main par l'entrebâillement de la fenêtre et le salua de
manière dégagée, manifestement soulagée lorsqu'elle vit
que je n'étais pas avec un inconnu à mon bras. Comme
si elle portait la responsabilité de la moralité de la femme
artiste. Puis elle nous invita à entrer pour le café, ce
que nous acceptâmes, nous avions tellement de temps,
et elle admira Jón, « tout à fait étonnée du fait que
Karitas petite comme ça a un si grand et beau garçon »,
et Jón fut réjoui de ces flatteries ainsi que d'être tombé
dans une vie de famille normale où le maître de maison
fumait la pipe, les enfants faisaient les fous et la mère
de famille sortait les bocaux à gâteaux du cellier. Ils
parlèrent d'Eyrarbakki, autrefois un des plus remarquables
centres de commerce du pays, éclairèrent la lanterne
de Jón sur la pêche en mer, les communications et les
affaires municipales, et il était si intéressé que l'idée
m'effleura qu'il deviendrait un homme politique avec les
années. Jón avait suffisamment de temps. Sveina sauva
la journée comme les mères de famille le font avec leur
hospitalité et leurs bonnes choses à boire et à manger,
je me résolus à ne pas l'oublier, et lorsque nous nous
retrouvâmes de nouveau au grand air nous décidâmes
de descendre la rue jusqu'au bout puisque d'un autre
côté nous étions en promenade. Je pus l'informer sur
diverses choses qui manquaient, lui parlai des affaires
scolaires et de mes cours de dessin qui avaient été mon
gagne-pain avec le travail dans le poisson de temps
en temps, mais lorsque je mentionnai le poisson il eut
un air contrarié aussi je changeai de sujet de conversation et lui indiquai du doigt la prison à la lisière du
village : voilà la plus grande prison du pays, mon Jón,
tout entourée de barreaux, mais ce n'était pas comme
ça à l'origine, ce sont les femmes de l'association des
femmes qui construisirent cette maison massive en tant

qu'hôpital mais quelque chose est allé de travers et le centre de soins est devenu un centre de détention. Un peu drôle pas vrai, des femmes ont construit une prison pour les hommes. Elles n'avaient par ailleurs pas besoin de construire quoi que ce soit pour elles, elles sont de toute façon toujours en prison.

Ma plaisanterie ne plut pas à mon fils, il rentra la tête dans les épaules comme s'il avait eu le vent de face et marcha à grandes enjambées devant moi. Il était d'humeur maussade. Puis il s'arrêta brusquement et dit d'un ton éclatant : pourquoi tu n'es pas en jupe comme les autres femmes, maman ? Je restai interdite et baissai les yeux sur mes pantalons, je n'avais en fait jamais particulièrement médité sur leur existence mais je pris la critique avec placidité comme habituellement quand il s'agit de ses propres enfants et dis : nous allons maintenant faire demi-tour ici et rentrer en longeant la digue du bord de mer. Avec le ressac sifflant dans les oreilles nous marchâmes sans rien dire vers la maison et lorsque nous fûmes rentrés à l'abri je déclarai que j'allais préparer le repas, qu'il pourrait écouter la radio pendant ce temps ou lire les *Poèmes* d'Homère, qu'ils étaient si divertissants.

Comme il fallait s'y attendre il mangea toute ma viande et aurait vraisemblablement pu enfourner quelques morceaux de plus, et je me tus du fait qu'il choisit de se taire. Je n'avais pas encore saisi s'il se taisait dans le seul but de me tourmenter ou me punir de ne pas porter une jupe comme le reste de la gent féminine, ou bien s'il portait cachée une peine sur le cœur qu'il n'avait pas le courage en lui de mentionner à sa mère. Les jeunes gens s'offusquent souvent personnellement pour des événements insignifiants, l'expérience ne leur a pas encore enseigné à faire la différence entre les grands et les petits. Son expression n'était pas abordable mais je commençai malgré tout l'enquête. Demandai avec détermination : se pourrait-il, mon Jón, que tu aies un chagrin d'amour ? Ce fut comme s'il était soulagé que j'aie enfin compris quelque chose à la vraie vie, son sourcil se leva imperceptiblement : non, loin de là, je n'ai eu de relation amoureuse avec aucune fille. Ah bon, vraiment ? dis-je, comment se peut-il, un si joli garçon, tu dois maintenant avoir invité une fille au cinéma ou au bal ? Il tarda à répondre puis dit enfin avec lourdeur : les filles ne s'intéressent pas beaucoup à moi, elles trouvent que je suis un trop grand échalas, d'après ce que je comprends. La douleur dans sa voix trahissait de nombreuses années de peine causée par sa taille, j'eus recours pour le réconforter au moyen de m'exprimer en parlant doucement comme une devineresse de l'ancien temps qui voyait plus loin que le bout de son nez : mon Jón, je te dis cela et rappelle-toi mes paroles, une des plus grandes déesses de beauté du pays doit encore devenir ta femme. Mes mots obtinrent le résultat escompté, il se revigora et c'est ce que je fis aussi, si profondément soulagée que sa tristesse ne soit en aucune façon liée à ma personne ni à ma manière de vivre.

Dans mon atelier chauffé au charbon nous discutâmes des conséquences de la guerre, de son influence sur l'économie du pays et sur le mode de pensée de la nation qui avait réagi sous l'effet de la guerre comme les vaches dans la campagne d'Öræfi lorsqu'on les faisait sortir au printemps. De mes tableaux et de mon travail il ne fut point fait mention, comme j'aurais cependant désiré les lui montrer et avoir son avis, peut-être un compliment, le désir de vanité augmente plutôt qu'il ne diminue avec l'âge. Il prenait soin de ne jamais regarder en direction des tableaux qui lui tournaient le dos, faisait comme s'ils ne le concernaient pas, ou tout du moins comme si j'avais commis une méprise en les peignant mais qu'à cause de mon statut de mère on passerait sur mes erreurs. Et je n'en parlai pas pour ne pas gâcher l'humeur de mon fils, je trouvais mieux d'avoir de tendres souvenirs de sa visite plus tard. Cela nous éprouvait tous les deux d'être de nouveau ensemble.

Une nouvelle fois son humeur s'assombrit, aussi je déclarai que l'heure était venue pour le garçon d'aller se coucher, il n'avait en règle générale jamais fait long feu le soir, mon Jón. Les belles-sœurs m'avaient offert une si belle housse de couette avec taie assortie pour mon anniversaire l'année précédente, brodée de fleurs et de mes initiales en plus des passements de dentelle incorporés, j'avais été si touchée car je n'avais pas reçu de cadeau d'anniversaire depuis que j'étais dans la campagne d'Öræfi avec mes garçons, et c'est cette divine broderie que je glissai autour de l'oreiller et de la couette pour Jón. Il venait d'enlever ses chaussettes, était assis au bord du lit avec l'une d'elles à la main lorsque j'allai lui souhaiter bonne nuit avec un baiser sur la joue. Je n'y parvins jamais. Il dit d'une voix rapide : Sumarliði était avec Halldóra, notre sœur, l'été dernier.

Comment se peut-il que la chair et l'esprit pressentent des choses encore non arrivées, avant l'être lui-même ? N'aurais-je pas dû comprendre lorsque je m'étais réveillée toute retournée au matin que ce vendredi saint serait accompagné de désastreuses nouvelles ?

Comme il prononçait ces mots je vis des flocons noirs devant mes yeux, sentis mon diaphragme se contracter mais mon esprit réagir vivement, refusant les mots qui flottaient dans l'air comme des particules empoisonnées. Je dis : c'est bien que frère et sœur aient enfin pu se rencontrer, ils ne s'étaient jamais vus, se sont toujours manqués, Sumarliði n'était-il pas dans l'Est avec votre père quand Bjarghildur est venue avec Halldóra à Akureyri pour qu'elle puisse dire un petit bonjour à ses frères, et Halldóra n'était-elle pas tout juste partie dans le Nord lorsque vous, les frères, alliez la rencontrer chez mon frère Ólafur dans le Sud ? Curieux comment les gens se manquent si souvent l'un l'autre, comme s'ils n'étaient pas destinés à se rencontrer. Mais le destin leur a été favorable cette fois et n'était-ce pas amusant Jón, tu étais avec eux ? Tu ne comprends pas, maman, dit-il d'une voix éraillée, ils étaient ensemble, ils ont dansé ensemble toute la soirée et quand le bal s'est terminé, ils ont disparu dans la nuit.

Il raconta et j'écoutai mais les mots incohérents, dits avec une accusation qui m'était destinée, ne devinrent pas une image dans mon esprit avant que les ténèbres ne soulagent le village de leur étreinte au point du jour et que le bruissement dans le grenier s'arrête. J'allai alors jusqu'au lit de mon garçon endormi et regardai sa tête sur l'oreiller si joliment brodé.

Nuit d'été dans le Nord.

La pénombre d'août s'étale dans la vallée. Les lumières du foyer communal éclairent les prés aux alentours, la musique du bal porte jusqu'en haut du coteau où le bouleau arctique embaume encore. Les filles qui sont venues à cheval du fjord de Skagafjörður se changent, enfilent une jupe dans les fourrés, les garçons qui sont venus en voiture d'Akureyri se contentent de passer un peigne dans leurs cheveux pendant qu'on fait circuler la flasque de schnaps, celui qui est le plus beau et qui sait le mieux s'y prendre avec les filles regarde en permanence autour de lui comme un rapace affamé. Jusqu'à ce qu'il aperçoive la proie. Blonde et élastique dans une robe rose-rouge, sourire provocant qui l'invite à faire le premier pas. Ce qu'il fait, la fille est attirante, si semblable à lui-même. C'est de leur propre image que les hommes s'engouent le plus. Ils dansent ensemble jusqu'au bout de la nuit. Personne n'arrive à s'insinuer entre eux, il repousse les concurrents d'un geste de la main, elle s'accroche fermement à ses épaules. Enfin ils ont trouvé un partenaire qui a le bon rythme, celui qu'ils cherchaient. Ils rient chacun de la drôlerie de l'autre et se présentent, par leurs diminutifs. Lorsqu'on est jeune, c'est ridicule d'être formel. Et lorsqu'on est jeune, la fièvre doit trouver une issue hors du sang. La nature est puissante. Les bouleaux parfumés sur le coteau les prennent dans leurs bras.

La nuit d'août ne dira leur rencontre à personne.

Mon fils dormait avec la bouche ouverte, il l'avait laissée dire ce qu'elle devait, l'âme pouvait alors se reposer. Ses yeux touchaient l'ange sur l'oreiller, je les regardai jusqu'à ce qu'il les ouvre. Jón, dis-je, comment sais-tu ce qui s'est passé, Sumarliði te l'a raconté ? Non, dit-il comme s'il n'avait pas dormi mais simplement attendu une nouvelle conversation, personne n'a vu ce qu'ils ont fait. Sumarliði ne savait pas que la fille était sa sœur jumelle avant son retour à Akureyri. Alors il l'a appelée comme il l'avait promis et ta sœur Bjarghildur a répondu au téléphone. Il a alors brusquement réalisé. Il est resté une semaine au lit, ne pouvant rien manger, niant malgré tout que quelque chose de sérieux se soit passé entre eux. Seulement des baisers, m'a-t-il dit. Puis il est sorti avec une autre fille comme si rien n'était arrivé et n'a plus voulu en parler depuis. Et puis Bjarghildur a téléphoné à grand-mère il y a une semaine pour lui faire savoir qu'Halldóra était enceinte, qu'elle devait accoucher en mai ou juin. Grand-mère m'a demandé de te le dire.

Il s'habilla, décidé, comme les hommes le font lorsqu'ils ont joui de l'amour et ont dans l'intention de s'en aller. Je sortis sur le pas de la porte, eus des haut-le-cœur et suppliai le vent de m'emporter à l'autre bout de l'océan. J'étais encore là debout quand mon fils sauta dans la voiture qui allait lui faire franchir la haute lande, vers là-bas où le temps était plus doux.

Elles arrivent avec les semences dans des sacs en toile sur des charrettes à bras qu'elles tirent vers le champ de pommes de terre à l'ouest du village, l'humeur joyeuse, en tabliers à fleurs, devisant de l'été qui est de l'autre côté de la rue et des pommes de terre qui sont si rapides à germer dans le sable. Elles déchargent énergiquement les charrettes lorsqu'elles arrivent aux carrés, font tournoyer leurs pelles en l'air, puis m'aperçoivent à l'endroit où je me tiens comme un fantôme près de la petite barrière en bois, sont contentes et surprises à la fois, elles ne s'attendaient pas à ce que je vienne aux travaux du jardin sans y être invitée. Et je m'abstiens de dire que telle n'est pas la réalité, ne leur dis pas que j'ai erré au hasard sur les plages et les sables noirs depuis des jours, mais enlève rageusement mon manteau en laine et empoigne une pelle. J'ai bien bêché des champs de pommes de terre autrefois même si je n'ai jamais encore aidé les belles-sœurs, et je me déchaîne furieusement sur la pelle, la plante avec impétuosité dans la terre meuble, la soulève, je broie et jette au loin mes pensées. Mon efficacité a une influence stimulante, elles redoublent d'énergie et nous nous acharnons sur nos pelles pendant que le soleil du matin est en train de se faire élégant pour la journée. La semence est secouée hors des sacs et ceux-ci mis à aérer sur les clôtures, puis nous mettons en terre. Je creuse des trous profonds à mains nues, enfonce les mères dans la terre meuble, les recouvre, tasse par-dessus pour qu'elles n'arrivent jamais à revoir le soleil. J'ai en horreur la vie qui se cache sous terre, trouve insupportable d'avoir de la terre sous les ongles, je creuse malgré tout à la pelle comme une furie pour expulser les bêtes hideuses de ma tête. Les belles-sœurs se redressent avec fatigue, me lancent des regards à la dérobée. Sveina dit que je pourrai très certainement profiter de la récolte cet automne. Elle aura un sac entier, dit Ólafía sans lever les yeux. Et tu ne devrais pas avoir de problème pour le conserver pendant l'hiver dans ta maison froide, dit Sveina, enfin tu as mieux fait de ne pas déménager dans le grenier chez la belle-mère quand ça t'a été proposé. Tu ne peux pas toujours être à régenter les gens, Sveina, dit Ólafía et Sveina répond : quand est-ce que j'ai régenté des gens, n'était-ce pas toi qui as suggéré qu'elle aille dans le grenier ? Ce n'était pas moi, ma bonne, et puis ne dis pas toujours ça, c'est bien toi seule qui régentes les gens, je sais bien que tu as ordonné à ma fille d'aller pour toi au domicile du docteur pour chercher quelque fichue mixture du diable, ce n'est peut-être pas régenter les gens, ça ? Oui j'ai fait ça, dit Ólafía avec fermeté, mais n'as-tu pas envoyé ma fille chercher le lait pour toi hier matin aux aurores, et si tu envoies ma fille, est-ce que je ne peux pas envoyer ta fille ? Elles se chicanèrent sur leurs filles, vraisemblablement pour avoir une raison de se reposer un petit moment, passèrent en révision les commissions loin en arrière dans le temps, elles avaient une bonne mémoire, mais cessèrent de se chamailler lorsqu'elles virent mes assauts : attends, écoute, elles ne peuvent pas aller si profond, sinon elles n'arriveront jamais à percer ! En ce qui me concerne, elles peuvent descendre jusqu'en enfer, dis-je en en enfonçant une dans la terre, et je tasse par-dessus. Elles arrêtent de travailler, s'essuient les mains avec les coins de leurs tabliers. Je m'assieds épuisée sur la rangée, dis hargneusement qu'il y en a d'autres qui ont des filles même si elles ne sont pas toujours en train de cancaner sur elles.

Elles se rapprochent alors lentement de moi comme le font les chats lorsqu'on les appelle doucement, s'asseyent auprès de moi, demandent si j'ai reçu de mauvaises nouvelles de ma fille. Non, mens-je, je ne peux simplement pas éviter de me remémorer diverses choses du fait que vous vous querellez à ce sujet. Ça m'a fait penser au moment où j'ai enfin rencontré ma fille Halldóra après quatorze années de séparation. Ma sœur Bjarghildur l'a prise en nourrice âgée de six mois et je ne l'ai revue que quatorze ans plus tard. Mais pendant que j'étais dans la campagne d'Öræfi j'avais dans un médaillon autour de mon cou une photo d'elle âgée de cinq ans que ma sœur m'avait envoyée, je vous la montrerai peut-être plus tard, et j'étais si excitée de revoir ma fille. Mais aussi anxieuse, vous comprenez. J'avais pensé aller dans le Nord pour sa communion solennelle au tout début de l'été 1940 mais l'armée anglaise est alors arrivée et tout a capoté. Mais elle est venue dans le Sud avec son père adoptif, il est devenu parlementaire Hámundur, mon beau-frère, comme vous le savez probablement, et je suis allée à Reykjavík pour la rencontrer chez mon frère Ólafur.

Elles écoutent avec l'oreille dressée, ce n'est pas si souvent que je parle de ma famille aussi je ne vais rien dire de plus, cela ne les regarde pas, mais mon état d'âme a été misérable depuis que Jón est parti, je n'ai pas pu peindre beaucoup, suis restée assise dans mon lit toutes les nuits avec un inexplicable bruit dans les oreilles, et c'est peut-être pour ça que je ne peux pas dominer l'irritation qui habite à l'intérieur de moi. Je laisse échapper : elle ne s'est pas réjouie de me voir, elle m'a fait sentir que je lui étais cordialement indifférente.

Ça ne se peut pas ! s'écrie Sveina en plaquant sa main sur sa bouche. Ólafía la fait taire d'un long chut afin qu'elle n'interrompe pas la narration et dit d'une voix rapide : si ça se peut bien sûr, les communiants peuvent être si odieux, je suis bien placée pour le savoir, et qu'est-ce que tu as fait ?

J'étais assise chez mon frère Ólafur dans une belle robe que les femmes d'Öræfi m'avaient confectionnée et attendais son arrivée. Tremblais à l'intérieur de moi, d'excitation et d'anxiété, ne pouvais pas avaler un morceau, avais pensé toute la nuit à ce que nous nous dirions l'une à l'autre. J'allais la prendre dans mes bras, la serrer fort, j'avais si longtemps rêvé de pouvoir la tenir dans mes bras, sentir le battement de son cœur, le parfum de sa peau et de ses cheveux, j'allais lui dire : tu n'as jamais quitté mes pensées, ma tendre Halldóra chérie, et je savais que nous serions toutes les deux émues aux larmes et qu'elle dirait : j'ai aussi tellement pensé à toi, maman, elle a toujours su que je suis sa mère, Hámundur le lui a dit dès qu'elle a eu l'âge pour cela, et puis lorsque nous nous serions longuement étreintes nous nous assiérions ensemble et elle me parlerait de ses chevaux et de l'école, et je lui parlerais d'Öræfi et du glacier, peut-être du tableau que j'étais en train de peindre, oui et de vous ici à Eyrarbakki, c'est ainsi que j'avais imaginé ça toute la nuit, puis elle entra avec Hámundur, grande et blonde, dans une si belle tenue de voyage, me regarda sans expression lorsque je m'approchai d'elle avec les bras ouverts, me serra légèrement la main et dit : salut Karitas.

Ólafía mit ses mains devant son visage et baissa la tête, Sveina se frotta les yeux, nous restâmes toutes trois longtemps silencieuses. Comment cela s'est-il terminé ? chuchotèrent-elles finalement, ne pouvant plus se retenir. Comme ça, d'aucune façon, dis-je, nous nous sommes tous assis, Herma aussi, la femme d'Ólafur, et avons parlé courtoisement du temps dans le Sud et dans le Nord, faisant des comparaisons entre les directions du vent et les températures. J'ai donné à Halldóra un beau tableau que j'avais peint d'une jeune fille menant un cheval par la bride derrière elle sur le sable noir de la plage, je peins ce genre de tableaux pour ma famille, et elle l'a pris sans sourire et a dit merci. Puis elle a continué à se taire en regardant l'air ennuyé tout le luxe de la maison de son oncle, n'a jamais posé les yeux sur moi, sauf quand je lui ai demandé comment s'appelait son cheval. Elle m'a alors regardé comme si j'étais une pauvre vagabonde et m'a demandé en retour : lequel ? Puis ils sont partis, elle a déclaré devoir faire tant de courses pour sa mère. J'ai reçu un baiser retentissant d'Hámundur lorsque nous nous sommes dit au revoir, mais alors que j'allai embrasser Halldóra sur la joue elle s'est détournée.

Ce n'est rien qu'une petite peste ! dit Sveina.

Non. Je n'aurais simplement pas dû laisser Bjarghildur la prendre.

Mais tu étais malade, ma bonne, n'oublie pas ça, et tu ne pouvais rien y faire, dit Ólafía.

Je me demande si je n'ai pas été malade seulement du fait que je ne pouvais pas peindre. Et maintenant je n'ai pratiquement pas peint depuis Pâques, j'ai si mal dormi, et si je dors je fais des rêves tellement étranges. C'est comme si la maison était pleine de gens. Après tout je crois bien que le grenier est hanté chez moi, j'entends souvent un bruissement provenant du dessus, je me demande si ce ne sont pas des revenants qui s'affairent.

Je t'avais prévenue des apparitions de fantômes ma petite Karitas, dit Sveina, tu devrais simplement déménager dans le grenier chez ma belle-mère, elle serait si heureuse d'avoir quelqu'un pour discuter, et puis tu pourrais répondre au téléphone pour elle quand le beau-père n'est pas là, elle est si timide avec cet outil, elle se précipite toujours dehors sur l'allée en pierres dans le jardin quand il sonne et qu'elle est seule à la maison. Et puis naturellement tu pourrais parfois utiliser le téléphone chez elle.

J'ai tellement envie d'appeler maman dans le Nord et de lui demander des nouvelles d'Halldóra. J'ai décidé de ne jamais aller à Sauðárkrokur ni à Akureyri, parce que je ne veux rencontrer ni Bjarhildur ni Sigmar.

Elles saisirent ma main lorsqu'elles entendirent que tous les autres fantômes n'étaient pas enterrés, ne pouvant prononcer un mot devant le douloureux destin de cette pauvre artiste qui semblait ne vouloir jamais prendre fin.

Je regardai longtemps dans leurs sincères yeux bleus. Puis je dis : est-ce que vous pouvez me prêter un chat ?

L'océan scintillait sous le soleil de l'après-midi, la brise légère ébouriffait nos cheveux, nous avions enlevé nos foulards pour qu'elle puisse emporter l'odeur de poisson de nos mèches. Nous étions quatre sortant de l'usine de surgélation, marchant lourdement dans nos bottes en caoutchouc avec des éclaboussures de morue sur nos sarraus, les mains rouges et froides. Mais les femmes étaient gaies, fredonnaient et bavardaient, elles avaient gagné de l'argent dans le poisson et elles se demandaient quel temps il ferait le lendemain, se demandaient combien de temps il faudrait travailler, bien que ce soit une bonne chose de se procurer de l'argent elles devaient aussi arriver à aller aux prés pour ratisser le foin. C'était la période des récoltes et de préparation des réserves avant l'hiver. L'unique rue grouillait de vie, des femmes faisaient furtivement un saut à la boutique en tablier, des hommes charriaient du foin en tas avec des chiens de berger aboyant à leur suite, des enfants transportaient avec difficulté des bidons de lait, tout le village fredonnait. La chanson dans ma tête était étrange et différente, comme si l'océan avait composé pour moi une mélodie avec des notes mélancoliques en mesure avec le lent déferlement des vagues pour me rappeler le temps qui s'écoulait de moi comme le sable entre les doigts. Je marchais en silence avec mon petit sac de victuailles en peau à une main, un poisson à bouillir à l'autre, me maintenais au rythme des bottes en caoutchouc, essayais de penser au tableau pour lequel j'avais fait des esquisses mais j'entendais seulement cette étrange musique dans ma tête.

Elles ralentirent alors tout d'un coup leur marche, les femmes, je regardai en direction de l'océan, je croyais qu'elles avaient vu quelque chose par là mais elles regardaient dans une autre direction, vers le magasin, avaient avalé leur langue, fixaient quelque chose. Une voiture rutilante était garée devant la boutique et des gamins se dandinaient autour. Un homme de haute taille en blouson de cuir comme ceux qu'utilisent les aviateurs était appuyé avec désinvolture contre le capot, fumant un cigare.

J'émis un soupir.

Les femmes me lancèrent un bref regard, puis se regardèrent l'une l'autre, comprirent qu'un événement était en train de se passer, hâtèrent le pas vers la voiture, virent que j'essayais de rester à la traîne, me poussèrent prudemment d'un coup d'épaule.

Il ne bougea pas, nous laissa nous approcher convenablement de lui, puis nous regarda gravement de ses yeux vert océan. Les femmes glissèrent leurs mèches derrière leurs oreilles, essuyèrent les commissures de leurs lèvres, vérifièrent que leur blouse était boutonnée sur la poitrine, sourirent, le dévisagèrent bouche bée comme si elles avaient vu une vedette du cinéma. Il posa son regard sur moi et dit : que tu es jolie toujours, ma toute petite.

Je dus me retenir pour ne pas lui balancer l'aiglefin dessus.

Les femmes restèrent comme clouées dans leurs sarraus maculés de poisson, elles attendaient que quelque chose se passe, n'arrivaient pas à se défaire de leur sourire mais Sigmar avait l'instant en son pouvoir. Puis il se redressa, un mouvement parcourut alors le groupe, l'une dit : mon Dieu, est-ce que je ne devais pas acheter du sucre ? Elles sortirent alors de leur enchantement, parlèrent fort et pouffèrent de rire mais ne regardèrent personne d'autre que lui.

Je repris ma marche vers l'ouest le long de la rue. Fis se balancer l'aiglefin à ma main. La conduite intérieure roulait lentement derrière moi. On nous regardait de toutes les directions. Nous arrivâmes à ma maison qui s'était réchauffée au soleil d'été, je pendis l'aiglefin à la poignée, il sortit de la voiture, ouvrit le coffre, en retira un petit sac de voyage et me suivit à l'intérieur. Comme s'il avait fait cela pendant des années.

Je dois me laver, Sigmar, fut la première chose que je lui dis après sept ans de séparation en lui faisant comprendre avec la froideur dans ma voix qu'il n'était pas souhaité qu'il assiste à cette toilette. Tu veux peut-être que je sorte pendant ce temps-là ? demanda-t-il ironiquement puis nous nous toisâmes. Comme toujours je devenais plus petite encore en sa présence. Et j'avais toujours autant envie de le dessiner quand je le voyais. J'avais aussi envie de le toucher, il y a un puissant besoin dans l'être humain de caresser ce qui est beau, mais au lieu de cela j'arrachai le chat de la fenêtre et le pressai dans mes bras. Lorsqu'il vit l'animal il entra dans le salon en silence. Les chats n'ont pas grand-chose en commun avec Sigmar. Un hiver dans le fjord de Borgarfjörður-Est il en avait abattu dix-sept d'un coup et il ne souhaitait manifestement pas que cet épisode soit évoqué. Mais j'avais une excellente mémoire. C'est important d'avoir une mémoire en bon état, on a alors le contrôle de sa vie.

Je dis au chat pendant que je faisais ma toilette que je n'avais pas l'intention de donner à manger à Sigmar, encore moins de lui permettre de passer la nuit. Pendant que j'essayais de faire partir l'odeur de poisson de mes cheveux je m'inquiétais par ailleurs de ce que je devais porter pour le court moment où il resterait, si je devais garder mes pantalons ou mettre une jupe. Je voulais moins lui donner l'occasion de me réprimander que le fils l'avait fait lorsqu'il s'était agi de ma tenue vestimentaire, aussi j'enfilai une jupe.

Lorsque j'entrai dans le salon, il était allongé sur le divan avec les mains sous la nuque comme un maître de maison à son propre domicile et dit : je ne voulais pas me mettre à fouiller dans tes tableaux avant que tu arrives. Pourquoi es-tu venu ? demandai-je. Eh bien pour fouiller dans tes tableaux, répondit-il. Je dis : tu crois réellement, Sigmar Hilmarsson, que tu peux m'envahir après avoir disparu de notre mariage pendant treize ans ? Il ne se démonta pas : n'oublie pas d'ajouter sept ans à ces treize où tu étais dans l'Öræfi, ces années disparues sont à mettre à ton compte. Je t'ai proposé mon cœur et une maison quand je suis revenu mais tu n'as voulu aucun des deux. Heureusement, ma toute petite, nous avons partagé un merveilleux fragment de soirée près du ruisseau dans la campagne d'Öræfi avant que tu ne choisisses de disparaître de ma vie. Je dis : ce fragment de soirée est devenu réalité parce que c'était ma volonté. Il s'assit en se redressant et nous nous regardâmes dans les yeux, ennemis chacun de son sexe. Puis il dit : nous sommes encore un couple, Karitas, même si nous n'avons pas vécu ensemble pendant vingt ans. Pourquoi notre mariage doit-il dépendre de la dictature du temps ?

Qu'as-tu fait là-bas en Italie pendant ces treize années ? demandai-je du fait qu'il parlait d'amour, et laissai ainsi échapper de ma bouche les mots que je m'étais juré de ne jamais prononcer.

Strictement rien d'autre que gagner de l'argent, dit-il.

Tu dois bien avoir été avec des femmes ? Vous les hommes ne vous êtes jamais tirés d'affaire sans elles !

Si j'ai été avec d'autres femmes que toi le cœur n'a pas suivi, car je ne peux pas me rappeler lesquelles ce devrait être. Mais et toi, les hommes ont bien dû danser un peu autour de toi ?

J'allais commencer à dire que je m'en étais bien sortie sans eux jusque-là, que mon cœur avait uniquement dansé avec mes tableaux, mais je renonçai. Pour ma part il pouvait bien m'imaginer dans les bras d'un autre. Il attendait une réponse, j'attendais qu'il parte.

J'étais stupéfiée par la tension qu'il y avait entre nous. Je devais encore résister à sa diabolique magie.

Puis il dit : tu ne veux pas te mettre à préparer le repas ?

Sigmar Hilmarsson, chez moi il n'y a rien à manger, dis-je, si tu as faim tu devras aller quelque part ailleurs, d'autant plus que je n'ai ni le goût ni le temps de rester suspendue au-dessus d'un repas, je dois peindre. Il se leva sans un mot, alla ouvrir, décrocha l'aiglefin de la poignée et alla avec celui-ci dans la cuisine. Il est pour le chat ! criai-je, et il attrapa alors le chat, le jeta dehors et dit : les chats ne doivent-ils pas être dehors le soir ? Puis il ferma la cuisine derrière lui. Je l'entendis faire couler de l'eau et agiter bruyamment des casseroles. Si j'avais un temps pu peindre avec Sigmar dans la maison, c'était impossible en cet instant. J'avais l'impression qu'il m'avait acculée dans un coin. Pour reprendre le contrôle de mon esprit j'entrepris de mettre de l'ordre sur ma table de travail, ranger les tubes, trier les pinceaux, je faisais cela souvent si j'avais la tête ailleurs, et je m'y étais occupée un moment lorsqu'il pointa la tête à la porte du salon, demanda : qu'est-ce que tu veux comme dessert, riz au lait ou compote de pruneaux ?

Quand as-tu appris à cuisiner ? demandai-je tandis que nous mangions l'aiglefin, convenablement bouilli et joliment présenté. Bah, on cuisinait parfois à bord ici autrefois, à dix-sept ans j'étais cuisinier sur un harenguier tout un été, répondit-il, et une nouvelle fois je dus avaler combien je connaissais peu cet homme avec qui j'avais vécu trois ans et avais eu quatre enfants. Je demandai, sans qu'un quelconque intérêt n'accompagne la chose, combien de bateaux il possédait maintenant, et il répondit que c'était devenu maintenant une flotte importante. Tu es immensément riche, Karitas, le savais-tu ? Je ne vois jamais le moindre sou, dis-je, et à cause de ça ne sais pas ce que tu entends par là. Il dit lentement : eh bien si nous divorçons, tu obtiendras selon les lois en vigueur dans ce pays la moitié de tous mes biens. Tout à fait exact, dis-je en fixant mon regard dans ses yeux vert océan, ça je le savais et c'est pourquoi j'ai évité de divorcer de toi.

Il m'abandonna avec la vaisselle, alla dans le salon, alluma la radio et peu après la fumée de cigare se répandit dans la maison. Dans ces moments-là nous ressemblions à un vieux couple soudé que rien sinon la mort ne pourrait séparer, moi à la vaisselle en jupe dans la cuisine, lui dans la position du maître de maison dans le salon, et dans cette domestique atmosphère on frappa à la porte. Cette fois sans ouvrir aussitôt ni entrer, aussi je supposai qu'il s'agissait d'un inconnu, quelqu'un qui travaillait pour Sigmar, mais c'étaient les belles-sœurs qui se tenaient sur le pas de la porte. Elles s'oublièrent un instant lorsqu'elles me virent en jupe puis se ressaisirent et dirent avec fermeté : nous faisons notre promenade du soir, Karitas. Ce qui était je le savais un mensonge, des mères de famille avec une maison pleine d'enfants ne font jamais de promenade du soir, la dernière nouvelle s'était autrement dit répandue dans tout le village. Puis elles franchirent lentement le seuil, « et parce que nous sommes en train de nous confectionner des tailleurs pour l'inauguration de ton exposition cet automne », dirent-elles en cherchant rapidement du regard autour d'elles dès qu'elles se glissèrent devant moi et entrèrent dans la cuisine, « nous avions envie de savoir quelle couleur toi en tant qu'artiste tu recommanderais pour les tailleurs ».

Noir, dis-je.

Rouge, dit Sigmar depuis le salon.

Elles marchèrent jusqu'à la porte du salon sur la pointe des pieds comme des invités qui arrivent en retard à un récital de chant, puis restèrent plantées immobiles comme des spatules dans l'entrebâillement, les épaules voûtées avec les deux mains enfouies dans les poches de leur manteau. Regardèrent Sigmar comme si elles ne croyaient pas qu'il était fait de chair et de sang. Il les laissa le regarder un moment, il commençait à bien s'y connaître en cela, Sigmar, et il m'effleura l'esprit qu'aussi vieux qu'il devienne il attirerait toujours la gent féminine. Elles étaient si intimidées en sa présence, ces femmes qui bravaient tout et n'avaient jamais peur de rien, qu'elles ne purent prononcer un mot. Mais il se leva, serra poliment leurs mains démunies de force et se présenta. Du fait qu'elles ne pouvaient pas parler je dus intervenir, l'informer à leur sujet, énumérer leurs qualités de femme. Il se contenta de sourire de son sourire rare, regarda leur poitrine et dit : rouge, ils vous iront bien. Puis se rassit car il n'y avait aucune réaction visible venant de l'entrebâillement de la porte, et je dus les tirer dans la cuisine pour les ramener sur terre. Elles ne voulurent rien accepter chez moi, devant tellement se dépêcher dans leur promenade du soir, mais lorsque je les raccompagnai à la porte elles me regardèrent l'air absent et demandèrent s'il avait bien dit rouge ? Non, dis-je en faisant semblant d'être indignée par leur manque d'attention, il a dit vert ! Tout à fait juste, hoquetèrent-elles et elles s'évanouirent dans le soleil du soir.

Je m'apprêtais à lui demander quand il pensait débarrasser le plancher lorsqu'il suggéra que nous allions faire un tour comme les femmes, que nous marchions au bord de la mer dansante comme dit la chanson dans le soleil du soir, et après un instant de réflexion j'acceptai alors sa proposition, j'avais encore diverses choses à lui dire sur nos enfants. Tu franchiras alors un peu tard la montée de Kambar, dis-je, mais ça devrait aller pour conduire par ces lumineuses nuits d'été. Il ne répondit pas à cela mais se baissa et souffla dans mes cheveux.

Nous marchâmes sur les plages pierreuses et laissâmes d'abord les pétrels et les goélands faire la conversation. Il n'avait jamais été très loquace, Sigmar, et autant j'avais trouvé amusant de parler quand j'étais jeune et libre, de raconter aux gens d'interminables histoires d'oiseaux rares, autant c'était comme si la solitude avait avalé ce trait de caractère. Je faillis ne jamais oser aborder le sujet, par un coup de chance mon pied glissa alors de sorte qu'il me prit dans ses bras et nous restâmes ainsi un moment, aucun de nous deux ne pouvant rompre notre étreinte, celle-ci s'accompagnait du délice de sentir l'ancienne chaleur l'un de l'autre jusqu'à ce que je dise : nous devrions nous asseoir un peu, et que je le tire vers une plaque herbeuse et ébouriffée au sommet de la dune littorale. Mais l'étreinte avait effacé les années enfuies entre nous, il devint tendre comme autrefois dans notre petite maison au bord du fjord de Borgarfjörður-Est, et il me débarrassa de la peine en disant : je suis venu pour t'annoncer une nouvelle. Vraisemblablement un frisson me parcourut car il prit ma main, massa mes doigts l'un après l'autre, puis chuchota à mon oreille : nous sommes devenus grand-père et grand-mère.

Et j'éclatai de rire bien que je n'aie pas l'esprit à rire. De nous imaginer Sigmar et moi, qui étions toujours jeunes comme l'océan, avec des petits-enfants sur les genoux était plus que mes nerfs ne pouvaient supporter, je ris tout en sachant que cette fois les pleurs pourraient venir après le rire. Et toi qui n'as même pas commencé à grisonner ! dis-je pour faire traîner le jeu en longueur. Sigmar haussa un sourcil lorsqu'il vit ma réaction : et tes longs cheveux blonds non plus, dit-il en lissant une mèche. Vous avez tellement de chance, vous les blonds, les cheveux gris s'assimilent si bien à la couleur claire, je bénéficie par ailleurs d'une bonne hérédité, papa n'a pas grisonné avant d'approcher les soixante-dix ans, mais alors là c'est arrivé comme ça, dit-il en faisant claquer ses doigts. Et bien que j'eusse eu plaisir à écouter Sigmar parler longtemps d'un seul coup je ne pus m'empêcher de mettre un terme à son innocent babillage et dis d'une voix rapide : notre fils aîné m'a annoncé la nouvelle quand il est venu à Pâques, il t'a peut-être dit aussi qui était le père de l'enfant d'Halldóra ? Non, répondit Sigmar, c'est son père adoptif qui me l'a dit, il m'a appelé fort content, a déclaré être devenu grand-père, oui, et toi aussi mon bon Sigmar a-t-il dit, qu'Halldóra avait donné naissance à une fille le matin, jolie comme un ange et gentille, que le père était d'une famille bien connue de Skagafjörður et avait été pas mal familier de la maison les dernières années, donc que cela n'avait pour ainsi dire surpris personne. Il allait te joindre par téléphone aussi mais je lui ai dit que je voulais t'annoncer cela moi-même, si ça ne lui faisait rien.

Sigmar, dis-je, tellement contente de pouvoir enfin soulager mon cœur avec la bonne personne, Jón m'a raconté quelque chose d'autre. Il a dit que Sumarliði et elle avaient été ensemble et que l'enfant était de lui. Sigmar me regarda d'abord comme si j'étais devenue folle, puis éclata de rire : ce qu'il peut lui passer par la tête, à Jón ! Je ne comprends pas comment un garçon qui ne fait aucune distinction entre la fiction et la réalité se destine à être avocat. Il connaît les sagas islandaises presque par cœur comme tu le sais, et il est maintenant plongé dans la poésie ancienne germanique et norvégienne. Cet hiver pendant que nous jouions aux échecs il m'a raconté l'histoire pathétique d'un grand propriétaire fermier du district de Thingey, je l'ai répétée à un homme érudit que je connais à Akureyri, et celui-ci m'a dit que là je commençais à dérailler, l'événement que je mentionnais était tiré de la saga des Völsungar au Moyen Âge.

Je n'avais rien su des besoins poétiques de notre fils aussi je demandai à Sigmar de m'en dire plus sur lui, et nous restâmes ainsi assis au bord de la plage à parler de nos enfants, la marée monta lentement mais nous étions arrivés dans un monde auquel personne n'avait accès, encore moins d'intérêt sinon nous deux, les parents. Nous ne pouvions pas nous arrêter de parler, et puis vint le tour de Sumarliði au sujet duquel nous étions d'accord pour dire qu'il était un tout autre caractère que Jón, « certes pas aussi diablement passionné par les livres mais tellement plus énergique et plus efficace pour toutes les tâches, je l'ai pris avec moi en mer et tu aurais dû voir comment il travaille dur, le gamin. C'est de la graine de capitaine et je l'ai encouragé à entrer à l'Académie de Marine. » L'énergie de Sumarliði n'était cependant pas uniquement liée à la mer, cela Sigmar dut le reconnaître, « oui ça, il aime un peu les femmes, il a souvent emprunté ma voiture et la remplit alors de beautés du Nord, mais il a en fait été plutôt stable ces derniers temps ». Puis il se racla la gorge comme si le grand moment était maintenant arrivé : il a fait la connaissance d'une fille de Reykjavík l'été dernier qui avait eu un enfant avec un Américain il y a trois ans, et si j'ai bien compris elle attendrait maintenant avec certitude un enfant de notre fils.

La brise de l'océan n'arrivait pas à laver mon esprit pour que je puisse penser clairement et distinguer le vrai du faux, mais elle arriva à s'insinuer sous ma jupe si bien qu'un frisson de froid me parcourut. Je bâillai comme je fais lorsque les sentiments m'accablent ou que je deviens nerveuse : la pomme ne tombe jamais loin de l'arbre, dis-je, elle est persévérante, la progéniture, j'aurais bien dû savoir en son temps que ça entraîne de lourdes conséquences d'aller au lit avec un homme.

Il dit alors : allons ma tendre petite femme, il commence à faire froid, est-ce que nous ne devrions pas rentrer nous coucher ?

Le soleil avait rougi avant son court sommeil, une fois Sigmar et moi l'avions regardé s'endormir et se réveiller de nouveau, nous avions alors notre petit Jón dans les bras et ne savions pas que des bébés aux joues potelées pouvaient plus tard chambouler la vie d'un être. Ne te fais pas de souci pour les enfants, dit Sigmar après s'être tu tout le chemin jusqu'à la maison comme moi, ils ont maintenant la vingtaine et doivent pouvoir s'occuper eux-mêmes de leur vie. Mais ils sont bien trop jeunes pour se mettre à avoir des enfants, dis-je, et ça m'ennuierait beaucoup s'ils se retrouvaient dans l'embarras, les pauvres. Puis j'ajoutai pour me réconforter : mais ils ont maintenant un père riche qui devrait pouvoir leur donner un coup de main si on va par là. Il dit : ils n'obtiendront pas un sou de moi, ils peuvent bien se débrouiller comme j'ai dû le faire. J'avais dix-neuf ans quand j'ai quitté la maison. Et puis arrête de penser à eux, tu dois juste peindre. N'as-tu pas l'intention d'exposer tes tableaux ?

Il est tard, dis-je en regardant sa voiture. Je redoutais qu'il soit conquis par mes peintures, ça ne manquait jamais lorsque Sigmar les admirait, ce qu'il faisait en toute sincérité, et tous mes remparts s'écroulaient alors.

Tu veux peut-être me dessiner les fesses nues comme autrefois ? proposa-t-il.

Je fis comme si je n'entendais pas les derniers mots mais dis à contrecœur, car je brûlais d'envie de lui montrer mes tableaux : tu peux les voir et ensuite va-t'en.

Puis je les installai, mes toiles, l'une après l'autre, j'avais des battements de cœur mais étais malgré tout pleine d'espérances, n'osai poser les yeux sur Sigmar qui s'était installé sur un siège au beau milieu du salon et les regardait d'un air examinateur, chacune en particulier, ne disant mot. C'étaient les tableaux qui devaient partir à l'exposition, personne ne les avait vus, pas la moindre âme, et il fut alors clair pour moi combien je l'appréhendais terriblement. Il ne fallait pas s'étonner que je l'aie fait traîner en longueur. Qu'adviendrait-il de moi si mes tableaux étaient traités de croûtes, dénigrés dans les journaux, moi violemment réprouvée et méprisée, si l'on disait que je ne savais pas peindre après toutes ces années, ou alors d'un autre côté, si on considérait que je n'avais pas suivi les nouveaux courants, n'étais pas arrivée avec quelque chose de frais et nouveau ?

Ses réactions furent d'une seule sorte. Il devint de plus en plus triste au fur et à mesure qu'il voyait plus de tableaux. J'avais la nausée, tellement je me sentais effondrée. Fixais le plancher, submergée par la haine de moi-même. Il se leva alors avec difficulté, marcha vers moi, prit ma tête entre ses mains, m'attira à lui et murmura dans mon oreille : je suis vraiment désolé.

La colère s'enflamma alors en moi, je ne pouvais pas m'imaginer que lui, de tous, se mette à s'apitoyer sur moi, et j'allais me lancer à lui dire de ne pas prendre ça à cœur même s'il trouvait mes peintures médiocres, mais il redit alors, la voix rauque : je suis vraiment désolé, si tu ne m'avais jamais rencontré tu serais maintenant une artiste mondialement célèbre.

Il prit son sac de voyage, alla vers la porte, s'arrêta là un instant, et je fus consternée. Jamais auparavant je n'avais vu Sigmar ainsi abattu, avec une telle expression dans ses yeux.

Je dis quelque peu confuse : attends, tu peux dormir ici, si tu veux. Je m'apprêtais à ajouter : là sur le divan, mais c'était trop tard. Il jeta son sac, vola pratiquement jusqu'à moi, me prit dans ses bras et m'emporta dans la petite chambre.

L'amour est un voyage sans but. L'art n'a rien à faire avec l'amour, plutôt avec l'éloignement de l'amour. Mais combien le corps humain possède une excellente mémoire est matière à réflexion. Il conserve chaque petit mouvement, chaque effleurement, et sait exactement ce qui convient au corps qui un jour s'est uni au sien propre.

Dans le lit étroit qui contenait tout juste deux personnes, à condition que celles-ci soient entraînées à s'enrouler l'une à l'autre comme des plantes grimpantes,

Sigmar dit que j'étais devenue trop maigre, que je devais manger plus : tu dois avoir une intendante comme moi, car tu n'as jamais été particulièrement bonne cuisinière, ma toute petite. Puis il traça un trait de son doigt au milieu de mon visage et le fit descendre le long de mon corps comme s'il allait me partager en deux.

Je dis : si tu fais ça encore une fois, Sigmar, là je te mords le doigt.

Il s'allongea sur le dos. Vois si tu peux m'endormir, dit-il alors, s'attendant à ce que je laisse jouer mes doigts sur son visage et dans ses cheveux, il avait toujours trouvé cela si bon, mais je dis : non, écoute, c'est toi maintenant qui vas me gratter le dos. Et nous nous tournâmes tous les deux sur le côté gauche, moi avec le nez contre le mur, et il traça de son index d'invisibles lignes dans mon dos. Je suis en train de dessiner dans ton dos, dit-il.

C'est une maison, dis-je, prompte à reconnaître la forme.

Je vais faire dessiner une maison pour nous à Reykjavík, Karitas. Sur un bon endroit d'où nous verrons la mer. Nous habiterons au rez-de-chaussée et tu auras ton atelier à l'étage. Je vais vendre le chalutier dans le Nord et ces bateaux de pêche que j'ai dans tous les ports, acheter un nouveau bateau à l'étranger et l'exploiter en majeure partie depuis Reykjavík. Les garçons seront aussi en ville les prochaines années si tout se passe comme souhaité et c'est mieux de pouvoir avoir un œil sur eux et les faire s'accoutumer au monde de la pêche et de l'armement des bateaux. Je vais m'embarquer pour l'étranger dans les prochains jours, je trouverai alors peut-être une idée que je pourrais soumettre à un architecte. L'agencement de la maison n'est pas sans importance, Karitas, elle doit être en même temps un atelier pour toi, comme tu l'appelles toujours, et un pied-à-terre pour moi.

Il parla de l'ordonnancement comme s'il l'avait déjà à

l'esprit, valsa entre les étages, alla d'une pièce à l'autre et était arrivé dans le jardin lorsque le sommeil éteignit ma conscience. Lorsque le soleil du matin me réveilla de nouveau il n'était pas à côté de moi. Il était introuvable, je parcourus toute la maison en sous-vêtements, ouvris, vis que sa voiture avait disparu, et je fus si étonnée qu'il ne m'ait pas dit au revoir. Bien qu'il ait eu pour habitude autrefois de partir à la pêche au point du jour sans me dire au revoir, il m'avait promis une fois de ne plus jamais le faire. Même si j'étais partie sans lui dire au revoir lorsque nous fûmes ensemble la première fois. C'est pourquoi j'étais quelque peu amère tandis que je m'habillais. Mais ensuite je ne sus plus très bien quoi penser, je ne vis aucune trace de lui, c'était comme s'il n'était jamais entré dans cette maison. Je ne vis aucune empreinte des roues de sa voiture, aucune cendre de son cigare, ne trouvai pas le moindre cheveu de lui. Je reniflai l'oreiller, reniflai mon propre corps pour voir si je ne trouvais pas son odeur sur moi mais il n'en était rien. Peut-être étions-nous devenus si soudés que nous ne sentions plus l'odeur l'un de l'autre, ou peut-être avais-je seulement rêvé. J'avais rêvé des choses si étranges depuis Pâques, fait des rêves si forts et si réels qu'il me fallait la moitié de la matinée pour faire la différence entre ce qui s'était passé et ce qu'il me semblait avoir rêvé. Parfois je rêvais des tableaux entiers, si clairs que je pouvais les peindre de mémoire. Et je m'assis dans le grand fauteuil brun, là où il s'était assis, et bien qu'il ait disparu, de ma vie ou de mon rêve, je ne savais pas si c'était plutôt l'un ou l'autre, ce fut alors comme si l'on m'ôtait un lourd fardeau. J'eus l'impression qu'il avait enlevé quelque douloureux chagrin de mon âme.

Les carreaux de faïence noirs et blancs de l'élégante salle de bains de mon frère Ólafur me font penser aux jours dans ma vie. Aux jours clairs, quand je peignais du matin au soir, aux jours sombres quand je ne pouvais pas peindre. Il n'y avait pas d'autres jours dans ma vie. Je ne trouvais jamais de bonheur profond ailleurs que dans mes œuvres, lorsque tout allait bien, lorsque les formes et les couleurs s'unissaient comme un couple amoureux, lorsque l'imagination gouvernait le pinceau, alors ils ne pouvaient pas entrer, le temps et la mort, ces frère et sœur magnifiques. Et là c'était l'instant que j'avais attendu toute ma vie, ma première exposition individuelle, et j'étais assise sur un tabouret dans la grande salle de bains et attendais de vomir. Où était la joie maintenant ? Pourquoi ne pouvais-je pas savourer d'exposer mes peintures ? De voir les visages des spectateurs s'animer devant elles, de voir l'admiration s'éveiller ? Ou bien était-ce l'aversion dans leurs yeux que je craignais ? Qu'est-ce que c'est que ces croûtes ? Voilà quand les femmes prétendent pouvoir peindre. Elle n'a rien appris, celle-là ? Elle n'a rien suivi, n'a pas séjourné à l'étranger depuis qu'elle a étudié à Copenhague il y a une vingtaine d'années, bien trop longtemps, elle est finie. J'étais finie. Mon corps le disait, je pouvais seulement rester assise en fixant la lunette des toilettes : la prochaine fois sortirait-elle de moi par le haut ou par le bas ?

Tu as l'intention de rester là-dedans toute la journée, ma vieille ? cria mon frère Ólafur en frappant à la porte de la salle de bains. J'avais envie de dire tais-toi Ólafur, tu es plus jeune que moi et tu n'as absolument pas à me régenter, mais je n'avais ni l'énergie ni la santé pour cela. Je l'entendis dire d'une voix forte à Herma : est-ce qu'elle ne devrait pas se dépêcher, l'exposition sera inaugurée dans une demi-heure ! Et entendis Herma répondre : heureusement elle est prête, nous pourrons partir dès qu'elle sortira. Si posée toujours, cette femme. Elle ne devait pas non plus exposer ses œuvres au public, révéler sa vie, elle.

J'étais prête. En jolie jupe noire, bas de soies et chaussures noires à talons hauts, j'avais quitté mon chemisier et ma veste, je transpirais tellement tandis que je vomissais. Elles avaient pensé confectionner un tailleur pour moi, les belles-sœurs, mais je ne le voulais pas, pas de complications autour de la chose, avais-je dit, ayant simplement l'intention de porter la jupe que je possédais. Aucun moyen de me faire entendre raison. Puis ma belle-sœur prit de mes mains le pouvoir suprême lorsque j'arrivai à Reykjavík. À Berlin et à Paris, dit-elle avec cette sévérité immobile de femme de classe supérieure, il est en vogue que les artistes s'habillent de vêtements noirs mais élégants et discrets pour le vernissage de leur exposition. Elle avait demeuré dans les grandes capitales avant de rencontrer Ólafur, était même allée à Rome, c'était plus que je n'en avais fait. Et moi, si sensible aux coutumes et aux villes culturelles étrangères, je lui permis de décider. Elle me fit essayer un tailleur noir avec des liserés en velours, bien trop long à la jupe et aux manches, y piqua des épingles çà et là, fit un ourlet, raccourcit les manches et le rétrécit par-ci par-là, puis déclara qu'elle allait laisser une couturière l'arranger. Je ne me mêlai pas de cela, avec Ólafur et Pétur nous avions à nous occuper de tant de choses pour l'exposition. Accrocher les tableaux, envoyer les cartes d'invitation, décider du prix des peintures. Ils étaient bons pour cela, mes frères, l'avocat et le négociant, je les laissai s'occuper de cela pour l'essentiel, ils trouvaient aussi que j'étais plutôt trop étourdie face aux côtés pratiques de l'affaire. Voulaient de préférence pouvoir s'en occuper sans mon intervention, il me sembla aussi qu'ils trouvaient la chose amusante. Ils ne dirent jamais un seul mot sur les peintures elles-mêmes. Les sortirent de leurs emballages en émettant seulement quelques humhum. Personne de la famille ne dit mot sur mes tableaux mais ce n'était peut-être pas ça le pire, plutôt les espérances qu'ils avaient tous pour moi, je le percevais, je suis sensible aux mouvements et aux regards des gens, il me semblait qu'ils étaient quelque peu angoissés. Je trouvais que le pire serait de trahir maman. Je le perçus après la conversation téléphonique avec elle avant le déjeuner, c'était exactement à ce moment que j'avais commencé à me sentir si nauséeuse. Elle dit : je voulais juste te féliciter pour ton exposition, ma Karitas. Et je ne dis pas merci maman chérie, mais seulement aussitôt : ce n'est vraiment pas sûr que les gens aiment mes peintures, maman. Je voulais l'avertir, si elle devait entendre quelque chose de fâcheux sur elles dans le Nord. Mais elle dit : ça n'a aucune importance que les gens aiment tes tableaux, la seule chose qui est importante c'est que toi tu les aimes. Puis nous parlâmes des garçons comme nous y étions habituées, de mes fils et de mes frères. Elle déclara qu'elle était bien aise de garder au moins mon frère Páll là-bas dans le Nord, « il va chercher ce qui m'est nécessaire quand le rhumatisme articulaire entreprend de me tuer à petit feu, me conduit à l'église le dimanche et bricole à ma place une chose et l'autre dont je ne peux pas venir à bout moi-même, ce n'est pas facile pour moi de grimper sur les chaises. Je ne vais pas faire plus long maintenant, ma Karitas, je vais seulement espérer que tu continues ce que tu fais, ne laisse jamais l'âge te faire obstacle en quoi que ce soit, rappelle-toi que j'avais quarante-cinq ans quand je me suis arrachée à ma terre avec enfants et biens. » Et puis, ajouta-t-elle, et ce furent les mots qui restèrent en moi et me mirent si mal à l'aise : j'ai fait tellement de rêves de toi, ma petite Karitas.

Étaient-ce ses vœux qu'elle avait rêvés ou avait-elle fait quelque rêve prémonitoire ?

J'enfonçai mon doigt jusqu'au fond de ma gorge, essayai de vomir quelque chose, n'arrivai à rien faire remonter. Et Ólafur tambourina rudement à la porte :

Karitas ! Si tu ne sors pas sur l'instant je défonce la porte ! Je pensai : peut-être pourrais-je utiliser le motif du carrelage dans mon prochain tableau ? Faire jouer ensemble le noir et le blanc, les mauvais jours et les bons ? Je me demande si Sigmar sera là-bas ? Puis j'ouvris la porte, sortis en chancelant, le couple regarda ma tenue avec horreur. Herma trancha, elle me tira dans la salle à manger, dit à Ólafur d'aller chercher mes vêtements, me fit asseoir sur une chaise, ouvrit le buffet, sortit une bouteille de vin, remplit un verre à moitié ou plus et dit : avale ça. Elle parlait un islandais irréprochable, Herma, sauf quand entrait en jeu le bruit de souffle accompagnant les consonnes *p*, *t* et *k*, là on entendait alors qu'elle était étrangère. Et je bus avec peine tandis que je regardais Herma, car même si je la trouvais ennuyeuse, toujours ainsi posée et rigide, il y avait quelque chose dans son visage qui suscitait mon attention, plus je la voyais plus j'avais envie de la dessiner. À l'exception de Sigmar j'avais peu d'intérêt pour les portraits, je dessinais seulement les gens pour leur faire plaisir, pour pouvoir être avec eux, ne pas être en dehors de la société, mais le visage d'Herma, avec ce scintillement particulier dans les yeux, déclenchait l'envie en moi. Elle venait de l'étranger, de l'extérieur. Élevée dans une culture européenne enracinée, issue de gens qui mangeaient dans de l'argent et de la porcelaine dans de grandes et magnifiques maisons particulières pendant que nous, les Islandais, vidions en les raclant des écuelles en bois dans nos fermes en tourbe. Mais il advint que ce fut le garçon de la ferme en tourbe dans les Fjords de l'Ouest qui l'emmena vers chez lui, naviqua avec elle plein nord vers l'océan Glacial arctique et la protégea ainsi des calamités de la guerre et de cette humiliation que la vieille société culturelle devait endurer. Elle ne parlait jamais de sa nation, ne mentionnait jamais sa famille, mais dans ses yeux il y avait la musique et la poésie de son peuple, l'art que les nazis n'avaient pas réussi à prendre de force. Ils avaient aussi eu de bons peintres, les Allemands, les meilleurs expressionnistes, ce mouvement ne m'avait cependant jamais plu, j'étais profondément plongée dans mes pensées au sujet de tendances dissemblables, toutes ces tendances que les hommes avaient façonnées, et j'étais en train de me demander si les femmes avaient façonné des tendances et lesquelles, combien nous étions de femmes artistes dans le monde, lorsque mon frère dit : allons, il est grand temps maintenant que l'artiste entre en scène.

Dans les Fjords de l'Ouest il y avait une fois une femme qui entrait toujours en transe lorsqu'elle arrivait dans les prés. C'est ainsi que j'entrai en scène. Le vin avait peut-être son effet, je n'avais pas l'habitude de l'alcool. Nous entrâmes dans la salle d'exposition, elle était pleine de gens et moi j'étais dans cet état de transe. Je vis mes tableaux dans un brouillard, ne reconnus pas les visages qui s'approchaient de moi, on me salua, je fus présentée à des gens et je hochai la tête, radotai quelque chose, si encore j'arrivais à prononcer un mot. J'étais accrochée à Herma, moi qui l'avais toujours trouvée ennuyeuse, mais mes frères avaient pris en charge le rôle d'amener les gens à moi, « et voici l'artiste en personne », et ma main était pressée et je hoquetais quelque chose. Personne ne dit mot sur mes tableaux sauf la femme de mon frère Pétur, la petite, rondelette et bonne par nature Marta, « des peintures tout à fait exquises », disait-elle en permanence mais j'étais plus ou moins sûre qu'elle disait cela pour me faire plaisir. Puis arriva mon fils Jón, il m'embrassa sur la joue, regarda ma tenue vestimentaire avec approbation et dit : ce que tu es élégante, maman. Pas un mot sur mes peintures. Et je ressentis alors combien Sigmar me manquait. Pourquoi ne s'était-il pas montré ? Et où était Sumarliði, n'avait-il pas eu l'intention de venir ?

Des peintures tout à fait exquises, dit Marta et je commençai à me calmer quelque peu, à regarder autour de moi, mais je vis trois beaux et jeunes hommes se tenant près du tableau du puits. Ils délibéraient, me jetant des regards furtifs. Bien que je ne les connaisse pas, je sus immédiatement que c'étaient mes confrères, les artistes se reniflent l'un l'autre, mon diaphragme se contracta. Le sentiment d'infériorité m'égratignait, j'essayai de rester sous le couvert d'Herma. Probablement me serais-je éclipsée dehors sur la pointe des pieds pour avoir des haut-le-cœur en paix si les belles-sœurs d'Eyrarbakki n'étaient arrivées faisant voile droit sur moi, souriantes et joviales en tailleur, l'un bleu l'autre vert, et ne m'avaient serrée dans leurs bras. Leur contact me débarrassa de toute tension en l'espace d'un instant. Je n'ai pas la moindre connaissance en peinture, dit Sveina en toute sincérité, mais je trouve qu'il y a un si bon coup de patte dans tes tableaux, ils me font penser à de la broderie française. Et tu as peint tout ça chez nous à Eyrarbakki ! Ólafía renchérit : il y a une sorte d'insurrection en eux qui agit si agréablement sur moi, non qu'est-ce que je radote là, comment doit-on parler de ce genre de choses ? Et Herma qui avait vécu à Berlin et à Paris dit alors : on ne doit pas parler des tableaux, on doit réfléchir sur eux. Les belles-sœurs se sauvèrent. Certains devaient par ailleurs en parler et où étaient-ils ? Mes frères, qui avaient tourné parmi la foule du fait que l'artiste elle-même n'en était pas capable, non pas que cela les ennuyait, vinrent enfin vers moi avec les nouvelles que vraisemblablement les gens n'avaient pas du tout trouvé les tableaux si mauvais que cela. Un peu inhabituels peut-être ? dit mon petit frère Pétur qui était encore petit et rondelet et que j'avais mouché et lavé à Akureyri lorsqu'il était gamin, et je levai les yeux vers Ólafur, son frère aîné, pour qui j'avais lavé le linge à Akureyri afin qu'il puisse aller à l'école, et

Ólafur, long et mince, promena son regard sur la salle et dit quelque peu inquiet : surréalistes et abstraits, a dit quelqu'un, mais le critique n'a pas émis un seul son, ce qui lui reste à dire est encore une autre histoire. Mais ça va bientôt se terminer et ensuite vous viendrez tous, toute la famille, chez Herma et moi pour le repas du soir ? Il faut célébrer cette journée, pas vrai Karitas ?

Mais Karitas en avait tout à coup eu assez de sa famille et avait seulement besoin de vite sortir de la salle pour respirer de l'air frais. Qu'est-ce qu'ils croyaient savoir sur l'art pictural, les gamins ? Surréalistes ? Fallait-il maintenant que je me barbouille de quelque tendance ? Mes tableaux étaient ma tendance. Les miens, ceux qui m'étaient les plus proches, ne pouvaient-ils donc rien dire de leurs propres tripes sur mes tableaux ? Et pourquoi mon fils ne pouvait-il rien dire, et où était l'autre fichu garnement ? Ils n'avaient pas idée de combien j'avais travaillé dur. Ils pouvaient bien aller se faire voir avec leur foutu dîner et pourquoi donc bon sang Sigmar n'était pas venu ? Le seul homme qui savait apprécier mes tableaux en connaisseur.

Quelqu'un dit alors dans mon dos d'une voix grave, un peu éraillée : on peut te proposer une Chesterfield ?

Pía. De son autre nom Gabríela Filippía Gamalíelsdóttir, était plantée fumant juste derrière moi, tenant sa cigarette exactement comme elle l'avait fait à Siglufjörður quand nous étions ensemble dans le hareng, entre le pouce et l'index comme les hommes tiennent un cigare, ses grands yeux mi-clos, avec la même coiffure, la raie soigneusement partagée sur le côté gauche, comme je l'avais dessinée à la table de la cuisine dans le baraquement. Mais les traits de son visage étaient plus profonds, les années avaient fait ressortir son caractère, elle était émaciée mais d'une manière hautaine.

Elle dit : excuse-moi d'être partie sans te dire au revoir.

Tu veux dire quand tu as volé le cheval de selle préféré de ma sœur et que tu as disparu dans la nuit ? dis-je.

Je me rappelle vaguement de ça, répondit-elle et nous fîmes comme si les vingt-trois années passées n'étaient que quelques jours mais les trois mois que nous avions eus ensemble toute une vie. Nous nous étions toujours comprises, avec Pía. Elle dit : je savais depuis le début que tu étais un bon peintre, c'est pour ça que j'ai gardé comme de l'or le dessin que tu avais fait de moi, je n'ai pas l'intention de le vendre avant d'avoir tout perdu. Comme si elle pouvait tout aussi bien escompter cela. Elle regarda par-dessus son épaule deux jeunes filles qui se tenaient sérieuses et silencieuses derrière elle et dit : voici mes filles, Anna et Hanna, elles me suivent où que j'aille. Saluez l'artiste, oui, faites une révérence. Les filles levèrent les sourcils et firent comme si elles n'avaient pas entendu. Pía proposa que nous allions nous balader le long du petit lac afin de pouvoir faire un brin de causette tranquillement et fit comprendre à ses filles d'un regard empreint de fermeté que leur compagnie n'était pas souhaitée. Il était visible qu'elles étaient tout à fait opposées à se séparer de leur mère, elles restèrent cependant calmes lorsque nous nous en allâmes doucement.

Chaque jour j'oublie le passé alors il est vain de le ressasser, dit Pía. Nous allons seulement énumérer nos enfants comme les bonnes mères en ont l'habitude et ne pas nous soucier de changer ça. Quelle énergie, dit-elle lorsqu'elle entendit que j'en avais eu quatre, « moi je me suis contentée de ces deux qui sont toujours sur mes talons, je les ai eues avec un artiste danois, tu sais combien j'ai toujours eu un faible pour eux, mais il était à la fois sans racines et porté sur la boisson alors j'ai filé en Islande avec mes deux filles, ai épousé un comptable fiable qui rapportait bien et puis obtenu un boulot dans la boutique de mode de sa sœur. » Nous en avions alors terminé avec son passé selon son appréciation et pouvions nous tourner vers le présent. J'en fus profondément bien aise, cela m'aurait éprouvé de réviser le passé. Pía déclara avoir vu toutes les expositions artistiques dans la ville les quinze dernières années mais qu'elle n'en avait vu aucune qui égalait la mienne. Enfin je voyais quelque chose qui m'interpellait, dit-elle et je me réchauffai dans la fraîche brise d'automne. Je ne t'ai pas vue dans la salle, dis-je, mais toi est-ce que tu as vu quelque critique ou ce genre de gens ? Pía dit : j'ai vu tous ceux qui prétendent savoir quelque chose en art mais tu ne devras pas tenir compte d'eux, parce que tu es une femme et il n'est pas témoigné aux femmes islandaises le respect qui leur est dû depuis que l'armée est partie. Les hommes sont devenus complètement fous quand le pays s'est rempli de beaux et courtois étrangers qui avaient envie de danser avec les Islandaises. Ils ne pouvaient bien sûr pas s'en prendre aux soldats, les repousser en les effrayant comme les mâles le font dans la jungle, alors ils s'en sont pris à nous avec les mots pour armes. Les ont brandis au-dessus de nous comme des haches de guerre. Celles qui se donnaient aux étrangers étaient traitées de vilains noms et celles qui ne le faisaient pas mais qui montraient aux hommes une courtoisie élémentaire recevaient des regards avertisseurs. La répudiation toujours menaçante. C'est ainsi qu'elles ont été matées. Maintenant la guerre est finie, les concurrents disparus, mais la neige emportée par le vent ne recouvre pas leurs traces. Tout est changé, le temps s'est refroidi. C'est maintenant la mode dans ce pays de tout faire pour contenter les hommes, de façon à racheter l'attention que les étrangers nous ont accordée. Et nous y parvenons, sommes gentilles, obéissantes et travailleuses. Pleurons de reconnaissance s'ils nous tendent quelques sous. Je trouverais ça une grande magnanimité s'ils faisaient tant soit peu parler de ton exposition dans les journaux.

Ah, ça va mal à ce point-là, je ne l'avais simplement pas remarqué, mentis-je afin qu'elle continue à parler de cette tranche de la vie, c'était si rare que j'entende des discours de ce genre mais bien sûr je m'étais aperçue de ces changements de temps. Non, tu as été si chanceuse de pouvoir te vautrer dans tes tubes de couleurs, dit Pía avec un ton de gratification dans la voix, et ses mots me transportèrent aux nues, ils étaient la preuve qu'en dépit de tout j'avais pu me consacrer à l'art. J'avais soif de reconnaissance et de compréhension. Je dois réussir à aller à l'étranger, dis-je exaltée et optimiste, à Paris et à Berlin, voir ce qu'ils font là-bas, voir toutes les œuvres célèbres, et j'énumérai les peintres que j'avais eu depuis si longtemps envie de voir, m'étourdis dans l'énumération, discourus abondamment des couleurs et des formes, de toutes les idées qui se débattaient en moi, de savoir si d'autres peintres pensaient si cela se trouve comme moi, me précéderaient peut-être pour fixer ces idées sur la toile, sentis que Pía commençait à s'agiter, à regarder dans toutes les directions en triturant son cou, mais j'essayai de ne pas laisser cela me troubler, jusqu'à ce qu'elle s'arrête brusquement et dise : pour l'amour du ciel, Karitas, allons prendre un drink au Borg en fumant une cigarette.

Le dîner de mon frère et ma belle-sœur, en mon honneur et celui de mes tableaux, s'était enfui et effacé de ma mémoire. J'avais rencontré une femme qui connaissait de l'art les tenants et les aboutissants, je ne pouvais pas la laisser échapper, je babillai sans discontinuer sur les idées qui me tournaient dans la tête pendant que nous faisions toutes voiles vers la débauche de la ville. Mais je fus à court de mots quand je vis la salle de l'hôtel et les lumières, je n'avais vu pareille magnificence depuis que j'étais jeune à Copenhague, le soir où j'avais dansé la valse. Pía fonça droit sur le bar, moi la suivant silencieusement à distance, timide comme une souris des bois, et elle fit tournoyer sa main comme une femme du monde, la posa tendue à plat sur le comptoir devant le serveur en disant que c'était son neveu et qu'il allait nous mélanger quelques boissons. Ce qu'il fit, cependant avec un très léger ricanement, me sembla-t-il. Nous nous étions assises sur d'élégantes chaises, balançant juste nos pieds de bien-être, nous portions toutes les deux des bas de soie et des chaussures à talons hauts, sirotions nos nectars des dieux et soufflions la fumée de la liberté. Le calme nous recouvrant momentanément toutes les deux, comme des marins qui ont atteint la terre après un long séjour en mer, mais il se produisit en même temps que la salle se remplit de gens et que Pía dut une fois après l'autre aller se chercher un autre verre. Elle devint nerveuse et distraite, avait perdu tout intérêt pour l'art, bien que je ne puisse détecter directement que l'alcool lui montait à la tête. Alors ils arrivèrent, ces trois jeunes artistes qui étaient présents à mon exposition et Pía qui connaissait tout le monde dit que deux d'entre eux étaient des peintres auxquels la nation attachait de grands espoirs, que le troisième était poète, et à ma grande épouvante elle leur fit signe de venir vers nous. Mes garçons, dit-elle, c'est l'artiste qui exposait aujourd'hui. Ils me saluèrent en inclinant la tête et en grommelant : bonjour. Je fis quelque chose d'identique, je n'avais à cause de ma timidité et de mon complexe d'infériorité rien à avancer qui aurait pu lancer la conversation, aussi ils s'éclipsèrent, ils avaient visiblement pas mal à faire. Pía marmonna : ils n'ont aucun savoir-vivre, ces Islandais, ils auraient quand même pu proférer quelque chose. Mais le poète se retourna alors, revint vers nous, me regarda dans les yeux et dit : je vous félicite pour l'exposition, vos tableaux méritent des éloges. Il ne dit rien de plus et s'en alla mais je fus éperdue de reconnaissance, ne me contenant presque plus de joie et ne montrai aucune objection lorsque Pía voulut que mon verre soit rempli à nouveau. Elle en avait alors ingurgité un bon nombre elle-même, cependant sans que je les aie comptés, était soudainement devenue fort enjouée et voulut que nous prenions part à l'allégresse dans la salle, que nous regardions au moins le bal qui se déroulait. Dit qu'il y avait là des Écossais en visite auprès de l'association islando-écossaise et que voir ces garçons danser en jupe était un événement que je ne pouvais pas laisser échapper. Extérieure à la liesse mais cependant en paix avec moi-même je regardai les jupes voltiger, vis des chevilles et mollets masculins qu'il n'aurait peut-être pas été déplaisant de dessiner puis soudain je sentis qu'on me regardait mais ne vis pas dans les lumières tamisées qui était celui qui me lançait des regards à la dérobée. Je tâtais mon visage du bout des doigts, me sentis mal à l'aise. Pía, dis-je dans son oreille, est-ce qu'il y a quelqu'un qui me regarde ? Tu crois ça ? fit-elle d'une voix traînante sur un ton ironique, elle me considéra un instant, balançant légèrement la tête de chaque côté, puis dit avec son visage tout près du mien : tu n'es pas particulièrement jolie, Karitas, mais tu es comme un aimant. Je m'apprêtai à être drôle aussi, essayant de trouver les mots justes ce qui n'était pas facile sous l'influence de l'alcool, levai les yeux vers les lumières mais je vis alors celui qui m'avait regardée.

Je l'avais remarqué sur la piste de danse, un bel homme en kilt puissamment bâti, avais admiré sa souple et élégante façon de danser mais pas vu alors son visage distinctement. Il se tenait maintenant au sein du groupe de ses amis, riait avec eux, et bien qu'il ne me regardât pas à cet instant mon esprit me dit qu'il avait été cet homme-là. Il rit avec ses amis, tourna la tête de sorte que je vis l'expression intense de son regard, et je ne pus détacher mes yeux de lui. Ce fut comme si je voyais une belle image que j'avais peinte un jour mais sans pouvoir me souvenir où. Et ce fut comme s'il avait attendu que je lui prête attention. Il ne me regarda pas mais sentit que je le regardais et son allure devint sûre de sa victoire comme s'il avait enduré une rude épreuve. Sous mon regard s'illuminèrent sur son visage joie et exaltation. Je regardais fascinée, n'essayant même pas de cacher mon admiration.

Puis l'image s'estompa. Je le perdis de vue et fatigue et nausée m'envahirent alors. Le mélange m'avait rendue malade, je demandai à Pía de m'accompagner dans le hall mais elle déclara qu'elle avait pensé danser avec un homme en jupe, que je devais pouvoir me tirer d'affaire toute seule aux toilettes. Ce que je fis, et puis il advint que la journée se termina comme elle avait commencé, par des vomissements.

Je rentrai soûle comme une grive à la maison. Herma me coucha.

La rivière argentée jaillissant de la chute blanche roule dans la vallée, impétueuse et profonde, les cailloux s'accrochent au fond, luttent, mais elle les emporte fermement et rapidement jusqu'à l'océan sans fin. Je n'arrive pas à traverser la rivière, n'ai pas les pierres pour poser la pointe de mes pieds, alors je m'allonge sur la rive, étire la main vers l'eau limpide et froide mais dans ma paume elle se transforme en argent.

J'ai rêvé d'une rivière d'argent le jour où elle est née.

Mon fils Sumarliði était assis au bord du lit lorsque je me réveillai, le visage souriant et légèrement moqueur, c'était l'expression qui le rendait si charmant, qu'il était si difficile de fixer sur une feuille. Il dit : maman chérie, c'est vrai ce que j'ai entendu, que tu t'es pris une cuite ?

Je donnai une brève réponse, savais qu'il était vain de justifier mes actes. Cela l'amusait, le gamin, je le voyais et ne savais pas comment je me devais de prendre cela. Il eut bien du mal à se contenir, puis dit : j'étais en train de penser à te plonger dans un autre genre d'ivresse, autre que celle que l'alcool t'a apportée, enfin bref une ivresse de bonheur, qu'est-ce que tu en dis ? Pourquoi n'es-tu pas venu à mon exposition ? demandai-je en fronçant les sourcils. Je me bagarrais pour mettre un enfant au monde, dit-il sérieux, et ce matin elle est née, petite et jolie, tu n'as pas envie de la voir ?

La maison de mon frère était silencieuse ce jour-là, du couple je ne vis ni l'un ni l'autre, ce qui fut pour moi un soulagement, je n'étais pas en état de parler avec eux. Bien que je sois seulement l'ombre de moi-même le jour où j'avais rêvé d'argent j'eus cependant la présence d'esprit de prendre mon carnet de croquis avec moi. Le mis dans mon sac avant que nous partions, Sumarliði et moi. La petite amie de Sumarliði, elle s'appelait Svanhvít, me dit-il, reposait dans la petite maternité sur les hauteurs de la ville. Il déclara l'avoir rencontrée lors d'un bal ici dans le Sud, « et j'ai complètement craqué pour elle, elle est si belle ». J'eus envie de lui demander s'il était vrai qu'il avait aussi rencontré Halldóra, sa sœur jumelle, à un bal dans le Nord mais je ne pus m'y résoudre en cet instant et demandai seulement : est-ce qu'elle n'a pas déjà eu un enfant avant, cette fille, Svanhvít ? Sumarliði dit d'une voix rapide, comme si cela n'avait aucune importance en soi : si, un petit garçon de trois ans qu'elle a eu avec un soldat américain. Un gamin adorable et bien sûr je lui sers de père, on a trouvé à louer un petit appartement sur la colline de Thingholt, mais j'ai obtenu une place sur un bateau qui pêche bien alors on déménagera rapidement dans un meilleur logement. Il était fier de lui, mon garçon, tout juste vingt ans, puis je dis quelque peu ironique : je croyais que tu devais entrer à l'Académie de Marine, ton père a parlé de ça ? Il ne répondit rien à cela, mit un chewing-gum dans sa bouche. Où est-il, ton père ? redemandai-je. Papa ? répéta-t-il comme si j'étais en train de parler d'un parent éloigné, je suppose qu'il est à l'étranger loin d'ici comme d'habitude, à acheter des bateaux et la moitié du monde.

Une odeur réveille des souvenirs, un temps depuis long-temps passé qui devrait être enterré et oublié, s'approche par-derrière comme un ennemi depuis une embuscade. En un clin d'œil l'esprit l'aspire en lui et la transforme en images, en vieilles images en noir et blanc qui furent dessinées par hasard mais que personne ne devait voir. Je ne pus arriver à opposer la moindre défense lorsque je sentis l'odeur à l'intérieur de la maternité. Dus m'appuyer contre un mur et respirer très rapidement pour étouffer la nausée et repousser les vieux souvenirs qui m'assaillaient. Vieux et vilains secrets. Je vais te chercher de l'eau, maman, dit Sumarliði, croyant que mon état maladif pouvait provenir de la liesse à laquelle j'avais pris part le soir précédent. Je tremblais jusqu'au plus profond de moi lorsque je pénétrai dans la chambre où sa petite amie reposait mais l'image qui me sauta alors aux yeux fit que ces vieilleries s'effacèrent et je me remis.

La première chose qui me vint à l'esprit lorsque je la vis fut une rose que j'avais vue une fois au Danemark, rouge sombre et belle, il n'y avait pas à s'étonner que mon fils se soit laissé fasciner. Cheveux noirs, peau blanche, lèvres rouges, vis-je à l'instant, mais ce qui attira le plus mon attention fut ses ongles. Ils étaient vernis en rouge feu. Je n'avais pas fréquenté de femmes avec des ongles rouges, cillai quelque peu, mais aussitôt ce fut comme si je percevais un temps nouveau en cette jeune femme. J'eus l'impression que moi et la société tout entière étions lancés à pleine vitesse dans un futur d'incertitude et de tension. J'eus cependant la présence d'esprit de lui dire bonjour et de la féliciter pour son bébé. Elle nous regarda si singulièrement indifférente, la jeune femme. Sumarliði était comme suspendu à un fil, il tournait en rond dans la chambre, alla chercher une chaise pour moi, s'assit lui-même sur le lit, se releva et s'assit de nouveau, je n'avais jamais vu mon garçon aussi nerveux auparavant. Je vis qu'il essayait de tout faire pour contenter sa princesse. Et elle ne bougeait pas, était allongée avec les mains par-dessus la couette si bien que ses ongles rouges étaient comme des gouttes de sang sur le drap blanc. Dans un berceau à côté du lit était couchée leur fille, on voyait tout juste la petite tête, et Sumarliði souleva la couette afin que je puisse la voir tout entière, voir le petit corps, je ne pus m'empêcher de saisir ses pieds, j'avais surtout envie de la prendre mais n'osais pas, ne sachant pas quelle serait la réaction de la mère. Mais Sumarliði souleva l'enfant, la porta rapidement à ses sens, puis la mit dans mes bras. Un instant je savourai la félicité qui accompagne le fait de tenir un nouveau-né, sentis comment mon esprit et mon âme s'arrêtèrent de palpiter lorsque ma joue toucha le minuscule visage soyeux, puis ce fut comme si on étreignait mon cœur, la vieille griffe qui me tenait prisonnière et entravait ma liberté. Je mis le bébé dans les bras de sa mère et dis sans aucune sensiblerie : je suis venu avec mon bloc à dessin afin de pouvoir vous dessiner.

Il y avait eu une fois dans le Nord un jeune homme et maman disait toujours lorsqu'il passait devant la maison et qu'elle le voyait par hasard par la fenêtre : le pauvre, ce qu'il est laid, autant que ses parents sont beaux, mais il en est souvent ainsi, si les deux parents sont très beaux leurs enfants seront laids. Vieux contes de bonnes femmes, pensai-je mais j'espérais cependant que ma petite-fille n'aurait pas à payer la beauté de ses parents. Je demandai s'ils avaient trouvé un joli prénom pour elle. Elle n'aura à porter le nom de personne, dit la mère d'une voix rapide en me regardant fixement. Sumarliði vit que j'étais embarrassée et dit : maman, si

76

renommée mais n'accordes aucune importance à l'avis des gens sur toi. Qu'est-ce qui se débat dans ta tête ?

Quand part l'autocar pour l'est ? demandai-je.

Tu l'as manqué, dit-il sèchement, et d'après ce que je comprends Herma t'a pardonnée, elle a l'intention de cuisiner pour toi une poule avec une sauce allemande au curry ce soir. Mais tu devrais peut-être te demander s'il ne serait pas mieux de prendre un bateau vers l'ouest jusqu'en Amérique comme beaucoup de nos principaux peintres l'ont fait précédemment plutôt que l'autocar vers l'est jusqu'à Eyrarbakki. Est-ce qu'il n'y en a pas assez de l'exil ? Tu n'apprendras rien de neuf là où il y a peu de monde. Les artistes ne doivent-ils pas prendre connaissance des nouveautés, peindre parmi leurs égaux ?

Il aurait aussi bien pu citer la lune que l'Amérique, mon frère Ólafur, ce continent n'avait jamais trouvé le chemin de mes rêves cependant ses mots me rappelèrent que j'étais maintenant arrivée sur le seuil que je devrais tôt ou tard franchir. Mais la pensée de plusieurs jours de traversée avec des vomissements me découragea. Je n'ai pas particulièrement envie d'aller en Amérique, dis-je avec un air difficile. Essaye alors de te trouver un atelier ici en ville, dit-il impatient, c'est quand même mieux que de végéter au fond de la campagne. Et puis ton fils vient d'avoir une fille, est-ce que ça ne serait pas bien de déménager en ville afin que tu puisses t'occuper de ta petite-fille ? Ils ont aussi besoin de toi, les jeunes. Mais quoi qu'il en soit tu dois encore obtenir des articles, Karitas. Il chantonna les derniers mots avant de quitter la pièce : oui des articles, chère sœur, des articles tu dois encore obtenir.

Je résolus de me chercher un atelier en ville. Je voulais cependant faire cela sans l'intervention d'Ólafur, je trouvais qu'il traitait sa sœur de haut, elle qui était pourtant d'un an plus âgée que lui, aussi je téléphonai chez Pía avant la fin de la soirée et demandai si elle pouvait m'aider dans ma recherche. Je connais un homme qui connaît un autre homme, dit-elle et quand j'aurai parlé avec eux je te rappelle et on se retrouve dans un café. Et j'attendis. Restai assise dans le superbe salon de ma belle-sœur et regardai tous les vases, les coupes, les statues dont la fille de service embauchée pour l'hiver était en permanence en train d'ôter la poussière. Toutes les journées étaient utilisées à dépoussiérer et nettoyer dans cette maison. Mais ma belle-sœur eut un comportement chaleureux à la table du dîner, dans ses yeux se lisait une pointe de reconnaissance quand elle me regardait, et elle dit à la servante de l'hiver : apporte de la sauce plus chaude pour Karitas. Je devinai que mon frère lui avait fait part de mon souhait qu'elle dispose des tableaux invendus. À midi le lendemain j'eus enfin des nouvelles de Pía. J'avais alors attendu près du téléphone et n'avais pas osé sortir de la maison de peur de manquer son appel. Elle déclara avoir quelques adresses où nous pouvions aller jeter un coup d'œil, « et mets-toi de bonnes chaussures de marche car nous devrons vadrouiller dans la moitié de la ville ».

Comme les plantes, les êtres humains ont un territoire où ils s'épanouissent le mieux. Certains se préfèrent dans les régions nordiques, d'autres dans les pays du sud, certains dans le calme de la campagne, d'autres dans le tumulte et la liesse de la ville, l'environnement de Pía était le café. Elle était assise là, mince dans un manteau bien coupé, avec ses jambes longues et ses cheveux aux épaules, et fumait une cigarette au bout d'un fume-cigarette. Je dois être rentrée à la maison avant le repas du soir, sinon mes filles commenceront à me chercher, dit-elle. Je crus comprendre que c'est ce qu'elles avaient fait le soir que nous avions passé ensemble mais ne le mentionnai pas, me rappelant que le passé ennuyait Pía. Je m'abstins de dire que c'était la première fois que j'entrais dans un café à Reykjavík, j'avais déjà sûrement l'air assez campagnarde, mais il était indéniable que je me plaisais délicieusement dans l'environnement de Pía. Des gens en train de discuter, cliquetis des tasses et des assiettes et ce parfum familier de tabac dans l'air. Il me semblait être arrivée à mi-chemin de l'étranger. Pía dit : tu veux un grand atelier ou un petit, dans une maison neuve ou une ancienne, une pièce sous les toits ou peut-être une maison de jardin ? N'importe quoi, ma bonne Pía, dis-je avec modestie. Je m'étais rendu compte le soir à l'hôtel Borg que Pía avait de nombreuses connaissances mais je ne m'étais pas doutée qu'elle connaissait la moitié de la ville. Elle était saluée familièrement à chaque coin de rue. Tu connais ces gens ? murmurais-je toujours dans son dos et elle répliquait : la femme est cliente chez nous. Nous visitâmes des logements de toutes sortes que l'on aurait éventuellement pu utiliser comme atelier, et Pía ne mâcha pas ses mots pour dire que leur état lui déplaisait. Dans un appartement sous les toits dans le quartier de Versturbær la vue sur la ville était des meilleures mais à l'étage en dessous habitaient deux familles avec onze enfants en tout et à cause de la promiscuité tout ce petit monde grimpait à l'appartement utilisé comme espace de jeu. Elle peut tout aussi bien louer dehors sur le parc à balançoires, dit Pía sur un ton acerbe à la femme qui nous montrait les lieux. La lumière était bonne dans le logement au-dessus d'un dépôt au centre-ville et nous restâmes longtemps à prévoir et spéculer mais lorsqu'il apparut que l'électricité était à peine suffisante, Pía asséna au propriétaire : vous croyez que les artistes sont quelque sorte de taupes ? Nous arpentâmes la ville, visitâmes des réserves, des garages et des arrière-cours, certains d'entre eux excellents locaux à mon avis mais Pía y trouvait de gros défauts. Comment est le chauffage ? demanda-t-elle à l'un, et à l'autre elle dit sèchement : vous n'avez pas repeint depuis le tournant du siècle ?

En haut de la colline de Skólavörðuholt ce fut le bouquet. Il y avait là un abri de jardin, clair et spacieux, relié à un petit appartement et j'avais commencé à me représenter l'atelier du futur lorsque Pía aperçut de l'herbe qui poussait dans un coin du local. Elle regarda le propriétaire avec mépris, me désigna du doigt et dit : vous croyez qu'elle est herbivore ?

Pía devait fumer aussi nous nous assîmes sur un rocher de Skólavörðuholt, étirâmes nos jambes, regardâmes en silence le socle où la grande église devait s'élever, et aussi les longs hangars arrondis en tôle ondulée que l'armée avait laissés derrière elle et dans lesquels les Islandais s'étaient nichés, habitués à se contenter de tout, et je dis : ça allait bien comme ça avec l'herbe, ma bonne Pía, j'aurais tout à fait pu vivre avec ça. Elle dit : tu as peut-être des dents pour brouter de l'herbe mais moi à partir de ce lundi je serai sans dents. On doit enlever la moindre de ces foutues dents de ma bouche. Tu veux une Chesterfield ? Dans ces circonstances je ne pus rien faire d'autre qu'accepter le tabac mais je ne sus pas exactement comment je devais m'y prendre pour lui regonfler le moral, je dis seulement : fichu problème. Mais ces mots furent cependant mieux que rien, elle dévida son écheveau, dit que l'arrachage des dents n'avait pas d'importance en lui-même, qu'elle était de toute façon devenue vieille et qu'elle allait bientôt crever. Je dis alors douter que cela puisse arriver bientôt, « et alors comment ça s'est passé, ma Pía, n'as-tu pas encore à voyager à travers l'Islande comme tu en parlais à Siglufjörður, observer les plantes, les insectes, les truites, les oiseaux ? » Le renard arctique sur les landes de bruyère et les trolls dans les montagnes, compléta-t-elle. Puis dit : non Karitas, je n'ai pas encore à élever la moindre église mais je sais que toi tu as encore à le faire, tu as tes dents.

La recherche de l'atelier était terminée pour ce jour

et nous prîmes le chemin de la maison, elle fit un bout de chemin avec moi en descendant jusqu'au croisement de Laufásvegur, là nous nous séparâmes et elle déclara qu'elle allait venir me ramasser le lendemain, comme elle disait en anglais. Un petit incident se fixa dans ma mémoire, un instant devant la maison de mon frère, au moment où nous étions en train de nous dire au revoir. Herma sortit soudainement sur le perron et elles se regardèrent, elle et Pía. Toutes les deux sur la défensive, comme des chats sauvages guettant le plus infime mouvement de l'autre. Puis Herma disparut à l'intérieur, Pía continua son chemin. Dans la nuit elles apparurent dans mes rêves, sifflant de colère, échevelées et dépenaillées, je me battis avec elles et dans l'affrontement toutes mes dents tombèrent brusquement de ma bouche. Dans l'obscurité je tâtonnai autour de moi du plat de la main, croyant qu'elles se trouvaient dans le drap, les dents, et je fus longue à comprendre que cela avait été un rêve. Puis fus profondément soulagée mais ressentis ensuite un mauvais pressentiment dans ma poitrine. Un tel rêve ne présageait rien de bon, cela je le savais et de ce fait j'essayai de penser à quelque chose de beau pour me calmer, pensai à mes tableaux, je le faisais le plus souvent lorsque je sentais que l'obscurité gagnait mon âme, mais ils m'avaient quittée, étaient suspendus dans une grande salle où tous pouvaient les regarder, les posséder, les juger, ils n'étaient plus miens. Mon esprit vagabonda alors vers ma petite-fille, elle m'était apparue si jolie, cette enfant, et je me demandais si ma petite-fille dans le Nord à Skagafjörður était aussi jolie, s'il me restait encore quelque peu à côtoyer ces fillettes dans l'avenir, si leurs mères le permettraient, elles devaient me trouver bizarre. Une femme qui pensait uniquement à peindre au lieu de s'avérer une bonne grand-mère pour ses petits-enfants, qui serait toujours là, les consolerait et leur raconterait des histoires. Les grands-mères ne devaient-elles pas se conduire ainsi ? Et j'essayai de me rappeler quel comportement ma grand-mère dans l'Ouest avait eu lorsqu'elle nous rendait visite mais me souvenais seulement d'une femme qui riait et plaisantait beaucoup avec nous les frères et sœurs. Racontait en fait de savoureuses histoires d'elfes parfois pour nous faire tenir tranquilles. Mais dans les ténèbres, au sortir de ce mauvais rêve de dents perdues, je ne pus rien faire d'autre que de relier mon nouveau rôle au sein de la famille à mon âge et à la fin. Celle-ci devait s'approcher lente et mordante avec la perte des dents comme chez Pía. Elle qui avait eu l'intention de devenir naturaliste et de conquérir le pays que sa mère danoise avait en aversion. Qu'était-il advenu de ses rêves ? Et qu'allait-il advenir des miens ? N'était-il pas trop tard après tout pour conquérir le monde arrivée à ce point et avais-je jamais eu l'intention de le conquérir, ou qu'avais-je eu l'intention de faire ? Étais-je quelque peu mieux lotie que Pía bien que j'aie gardé toutes mes dents ? Les insomnies avaient toujours été mon malheur, je les redoutais et avais à cause d'elles évité les pensées dans l'obscurité de la nuit, et maintenant j'étais allongée, vulnérable, n'arrivant pas à trouver la moindre défense. Je résolus de me lever, de me glisser sur la pointe des pieds jusqu'aux toilettes pour voir si je pouvais me soulager mais alors que je m'en retournais, étais sur le point de me faufiler dans ma chambre, je vis une ombre dans l'escalier en colimaçon. L'espace d'un instant je fus paralysée, est-ce que je me mettais donc une nouvelle fois à avoir des visions et voir des absurdités ? pensai-je avec désespoir en sachant que si je me perdais dans les ténèbres cela me prendrait longtemps pour réussir à retrouver la lumière, mais je vis alors à mon grand étonnement que c'était Herma. Par un interstice dans la porte je la vis dans une faible lueur venue de l'extérieur monter et descendre l'escalier. Je fermai derrière moi, me glissai dans le lit, mais l'entendis marcher devant ma chambre, entrer dans le couloir, puis revenir, descendre l'escalier. Herma me ramena de nouveau à la surface avec son étrange rôderie nocturne, j'étais si abasourdie par son comportement que mes afflictions et mes rêves se fondirent dans la nuit. L'image d'une femme silencieuse avec une musique allemande dans les yeux se mit à flotter dans mon imagination. Comment devait-elle se sentir au sein d'une nation mordue par le froid qui regardait son gagne-pain comme la plus haute vertu ? L'année où j'étais venue de la campagne d'Öræfi et avais l'intention d'habiter chez mon frère pendant que je me cherchais un logement on pouvait difficilement tirer un mot du personnage et elle parlait cependant un islandais honorable après deux ans de séjour dans le pays. Lorsque je fis part à Ólafur de mon opinion sur sa femme il dit qu'elle était seulement affligée à cause de la guerre qui s'était abattue de plein fouet sur sa patrie. Elle avait fait d'horribles rêves et elle craignait que quelque chose de mauvais puisse arriver à sa sœur et à sa mère. Est-ce que ce n'est pas juste l'aiglefin séché islandais qui lui reste sur l'estomac et lui cause de 'vilains cauchemars ? demandai-je, mais mon frère me regarda alors froidement aussi je n'eus pas envie de discuter plus en avant de cela et partis simplement à Eyrarbakki lorsqu'il m'y fut proposé un logement et un travail. Sa mère et sa sœur avaient cependant toutes les deux fort bien traversé toutes ces années de guerre d'après ce que j'avais compris, du fait que la famille avait de bons moyens et que son père était dirigeant à Berlin. Je n'avais pas demandé des nouvelles de leur sort à la fin de la guerre, cela ne m'était même pas venu à l'idée. Ce qui causait ses insomnies maintenant pouvait tout aussi bien être une grosse lessive ou une invitation pour le dîner, Herma était la parfaite maîtresse de maison.

À la table du petit déjeuner il y avait des brötchen

tièdes selon l'habitude. Ils étaient toujours cuits de la veille et réchauffés le matin. Mon frère avait dit un matin lorsque j'étais en admiration devant le goût de ces petits pains enroulés allemands qu'il pouvait bien s'imaginer se contenter de bouillie de flocons d'avoine le matin. Herma avait alors dit courtoisement : la bouillue de flocons d'avoine islandaise est si mauvaise. Le changement de voyelle dans le mot bouillie fut la seule faute de langage que j'avais entendue chez Herma. Par ailleurs son islandais était comme la tenue de son foyer, irréprochable si l'on exceptait le bruit de souffle dans certains mots.

Ils étaient assis à table lorsque je descendis. Herma, le dos droit comme la justice avec les deux mains sur la table, faisant cependant attention à garder les coudes à l'extérieur selon les strictes règles allemandes de tenue à table, regardant son assiette sans incliner la tête, Ólafur en gilet avec la tête cachée derrière un journal. Ils murmurèrent quelque chose lorsque je dis bonjour et à en juger par les pâles réactions je supposai qu'aucun des deux n'avait bien dormi. Puis Ólafur posa son journal, me regarda comme si j'étais l'accusé et dit : il y a une critique sur toi dans le journal aujourd'hui. Le mieux n'est-il pas que tu la lises à haute voix toi-même ? Je dis, sereine bien que je sois quelque peu remuée : mon Ólafur, je vais d'abord me prendre un brötchen. Il y eut le silence dans la salle d'audience pendant que je grignotai le petit pain avant l'exécution, puis je dis à l'avocat : veux-tu peut-être le lire, tu es tellement doué pour cela. Intentionnellement je bus mon café par petites gorgées en l'aspirant bruyamment tandis qu'il lisait et d'une façon ou d'une autre l'énoncé de la sentence sonnait de la manière suivante disant que les tableaux de l'artiste étaient remplis de sens sibyllins qui se dissimulaient dans des choses anodines issues de la vie des femmes et que l'ambiguïté en elle-même était une nouveauté et un changement par rapport aux paysages et aux natures mortes mais un jeu confus et que l'ordonnance des couleurs créait un chaos et un contenu abscons qui révélait une faible assurance de l'artiste, du fait que celle-ci était d'une autre génération et plus âgée que ceux sur lesquels les Islandais fondaient les plus grands espoirs.

L'état dans lequel les artistes se sentent lorsqu'ils entendent des jugements sur leur œuvre est inégal. J'eus l'impression d'être arrivée trop tard au banquet. Les verres à moitié vides et abandonnés, des restes dans des assiettes sales, la nappe tachée, les invités partis. Ólafur laissa glisser le journal : ce n'est pas une mauvaise critique en elle-même mais elle n'est pas particulièrement bonne non plus. Herma dit : les Islandais ne connaissent encore rien à l'art. Ólafur réagit avec irritation : cet homme est diplômé en arts, ma bonne, et nous devons le prendre au sérieux. Herma dit : les Islandais ne voient pas les vagues sur l'océan.

En haut dans ma chambre je ne pensai pas à la critique mais aux rideaux qui pendaient devant la fenêtre, me demandant où Herma avait déniché ce joli tissu, celui-ci avait-il été importé dans le pays avant ou après la guerre ? Leur teinte de fond vert pâle était la même que sur le couvre-lit, la couleur brun-rouge dans le flou motif de roses se répétait dans la teinte du bois de l'armoire et de la commode, et sur l'épaisse moquette on pouvait distinguer de petites roses, plus rouges et plus jeunes que celles qui se trouvaient sur les rideaux. Comme si les enfants des roses faisaient les fous sur le sol. Mon esprit s'envola de nouveau vers le fameux soir au Borg lorsque j'étais éméchée, lorsque deux filles de la nuit dansaient sur un parquet luisant et les fils de la ville aux épaules larges les faisaient tourner de sorte que les jupes arrivaient difficilement à cacher les jarretelles. Les rideaux aux fenêtres de la salle étaient lourds et longs, les gens de l'hôtel auraient dû avoir Herma pour leur trouver le tissu. Et puis arrivèrent les Écossais, avec leurs mollets puissants dans leurs jupes plissées au genou, dansant avec un autre rythme, parlant sur un autre ton, regardant avec des regards plus chauds. Où avais-je vu auparavant l'homme qui m'avait regardée, pensai-je et mon esprit abandonna littéralement les rideaux et se concentra sur cet homme qui m'avait semblé plus jeune que moi, où l'avais-je vu, j'étais si sûre que j'avais regardé un jour dans ces yeux. Son visage devint lumineusement vivant devant moi, le moindre trait, la joie dans son expression lorsqu'il sut qu'il avait capté mon attention. Je me glissai sous le couvre-lit pour pouvoir mieux jouir de l'image, la regardai interminablement, je dois m'être assoupie, et personne ne me dérangea. Ceux qui perdent les batailles ne sont jamais dignes de poursuite.

Alors que midi était depuis longtemps passé et enfui Herma apparut à la porte et dit : ce n'est sain pour personne de traîner au lit à la mi-journée. Elle alla ensuite vers la fenêtre, tira les rideaux si vivement que les roses tremblèrent : il y a une visite qui t'attend dans le salon. Je supposai que le visiteur était Pía car il était logique de déduire qu'elle était venue me prendre comme elle l'avait mentionné, et du fait que je n'étais pas en état de me chercher un atelier dans l'immédiat et que j'avais l'intention de le lui annoncer, je descendis ni coiffée ni habillée. Je tressaillis de ce fait quelque peu lorsque je vis qui était venu. Andrea Fortunato, de Rome. Impeccablement vêtu, beau avec quelques cheveux gris dans ses brillants cheveux noirs.

Souvent on se sent mal avec des gens dont on ne connaît pas la moindre chose mais dans le cas du Romain je savais d'où provenait mon antipathie. Il était l'homme qui connaissait le père de mes enfants mieux que moi-même. Il était venu avec Sigmar en Islande après avoir passé avec lui treize ans dans son pays du soleil. Et qu'est-ce qu'ils avaient fabriqué ensemble en Italie toutes ces années ? Sigmar n'en parlerait jamais, ça c'était sûr, et il n'avait pas été possible de le demander à l'Italien qui ne pouvait rien bégayer sauf dans sa propre langue. Ou du moins c'est ce que je pensais alors que je me tenais là en face de lui dans le salon. Il baisa ma main comme il l'avait fait quand nous nous étions rencontrés pour la première fois dans l'Öræfi. Herma, la toujours fin prête maîtresse de maison, s'était solidement positionnée à côté de nous pour savoir s'il serait possible d'offrir du café ou du thé au visiteur comme elle avait l'habitude de le faire, aussi je les présentai, lui dis le nom de l'homme et son origine, présentai ensuite brièvement ma belle-sœur pour ne pas que la cérémonie s'éternise mais à ma surprise un sourire se dessina sur le visage d'Herma lorsqu'elle entendit d'où venait l'homme, elle sourit si largement que ses dents se découvrirent et ce fut la première fois que je vis combien Herma Reimer Jónsson avait de belles dents blanches. Elle s'adressa à lui en italien, il la regarda fixement bouche bée d'admiration avant de pouvoir arriver à répondre, puis ils parlèrent ensemble un moment, il proférait les mots avec des gesticulations, n'avait visiblement pas eu l'occasion de parler sa langue depuis d'innombrables années, elle balbutiait un peu lorsqu'elle arrivait à prendre la parole entre deux phrases, était cependant relativement lente dans la langue me sembla-t-il, mais lorsque arriva le moment où cela lui prenait trop longtemps pour trouver les mots justes il dit en inclinant courtoisement la tête : peut-être est-ce mieux de parler seulement islandais, madame. Je pus ainsi écouter deux étrangers peindre un tableau de la splendeur de Rome en islandais, jusqu'à ce que ma belle-sœur dise en souriant encore : que peut-on offrir à ce monsieur, café ou thé ? Thé, je vous remercie, dit-il en s'inclinant de nouveau.

Je n'y allai pas par quatre chemins lorsque nous nous retrouvâmes seuls, décidai de laisser de côté le vouvoiement et demandai : qu'est-ce qui t'amène, Andrea Fortunato ? Il comprit bien, l'homme éduqué, que je ne portais pas particulièrement de chaleureux sentiments envers lui, ne laissa cependant pas cela l'affecter mais déclara être venu avec un envoi d'Auður d'Öræfi pour moi et me tendit un paquet brun autour duquel avait été attachée une ficelle. Cela me suffit de regarder le petit nœud qui avait été fait avec la ficelle, un instant je nous revis ensemble Auður et moi, dans la vieille cuisine, dans l'étable, dehors près du ruisseau, à flanc de coteau, en haut sur le glacier même, et le regret d'elle et de sa campagne à la fois somptueuse et menaçante entre les puissantes rivières glaciaires et les déserts de sables noirs devint si douloureux que je ressentis une douleur, sentis comment les pleurs s'amassaient dans ma poitrine, devins un volcan qui attendait de cracher son tourment hors de lui. Mais je gardai le silence comme les vieilles montagnes. Posai le paquet, invitai le visiteur à s'asseoir, lui demandai comment allait Auður. Lorsque l'Italien vit que je n'avais pas l'intention d'ouvrir le paquet en sa présence, il dit en s'appliquant sur chaque mot : ce sont des herbes qu'elle a fait bouillir en infusion et mis dans des bocaux pour vous. Elle a rêvé que vous aviez mal au ventre et ne pouviez pas dormir. Elle a dit que vous deviez boire cela à petites gorgées le soir avant d'aller vous coucher. Auður va très bien. Elle est toujours vaillante bien qu'elle attrape parfois un rhume à l'automne quand les vents du nord et du sud se rencontrent. Mais elle s'était rétablie avant que je traverse les eaux glaciaires et m'a dit de vous dire que la toute belle pouvait maintenant naviguer vers l'étranger car la guerre est finie.

Qui t'a appris l'islandais ? éructai-je presque, est-ce que c'est Skarphéðinn ?

Ils m'ont tous appris à la ferme, répondit-il d'un ton posé, mais cependant Auður le plus. Elle m'apprenait le langage quotidien pendant que nous faisions la traite des vaches et barattions le beurre, et le soir après les informations nous repassions la grammaire dans la cuisine. Hallur et Skarphéðinn ont été aussi merveilleusement bons, ils lisaient avec moi la saga de Njall-le-Brûlé pendant que les femmes lavaient la vaisselle et rangeaient après le repas du soir.

Je n'eus même pas à demander quelles étaient les nouvelles du dernier nommé car il prenait plaisir à me montrer sa connaissance de la langue, il poursuivit intrépide : Skarphéðinn ne s'est pas encore trouvé de femme mais il en convoite une du côté ouest de la campagne. Auður dit qu'elle est maintenant fatiguée d'attendre. Chez Hrefna et Hallgerður tout va à son habitude, ainsi que chez Höskuldur et Guðrún, mais la vieille Bergthóra était alitée mourante quand je suis parti. Je suis moi-même en route vers Santiponce en Espagne où j'ai l'intention de faire des recherches sur l'ancienne cité romaine Italica. Si je peux obtenir pour cela une subvention des grands pontes du gouvernement en Espagne.

Il savait cela presque par cœur, entendis-je, s'était probablement exercé tandis qu'il traversait les rivières glaciaires sur un cheval à la nage, et j'estimai alors que c'était le moment de lui demander ce que j'avais le plus envie de savoir, j'étais en train de retourner un choix de mots dans ma tête lorsque Herma entra avec le thé sur un plateau. Ils se sourirent une nouvelle fois, il la remercia en italien et elle répondit immédiatement dans cette langue sans bégayer nulle part, elle s'était certainement entraînée dans la cuisine, fit le compte des musées et endroits qu'elle avait vus à Rome, je n'étais quand même pas si sotte pour ne pas comprendre les mots *artista* et *museo*, et pour endiguer le flot de paroles qui ne me plaisait franchement pas je demandai au Romain d'un ton rapide et froid : et puis est-ce que tu as quelque peu aperçu Sigmar ? Le nom suffit. Herma se précipita dans la cuisine et le Romain dut respirer plusieurs fois au-dessus de son thé tandis qu'il choisissait les mots justes. Il déclara ne pas avoir vu Sigmar depuis qu'ils s'étaient dit au revoir dans l'Öræfi mais lui avoir souvent parlé au téléphone, « j'allais jusque chez les sœurs pour le téléphone, vous les connaissez ? » Il sourit et s'apprêtait à amener la conversation sur d'autres voies mais je n'en avais personnellement pas du tout l'intention et dis : alors vous avez toujours été bons amis ? Il le concéda, puis essaya de nouvelles méthodes pour attirer mon esprit vers autre chose : ah oui je l'oubliais presque mais j'ai vu vos tableaux hier à l'exposition et je trouve que vous êtes un peintre remarquablement bon. Vous êtes fort habile et vos peintures produisent une vive agitation sur l'âme, on doit réfléchir sur elles longtemps. J'avais déjà vu dans la campagne d'Öræfi que vous étiez bonne mais ces tableaux sont encore meilleurs. Il dit cela avec sincérité et je le crus, je m'appliquais à être plus aimable quand on me faisait des compliments bien que je ne veuille pas parler de mes tableaux dans l'immédiat mais je fus sincère à l'encontre de mon intention lorsque je demandai : comment vous êtes-vous connus, Sigmar et toi ?

Il devint clair pour lui qu'être devenu capable de parler la langue islandaise entraînait une contrainte, cela lui prit un instant pour poser sa tasse de thé. Il baissa la tête, regarda la paume de ses mains ouvertes et réfléchit longtemps avant de répondre.

Les rats ont eu peur de lui, commença-t-il. Mon père avait quelques bateaux à Naples qui transportaient des marchandises vers la Sardaigne et la Sicile, et un jour apparut Sigmar qui demanda à naviguer pour lui. À Palerme, Sigmar eut une violente querelle avec de mauvais hommes. Il ne voulait pas faire ce qu'ils disaient. Ils revinrent au milieu de la nuit et prirent le bateau. J'étais du voyage mais je dormais chez une femme à terre et j'en ai réchappé. Ils tuèrent de suite trois hommes qui étaient à bord mais ils voulaient torturer Sigmar. C'était un homme robuste et bien plus grand qu'eux mais ils étaient huit et ils le surprirent dans son sommeil. Ils le frappèrent au point qu'il perdit connaissance, l'emmenèrent et le jetèrent dans une petite cabane de pierres sèches qui était pleine de rats. Ils devaient le dévorer vivant. Je l'ai cherché jour et nuit, et après quatre jours j'ai trouvé des pêcheurs qui savaient où il était. Deux hommes armés de fusils se trouvaient devant la cabane de pierres, je les ai abattus. Un lourd volet de bois barrait l'entrée. Malgré tout j'ai pu ouvrir. Sigmar était étendu sur le sol, ensanglanté, mais il n'y avait aucune morsure de rat sur lui. Il n'y avait pas de rats à l'intérieur. Pas un seul. Mais aussitôt que je l'eus aidé à passer la porte, la cabane se remplit de rats menaçants. Ils jaillirent des murs de pierres sèches. Ils avaient attendu qu'il parte. Ça, l'homme au fusil qui n'était pas mort le vit et le raconta. Les hommes craignirent Sigmar après cela. Il se vengea aussi mais ils n'osèrent jamais le toucher. Mais moi ils voulaient encore me tuer. Nous avons récupéré le bateau et mon père l'a laissé à Sigmar. Il était comme son fils. Et depuis ce moment-là Sigmar et moi sommes devenus comme des frères.

Je n'avais jamais entendu pareilles choses, savais à peine si je devais croire cet homme, décidai de retourner l'histoire plus tard dans ma tête et de battre le fer tant qu'il était chaud, de l'amener à un piège, le Romain, et demandai en faisant comme si j'étais en train d'évoquer quelque chose que l'on m'avait dit avant mais que j'avais oublié sur l'instant : mais comment s'appelait-elle déjà la femme avec laquelle il vivait ? Il dit, et on put voir qu'il était fort étonné de ma question : il n'a jamais vécu avec elle, ma sœur Antonia, ils ont seulement eu Nicoletta ensemble, puis il est parti. Mon père s'est beaucoup fâché parce qu'il ne voulait pas épouser ma sœur. Après que Sigmar a commencé à faire du profit avec les bateaux qu'il avait achetés à Marseille, il s'est acheté une maison à Rome et y a vécu seul. Je n'ai jamais su qu'il avait une femme en Islande. Il m'a dit cela pour la première fois sur le bateau en route pour le nord vers ici.

Lorsqu'il vit qu'il était désespérément exclu que je lui verse plus de thé il se débrouilla tout seul, puis resta assis avec sa tasse et attendit avec une exceptionnelle courtoisie des réactions de la part de son interlocutrice. Je dis posément : oui, il est allé dans beaucoup d'endroits, Sigmar. Puis je passai devant lui pour aller dans la cuisine et le laissai seul dans le salon. Herma était restée écouter à la porte. Elle dit, sans même prendre la peine d'excuser sa conduite : je voulais seulement savoir s'il parlait un meilleur islandais que moi.

Pour éviter les mauvais rêves je restai assise en haut dans mon lit toute la nuit à dessiner des motifs de roses. Ne ressentis pas la faim bien que je n'aie pas mangé un seul morceau depuis près de vingt-quatre heures. Herma m'avait bien sûr appelée pour le repas du soir, on n'était pas du genre à laisser quelqu'un mourir de faim dans cette maison, mais je lui avais crié une réponse en retour, dit que j'avais quelque saleté dans la gorge et que j'avais de ce fait tant de mal à avaler. Il pleuvait comme si on vidait des seaux au matin lorsque je fis mes bagages, et dehors sur le pas de la porte, lorsque je priai Herma de transmettre mes adieux à Ólafur qui était parti à son bureau, il me sembla voir des éclairs dans les nuages noirs.

Karitas

Cahiers, 1947

Assemblage collé

Les cahiers blancs comme neige sont une déclaration sur le fait que le travail à la peinture a été provisoirement abandonné. Environ trente cahiers sont étalés cloués sur le plan de l'image, l'un sur l'autre, les pages déchirées et arrachées. Un vernis transparent recouvre l'ensemble et on peut distinguer que les cahiers, à feuilles quadrillées ou lignées, sont encore vierges de toute écriture. De loin l'œuvre fait penser à des flocons de neige scintillant dans le soleil. Karitas rentrait de son cours à l'école primaire, elle marchait au soleil dans la neige en remontant vers l'ouest la rue qui traverse le village lorsqu'elle se souvint qu'elle était à court de carnets de croquis. Dans les magasins ne se trouvaient ni carnets de croquis ni blocs à dessin, car il n'y avait qu'un seul peintre dans le village et qui de plus était une femme, mais Karitas avait décidé de se contenter d'utiliser des cahiers et fit un saut rapide chez le marchand. Lorsque celui-ci déclara ne pas avoir de cahiers non lignés elle lui demanda d'un ton glacé pourquoi il ne commandait pas ce qu'il n'avait pas. Les clients présents suffoquèrent devant l'effronterie de cette femme et le marchand fut acerbe lorsqu'il dit qu'ici les gens utilisaient uniquement des cahiers à carreaux ou à lignes. Alors nous allons simplement les utiliser, dit Karitas et elle lui demanda de lui donner toute la satanée pile. On aurait pu entendre tomber une aiguille pendant qu'il faisait le compte des cahiers les mains tremblantes, au nombre de trente. Elle les fourra ensuite dans son sac en peau, lui dit de mettre cela sur sa note et se rua dehors en colère sans beaucoup regarder l'assistance. Toute la journée et toute la nuit qui suivit elle travailla sans manger et au matin elle se jeta épuisée sur le divan dans le salon. Le jour n'avait alors pas encore commencé à poindre aussi elle avait l'intention de sommeiller un peu avant d'aller donner son cours, mais elle dormit plus longtemps que prévu et se réveilla avec le soleil de midi dans les yeux. Sveina se tenait alors à la porte, essayant de faire remarquer le moins possible à quel point son arrivée la révulsait, elle enjamba prudemment morceaux de bois, pinceaux et déchets de papier, se campa sur ses jambes devant elle si bien qu'elle ne vit plus le soleil, uniquement sa silhouette noire, et dit d'un ton pesant que les enfants avaient été renvoyés chez eux car le professeur de dessin ne s'était pas présenté. Puis regarda avec réprobation l'œuvre qui gisait achevée sur le sol et dit qu'elle ne trouvait pas curieux que les gens parlent de barbouilleuse. Que ce n'était même pas un tableau. Puis la réprimanda pour ne pas s'être présentée au cours, avoir offensé le marchand et ne pas se comporter comme les femmes normales qui tenaient leur foyer pour leurs maris, leurs enfants et leurs petits-enfants. Karitas dit seulement après s'être étirée sur le divan : quand avez-vous besoin des décors de théâtre, ma bonne Sveina ?

Le chaos me tourmente, me tient éveillée.

Comment puis-je le capturer, le forcer à entrer dans mes tableaux ? pensé-je tandis que le ressac joue de sa liberté sans contrainte dans la froide et humide nuit de printemps.

Au point du jour je m'emmitoufle, vais à la rencontre du ressac dans l'espoir de trouver la réponse. La mer a réponse à tout, cette bête immonde qui tue toute chose vivante, torture les femmes, mange les hommes, elle avait cependant oublié de manger mon mari lorsqu'elle en avait eu l'occasion. C'est pourquoi elles apparaissaient çà et là, les Nicoletta.

Je marche vers l'est le long du talus maritime, le grimpe et descends sur la plage rocailleuse pour suivre des yeux le chaos écumant des vagues et avoir la paix avec le vent du nord. Aperçois alors un seau caché derrière un rocher.

Des crochets tout neufs dans un seau en fer-blanc.

J'ai envie de remplir ma main de crochets, ils sont comme de l'argent dans un coffret, mais les gros hameçons acérés font des déchirures dans la chair aussi je les prends un par un en les considérant. Ai une idée. On peut utiliser de tels crochets pour y suspendre les femmes que les hommes n'utilisent plus.

Pardessus usés sur des patères.

On peut aussi accrocher des femmes sur les hameçons, les utiliser comme appâts.

Le ressac bourdonne dans mes oreilles, le sang jaillit au bout de mon doigt.

Je prends le seau et rentre à la maison en longeant la plage.

Karitas

Crochets, 1947

Métal et textile sur bois

Le conflit s'accentue dans la vie de Karitas et apparaît dans ses tableaux comme un tumulte rentré. Cette fois-ci elle utilise des crochets en acier comme matériau de l'image, mais de tels objets symboliques que les surréalistes affectionnaient, tels que clous, chaînes et grillage, ont volontiers été associés à la misogynie. L'artiste remplit l'espace du tableau avec des crochets collés dessus qui forment des têtes d'hommes et de leurs organes sensoriels pendent des chiffons, semblables à des manteaux sur des patères. Les manteaux prennent la forme de femmes sans tête, celles-ci sont déboutonnées à un seul endroit et on voit leurs seins nus par l'échancrure. Karitas avait travaillé longtemps sur le tableau et fort peu côtoyé les gens pendant sa réalisation mais un soir un homme du village eut à lui parler. Il était porteur d'une lettre en danois qu'il avait reçue de l'étranger mais à cause de l'écriture illisible n'en avait pas suffisamment saisi le sens et voulait savoir si Karitas pouvait l'aider. La lettre ne fut cependant jamais sortie de la poche car lorsque le pauvre bonhomme vit sur le sol le tableau aux crochets presque achevé il ne put pas parler, battit en retraite et sortit sans énoncer son propos. Puis il se souvint qu'une de ses connaissances de l'entrepôt à glace s'était plaint d'un manque de crochets, n'ayant retrouvé nulle part un seau d'hameçons qu'il avait l'intention de poser sur une ligne, et lui fit savoir aussitôt où il avait vu ceux-ci. Le collègue avait supposé que des gars résolus avaient voulu lui faire une plaisanterie en lui cachant le seau et fut de ce fait frappé de panique lorsqu'il apprit que ses hameçons avaient abouti sur une œuvre d'art. On lui conseilla de s'assurer du vrai dans l'affaire et d'aller rencontrer l'artiste, ce qu'il fit. Il lui demanda sans préambule quand elle ouvrit la porte si elle avait les hameçons qu'il avait achetés à la coopérative à Selfoss. Karitas déclara d'abord ne pas avoir entendu parler de quelconques hameçons mais porta plus d'intérêt au genre d'outils qu'il était possible d'acheter à Selfoss, et ils eurent une sympathique conversation sur ce sujet devant la porte jusqu'à ce qu'il mentionne le seau. La chose lui revint alors soudain à l'esprit et elle le fit entrer à sa suite dans l'atelier vers le tableau voir s'il se pouvait qu'il reconnaisse les crochets. Ce qu'il fit aussitôt, il suffoqua lorsqu'il vit l'œuvre et devint des plus étrange, se gratta ici et là, puis dit en bégayant que les hameçons étaient bien les siens mais qu'elle pouvait les garder et sortit en marchant à reculons comme s'il s'attendait à ce qu'elle l'assaille par-derrière. Avant que la journée ne soit écoulée tout le monde dans le village savait où les crochets avaient atterri et l'ancien propriétaire dut de nombreuses fois raconter ce qui pendait à ses hameçons et comment on pouvait voir des seins nus. Quelques femmes influentes de l'association des femmes prirent l'affaire à cœur, du fait que Karitas avait longtemps été sous leur protection, comme elles le formulèrent, ne laissant cependant rien filtrer lorsque les hommes entendaient, chuchotant entre elles au sujet de l'abomination, comme elles nommèrent le tableau, et durent employer un mot qu'elles trouvaient empreint d'une grande honte : celui-ci était sexuel.

L'air est lourd de pluie.

Elle cogne sur mon toit, étouffe les autres bruits.

Un courant d'air qui respire.

Une rafale de vent qui gémit.

Un bruissement dans le grenier.

Sous ma couette avec la porte fermée, la pluie sur le toit, j'entends malgré tout un chuchotement de l'autre côté du panneau de bois. Je n'ose pas fermer les yeux de crainte qu'elles se tiennent auprès de mon lit quand je les ouvrirai. Femmes défuntes qui ne prennent pas de repos, que me veulent-elles ? J'entends le froissement de leurs jupes, leur bavardage à voix basse tandis qu'elles s'affairent. Enfonce les doigts dans mes oreilles, entends malgré tout le bourdonnement.

Puis le temps se lève soudainement, il tombe un calme plat.

Silence un instant dans la maison, silence dans ma tête.

Alors s'entend de nouveau le bruissement, j'écoute, entends qu'on griffe et qu'on gratte à l'intérieur des murs dans le grenier. Je bondis hors du lit, monte au grenier, ouvre la porte du vieux débarras, attends de voir les souris surgir précipitamment entre les coins.

Elles se sont méfiées de moi, se sont mises à l'abri.

Mais je ne lâche pas d'un pouce, prends l'autocar pour Selfoss, achète quinze pièges à souris à la coopérative, les installe dans les coins, les fenêtres, les marches d'escalier, lorsque je rentre à la maison.

Pendant des jours j'attends. Sommeille tout juste la nuit, sursaute au moindre bruit. Chaque matin les pièges sont vides. Elles ne se montrent pas, les maudites. Se promènent dans ma maison, invisibles comme la vapeur qui sort de ma bouilloire.

C'est moi qui me trouve dans un piège à souris. Prise, écrasée, ne peux aller nulle part.

Les jours se transforment en sombres nuits.

Une nuit je ramasse les pièges à souris. Les dispose sur une plaque de bois, puis coupe mes cheveux. À la place des souris les pièges conservent des mèches des cheveux de la prisonnière.

Karitas

Pièges à souris, 1948

Assemblage collé sur bois

Il n'arriva jamais que les habitants du village voient les pièges à souris de Karitas, par chance pour elle peut-on probablement dire, car le tableau aux crochets avait causé des dommages en ce qui concernait leur avis sur l'artiste. La patience des femmes de l'association des femmes envers les lubies et caprices de celle-ci, comme elles le formulèrent publiquement, était à bout, particulièrement celle de l'une d'entre elles qui était influente et que l'on prenait au sérieux. Elles négligèrent de l'inviter à leurs plaisantes soirées de couture, elles ne pouvaient décemment pas être en compagnie d'une femme qui faisait des tableaux obscènes. Les seins nus furent très cher payés par Karitas. À l'automne elles veillèrent à ce qu'un autre professeur soit pris pour enseigner le dessin aux enfants et bien que cette décision ne crée pas financièrement de difficultés à Karitas, ce fut ce reniement qui l'affligea. Les belles-sœurs qui avaient toujours protégé l'excentricité de l'artiste étaient au désespoir, ne sachant plus sur quel pied danser, elles ne voulaient froisser ni l'association des femmes ni Karitas. Mais lorsqu'il s'ébruita que l'artiste avait acheté quinze pièges à souris un frisson les parcourut comme les autres villageois. Elles décidèrent entre elles de bouder Karitas tant qu'elle aurait ce comportement et s'abstinrent de lui demander de peindre les décors de théâtre pour les réjouissances de Noël. L'hiver devint lourd pour Karitas, elle se tenait à l'intérieur le jour mais la nuit pendant que le village dormait elle sillonnait d'un pas vif les congères de neige au cœur des ténèbres noir charbon.

Le ressac m'appelle.

Viens ici, Karitas, nous voulons caresser tes joues.

Je le laisse m'enjôler, suis étendue calme dans l'obscurité au milieu de mes tableaux.

Le vent mugit au-dehors dans le soir, des volets battent, des cordes claquent, mon atelier crie douloureusement de froid.

De tous les coins j'entends se plaindre tout haut. Les pinceaux, les tubes, les livres, les tas de journaux, les vieilles croûtes de pain, et mes tableaux, ils gémissent. Je les fais taire, leur ordonne d'arrêter ces lamentations ou je m'en sers pour alimenter le poêle.

Allume la lumière. Regarde autour de moi.

L'atelier est un chaos.

Un univers de ruines.

Je sors rageusement ma dernière plaque de bois. La couvre de couleur noire, vernis par-dessus. Prends les pinceaux, les brise en morceaux, un par un, ne me précipite pas, les laisse tomber sur le plan de l'image, ils se prennent dans le vernis comme des mouches dans une toile d'araignée. Puis je les arrange, dans les règles de l'art, mets de la colle sur les tubes à moitié vides, leur permets de s'asseoir un instant parmi les pinceaux, de les regarder danser pour qu'ils ne s'ennuient pas dans les ténèbres.

Enferme le ressac dehors.

Le vent peut le garder.

Karitas

Pinceaux et tubes, 1949

Huile et assemblage collé sur bois

La période des tableaux concrets se termine aux derniers mois de l'hiver. Les outils eux-mêmes sont sacrifiés, utilisés comme sujet matériel du tableau. Pinceaux et tubes qui recouvrent le plan noir de l'image sont transformés en symboles et figures, agencés de telle façon qu'il en résulte un jeu provocant qui fait penser à une formidable bataille, de vaines guerres et des femmes brimées qui ne peuvent rien faire, sont seulement d'impuissantes spectatrices. À la faveur de la nuit des guerriers dansent autour d'un bûcher, les femmes sont passives et suivent leurs assauts. Dans un tas au centre du tableau gisent les pinceaux brisés qui forment le bûcher mais leur partie antérieure avec la touffe de poils comme des têtes évoque des guerriers dansant. Les tubes, tordus, cabossés, avec la partie épaisse pour milieu, se tiennent en grappe et se penchent l'un vers l'autre comme de tremblantes et impotentes femmes enceintes. Bien que Karitas ait vécu deux guerres mondiales elle ne fut dans aucune des deux participante directe, pas plus que ses autres compatriotes, mais les terreurs des guerres eurent néanmoins une influence sur les nations qui échappèrent à l'effusion de sang. Par hasard ses amies virent l'œuvre. Elles arrivèrent chez elle un soir, voulant arranger

107

les choses, lui faire savoir qu'en dépit de l'opposition de quelques femmes de l'association des femmes elles étaient de son côté et avaient avec elles dans un sac pour confirmation du pain de seigle sucré et des saucisses de foie conservées dans du petit-lait. Elles ne saisirent pas le contenu du tableau qui gisait devant leurs pieds sur le sol, du fait que l'art absurde ne faisait pas partie de leur vie quotidienne, mais virent par contre les pinceaux inutilisables et les tubes. Elles restèrent quelque peu interdites et il est probable que Karitas s'amusa sournoisement de leur réaction et eut envie de les plaisanter, car elle dit d'un ton laconique qu'elle avait arrêté de peindre comme elles pouvaient le voir et que c'était de la faute des femmes du village. Rongées de remords, elles sortirent et disparurent de nouveau dans le soir.

Suis-je en train de commencer ou de terminer ?

Cette pensée me tourmentait, c'est à cause de cela que je n'arrivais pas à me lever. Cinquième jour dans mon lit. Mais c'était une belle journée, le soleil lui s'était levé après midi et inondait ma chambre, par conséquent je pus un instant me convaincre que j'étais juste en train de commencer. Tout ce qui s'était passé avant avait été du travail gâché, essais de couleurs et de formes, collages, assemblages collés, il me restait encore à montrer ce que j'avais dans les tripes, j'avais maintenant les méthodes en mon pouvoir, compositions, connexions, finalité, pouvais brider le chaos, sentais combien les idées tempêtaient dans chacune de mes cellules, attendant d'être libérées. Il me semblait malgré tout à demi que j'étais en train de terminer. J'avais sacrifié les pinceaux. Comme si j'avais su en moi-même que tout cela était de toute façon fini. Et j'avais maintenant envie de brûler mes tableaux. Les empiler en un beau bûcher, voir les flammes rouges s'étirer jusqu'au ciel, regarder mes œuvres souffrir sur le feu. Que signifiaient ces transformations qui intervenaient régulièrement dans mon âme ? Étaient-ce le soleil et le temps qui tenaient mon art en leur pouvoir ? L'almanach qui affirmait que bientôt j'aurais vécu un demi-siècle et qu'il convenait selon les règles de la société d'amener les voiles ? De se retirer de la vie active pour s'asseoir sur la pierre sacrée et devenir une aimable vieille femme, grand-mère et arrière-grand-mère, c'est le rôle des femmes qui se permettent d'avoir des enfants. Que mon fils n'avait-il pas dit ? Tu n'es pas devenue trop vieille pour ça, maman ? Ou le critique après mon exposition : elle ne peint pas comme ces artistes sur lesquels la nation fonde les plus grands espoirs ? Que signifiait de peiner dur si la nation me rejetait ?

C'était une belle journée, mon cinquième jour au lit, je pouvais commencer ou terminer, tout dépendait de la direction vers laquelle s'orientait mon esprit. Si je choisissais la dernière solution, je pouvais tout aussi bien me lever et placer une corde avec un nœud coulant dans l'escalier là où l'écrivain danois s'était pendu autrefois. Il n'avait pas supporté les Islandais, le bonhomme, les avait abandonnés et cela ne devrait étonner personne. Si je choisissais par contre de commencer, il serait alors mieux pour moi de plier bagage et fuir cet endroit. De libérer ces braves gens de cette servitude d'avoir une artiste à moitié folle autour d'eux. Et il m'effleura l'esprit que si j'avais gardé le chat après l'exposition, j'aurais probablement dormi mieux et conservé ma raison. La solitude m'avait rendue intraitable. Si les hommes se perdent dans leur isolement, ils n'ont aucune possibilité d'en ressortir. Mais où devais-je aller comme cela ? Bien que je ne puisse décider si je devais commencer ou terminer, je me rendis cependant clairement compte que je ne voulais pas me retrouver sale et sentant mauvais au bout d'une corde si je choisissais la dernière solution. Je devais me nettoyer sérieusement après plusieurs jours au lit.

En cette exquise journée, alors que la lumière jouait avec le vent et que les oiseaux migrateurs arrivaient au pays les uns après les autres, je remplis le baquet en bois d'eau chaude et restai à tremper près de deux heures. Mais alors que j'allai m'habiller, parfumée avec les ongles coupés et curés, je me rendis compte que mes habits n'étaient pas propres. J'avais oublié de vaquer aux traditionnelles tâches domestiques les quelques dernières demi-journées. Aussi je me ressaisis énergiquement, voyant que c'était un temps excellent pour sécher au soleil et au vent, fis de nouveau chauffer de l'eau pour le baquet, y jetai mes pièces de vêtement et n'économisai pas le savon. Le jour était bien avancé lorsque j'eus fini de laver et rincer et lorsque je sortis en pantalons de travail usés, portant avec difficulté la bassine jusqu'à mes cordes d'étendage. Je fis courir mon regard autour de moi, ne vis pas une âme mais entendis des gens de l'autre côté de l'église, puis savourai de laisser le soleil me chauffer le dos et les épaules pendant que j'étendais. Puis ce fut soudain comme si tout le village se taisait. Totalement immobile avec la pince à linge à la main je regardai par-dessus la bassine, prêtai l'oreille, n'entendis plus le grincement du portillon en bois du jardin, le sifflement du vent, le chuintement des vagues, le chant des cygnes qui volaient vers l'est, et trouvai étrange ce silence bien que je sache combien la nature était capable de brusques changements. Puis j'eus l'impression que l'on m'observait, je me retournai et reçus le soleil dans les yeux. Je vis l'homme s'approcher de ma maison, mis la main en visière au-dessus de mes yeux pour pouvoir mieux le voir, il me sembla que je reconnaissais son visage mais je ne connaissais pas son allure, il marchait d'un pas dégagé comme les soldats anglais le faisaient lors des années de guerre. Je ne savais pas vraiment s'il venait chez moi ou s'il allait continuer, décidai de cesser de le dévisager ainsi mais il se dirigea alors vers moi à travers le pré, je reconnus son regard, sentis mes forces abandonner mon corps et la pince à linge me tomba de la main. Combien de fois n'avais-je pas dans les froides soirées d'hiver fait apparaître dans mon esprit ses beaux yeux ardents, ne les avais-je pas laissé me réchauffer et me raconter des histoires pour pouvoir m'endormir. Les yeux d'un homme totalement inconnu dont je savais qu'il m'avait regardée dans les lumières nocturnes de la ville. Et voilà qu'il était arrivé jusqu'ici sur la côte sud comme les oiseaux migrateurs, se tenait debout devant moi et me fixait du regard. Qui es-tu en fait ? pus-je bégayer dans un souffle, et il se pencha à terre, ramassa la pince à linge et me la tendit. Alors je sus qui il était.

Le petit garçon aux beaux yeux d'Akureyri qui avait été pendu à mes basques, m'avait tendu les pinces à linge, donné des dattes et un soldat en plomb, était devenu un homme adulte. Il avait été amoureux de moi des années auparavant et mes sœurs m'avaient taquinée, de huit ans plus jeune que moi le petit coquin, douloureusement submergé par l'amour. Je trouvais alors cela dommage, aurais voulu avoir un admirateur un peu plus âgé, mais maintenant j'étais presque intimidée en sa présence, peut-être pas en dernier parce qu'il était plus jeune que moi et également si bel homme. Mes cheveux relevés devaient être un sac de nœuds avec des mèches tombantes, avais-je enlevé de mes yeux les traces de sommeil ? Je fis glisser nerveusement mes mains dans mes cheveux et sur mon visage puis dis : je me souviens qu'on t'appelait Dengsi, Petiot ?

Karitas Jónsdóttir ? dit-il en inclinant légèrement la tête, je t'ai cherchée longtemps. Je me sentis quelque peu défaillir, saisis comme machinalement un des caleçons que j'avais étendus et la pensée que les hommes devaient toujours me tomber dessus quand j'étais dehors près des fils à étendre le linge jaillit comme un éclair dans ma tête. La situation créait assurément une insécurité en moi outre le fait que s'ajoutait le soupçon que l'homme était venu en visite donc il fallait probablement lui donner quelque chose à manger. Pourquoi les femmes devaient-elles toujours penser à la nourriture quand un homme mettait un pied dans leur maison ? Il regarda mes sous-vêtements avec un grand intérêt aussi je me raclai vigoureusement la gorge pour en détourner son attention et demandai si je ne pouvais pas lui proposer du café ? Puis me rappelai que je n'avais pas le moindre grain de café, étais en train de me demander ce que je pouvais faire à la place lorsqu'il déclara qu'il allait chercher son automobile qu'il avait garée près de la coopérative et que je ne devais pas m'inquiéter du boire et du manger, sa voiture était pleine de bonnes choses et de friandises de la capitale. Si j'avais douté des qualités de l'homme aux beaux yeux ce doute s'envola en un instant, comme il coulait de source que mes décisions sur le commencement ou la fin de ma vie devaient attendre un meilleur moment. Maintenant il importait surtout d'agir vite et de remettre la maison en état. J'avais juste fini de retourner mes tableaux contre le mur quand il entra avec une caisse sortie de la voiture qu'il posa sur la table.

Ensemble nous en sortîmes une par une les merveilles, ne sachant pas encore ce que nous devions nous dire mais lorsque nous tirâmes biscuits et fromages, café et thé, chocolats et viande en bocaux, une bouteille de vin avec une superbe étiquette, j'eus l'impression que j'étais revenue à Copenhague. Il vit mon admiration non feinte, sourit, et je devins sotte comme une jeune fille à un rendez-vous, ne sachant plus comment il convenait que je me comporte, tout ce que je pus dire fut : eh bien, où as-tu trouvé tout ça ? Il dit : attends un instant, je vais aller chercher quelque chose de plus. La sacoche en cuir qu'il apporta cette fois-ci n'était pas grande mais jolie à regarder, elle faisait penser à la sacoche du docteur du village, et il la porta dans le salon comme s'il s'agissait de quelque chose d'autre et plus important. Il me pria de m'asseoir dans le fauteuil marron comme s'il habitait là mais pas moi, s'assit lui-même sur le petit tabouret en face de moi et me regarda un instant dans les yeux avant d'ouvrir la sacoche. J'ai acheté ces objets au cours de mes voyages en Allemagne, en France et en Hollande, dit-il, et j'ai attendu longtemps avant de pouvoir les apporter à cette femme dont j'ai été le plus épris dans toute ma vie. Il dit cela en toute sincérité, je le vis.

Il sortit un coussin recouvert de dentelle au fuseau : celui-ci vient d'Allemagne, il a cent ans, dans le duché de Schleswig dix mille dentellières confectionnaient pour l'exportation, l'une d'elles possédait ce petit coussin, et là tu as une image brodée dans un cadre de la même région, elle s'appelle *Vœux de Nouvel An*, de la fin du XVIIIe siècle avec caractères et décorations, tu vois combien les points sont petits, comment voyaient-elles ça, ces femmes ? Mais bien que leur art n'atteigne pas la moitié du tien et qu'aucune d'elles ne soit devenue un grande artiste comme toi, il m'a semblé que tu devais posséder cela. Je pris les cadeaux un peu émue. Mais il sortit encore de la sacoche un cadeau empaqueté, « pour une femme du monde il ne faut rien de moins que le plus raffiné parfum de Paris, bien que je sache en fait qu'aucun parfum au monde ne puisse égaler le tien ». Et il s'en fallut de peu que je ne tremble de la main lorsque je pris le parfum pour dames le plus raffiné du monde. En dernier il extirpa une petite boîte qui tenait dans la paume de sa main, attendit un instant avant de l'ouvrir pour s'assurer d'avoir toute mon attention, « j'ai acheté ce bijou à Amsterdam et je le remets à la plus belle femme du pays ». Il ouvrit l'écrin avec précaution et apparut à mes yeux un pendentif serti d'une pierre d'un blanc argenté brillant, « c'est un diamant et si tu ne veux pas le garder autour de ton cou tu peux le vendre, tu en obtiendras le prix d'une terre ».

Muette, je fis jouer la pierre dans ma main en l'admirant.

Il dit : tu te rappelles quand tu es entrée au comptoir chez papa à Akureyri et lui as raconté toutes sortes d'histoires ? Je n'ai par la suite jamais rencontré une femme aussi drôle que toi. De manière générale elles ont été terriblement ennuyeuses, les femmes que j'ai connues. Peut-être parce que je les comparais toujours avec toi. Et tu te souviens quand je t'ai demandé de m'enlever une poussière de l'œil ? Pendant que tu me tenais tout contre toi le monde entier s'est tu et j'ai fait le vœu de conquérir ton amour quand je serais devenu plus grand que toi. Dans *Hávamál*, les enseignements éthiques d'Odin, on apprend à un homme comment s'y prendre pour gagner une femme en amour. Trois choses il faut : leur offrir de riches présents, leur parler joliment et louer leur beauté.

Assurément il avait gagné une grande victoire, l'homme, ainsi généreux et amusant, et j'aurais bien pu le lui dire avec des mots simples mais du fait qu'il en était arrivé au *Hávamál* et aux dires du Très-Haut il me sembla que je devais être au diapason. Je fis référence à des histoires anciennes comme les gens d'Öræfi le faisaient volontiers les jours ordinaires et dis, citant une célèbre phrase d'une saga : bons sont tes cadeaux mais j'accorde plus de prix à ton amitié et à celle de tes fils.

Il sut apprécier mes mots mais ce fut comme s'il attendait plus. Peut-être un baiser, et rien ne m'aurait été plus bienvenu que d'en déposer un sur ses lèvres si mon éducation ne l'avait empêché. Je dis par contre en baissant les yeux, son regard me rendait nerveuse : les grands voyageurs ne doivent-ils pas se mettre quelque chose dans l'estomac ?

Nous engloutîmes les délices comme ils se présentaient, la viande en conserve avec les chocolats, les biscuits avec le fromage, faisant descendre le tout avec le vin rouge, et devînmes plus loquaces sur les choses pratiques. Je demandai où il avait grandi pendant toutes ces années et il déclara avoir habité en Écosse, il avait déménagé là-bas avec ses parents après la fin de la Première Guerre mondiale, puisqu'il était à moitié écossais comme je devais le savoir. Mais cela je ne le savais pas, car je ne lui avais rien demandé sur sa famille à cette époque, les adolescents ont peu d'intérêt pour la généalogie, mais je m'intéressais plus à ses métiers et à ses voyages, le questionnai à ce sujet. Je suis musicien, je joue du violon, mais je fais aussi de la composition musicale, dit-il, et pendant que je le fixais bouche bée d'admiration, si heureuse d'avoir enfin rencontré un artiste, l'avoir pour dire mieux chez moi sur mon plancher, il me fit le récit de ses voyages en Europe, expliqua qu'ils avaient été effectués pour la musique, qu'après la fin de cette dernière guerre il avait presque constamment été en voyage, jouant avec son orchestre de chambre dans quelques villes, « l'Europe est en train de se redresser de ses ruines, les gens ont soif d'art et de beauté après toute cette abomination, c'est plein jusqu'au-delà des portes à chaque concert, et bien que leurs moyens financiers soient encore au minimum ils essaient aussi d'acheter des tableaux, sais-tu que tes peintures que j'ai achetées à l'exposition que tu as tenue sont parvenues jusqu'en Écosse ? J'en ai emmené trois avec moi et maintenant mon ami qui est vendeur d'œuvres d'art à Londres va vendre deux d'entre elles. »

Mes tableaux rendus en Écosse ? murmurai-je, ne remarquant pas combien il détournait habilement mon attention de lui, je fus saisie d'une telle joie intérieure lorsque j'entendis la nouvelle de leur traversée maritime vers le grand monde que je ne pus rester assise tranquille et bondis sur mes pieds. Il sourit lorsqu'il vit ma réaction, demanda si j'avais peut-être d'autres tableaux pour lui et je ne pus en venir à cet instant à lui dire que j'avais arrêté de peindre, que j'avais en fait l'intention de brûler mes tableaux dans le pré lorsque le linge serait sec, montée au ciel je me mis à marcher rageusement dans le salon, n'arrivant pas à traduire mes pensées en mots. Il indiqua du doigt avec un air important les empilements le long des murs et peut-être le vin m'avait-il rendue plus hardie, je pris une décision rapide et en retournai deux. Le tableau aux crochets et les pièges à souris. Je le vis tressaillir, puis il resta interdit, les scruta longtemps, et dit : ils pourraient être d'un homme. Puis me toisa à l'endroit où j'étais plantée, transformée en statue de pierre dans mes pantalons de travail, et dit : tu n'es pas allée peindre à l'étranger, n'est-ce pas ? Je n'allais pas lui décrire ma solitude reculée, c'était trop pitoyable, dis que j'avais eu l'intention de partir à l'étranger lorsque j'étais revenue de la campagne mais qu'alors la guerre avait éclaté, puis que j'avais seulement retardé le voyage, « principalement à cause des restrictions d'obtention de devises étrangères », mentis-je, « mais je suis maintenant en chemin, je vais à Paris cet automne ».

Je sursautai lorsque j'entendis mes propres mots. J'avais pris une décision pour mon avenir, brusquement, et cela me fit tellement d'effet que je dus m'asseoir. Il dit, sans avoir la moindre idée du chaos dans mon âme : je peux te donner l'adresse de gens que je connais à Paris, ils pourraient t'aider les premières semaines à trouver un logement, n'as-tu pas besoin d'un bon atelier ? Mais je te conseillerais de partir plutôt cet été, à l'automne les artistes affluent à Paris et ça peut devenir à ce moment-là plus difficile de trouver à se loger. Alors je partirai cet été, dis-je décidée et j'eus l'impression que c'était une autre femme qui parlait à travers moi. Il leva son verre et dit : buvons à cela.

Et je levai mon verre transportée, ne sachant pas encore avec certitude si j'étais réveillée ou en train de rêver, mais il étira la main vers le présent que j'avais posé sur la table, me le tendit et dit enjôleur : comment ce serait de prendre une avance sur cette félicité en respirant le parfum de l'avenir ? J'avais bien sûr oublié son cadeau au commencement de mon euphorie, eus honte un instant mais ouvris ensuite la boîte qui conservait le parfum pour dames le plus raffiné du monde, sortis le joli flacon, sa forme me fit penser à une femme qui aurait été dotée d'ailes, l'ouvris, mis une goutte au creux de mon poignet, sentis. Le parfum d'un nouveau-né endormi, du linge qui a flotté sur les cordes dans le vent frais, de la flouve odorante dans les draps de maman, c'était le parfum des souvenirs. Celui qui émanait du flacon et emplissait mes sens était le parfum de ce qui n'était pas encore arrivé. Inconnu, mystérieux, dangereux, j'étais incapable de faire un mouvement. L'entendis murmurer tout bas : puis-je peut-être mettre le bijou à ton cou ? Je ne fis aucun geste d'objection aussi il se leva, sortit le pendentif de son écrin, se plaça derrière moi et s'apprêta à placer la pierre précieuse à mon cou. Tandis qu'il tripotait le fermoir mon esprit se mit à vagabonder, je me demandai s'il avait l'intention de passer la nuit chez moi, si mes sous-vêtements sur les cordes à linge seraient secs pour le soir, si cette pierre-là était vraie ? Ses mains étaient sur mon cou et lorsqu'il souleva mes cheveux un courant voluptueux me traversa tout entière mais je dis alors : attends un instant, je crois que j'aimerais mieux être apprêtée pour porter une si belle pierre à mon cou. À son souffle j'entendis qu'il n'était pas d'accord avec mes paroles aussi je dis pour transformer la défense en offensive et le réjouir à nouveau : j'aurais eu tellement envie de t'entendre jouer de ton violon mais bien sûr il ne t'accompagne pas ?

Il sortit alors cet instrument singulier, il tenait dans la paume de sa main, faisait penser à un piège à souris et je crus d'abord qu'il plaisantait mais il porta ensuite celui-ci à ses lèvres, souffla dedans et en fit sortir comme par magie le plus étrange son, rythmé, éraillé mais cependant fascinant. Je vis des gens devant mes yeux danser une ronde dehors sur l'estrade en bois par une claire nuit d'été arctique, fus prise de l'envie de danser, me trémoussai sur mon siège. Harmonica norvégien, dit-il lorsque toutes les parties du morceau furent achevées et il me permit de regarder ce surprenant instrument mais la musique ne l'avait pas moins remué, il plongea de nouveau la main dans sa sacoche magique, en extirpa un harmonica ordinaire, me fit lever de mon fauteuil et dit : ne dansons-nous pas une valse ? Bien sûr, dis-je comme s'il ne s'était jamais rien agi d'autre et nous valsâmes dans toute la maison, volant par-dessus les seuils des portes et les obstacles, lui avec une main sur l'harmonica, l'autre sur ma taille, et la joie s'amplifiait dans mon esprit, j'étais dans les bras d'un homme aux beaux yeux et par-dessus le marché en route vers des terres étrangères. La valse se changea en mazurka puis en branle écossais, et ensuite en une danse rapide que je supposai écossaise, le rythme et le son allumèrent en moi un désir d'inconnu, nous ruisselions de sueur, éclations de rires intarissables et finalement nous fîmes un faux pas comme il fallait s'y attendre, perdîmes l'équilibre et tombâmes par terre l'un sur l'autre. Nous restâmes couchés là à hurler de rire jusqu'à ce que cela commence à se calmer. Mais nous n'eûmes alors ni l'un ni l'autre envie de nous relever, c'était bon d'être allongé et de se reposer, de regarder le plafond en se tenant par la main. Il examina la mienne, dit qu'elle était très petite, pas sûr que j'aie pu atteindre les cordes de l'instrument si j'avais fait de la musique, et je lui demandai quand la musique était entrée dans sa vie. Il déclara avoir commencé à apprendre le piano à la maison à Akureyri mais s'être ensuite tourné vers le violon lorsqu'il était arrivé en Écosse, il jouait aussi de la guitare, c'était en fait égal quel instrument lui tombait dans les mains. Ils étaient longs, ses doigts, blancs comme ceux d'un prince qui n'a jamais plongé ses mains dans l'eau froide. Je lui demandai alors de me parler de sa vie en Écosse, à Paris, Amsterdam, toutes les villes dans lesquelles il avait tendu les cordes de son instrument et il me conduisit par la main dans le monde dans lequel j'avais eu l'intention d'entrer il y a fort longtemps, nous avions tourné nos visages l'un vers l'autre de sorte que je voyais les lumières de la ville dans ses yeux. J'avais tellement envie de passer délicatement un doigt sur ses sourcils sombres, de dessiner la profondeur de ses yeux, mais je me retins. Nous étions en train de sortir d'un concert à Paris, il pleuvait un peu alors nous mîmes son manteau sur nos têtes, étions en chemin vers un petit restaurant où nous attendait une table, lorsqu'il me vint enfin à l'esprit de lui demander son vrai nom. Tu t'appelles difficilement Dengsi, dis-je. Il porta ma main à ses lèvres et dit : auprès de toi est allongé Már Hauksson mais toi seule peut l'appeler Dengsi, aussi longtemps que cela te plaira.

Notre précieux moment d'intimité ne fut pas plus long, le goéland qu'il était par son vrai prénom déclara devoir s'envoler vers chez lui avant la nuit. Je sus à peine ce qui m'arrivait, étant plus habituée à ce que les hommes demandent l'hospitalité puisqu'ils avaient maintenant franchi la montagne vers l'est. Il écrivit sur un petit bout de papier l'adresse de ses amis à Paris, disant : pars en juin ou en juillet, comme ça je viendrai chez toi en août et t'inviterai pour aller danser. Il était en train de refermer sa précieuse sacoche lorsqu'il demanda tout à coup si peut-être je voulais qu'il prenne avec lui quelques tableaux et les vende pour moi à l'étranger. Je dis qu'il pouvait tous les ramasser, que de toute façon il aurait fallu les brûler. Il porta deux tableaux dans sa voiture et j'étais encore un peu désappointée, son départ était survenu si précipitamment, j'avais l'impression que nous avions oublié quelque chose. Restai debout près de sa voiture un peu hébétée, pas sûre qu'il m'embrasserait en partant, ni si je devais me tenir prête à pareille chose ou devais la devancer mais le moment des adieux ne le perturba pas, il me prit par les épaules, se pencha vers moi, m'embrassa sur les deux joues, puis jeta un regard rapide sur l'étendoir : je crois que tu peux rentrer ton linge maintenant.

Il me semblait que je devais me dépêcher. M'en aller avant que l'art n'ait vent de mes projets, qu'il ne prenne le pouvoir de décision entre ses mains, m'empêche de dormir, me fasse fainéanter, penser et lambiner pendant que les idées se bousculaient dans ma tête. Je devais m'en tenir aux choses pratiques, ne pas perdre de vue les petits détails, je sortis jusqu'au magasin et demandai au marchand des cartons vides. Je n'avais jamais emballé de batterie domestique auparavant, n'avais aucune idée de la façon dont c'était fait, avais cependant entendu qu'on emballait service et ustensiles dans des cartons, aussi je me mis à l'œuvre avec une grande détermination, vidai les placards de la cuisine, ce ne fut pas long. Je fis contenir mes vêtements dans ma valise marron, l'élégant tailleur aussi, les cadeaux de l'homme qui avait illuminé mon existence, et je n'eus aucune hésitation avant que je voie le chevalet et me mette à réfléchir. Je ne l'avais pas utilisé depuis longtemps, avais réalisé mes derniers tableaux sur le sol, devais-je l'emmener ? Que peindrais-je à Paris, comment ? Je sentais combien j'étais fatiguée des lignes, des formes, des objets, de tout sauf des couleurs, il me manquait des couleurs dans mes peintures, ne devais-je pas mieux les étudier, et j'eus conscience de la solution, cachée dans mon âme seule, sus que je l'avais mais que mon esprit était enchaîné, que je ne pouvais plus avancer, peut-être était-ce le chevalet qui entravait mon voyage. Il devint clair pour moi que je devais tout recommencer, comme un enfant qui fait le premier pas, sans chevalet.

Comme toujours lorsque j'avais débarrassé avec fermeté mon esprit d'un fardeau, je dus me glisser dans l'eau, me nettoyer pour enlever la bale qui renfermait le grain, je sortis le baquet, mis une marmite sur le feu. Je n'aurais pas dû faire tout un tas d'histoires au sujet des choses que j'avais accumulées, la nouvelle que l'artiste était allée chercher des cartons avait volé jusqu'à la bonne maison, j'avais rempli la bassine et m'apprêtais à enlever mes vêtements un par un lorsque les belles-sœurs frappèrent à la porte. Elles n'entrèrent pas dans la maison sans y être invitées comme elles l'avaient fait par le passé, attendirent au contraire d'être introduites. J'ouvris brusquement la porte et dis : vous êtes naturellement en train de faire votre promenade du soir ? Elles déclarèrent croire cela, me tendirent une boîte de gâteaux, elles avaient fait de la pâtisserie et voulaient savoir si j'avais envie de goûter. Je les invitai à entrer et lorsqu'elles virent le baquet en bois au beau milieu de la cuisine elles prirent une allure plus dégagée, dirent qu'en ce qui les concernait il n'y avait pas de problème si je prenais un bain pendant qu'elles s'arrêtaient un peu. Ce n'est pas vraiment ce que j'avais à l'esprit, leur indiquai des tabourets du doigt, leur proposai de s'asseoir. Nous étions assises autour du baquet fumant, regardant la vapeur. Leur boîte de gâteaux sur les genoux, elles me lancèrent nerveuses des regards furtifs, regardant les cartons d'un air interrogateur mais je restai muette comme une tombe, faisant tout mon possible pour ne pas leur faciliter la vie. Jusqu'à ce qu'elles demandent en chœur si j'étais en train de déménager, et je répondis que c'était bien le cas, déclarai prendre l'autocar le lendemain. Ólafía s'enhardit : ce n'est pas de notre faute à nous, Sveina et moi, si une des femmes de l'association des femmes n'a pas voulu que tu continues à enseigner aux enfants ou à peindre les décors de théâtre. Je dis : n'es-tu pas présidente, n'est-ce pas toi qui décides ? Elle tapota avec les doigts sur la boîte de gâteaux : je ne pouvais pas m'élever contre elle, elle est si influente au sein de l'association, je ne voulais pas la froisser. C'est ça, dis-je, c'était mieux de me mettre en quarantaine.

Elles suffoquèrent lorsqu'elles entendirent ces mots terribles mais je continuai intrépide : rappelez-vous, mes filles, que lorsque vous n'osez pas prendre position de crainte de froisser quelqu'un, quelqu'un d'autre en pâtit. Mes mots les affectèrent, je le vis, enfin Ólafía put balbutier maladroitement : tu dois comprendre, Karitas, que tu es différente, les femmes ne savent pas comment elles doivent se comporter envers celles qui pensent différemment, nous avons toujours été toutes pareilles, tu comprends ?

Vous déplaçant en groupes comme les sternes, efficaces, cruelles. Mais cela je ne le dis pas, me composai une expression de courtoisie, demandai si je pouvais leur offrir du café ou du thé et Sveina se ressaisit alors, la discussion sur les choses vraies de la vie était terminée et il était possible de se tourner vers les choses pratiques, elle ouvrit joyeuse la boîte de gâteaux et montra la production de la journée. La discussion devint aussi naturelle que les circonstances le permettaient, elles me questionnèrent assidûment comme il fallait s'y attendre et j'avais l'intention de leur faire croire que mon chemin allait seulement jusqu'à Reykjavík mais je vis alors que le mieux serait de crâner un peu pour me réhabiliter et dis : je m'en vais travailler à Paris et suis embarrassée avec ces affaires-là dans la maison, peut-être les voudriez-vous ? Elles n'auraient pas pris une expression plus empreinte de vénération si je leur avais dit que j'étais devenue la femme du président de la République. C'est là que Sveina se ressaisit de nouveau, elle dit d'un seul trait que je ne devais pas m'inquiéter des ustensiles domestiques ou des nettoyages de la maison, qu'elles s'occuperaient de tout cela ensemble, « va-t'en simplement avec l'autocar », mais Ólafía demanda en hésitant ce que j'allais faire de mes tableaux. Je dis que quelques-uns d'entre eux étaient déjà partis à l'étranger mais qu'elles pouvaient garder les autres pour moi jusqu'à ce que je revienne :

je veux aussi vous en donner quelques-uns de beaux, comme ça en contrepartie de tous les gâteaux et friandises que vous m'avez apportés. Lorsqu'elles franchirent la porte en sortant avec leurs boîtes de gâteaux vides, les épaules un peu voûtées, elles demandèrent : il n'y avait alors rien de bon ici à Eyrarbakki ? Je dis : ici j'ai pu pour la première fois pratiquer mon art en paix, ici j'ai eu des idées, ici je suis devenue libre.

On put noter à leur démarche légère que toutes les querelles entre nous étaient maintenant de l'histoire ancienne, ou du moins c'est ce qu'elles croyaient. Je me demandai cependant lorsque je me fus couchée d'où je tenais cette rancune, si elle ne venait pas plutôt du côté de mon père que de ma mère, non pas que cela changeât quelque chose, elle devait venir des habitants des Fjords de l'Ouest.

Ce que le vent de l'ouest apporta avec lui par-dessus la lande changea mes projets au point que je ne pris pas l'autocar à l'heure fixée. Ils arrivèrent tous à la fois, la voiture roulant lentement avec eux deux à bord et Ólafía et Sveina trottinant à côté de la voiture, en tablier sous leur manteau. Elles s'étaient apparemment chargées d'indiquer le chemin, gesticulèrent en s'excusant lorsqu'elles me virent sur le pas de la porte, Sveina bruyamment : l'homme a réclamé de savoir où tu habitais, je lui ai dit que tu étais sur le point de partir à Paris, que tu n'avais pas le temps de t'occuper de ça, que tu devais prendre l'autocar ! Je vis alors que c'était mon fils cadet qui était assis au volant. Il sortit en ricanant, montra les femmes du doigt : je les ai rencontrées au magasin, qu'est-ce que tu racontes de beau, maman ?

Un sentiment de satisfaction nous parcourt toujours lorsque nous voyons nos enfants, même s'ils n'arrivent peut-être pas toujours au bon moment, c'est si plaisant de les voir quand on ne les a pas vus depuis longtemps.

Et je me réjouissais avec impatience à l'idée de le toucher mais il marcha alors jusqu'à la porte du passager, me regarda d'un air entendu et ouvrit. Il fit descendre celui-ci, qui était si minuscule que je ne pus l'apercevoir à cause de la portière mais je vis alors deux petits pieds se poser sur le gravier. Au même instant je sus que ce passager pourrait chambouler ma vie, étant malgré tout étonnée de n'avoir reçu aucun signe avant-coureur, généralement le vent se comportait de façon étrange avant qu'un visiteur décisif n'arrive.

Elle entra dans ma vie à l'improviste.

Ses cheveux étaient si foncés qu'ils brillaient dans la lumière tranchante de printemps, peignés sur les côtés et attachés avec des rubans blancs, ses yeux immenses et d'un bleu pur. Elle portait un manteau de laine bleu clair avec des liserés noirs au col, des chaussures noires vernies, se tenait les pieds légèrement en dedans, timide avec une poupée de chiffon dans les bras. Son père prit sa main, la conduisit jusqu'au perron où nous nous tenions toutes les trois comme pétrifiées, et dit : ma chère maman, voilà mademoiselle Silfá Sumarliðadóttir. La demoiselle s'abrita derrière son père, il dut la mener par la main jusqu'à nous.

Nous restâmes longtemps assises sur nos talons, nous les femmes, à regarder l'enfant silencieuse. Puis je l'embrassai sur la joue et sentis le parfum qui enlève à l'être sa force.

Les belles-sœurs prirent congé, Sveina chuchota : as-tu assez de lait ?

Bien que Sumarliði Sigmarsson ait toujours eu l'art de s'y prendre avec les femmes, il avait échoué dans cette pratique lorsqu'il s'agissait de celle qu'il aimait le plus. Il se comporta cependant comme celui qui n'a pas gagné la guerre mais ne l'a pas perdue, même allure et sourire désinvoltes, mais de petits mouvements que seule une mère connaît le trahissaient. Sa petite amie avait détalé en Amérique. Elle était partie rejoindre le père de son enfant, l'homme avec lequel elle avait eu le garçon. Avait abandonné sa petite fille au soin de son père. Et qu'est-ce que je dois faire avec elle, maman ? J'ai maintenant trouvé une bonne place sur un bateau, ne sais vraiment pas ce que je dois faire avec la petite, je ne peux pas me lancer à élever un enfant sans femme, tu ne peux pas la garder jusqu'à ce que ça s'arrange ? Je regardai l'heure, vis que j'avais manqué l'autocar, me consolai en me disant que je pouvais cependant rejoindre la ville avec mon fils, tournant en rond comme un voilier sans gréement, puis décidai de faire passer du café pour retrouver mon équilibre. La fillette avait pris la boîte d'allumettes qui se trouvait sur la table, l'avait renversée et alignait les allumettes indifférente à l'adversité du monde. Je dis : Sumarliði, je pars travailler à l'étranger, je ne peux pas la garder. Il dit froidement : tu es sa grand-mère, sa plus proche parente. Je déclarai sur ce penser qu'elle avait plusieurs parents, un grand-père paternel si je me souvenais bien, et la famille de la mère ? C'est toi qui es la plus proche d'elle, dit-il d'une voix rapide. Je n'avais pas de lait pour l'enfant, dus lui donner du thé que je refroidis, et elle le but de la tasse comme une grande personne tandis qu'elle jouait avec les allumettes. Mon fils et moi buvions en silence, puis je vis à son expression qu'il allait utiliser sa vieille tactique, m'attendrir, m'amadouer, demander avec insistance comme il faisait quand il était petit garçon, je pris les devants et dis : je m'en vais à l'étranger et cela personne ne peut le changer mais je vais faire le voyage avec toi jusqu'à Reykjavík maintenant, si je peux. Il prit une profonde inspiration, se rongea un doigt, puis dit avec rudesse : ça va, alors n'en parlons plus. Mais tu pourrais quand même peut-être la garder une demi-heure pendant que je vais mettre de l'essence dans la voiture, si ce n'est pas trop te demander ? Je dis que c'était grand Dieu bienvenu et il se leva avec une brusquerie teintée de colère, regarda par-dessus son épaule avant de disparaître au-delà de la porte, et dit à l'enfant : papa revient.

J'essayai de soutenir la conversation avec la petite jeune fille pendant que nous attendions. Comment t'appelles-tu ? demandai-je, trouvant juste d'explorer le développement de son langage. Elle ne répondit pas, elle avait plus d'intérêt à tremper les allumettes dans son thé, je répétai ma question. Fivá, dit-elle. C'est ça, tu t'appelles Silfá. Et quel âge as-tu ? Elle ne répondit pas à cela, ne le savait manifestement pas. Tu as deux ans, et tu auras trois ans cet automne, dis-je. Qu'est-ce que c'est, ça ? demandai-je en tirant sur le manteau qu'elle avait catégoriquement refusé d'enlever. Anto, répondit-elle. Exactement, dis-je. Et ça ? Et je montrai du doigt la théière. Où papa ? demanda-t-elle en retour et je renonçai à cette conversation inspirée, me levai : il revient bientôt. Il m'était impossible de comprendre comment une quelconque femme pouvait avoir le cœur d'abandonner une enfant aussi jolie mais je savais que je n'étais pas celle qui pouvait juger les autres femmes. Il me sembla malgré tout que j'aurais maintenant envoyé promener le bonhomme mais pas l'enfant si cela s'était présenté. Elle était devenue nerveuse, aussi je dis : nous allons sortir sur le pas de la porte et voir si nous apercevons papa. Je la conduisis dehors par la main. C'est alors que je la vis sur le gravier. La petite valise. Abandonnée sur le gravier, comme l'enfant.

Ainsi procédait mon fils. Arrivant toujours à ses fins. Si ce n'est de gré, alors de force. Il avait mis ses possessions dans une valise qui était juste un peu plus petite que la mienne. Elles étaient maintenant là toutes les deux sur le plancher du salon, prêtes. Deux valises solitaires.

Ce n'était pas de chance d'avoir sacrifié pinceaux et couleurs mais d'une manière ou d'une autre je devais occuper l'enfant, je la fis plonger dans mes carnets de croquis. Je dessinai pour elle des chevaux et des chiens, inventai au fur et à mesure une histoire sur les animaux qui étaient diversement sages ou désobéissants, essayant d'être drôle afin que la petite ne se mette pas à hurler après son père. J'espérais qu'il regretterait, qu'il reviendrait, on ne pouvait pas abandonner une enfant si jolie, je vécus dans l'espoir jusqu'au repas du soir. Je réussis alors à lui enlever son manteau mais découvris en même temps que la petite était trempée. Je fouillai dans sa valise, trouvai de jolis vêtements pliés, certains même repassés, mais pas la moindre couche. Je dus utiliser ma taie d'oreiller brodée pour envelopper ses petites fesses.

Les yeux de Sveina s'écarquillèrent lorsque j'apparus avec l'enfant. Je déclarai avoir besoin de lui emprunter des couches, du lait et du pain. Et qu'est-ce que tu vas faire ? demanda-t-elle à maintes reprises tandis qu'elle rassemblait tout ce que je demandais et plus que cela, se répandant en mondieujésus à chaque fois qu'elle posait les yeux sur l'enfant, « comment les gens peuvent-ils faire des choses pareilles », et cela je ne le comprenais pas non plus, je ne connaissais pas mes propres enfants mais savais cependant que nous partirions toutes les deux le lendemain avec l'autocar. Et elle nous regardait tour à tour l'enfant et moi, je dis : peut-être qu'Herma la prendrait, elle n'a jamais eu d'enfant. Avant que nous nous en retournions à la maison que j'avais eu l'intention d'abandonner ce jour riche en conséquences, Sveina sortit une robe, faite tout dernièrement, et murmura timidement : je veux que tu la prennes parce que tu pars à Paris, on m'a dit que les femmes sont si élégantes là-bas, mais est-ce que tu as des draps propres pour la nuit ?

Le baquet en bois fut tiré pour la dernière fois, je trouvais que c'était une bonne chose de baigner la petite. Peut-être pour la tranquilliser avant la nuit, les enfants ont tellement sommeil après l'eau chaude. Elle ne prit pas mal de se coucher, sauta partout les fesses nues tandis que je refroidissais un peu l'eau qui aurait été trop chaude pour un petit corps. Elle avait mangé correctement avec moi, demandé trois fois après son papa dont je dis qu'il était sur le point d'arriver, et j'essayai de m'imaginer ce qui s'était passé dans la vie de cette pauvre petite avant qu'elle atterrisse au beau milieu de chez moi. On avait cependant bien pris soin d'elle, cela je le voyais à la petite carcasse nue et à ses vêtements dans la valise. Et elle ne semblait pas inaccoutumée à aller dans la bassine. Je lui donnai une cuillère en bois et une tasse pour barboter avec, puis sortis mon bloc à dessin. Elle oublia complètement le temps dans le baquet, babillant avec elle-même, brandit la tasse et dit : ça Fivá. Oui oui, dis-je, tout ça est à Fivá. J'avais réussi à faire une bonne image d'elle. Je la fis se tenir debout sur une chaise pendant que je l'essuyais, ne pus me retenir d'embrasser les joues potelées et le petit ventre rond, et elle dit alors en me désignant du doigt : maman. Non, dis-je, mamie. Maman, redit-elle et je la corrigeai de nouveau mais elle n'en démordit pas, aussi je laissai de côté cette innocente confusion de lettres. J'étais diablement contente tant qu'elle ne se mettait pas à hurler. Je la fis s'endormir sur moi, elle était nerveuse, frappa des pieds contre le mur, voulut avoir la lumière, à la fin j'abandonnai, lui dis chut, et maintenant je vais te raconter une histoire et tu vas écouter et rester tranquille. Lui racontai l'histoire des petits trolls qui descendaient de la montagne pour se trouver de la nourriture et qui voulurent manger le petit agneau qui se mit à pleurer et dit mêê, et elle écouta tout cela en suçant son pouce. Mais soudainement ce fut elle qui fit chut et me montra le plafond du doigt. J'écoutai, entendis le bruissement qui m'avait empêchée de dormir pendant des années, fus à la fois étonnée et heureuse que l'enfant puisse l'entendre aussi, ce n'étaient pas des fantasmes en moi. Oizo ? dit-elle. Oui oui, c'est un oizo, dis-je. Puis l'enserrai dans mes bras et pendant qu'elle s'endormait lui caressai les sourcils, dessinai son visage de mes doigts, n'entendis plus le ressac.

Herma ne voulut pas l'enfant. J'eus la hardiesse de le lui demander à la fin du repas du soir lorsque nous nous fûmes installées dans le salon avec le café, déclarant que j'étais en chemin vers Paris pour apprendre le dernier cri en matière d'art mais qu'un empêchement avait surgi au dernier instant. Indiquai Silfá du regard : peut-être pourraient-ils la prendre en nourrice jusqu'à ce que son père vienne la chercher ? Ólafur qui avait fait voir à l'enfant un tour de cartes perdit tout des mains. Il caressa la fillette sur la joue, laissant à sa femme le soin de répondre. Elle dit : je ne veux pas d'enfants. Et partit dans la cuisine. Nous regardâmes tête baissée dans le creux de nos mains. Je serais parvenue à fléchir Ólafur, cela je le savais, mais c'était sa femme qui décidait lorsqu'il était question d'enfants, c'était elle qui s'en occupait du matin au soir. Et elle revint dans la pièce, maintenant avec un air hautain : tu pars à Paris, sais-tu parler français ? Je répondis en retour avec vigueur : parlais-tu islandais quand tu es arrivée ? Non, mais mon mari parlait danois et je le parlais aussi car j'ai été élevée à Flensburg. Et à ces mots elle repartit dans la cuisine, nous restâmes, frère et sœur, assis silencieux. Silfá voulut se mettre dans les bras d'Ólafur et lorsqu'il eut joué avec elle un moment, fait et raconté plusieurs fois *Le Joli Poisson dans la mer* en caressant sa main, il dit enfin : j'ai rencontré son père hier soir avant qu'il ne s'embarque. Il m'a dit que tu allais t'occuper de la petite fille. Que sa mère s'était évaporée en Amérique. Qu'il allait lui-même naviguer les deux prochaines années. Lorsque je soupirai et mis les mains devant mon visage il ajouta, encourageant : mais tu dois réussir à aller à Paris, Karitas. Nous dénicherons bien quelque moyen pour ça.

Mon frère qui était diplômé en trouvaille d'étroits passages et chemins de sortie suggéra que je prenne des cours de français pendant que la situation s'éclaircissait avec l'enfant, « chaque chose en son temps », dit-il, et il entreprit de me procurer des subsides et l'argent du voyage ce qui était pratiquement infaisable à cause des restrictions sur l'obtention des devises. Quels stratagèmes il utilisa je ne le sais pas mais Ólafur semblait connaître des hommes qui connaissaient d'autres hommes. Pendant ce temps-là j'essayai de faire comprendre à Herma combien l'enfant était attachante. Disciplinai la fillette, essayai de l'habituer au pot, la fis manger proprement, lui appris comptines et chansons, lui achetai un bloc de papier et des couleurs pour qu'elle puisse peindre une jolie image pour tata Herma mais tout cela n'y fit rien. Herma n'avait aucun intérêt pour l'enfant, elle était parfois si renfrognée que je devais courir placer la petite en garde en haut de Laugavegur chez Marta, ma belle-sœur, afin de réussir moi-même à aller en cours de français. Marta, avec ses cinq enfants qu'elle avait eus en treize ans, le plus jeune au bras, soupirait un peu et l'ajoutait au groupe. J'avais commencé à caresser l'idée qu'elle prendrait Silfá. Mon frère Pétur avait fait l'acquisition d'une grande maison dans la rue principale, Laugavegur, il y avait un commerce de gros au premier mais à l'étage au-dessus se trouvaient les pièces d'habitation, et le passage de visiteurs était tel que Marta avait besoin de deux filles pour l'assister. C'est là que j'aurais dû être, là où il y avait de la vie et de l'ambiance, mais je choisissais cependant toujours d'être chez Ólafur et Herma. Dans leur maison silencieuse, là où les enfants n'étaient pas souhaitables.

Silfá ne voulait pas s'endormir seule le soir, je devais me coucher avec elle, lui raconter des histoires interminables de trolls et d'animaux, ou bien elle s'était habituée à cela ou bien elle avait été négligée dans ce domaine et voulait que l'on compense ce manque. Je m'endormais souvent moi-même au milieu de la narration. Les soirées étaient de ce fait plutôt dénuées d'événements pour moi, j'aurais préféré la compagnie des adultes, sortir marcher par un beau soir de printemps, mais lorsque je pris conscience du peu de gens que je connaissais dans la capitale, de lourds nuages sombres m'assaillirent et le passé que je m'étais promis de contrôler siffla sur moi comme un serpent. Je n'avais planté de racines nulle part, étais partout étrangère, comme une vagabonde qui passe rapidement dans chaque ferme, mange, dort, dit au revoir et prend son havresac. Et une nouvelle fois j'étais en route vers l'inconnu. Une si grande angoisse m'envahit que je dus me blottir contre l'enfant, cette âme reliée à la terre qui ne connaissait pas les abîmes de l'esprit, était bienheureuse tant que l'on s'occupait de ses besoins primaires. Si je descendais dans un pareil état pour aller chercher réconfort auprès de mon frère et ma belle-sœur je m'enfuyais souvent et remontais vite. Mon frère était rarement à la maison le soir. Il travaillait dans plusieurs associations, et Herma faisait passer ses pôles d'intérêt avant la fréquentation de sa belle-sœur. Me répondait si je lui adressais la parole mais ne me laissait à d'autres égards pas troubler son étude des langues, l'écriture de son journal, ses collections de timbres, son exploration anarchique des livres, le feuilleton à la radio, elle ne désirait pas de compagnie. Lors des grandes occasions elle allait dans les soirées avec mon frère, les organisait comme toutes les autres choses dans sa vie, je vis un soir comment elle s'y prenait. Je descendais l'escalier sur la pointe des pieds pour aller chercher du lait pour l'enfant qui s'était réveillée assoiffée, entendis un bruit de conversation provenant de la cuisine et prêtai l'oreille. C'était Herma qui parlait à voix forte : je suis d'accord avec vous, monsieur le ministre, c'était juste de la part des Islandais d'adhérer à l'O.T.A.N. bien que ce soit une nation non-armée, mais votre conseil des finances fait honte et évoque une dictature, il rend les Islandais petits et dépendants, non, le rationnement des marchandises est humiliant, non, dégradant, et rend les Islandais dépendants. Je frappai poliment à la porte, ne savais pas qu'un ministre se trouvait dans la maison, encore moins dans la cuisine, mais je devais prendre du lait pour que les gens obtiennent la paix du sommeil, et Herma ouvrit. Je n'avais pas l'intention de déranger, commençai-je en m'excusant, mais Herma dit laconiquement : tu ne déranges personne, j'étais juste en train de répéter le discours pour l'invitation chez le ministre demain, tu as besoin de quelque chose ? Je vis qu'elle s'était préparé une sorte de thé, y jetai un regard à la dérobée, elle dit : ce sont des herbes que l'Italien a ramenées de la campagne d'Öræfi et que tu devais prendre. Mais tu n'auras pas de celles-là, elles m'ont aidé à dormir. Tu te prendras seulement du lait. Lorsque je remontai l'escalier avec le verre de lait je tremblai à la pensée de laisser l'enfant chez elle, s'il se faisait que mon frère prenne le pouvoir dans ses mains et exige qu'elle reste. Dans la nuit je me demandai si le mieux ne serait pas de chercher conseil auprès de maman, si même il ne serait pas pensable qu'elle puisse avoir la petite pendant deux ans, je décidai d'appeler dans le Nord le lendemain. Je ne voulais surtout pas parler avec elle devant Herma, aussi je filai rapidement vers le haut de Laugavegur chez Marta le lendemain matin mais il advint que je n'appelai jamais. Maman et Bjarghildur s'étaient rendues dans la capitale, l'une allait chez le rhumatologue, l'autre faire les magasins. Bjarghildur trouvait qu'il était temps que le couple du parlementaire, comme elle-même le formulait, ait un pied-à-terre dans la capitale également.

Seules les filles connaissent les deux côtés de leur mère. Les mères épargnent à leurs fils le pire côté. Pour ces raisons j'aurais tout aussi bien pu être le fils de maman, je ne connaissais pas l'autre côté, la langue tranchante, le tempérament grognon, cette colère féroce qui peut soudainement s'enflammer chez les mères, par contre je savais que Bjarghildur connaissait ce côté-là.

Elle était assise sur la chaise brodée de Marta lorsque j'entrai. Dans une robe bleu foncé avec les mains dans son giron, attendant paisible comme une reine qui a décidé de prêter l'oreille à ses sujets. Ses mains étaient chaudes et douces, la joue que j'embrassai sentait comme les violettes que nous ramassions sur le coteau dans le Nord.

Elle dit : Karitas, tu n'as pas changé, pourquoi ne grossis-tu pas comme toutes les autres femmes de ton âge ?

Je n'aime pas la nourriture, maman, dis-je et elle sourit. Mais toi tu as encore la peau lisse ? poursuivis-je et elle rit alors : le froid n'est pas arrivé à mordiller mon visage même s'il a réussi à mordre mes mains. Il faisait si froid en Islande quand j'étais petite, le froid maltraite le corps, c'est pour ça que nous sommes nombreux de ma génération avec des mains crochues. Mais les tiennes sont saines et bonnes, et maintenant Marta m'a dit que tu t'en allais à Paris pour peindre ? Je suis contente d'entendre cela, il me semblait que tu séjournais bien longuement à Eyrarbakki, même si la paix est bonne l'esprit a besoin de voyager afin d'obtenir une vision nouvelle.

Je me sentais bien à Eyrarbakki, maman, là-bas j'ai pu pour la première fois peindre nuit et jour sans que rien ne vienne s'en mêler.

Ne penses-tu donc qu'à peindre ?

Non, répondis-je après une longue réflexion, j'ai souvent eu envie d'essayer la sculpture mais n'en ai pas eu l'occasion, je ne veux cependant pas que tu parles de ça

134

à qui que ce soit, je n'aime pas quand les gens savent ce que je pense avant que je l'aie réalisé.

Je ne compris pas pourquoi elle essayait de se retenir de sourire, il ne me semblait pas avoir dit quelque chose qui puisse susciter de la gaieté mais je la trouvais tellement en forme que je décidai de battre le fer tant qu'il était chaud : maman, est-ce que tu pourrais t'occuper de Silfá deux ans jusqu'à ce que son père revienne ?

La requête ne sembla pas la surprendre, elle fut prompte à répondre : ça je ne ferais jamais une chose pareille à la petite, les enfants doivent être élevés parmi les jeunes, pas les vieux.

Alors je ne pourrai pas aller à Paris.

Celui qui inspecte toujours le vent ne sème jamais, et celui qui regarde constamment les nuages ne moissonne jamais. Les femmes ne doivent plus laisser le vent entraver leur voyage. Elles l'ont eu dans le dos l'année où j'ai navigué autour du pays avec mes enfants et où la banquise n'a pas réussi à m'arrêter, je savais qu'un nouveau siècle s'était levé, notre siècle à nous, les femmes. Puis les femmes ont eu le vent de face et n'ont pas eu confiance en elles pour aller plus loin. Et elles se tiennent encore tranquilles, laissant le vent entraver leur voyage, mais toi Karitas, ne le laisse pas te faire obstacle. Le siècle des femmes est tout juste à moitié écoulé, tu partiras à Paris. Ce qui arrive a depuis longtemps reçu son nom, ce que les hommes doivent être est décidé et l'homme ne peut pas discuter avec Celui qui est plus fort que lui.

Plus facile à dire qu'à faire, dis-je seulement, désappointée.

Toutes les énigmes ont des solutions, tous les labyrinthes une sortie, dit-elle et maintenant dis-moi de ta famille tout ce que je ne sais pas déjà.

Je parlai de mes enfants, eus besoin de mentionner Sigmar au passage, et elle dit alors : j'ai toujours aimé combien l'argent a peu d'importance pour toi. Car celui qui aime l'argent n'en sera jamais rassasié, et celui qui aime la richesse n'en tirera pas profit. C'est aussi vanité. Mais Ólafur va te procurer toutes facilités financières afin que tu puisses partir à l'étranger, n'est-ce pas ?

Ólafur ne paiera rien pour moi, dis-je d'un ton cassant, j'avais de l'argent sur un compte que j'ai reçu pour mes tableaux, par contre il les a vendus pour moi, on peut lui accorder cela, et va maintenant me procurer des devises. Mais Herma m'est hostile, elle ne veut pas prendre l'enfant.

Elle dit : Herma a perdu sa famille dans un bombardement aérien, son père, sa mère, ses sœurs et sa petite nièce ont été enterrés vivants sous les ruines de Berlin. Herma a peur d'aimer, car alors c'est si douloureux de perdre, elle ne veut pas donner naissance à des enfants dans ce monde cruel. Mais ne perds pas courage et ne laisse rien t'entraver. Le Seigneur t'enverra les conseils qui conviendront.

Dans la nuit je rêvai de papa. Je n'avais jamais rêvé de lui auparavant. Nous nous trouvions dans le Nord-Ouest à Ísafjörður, il montra du doigt la vitrine d'une boutique et demanda : lequel veux-tu, le petit ou le grand carnet de croquis ? Je déclarai bien sûr vouloir le grand mais il dit : alors tu auras le grand mais rappelle-toi qu'il est plus lourd que le petit. Et je me réveillai mais essayai de me rendormir car j'avais envie de voir mon papa plus longtemps. Il était si beau, et il m'avait donné mon premier bloc à dessin qu'il avait acheté là-bas, à Ísafjörður. Mais à côté de moi Silfá était en train de se réveiller, je l'effleurai, sentis qu'elle était mouillée et elle réagit dans son sommeil interrompu en s'accrochant fort à mon cou.

Ma mère avait fait son travail même si cela ne faisait pas de bruit. Alors que j'étais descendue dans la cuisine pour préparer de la bouillie de flocons d'avoine pour la petite, qui faisait la dédaigneuse devant les brötchen d'Herma, Ólafur passa la porte en trombe et dit d'un air joyeux : Marta ne se sent pas de prendre l'enfant car la plus jeune chez elle est si remuante mais notre sœur Bjarghildur a dit que ça ne serait pas un problème d'ajouter une personne à leur foyer dans le Nord. Elle vient aujourd'hui et emmènera alors la petite avec elle, tiens simplement tout prêt.

Celle-ci resta assise par terre à dessiner dans le bloc que je lui donnai tandis que je ramassai ses vêtements un par un. Quelques-uns étaient sales mais il n'y avait pas le temps de les laver aussi je les mis dans un sac, repassai ceux qui étaient propres, certains de nouveau, les rangeai soigneusement dans sa valise. Elle me regarda, je dis : maintenant tu dois aller chez ma sœur Bjarghildur, elle est rudement gentille, et elle a des moutons et des poules et des vaches et puis elle a tout plein de chevaux, oui maintenant Silfá va pouvoir faire du cheval, est-ce que ce n'est pas amusant ? Mais Silfá trouvait cela peu digne d'intérêt, elle voulait seulement continuer à dessiner et je dus la prendre de force afin de pouvoir la déshabiller et la mettre au bain. Elle barbota dans la baignoire raffinée comme elle en avait l'habitude mais était nerveuse et décontenancée, cria et se débattit des bras et des jambes lorsque le savon pénétra dans ses yeux. Je parlai sans cesse tandis que je la nettoyais énergiquement, lui dis comment elle devrait se conduire dans le Nord, être gentille avec les animaux, lui délivrai des règles de vie et découvris en passant que ma mère me les avait une nouvelle fois délivrées lors de nos retrouvailles. Elle était rouge et bouffie lorsque je l'habillai, j'embrassai la petite carcasse autant que je le pus avant de passer son maillot de corps sur sa tête mais c'était comme si elle savait que j'allais la trahir, elle ne me démontra en retour aucune cajolerie. Elle était élégante et soigneusement peignée lorsque Herma apparut à la porte et dit sèchement : elle est arrivée.

Je tressaillis quand je vis Bjarghildur. L'image qui n'avait pas changé dans mon esprit en vingt-trois ans était une jeune femme dans une magnifique tenue d'amazone mais celle qui s'offrit à mes yeux était autre et plus en chair. Bjarghildur était devenue fort opulente, elle portait maintenant des cheveux courts ondulés, un tailleur avec un renard autour du cou et un chapeau sur la tête. Elle salua comme à son habitude avec des remarques : tu es affreusement maigre, Karitas, tu nages dans tes vêtements. Je restai immobile dans l'embrasure de la porte tenant ma petite-fille par la main, en train de me demander si je devais embrasser ma sœur bien que je n'en aie pas envie, attendis un peu, mais quand je vis qu'elle n'avait pas l'intention de se lever pour nous dire bonjour je laissai de côté les embrassades. Salut Bjarghildur, dis-je en retour, tu as sacrément grossi. Oui, dit-elle avec une tristesse feinte, ne me laissant pas la désarçonner, ce sont les banquets des parlementaires qui font ça. Mais les tenues de banquets ne se sont vraisemblablement pas présentées à toi là-bas dans l'Est, on m'a dit que tu y avais vivoté dans la solitude ?

Herma se tenait debout avec la porcelaine sur un plateau, elle demanda : comment va ton fils, Bjarghildur, est-il toujours aussi détraqué ?

Ma sœur ferma un œil à demi, se demandant si sa belle-sœur était en train de s'embrouiller avec la langue ou si la chose était demandée à dessein, puis dit d'une voix lente en formulant fermement ses mots : mon fils se débrouille bien, Herma Reimer. Mais elle avait changé de couleur lorsqu'elle regarda la fille de mon fils : ah alors, c'est ça l'enfant que les parents ont abandonnée ? Surprend pas quand on a à faire à une femme ayant couché avec l'occupant et un cavaleur dont les histoires courent dans toutes les terres du Nord. Mais elle ne devrait pas être mal chez moi, la petite orpheline. Les enfants se sont toujours bien portés dans ma maison puisqu'elle passe pour être une résidence culturelle. Je suis certes moi-même souvent en voyage à cause des affaires culturelles et de ma présidence au sein de diverses associations mais j'ai une intendante et une domestique qui s'y entendent toutes les deux pour faire travailler les enfants, elles devraient pouvoir veiller à ce qu'elle ait de quoi s'occuper. Tu peux de ce fait partir tranquille à Paris, chère sœur, et te précipiter là-bas dans la liesse.

L'enfant n'avait pas un instant posé les yeux sur Bjarghildur, elle se tenait étroitement serrée contre moi sur le bord du canapé où j'étais assise et s'amusait avec les boîtes en argent d'Herma. Je regardai sa joue, dégageai les cheveux de ses oreilles et la pensée que c'était la deuxième fois que Bjarghildur recevait un enfant de moi m'assaillit. Et je savais que ma sœur pensait la même chose.

Elle tendit la main à l'enfant et dit sur un ton de commandement : eh bien, ma petite, nous allons nous mettre en route vers chez nous. Embrasse ta grand-mère et Herma Reimer et viens donc.

Silfá dit : Fivá fait pas seval.

Elle grimpa en rampant sur moi, referma ses bras autour de mon cou. Un silence embarrassé s'installa dans le salon. Herma se mit à chantonner, ramassant une à une ses pièces de porcelaine. Je soupirai : c'est inutile, Bjarghildur, elle ne veut pas aller chez toi.

Ma sœur ne cilla pas, essuya la commissure de ses lèvres puis dit avec une joie candide : alors tu ne pourras pas partir, Karitas !

J'eus envie de secouer Silfá, dire : espèce de petit vermisseau, tu es en train de détruire ma vie, mais cela je ne le dis pas. J'étais sereine lorsque j'annonçai ma décision.

Eh bien, ma petite Silfá, alors nous partirons tout simplement ensemble à Paris.

Karitas

Tunnel parisien, 1949

Huile sur toile

Dans les années quarante et cinquante en France, à
l'époque où Karitas s'y installa, l'art abstrait géométrique et l'abstraction poétique étaient les tendances
dominantes dans les arts plastiques et on remarque
aussitôt l'influence de cette dernière dans les premiers tableaux de ses années parisiennes. Ce qui est
intéressant à la lumière du fait qu'elle n'avait alors
ni pris connaissance de ces tendances et courants qui
régnaient dans les arts plastiques, ni vu les œuvres
les plus récentes. Le tunnel gris acier qui au premier
coup d'œil fait penser à un trou de souris remplit
le plan jaune de l'image et les couleurs opposées
créent une tension en dépit d'une apparence floue.
Le tableau se réfère à l'état d'esprit qui caractérisait
l'artiste les premières semaines à Paris. Elle s'était
installée dans un atelier rue du Moulin-Vert dans le
quatorzième arrondissement qu'elle avait pu louer par
l'entremise de son ami. Deux autres peintres étrangers
avaient leur atelier dans la maison mais elle eut pour
commencer peu d'échanges avec ses collègues car
elle était de longues heures hors de chez elle. Elle
passait l'essentiel de la journée au musée du Louvre,
là où elle étudiait les couleurs et les lumières dans les
œuvres des anciens maîtres à la recherche du rôle de
la couleur dans ses propres œuvres. Mais pour réussir

à se rendre de son atelier au musée elle devait souvent prendre le métro, de deux à trois dans la même heure, et c'était pour elle une grande épreuve, pour une femme qui avait eu depuis l'enfance l'immensité devant les yeux. Mais sa petite-fille l'accompagnait dans ce déplacement et bien que Karitas eût de préférence choisi les longues marches elle ne pouvait pas imposer celles-ci à des petits pieds d'enfant. Elle feignait un calme détachement, était dans un état second nébuleux tandis qu'elle descendait d'une rame pour monter dans l'autre et le tableau décrit bien ses sentiments. Pour offrir à l'enfant une compensation des fatigantes stations dans le musée elle l'emmenait au Jardin du Luxembourg, la laissait là courir et jouer avec les autres enfants. Après le séjour dans le parc et lorsque l'après-midi touchait à sa fin elle retournait dans son quartier, faisait les courses rue d'Alésia où il régnait vie et animation dans la dernière partie de la journée. Souvent elle faisait traîner jusque vers huit heures le moment de remonter dans son atelier, car bien qu'elle choisisse l'isolement et la tranquillité elle ressentait comme la plupart de ceux qui habitent seuls dans une ville inconnue une douloureuse solitude. Elle ne peignit rien les premières semaines. Ce ne fut pas avant de s'être familiarisée avec les conditions locales et d'avoir amassé les petites choses qui étaient utiles à la maison, uniquement à cause de l'enfant, qu'elle s'acheta un chevalet et des couleurs.

La connaissance du français était loin d'atteindre des sommets chez moi mais la personne était une artiste, aussi j'estimais qu'elle comprendrait de quoi il retournait afin que je n'aie pas à me mettre à l'expliquer en une longue conférence. Je lui tendis un petit bloc-notes et un crayon pour qu'elle comprenne aussi qu'elle devait écrire le nom du magasin pour moi et où celui-ci était situé mais la femme s'appuya seulement contre le montant de la porte avec sa cigarette au coin de la bouche et me regarda en silence comme si j'étais une curiosité. Elle était plus jeune que moi d'une quinzaine d'années me semblait-il, avait des cheveux bouclés noir de jais jusqu'aux épaules, était pieds nus en robe à fleurs rouge foncé, avec une expression si arrogante que je n'aimais pas la tournure de la chose mais je ne m'écroulai pas et poursuivis : vous peintre aussi, vous dire moi acheter couleurs où. Elle ne dit toujours rien et regarda par-dessus mon épaule comme si elle s'attendait à ce que plusieurs comme moi puissent surgir mais lorsqu'elle comprit que j'étais seule elle prit paresseusement le bloc de mes mains, écrivit le mot *Gattegne*, me tendit le bloc, puis me le reprit brusquement, dessina avec une grande habileté rues et places, et me montra en pointant sans cesse avec le crayon sur la feuille : ici boulevard Montparnasse, ici rue de la Grande-Chaumière, ici Gattegne, et me retendit le bloc. Merci, dis-je en m'apprêtant à rentrer dans mon appartement. Elle dit alors sans enlever la cigarette de sa bouche : je suis Elena Romoa, je suis de Portugal, je parle mieux la français que toi. Puis referma la porte sur elle.

Son comportement ne me bouleversa pas, en ce qui

me concernait les gens pouvaient se conduire comme ils voulaient, mais j'avais obtenu mon adresse et c'était l'essentiel. La moitié de la journée s'était passée à répéter ces quelques phrases et après que Silfá s'était endormie j'étais restée assise une heure entière à me balancer d'avant en arrière comme un rameur avant de me décider enfin à y aller. Mais lorsque je m'assis sur le bord du lit avec le papier dans les mains et regardai l'enfant endormie je me souvins que mon intention avait été aussi de demander à la femme où je pouvais acheter un pot pour Silfá, je devais la déshabituer des couches, c'était désagréable de la changer dans le musée, sans parler d'avoir les couches mouillées dans mon sac toute la journée. Je n'avais vu de pot nulle part dans ces magasins où j'étais allée et partout cependant cela regorgeait de toutes sortes de boutiques de camelote, peut-être les pots étaient-ils remisés à l'arrière et je n'avais pas su décrire avec mes gesticulations à quel usage je destinais la chose qui me manquait. Mais même si un pot arrivait sous le lit où nous dormions Silfá et moi, j'avais l'intention de lui permettre de garder sa sucette, elle ne s'endormait pas sans elle le soir et le jour elle piquait volontiers du nez dans mes bras si je la lui mettais dans la bouche ce qui m'arrangeait bien, je pouvais faire des croquis pendant ce temps.

Silfá voulait voir les montres.

Dans la rue où je faisais les courses il y avait un horloger avec une petite boutique. Sa devanture était le monde du temps, montres-bracelets, montres de gousset, réveils, l'enfant était fascinée. Je devais la soulever dans mes bras et lui permettre de regarder longtemps cet univers fantastique qui battait sans cesse, le gros réveil rouge avec les chevaux et le manège était son préféré, elle avait besoin de le voir tous les jours. L'horloger était assis dans la vitrine, il levait parfois les yeux de son travail, pas inaccoutumé à voir les mères soulever leurs enfants pour qu'ils puissent regarder, je voyais dans son regard qu'il me trouvait intéressante, certainement à cause de la couleur de mes cheveux. Je faisais comme si de rien n'était, ne le regardais jamais dans les yeux, laissais l'enfant contempler et pensais en attendant au temps qui s'était écoulé depuis que j'étais partie des Fjords de l'Ouest à quinze ans et n'avais alors jamais vu d'automobile, jamais d'avion, marchais avec des chaussures en peau de mouton et allais en jupe longue. Et que m'avait apporté le temps depuis que j'étais partie ? Tout le futurisme dans son ensemble, la vitesse et la technique que je désirais ardemment lorsque j'habitais avec le ressac dans l'Est, tantôt enceinte tantôt avec un bébé au bras, et voilà que je me trouvais enfin ici, des dizaines d'années plus tard dans les rues d'une capitale du monde, en jupe courte, portant d'élégantes chaussures en cuir et j'avais encore, encore un enfant dans les bras. La petite femme du Nord-Ouest, peut-être beaucoup trop en retard.

Les montres de gousset me faisaient penser à Sigmar, il en avait possédé une semblable, et il avait dit que l'amour était intemporel mais quelqu'un avait-il dit que l'art l'était ? Lorsque j'embrassais Silfá dans le cou, Sigmar me manquait et je ne comprenais pas pourquoi. Puis je bâillais comme je le fais lorsque les sentiments vont me submerger : viens, mon petit agneau, maintenant nous poursuivons notre chemin vers la maison.

Vis-à-vis de ma maison il y avait un petit jardin public, un petit îlot de verdure où les femmes s'asseyaient pour faire la causette pendant que les enfants s'amusaient. Les femmes qui habitaient notre maison s'y asseyaient aussi parfois un moment même si elles étaient sans enfants, les trois sœurs âgées qui habitaient au-dessus de chez moi et la femme du rez-de-chaussée qui gardait la maison, on l'appelait concierge, en moi-même je l'appelais *konsjessa*. Elles avaient toutes le pied alerte, étaient vives de mouvement et elles nous souriaient, à l'enfant et à moi, indiquaient peut-être le ciel du doigt, disaient : beau temps, et je le répétais en hochant joyeusement la tête mais à cause de la difficulté des langues les discussions ne duraient pas longtemps. Les deux hommes qui habitaient aussi là, à l'arrière de la maison, un vieux petit homme et l'artiste finlandais Raimo qui était un bel homme, avaient cela en commun de ne jamais dire un mot, ne souriaient jamais, hochaient juste brièvement la tête si on les croisait dans l'entrée.

Je m'assis sur un banc vide, restai à regarder les motifs d'arcs que les ouvriers formaient lorsqu'ils posaient les pavés dans les rues, étais triste à cause du temps sur lequel je ne pouvais exercer aucun contrôle. Alors arriva Elena Romoa. Elle était sortie pour regarder les ouvriers, les laisser la regarder, et tous les quatre se redressèrent, la dévorant des yeux bouche bée avec envie tandis qu'elle roulait des hanches, rejetait la tête en arrière, aspirait la fumée avec sensualité, marchait sur la pointe des pieds sur les pavés qu'ils avaient fini de poser, faisait des grands pas sur la pelouse dans le jardin. Elle se dirigea droit vers moi, s'assit sur le banc à côté de moi, tourna son visage vers moi, tira avec deux doigts les commissures de ses lèvres vers le bas et dit : vous toujours comme ça.

Elle avait raison Elena Romoa, j'étais mélancolique depuis que j'étais arrivée, ça avait été difficile de s'installer avec l'enfant, une ville si importante et si grande, moi comme une petite perdrix des neiges tout en haut de la lande de bruyère, entourée d'oiseaux de proie. En Islande la solitude n'avait pas été aussi lancinante, jamais chez moi dans mon pays je n'avais dû me demander le matin comment j'allais conduire la journée, elle venait simplement à moi. Ici je devais aller vers elle. Et je devais aussi aller vers Elena Romoa si je voulais la garder. Je dis, sans pouvoir me contrôler : je être triste, mon mari mourir, le futur je peut-être me réjouis. La déclaration eut l'effet auquel je m'étais habituée, les femmes ne bronchent pas quand quelqu'un souffre, son abord devint plein de compassion. Elle se pencha vers moi, me tapota les épaules, débita un flot de mots réconfortants et son contact et sa proximité éveillèrent en moi un bien-être que je n'avais pas ressenti depuis longtemps. Il émanait d'elle une bonne odeur, la fragrance me faisait penser au parfum que Dengsi m'avait offert, je décidai de l'utiliser désormais, c'est agréable d'être auprès de femmes qui sentent bon. Elle désigna du doigt l'enfant et moi tour à tour et dit : vous et votre fille manger chez moi. Je m'abstins de mentionner que Silfá était ma petite-fille même si elle m'appelait sa maman. Il y aurait un temps pour la vérité plus tard car je ne me souvenais pas dans l'instant comment on disait grand-mère en français.

Le chaos qui apparut à mes yeux dans l'atelier d'Elena me fit prendre une profonde inspiration, le regard n'arrivait pas à saisir le moindre objet au premier coup d'œil, tout tourbillonnait et dansait ensemble, les tableaux en couleurs puissantes et agressives sur des chevalets et contre le mur, hurlant après le spectateur, des dessins au crayon d'hommes nus fixés sur tous les murs avec des punaises, de grandes plantes vertes dans des pots disséminés partout sur le sol, une nappe violette sur la table, une couverture orange sur la banquette, des vêtements éclatants qui faisaient penser à des costumes de scène suspendus à une grande barre portemanteau sur pieds, des meubles bizarres et de travers, tubes ouverts et pinceaux gisant comme des arbres fraîchement abattus, j'eus l'impression pour la première fois de ma vie de voir un atelier d'artiste. Au beau milieu de la pièce il y avait le poêle avec un long et large tuyau qui montait tout droit et obliquait ensuite vers le mur tout à fait comme chez moi et dans le fond du coin cuisine la petite et drôle de baignoire, mais en comparaison avec l'atelier d'Elena le mien était une salle d'hôpital aseptisée. Un petit peu plus petit en fait, bien que l'emplacement pour cuisiner et la petite alcôve pour dormir soient identiques mais il n'y avait pas de doute, Silfá et moi étions arrivées dans un autre monde plus mouvementé. Et elle savait l'apprécier, elle rampa sous la barre portemanteau et se donna du mal pour enlever ses chaussures afin de pouvoir essayer les escarpins à talons hauts de l'artiste.

Ses tableaux étaient d'une autre lignée que les miens. Couleurs puissantes qui se frappaient l'une l'autre, force, révolte, une caricature en jupe remplissait le large plan de l'image, trois taches noires sur le visage pour les yeux et la bouche, comme un gribouillage de Silfá, les oreilles immenses, des ronds autour et un arrière-plan en forme de fenêtres à carreaux, une femme dans un traitement mystérieux pour moi, je trouvais l'image enfantine, peinte à la hâte, techniquement médiocre, j'étais meilleure, bien meilleure, mais malgré tout, c'était quelque chose de nouveau, quelque chose que je n'avais jamais vu auparavant, je ressentis un nœud à l'estomac, il me sembla que j'avais manqué le dernier cri. Et Elena se campa sur ses jambes devant moi avec une marmite dans les mains, une marmite froide, mais c'est de ses yeux que ça fumait tellement elle brûlait de savoir comment je trouvais cela. Je connaissais ce sentiment, mentis : bon, bon, dis-je avec gratification, elle me crut et ses yeux noirs scintillèrent. Silfá sortit en rampant de dessous le portemanteau, ayant réussi à enfiler les chaussures à talons qu'elle avait du mal à garder à ses petits pieds, vint vers nous avec claquements et martèlements, montra le tableau du doigt avec admiration : zolie zolie madame, et nous éclatâmes de rire. Nous nous rapprochâmes.

Elena me fit couper les légumes, dont certains que je n'avais jamais vus, longues pousses vertes, petit oignon blanc qui sentait mauvais, elle fit bouillir les haricots, fit brunir puis cuire le riz à la poêle, mélangea le tout ensemble de sorte qu'il en résulte un ragoût, coupa les tomates et les pommes de terre froides qu'elle mit à l'huile, puis elle disposa assiettes et verres sur la table avec la nappe violette et nous nous installâmes pour le repas. Mangeâmes avec un pain long et mince de farine blanche, bûmes du vin rouge, et pour la première fois alors je pris pleinement conscience que j'avais posé les deux pieds dans un autre univers culturel. Ici la nourriture n'était pas salée ou ne sortait pas sure d'un tonneau de petit-lait, on ne buvait pas de lait avec le repas, je devais renverser mes vieilles habitudes alimentaires, m'adapter à de nouvelles coutumes, me chercher de nouveaux aliments.

La petite Silfá engloutit le riz à grands coups de cuillère comme si elle n'avait rien eu à manger chez moi depuis longtemps, je l'avais rarement vue aussi enthousiaste et joyeuse, comme si elle était enfin rentrée à la maison après un long exil. Elena babilla continuellement avec moi et l'enfant, et moi qui comprenais juste quelques mots fis semblant d'en comprendre la plupart pour ne pas offenser la joie qui était entrée dans notre monde à toutes les deux, étroit et monotone. Il me sembla qu'elle nous parlait de sa maison au Portugal, le mouvement de ses mains le suggérait, une grande maison, du luxe, beaucoup d'argent et un papa avec une barbe. Je hochais la tête intéressée et croyais que cela suffirait pour maintenir la conversation mais elle ne l'entendait pas ainsi, voulait en avoir pour son argent, elle but une solide gorgée de vin et demanda d'une voix grave : votre mari, comment il est mort ?

Je n'avais pas préparé la mort de Sigmar aussi je fus décontenancée mais l'enfant me donna le loisir d'y réfléchir en bâillant et réclamant avec insistance, il était aberrant de commencer une narration dramatique avec une si désagréable auditrice à table, Elena le vit, prit l'enfant, l'allongea sur la couchette, lui cala dans les mains un journal de bandes dessinées et lui dit de le regarder. Puis versa plus de vin dans nos verres, s'alluma une cigarette et me fixa. Cela me rendait toute fuite impossible. Je dis : il était capitaine sur un gros bateau qui pêchait le phoque et la baleine et un jour en hiver alors qu'ils étaient en route vers le nord du pays le bateau fut stoppé par la banquise et parce que c'était en pleine nuit et qu'ils ne distinguaient pas le bout de leur bras à cause de l'obscurité ils durent attendre jusqu'au matin pour prendre des mesures mais pendant qu'ils dormaient un ours polaire réussit à grimper à bord et mon mari qui se réveilla le premier se rua à l'assaut de la bête féroce avec un pieu en fer pour seule arme et il s'était battu seul longtemps lorsque les autres se réveillèrent enfin et purent saisir leurs armes à feu mais dans l'affrontement il reçut un tir mortel.

L'angoisse rayonnait du visage de l'artiste, je ne savais pas vraiment si c'était à cause de l'événement lui-même ou de l'incompréhensibilité de ma narration que j'avais déroulée en islandais, aussi je m'étirai vers un carnet de croquis et un crayon, commençai l'histoire une nouvelle fois, crayonnant les scènes dans l'ordre chronologique, le bateau d'abord, puis Sigmar, les phoques et les baleines, tout l'équipage du bateau, les ténèbres et la banquise, pus expliquer le froid islandais en tremblant, l'ours polaire dressé dans toute sa hauteur, puis le combat en plusieurs images, les marins avec les fusils, et enfin la mort héroïque du mari.

Elena Romoa s'étrangla avec le vin et la fumée, j'eus les larmes aux yeux, cela m'avait éprouvée de tuer Sigmar de cette manière, nous restâmes toutes les deux silencieuses un long moment. Elle me proposa une cigarette que dans ces circonstances j'acceptai, puis se mit à parler d'un ton enroué, à trembler de la voix, faisant une grimace larmoyante après l'autre, je supposai qu'elle aussi avait perdu quelqu'un qu'elle aimait. Pour une autre femme probablement.

Nous fumâmes en soupirant contre la cruauté de la vie.

Karitas

Toits de Paris, 1949

Huile sur toile

On peut distinctement voir sur le tableau des toits de la ville peint par Karitas les courants d'influences différentes dans les arts et pas moins ceux de la vie humaine bigarrée de Paris. Les toits rouge chaud qui s'élèvent au-dessus du fond bleu foncé pur, comme les sommets carrés d'icebergs, évoquent la construction de formes du peintre russe Sergei Poliakoff. Après d'assidues recherches sur les œuvres des vieux maîtres au musée du Louvre s'ouvrent les portes sur ce monde qu'elle avait espéré voir lorsqu'elle est partie à l'étranger. En compagnie de l'artiste portugaise Elena Romoa elle enfile les innombrables musées et galeries de la ville, voit parmi d'autres des tableaux de Poliakoff, De Staël, Vieira da Silva, Vasarely, des œuvres du groupe Cobra, et pas moins de ceux qui avaient auparavant acquis la notoriété sur leurs terres, comme Picasso, Kandinsky et Miró. Leur influence fut écrasante. Dans sa longue carrière artistique elle n'a jamais vu une telle abondance d'œuvres d'art auparavant. Elle s'est échappée de la solitude, trouve qu'elle peut prendre son envol. Les toits rouge chaud, le monde effervescent de l'art l'attendent et elle essaie de ne pas laisser la couleur bleu foncé du quotidien, de la ville qui est en train de guérir ses plaies après la guerre, entraver son envol. Mais en dépit du manque qui apparaît dans la vie de tous les jours la reconstruction avance à toute allure, les rues grouillent de vie, les cafés sont pleins d'artistes et de philosophes, aussi bien le soir qu'en milieu de journée. Karitas ne peut cependant pas prendre part à leur vie sauf de manière réduite et ce n'est pas la faute de sa peu brillante connaissance du français. À cause de sa petite-fille elle doit être rentrée avant l'obscurité et ne peut de ce fait pas suivre sa camarade à la recherche de nouvelles influences et idées, de nouveaux amis, amants, recherche qui souvent prend la moitié de la nuit. Mais avec les toits rouges devant sa fenêtre, la respiration de l'enfant endormie dans ses oreilles, elle se glisse par la peinture dans la nuit bleu profond.

Elena peignait en combinaison.

Sans le moindre corset en dessous. Il faisait certes chaud dehors bien que l'été fût avancé, chez moi en Islande l'automne avait dû s'installer, mais je ne m'étais pas habituée au fait que les gens se pavanaient en simples sous-vêtements et devins penaude la première fois où je la vis dans sa tenue de travail. Puis je m'y étais accoutumée. Mais elle avait de nombreuses combinaisons, j'en vis des roses et des bleu pâle.

Après nos pérégrinations entre musées et galeries, et ses distractions nocturnes qui étaient un chapitre à part, elle s'était enfermée, « fermé, je dois travailler », dit-elle en remontant la bretelle de sa combinaison. Nous ne la vîmes pas pendant des jours et Silfá en devint désolée. Peut-être parce qu'Elena la traitait comme une adulte, n'adressait pas moins ses mots à elle qu'à moi lorsqu'elle nous racontait quelque chose, ne lui faisait jamais sentir qu'elle était une gêne pour nous. Si l'enfant avait les pieds fatigués, ce qui lui arrivait régulièrement, elle cherchait des yeux autour d'elle un bus, ou un taxi s'il n'y avait pas d'autre solution, et s'il n'y avait aucun véhicule visible elle prenait la petite à bras-le-corps. Elle était incroyablement forte, me faisait penser aux femmes de la campagne d'Öræfi, et elle n'était cependant pas beaucoup plus grande que moi. Mais plus dodue que moi. Les hommes ne détachaient pas leurs yeux d'elle. Me regardaient rapidement, comme s'étonnant un peu de mes cheveux et ma peau clairs, puis laissaient ensuite reposer leur regard sur Elena, buvant son visage et son corps. Elle les attirait, leur suçait toute raison et tout art de la conversation. Et l'enfant pouvait s'accrocher à sa jupe, s'enrouler autour de ses cuisses, sauf dans les salles d'exposition si d'autres artistes étaient présents, « va voir maman », lui dit-elle au salon de Mai. Elle ne voulait pas les laisser croire qu'elle avait un enfant. Les artistes ne trimballaient pas des enfants accrochés à leurs basques, ils consacraient leur vie à l'art, vivaient une vie de bohème, étaient libres, et jeunes pour la plupart. Une femme avec un enfant devait vivre la vie quotidienne, comme je le faisais, une vie que la plupart d'entre eux évitait.

Dormir, se réveiller, occuper l'enfant, sortir avec elle, faire les courses et regarder les vitrines, la laisser faire de la balançoire dans le petit jardin, lui donner à manger, lui faire faire la sieste, l'occuper de nouveau, sortir avec elle, regarder quelque chose ou faire de la balançoire, lui donner à manger, la faire se coucher. En Islande je n'avais jamais eu besoin d'occuper mes enfants. Ils allaient tout simplement jouer dehors avec les chiens et les chevaux. J'étais prisonnière de l'enfant, dans une ville où j'étais venue chercher la liberté, me perfectionner dans l'art. Les enfants me suivaient toujours comme une ombre. Jalonnaient mon chemin. Malgré tout je ne les avais jamais choisis.

Silfá faisait sa sieste de midi et j'aurais dû être en train de peindre mais j'étais assise inactive et regardais l'enfant endormie. Regardais le petit menton qui montait et descendait dans son sommeil lorsqu'elle tétait sa vieille sucette. À quoi rêvait-elle ? Qu'est-ce qui s'était passé dans sa vie avant que mon fils ne la laisse chez moi ? Elle avait la poupée de chiffon dans les bras, son unique planche de salut, un objet souvenir d'une petite famille qui fut une fois. Je ne lui avais donné aucune poupée, juste des cubes et des couleurs, avais fabriqué pour elle des bateaux de papier cartonné que je peignais et collais, elle avait maintenant dix bateaux si ce n'est plus qui naviguaient dans l'atelier comme si celui-ci était l'océan, je devais lui acheter des jouets.

Lui acheter des vêtements d'hiver, les hivers pouvaient être si froids sur le continent, je devais lui donner une meilleure nourriture, apprendre à cuisiner des repas convenables auprès d'Elena, aménager pour l'enfant un bon intérieur, nous resterions là longtemps, longtemps, je n'avais pas envie de rentrer au pays dans le vent et l'isolement, les tableaux étaient ici. Je les avais vus dans les salles d'exposition, vu ce qu'ils faisaient, les garçons, ils avaient réussi à contrecarrer les formes, les lier ensemble avec des couleurs, le Russe français était sur le bon chemin, j'avais vu cela, et il m'avait vue devant ses tableaux, s'était lentement rapproché de moi et lorsque nous nous regardâmes dans les yeux nous sûmes tous les deux qu'il était en train d'y arriver, un instant la victoire fut dans son regard, puis je distinguai de la crainte dans l'éclat de celui-ci, il avait vu en moi la concurrente, vu que je savais aussi comment je devais m'y prendre, que je pourrais faire mieux que lui et nous nous regardâmes de nouveau dans les yeux mais comme des ennemis, pas comme une femme et un homme, ce qui était dommage car c'était un bel homme, aussi Elena dit d'une voix forte : va voir maman. L'enfant courut vers moi, la crainte disparut des yeux du Russe français, il avait pensé : les femmes avec des enfants sont entravées, elle ne pourra jamais faire mieux que moi.

Il se trompe, Silfá, il se trompe, il ne sait pas d'où je viens, ne sait pas comment les vents du nord m'ont mordue et endurcie. Comme si un petit enfant pouvait faire plier une femme d'Islande ! Je deviendrai célèbre, ma petite Silfá, je vais te le montrer, et je vendrai beaucoup de tableaux, achèterai des vêtements et des jouets pour toi par dizaines. J'utiliserai les formes géométriques pures, laisse-les parler, j'échapperai à tout lien avec la réalité, me concentrerai sur les trois couleurs de base, j'y arriverai, ferai d'abord des esquisses avec tes pastels à l'huile, Silfá.

Mais l'enfant se réveilla alors et réclama du lait. Pour l'amour de Dieu, rendors-toi afin que je puisse travailler, dis-je, mais elle ne voulut pas entendre raison et je n'avais pas de lait, j'avais en fait complètement oublié d'en acheter. Tu auras de l'eau, dis-je et allai chercher un verre d'eau pour elle mais elle le repoussa de la main si brusquement que des éclaboussures en jaillirent, mit sa moue têtue en fer à cheval sur sa petite bouche, elle s'était mal réveillée : Fivá veut lolo. Elle n'en démordait pas et le magasin était fermé à la mi-journée. Je décidai d'acheter la paix aux frais de l'art, d'aller frapper chez Elena et de lui en emprunter une goutte, elle buvait vin et lait à parts égales. Je frappai d'abord tout bas, entendis un cliquetis provenant de l'intérieur de son atelier, comme si quelque chose tombait par terre, mais elle ne répondit pas, aussi je frappai plus fort et encore plus fort, il me semblait que les gens pouvaient prendre soin des femmes avec des enfants, était-ce trop demander comme ça pour une fois, et elle ouvrit brusquement la porte. Échevelée, en combinaison, le sourcil froncé. Je lui demandai du lait, elle éructa : alors allez vous le chercher ! Et elle me fit signe d'entrer et d'aller jusqu'au coin cuisine. Ce que je fis, me dépêchant autant que je le pouvais mais ne pus éviter de voir ce qui avait occupé l'esprit et le corps d'Elena. Il était allongé sur la banquette entièrement nu, l'artiste finlandais de la maison, celui qui ne disait jamais un mot, ne faisait qu'entrer et sortir précipitamment de la maison sans dire bonjour, il était couché là dans toute sa splendeur. Elle l'avait dessiné longtemps avant que j'arrive, on en était au chapitre suivant, j'étais arrivée au beau milieu. Je me hâtai de ressortir avec la bouteille, elle claqua la porte derrière moi.

J'avais déjà vu cette image auparavant. Une femme dessine un homme nu, le dessin causera la chute de la

156

femme. C'est pourquoi celle-ci devait longtemps plus tard aller chercher du lait pour ses descendants.

Le samedi il y avait des joueurs d'accordéon place d'Alésia.

Silfá et moi trouvions amusant de les écouter. Nous n'entendions jamais de musique sauf dans la rue, et quelques rares fois à la radio d'Elena avant qu'elle ne s'enferme en combinaison, elle montait toujours le son si c'était Jacqueline Françoise ou Édith Piaf qui chantait. Je résolus de frapper chez elle, de l'inviter à venir avec nous jusqu'à la place, je savais qu'elle aussi aimait bien écouter ces hommes, acheter des fleurs et des légumes sur la place du marché, s'asseoir dans un café, flirter avec les serveurs, c'était si plein de vie dans les rues le samedi, mais elle dit froidement lorsqu'elle ouvrit la porte : non, je remercie vous.

La vie humaine grouillante me stimulait, j'étais d'humeur enjouée avec Silfá, lui montrai du doigt les bonshommes et bonnes femmes bizarres, lui permis de se tenir sur la pointe de mes pieds, de danser ainsi sur place en la tenant par les mains en se dandinant d'un pied sur l'autre en mesure avec les chansons d'amour françaises et tandis que nous écoutions je regardais les gens qui se tenaient debout autour des musiciens, considérais leurs vêtements, observais leur allure, devinais leur passé, avais l'impression d'appartenir à ce groupe bien que je n'y connaisse pas une seule âme, d'être vivante parmi les hommes. Et il devint clair, peut-être précisément à cet instant, combien il était misérable d'être une artiste dans la solitude islandaise, de ne pouvoir jamais faire un saut dehors dans la jovialité des rues après de longues heures solitaires avec ses tableaux. Les gens allaient et venaient, il y avait cette éternelle hâte chez les Français même s'ils semblaient avoir tout le temps du monde par ailleurs, ils devaient faire des provisions pour la fin de semaine tout comme Silfá et moi, passer chez le boulanger, le boucher, acheter du vin et des légumes et peut-être une plante en pot bon marché. Lorsque j'eus fait les courses, j'avais l'intention de faire frire dans l'huile tomates et champignons pour le soir, nous trouvions cela si bon, avec quelques morceaux de saucisse, je décidai d'acheter aussi un pot de fleurs, j'avais pris la ferme résolution de créer pour l'enfant un foyer convenable.

Nous nous dirigeons vers l'étal de la fleuriste qui était situé non loin des musiciens et j'indique du doigt deux petits pots de fleurs, déclare vouloir les prendre et ouvre mon porte-monnaie. Je compte ma monnaie mais alors, soudainement, apparaît une main d'homme droit devant mes yeux. Avec un billet entre les doigts. Je sens l'homme dans mon dos, la fleuriste lui sourit et prend le billet, il attend que je me retourne.

Le garçon aux beaux yeux d'Akureyri a encore une fois tendu sa main.

Je dis : on est en septembre mais tu avais dit que tu allais venir en août ? J'ai toujours le chic pour sortir des réflexions stupides lorsqu'il convient que je sois inspirée. J'améliorai un peu la chose en demandant avec un air prude : comment m'as-tu trouvée ? Mais il fut heureux de ma remarque je le vis, elle montrait que j'avais pensé à lui et il sourit de son sourire charmeur : ta voisine m'a dit où vous vous trouviez, mais Karitas, je ne savais pas que tu avais une fille si jeune, où était-elle lorsque je t'ai rendu visite à Eyrarbakki ? Chez son père, répondis-je laconiquement mais conformément à la réalité. Il se pencha, considéra Silfá si attentivement qu'elle se sentit obligée de l'éclairer sur son existence d'une certaine façon et dit sérieuse comme un pape : Fivá ayon. Il n'était pas plus avancé. Je traduisis cela en langage intelligible, dis qu'elle lui avait dit qu'elle avait pris l'avion, bien que cela fasse certes un bon moment, et ce fut comme si le mot-clé de notre conversation avait été trouvé, il demanda comment s'était déroulé le voyage jusqu'à Paris et moi qui n'avais pas parlé islandais depuis longtemps, sauf avec moi-même et Silfá, je me perdis dans un torrent de paroles. Lui dis combien je trouvais merveilleux de voyager en avion, de ne pas devoir être terrassée de haut-le-cœur comme à bord des bateaux dans les jours anciens, l'enfant avait il est vrai un peu vomi mais elle avait été prompte à se remettre lorsque nous étions arrivées à l'hôtel, et je lui dis combien ses connaissances nous avaient bien accueillies, nous avions trouvé un atelier en moins de trois jours, « sois en remercié Dengsi, et nous sommes maintenant en train d'essayer de nous installer mieux ». Je levai les pots de fleurs pour preuve et il dit que c'était bon d'entendre que tout avait si bien marché pour nous, raconta aussi son voyage par-dessus la Manche mais c'était comme si quelque chose le tracassait, il semblait distrait, regardait dans toutes les directions, puis lâcha enfin : est-ce que son père vient ici ?

Son père ? répétai-je comme si je n'avais pas bien entendu mais sachant bien ce qu'il voulait dire, non attends pas du tout, nous sommes séparés depuis long-temps. Puis chuchotai pour que l'enfant n'entende pas : il est retourné en Italie, il avait une maîtresse là-bas et probablement toute une ribambelle d'enfants, peut-être l'a-t-il épousée ou peut-être est-il simplement mort.

Tu es vraiment incroyable, dit-il en riant et en secouant la tête, et dans cette joyeuse ambiance nous allâmes dans un café et prîmes de quoi rassasier notre faim. Restâmes assis dans le soleil de septembre, riant et bavardant et l'homme plut tellement à Silfá qu'il eut la permission de l'asseoir sur ses genoux. Des inconnus auraient pu croire qu'elle était sa fille, tant étaient semblables leurs apparences, avec leurs brillants cheveux foncés et leurs yeux étincelants. Moi, blanche comme surgie d'un gla-cier, j'aurais peut-être plutôt préféré me fondre dans le groupe, laisser les gens croire que j'étais française bien que je trouve ceux-ci parfois beaucoup trop bruyants. Mais il dit alors, et cela me toucha jusqu'au fond du cœur : si je ne le savais pas pertinemment je croirais que tu es française, il y a quelque chose dans ton allure malgré tes cheveux blonds.

Nous avions l'air d'une famille nageant dans le bonheur, nous mangions, buvions et apprenions les bonnes manières à l'enfant. Il ne m'effleura pas l'esprit de le questionner sur le passé, il est quelquefois mieux de vivre dans l'illusion, mais comme les autres femmes j'avais fort envie de savoir où il pensait dormir et manger tant que durait son séjour, aussi je dis lorsque le repas fut terminé et que Silfá commença à bâiller que je devais rentrer à la maison pour que l'enfant puisse faire sa sieste de la mi-journée. Le regardai avec un air interrogatif. Je fais un bout de chemin avec toi, dit-il.

Il porta Silfá et je trottinai à son côté avec le filet à provisions comme son épouse, devisant sur les besoins quotidiens des enfants, à quel point cela pouvait être difficile de trouver un pot de chambre, que dire alors d'une poussette d'occasion, combien c'était compliqué de s'installer dans une grande ville étrangère et combien le français était difficile. Il dit : pour dompter Paris et l'art tu dois parler français. Je connais une femme qui a enseigné le français aux étrangers. Je répondis que je devais utiliser mon argent avec parcimonie, et que si un jour ou l'autre je vendais des tableaux je pourrais me payer des cours.

Il déposa alors l'enfant, mit la main dans sa poche intérieure sans me quitter des yeux, je vis qu'il avait attendu longtemps cet instant, en retira une épaisse enveloppe : tiens, je t'en prie, c'est pour tes tableaux que j'ai vendus à Londres, un collectionneur américain les a achetés. J'ai changé ça en francs hier. Maintenant tu peux te payer des cours.

Bien que je ne sache pas si l'homme était en train de me raconter un petit mensonge ou pas, un léger frisson de peur me parcourut lorsque je tins la liasse de billets, je n'avais jamais vu autant d'argent d'un seul coup, me mis de suite à me soucier du lieu où je devais garder cela, puis ris simplement d'un air embarrassé : je me souviens à peine de quels tableaux tu as emportés avec toi ! Moi je m'en souviens bien, dit-il sérieux, et si tu veux je peux en vendre plusieurs autres. Eh bien, je suis simplement devenue une femme riche, dis-je.

Tu étais devenue riche avant de recevoir cela, dit-il avec une expression étrange dans les yeux.

Un instant je crus qu'il était en train de faire référence à mon riche mari, je le regardai méfiante, mais ce n'était pas ce qu'il voulait dire, il devint en fait presque timide lorsqu'il demanda : n'as-tu pas encore le pendentif que je t'ai offert ? Il était comme un autre homme que je connaissais, il lui était cher de savoir ce qu'il était advenu de ses cadeaux. Peut-être que tous les hommes étaient ainsi, pensai-je, et je dis avec indignation : bien sûr que je l'ai encore, le collier, crois-tu qu'il me serait venu à l'esprit d'aller le vendre ? La joie ne se cachait pas dans ses yeux mais il essaya de ne pas la laisser transparaître, reprit Silfá dans ses bras, et nous continuâmes à marcher en silence, moi avec la liasse de billets glissée contre ma poitrine, elle n'avait pas pu contenir dans mon porte-monnaie.

Lorsqu'il déposa l'enfant par terre au coin de notre rue nous nous regardâmes dans les yeux et je n'eus aucune idée de ce que je devais dire. Il trancha enfin, dit d'une voix rapide qu'il habitait dans un hôtel du Quartier Latin avec ses collègues, que le concert aurait lieu demain, si nous voulions venir, s'il pouvait alors venir nous chercher à quatre heures ? Je hochai seulement la tête et il s'éloigna de nous lentement, marchant à reculons, faisant signe de la main, jusqu'à ce qu'il se retourne et disparaisse au coin. Tandis que je le suivais des yeux, il avait une démarche désinvolte, il me sembla que nous avions oublié quelque chose.

Je ne parvins pas à peindre pendant que Silfá dormait, mon esprit vagabondait beaucoup trop, pas à cause de la liasse de billets que j'avais placée dans la boîte à riz, mais à cause de cet homme. J'aurais voulu le garder plus longtemps, le regarder parler, le regarder manger, mais étais malgré tout en partie bien aise qu'il ne se soit pas imposé chez moi. Je n'aurais pas pu peindre avec lui auprès de moi. Silfá se réveilla et je me souvins alors de ce qu'il avait oublié. Il avait promis de m'emmener danser lorsqu'il viendrait.

C'est de ta faute si je ne peux pas aller danser, dis-je à Silfá.

L'enfant comprit qu'elle était la cause de tout ce qui allait mal dans ma vie, elle fut la sagesse personnifiée tout le restant de la journée. S'occupa à découper et coller, j'avais essayé de lui apprendre à faire des collages. Dans le silence de notre intérieur nous entendîmes toutes les deux qu'une porte était claquée dans le couloir, puis qu'on frappait chez nous. Je savais que c'était Elena qui venait puiser des informations sur le bel homme qui m'avait demandée le matin. Je fis comme si je n'avais rien entendu, je ne voulais pas que des gens rentrent chez moi, ne voulais pas les laisser régenter mon esprit. Je fixai Silfá, étais prête à l'attraper si elle courait vers la porte. L'enfant me regarda rapidement dans les yeux, puis baissa de nouveau son regard. Et continua son occupation comme si rien ne s'était passé.

Lorsqu'il vint nous chercher Silfá et moi, je n'avais pas dormi et étais peu bavarde. J'étais restée debout toute la nuit devant mon chevalet, à écouter la pluie mais avais été incapable de peindre. Un homme était entré dans ma vie, avait soulevé la poussière dans mon esprit, je ne savais plus que faire, étais-je tombée amoureuse, ou bien était-ce le sentiment confus de l'agneau orphelin élevé dans la ferme qui bêle après abri et sécurité ? Je ne pouvais penser à rien d'autre qu'à son regard et à ses mains chaudes lorsqu'il m'avait dit au revoir, cela me procurait une délicieuse satisfaction de me remémorer l'instant encore et encore, et à chaque fois je fabulais avec, nous voyais déambuler ensemble le long de la Seine comme des amoureux, nous asseoir sur un banc dans un jardin et nous embrasser, danser étroitement enlacés dans un restaurant peu éclairé, je venais d'entrer dans un hôtel avec lui lorsque la main du passé agrippa mon épaule et me retourna.

Lorsqu'il vint donc nous chercher Silfá et moi, nous étions soigneusement coiffées et élégantes, prêtes à entrer dans le monde de la musique. Nous y fûmes tôt, les spectateurs n'étaient pas arrivés, aussi je me choisis une place où je le verrais bien pendant qu'il jouait, pris malgré tout garde à m'asseoir à l'extérieur de la rangée si je devais sortir avec Silfá. Qui savait comment elle se comporterait, l'enfant n'était jamais allée à un concert. Dans mon sac j'avais des gâteaux secs dans un cornet en papier, sa sucette et une culotte de secours si elle trouvait la cérémonie fatigante. Je n'étais pas moins nerveuse que le musicien, il prit ma main, il avait des mains étonnamment chaudes, Dengsi : maintenant je dois aller dans les coulisses, nous nous reverrons après le concert, nous irons alors dans un restaurant avec mes collègues. Puis il pressa ma main avant de la lâcher, était sur le point de partir mais se retourna et dit timidement : je vais jouer tout particulièrement pour toi.

La salle se remplit de gens et Silfá se réjouit, elle se tenait debout sur le banc et souriait à la foule entre les moments où elle plongeait dans mon giron pour y cacher son visage. Elle joua à cela jusqu'à ce que les musiciens entrent sur la scène, habillés de noir. Ils s'assirent avec leurs instruments, deux au violon, un au violon alto et le quatrième à la contrebasse. Dengsi était le plus beau d'entre eux, il tenait son violon sous la joue comme si celui-ci était une femme qu'il aimait passionnément. Ils jouèrent de la musique de chambre, des œuvres de Janáček, je vis sur le programme qu'elles s'appelaient *Lettres intimes* et *Confessions*, je ne doutai pas qu'elles soient jouées pour moi. Si chaleureuses et nuancées qu'elles éveillèrent en moi tendresse mais en même temps douleur, essayait-il de me dire quelque chose, l'homme aux beaux yeux ? Jouait-il pour la jeune fille dont il s'était épris petit garçon, ou pour la femme qui restait assise devant son chevalet à Paris, incapable de peindre ? Cette femme-là pourrait-elle peindre avec ses yeux sur elle ? Ou de manière générale devait-elle peindre ? L'art pictural n'était-il pas pure illusion, une fuite devant la vie ? Que m'avait pour ainsi dire apporté l'art ? Ne m'avait-il pas montré plus de cruauté que Dieu Lui-même, rien donné, seulement pris ? Était-il peut-être Dieu ? Qui était alors l'amour qui le provoquait toujours en duel ? L'illusion ne s'était-elle pas immiscée par-dessus le pas de ma porte ? Mais les notes du violon n'étaient pas une illusion, elles s'immisçaient jusque dans mon âme, si profondes et douloureuses que je fus touchée aux larmes mais je ne pleurai pas, mes paupières avaient séché depuis longtemps. Je pleurai malgré tout à l'intérieur de moi-même sur le brouillard qui était si épais dans ma tête. Rappelle-toi, avait un jour dit Sigmar, qu'il ne te sera proposé qu'une seule fois de te faire porter hors du brouillard.

Je n'avais pas accepté son offre, c'est pourquoi j'étais encore dans le brouillard.

Puis les notes changèrent avec une autre œuvre. Des notes françaises, Gabriel Fauré, raffiné, poétique, et je me mis alors à voir des images. Un flot indistinct de couleurs qui glissait lentement sur la toile, couleurs libérées des chaînes de la forme, libres du trait du crayon, puissantes comme les vents dans l'Ouest, mystérieuses comme les vents dans l'Est. Je vis devant mes yeux ma liberté, je vis comment je pouvais envoyer valdinguer les formes, elles m'avaient accablée toutes ces années, m'avaient tuée, rendue folle. Ou peut-être ne les avais-je pas utilisées à bon escient ? Et je ne pus me maîtriser, me mis à me balancer d'avant en arrière comme un rameur, avec l'enfant endormie sur mes cuisses, me balançai et me balançai jusqu'à ce que la femme à côté de moi plaque sa main à plat sur ma poitrine en chuchotant : arrêtez ça.

Les musiciens reçurent de longs et chaleureux applaudissements, j'applaudis aussi de toutes mes forces mais étais depuis longtemps envolée plus haut que les montagnes.

Karitas

Cordes, 1949

Encre et aquarelle sur papier

La couleur s'est libérée des chaînes de la forme
et au premier coup d'œil il paraît s'agir d'abstraction pure, seules des cordes floues qui font penser
à un instrument rendent l'œuvre plus complexe.
Celle-ci atteint l'abstraction poétique, la géométrie
n'a cependant pas tiré définitivement sa révérence et
il semble de plus que deux forces s'affrontent dans
les tableaux de Karitas lors de son premier hiver à
Paris. Comme toujours l'œuvre semble refléter les
convulsions de son âme et de sa vie privée. L'atmosphère de la ville permet à des courants libres de
pénétrer dans sa conscience, changeant son attitude
à l'égard de la vie et de l'art. Le musicien islando-
écossais Már Hauksson, qu'elle a connu jeune fille
à Akureyri, lui ouvre l'univers de la musique et
l'introduit auprès de Français qui à leur tour lui
ouvrent de nouveaux espaces, pas uniquement dans
le monde des arts mais aussi celui de la culture et
des positions sur la vie, deux mondes qui fleurissent
et créent en même temps un conflit dans la société
française en ce milieu du siècle. On ne parla pas de
relation amoureuse entre eux deux cet automne-là à
Paris mais on peut noter d'après une lettre qu'il lui
a envoyée après son retour au pays qu'une corde
s'est tendue entre eux, il déclare avoir l'intention de

revenir à Paris au plus tôt, lui rendre visite avant Noël. Karitas maintient son cap, essaie de voir ce qui est actuel pour faire des tentatives avec ses nouveaux tableaux, comme elle les appelle. Simultanément elle met un fort accent sur l'étude du français, ayant bien compris que celui-ci est la clé de sa liberté et de nouvelles idées, et le rôle revient à Yvette Clément, ancien professeur de langues, qui n'habite pas loin du Jardin du Luxembourg, de l'entraîner. Madame Clément avait cinq langues en sa possession, parmi lesquelles le danois, mais elle avait remisé l'enseignement sur l'étagère lorsqu'elle s'était mariée avec un libraire connu de la Rive gauche. Le couple avait beaucoup d'amis parmi les artistes et des moyens aisés. Enseigner le français aux artistes étrangers est une chose que la dame faisait par amusement, plutôt que pour amasser des revenus. Le tableau est un des nombreux que Karitas a peints le premier hiver à Paris. Mais bien que la couleur semble se débarrasser des liens de la forme, l'artiste est cependant elle-même prisonnière de son rôle de mère.

Saviez-vous que Gertrud Stein allait chaque jour de Montparnasse jusqu'en haut de Montmartre ? me dit madame Clément lorsque je viens pour la troisième leçon chez elle. Je m'étais vantée auprès d'elle de cette marche, cela faisait une belle trotte, mais du fait que j'avais maintenant glissé une poussette sous les fesses de Silfá je me sentais bien rodée. Mais cela ne manquait jamais lorsque j'essayais de dire quelque chose de remarquable, que ce soit sur ma propre opiniâtreté ou même quand autre chose faisait défaut sur l'opiniâtreté des chevaux chez moi en Islande, elle avait toujours des histoires toutes prêtes qui battaient les miennes. Mais je ne laissais pas cela m'agacer, lui permettais de bavarder aussi bien en français qu'en danois sans l'interrompre, elle était si aimable de me permettre de venir avec Silfá. Elle sortait de vieux jouets pour elle, un cheval à bascule et de minuscules animaux en caoutchouc, horribles bêtes que Silfá prit aussitôt en affection et l'enfant s'occupait dans la pièce aux livres dans la partie ouest de l'appartement tandis que la leçon de français se déroulait dans le salon qui était en fait lui aussi une immense bibliothèque. Les livres ont dévoré les murs jusqu'en haut, expliqua la dame en danois lorsque je vins chez elle pour la première fois, et c'est pourquoi nous avons fait fabriquer cette tour à livres au milieu du salon afin de pouvoir en faire contenir plus, nous avons en tout vingt-cinq mille exemplaires. Ils avaient cependant conservé de petites surfaces murales pour les arts picturaux et elle déclara changer les tableaux tous les trois mois. Je me demandais si je devais lui donner un tableau pour l'installer sur le mur chez elle, Dengsi m'avait dit qu'elle connaissait beaucoup de gens dans le monde de l'art, des propriétaires de galeries et d'excentriques personnes aisées qui soutenaient les artistes.

Nous étions assises dans le sofa marron devant la cheminée qui était encastrée dans la tour à livres mais il n'y avait pas de feu, la dame allumait seulement en plein hiver, et j'essayai de m'imaginer les flammes tandis que je me concentrai sur la formation des mots français. Madame demanda lors de la première leçon ce que j'avais appris et je lui montrai les chapitres de lecture que j'avais emmenés d'Islande avec moi, ils portaient sur les salles de classe et les communications. Elle dit : vous n'avez rien à faire avec ça, vous devez apprendre à parler d'art et de littérature, vous devez vous concentrer là-dessus. Puis elle demanda sans préambule : qu'y a-t-il entre vous et monsieur Aukson ? Hauksson et moi nous connaissons depuis notre enfance, répondis-je en danois. Vous devez répondre en français, dit-elle. Ainsi s'y prenait-elle, j'essayai de faire sortir cela de moi à coup de mots chiffonnés mais j'avais du mal avec les temps des verbes, cela fit appel à une demi-heure de conjugaison, elle me fit réciter, encore et encore les mêmes mots, puis frappa sur la table avec deux doigts et dit sèchement : madame Jónsdóttir, vous devez vous exercer à la maison, comprenez-vous, sinon je ne puis vous apprendre, croyez-vous que la connaissance vienne comme la pluie du ciel, vous devez lire et vous exercer si vous désirez comprendre les courants culturels qui créent l'art, ou bien croyiez-vous que j'allais vous enseigner le français juste pour que vous puissiez acheter une *baguette* ou du *vin de pays* ? Je vous ai prise chez moi parce que je vous admire, en tant que mère célibataire d'âge mûr qui se déracine et s'en va à Paris avec une enfant de trois ans dans le but de devenir une meilleure artiste. Savez-vous, personne ne fait cela hormis peut-être les Islandais mais ils ont toujours été si étranges, je me souviens que l'on parlait d'eux à Copenhague lorsque je faisais mes études là-bas, mais des femmes telles que vous ne voient pas les obstacles sur lesquels Simone de Beauvoir a écrit, la sexualité n'est pas une chaîne à votre pied, vous vous battez pour arriver à vous évader de la tradition, faites les mêmes choses que les hommes, sauf qu'eux n'ont jamais dû vagabonder d'un pays à l'autre avec un bébé comme vous ! Ne savez-vous pas que tout Paris a le souffle coupé devant les écrits de de Beauvoir, ses articles provoquent une véritable folie et vous les laisseriez vous échapper parce que vous n'avez pas envie d'étudier à la maison ? Dites-moi, qu'y a-t-il entre vous et monsieur Aukson, avez-vous eu l'enfant avec lui ?

Je fus d'abord à court de mots, non à cause de la question sur la paternité de l'enfant, mais parce que le discours sur la femme qu'elle mentionnait faisait surgir dans mon esprit un événement du passé. Je dis en balbutiant : ma mère aussi s'est battue pour s'évader du tradition environ trente années il y a quand elle s'est arrachée du terre avec six enfants, n'a pas laissé le banquise entraver elle et a navigué le tour du pays afin de pouvoir faire faire des études à ses enfants.

Madame m'écouta avec attention, puis dit : fortes femmes, là-haut en Islande, n'est-ce pas ? N'ont-elles pas commencé à diriger le pays ?

Non, nous sommes encore dans le lessive, dis-je, mais pouvez-vous parler plus à moi de cette Simone ?

Elle me regarda, puis se redressa dignement et dit avec hauteur : quand vous serez meilleure en français.

Le manège de chevaux tourne en chantant dans le soleil d'octobre.

C'est l'anniversaire de Silfá.

Elle est assise dans le carrousel avec des enfants souriants, se tient fermement sur le cheval en plastique blanc.

Je suis sur des épines, prête à bondir vers elle mais la petite se débrouille bien. Bien qu'elle soit fine, elle est forte comme mes garçons l'étaient à son âge. Ils ne sont cependant jamais montés sur des chevaux dans un manège, ils pouvaient monter les jeunes chevaux islandais qui traversaient eaux et glaciers, malgré tout je sais qu'ils n'auraient rien eu contre le fait de monter sur des chevaux de manège avec une joyeuse musique dans les oreilles.

Il y a foule dans les jardins des Tuileries, enfants et adultes. Les Français vont dans les parcs avec leurs enfants, les laissent faire les fous tandis qu'eux-mêmes parlent de philosophie et de mode. J'ai les verbes français avec moi dans mon sac et des morceaux choisis afin de pouvoir un beau jour parler avec eux aussi, j'attends simplement que Silfá en ait assez des tours de manège pour pouvoir la quitter des yeux un instant.

Enfin elle veut venir vers moi et je la prends dans mes bras, l'embrasse et la serre jusqu'à ce qu'elle soit à bout de souffle, elle est un tel ravissement pour les yeux cette enfant, elle est en train de devenir le cœur qui bat dans ma poitrine. Puis elle se dégage, elle a vu des enfants qui jouent au ballon et veut aller avec eux. Ils la prennent dans leur groupe comme si rien n'était plus naturel, je m'installe sur un banc, sors les verbes.

Je lis et lève les yeux tour à tour, Silfá s'amuse.

Le soleil m'aveugle, le ciel est pur, la brume d'été a disparu.

Autour de moi on fait la causette, on rit, les Français sont un peuple de nature joviale, ils ont aussi des manèges et la douceur du temps. Chez nous en Islande c'est le temps qui gouverne notre humeur, nous rend silencieux et tristes, sauf dans les soirées d'été lorsque le soleil brille et que les vents sont dégelés.

J'ai l'impression de sentir le temps islandais qui est pourtant si loin. Ai l'impression que les vents me caressent de leur souffle. Étreins ma poitrine, sens alors que mon cœur bat très rapidement, je regarde autour de moi, comprends que quelqu'un est en train de m'observer, je sens des yeux reposer sur moi, des yeux scrutateurs, je cherche du regard dans toutes les directions comme un animal apeuré mais ne vois personne qui dirige son regard sur moi.

Les enfants jouent, les gens discutent. Personne ne regarde dans ma direction. Je suis malgré tout comme suspendue à un fil, sens qu'on m'observe.

Je ne quitte pas Silfá des yeux.

Puis cela passe, je redeviens calme, ne comprends pas moi-même ce changement mais peux sourire aux enfants, ils font maintenant la ronde.

C'est le soleil qui m'a regardée, pensai-je.

Les verbes dansent sur la page, je suis fatiguée de lire et appelle Silfá. J'ai l'intention de l'emmener dans un café, lui offrir un gâteau d'anniversaire, lui acheter un jouet et aller avec elle à Notre-Dame, nous ne l'avons pas encore vue de l'intérieur. Je vais si rarement dans les églises.

Nous sommes à l'intérieur de la cathédrale, je viens juste d'allumer un cierge en l'honneur de ma mère, elle si croyante aurait sacrifié beaucoup pour pouvoir voir cette église et je trouve que je dois faire cela pour elle, lorsque je vois la croix au cou de Silfá. Une croix en or fin, avec trois pierres précieuses. Frappée de panique je saisis la main de l'enfant, la tire hors de la cathédrale, lui demande dehors sur le parvis en ayant du mal à contrôler ma voix où elle a eu cela ? Silfá indique l'ouest du doigt : monsieur donné, Fivá zolie. Fivá niversair.

Les femmes se froissent les unes avec les autres qu'elles soient à Paris ou à Reykjavík. Elena et moi nous étions à peine saluées depuis un moment, hochant juste la tête avec un air hautain, chacune trouvant que c'était à l'autre de présenter des excuses la première, bien qu'aucune de nous deux ne sache en réalité pourquoi. Il y avait de la débauche en Elena, comme cela aurait été nommé dans ma campagne, je l'entendais tard le soir entrer dans le couloir, entendais ses ricanements tout bas et une voix d'homme chuchotante. Puis la voyais filer en trombe à la boulangerie tard dans la journée, en combinaison sous le manteau qu'elle pressait contre elle, pieds nus dans ses chaussures ouvertes, avec des cernes et les cheveux en bataille. Silfá et moi étions dans le jardin qui jouxtait la maison, la regardâmes entrer dans la boulangerie, et Silfá dit alors : nous va aller sez Elena, maman. Elle dit maman en français comme les enfants français mais je répondis d'un ton tranchant : non, elle peut aller au diable, continue à te balancer.

Jusqu'à un beau jour. Un vendredi peu après le repas de midi, j'étais en train de préparer Silfá à sa sieste de la mi-journée lorsqu'elle frappa. J'ouvris bien que je sache que c'était elle. Que voulez-vous ? demandai-je en regardant avec réprobation sa tenue. Karitas, vous devez m'aider, dit-elle décidée et elle se rua chez moi. Silfá poussa de rieurs petits cris de joie lorsqu'elle la vit, elle aurait remué la queue si elle avait été un chien. Il était sans équivoque que l'enjeu était important, pour des raisons de curiosité je décidai d'entendre sa requête. Son père était en chemin vers Paris, il arriverait avec le prochain avion le lendemain et elle devait maintenant lui prouver que son soutien financier était tout à fait justifié, qu'elle peignait de toutes ses forces et ne se retournait pas sur les hommes, « faute de quoi je devrai rentrer à la maison à Lisbonne et me marier comme n'importe quelle bonne femme ». Elle prit son visage dans ses mains avec épouvante à cette seule pensée. Cela fit pencher la balance, les femmes se soutiennent lorsque les circonstances l'exigent. Mon rôle dans l'imminente représentation théâtrale était de me prêter à Elena, aussi loin que cela aille, prêter mes tableaux, mes vêtements et mon style monacal, comme elle nommait ma vie humble.

Le jour se passa à chambouler l'atelier et l'apparence d'Elena. Tout fut évacué chez moi. Ses tableaux, qui recevaient la critique d'être trop sexuels, comme Elena le formulait, les provocantes et étroites robes décolletées, celles à fleurs et les rayées, les chaussures à talons hauts, bijoux et rouges à lèvres, couvertures coquettes, nappes et coussins, verres à vin, cendriers et la bonne vieille radio, tout fut empilé dans un coin chez moi et caché avec une couverture marron à carreaux. Chez elles entrèrent mes tableaux géométriques des premiers mois, des draps d'une propreté éclatante, elle n'avait pas eu le temps de faire la lessive, Elena, et quelques vêtements discrets qui suggéraient un mode de vie décent. La transformation après notre opération chirurgicale était si accablante qu'Elena déclara ne pas vouloir rester dedans aussi nous allâmes toutes les trois dehors, sortîmes dans l'activité humaine et la joie qui régnaient dans les rues le vendredi. Il fallait aussi trouver des chaussures de marche à talons plats pour Elena. Elle avait des pieds plus petits que moi. Dans le magasin de chaussures ce fut comme si elle se rendait compte pour la première fois combien j'étais devenue experte dans la langue : Karitas, vous parlez un bon français mais est-ce que nous ne devrions-nous pas nous tutoyer ? Et je répondis par l'affirmative bien que cela signifie que je doive adopter de nouvelles conjugaisons.

Le père était comme je me l'étais imaginé, mince avec une moustache, sérieux et le dos raide comme un piquet, irréprochablement vêtu d'un manteau de laine gris clair avec un chapeau et des gants. Par ma fenêtre je les vis arriver ensemble à pied, elle en chaussures plates, portant un manteau discret et avec les cheveux en chignon, radicalement différente de l'Elena que j'avais rencontrée et il m'apparut clairement une nouvelle fois combien il était facile de leurrer les gens. Les hommes croient ce qu'ils voient.

Le dimanche matin je frappe à la porte d'Elena, lavée en profondeur et avec un visage chrétien et demande à voix forte si elle ne vient pas à l'église ? Elle reste d'abord sans voix, nous regarde Silfá et moi tour à tour, reste les yeux rivés sur la croix qui pend au cou de l'enfant, ne s'étant pas attendue à ce numéro de ma part puis explique quelque chose en portugais à son père qui est assis à sa table et écrit sur une feuille. Il se déplace lentement vers nous, sourit sympathiquement lorsqu'il nous voit, Silfá et moi, et Elena nous présente en français : c'est la veuve islandaise qui habite en face de moi, nous avons l'habitude d'aller ensemble à l'église le dimanche. Et le père devient alors des plus guilleret, boutonne son manteau et dit avec détermination comme un préfet dans la campagne islandaise : nous irons donc tous ensemble à l'église et nous prendrons ensuite le déjeuner dans un restaurant, qu'en pensez-vous, mesdames ?

Le pire me sembla de devoir marcher jusqu'à l'autel comme une catholique, je m'y résignai cependant, mais père et fille semblaient prendre plaisir à la messe de tout leur cœur, et pas moins Silfá, vers la fin lorsque les fidèles se prirent par la main elle crut qu'un jeu se préparait, grimpa debout sur le banc et se mit à chanter une comptine islandaise pour ses proches voisins. Nous la fîmes taire mais l'incident déclencha en nous une joie qui perdura tard dans la journée. Depuis l'église jusqu'au restaurant où le militaire portugais voulait manger, il y avait une bonne trotte et nous discutâmes autant que nous le pûmes en français, le père voulait être informé à mon sujet et lorsqu'il entendit que j'avais étudié à l'Académie royale danoise son opinion sur moi, qui avait cependant été depuis le début d'une relative hauteur du fait de ma visible piété, grandit considérablement. Elena me vit sous un nouvel éclairage, elle me regarda en clignant les yeux comme si elle essayait de comprendre quelque chose à

176

cette femme débarquée de la lointaine Islande. Et dans le restaurant je déployai tout mon arsenal de magie, leur parlai de l'Église chez nous, de ma famille extrêmement croyante, de mon oncle évêque et de ses fils, qui étaient tous clercs, et de ma tante, artiste admirée qui avait vu en moi des dons et exigé que je parte faire des études à l'étranger, et précisai que ça avait été elle qui m'avait encouragée à aller à Paris après la mort de mon mari bien-aimé. Puis détournai l'attention de moi lorsque je vis que la présentation de mes origines avait porté le résultat escompté et dis, en regardant pleine d'inquiétude dans les yeux du père, que je n'avais jamais rencontré une artiste aussi travailleuse qu'Elena, que je craignais qu'elle se surmène : elle travaille jour et nuit, oublie de dormir et de manger, je tressaille souvent quand je vois les cernes sous ses yeux, et c'est pourquoi je l'invite fréquemment à venir chez moi pour manger avec nous, Silfá et moi afin qu'elle prenne quelque nourriture, car je sais aussi qu'elle n'a souvent pas d'argent pour acheter de quoi manger, elle met tout celui-ci dans les couleurs et les toiles, car elle est en train de préparer une exposition, ses tableaux passent pour être rudement bons, j'ai entendu des historiens de l'art en parler.

Puis je continuai à manger ma soupe du meilleur appétit mais Elena, avec des cernes sous les yeux après débauche et stupre, resta le regard rivé sur la sienne, incapable de bouger. Le père avait posé sa cuillère, il était devenu un peu pâle, puis dit en se raclant la gorge plusieurs fois : vous avez justement parlé, ses tableaux sont exceptionnels, elle a particulièrement dompté les formes et les couleurs, Elena a un grand talent, elle l'a toujours eu depuis qu'elle est petite, il y a aussi de nombreux artistes dans notre famille.

Il s'était remis lorsque les derniers mots furent prononcés, regarda sa fille avec douceur et fierté. Nous mangeâmes des andouillettes, chacun dans ses pensées, puis il dit : mais est-ce qu'il serait possible que je puisse voir vos tableaux, madame Jonsdotter ? Sa fille s'était alors ressaisie et dit débonnairement mais cependant sur un ton de réprimande : papa, elle n'a jamais laissé entrer un homme dans son atelier. Elle ne mentait pas en cela mais me dit par ailleurs lorsqu'elle fut débarrassée de son bonhomme de père : espèce de sacrée menteuse ! Comment tout cela t'est-il venu à l'esprit ? Laisse-moi te serrer dans mes bras !

Je ne mentionnai pas que généralement les artistes ont une riche imagination, cela elle devait fort bien le savoir elle-même car elle ne manquait pas d'idées lorsqu'il était question de dépenser l'argent dont son père avait été si prodigue. Il s'était vraisemblablement inquiété du fait qu'elle n'avait pas de quoi se procurer à manger et avait de ce fait considérablement augmenté son soutien financier. Pour fêter la chose elle décida de donner une fête, et pour avoir un prétexte fiable et solide elle déclara qu'elle allait fêter son trentième anniversaire qui avait eu lieu cinq ans plus tôt, mais cela j'étais la seule à le savoir, dit-elle en me fixant dans les yeux. Elle invita des artistes, des poètes et des philosophes de sexe masculin et puis moi bien entendu, j'étais l'invitée d'honneur, mais lorsqu'elle découvrit qu'elle devait avoir un four pour y faire rôtir les canards, elle chercha secours auprès des femmes de l'étage du dessus. Pour maintenir tout le monde en bons termes dans la maison elle les invita aussi, et puis les deux hommes qui habitaient sur l'arrière, le Finnois qu'elle peignait nu lorsqu'elle était bien lunée ainsi que le petit militaire peu bavard, et n'oublia pas non plus la *konsjessa* du rez-de-chaussée. Le repas de fête prit de l'ampleur, devint plus fastueux chaque jour, mais la chose était uniquement destinée à accroître la joyeuse espérance dans la maison. Tout bien considéré c'est elle-même qui en fit le moins si l'on exceptait napper les tables et tout payer, les sœurs qui n'avaient rien contre le fait de manger un succulent dîner avec des artistes prirent en charge le menu de bon cœur, déclarant ne pas avoir eu l'occasion de cuisiner pour un repas d'anniversaire digne de ce nom depuis la guerre, les hommes allèrent chercher le vin et le portèrent à la maison, il m'incomba d'acheter les fleurs et les cigares.

Le jour du grand repas, un parfum de cuisine sortait par toutes les fenêtres de la maison, les sœurs françaises chantaient pendant qu'elles faisaient bouillir les escargots, décoraient le pâté de foie gras d'oie, rinçaient la salade, coupaient les fromages, rôtissaient les canards et faisaient sauter les légumes, montaient des blancs d'œufs en neige pour le dessert. Nous valsions entre les étages en bavardant, moi avec l'enfant dans les plis de ma jupe, eûmes à goûter, nous mettre un morceau dans la bouche et laver un plat pour hâter le mouvement, j'avais l'impression d'être revenue dans la cuisine d'Auður dans la campagne d'Öræfi. Le fait qu'il y ait beaucoup de femmes dans une cuisine procure une sensation de sécurité. Mais comme il convient aux femmes elles eurent besoin de tout savoir sur moi, ne m'interrogèrent pas de la manière dont les Islandaises le font lorsqu'elles demandent des nouvelles mais lancèrent plutôt des assertions qui dissimulaient en elles des questions et pouvaient les guider en avant comme : vous avez été longtemps toute seule avec l'enfant, le père est bien sûr en mer, vous pêchez donc tellement, vous les Islandais ?

Puis comme les bateaux dans le port ils entrèrent le soir dans la fête, les artistes, arrivèrent tous un quart d'heure en retard comme c'était la coutume dans le pays, mais on avait compté sur leur retard aussi cela n'eut pas d'importance. Cela me fit par contre penser à ma mère qui m'avait inculqué le mode de vie luthérien, elle n'aurait sans aucun doute pas aimé cette inexactitude ni combien copieusement il fut lampé de boissons alcoolisées. À ses yeux il y avait peu de différence entre un grand vin français et le schnaps islandais. Mais à la longue table joliment nappée dans l'atelier d'Elena, nous avions dû aligner trois tables ensemble, nous étions seize assis autour sans compter Silfá, des Français, un Américain, un Hollandais, un Espagnol, un Finlandais, une Portugaise et moi l'Islandaise. Dans le groupe il y avait seulement une femme en plus de nous toutes qui habitions là, pas belle mais fort amusante, les hommes au contraire étaient plus beaux et bien faits les uns que les autres. Elena savait se choisir de la compagnie. Au début il fut discuté des problèmes quotidiens des artistes, envois et transferts d'argent précaires, mauvais chauffage, déplorables installations de cuisine, les étrangers critiquaient et les Français protégeaient leur nation avec habileté, puis peu à peu lorsque le vin se fut mélangé avec le sang et que nous eûmes mangé en faisant claquer nos langues de plaisir les premiers délices, les hommes s'élevèrent au-dessus des peines quotidiennes, devinrent emphatiques et tendirent à philosopher. Silfá s'éteignit à petit feu. Elle avait été une petite fille modèle, du fait qu'elle avait reçu l'attention des invités, surtout du Finlandais qui lui avait légèrement caressé la tête, mais la journée à courir entre les étages avait été fatigante pour les petites jambes, son énergie était épuisée et nous la couchâmes dans l'alcôve d'Elena.

Les Français s'élevèrent dans les hautes sphères avec des poèmes, dirent du Rimbaud et du Baudelaire, « nous vîmes les étoiles et les vagues », je compris à peine quelques mots épars, l'Espagnol déclama une réplique de Lorca et versa des larmes lorsqu'il évoqua le destin du poète mais le Finlandais éleva alors sa voix et parce qu'il était un homme généralement taciturne tout le monde se tut pendant qu'il récita des passages du Kalevala, l'épopée nationale finnoise. Personne ne comprit le moindre mot de son discours. Cela se termina cependant rapidement et tous les yeux se tournèrent alors vers moi et l'Américain mais comme nous avions en commun à la différence des autres de ne pas pouvoir nous souvenir d'un poème entier nous déclarâmes que nous danserions pour eux plus tard. Ce fut l'amusante Française qui irrita l'assemblée lorsqu'elle se mit à discourir de l'existentialisme et de Sartre, dont j'avais tout juste entendu parler, et les discussions s'échauffèrent, « l'homme était-il libre de choisir et portait-il la responsabilité de son existence ? », mais lorsqu'elle cita cette Simone que madame Clément avait mentionnée devant moi et encensa ses articles, le toit faillit s'envoler de la maison tellement le vacarme était fort. Les sœurs et la *konsjessa* prirent alors part pour la première fois au débat avec gravité, elles étaient furieuses contre les discours de de Beauvoir sur le rôle de la mère, parlèrent fort et si vite que je ne réussis pas à suivre et dans la fièvre on en oublia presque le dessert. D'une manière incompréhensible l'empoignade sur les mères amena les hommes à se remémorer les malheurs de la guerre, ses terreurs et ses conséquences, et tout d'un coup les yeux de tous se tournèrent de nouveau vers moi et l'Américain et il fut dit avec ressentiment : vous, vous n'avez pas eu à pâtir de la guerre, dans vos pays les champs n'ont jamais été couverts de sang. Vive la France ! s'écria le vieux soldat d'une voix tremblante, il se mit debout et leva son verre à gauche et à droite. Nous nous regardâmes embarrassés, l'Américain et moi, aucun de nous deux ne savait comment il fallait réagir, nous ne voulions pas rester en dehors du groupe quant aux souffrances et expérience de la vie, puis je me souvins par chance du cruel siècle des Sturlungar au Moyen Âge en Islande et de la guerre de Sécession américaine, mentionnai cela avec gravité, nos nations avaient assurément eu à pâtir de la guerre civile aussi nous connaissions tout sur la souffrance. L'Espagnol hocha la tête avec approbation, l'Américain me fit un clin d'œil. L'hôtesse trouva alors que c'en était assez de tristesse, voulut chanter du fado après le succulent dessert, se leva dans sa robe à fleurs moulante et fléchit son beau corps en mesure avec la chanson empreinte de mélancolie, les souffrances n'étaient pas moindres de son côté me sembla-t-il entendre, mais c'était maintenant l'amour qui tourmentait et l'amour est d'une autre lignée que la guerre et la destruction. Envahis de bien-être à écouter, nous nous laissâmes aller en arrière sur nos sièges et devînmes enclins à l'amour au plus profond de nous-mêmes.

La chanson attisa en moi des feux cachés.

Nous l'applaudîmes abondamment, applaudîmes aussi les femmes qui avaient cuisiné pour nous les canards et toutes ces bonnes choses, avaient couru entre les étages avec plats et casseroles, sauces et saladiers pendant les nombreuses heures qu'avait duré le repas. Elles en avaient maintenant assez, épuisées après la longue journée dans la cuisine, mais chez les artistes la nuit ne faisait que commencer, il restait encore à discuter de leurs chevaux de bataille, de l'art et de la célébrité qui attendait au coin de la rue.

Je portai l'enfant dans son lit, déclarant avoir l'intention de revenir mais ne le fis pas, je craignais les feux qui s'étaient allumés dans ma poitrine.

Je ne dansai jamais avec l'Américain.

Cruche, pain, fenêtre.

Baignoire, chaise, savon, vêtement.

Je suis sans idée, ne trouve pas de sujet de tableau.

La nuit avance. Le lendemain attend.

Je suis debout devant le chevalet, regarde la toile blanche, me mets en position pour prendre le crayon en main et esquisser la petite baignoire, la cruche, comme je le faisais par le passé, le faisais si bien. Mais ce sont des temps révolus, je veux maintenant laisser les formes et les couleurs déferler, se fondre comme les vers d'un poème, comme un refrain repris sans cesse, mais tout est bloqué, mon esprit n'est pas libre. Et le temps passe, et la nuit, et le lendemain appartient à l'enfant, je dois me creuser la cervelle, trouver une idée, me dépêcher pendant que j'ai le temps.

La baignoire et la cruche me font penser à ma mère, à sa petite cuisine bien chauffée à Akureyri où nous nous baignions dans le baquet, versant de l'eau chaude d'une cruche sur nos cheveux dans les froides soirées d'hiver. Lorsque le temps n'avait pas de vie.

Je prends le crayon, me trouve une feuille blanche et écris à ma mère. Je ne lui ai pas écrit de lettre depuis que j'étudiais à Copenhague il y a vingt-six ans. Je lui dis que je suis retournée à l'école, l'école de la vie qui est beaucoup plus difficile que celle que j'ai fréquentée avant, qu'ici courants et tendances se déversent sur moi, que je sais à peine ce que je dois choisir, vers où je dois me diriger, que la bataille est dure ici à Paris et que je crains de ne pas avoir la force d'y prendre part. Qu'à cause de l'enfant je ne peux pas peindre comme je devrais, que j'ai seulement les soirées et les nuits quand elle dort et que je suis alors si fatiguée après la course avec elle dans la journée que mon énergie et mon imagination se font prier. Que mon esprit est vide quand il devrait être plein d'idées et de joie créatrice. Que cela a été de la déraison de ma part de partir à Paris avec un enfant en remorque, que personne ne peint avec un enfant au bras, comme madame Eugenía l'avait dit autrefois, je le reconnais maintenant. Que je rentrerai au pays avec le printemps, probablement en mars, qu'alors mon argent sera de toute façon épuisé. Puis je lui parle de Paris, des musées, de la Seine, des musiciens, des manèges, des cafés, et des femmes dans la maison, d'Elena Romoa, des sœurs et de la *konsjessa* en dessous de nous, des leçons de français. Je ne mentionne pas Dengsi. Je lui dis aussi que bien que je connaisse un peu ces gens je suis toujours toute seule. Que je ne supporte plus cela. Que l'art m'a isolée, toute ma vie. Que maintenant ça suffit, que le temps est venu de s'en retourner, de se trouver un emploi salarié. Que je devrais pouvoir trouver du travail quelque part comme simple lavandière.

Vers le matin, alors que je lui ai écrit et fait un dessin de Silfá endormie pour envoyer avec la lettre, il me semble que je n'ai jamais connu ma mère. J'ai eu si peu à lui dire depuis mes dix-huit ans, ne lui ai jamais demandé une fois adulte ce qu'elle pensait, ce dont elle avait envie, n'écrivais-je simplement pas à une inconnue ?

Je regarde longtemps la lettre dans mes mains.

Karitas

Lavandières, 1950

Huile sur toile

Dans le froid de février qui rend la vie maussade pour les habitants de la ville, Karitas s'abandonne aux couleurs et à la joie. Les vêtements colorés semblent danser sur le plan de l'image. Comme le titre le suggère, ce sont les lavandières qui sont en action, attitude ironique de l'artiste envers son passé. Celle-ci n'a cependant pas besoin de retourner à la bassine à lessive comme elle l'avait craint et laissé entendre dans un courrier adressé à sa mère, cette dernière fait de toute façon ce que bon lui semble. Elle explicite pleinement à sa fille son statut et son rôle dans une lettre qui parvient à Paris en février, peu avant l'anniversaire de Karitas. Tu ne redeviendras jamais lavandière, ma bonne fille, dit-elle dans sa lettre, cette époque est révolue, mais en dépit de tout, tes lessives ont apporté à tes frères érudition et bonne fortune qu'ils savent apprécier et ils veulent maintenant te récompenser. Ils ont l'intention de veiller à ce que tu puisses séjourner à Paris toute l'année prochaine et pratiquer ton art de toutes tes forces. L'argent de leur part sera transféré tous les trois mois aussi tu devras faire preuve de prévoyance dans tes dépenses. Rationne-le semaine par semaine, c'est ainsi que ça m'a toujours le mieux réussi. Dieu t'a donné des dons artistiques, le plus précieux cadeau qu'un être puisse recevoir, et il t'incombe de Lui montrer ta reconnaissance par la pratique incessante de ton art et de ta foi. Souviens-toi, lorsque les nuages sont gorgés d'eau, ils déversent la pluie sur la terre. Et ne regrette pas d'avoir emmené l'enfant avec toi, si deux personnes dorment ensemble elles ont chaud, mais celui qui est seul, comment peut-il se réchauffer ? À la fin de la lettre, Steinunn conseille à sa fille de demander aux trois femmes françaises de garder l'enfant une partie de la journée : ou bien ne sont-elles pas capables de garder des enfants, ces Françaises, comme nous ici là-haut en Islande ? Le courrier de sa mère libère de ses chaînes une énergie que Karitas utilise pleinement, elle peint avec ardeur, car elle a alors reçu les conseils de sa mère et donné l'enfant à garder aux Françaises.

Matins d'hiver sans ténèbres.

Je sentis alors pour la première fois combien l'obscurité arctique en Islande avait frustré mon âme lorsque je me réveillai un matin d'hiver à Paris avec une douce lumière dans les yeux. Je n'arrivai pas à croire qu'il était encore de bonne heure, crus qu'il était plus de midi, que je ne m'étais pas réveillée car mes nerfs ne s'étaient pas rendu compte de ce changement. Je devais les régler sur une nouvelle heure comme une vieille horloge à balancier entêtée. Et nous sautâmes du lit, l'enfant et moi, avec le soleil de février dans les yeux, pourtant si tôt le matin, et notre humeur était légère comme par un matin d'été. Silfá se réjouissait à la perspective d'aller chez les sœurs françaises et elles se réjouissaient à la perspective de l'avoir. Trois sœurs sexagénaires, toutes non mariées et sans enfants, minces et d'humeur enjouée, le pas leste, avec des lunettes et un nez légèrement recourbé, et qui avaient tellement à faire tout le matin. Il y avait les tâches domestiques et les courses, la couture et les soins des plantes vertes, plusieurs heures de préparation avant le repas de midi et tout ce temps elles laissaient Silfá sautiller autour d'elles, se relayaient pour la garder, babillaient avec elle, chantaient pour elle, lui apprenaient un jeu que je ne connaissais pas, allaient avec elle dans le petit jardin côté arrière-cour et dans le jardin public de l'autre côté de la rue, ou au marché et dans tous les magasins bizarres, et Silfá savait l'apprécier. Silfá voulait avoir de l'animation autour d'elle.

Je peignais au calme et en paix jusqu'après midi.

Parfois je les entendais, elle et les sœurs mais ne laissai pas cela me perturber tant j'étais bien aise d'avoir les nounous. Et je les payais avec joie pour la peine. Ce n'est pas qu'elles vivaient sur ces gages, cela est certain, mais bien qu'elles aient de quoi se suffire elles en prenaient soin. Elena avait dit qu'elles vivaient de la retraite de leur père. Elles ramenaient Silfá avant le repas de midi, elles désiraient prendre celui-ci sans elle. Elles buvaient alors du vin avec un repas de trois plats et devaient s'allonger après cela. Mais Silfá prenait son repas de la mi-journée avec moi, soupe et pain, je n'avais jamais été portée sur les préparations culinaires compliquées, puis elle se couchait aussi comme les sœurs dans l'appartement sous le toit. Fraîches et reposées nous sortions dans la vie l'après-midi, prenions l'autobus jusqu'à Montparnasse, peut-être jusqu'à la rive droite en franchissant la Seine et faisions un saut dans les galeries, ou à l'école chez madame Clément, comme elle nommait elle-même son cours. Elle avait toujours eu envie d'ouvrir une école de langues, s'était simplement retrouvée embarquée par hasard avec son libraire de mari, « mais qui sait ce que je ferai même si c'est plus tard », disait-elle en hochant brièvement et rapidement la tête avec les lèvres pincées. Elle pouvait être de mauvaise humeur, madame Clément, elle était alors laconique, impatiente, avait des gestes brusques, le regard vacillant. Mais j'étais la courtoisie même quelle que soit la façon dont elle se comportait, j'avais envie d'arriver à apprendre le français afin de pouvoir discuter de Simone et des autres philosophes, même si ce n'était que pour cela. Je m'imaginais les raisons de ses changements d'humeur, peut-être était-elle dépitée à cause de l'école qu'elle n'avait jamais créée, triste de ne pas avoir son fils auprès d'elle, il habitait à New York, affligée à cause des parents qui étaient morts durant la guerre, c'est ce qui me semblait le plus probable.

Aussitôt qu'elle nous ouvre, je vois le vacillement dans ses yeux, sais de quoi il retourne, m'efforce d'être particulièrement polie, essaie aussi d'être joviale si cela devait adoucir son humeur mais cela produit l'effet contraire. Elle dit d'un ton sec : vous êtes joyeuse ces derniers temps, qu'arrive-t-il ? Je déclare en fait ne pas le savoir mais qu'il me semble cependant que l'existence est devenue plus lumineuse depuis que j'ai reçu la lettre de ma mère. Madame voit là à portée de sa main un terrain pour une discussion, celles-ci sont sa nouvelle méthode d'enseignement. Elle envoie Silfá dans la pièce aux livres, m'invite à prendre un siège, s'assied en face de moi avec les mains dans son giron, le dos droit comme un cierge, attendant avec une expression dure dans les yeux que je m'exprime.

La femme est d'humeur offensive, aussi j'essaie de m'appliquer : eh bien, ma mère ne m'a jamais témoigné de soutien auparavant, c'est-à-dire pas de cette manière, pas de façon aussi péremptoire, c'est pourquoi je me réjouissais.

Elle m'interrompt, disant d'une voix claire avec fermeté : vous ne vous êtes pas encore arrachée à l'étreinte de votre mère. Vous êtes encore dépendante de ses humeurs et de sa volonté. La femme croit qu'elle échappe au pouvoir de sa mère quand elle s'en va adulte dans le monde mais quand on a étouffé sa volonté suffisamment longtemps, lui a bien fait comprendre qu'elle peut seulement faire ce que l'homme décide, elle cherche de nouveau secours auprès de sa mère dans l'espoir d'obtenir alors encouragement et stimulation qu'elle a reçus enfant. C'est l'histoire sans fin du cercle dont les femmes ne réussissent jamais à sortir. Vous êtes encore dans le rôle de la fille mais ne devriez-vous pas en être maintenant au rôle de mère ?

Je la fixe du regard en proie à l'étonnement, non pas parce que je trouve qu'elle ait dit quelque chose de nouveau, mais parce que j'ai compris presque chaque mot. Je ne savais pas que j'étais devenue si diablement bonne en français. Mais Madame croit que je suis étonnée devant ses remarques tranchantes, s'irrite, utilise alors comme fondement de son discours le rôle de mère sur lequel elle n'a pas moins besoin de s'exprimer que les femmes au-dessus de chez moi. À l'inverse d'elles, elle est cependant une admiratrice de de Beauvoir, dit que celle-ci lui a ouvert les yeux sur l'injustice que les femmes doivent endurer, et maintenant enfin alors que je suis devenue capable selon son estimation de parler de Simone je perds le fil. Le flot de paroles qui sort de sa bouche est au-delà de ma compréhension, elle bondit sur ses pieds, marche en long et en large, dévidant son écheveau dans un français envolé, gesticule, devient rouge d'exaltation. Je hoche cependant parfois la tête, fais courir mon regard sur le salon comme si j'étais en train d'écouter avec attention, aperçois Silfá par la porte ouverte.

Elle est assise par terre en chandail vert avec des jouets jaunes et violets dans les bras. Penche la tête, parle à voix basse avec elle-même. Seule au monde. Je ne peux pas détacher mes yeux d'elle, le corps me fait mal, je sens comment l'angoisse arrête l'afflux de sang vers ma tête, paralyse mon esprit, puis ça passe. Reste un sentiment, clair, déterminé. Et s'il arrivait quelque chose à l'enfant ?

Une fatigue m'envahit lorsque j'ai découvert la vérité sur ma vie. Comment puis-je me battre avec l'art quand je ne peux même pas opposer de résistance aux sentiments ? Pourquoi dois-je toujours me battre ? Et Madame parle de la guerre : à chaque fois que les femmes font des progrès dans la bataille pour leur liberté et leur indépendance, les hommes déclenchent une guerre pour montrer leur suprématie. Et les femmes doivent se concentrer sur le fait de protéger les enfants des horreurs de la guerre, elles n'étirent pas leurs bras vers le pouvoir pendant que ceux-ci pleurent de peur et de faim. Leur liberté est écrasée au nom du rôle de mère, l'homme rationne l'argent et elle devient son esclave. Mais comment me comporté-je, vous devez maintenant parler et vous exercer, que dites-vous sur la liberté de la femme ?

J'ai toujours travaillé pour moi-même à l'exception des trois ans où j'ai eu les quatre enfants de moi, dis-je en français estropié, j'ai alors vécu sur l'argent de mon mari. Je suis mariée à un des plus riches hommes d'Islande mais je ne veux pas divorcer d'avec lui car j'obtiendrai alors la moitié de sa fortune. Cela m'a suffi d'avoir assez pour les couleurs et les toiles, mais maintenant Silfá et moi sommes fatiguées et allons rentrer à la maison, tenez je vous prie, voilà le paiement pour la leçon. Je soulève vivement Silfá et me dirige vers la porte mais Madame qui n'a montré aucune réaction m'empêche de sortir. Étend les bras en croix comme si elle croyait que la porte pouvait s'animer d'une vie indépendante si elle relâchait sa prise sur elle, me toise du regard, puis reste longtemps silencieuse avant de dire : je n'ai pas le moins du monde envie d'accepter l'argent d'une femme telle que vous mais ne devrions-nous pas nous tutoyer ? Je dis et c'est maintenant moi qui suis sèche : accepte l'argent, réunis-en pour l'école, alors tu seras indépendante, il y a assez d'étrangers qui ont envie d'apprendre, tiens prends cet argent, j'ai obtenu le paiement d'une dette de mes frères que ma mère a perçu pour moi.

Après une longue réflexion elle accepte les billets et s'écarte de la porte.

Pluie battante, rues désertes, couleurs gris mouillé.

Il y a peu de choses plus misérables qu'une grande ville sous des trombes d'eau. Les gens se sauvent, les arbres disparaissent dans le crachin, tout le vert devient gris, les couleurs pâlissent machinalement chez moi sur les toiles.

La grisaille me rend pesante, j'ai envie de m'allonger auprès de l'enfant endormie.

Je manque de lumière.

Je vais vers la fenêtre, regarde le ciel noir, les nuages qui refusent de bouger, puis le jardin en bas vis-à-vis de la maison, aperçois un être humain, concentre mon regard.

Sur le banc traîne une femme trempée.

La tête baissée en signe d'abandon, elle attend que la pluie l'efface dans son ruissellement.

Quelqu'un doit la faire rentrer, pensé-je, sinon elle va tomber malade. Je m'étonne que personne n'ait pris soin d'elle, même si j'ai vu combien la vie humaine a peu d'importance dans les grandes villes. Mais je viens d'un endroit peu peuplé où nous ne pouvons pas perdre une seule âme et avant que je m'en rende compte je me retrouve dans la rue en sandales d'intérieur avec le parapluie ouvert. Me hâte vers le banc, la femme n'a pas bougé un bras ni un pied, je la prends par le menton et regarde dans les yeux hébétés d'Elena. J'étais au bar, dit-elle.

Lorsque je l'ai ramenée avec peine chez moi, lui ai retiré ses vêtements détrempés, l'ai séchée de fond en comble, l'ai enroulée dans une couverture, lui ai fait chauffer du lait, fait revenir la vie dans ses mains et ses pieds en les massant, elle dit d'une voix traînante : j'ai couché avec deux hommes et bu une demi-bouteille de whisky, tu sais si tu as du vin rouge ? Je déclare ne pas avoir de vin rouge, j'en bois si rarement. Très juste, dit-elle, tu ne bois pas de vin, c'est pour ça que tu peins mieux que moi. Tu dis des bêtises, dis-je. Mais si, dit-elle, tu es née avec un pinceau à la main, moi j'ai dû l'acheter, je ne peindrai plus, j'ai l'art en horreur, il fait de moi une minable.

Je pose le doigt sur le haut de son front, dessine une ligne au milieu de son visage comme si je voulais le partager en deux : nous sommes comme le jour et la nuit, moi du Nord, blanche et froide, toi du Sud, brune et chaude, c'est pour ça qu'il n'est pas possible de nous départager en favorisant l'une ou l'autre.

Ses yeux sont fixes tandis qu'elle m'écoute, mon geste de la main a produit son effet, je connais ce sentiment.

Et alors me vient l'idée.

Pourquoi nous n'exposerions pas ensemble ? Tableaux froids du Nord, chauds du Sud ? Tu ne crois pas que ça devrait attirer l'attention ?

Un instant elle est comme dégrisée, des tressaillements parcourent son corps, de la vie jaillit dans ses yeux, et quand je lui ordonne de s'allonger auprès de l'enfant pour cuver cette cochonnerie en dormant, un jour nouveau s'est levé sur notre vie.

Dehors le temps lui ne se lève pas.

S'imaginer que la couleur blanche me viendrait comme des flocons du ciel était de l'enfantillage, je dus me creuser la cervelle des jours durant. Penser blanc. J'éparpillai du papier à dessin blanc sur la table et le sol, me concentrai sur la couleur blanche, fis appel à des souvenirs de mon froid pays blanc, me laissai glisser le long des pentes blanches, marchai sur la neige crissante, patinai sur les lacs gelés, franchis des congères enfoncée jusqu'à la taille, me laissai tomber de tout mon long sur le dos dans la neige fraîche et formai un ange en remuant mes bras écartés, grimpai sur un glacier. Mais tout cela n'aboutit à rien, la couleur blanche appelait la forme et elle je ne la trouvais pas car mon esprit s'était bien sûr efforcé de se débarrasser des chaînes de la forme les dernières semaines. J'étais maintenant de nouveau enchaînée uniquement à cause de cette stupide idée inouïe d'exposer des œuvres du Sud et du Nord. Mais Elena avait un remarquable entrain, chantait pendant qu'elle peignait des gens dans de chaudes et joyeuses couleurs, des gens en train de danser, de boire, de s'embrasser, de faire l'amour et elle leva les bras au ciel quand elle vit que rien ne venait ni n'avançait chez moi, que le chevalet était remisé à l'écart traînant dans sa solitude, et dit avec la cigarette rivée au coin de sa bouche : dépêche-toi, ma vieille, on doit se rendre à la galerie avec des tableaux de démonstration avant la fin du mois si on veut y avoir une place.

Nous avions parlé avec un propriétaire de galerie connu, à notre satisfaction inattendue il avait bien aimé l'idée, ou peut-être simplement bien aimé Elena, mais qu'est-ce que cela faisait, il voulait voir nos œuvres avant de les prendre et le temps s'épuisait. Lorsqu'Elena vit mon air misérable elle dit avec impatience : qu'est-ce que c'est ça, ma vieille, tu ne viens pas d'un pays où tout est enseveli sous la neige et la glace ?

Une fois de plus j'essayai de penser, me balançant d'avant en arrière comme un rameur dans l'obscurité, remontai une fois de plus sur un glacier. Passai en détail notre expédition sur le glacier avec Auður, lorsque nous étions montées sur le plus haut sommet du pays l'été avant la guerre, deux femmes en godillots de mauvais cuir, attachées l'une à l'autre. Je montai en rampant à quatre pattes les pentes abruptes de la montagne, vis le précipice en dessous de moi, eus le vertige, la nausée, réussis à arriver bavante sur l'arête, vis le glacier, marchai avec peine le long de la neige durcie, nulle part le moindre brin d'herbe, tout blanc, mort, le grand silence blanc, le brouillard, le sommet dans la tranchante lumière blanche du soleil, tout blanc, mais aucun tableau. Aucune forme. En bas du glacier de nouveau, pataugeai dans la neige fondante, mouillée aux pieds, les yeux brûlants, il n'y avait aucune éminence, aucune cambrure que je pouvais tracer d'une courbe dans l'image, la couleur blanche était-elle privée de toute vie ? Une couleur morte ?

Puis je la vis. Arrivée au pied du flanc de la montagne, je vis la ferme apparaître avec ses pignons contre l'océan, vis le champ de pommes de terre, les fils à étendre le linge, la lessive blanche flottant dans la brise du sud. Je ne lui avais pas accordé d'attention lorsque nous étions descendues du glacier dans les jours anciens, maintenant je la voyais, je m'étais trouvée là-bas près des poteaux quand Sigmar était revenu après treize ans. J'avais alors noué la lessive ensemble pour qu'elle ait l'air de danser une ronde sur les fils. Il y avait tant de vie dans la lessive, tant de vie autour d'elle. Dieu que j'avais aimé cet homme.

La douleur encore dans le cœur.

Alors l'idée sortit de la souffrance.

La couleur blanche vivante.

Et puis il fallut que l'enfant se conduise ainsi. Juste quand j'avais besoin de conserver toute ma concentration pour avoir des idées, toutes mes forces pour les matérialiser sur la toile, elle eut besoin d'avoir quelque saleté dans la gorge et de la température avec. Devint pleurnicheuse, ronchon, demanda après son père et voulut retourner à la maison. À la maison. Où était seulement sa maison ? Et puis je ne pouvais bien sûr pas l'envoyer garder chez les sœurs françaises dans l'état où elle se trouvait. Dus l'amuser toute la journée, trouver quelque chose à quoi elle puisse s'occuper, étais bien contente si elle sommeillait un moment, ne pouvais cependant pas me concentrer pendant ce temps-là, ne pouvais pas penser avec le temps sur mes talons, me mis à faire le ménage, puis la lessive et comptai combien de jours je pouvais passer avec les vivres qui étaient dans les placards. Lorsque ceux-ci viendraient à manquer, Elena devrait la garder pour que j'arrive à aller au magasin mais Elena était invisible, ne se laissait pas perturber, elle était plongée dans la peinture. Puis vint la nuit, je veillai la moitié de celle-ci, essayai de peindre, mais l'enfant avait pris toute mon énergie, j'étais comme une chose flasque et molle, comme un poisson sur la terre sèche. Restai inactive auprès d'elle tout le jour suivant, endormie et éveillée, essayai de tout faire pour la contenter jusqu'à ce que le soir tombe et que le sommeil la prenne, la meilleure des nounous, me donnant congé afin de pouvoir travailler. Au troisième jour elle avait encore de la fièvre mais voulut jouer bien qu'elle n'ait pas la santé pour cela, bricola à mâchonner des allumettes, puis s'en lassa aussi je dus la porter, la faire regarder par la fenêtre, « ça alors, regarde ce bonhomme bizarre avec la charrette, tiens la dame entre dans la boulangerie, regarde les fleurs qui sont en train d'apparaître sur le grand arbre », et lui raconter des histoires d'elfes, lui chanter des poèmes patriotiques. De temps en temps elle piquait du nez avec son doudou, celui-ci avait maintenant un trou que j'avais recousu avec du fil noir, mais elle ne voulut rien manger, je pus juste lui faire absorber un mélange de jus de fruits. Et je dessinai pour elle des dessins de femmes trolls qui se battaient avec des casseroles mais elle-même ne voulut rien dessiner, juste rester assise sur moi, j'essayai de peigner ses cheveux emmêlés mais elle se plaignit, bondit hors de mes bras, ouvrit le placard de la cuisine, chercha quelque chose sans savoir elle-même ce que c'était, commença à déchiqueter et farfouiller comme s'il y allait de sa vie, finalement ma patience explosa, des années d'indulgence envers les enfants et leurs caprices, je l'attrapai, la jetai en travers de mes cuisses et lui flanquai une solide fessée. Elle hurla, je n'avais jamais entendu pareil cri sortir de la gorge d'un enfant, en un instant la maison se tut, retint son souffle, probablement pour mieux entendre ce qui se passait dans l'atelier de l'artiste islandaise. La main me faisait mal mais plus encore l'âme, non pas à cause du sentiment de culpabilité mais à cause de mon rôle et de mon destin, j'en étais arrivée à un point tel que je devais fesser un enfant afin de pouvoir créer la paix pour mon art. Je restai debout engourdie près de la fenêtre tandis que l'enfant hurlait sur le sol, m'étonnant de ne jamais pouvoir reconnaître ma défaite. Comment m'était-il venu à l'esprit que je pourrais être libre comme mes collègues masculins, voler à travers le monde sur un gros pinceau ? Le Créateur m'avait attribué une matrice et une poitrine, un fourreau pour les descendants de la Terre, avait enterré mes pieds dans la terre afin que je ne puisse aller nulle part. Mais je me mis alors à réfléchir, à me demander si je ne pourrais pas utiliser la matrice, ce creux douillet, dans mes tableaux blancs. Et tandis que l'enfant pleurait toutes les larmes de son corps sur le sol et que la maison écoutait je marchai de long en large avec une main devant les yeux, cherchant à voir les lignes, les teintes dans la couleur blanche, je saisis enfin ma palette, y pressai le tube de blanc, mis un soupçon, petit comme un grain, de rouge, mélangeai, diluai, peignis la matrice sur la toile, en lentes caresses souples. Le monde si infini de la matrice.

Peu à peu la couleur s'assombrit, un léger voile gris la recouvrit, le désespoir s'empara de moi, je m'apprêtai à l'éclairer, mélangeai comme si j'étais enragée mais découvris alors que c'était l'obscurité qui avait peint l'image en gris. Je me sentis un peu mieux, allumai la lumière, vis l'enfant endormie par terre au pied du placard de la cuisine. Les larmes avaient séché sur son visage, elle s'était mouillée. Mes mains étaient glacées lorsqu'elles touchèrent la peau toute chaude de l'enfant. Je la déshabillai endormie, puis la lavai comme par vieille habitude, gestes sans précipitation, lui mis son pyjama et remontai la couette sur elle. Restai assise auprès d'elle toute la nuit, regardant fixement ses yeux, caressai les perspectives de ma propre exécution, devais-je me pendre, me jeter dans la Seine ou me trancher la gorge, ou bien peut-être y avait-il d'autres méthodes qui m'échappaient ? Qu'est-ce qui convenait le mieux à une femme que l'art avait rendue cruelle et froide, quelque chose de froid peut-être, de glacial ? Dommage de ne pas avoir l'océan glacé de chez moi pour m'y engloutir. Et je me mis alors à penser à mon papa que la mer avait avalé. Combien de temps avait-il dû rester sous l'eau sachant qu'il était en train de mourir ? Papa, mon père qui m'avait appris à dessiner. Qui m'avait offert mon premier bloc à dessin. Je pleurai mon père jusqu'au matin. La dernière fois où j'avais pleuré c'était en haut du glacier blanc.

On frappa à la porte aux petites heures du jour, la sœur française médiane tenait à deux mains un saladier contenant de la compote de fruits, elle tressaillit lorsqu'elle vit mon allure, essaya cependant de n'en rien laisser paraître, me tendit le saladier en disant : tenez, servez-vous, puis peut-être pourrions-nous avoir la petite chez nous un moment ? Elle nous manque tellement.

Elles ne la ramenèrent pas avant le repas de midi comme elles en avaient l'habitude, je ne m'en rendis pas compte avant l'après-midi, j'avais alors exécuté le tableau de la lessive et aussi la matrice, avais bien avancé, étais malgré tout si faible que je dus m'asseoir devant le chevalet, mais je m'en fichais, mon esprit aussi, attaché au tableau, et de ce fait dis simplement lorsqu'elles la ramenèrent après le repas du soir : ah oui, laissez-la là. Elles la prirent aussi le jour suivant, me tendirent en silence un saladier avec de la compote, comme si j'étais un prisonnier à l'isolement, prirent l'enfant puis refermèrent la porte sur ma prison.

Ce fut à cette époque, à quelque moment de la mi-journée, j'en étais au cinquième tableau, qu'on frappa courtoisement à la porte. Bien que ma perception du temps soit quelque peu détraquée, il me sembla malgré tout que j'aurais dû avoir la paix un petit peu plus longtemps, pourquoi ne pouvaient-elles pas la garder jusqu'au soir comme elles en avaient l'habitude, elles étaient quand même trois et n'avaient rien à faire sinon s'occuper de la nourriture et des fleurs et je restai pensive avec le pinceau en l'air, pas du tout sûre de savoir si je devais ouvrir, sentis comment l'irritation rampait en moi en remontant le long de mes jambes, puis on frappa de nouveau, je me ruai avec véhémence et ouvris brutalement la porte.

Dans le couloir se tenait Dengsi avec un bouquet de fleurs.

Je lui arrachai le bouquet puis refermai la porte sur lui.

Karitas

Grottes de glace, 1950

Huile sur toile

Les tableaux blancs, comme un critique du journal *Combat* les nomma, suscitèrent beaucoup d'attention lorsqu'ils apparurent aux yeux du public lors de l'exposition commune de Karitas et de l'artiste portugaise Elena Romoa au début juin. L'artiste islandaise semblait s'écarter des sentiers battus dans l'utilisation de la couleur blanche et des formes qui étaient tantôt tranchantes tantôt convexes. Les avis différaient sur la façon dont il convenait de les classer, si ceux-ci étaient une variété d'art abstrait géométrique ou de l'abstraction poétique, ou bien s'ils appartenaient à une simple abstraction paysagiste. L'artiste avait réussi à créer un univers d'illusions et de sentiments qui avaient une force attractive et soulevaient des spéculations parmi les spectateurs. Du tableau *Grottes de glace* il fut débattu aussi bien dans les journaux que parmi les amateurs d'art. Certains estimaient voir un paysage glaciaire tandis que d'autres disaient de l'œuvre qu'elle avait des origines sexuelles, était une partie de l'univers d'expérience des femmes et de leur corps. Ses autres tableaux furent aussi l'objet de grandes discussions et l'on peut vraiment dire que « la lumineuse artiste du Nord qui craint la lumière a remporté un triomphe », comme un journaliste l'a joliment formulé. Par cela il voulait faire référence à l'artiste réservée qui évite les lumières de la scène, court se cacher lorsque les hommes veulent lui dire un mot. Cela a été une tout autre histoire avec l'artiste portugaise qui en a séduit beaucoup avec ses tableaux bien que ce ne soit pas à la même échelle que l'Islandaise, elle s'est baignée dans l'attention, n'a pas été avare en déclarations sur ses tableaux et a réussi à en vendre quelques-uns. Les œuvres de Karitas se sont vendues dans les premiers jours. Avec cette exposition, les femmes artistes du Nord et du Sud se sont fait connaître des propriétaires de galeries et des collectionneurs d'art et cela semble un remarquable résultat dans un monde qui glorifiait plutôt les artistes de l'autre sexe.

Ils m'ont appelée l'artiste qui craint la lumière parce que je n'ai pas eu envie de babiller avec eux de ma vie dans le Nord. Moi qui ai toujours désiré la lumière. Les gens qui sont caressés chaque jour par le soleil ne comprennent pas le besoin de lumière de l'Islandais. Elena trouvait absurde de me voir étirer le visage face au soleil, « on ne fait pas ça au Portugal, là-bas on est en fuite permanente devant lui », et je lui racontai alors le manque de lumière chez moi et comment nous fêtions le retour du soleil avec du café et des crêpes après les longs et sombres jours d'hiver.

Nous étions paresseusement assises dans le jardin de derrière au soleil du matin, n'avions pas peint depuis que l'exposition avait été ouverte, du fait que nous étions devenues nous semblait-il si riches et si célèbres que nous n'avions plus besoin de peindre de sitôt. Et les sœurs françaises nous offraient des fruits, entrant et sortant en trottinant de la maison, des femmes vaquant à leurs tâches domestiques sont toujours accablées de besogne, et dans nos jambes à toutes gambadait Silfá, satisfaite et heureuse de l'attention qu'elle obtenait de temps à autre de toutes ces femmes, elle parlait français avec nous comme elle l'avait fait les dernières semaines, soit depuis que je l'avais fessée, j'avais assurément chassé d'elle sa langue maternelle à coup de claques sur les fesses. Du claquement lui-même elle ne me tenait pas rigueur.

Puis arriva madame Clément pénétrant dans le jardin comme un bateau dans le port en robe d'été bleu outre-mer. Elle nous salua, les artistes, avec un baiser comme si elle connaissait aussi Elena depuis longtemps, s'assit en face de nous à la seule ombre qui était visible et dit :

ce soleil effrayant, ce sera un été chaud, et puis nous fit des compliments sur l'exposition. Nous savourâmes de l'écouter parler de tableaux exceptionnels, fîmes claquer notre langue en mangeant les fruits lorsqu'elle nous raconta les réactions des invités à l'inauguration elle-même qui m'avaient bien sûr échappées, on est distrait à sa propre exposition, et notre conversation à trois fut des plus plaisante jusqu'à ce qu'Elena se mette à parler du groupe Cobra dont elle s'était engouée, de la façon dont ils utilisaient des motifs d'un univers d'aventures et d'histoire, évoquant des masques dans leurs tableaux, et Yvette Clément dit alors : des masques ? Cela n'a rien de nouveau, l'artiste allemande Münter utilisait ce motif il y a environ quarante ans et je l'ai vu chez l'Américain Jones il y a plusieurs années aux États-Unis, les hommes de Cobra croient-ils donc l'avoir inventé ? Elena, qui avait elle-même utilisé des masques dans ses tableaux, regarda Yvette en clignant les yeux, fuma rapidement, plongeant dans quelque sorte de désarroi, vis-je, puis écrasa sa cigarette avec un air froissé et rentra.

Que les femmes peuvent être sensibles et hystériques, dit Yvette en se composant une expression étonnée devant ce comportement, puis elle se tourna vers moi, et dit comme si rien ne s'était passé : n'as-tu pas envie d'aller à New York ? Mon fils dit que ce serait actuellement le point d'ébullition dans les arts plastiques là-bas. Nous pouvons habiter chez lui jusqu'à ce que nous trouvions un appartement, je suis lasse de Paris, lasse de servir les autres, j'ai envie de devenir indépendante, instaurer une école de français pour les Américains, ils rêvent d'apprendre le français afin de pouvoir aller à Paris, et toi madame, après avoir vu tes tableaux je sais que tu es une de ces élues mais je crois que tu devrais aller à New York si tu veux être dans le rang des premiers, veux-tu venir ? Je dis sans laisser paraître mon étonnement devant sa question exceptionnelle : je n'ai jamais eu envie d'aller en Amérique. Je ne parvins pas à lui parler de mon aversion pour les voyages en mer, il ne m'effleura même pas l'esprit qu'il était possible de voler jusque là-bas, elle se leva et dit rapidement comme si elle était offusquée : alors n'en parlons plus mais fais-moi savoir si tu changes d'idée. Et ce disant elle fut partie mais me laissa en émoi.

Je trouvai juste de m'assurer de l'état d'Elena, je ne voulais pas en arriver à un différend avec elle, nous qui avions tant accompli ensemble, frappai chez elle, elle était en combinaison. Je lui demandai si elle avait recommencé à peindre, rien d'autre ne me vint à l'esprit, et elle répondit d'emblée : non, mais j'ai recommencé à boire. Elle avait ouvert une bouteille de vin rouge, avait réussi à en ingurgiter la moitié avant que j'arrive chez elle, l'air froissé encore sur le visage. Je fis le choix d'en prendre une larme avec elle, de lui demander aussi du tabac, et d'essayer par ces méthodes sociales de me rapprocher d'elle pour pouvoir adoucir son humeur, puis dis lorsque j'eus fait pénétrer cela à grand-peine dans mes poumons et mon estomac qu'elle ne devait pas prendre les remarques d'Yvette au sérieux, que sa spécialité était les langues mais pas l'art pictural. Elena dit : mais savante, n'est-ce pas ? Oui, dis-je, elle est rudement ins-truite mais en fait c'est uniquement parce que son mari possède quelques librairies. Alors dis-moi, fit Elena, et elle vida un verre entier, pourquoi tu as vendu tous tes tableaux et pas moi ? C'était une nouveauté pour moi de devoir défendre mon succès, j'essayai malgré tout, dis que tout cela dépendait du hasard, que les gens qui avaient acheté mes tableaux étaient des admirateurs du Nord, des excentriques et des géologues venus dans le seul but de faire l'acquisition d'un objet du Nord, mais que les gens qui avaient acheté ses tableaux étaient tous du gratin artistique français. Il y avait là une grande différence. Elle se pencha alors vers moi si bien que je sentis le parfum de sa peau et de ses cheveux bouclés, je regardai dans ses brûlants yeux marron, regardai ses lèvres rouge feu dire doucement : quand je t'ai vue pour la première fois devant ma porte, blanche et froide comme tes tableaux, j'ai failli te la refermer au nez mais je me suis retenue car tu m'as fait pitié, et c'est toujours le cas. Regarde-toi, maigrichonne, blanche et falote, tes yeux comme de l'eau glacée, qu'est-ce que tu es en fait, tu n'es pas une femme, tu n'utilises pas de parfum, pas de rouge à lèvres, pas de bijoux, peut-être es-tu un être asexué, quelque froide horreur du Nord ?

Ses yeux étaient écarquillés et excités tandis qu'elle attendait ma réaction.

Eh bien ça ! dis-je simplement dans ma froide langue maternelle et je partis.

Chaleur d'août encore écrasante.

Les robes nous collent à la peau, la sueur coule jusqu'aux mollets, l'air frais de chez moi me manque, si seulement j'étais plongée dans une rivière glacée. Je remplis la petite baignoire d'eau froide, la laisse pleine afin de pouvoir me rafraîchir ainsi que l'enfant durant la journée mais l'eau se réchauffe dans la moiteur, comme la ville que les habitants abandonnent les uns après les autres. Elena est partie en montagne, elle est partie sans dire au revoir, les sœurs françaises préparent un voyage vers le sud, elles ont l'intention d'arriver à la mer.

Je ne peux pas travailler, pas penser dans une telle chaleur, préférerais rester couchée jusqu'à ce que le temps se refroidisse mais l'enfant réclame dans un bourdonnement lancinant, veut pouvoir sortir pour aller jouer, je le lui accorde l'après-midi lorsque l'ombre des arbres nous protège du soleil brûlant.

Les sœurs françaises sont assises dans le jardin en face de notre maison, je marche lentement vers elles en traînant les pieds, m'assieds sur le banc auprès d'elles à l'ombre, les écoute se rappeler l'une à l'autre tout ce qu'elles doivent emporter pour le voyage, observe Silfá dans le bac à sable, m'étonne de cette énergie inépuisable qu'ont les enfants, comme si rien ne les affectait, me laisse aller à rêver de limpides ruisseaux glacés.

Un taxi s'arrête alors devant notre maison. Il y a si peu de gens qui circulent par cette chaleur que nous suivons le moindre mouvement qui se présente à nos yeux.

Sigmar Hilmarsson descend de la voiture.

Les sœurs françaises se taisent, elles n'ont peut-être jamais vu un homme aussi grand.

Il porte un pantalon clair et une chemise bleu foncé avec les manches retroussées jusqu'aux coudes, cherche du regard autour de lui, lève les yeux vers mes fenêtres. Nous attendons. Puis il se retourne et me fixe. Le capitaine habitué à voir le poisson dans le lointain.

Elles le regardent comme pétrifiées, les sœurs, lorsqu'il se rapproche de nous. Je serre les dents. Il incline légèrement la tête lorsqu'il s'immobilise devant nous. Ne dit rien. Les sœurs le dévisagent bouche bée. Je regarde dans une autre direction, il peut parler, l'homme, s'il a quelque chose à dire, puis une ancienne méchanceté m'assaille : diable de bon sang qu'est-ce qui te manque maintenant, Sigmar ? Et les sœurs comprennent que la visite m'est destinée, poussent un long aah avec admiration, attendant que je leur présente l'homme.

C'est mon frère, dis-je rapidement. Il dit : je comprends un peu le français, Karitas, mais fais comme tu veux. Est-ce que c'est elle ? demande-t-il ensuite en indiquant Silfá. Il marche vers elle, se baisse et l'enfant lui sourit comme si elle le connaissait depuis longtemps, lui permet de la prendre par la main. Les sœurs perçoivent la froideur qui règne entre nous, pensent probablement qu'il s'agit d'une vieille fâcherie entre frère et sœur, ne connaissent pas non plus les Islandais, ne savent pas combien ils peuvent être discourtois, essaient malgré tout de discuter naturellement ensemble mais sont suspendues à un fil à cause de l'homme islandais. Ne peuvent défaire leurs yeux de lui. Il revient vers nous en tenant Silfá par la main, dit après avoir caressé un instant sa mâchoire : écoute, nous devrions filer sur Marseille par le train de nuit, j'ai là une voiture qui nous conduira à la gare. Ou bien ne veux-tu pas quitter cette chaleur ?

Je dis : si si, ça oui ma parole, même si le diable lui-même me le proposait.

Lorsqu'il eut parlé avec l'un et l'autre, le matin où nous arrivâmes à Marseille, il voulut descendre dans un petit village de pêche, là il serait possible de barboter dans la mer, dit-il, et puis notre voiture privée nous emmena par monts et par vaux. Nous ne nous étions pas beaucoup parlé, il n'était pas devenu plus loquace avec l'âge, Sigmar, et je n'étais pas d'humeur à babiller avec lui ainsi muet, nous avions juste échangé quelques mots dans le train, nous étions accordés sur qui dormirait dans quelle couchette mais aucun des deux n'avait eu envie d'entamer une discussion qui pourrait ébranler des sentiments. J'avais grimpé dans la couchette supérieure avec Silfá sans enlever ma robe et fait comme si je ne voyais pas quand il s'était déshabillé, avais seulement ressenti la tension dans l'air et sous ma peau. Mais nous avions ouvert la fenêtre du compartiment et l'air qui s'était fait plus frais avec la nuit nous rafraîchit et nous calma, nous dormîmes tous les trois comme des souches.

Silfá était assise entre nous à l'arrière avec un air béat, parlotant tantôt en islandais tantôt en français, appelait Sigmar papa, croyant probablement que tous les hommes étaient des papas, et nous ne la corrigeâmes ni l'un ni l'autre, peut-être parce que nous savions que cette interpellation sonnait mieux pour l'entourage, puisqu'elle m'appelait maman. Je trouvais cependant surprenante la rapidité avec laquelle ils étaient devenus proches, à

Paris elle avait fait la causette avec lui pendant que je fourrais l'essentiel dans une valise, lui avait montré ses affaires, lui avait permis de l'habiller, la peigner, rien ne paraissait plus vraisemblable que l'homme l'avait élevée. Nous nous renversâmes en arrière sur le siège, la chaleur était encore étouffante, les deux vitres descendues, mais j'étais en forme après avoir dormi une nuit entière sans avoir dû me rafraîchir si souvent dans la baignoire et dis : et quelles sont les nouvelles du pays ? L'été a été pluvieux dans l'Est, dit-il, les marins pêcheurs sur les chalutiers sont en grève, puis vient d'avoir lieu la première rencontre nationale de cavaliers à Thingvellir, là en juillet. Je dis : eh bien ça alors, tu en as des nouvelles à raconter, mais est-ce que tu as vu les garçons ? Il dit : Jón en a encore pour un an en droit, il habite avec ses deux camarades d'école dans un appartement du quartier de Vesturbær que j'ai acheté et lui ai prêté. Sumarliði n'est pas resté à naviguer, il a entamé l'Académie de marine à l'automne dernier et habite maintenant avec une fille dans un appartement sous les toits sur la colline de Thingholt que j'ai aussi acheté. Il n'en serait pour l'instant pas dit plus sur les garçons me sembla-t-il comprendre, aussi je demandai s'il avait entendu quelque chose des autres membres de ma famille ? Il me regarda, comme si c'était une chose nouvelle que je m'intéresse à d'autres gens, puis dit : ta sœur Bjarghildur a déménagé à Reykjavík avant Pâques, elle habite maintenant dans le quartier des Hlíðar avec mari et enfants, Halldóra est toujours dans le Nord avec son mari et sa fille, la petite-fille que tu n'as jamais vue, une enfant fort calme, ah oui et tes frères vont bien à Reykjavík, Pétur avec beaucoup d'activité dans Laugavegur et Ólafur avec le principal cabinet d'avocats de la ville, par ailleurs je n'ai rien entendu de la part de Páll, si tu me demandes, je crois cependant qu'il est encore célibataire et enseigne les langues dans le Nord.

Je dis : as-tu su que ton ami Andrea est venu en visite pendant que j'habitais chez mon frère Ólafur ? Il parlait alors couramment islandais et a pu me raconter tellement de choses amusantes sur votre séjour en Italie, particulièrement à Naples, tu l'as peut-être vu avant qu'il quitte le pays ? Oui, dit-il rapidement, puis il regarda par la fenêtre, la conversation était terminée.

Le village était niché dans une crique, rochers escarpés des deux côtés, sur l'un un vieux château, les maisons en grappe serrée descendant vers le port aux petits bateaux de pêche, la mer Méditerranée étincelante s'offrait à nos yeux. Elle n'était pas dissemblable de l'océan à Eyrarbakki les calmes jours d'été, seulement plus bleue et plus chaude, j'espérais que la brise marine pourrait rendre la chaleur supportable. Les rues d'en bas près de la mer grouillaient de vie, d'autochtones et d'estivants et dans la rue principale il y avait un hôtel où les visiteurs étaient assis à l'ombre et sirotaient des boissons fraîches. Nous y allâmes et nous inscrivîmes comme monsieur et madame Hilmarsson avec un enfant et devions avoir une chambre mais je dis non merci, nous voulons deux chambres. Elle est artiste, expliqua Sigmar au propriétaire de l'hôtel, comme si ce genre de personnes devait avoir un espace particulier, mais à moi en islandais : qu'est-ce que c'est que ces simagrées, nous sommes un couple, ma vieille. C'est seulement sur le papier maintenant, répondis-je hargneuse. Mais est-ce qu'on ne s'est pas quittés comme un couple la dernière fois ? dit-il d'une voix ferme, et je reconnus la chose : si si, mais c'était avant qu'Andrea Fortunato fasse son apparition avec la nouvelle que ta fille était en excellente santé à Naples. Ne s'appelle-t-elle pas Nicoletta ?

Il y eut un long silence tandis que ses yeux vert océan essayaient de sonder mon âme, le propriétaire de l'hôtel était devenu nerveux, il se mit à farfouiller dans des feuilles, puis dit à Sigmar avec un profond respect que nous pouvions avoir la meilleure chambre, qu'elle était grande avec deux lits pour nous et un petit pour l'enfant, avec une salle de bains particulièrement spacieuse et un superbe balcon sur la mer. Sigmar me dit : je ne te toucherai pas, tu n'as pas besoin de t'imaginer ça, mais permets à l'enfant d'être avec nous deux dans la chambre puisqu'elle n'a pas la possibilité d'être chez ses parents.

Du balcon nous avions vue sur la petite plage en contrebas à gauche sous les rochers, quelques enfants étaient en train de barboter dans l'eau, des adultes étaient assis sur le sable, il n'y avait pas beaucoup de monde, aussi je dis à Silfá que nous devrions descendre de suite jusqu'à la mer pour patauger avec un seau et une pelle. Mais Sigmar dit : le soleil est brûlant maintenant, tu ne mettras pas un pied dehors avec l'enfant sinon après la sieste. Cette fadaise de sieste, dont je savais à vrai dire d'où il la tenait, me courut sur les nerfs aussi je dis : ça m'est égal, j'y vais alors toute seule et tu occuperas l'enfant pendant ce temps-là. Et à ces mots je partis, descendis seule à la plage, les gens avaient alors commencé à se préparer à rentrer, j'allai sous les rochers afin de ne pas être visible du balcon, enlevai mes sandales et entrai dans l'eau en pataugeant. Tenant relevée la jupe de ma robe, je laissai les vaguelettes fraîches jouer avec mes jambes, regardai le soleil brûlant, l'océan aussi loin que portait le regard, fis gicler de l'eau sur mes bras et mon visage, sentis une joie enfantine se répandre en moi, ressentis une liberté que je n'avais pas ressentie depuis que j'étais chez nous dans la crique tout là-bas dans le Nord-Ouest, avant que je ne me mette à dessiner, avant que je ne rencontre l'amour, avant que tout ne survienne.

Ils s'étaient mis en chemin lorsque je revins, je vis aux draps sur le lit qu'ils avaient dormi, comme j'avais dormi sur la plage, je pus me laver et me changer sans les avoir sur le dos, puis ressortis pour les chercher.

Pris mon temps malgré tout, c'était bon de marcher seule dans le village qui s'était réveillé après la sieste, suivre les petites rues étroites qui faisaient penser à un labyrinthe avec une sortie ou bien en haut vers l'église ou bien en bas vers le port, les maisons si rapprochées que les femmes n'avaient pas besoin d'élever la voix lorsqu'elles pendaient leur lessive pour bavarder chacune depuis sa fenêtre, et j'errai sans but, transpirant et sans rien de précis à faire. Je jetai un coup d'œil dans une vitrine de la rue principale, tout y était pêle-mêle, marchandises exotiques, ustensiles, produits ménagers, vêtements, livres et journaux, et je contemplai tout cela bouche bée avec un air bête jusqu'à ce que je me sente mal à cause de la chaleur, et j'étais trempée de sueur lorsque je les vis tous les deux près des bateaux. Sigmar était en grande discussion avec des pêcheurs, fumant un cigare et je ne semblais pas lui avoir manqué, tout juste tourna-t-il la tête lorsqu'il me vit arriver, il avait donné à l'enfant une ligne et un hameçon, elle était assise avec quelques garçons au bout du ponton, balançait ses jambes, faisait mine de pêcher. Il me présenta aux hommes, dit que j'étais sa femme et ils s'inclinèrent et se courbèrent, l'odeur de poisson sur eux n'améliora pas mon état mais je souris poliment, demandai s'ils savaient quelque chose sur le temps, s'il n'allait pas se refroidir. Nonnonnon, dirent-ils avec tout leur corps, ce sera comme ça toute la semaine, peut-être beaucoup plus longtemps, et Sigmar sourit de la manière dont il le fait toujours lorsqu'il sait qu'il emporte la victoire. J'étais maintenant sa prisonnière dans un petit village de pêche, ne pouvais aller ni vers terre ni vers mer, c'est en fait cela qu'il entendait, pensai-je. Karitas, dit-il, ici le temps est toujours pareil. Je dis : toi avec ton passé tu devrais le savoir mieux que tout le monde, mais puisque tu es tellement aimé des enfants, alors occupe-toi de la petite, je remonte à l'hôtel.

Lorsque le soleil de feu s'éteignit enfin sur l'océan, ses rayons commencèrent à bouillonner sous ma peau. Depuis la cuisine du couple qui gérait le petit restaurant au coin, on entendit le crépitement de l'huile lorsque la viande de veau que Sigmar avait commandée se pressa contre la poêle, je ressentis en même temps la brûlure derrière mes épaules comme si j'avais été moi-même étalée dans la poêle. Ils mangèrent leurs crustacés de bel appétit tous les deux, Silfá en redemanda et il brisa pour elle les coquilles mais l'odeur me dégoûtait, je ne mangeais pas ce genre de poisson, seulement l'aiglefin chez nous, blanc et sans odeur, ils pouvaient pelleter et enfourner cette saleté à coups de cuillère pendant que je buvais mon eau, et puis arriva la viande de veau dans un plat, baignant dans l'huile brûlante, Sigmar se pour-lécha en coupant des morceaux pour Silfá et les lui fit manger, je pris seulement des petits pois et des pommes de terre, la viande me dégoûtait, j'aurais tout aussi bien pu manger ma propre chair, et ils s'empiffrèrent de nourriture comme s'ils n'avaient rien mangé depuis un demi-siècle mais ça bouillonnait sous ma peau. Tu manges comme un troll, m'écriai-je. Mais je suis un troll, ma chère Karitas, descendu des montagnes dans les terres habitées uniquement pour ravir la princesse blonde que le soleil a peinte en rouge feu. Je ne supportai pas de rester plus longtemps dans cette chaleur, rentrai à l'hôtel et sortis sur le balcon, y demeurai assise comme une marmite dans laquelle l'ébullition était presque arrivée.

Tu te souviens, dis-je depuis le balcon lorsqu'ils rentrèrent pour se coucher, tu te souviens combien nous avions toujours des marmites peu reluisantes quand nous vivions ensemble ? Il ne répondit pas tout de suite à cela, il était en train d'aider Silfá à se préparer à aller au lit, il n'avait pas l'habitude de coucher des enfants, devait se concentrer, mais lorsqu'elle nous eut dit bonne nuit d'un baiser, satisfaite d'être dans l'étreinte d'une famille, il répondit enfin : je me souviens aussi combien ça t'allait mal de cuisiner dans ces marmites, tu te brûlais chaque jour. Je dis : ça tu ne peux pas l'avoir vu, Sigmar, tu étais toujours en mer. Il s'allongea dans le lit, remonta le drap sur lui à demi : je devais pêcher beaucoup pour que nous puissions avoir de meilleures marmites.

La mer disparut dans l'obscurité, les vagues se mirent en mouvement comme des amants qui se rencontrent en secret, clapotèrent, moussèrent et ma peau se réjouit et s'échauffa jusqu'à ce que je bouille tout entière, la brûlure devint insupportable, sur les épaules, les bras, les jambes, je flambais comme autrefois une vieille maison en bois dans l'Est, je regardai dans les yeux vert océan de Sigmar tandis que je brûlais.

Au matin il me fit apporter par la femme de chambre du café et des tartines de pain, je ne pus descendre prendre le petit déjeuner avec eux, ne pus sortir du lit, étais étendue comme une raie sur le ventre, la peau de mon dos était si sensible et douloureuse. Tu as la couleur d'un crabe, dit Sigmar, ça t'apprendra à sortir sous le soleil de midi, je t'avais prévenue. Je lâchai en serrant les dents : ce n'était pas le soleil mais toi, les gens brûlent en ta présence. L'est où crabe ? demanda Silfá et il déclara qu'il allait lui en montrer un, qu'ils vivaient dans la mer et avaient l'air méchant avec les sourcils froncés. Ils sortirent et revinrent après midi, ils s'étaient pris une soupe de poissons et une glace à la crème, étaient rassasiés et voulaient s'allonger, il dit affablement : ne peux-tu pas dessiner ou faire des esquisses ici pour passer le temps ? Ils ont en fait plutôt bien peint ici, les maîtres, ils étaient là, Wols et d'autres, m'a dit le propriétaire de l'hôtel. Je ne ferai aucune esquisse avec de vieux hibous suspendus au-dessus de moi, toi en dernier de tout, dis-je. Mais tu pouvais pourtant peindre autrefois même si je tournais autour de toi, dit-il. C'était avant que tu peignes l'Italie en rouge, répondis-je. Il se retourna de l'autre côté pour ne pas avoir à répondre mais quand il eut fait sa sieste il se redressa sur le coude, comme si la solution lui était venue dans son sommeil et dit : mais crois-tu que tu ne pourrais pas broder pour te faire passer le temps ? Broder ? répétai-je comme si je n'avais pas bien entendu, je n'ai jamais cousu à la main ni à la machine, et si je me rappelle bien il n'y a jamais eu de machine à coudre dans notre maison pas plus que de marmites décentes, tu pouvais acheter un bateau entier mais ni une marmite ni une machine à coudre.

On était proche du repas du soir lorsque je les entendis monter lourdement l'escalier. Silfá parlait très vite comme elle le faisait toujours quand quelque chose d'amusant était en attente puis ils poussèrent conjointement la porte, lui avec une machine à coudre blanche dans les bras. Voilà, tu as là une machine à coudre, dit-il d'une voix lente et ferme, tu auras des marmites plus tard. Je dis avec brusquerie : de quoi ça a l'air, les machines à coudre doivent être noires ! Ah bon, elles doivent l'être ? dit-il surpris sans faire semblant.

Dans la brume froide des Fjords de l'Est j'avais un jour pleurniché que je n'avais pas de machine à coudre, maintenant je me retrouvais avec une blanche par une chaleur à frire sur la côte sud de la France. Je ne pus cependant pas m'empêcher de la caresser un peu lorsque je fus seule le lendemain, me souvins d'une machine à coudre noire que j'avais peinte un jour, comment j'avais essayé d'atteindre la pudeur dans ses douces lignes arrondies, l'insurrection dans la poignée de la roue qui faisait tourner sa vie tour après tour, mais une machine à coudre blanche, avait-elle le même caractère que la noire ? Elle était trop propre, trop innocente, je la fixai de mon lit, essayai d'apercevoir les ombres en elle.

Quelqu'un faisait les vêtements de Sigmar sur mesure, qu'importe comment il était habillé, tout lui allait bien, les habits bien coupés, l'étoffe jolie, chaque vêtement avait sa valeur, même les chaussettes. Le soir lorsqu'il se déshabillait, j'observais en cachette mais le matin quand il s'habillait je regardais avec attention, c'était une cérémonie qui égalait le lever du soleil. Une ode au pouvoir du corps. Il se levait d'un mouvement rapide, torse nu en pantalon de pyjama, allait à la fenêtre, ouvrait et observait le temps, prenait ses caleçons courts sur la chaise, continuait à regarder l'océan, enlevait son pantalon de pyjama, hanches étroites, épaules larges, bronzé sur les bras et l'arrière du cou, enfilait ses caleçons, se retournait, puis s'étirait de sorte que ses muscles devenaient saillants, faisant comme s'il ne savait pas que je regardais. Enfilait un léger pantalon kaki, était long à boucler sa ceinture car il était viril torse nu, gardait pour plus tard de mettre sa chemise mais se tournait vers ses chaussettes. Il s'asseyait alors, les prenait dans sa main, ne faisait rien mais fixait longtemps ses pieds nus comme s'il était en train de considérer leur existence ou leur futur, puis se ressaisissait énergiquement, enfilait ses chaussettes à la hâte avec des gestes précis et fermes, se levait, prenait une chemise claire à manches courtes d'un cintre, la mettait lentement et calmement, était pensif pendant qu'il la boutonnait, puis soudainement, comme s'il avait pris la décision finale dans une affaire compliquée, l'enfilait dans son pantalon devant et derrière avec des mouvements rapides. Puis me regardait, étonné : tiens, tu es réveillée ? Il fait beaucoup trop chaud pour porter des chaussettes, disais-je pratique. Mais il ne m'écoutait pas.

Ma peau avait fini par prendre une couleur naturelle aussi je me risquai dehors au soleil avec eux après la sieste et nous sillonnâmes tout le village, allâmes jusqu'en haut de la colline et Sigmar porta Silfá, elle aimait bien le laisser la porter mais refusait catégoriquement de monter à cheval sur ses épaules lorsqu'il le lui proposait, « veux pas à seval », disait-elle épouvantée, cela signifiait à ses yeux aller dans l'inconnu, nous regardâmes le village au-dessous de nous et les belles criques. Sigmar dit : les Romains étaient là des siècles auparavant, et je dis froidement : oui, ils sont allés dans pas mal d'endroits, les Romains, et cette remarque mit un terme pour un moment à la conversation. Jusqu'à ce que nous descendions côté ouest du village et regardions les hauteurs boisées où les riches s'étaient confortablement installés dans de blanches villas d'été, il dit alors : veux-tu posséder une telle maison, Karitas ? Je pourrais en acheter une si tu voulais. Que ne peux-tu pas acheter, Sigmar ? demandai-je en retour. Il voulut alors voir l'église de l'intérieur, disant que Silfá et moi devions nous rafraîchir après cette bonne marche et nous nous faufilâmes dans les étroites rues ombragées en remontant vers la place où trônait l'église du village, pénétrâmes dans sa fraîcheur, nous assîmes sur un banc au fond et regardâmes l'autel. Deux femmes étaient agenouillées au premier banc et priaient. Sigmar se signa : ici les hommes peuvent pratiquer leur foi à toutes les heures du jour, chez nous il est d'usage de le faire seulement le dimanche, tu vas souvent à l'église, Karitas ? Non, sauf pour me rafraîchir, répondis-je. Silfá sautilla dans toute l'église, elle ne pouvait pas rester tranquille, étudia très attentivement le confessionnal, entrant et sortant de l'isoloir, fit comme si c'était une maison de poupées. Nous laissâmes faire tout regardant droit devant nous et il dit : est-ce que tu lui as appris le Notre-Père ? Non, mais je lui ai appris à peindre joliment, dis-je. Il te revient le devoir de l'instruire sur la foi chrétienne, lui parler de Jésus et Marie, fit-il sur un ton de reproche. Pourquoi ? demandai-je. Il dit, quelque peu dépité de mon absence de réponse : elle doit entendre parler de l'Amour, apprendre à chercher la vérité dans l'infiniment

217

petit, apprendre à faire confiance au Bien dans la vie, alors elle ne perdra pas pied dans les moments critiques.

La vérité, répétai-je en le singeant, là tu tombes juste comme le marteau sur la tête du clou, dis-moi Sigmar, as-tu d'autres enfants que cette Nicoletta dans le monde ?

Ça se refroidit dans l'église, l'enfant ne le sentit pas moins que nous, voulut sortir, sauta autour de nous en babillant dans les deux langues, essaya de nous faire rire d'elle, les enfants sentent fort bien quand la glace est en train de se fêler. Nous allons descendre à la plage, ma petite Silfá, et pelleter du sable, dit Sigmar impérieusement et ce ne fut pas avant d'être ressortis dans la chaleur et d'avoir regardé en l'air et dans toutes les directions comme il le fait lorsqu'il observe le temps qu'il dit : j'ai juste cette unique enfant dans le monde, je n'ai jamais été très porté sur les femmes.

Les estivants s'étaient multipliés depuis que nous étions arrivés au village, les tables sous la tonnelle à notre hôtel étaient bondées de gens pantelants, plusieurs voitures glissaient lentement dans la chaleur de haut en bas le long de la rue principale, chaque banc était occupé sur le petit carré d'herbe de la place, la plage grouillait d'enfants à demi nus. Silfá doit apprendre les vagues, dit Sigmar, nous allons courir nous jeter à l'eau. Et nous entrâmes dans l'hôtel, il se changea, mit son maillot en dessous, je restai dans ma légère robe d'été, puis nous descendîmes à la plage avec Silfá entre nous parlant à toute vitesse du fait de ses joyeuses espérances. Des garçons jouaient au football sur le sable à la joie fort réduite des adultes qui étaient assis çà et là sur la plage, nous nous installâmes vers le bout près de rochers bas et Silfá n'attendit pas d'invitation, elle entra dans l'eau en pataugeant avec son seau et puisa comme s'il y allait de sa vie. Je laissai Sigmar lui courir après, m'étendis sur une serviette, louant la brise marine, essayai tout ce que je pus pour calmer mon esprit mais il y avait quelque radotage dans ma tête que je n'arrivais ni à museler ni à éloigner en pensée, aussi je les observai. Ils couraient après les vagues, puis battaient en retraite devant elles avec des éclats de rire, un petit bout de femme insignifiant avec un troll sur ses talons, tous les deux si avantageusement dessinés par la main de la nature, muscles et os en parfaite adéquation, nulle part le moindre défaut dans la construction. Ils m'appelèrent : viens dans l'eau, et je m'y résignai, marchant sur la pointe des pieds sur les coquillages et les cailloux, il me dévorait des yeux, je ne me laissai pas perturber par cela, entrai dans l'eau en pataugeant mais en ressortis aussitôt en courant, je ne m'étais pas doutée qu'elle pouvait être aussi froide. Tu dois nager, ma vieille, tonna Sigmar. Je ne sais pas nager, espèce d'idiot, grognai-je. Il me toisa du regard, puis dit doucement : ma toute petite. Piqua une tête et se mit à nager.

Silfá et moi remplîmes le seau de sable à coups de pelle, je le regardai nager en montant et descendant contre les vagues, nous vidâmes le seau, construisîmes une colline, il nageait vers le large à la surface étincelante de la mer, avec des mouvements lents et sûrs, il ne craignait pas la mer, le marin, je regardais comme hypnotisée la surface des flots, puis ma vue fut éblouie par le fort soleil, je ne le vis plus pendant un instant, devins agitée, me rapprochai du bord de la plage, mis une main au-dessus de mes yeux pour me parer du soleil, vis un point sombre dans le lointain, entrai dans l'eau jusqu'aux genoux, crus que je verrais mieux mais tout était blanc et plat, Sigmar avait disparu à ma vue.

Les cailloux brillaient comme de l'or dans un coffre sous la surface de l'eau, mes pieds devinrent blancs, misérables, il me porta sur le coteau, m'assit près d'un gros rocher et dit : nous sortons en mer cette nuit, ah bon dis-je seulement, et je lui permis de m'embrasser un court instant, cela pouvait difficilement me faire du mal. J'étais en train d'enfiler une housse de drap sur sa couette et découvris alors que je n'avais aucun vêtement pour m'habiller lorsque je commencerais à m'arrondir, et pas de machine à coudre non plus, me mis à pleurer et il dit : est-ce que tu pleures parce que tu n'as pas de machine à coudre ? Nous regardions le lever du soleil ensemble, il tenait le bébé, ses mains étaient grandes et chaudes, puis il regarda fixement le soleil sortir de l'océan mais je regardai par-dessus mon épaule la lessive qui dansait une ronde sur les fils. Dans le soleil du matin, après que nous avions dansé toute la nuit dans le foyer municipal, il me chatouilla le visage et la plante des pieds avec un brin d'herbe et ramassa pour moi des violettes et des potentilles jaunes qu'il mit en bouquet mais nous dûmes nous dépêcher de rentrer à la maison car le coq se mit à chanter, j'avais la poitrine pleine de lait. Après le café de fête sur le côté sud de la maison nous chevauchâmes à travers la campagne, tout nouvellement mariés et souriants, et fîmes de nombreuses haltes pour laisser reposer les chevaux et nous embrasser et nous regarder dans les yeux. Puis il partit un jour précipitamment sur les hautes landes de bruyère, plein de haine et en colère avec le fusil et je pensais qu'il se perdrait dans le brouillard, tomberait dans une crevasse, puis le trouvai plus tard le soir, endormi auprès de la vache dans l'étable, je l'aidai à rentrer, il me tenait par la taille, fit courir ses mains sur mes cuisses et mes seins, alluma le feu en moi, mon sang bouillit. Il caressa mon visage avec ses doigts, fit semblant de me partager en deux, disait toujours ma toute petite, ce fut la première chose qu'il dit aussi lorsqu'il me revit après treize ans, avant qu'il le dise je savais qu'il dirait cela, lorsqu'il se tenait debout en bottes de cheval dans l'air frais du soir, il s'appuya contre les poteaux de l'étendoir avec les mains dans les poches et dit : ma toute petite.

Ma toute petite, répéta-t-il une fois après l'autre, et

je l'entendis alors, il sortait de l'eau, glacé, ruisselant, courut les derniers pas jusqu'à moi, me saisit par les épaules : qu'est-ce qui s'est passé, Karitas, qu'est-ce qu'il y a ? Il n'y a rien, pas la moindre chose, répondis-je à ses yeux vert océan, je n'allais pas lui dire qu'il me possédait cœur et chair, que je ne pouvais pas m'imaginer la vie sans lui, bien que je ne le voie jamais, bien que le ciel et l'océan soient entre nous, mais il dit alors avec angoisse : tu saignes. Et je baissai les yeux, le sang coulait le long de mes jambes, ruisselait jusqu'à mes mollets, cascade rouge qui colorait la surface de l'eau, je sifflai : c'est toi, les gens saignent en ta présence. Puis remontai avec peine à l'hôtel avec sa chemise roulée serrée dans mon entrejambe.

Elles m'avaient dit cela, les femmes d'Öræfi, qu'ainsi procédait le corps, il finissait comme il avait commencé, des saignements arrivaient en flots, révolte avant que tout s'éteigne doucement, mais après ça, chère Karitas, tu obtiendras enfin la liberté. Alors la fin commence à se rapprocher, me lamentai-je. Loin de là, il reste alors un demi-siècle, dirent-elles en trayant les vaches avec mélancolie. Mais je n'avais pas compté avec le jeu imprévu du corps, et puis j'avais eu récemment mes règles, étais assise ainsi perplexe sur le rebord du lit lorsque Sigmar entra avec l'enfant. Tu dois aller à la pharmacie pour m'acheter des serviettes hygiéniques, dis-je sans sensiblerie. Il dit : tu n'as pas tous tes esprits, tu t'attends à ce que je sorte acheter une chose pareille ? Je dis froidement : qui alors doit le faire ? Il fut long à se préparer, dut aller prendre un bain, mit une éternité à enfiler un par un ses vêtements, se peigna soigneusement comme s'il allait à un banquet de communion, hésita à chaque pas, avait passé la moitié de la porte lorsqu'il articula dans un souffle : et foutu bon sang comment ça se dit en français ? Il emporta avec lui un bout de papier.

Peu avant minuit, alors que l'enfant était endormie

depuis longtemps et que nous étions couchés chacun dans son lit à écouter les vagues entrer par la porte du balcon ouverte, il dit : j'ai vu que tu avais eu peur pour moi aujourd'hui. Je ne lui répondis pas. Il dit encore : ton cœur a saigné quand tu as cru que je m'en étais allé. Je restai toujours silencieuse. Alors il s'embarrassa peu et vint se glisser sous le drap contre moi. Me serra si fort dans ses bras que j'en eus mal. Ma toute petite, tu es la seule femme de ma vie, tant que tu respires je tiens debout mais si tu t'en allais, je prendrais la prochaine voiture après toi. Je demandai : comment as-tu pu alors avoir un enfant avec une autre femme ? Il soupira avant de pouvoir répondre : c'était uniquement physique, tu ne pourrais jamais comprendre ça parce que tu n'es pas un homme. C'est une chose innée pour nous d'être ensemble, mais Karitas, nous ne serons pas éternels, chaque instant est devenu précieux, est-ce que nous ne devons pas nous réunir avant qu'il soit trop tard ? Si tu me veux encore je mets tout en vente pour toi. Je dis : sais-tu si la chaleur à Paris a diminué ?

Il retourna dans son lit mais dit en même temps qu'il tira le drap sur sa tête : ça se pourrait bien que je parte en barque pêcher avec les gars du port demain matin. Ne t'avise pas de faire ça, Sigmar Hilmarsson, dis-je. Mais il s'avisa de le faire, Sigmar, partit sans dire au revoir, exactement comme il l'avait fait quand nous vivions ensemble dans le fjord de Borgarfjörður-Est.

Nous restâmes seules à traîner Silfá et moi jusqu'après midi, elle demanda plusieurs fois où était papa et je dis qu'il était sorti en mer pour attraper du poisson mais revenait bientôt et elle demanda quand bientôt serait fini et je n'en fis pas cas, irritée car j'avais une douleur au petit orteil du pied gauche, j'y avais récolté une ampoule. Je vis les bateaux rentrer mais ne voulus pas descendre vers le quai pour aller à sa rencontre, alors je serais comme une femme de marin qui attend son homme, mais Silfá, elle, courut vers lui lorsqu'elle le vit arriver en marchant et il la fit sauter dans ses bras en la lançant en l'air, si heureux qu'il ait malgré tout manqué à quelqu'un, à moi il dit posément : et comment tu vas ? Qu'est-ce que tu entends par là, je ne me portais pas tout à fait bien ? Il dit : je voulais dire, avec ce qui a commencé hier ? Je savais qu'il voulait parler des saignements et répondis ce qui était vrai : c'est fini, c'était un jaillissement qui est venu et parti, par contre j'ai une ampoule à un orteil, j'ai probablement attrapé ça quand nous avons sillonné le village de long en large hier dans la chaleur. Ça n'en finit pas avec toi, dit-il, tu aurais mieux fait de porter des chaussettes.

La journée était bien avancée lorsqu'il remarqua la zébrure sombre sur mon pied et sa réaction fut telle que cela ne me laissa pas indifférente. Karitas, tu ne vois pas que tu fais une septicémie ! dit-il excité et il examina mon pied de long en large, avec des mains pas vraiment douces. Et qu'est-ce que nous faisons alors ? demandai-je d'un ton misérable, ne me souvenant pas avoir jamais eu une quelconque affection au pied auparavant. Mais le capitaine avait l'habitude des blessures de toutes sortes, il me tira à la pharmacie de l'autre côté de la rue mais lorsque nous nous retrouvâmes à l'intérieur devant les dames qui lui avaient vendu précédemment des serviettes hygiéniques pour sa femme il resta court, ne put se rappeler comment on disait alcool méthylique en français, encore moins pommade antiseptique. Et je ne pouvais pas l'aider dans sa recherche de mots, je venais alors juste de découvrir que le mal pouvait entraîner la mort pour moi si on n'y faisait rien, j'avais déjà bien assez de difficultés à rester consciente. Décidé, il demanda aux dames de l'alcool à brûler et elles eurent un petit sourire ironique, levèrent les yeux au ciel, il fut exaspéré et demanda de la crème liquide qui pouvait tout aussi bien signifier en français un produit laitier, roulant le *r* avec une forte accentuation, elles se pincèrent les lèvres pour contenir leur rire, il souleva alors mon pied, le mit sous leur nez et indiqua la zébrure du doigt. Cela elles le comprirent.

Je ne t'avais jamais vu tendu à ce point auparavant, Sigmar, dis-je tandis qu'il nettoyait et pansait mon orteil, et il répondit que ce n'était pas étonnant, qu'il n'avait jamais été confronté à un tel problème et il avait pourtant été marin plus d'un quart de siècle. Il était assis avec mon pied sur ses cuisses, scrutant mon orteil mais moi je le scrutais lui, observai ses cheveux bruns qui s'entêtaient à ne pas grisonner, ses épaules et son visage virils, ses grandes mains chaudes, et m'étonnais du fait qu'un si bel homme ait fait attention à moi. Puis nos pensées s'envolèrent ensemble, jouèrent ensemble dans l'air, petites particules, quelque chose qu'aucun philosophe n'est parvenu à expliquer, qu'aucun savoir n'a pu dévoiler, l'étincelle s'était allumée, nous étions tous deux submergés de désir, ne pouvions cependant pas faire le moindre geste. L'enfant était réveillée, l'enfant avait besoin de jouer, l'enfant avait besoin de manger. Comme dans un autre monde tous les deux nous laissâmes la journée passer. Mais aussitôt que la respiration de l'enfant eut trouvé le rythme des vagues lorsqu'elles aspiraient le sable à elles et le rejetaient avec un souffle régulier, nous nous déshabillâmes et nous unîmes, obéissants envers la nature comme l'espèce humaine l'avait toujours été.

Sur la place il y avait deux arbres de forme si étrange, comme s'ils avaient eu l'intention de se pencher vers l'est mais avaient arrêté au dernier moment et s'étaient étirés vers l'ouest, je me mis à rêver la nuit de leur forme et de leur adaptation. Je ne peux pas continuer à rester inactive, dis-je à Sigmar, je dois recommencer à peindre. Nous n'avons pas été inactifs, dit-il, il me souleva et me serra fort contre lui pour que nous puissions nous regarder dans les yeux et je pensai en moi-même que si je n'avais pas eu besoin de peindre j'aurais pu regarder dans ces yeux pour l'éternité. Mais si tu veux, dit-il, nous pouvons remonter à Paris, je dois aussi acheter un bateau dans le Nord. N'as-tu pas assez de bateaux ? demandai-je. Nous avons seulement des bateaux de pêche, il nous manque des bateaux de voyageurs, dit-il et je demandai qui de nous était. Toi et moi, répondit-il, surpris de mon manque de compréhension, nous possédons tout ensemble, nous sommes mariés. Écoute, Sigmar, dis-je, je n'ai pas envie de ton argent, tu le sais, l'argent m'ennuie. Tu ne vis pas de l'air du temps, dit-il sèchement. Non, je vis de mes tableaux, répondis-je triomphante, ils se sont tous vendus à l'exposition que j'ai tenue en juin. Il dit : je m'y suis pris trop tard, ils étaient tous vendus quand je suis arrivé. Ah bon, tu étais à Paris à ce moment-là ? demandai-je. Il poursuivit : c'étaient de beaux tableaux, personne ne peint comme toi, je l'ai toujours dit, tu es un génie, oui je sais tout de toi, Karitas, je me tiens au courant de ce que tu fais, personne ne te connaît mieux que moi, tu es aussi ma femme, ma minuscule et blonde toute petite. Arrête ces enfantillages, Sigmar, dis-je, mais je trouvai pourtant presque amusant d'écouter cette tirade.

Ma rue à Paris était encore chaude lorsque nous revînmes et nous arrêtâmes devant la maison mais il y avait maintenant pas mal de gens qui circulaient, et certains avaient fait du chemin. Dengsi sortait en trombe de ma maison, l'air sombre, il ne regarda ni à droite ni à gauche, ne nous vit pas dans la voiture lorsqu'il passa à côté, mais j'en fus pantoise et ne pus le cacher. Tu connais cet homme ? demanda Sigmar qui ne laissait rien lui échapper. C'est Dengsi, que j'ai connu quand j'étais jeune fille à Akureyri, répondis-je distraite. Est-ce qu'il y a quelque chose entre vous ? redemanda-t-il. Non, rien qui puisse être appelé ainsi, juste quelque chose de physique. Dis-je avec affectation.

Il porta l'enfant endormie à l'intérieur, nous l'avions couchée dans son lit, avions ouvert les fenêtres, enlevé les mouches mortes, installé la machine à coudre blanche sur une table, lorsqu'il dit : tu veux peut-être que je dorme là cette nuit ? Non, Sigmar, dis-je, je ne supporte pas quand tu disparais aux petites heures du jour sans me dire au revoir. Alors je te dis au revoir maintenant, dit-il, pour le moment.

La chaleur dans la ville n'avait pas baissé sinon de quelques petits degrés.

La toile blanche me fixe, je détourne les yeux.

Ne peux pas peindre.

Mon esprit sait ce qu'il veut mais mes mains ne le comprennent pas.

Je ne peux pas peindre. Des sentiments déchirés divisent mon esprit et ma main. J'ai besoin de temps pour penser, retrouver l'emprise sur mon esprit, me concentrer, j'ai besoin de beaucoup de temps, sans être dérangée, mais je n'ai personne pour garder l'enfant, la sœur médiane est entrée à l'hôpital. Il fallait lui coudre le ventre, a dit Silfá en français. Elle lui manque. Elle me manque encore plus.

L'atelier est en pleine confusion, la vaisselle attend, des vêtements sales gisent dans chaque recoin, des mouches mortes nappent la table, des pinceaux secs jonchent le sol, l'enfant s'est endormie dans ce fatras, elle n'a pas de robe propre pour demain. Je ne peux pas peindre.

Mes yeux tombent sur la machine à coudre blanche.

J'ai peint un jour une machine à coudre noire.

Maintenant je vais coudre sur une blanche.

Elles m'ont appris cela, les femmes à Copenhague, depuis lors je n'ai pas cousu mais peut-être sais-je encore. Je vais chercher du tissu que j'avais l'intention de porter à une couturière quand je pourrais m'en occuper, saisis une robe sale de Silfá, relève le patron.

Je couds toute la nuit.

Au matin Silfá reçoit une jolie robe.

La demoiselle dans la boulangerie me tend le pain frais odorant, la dame à la caisse prend mon argent et dit lorsqu'elle me rend la monnaie : mais que cette petite porte une jolie robe aujourd'hui. Je la remercie, lui dis l'avoir cousue, qu'on m'a donné une machine à coudre, et elle me parle alors de la machine à coudre qu'elle a héritée de sa mère, longue histoire sur le destin d'une femme remarquable, la machine à coudre n'a rien à voir avec l'histoire mais les Français ont besoin de parler beaucoup et longtemps sur chaque chose, et je l'écoute avec patience. Je suis devenue un élément de la communauté du quartier, les commerçants discutent tous avec moi, savent d'où je viens, quel pain je trouve meilleur, quels fromages, les courses me prennent plus longtemps mais je ne me sens plus comme une perdrix solitaire en haut de la lande de bruyère. Et la dame en était au beau milieu lorsqu'on me saisit par l'épaule et me fit presque tourner d'un seul geste, c'était Elena, revenue de la montagne. Silfá poussa des petits cris de joie. Elena dit : pardonne-moi ce que j'ai dit sur ton apparence. La dame nous regarda tour à tour avec des yeux interrogateurs. J'expliquai : elle a dit que j'étais maigre, blanche et froide. La dame broncha : elle a dit ça ! Mais vous êtes si jolie blonde comme ça ! Oui, répondis-je, elle a dit ça juste par pure jalousie, j'ai vendu plus de tableaux qu'elle à l'exposition. Elena baissa la tête se sachant coupable. Un climat de tristesse s'était installé dans la boulangerie. Jusqu'à ce que la dame dise à Elena, empressée de réconcilier sa clientèle : invitez-la à manger chez Pierre, je sais qu'il a trouvé de la sole fraîche !

Ce fut au-dessus de la sole que je dis à Elena qu'elle

avait peut-être bien raison, que je devrais peut-être faire plus attention à mon apparence, suivre la mode, utiliser des fards, et en peu de temps nous étions embarquées dans une profonde conversation sur la tenue vestimentaire des femmes artistes, devisant du style que celles-ci devraient se créer pour que les gens lèvent les yeux sur elles. Leurs œuvres seraient un détail supplémentaire, dit Elena enthousiaste.

C'était si plaisant d'avoir une amie, si plaisant de discuter de choses qui ne soulevaient pas de conflit dans l'âme, de désagréments ni de doutes sur sa propre capacité, et nous nous plongeâmes à corps perdu dans l'univers fastueux de la mode, faisant un pied de nez à l'art. Nous sillonnâmes les boutiques des deux rives, gauche et droite, regardâmes les robes et les jupes dans les vitrines, elles avaient cette coutume, les Françaises, de ne pas ourler les robes avant que l'acheteuse ne soit arrivée, mais nous n'achetâmes rien, essayâmes seulement avec frénésie, robes du matin, robes d'après-midi, robes du soir, jugeant notre apparence l'une de l'autre et pointant du doigt les imperfections, glissant un bonbon dans la bouche de Silfá quand elle commençait à s'agiter. Aux Galeries Lafayette sur la rive droite, justement dans ce magnifique magasin, au moment où la vendeuse était en train de nous amener les manteaux d'automne dernier cri, Silfá se mit à hurler. Les bonbons ne suffirent pas à la faire taire. Ses cris étaient tels que cela faisait écho à tous les étages, finalement elle hurla si fort que nous la menaçâmes toutes les deux de lui donner une fessée ce qui ne la fit pas plus fléchir que les bonbons, nous dûmes nous sauver avec elle. Avant de prendre le métro pour rentrer à la maison, nous fîmes une brève incursion dans un célèbre café pour éclairer la grisaille de notre moral et cela tomba bien, à une table était assise la chanteuse Juliette Gréco. Sa tenue vestimentaire faisait distorsion avec les vêtements à la mode dans lesquels nous avions gaspillé nos forces, pantalons longs noirs, pull-over noir. Pourquoi étions-nous en train d'essayer toutes ces robes à motifs ? dit seulement Elena.

Le soir nous passions en revue couleurs et patrons chez Elena, ce n'était pas très différent de trouver les couleurs et les formes pour les tableaux, sauf que maintenant nous étions nous-mêmes les tableaux. Nous dessinions notre mode, n'avions aucun problème avec cela, plusieurs esquisses pendant que Silfá battait bruyamment le pavé dans l'atelier avec les chaussures à talons hauts d'Elena jusqu'à ce qu'elle tombe de sommeil sur la couchette, coupions robes et jupes dans des tissus que nous avions achetés, tout était un jeu dans nos mains sauf la coupe des pantalons, elle se révélait difficile, puis nous sortîmes en temps et lieu la machine à coudre blanche, j'étais assise à la machine et Elena faufilait lorsque notre concierge frappa et dit qu'il y avait encore l'homme avec le violon dans la rue qui regardait vers ma fenêtre. Il est resté là toute la soirée avec son violon dans l'étui, comme s'il rentrait chez lui après un concert, dit la *konsjessa*, que voulez-vous que je fasse de lui ? C'est l'homme qui a demandé une fois après toi, dit Elena lorsqu'elle eut jeté un coup d'œil scrutateur en bas dans la rue, est-ce que c'est ton amoureux ? Non, nous sommes juste de bons amis, dis-je, c'est un garçon que j'ai connu quand j'étais enfant. Vous pouvez alors l'inviter à monter, dit cordialement la *konsjessa* en s'asseyant, elle avait visiblement l'intention d'être présente elle-même, pour des raisons de bienséance.

Lorsque Dengsi franchit enfin le pas de la porte chez Elena avec son violon dans l'étui, nous étions assises toutes les trois alignées à table comme un tribunal d'inquisition et attendions qu'il déclame son propos. Elles le toisèrent avec un air affable, il ne leur accorda pas d'attention mais s'adressa directement à moi en islandais comme s'il était le porteur d'un message pressant : je suppose que tu m'as claqué la porte au nez ce printemps parce que je ne suis pas venu à Noël comme je l'avais promis, mais ma femme est entrée dans un sanatorium et de ce fait j'étais avec nos deux enfants pour Noël et ce jusqu'au sortir de l'hiver. Mais mes enfants sont maintenant dans un bon pensionnat et moi dans un bon orchestre de cordes ici à Paris. J'ai déménagé dans la petite rue ici en haut du pâté de maison près de la boulangerie, j'habite au numéro 19. Le propos de ma visite était de voir si tu étais encore disponible pour sortir danser avec moi, demain soir ?

Il en avait terminé, attendait la suite des événements avec son violon encore dans ses mains, les femmes chuchotèrent : qu'est-ce qu'il a dit ? Il m'invite à sortir danser demain, chuchotai-je. Tu dois accepter, chuchotèrent-elles. Je n'ai pas de nounou, chuchotai-je. Je m'en occuperai, chuchota Elena, puis elle se leva et dit à haute voix avec un geste respectueux de la main : elle dansera avec vous demain, peut-on offrir à monsieur un verre de vin ?

C'était la première fois que l'on m'invitait formellement à danser. Devant une telle occasion les bonnes femmes là-haut en Islande auraient dit : il en est enfin arrivé à me vouloir. Les lieux formels pour danser ne se trouvaient cependant pas à tous les coins de rue dans la ville. On dansait dans le sous-sol de La Coupole à Montparnasse mais là venaient en foule les ouvrières, aussi l'endroit n'attirait pas les artistes, nous fîmes cependant quelques tours. Ne dîmes pas grand-chose, étions tous les deux absorbés dans de sombres pensées, sentions la nervosité l'un dans le corps de l'autre. Il dansait lentement mais avec la souplesse et l'habileté d'un chat, regardant tour à tour mes yeux et le pendentif qu'il m'avait offert, celui-ci allait bien avec ma robe étroite foncée, celle sur laquelle Elena et moi étions restées jusqu'à ce qu'il vienne me chercher. Puis il dit après une série de danses : est-ce qu'on ne devrait pas aller dans le café de l'autre côté de la rue se prendre quelque chose ? et j'acceptai bien que je sache que se trouvaient là principalement nos compatriotes. Même si je mourais d'envie de discuter avec eux, leur demander quel temps il faisait et comment était l'année là-bas, je redoutais leurs questions indiscrètes sur ma situation personnelle, je devrais rendre compte de moi et des miens, c'est la coutume des Islandais, et cela ne me plaisait pas en l'état des choses. Mais à mon grand soulagement Dengsi n'avait aucunement l'idée de se mélanger avec d'autres que moi, il trouva une table pour nous loin des compatriotes, nous nous assîmes là côte à côte, laissant nos épaules se toucher. Puis il posa sa main sur ma chaise, tourna son visage vers moi, attendit que je lève la tête et le regarde dans les yeux, que je fasse le ménage devant ma porte comme il l'avait fait, et je fis durer la chose en longueur, craignant que ma biographie n'éteigne l'étincelle qui s'était allumée, ne détruise ce sentiment de félicité qui se répand dans tout le corps en se ramifiant lorsqu'on découvre que l'on est amoureux, ou que l'on croit qu'on l'est. La musique me sauva de la réalité, je lui demandai quelles œuvres il répétait en ce moment sur son violon et je n'avais pas lancé mon filet à la mer pour rien, lorsque les hommes commencent à parler de musique on ne peut plus les arrêter. Mais au milieu de la différenciation des œuvres de Fauré et Ravel qu'il affectionnait particulièrement surgit dans sa tête le doute sur ses propres capacités, l'obstacle de tous les artistes faisant une fois de plus une chevauchée d'inspection sur leurs terres, il dit : probablement serais-je devenu un bon soliste si j'avais eu le temps. Pourquoi n'as-tu pas eu le temps ? demandai-je surprise. Je me suis marié, et à cause de la maladie de ma femme et de son absence l'éducation des enfants m'est revenue, dit-il et il ajouta doucement : ton frère Pétur, mon vieil ami, a dit que la même chose t'est arrivée, il s'est déclaré certain que si tu avais eu le temps tu serais devenue une artiste célèbre. À quel point Pétur avait radoté sur sa sœur je ne le savais pas mais un voile s'était tiré devant le soleil, je demandai quelle heure il était, je devais certainement penser à rentrer à la maison, quoi qu'il en soit nous avions dansé.

J'ai envie de danser avec toi toute la nuit, dit-il.

C'était la formule magique, je me laissai persuader de déambuler avec lui vers la Seine, jamais auparavant je ne m'étais promenée si tard le long du fleuve et le mentionnai, je trouvais étrange de voir les vagabonds se préparer pour la nuit, arranger sur eux couvertures et chiffons, s'étirer et bâiller comme les hommes le font avant de se glisser sous la couette. Tu n'as rien vu de Paris, dit Dengsi. Je n'ai rien vu du monde, dis-je et ce fut alors comme s'il m'apparaissait clairement pour la première fois combien mon pays était isolé.

J'ai vu le monde entier quand je t'ai vue pour la première fois, dit-il.

C'était dehors près des fils à étendre le linge, dis-je émue.

J'étais si fasciné par ta façon de parler et tes gestes, c'était comme si tu avais habité à l'étranger toute ta vie, que tu faisais juste une visite rapide en Islande pour étendre le linge.

Oui, maman disait qu'un sang du Sud coulait dans mes veines, qu'ils étaient passés dans les Fjords de l'Ouest, les hommes des goélettes d'Espagne ou de France, et avaient coloré en rouge sombre le sang clair islandais.

Tu es pourtant si blonde, dit-il pensif.

Ah, tu trouves peut-être que je devrais me teindre les cheveux en noir ? J'y ai souvent pensé, ça m'ennuie tellement quand on me regarde avec des yeux ronds. Ce sont mes tableaux que les gens doivent regarder avec des yeux ronds, pas moi.

Pour l'amour du ciel je te demande de ne pas teindre tes cheveux. Mon fils a teint les siens par mégarde, ils faisaient les imbéciles avec des couleurs, les garçons, et pendant plusieurs mois il a ressemblé à un revenant.

Puis il se mit à parler des lubies de ses enfants, riant tous les deux mots, il était si heureux tandis qu'il les racontait, ses beaux yeux luisaient, il avait toujours eu de si beaux yeux, Dengsi, et je me mis à penser combien cela pourrait être difficile d'arriver à reproduire ses yeux sur la toile, probablement Vigée-Lebrun aurait-elle été la seule qui aurait pu faire cela. Et je pensais combien la peinture des portraits pouvait être difficile et pourquoi son tableau de la comtesse Golovine avait récolté la même célébrité que la Joconde de Léonard de Vinci, car la joie dans les yeux de la comtesse Golovine n'était pas moindre que le voile de mystère dans le sourire de Mona Lisa. Comme il était difficile d'arriver à rendre la vie dans les yeux. Pour cela il fallait une technique particulière. Tous arrivaient à rendre le vide et peut-être le tourment mais rendre la joie était seulement le fait de quelques rares élus. Ou élues. Combien pouvait-il exister de tableaux peints par des femmes, de chefs-d'œuvres que mon regard n'avait jamais caressés ? Je n'avais jamais réussi à rendre la joie quand je dessinais les portraits.

La joie s'était éteinte dans ses yeux lorsqu'il dit : tu n'as aucun intérêt pour ce que je suis en train de te raconter sur mes enfants. Je répondis avec franchise : c'est tout à fait exact, je n'ai jamais eu d'intérêt pour les enfants, ils ont seulement été introduits de force en moi, les pauvres petits. Il dit : c'est pour ça que tu étais si effarouchée avec moi quand je te suivais à Akureyri petit gamin. Mais à quoi t'intéresses-tu ? Tes yeux sont toujours lointains, comme s'ils regardaient par-dessus la banquise.

La banquise entrave encore mon chemin, dis-je, je ne savais pas moi-même de quoi je parlais mais il me

233

revint en mémoire combien la banquise dans le Nord était sans odeur. Le désir de sentir l'odeur de la nature vivante me prit alors. Je me penchai contre Dengsi, laissai ma joue le toucher, bus en moi le parfum de ses tempes, de ses cheveux, il regardait fixement droit devant lui comme en extase.

J'ai faim, murmurai-je.

Moi aussi, dit-il d'une voix rauque, est-ce qu'on ne devrait pas aller chez moi ?

Ne pouvons-nous simplement pas aller au restaurant ? demandai-je.

Lorsqu'il comprit que j'avais faim au sens littéral du terme, il dit en préservant les apparences : allons au marché des Halles prendre une soupe à l'oignon.

Elena m'avait parlé de ce marché sur la rive droite, là fleurissait la vie nocturne de Paris dans son image la plus bigarrée. Là-bas venaient après minuit les agriculteurs avec leurs produits, la viande, les légumes, les fromages, le vin, et commerçants et propriétaires de restaurants venaient remplir leurs fourgons et leurs camionnettes de produits frais pour le lendemain. Incessantes ruées de mains s'élançant pour saisir, cris, appels, rires, étals éclairés débordants en longues rangées, tentes de restauration avec des soupes, du pain, de la bière, et les oiseaux de nuit affluaient, jeunes gens en quête d'aventures, prostituées et entremetteurs, artistes et amoureux qui possédaient la nuit. Tous affamés et assoiffés, c'était moins cher de boire de la bière en attendant que les métros reprennent leur service plutôt que de prendre un taxi pour rentrer chez soi en pleine nuit. Nous mangeâmes en l'aspirant bruyamment notre soupe à l'oignon brûlante avec des prostituées éméchées, vidâmes des verres de bière avec des routiers enveloppés de fumée, rîmes et fîmes les fous avec d'élégantes dames en robe longue et des musiciens en queue-de-pie, j'étais stimulée par l'atmosphère, avais l'impression d'être jeune et libre et c'est pourquoi j'acceptai son invitation à rentrer chez lui au numéro 19 au point du jour pour écouter du violon. Juste un instant, dis-je, trouvant que c'était un tel changement de pouvoir être dehors toute la nuit, et nous nous glissâmes furtivement dans sa petite rue, moi sur la pointe des pieds pour que les claquements des talons ne s'entendent pas et au portail d'entrée de sa maison nous nous embrassâmes vraiment pour la première fois. Pendant qu'il cherchait les clés j'admirai le portail, haut de trois mètres en bois sculpté, peint sur les bords, en haut dans le coin gauche il y avait une image représentant un jeune pâtre qui jouait de la flûte pour son chien et ses brebis. Et lorsque nous nous fûmes glissés sur la pointe des pieds dans sa maison, petite et étroite, puis installés sur le sofa sous une fenêtre que des roses embrassaient à l'extérieur j'enlevai mes chaussures, repliai les jambes sous moi et dis : maintenant le jeune pâtre joue pour son chien. Il déclara qu'il allait jouer quelque chose de calme et beau, comme *La Jeune Fille et la mort* de Schubert, et tandis qu'il jouait en s'appliquant, car il jouait spécialement pour moi disait-il, alors elle mourut enfin la jeune fille qui avait habité en moi depuis que j'avais quitté le Nord-Ouest à quinze ans, obéissante, gentille et sage. Elle eut une mort lente tandis qu'il jouait. Lorsqu'il posa le violon, se mit à caresser mes pieds et à faire jouer ses doigts avec ma robe, je ne fis aucun mouvement de protestation, car j'étais presque en train de devenir une femme libre comme elles disaient chez nous à la campagne. Et puis j'aimais tant l'odeur de sa peau.

Il apparut un jour au beau milieu de chez moi, le propriétaire de la galerie, demandant si j'avais des tableaux prêts pour une exposition. Il fit courir autour de lui un regard scrutateur, demanda où se trouvaient tous les tableaux et je déclarai les conserver ailleurs dans la maison pour que l'enfant n'y touche pas. Comme si Silfá allait jamais toucher à mes tableaux. Ils n'existaient simplement pas. Je n'avais rien pu peindre depuis que la chaleur s'était abattue dans l'été, depuis que Sigmar était venu me chercher, depuis que Dengsi s'était mis à jouer du violon pour moi. Je n'étais pas ce peintre qui tripote la toile jusqu'à ce que quelque chose s'éveille, y aplanit des couleurs dans l'espoir que soudain le soleil se dévoile, la laisse ensuite reposer inachevée des semaines entières la face contre le mur, j'étais le peintre qui voyait les tableaux avant de les commencer, peignait d'une traite, les terminait. Et je n'avais rien vu, de longtemps je n'avais rien vu. Mon esprit n'avait aucun intérêt pour l'art, n'avait pas la moindre envie de peindre. Peut-être étais-je finie. Mais cela je ne voulais pas le dire à Julien, le propriétaire de la galerie, je devais vivre, l'enfant avait besoin de manger, je ne voulais pas rentrer en Islande. Il dit : les gens demandent sans cesse des tableaux de vous, ils voient en eux une certaine originalité et de la force. Bien sûr il ne me complimenta pas lui-même, cela les hommes qui doivent discuter le prix et prendre leur quote-part ne le font pas, mais j'étais flattée qu'il doive faire appel à moi, venir en personne, je demandai en faisant comme si mon sort m'était égal : avez-vous aussi parlé de cela avec Elena ? Il déglutit, il avait beaucoup de salive, Julien, dit qu'il s'intéressait uniquement à mes tableaux, que Romoa ne serait pas de la partie, demanda si nous ne devions pas viser une exposition au printemps ?

Je gardai secrète sa venue auprès d'Elena, je ne voulais pas perdre son amitié.

Elle venait très souvent le soir chez moi quand elle n'avait pas envie d'aller dans les cafés, restait assise avec son verre de vin rouge et parlait sourdement et continuellement des gens qu'elle connaissait ou qu'elle connaissait vaguement pendant que je prenais mon bain.

Je pouvais rester longtemps dans la baignoire avec elle autour de moi, trouvais amusant de l'écouter raconter. Puis un soir elle dit, étirant les jambes, en m'observant attentivement m'essuyer entre les orteils : est-ce que tu as vu les tableaux d'Hélion, les figuratifs avec les femmes, ils me fascinent un peu, je crois que ça pourrait être une empoignade pour moi, quelque chose de semblable, je suis bonne dans les corps, ai de jolies idées, il me manque seulement un modèle, est-ce que je ne peux pas te peindre ? Je n'irai pas me mettre dans des poses indécentes pour toi, Elena, dis-je. Mais est-ce que je pourrais te croquer maintenant pendant que tu t'essuies ? demanda-t-elle et cela je l'acceptai.

Un soir tandis qu'il pleuvait agréablement au-dehors elle devint fort pensive devant le chevalet, elle était en train de me peindre assise de côté, jusqu'à ce qu'elle dise : qu'est-ce que j'aimerais que tu aies les cheveux noirs, les contrastes avec ta peau blanche seraient alors plus forts, fichu problème que tu doives avoir des cheveux d'un blond si clair. Ah ne recommence pas une fois de plus, dis-je, mais si tu veux tu peux les barbouiller de couleur noire. Je dis cela plus pour plaisanter que sérieusement, il y avait de la folâtrerie en moi depuis l'autre jour où Dengsi et moi avions eu un rendez-vous amoureux. Quelques minutes volées car Elena n'avait pas l'endurance pour garder l'enfant plus d'une heure, mais nous avions été si heureux, avions plaisanté et ri après avoir assouvi la passion, son humeur joyeuse était encore dans ma tête, et peut-être à cause de la bonté d'Elena en ce qui concernait l'enfant je lui permis en pouffant de rire et en poussant de petits cris de presser un tube noir sur mes cheveux, et cela se déclencha juste le temps de parler, tous les freins lâchèrent, nous nous mîmes à discuter de notre vie sexuelle et de nos amants avec détermination et franchise. Au même moment où Dengsi et moi nous étions mis à faire voguer nos voiliers de conserve elle avait forcé sur les rames avec Raimo. Le sculpteur finlandais qui ne prononçait jamais le moindre mot n'était pas particulièrement inspirant pour elle d'un point de vue spirituel mais en ce qui concernait le plan physique il était incontestablement le meilleur partenaire au lit sur lequel elle avait réussi à tomber, dit-elle. Comme un ours des bois, bon et doux comme ça, et je vis comment la passion se ramifiait dans son échine. Je demandai alors : tu n'as jamais peur de tomber enceinte, Elena ? Elle dit : je suis si chanceuse de ne pas avoir à m'inquiéter de ça. Puis il y eut un long silence tandis qu'elle peignait et je ne demandai rien de plus, car je n'étais pas habituée à fouiner, et c'est peut-être exactement à cause de cela qu'elle posa son pinceau.

J'avais dix-huit ans quand je me suis mariée avec l'homme que j'avais aimé depuis l'âge de dix ans. Les années passèrent et je ne tombai jamais enceinte. Ils furent innombrables les médecins que j'ai consultés à Lisbonne et tous disaient que je n'avais rien mais le bébé n'arrivait jamais. Un jour, le jour de Noël, en rentrant de la messe, il dit que notre mariage était terminé. Il voulait avoir des enfants. Qu'un mariage était inutile s'il n'y avait pas d'enfants. Il a obtenu le divorce sous ce motif. Les catholiques sont très compréhensifs lorsque l'intérêt de l'homme est en jeu. Six mois après qu'il m'avait jetée dehors il s'était trouvé une autre femme qui tomba aussitôt enceinte. Je suis allée à la campagne chez des parents et m'y suis cachée quelques années. N'allai jamais dans les rassemblements, ne me sentais pas capable de regarder les gens en face, ai essayé deux fois de me suicider, puis j'ai arrêté de manger. Alors que j'étais alitée gravement malade, ne pouvais rien absorber, avais abandonné, mon petit cousin est venu vers moi avec un bloc à dessin et un crayon à la main et a dit : cousine Elena, tu dessines tellement bien, tu veux me dessiner avant de mourir ? Alors je me suis levée et suis entrée aux Beaux-Arts. Mon père m'a toujours soutenue bien qu'il préfère que les femmes ne se mettent pas à peindre mais se marient plutôt et s'occupent de leur foyer mais maintenant il m'a trouvé un bon parti, un riche veuf de vingt ans plus âgé que moi qui souhaite m'épouser pour assurer des relations commerciales avec ma famille. Il a lui-même trois enfants et n'en désire pas plus. Je n'ai pas envie de me marier et m'enfermer dans sa maison comme n'importe quelle autre bonne femme. Mais depuis que c'est arrivé là-bas une année je suis toujours restée au lit le jour de Noël.

Puis elle demanda en retour, comme je m'y étais attendue, si moi je ne craignais alors pas de tomber enceinte ? Je dis : la fertilité va bientôt me tourner le dos heureusement. Ah bon, dit-elle en levant des sourcils étonnés, je croyais que tu étais beaucoup plus jeune. Puis ajouta : je ne comprends pas cette attraction que tu exerces sur les hommes, ils te regardent tous avec des yeux ronds je le vois, pourtant tu n'as pas vraiment d'allure, en fait tu es même un peu masculine bien que tu sois comme ça si petite. Regarde tes épaules !

Bien que la fécondité soit en train de me quitter la couleur noire dans mes cheveux elle ne voulut pas partir, peu importe comment je les frottai et les rinçai. J'avais l'air d'une revenante et finis dans un salon de coiffure. J'en revins avec des cheveux noirs coupés court. Elles pleurèrent, les sœurs, en triturant mes cheveux, « comment a-t-il pu lui venir à l'idée de traiter ainsi ces blonds cheveux d'ange », et Elena leva les bras au ciel, se déclarant prête à faire n'importe quoi pour moi pour compenser les dégâts. Je lui fis garder Silfá afin de pouvoir filer au 19 un court moment dans l'après-midi.

L'amant ne se réjouit pas du changement. Je dis lorsque je vis qu'il n'allait même pas m'embrasser comme il en avait l'habitude : je vais aussi me trouver un béret basque, comme ça j'aurai l'air d'une Française et les gens arrêteront de me dévisager bouche bée. Allez viens, dit-il enfin d'un ton fatigué et nous nous ruâmes simplement l'un sur l'autre. Il n'avait pas de grandes mains chaudes comme certains, ses cajoleries étaient d'un tout autre genre, elles n'éveillaient pas en moi l'excitation et les sentiments qui me rendaient à la fois heureuse et triste, mais je me sentais bien avec lui, savais que nos rencontres n'auraient aucune conséquence, trouvais la vie si libre et divertissante. J'étais une artiste à Paris et j'avais un amant qui jouait du violon. Il me semblait ne pas pouvoir réussir à arriver plus loin sur le chemin de l'existence. Crois-tu que nous pourrions un jour habiter ensemble ? demanda-t-il. Peut-être dans la même maison, dis-je, mais pas au même étage. Il trouva que c'était là un sage avis, « et puis on se retrouvera toujours le soir pour manger ». Et qui devra alors faire la cuisine ? demandai-je méfiante. Je préparerai quelque mixture, dit-il, et puis tu feras la vaisselle. Mon admiration pour lui ne diminua pas avec ces mesures. Et puis il vint faire la cuisine pour Silfá et moi. Joliment habillé, il avait de l'élégance dans ses vêtements, Dengsi, il salua notre concierge chaleureusement, la complimenta sur sa coiffure, puis monta chez nous et mit le tablier. Tu mangeras toute ta nourriture, dit-il à Silfá, sinon je ne jouerai pas pour toi. Elle ingurgita le repas, ne le quittant pas des yeux pendant ce temps, puis il joua pour elle des berceuses islandaises et je fis la vaisselle. Il la prépara pour le coucher, la faisant se tenir debout sur une chaise tandis qu'il lui lavait le visage et les mains, la peigna soigneusement, elle avait les cheveux si sensibles, Silfá, je vis la fragilité dans ses yeux lorsqu'il regarda la petite tête, savais qu'il pensait à ses enfants, puis il la coucha dans le lit, remonta la couette sur elle, tout aussi doucement, lui fit joindre les mains. Je pensai : tous les hommes sont-ils ainsi croyants ? Il récita le Notre-Père, une ligne à la fois, et elle le répéta en l'imitant comme un perroquet. Elle le mangeait des yeux comme s'il était une créature céleste. Puis lorsque l'enfant fut endormie, nous nous installâmes confortablement sur le divan, moi avec mes pieds sur ses cuisses, et discutâmes de musique et d'art en buvant du vin à petites gorgées. Il me dit de ne pas m'inquiéter même si je ne pouvais pas peindre : l'art vient par bouffées, il n'y a aucun moyen d'avoir le contrôle sur lui, c'est lui qui a le contrôle sur nous, nous devons nous en accommoder. Vers minuit il arrangea sa cravate, m'embrassa, rien d'autre n'était permis chez moi, le reste était fait sous son toit, salua poliment la concierge, la complimenta en même temps sur sa robe, puis disparut dans la rue.

La nuit me fut pourtant lourde et sombre. Les idées m'avaient abandonnée, comme si quelqu'un les avait dérobées, je me demandai si Sigmar était le voleur.

Une femme de haute stature feuillette un livre.

Elle se tient loin à l'intérieur dans la librairie d'Yvette. Seule.

Elle m'est familière de vue.

Cheveux courts sous un chapeau, tailleur ajusté, talons hauts, elle a enlevé un de ses gants, la façon dont elle tient celui-ci dans une main avec suffisance éveille des images confuses dans mon esprit. Je ne peux pas me rappeler où j'ai vu cette femme auparavant, je sais pourtant que je dois la connaître.

Yvette me regarde attentive, elle me demande si je me sens mal mais je nie cela, dis simplement que j'ai la tête qui me tourne un peu. Ne quitte pas la femme des yeux. Puis elle bouge, une petite inclination de la tête, la poussière s'envole, disparaît, l'image devient claire.

Tu partiras vers l'art. Il t'a appelée. Ce sera un long voyage et sur ta route se trouveront trolls et embûches.

M'avait dit cette femme il y a de nombreuses années.

C'est madame Guyot, dit Yvette lorsqu'elle voit que je

dévisage celle-ci. Elle est danoise, a épousé un homme d'affaires, l'a perdu ainsi que tous ses biens pendant la guerre mais a réussi avec ténacité et efficacité à s'établir de nouveau et possède avec son fils une fabrique de parfums. Tu as peut-être envie de parler avec elle, c'est une grande amatrice d'art, dois-je te présenter à elle ?

Je croyais qu'elle était devenue vieille, chuchotai-je.

Vieille ? Madame Guyot ? Elle ne sera jamais vieille, elle est une de ces femmes-là. Je la connais peu, elle a étudié les arts plastiques à Copenhague comme toi mais a dû ranger l'art sur une étagère quand elle s'est mariée, avec un Islandais je crois si je me souviens bien, et se tourner vers les ouvrages de dames. Puis elle a connu mon compatriote, a filé à Paris avec lui, a vraisemblablement eu l'intention de peindre mais elle a eu alors son fils et l'art est encore resté suspendu au crochet. Quand elle a eu soixante ans il y a quelques années son fils a voulu lui offrir des couleurs et des pinceaux, il voulait qu'elle se remette à peindre. Mais elle a refusé le cadeau, disant : c'est trop tard. Elle vient régulièrement ici dans notre librairie, ne veux-tu pas que je te présente à elle ?

Non, dis-je, nous allons simplement trouver ces livres dont tu parlais.

Nous nous penchons au-dessus des livres, tournant le dos à la femme. Je suis nerveuse, ai envie de la saluer mais je me sens comme si je ne m'en étais pas assez bien tirée pour le faire. Me sens comme cette jeune fille que j'étais lorsque nous suivions le même chemin, trop timide pour lever les yeux, mais j'entends son pas dans mon dos lorsqu'elle passe devant nous vers la sortie.

J'ai acheté un tableau de toi, petite Karitas.

Dit madame Eugenía.

Si je ne me bagarrais pas avec mes idées noires pendant qu'il faisait plein jour dehors, elles rampaient jusqu'à moi dans l'obscurité de la nuit comme des serpents, mordaient mes pieds lorsque j'avais sommeillé un moment de sorte que je m'éveillai en sursaut avec de sourds battements de cœur, la terreur dans la poitrine, une angoisse rongeante.

Sous la couette je devais serrer fort le petit corps chaud de l'enfant, enserrer dans mes bras le Bien et l'innocence dans l'espoir que le Mal disparaîtrait, mais rien n'y faisait. J'avais peur de la fin, tremblais devant le temps, il était suspendu au-dessus de moi comme une guillotine. J'avais écarté la mort de moi quand elle avait pris mon enfant, n'avais jamais pensé à elle, jamais parlé d'elle, mais elle était maintenant revenue rôder, voulait cette fois me trouver, il me semblait entendre son souffle derrière la porte, et j'eus le clair sentiment, pour la première fois de ma vie j'eus le clair sentiment que la fin arrivait. Dans mon angoisse je pensais aux tableaux encore inachevés, je pensais que je n'arriverais pas à les terminer, et puis ensuite venait la pensée qui mordait le plus fort, que je serais enfermée dans un cercueil dans une terre glacée au milieu de vers et d'asticots, moi qui avais si grande horreur de toutes ces sales bêtes rampantes.

Et je ne trouvais aucune solution, ne voyais aucune issue, me tournais et me retournais dans le lit avec une main sur le cœur jusqu'à ce que je voie la lueur du jour nouveau.

Ce fut un soulagement de pouvoir évoquer mes insomnies dans ma langue maternelle. Dengsi n'avait jamais expérimenté quelque chose de pareil, il dormait toutes ses nuits comme une souche, il déclara cependant pouvoir bien comprendre mes inquiétudes, puis m'assura qu'il serait pris soin de Silfá si je partais rapidement. L'enfant ne m'avait jamais effleuré l'esprit dans ce contexte mais je laissai de côté de le mentionner.

Des faits que je ne pus expliquer suivirent l'angoisse

de la mort. Je m'approvisionnai en charbon et en savon, achetai du tissu pour nous faire des vêtements d'hiver à Silfá et moi, transférai mon argent dans une autre banque qui me semblait plus fiable, restai penchée sur des calculs tard jusque dans la nuit, répartis les dépenses par semaine, j'accumulai toiles, couleurs, pinceaux, spatules, mais la peur restait comme rivée. Les jours dérivaient en rond autour de choses sans valeur, je ne pouvais pas peindre, l'angoisse recouvrait mon esprit comme un fluide visqueux, j'en attribuai la responsabilité à l'enfant, en attribuai la responsabilité à Dengsi. Ses cajoleries m'irritèrent : tu ne t'intéresses à rien d'autre qu'à ce tripotage ? dis-je, tu ne peux pas penser à autre chose ? Il manifesta patience et compréhension devant mon malaise, lissa ma jupe, demanda doucement : à quoi penses-tu, Karitas, qu'est-ce que tu veux ?

Et je dis : je voudrais pouvoir peindre quand j'en ai envie. Ne pas toujours devoir m'occuper des autres. Pouvoir aller et venir quand ça me chante et que personne ne mette son grain de sel dans ma vie. C'est ça que je veux. Ainsi je pourrais évoluer en tant qu'artiste. Avant qu'il soit trop tard.

Personne ne me comprenait mieux que lui, l'artiste, comme il disait, mais lorsque je demandai s'il ne pouvait pas garder l'enfant quand il ne répétait pas ou ne jouait pas il dit : comment le pourrais-je, ma douce Karitas, je dois m'exercer toute la journée si je prétends me faire une place en tant que musicien.

Très bien, dis-je, alors c'est ce que tu vas faire, ficher le camp chez toi pour t'exercer.

Puis-je peut-être finir mon repas ?

Non, prends-le avec toi dans un sac, dis-je.

Il partit sans terminer son repas, fit comme si de rien n'était, revint le lendemain, puis le surlendemain, rien d'autre que la patience, l'urbanité personnalisées me dit la *konsjessa*, mais je restai invisible à la maison. Fus

244

des jours entiers en vagabondage, courus entre musées et galeries, traînai dans les cafés, rendis visite à Yvette, mangeai dans les restaurants, toujours avec l'enfant en remorque. Jusqu'à ce que celle-ci devienne ronchon tracassée et fatiguée, veuille seulement rester à la maison, jouer dans la rue et dans le jardin. Puis il me mit la main dessus un jour sur le banc du jardin : ne me fais pas ça, Karitas, tu sais combien j'ai de l'affection pour toi. Tu ne devrais pas être à la maison en train de t'exercer ? demandai-je. Il soupira seulement, puis dit sans pouvoir s'empêcher de faire jouer ses doigts avec une mèche de mes cheveux, il utilisait beaucoup ses mains, Dengsi : je dois retourner en Écosse maintenant, mes enfants rentrent à la maison pour les vacances de Noël, puis je reviendrai après le jour de l'An et essaierai de t'assister comme je le pourrai, il n'y a pas tellement de concerts prévus alors, mais est-ce que vous ne serez pas Silfá et toi avec Elena pour Noël ? Elena reste au lit ce jour-là, répondis-je, et Silfá n'a aucune idée de ce qu'est Noël.

Mais les trois sœurs françaises eurent une riche idée pour Noël, elles firent les courses, passant la journée à entrer et sortir, tellement de choses à préparer, dirent-elles, l'aînée et la cadette, et la sœur médiane rentra de l'hôpital, affaiblie mais souriante comme d'habitude, et dit : maintenant la petite Silfá mangera chez nous pour Noël et vous pouvez bien sûr venir également mais peut-être pouvons-nous alors l'emmener avec nous à la messe ? Je ne voulus pas dire qu'elles pouvaient tout aussi bien en faire une catholique en ce qui me concernait mais lorsque je vis l'enfant trottiner à leurs côtés je sentis qu'un lourd fardeau m'était enlevé. Je prévoyais des temps meilleurs et parce que la bonté des sœurs avait adouci mon humeur, m'avait apporté l'espoir, je m'enhardis à frapper chez Elena. Par trois fois je frappai à sa porte, elle ne répondit pas. Mais je savais qu'elle était à l'intérieur et criai : Elena, je voulais seulement savoir s'il te manquait des cigarettes ou du vin rouge ? Il ne lui manquait ni l'un ni l'autre, hurla-t-elle en retour et je sus alors que tout allait fort bien pour elle.

L'angoisse de la mort s'éloigna doucement de moi lorsque je me mis à peindre la nuit.

Karitas

Le temps, 1951

Techniques mélangées

Dans la série des tableaux sur le temps, l'esprit, l'angoisse, résonne un nouveau ton dans la carrière de l'artiste. Les formes géométriques ont été totalement effacées. Elle jongle de toutes ses forces avec de fortes couleurs claires, leur fait recouvrir le fond mais arrive à donner en même temps un mouvement fluide sur la surface de l'image avec une impressionnante écriture sombre au pinceau qui rappelle des notes de musique. Avec l'écriture et les oppositions de couleurs c'est comme si une violence étouffée s'évadait de l'infinité de l'espace en brisant ses chaînes et renvoyait l'écho de l'iniquité du temps. Le tableau traduit les sentiments d'une femme qui se tient face à son destin et à sa condition mortelle. Mais à l'opposé de ce que l'on pourrait dire sur nombre de ses collègues, comme van de Velde et plusieurs autres qui expriment dans leurs tableaux isolement et impuissance dans les relations avec autrui, Karitas réussit à attirer le spectateur à elle, lui donner une promesse de joie en présence des hommes. Ses relations avec ses proches amis dans les premiers mois de l'année sont cependant plutôt réduites, elle peint le soir et la nuit pour avoir un temps continu mais sommeille le jour en cachette lorsque l'enfant se trouve chez les sœurs françaises. Son ami du Nord s'occupe cependant de lui apporter du charbon pour qu'elle puisse alimenter le poêle pendant qu'elle travaille et joue pour elle au violon les plus belles œuvres des maîtres afin qu'il lui soit plus aisé de trouver le chemin de la création. Au milieu de la paix qui caractérise un hiver froid bouillonnent des sentiments sur le plan de l'image, une force qui porte en elle à la fois joie et angoisse, la crainte de l'être humain devant le jour de la mort.

L'enfant se réveille en pleine nuit en sanglotant, elle soutient qu'un méchant bonhomme la suivait et voulait la jeter dans un trou.

Je dois poser mes couleurs, me glisser près d'elle sous la couette, la tenir serrée fort contre moi pendant qu'elle se rendort. Le petit corps est rouge de chaleur, nous ne nous sommes pas encore habituées à la douceur du printemps, aux jours de mai ainsi calmes et chauds, à la moiteur qui recouvre l'atelier jusque tard dans la nuit. J'embrasse ses mains potelées brûlantes, pense au printemps froid chez nous en Islande. Verse des larmes quand je me souviens des lumineuses nuits d'été, de l'immensité, je revois l'océan et les montagnes, les cairns solitaires sur la lande de bruyère, entends le courlis cendré pousser son long sifflement ondulé dans le calme profond, le pluvier doré lancer son appel mélancolique, la bécassine des marais chevroter dans l'air, je bride des chevaux dans un pré, chevauche à toute allure en remontant le fjord, suis incapable de travailler à cause du mal du pays.

Dengsi lui comprend le mal du pays, nous pouvons parler sans fin de l'été dans le Nord à Akureyri, oublions le temps en bas sur le quai, sommeillons en haut sur le coteau, ramassons et fourrons dans notre bouche une par une des camarines noires, buvons aux ruisseaux, mais il n'a pas plus d'explication que moi quant aux cauchemars de l'enfant, peut-être était-ce le soleil croissant constamment qui lui allait ainsi si mal. En tout cas ce n'est pas la nourriture, dis-je alors que nous engloutissons les fraises fraîches et parfumées, puis je me rappelle justement combien je pouvais me rendre malade de myrtilles chez nous lorsque je ne savais pas me modérer, et dis à Silfá : c'est mieux que tu prennes seulement du riz au lait maintenant, mon petit agneau, alors peut-être tu dormiras mieux. Nous lui en préparons, y mettons des raisins secs, n'écoutons pas ses ronchonnements, bien sûr elle veut se gaver de fraises comme nous.

Notre repas est appétissant, la nourriture est fraîche, pas de conserves, fraises et autres fruits, œufs, tomates, champignons poêlés dans du beurre, pain et vin rouge, du saucisson pour Dengsi, il le trouve si bon, et puis il va me jouer *Cantabile* de Paganini qu'il répète en ce moment lorsque nous aurons mangé et mis Silfá au lit. Alors la musique est encore dans ma tête quand il s'en va et je réussis mieux à peindre. Soirée moite mais agréable, l'enfant est en tricot de peau, moi en chemisier à manches courtes, Dengsi a retroussé les manches de sa chemise, l'a déboutonnée jusqu'au ventre, et dans la quiétude parvient alors à nos oreilles des grondements de l'étage en dessous, nous entendons la *konsjessa* parler très vite, une voix forte de femme lui répond. On frappe, les visiteurs sont pour moi. J'ouvre la porte, sur le palier se tiennent mes frère et sœur, suants, fatigués, avec deux valises. Ils ont le printemps islandais dans les yeux.

Bjarghildur et Páll.

La brave femme se tient dans leur dos en émoi, indique leurs bagages du doigt : je leur ai dit qu'il n'y avait pas de place chez vous, ils n'ont pas écouté. J'ai tout juste la présence d'esprit de m'écarter afin qu'ils puissent entrer. Bjarghildur porte rapidement les valises à l'intérieur, ferme au nez de la *konsjessa*, me serre énergiquement dans ses bras, Páll prend le relais, disant sur un ton d'excuse : pardonne-nous, ma petite Karitas, de nous ruer ainsi chez toi mais c'est ce qu'a réclamé ta sœur, que nous te fassions la surprise, moi je voulais t'envoyer un mot avant.

Bjarghildur regarde autour d'elle : alors c'est là que tu habites, qu'est-ce que tu as fait à ta tête, tu es toujours aussi abominablement maigre ? Puis elle aperçoit Dengsi et l'enfant qui ne se sont pas fait remarquer, on dirait que les yeux vont lui sortir de la tête. Sílfá la regarde toute raide, se laisse glisser en un clin d'œil de la chaise, grimpe avec frénésie dans les bras de Dengsi et dit épouvantée en mélangeant les deux langues : ze veux pas faire *hestabak*.

Mon frère Páll, la politesse même comme toujours, va vers Dengsi, le salue en français avec une bienséance rare, puis dit bonjour à la petite jeune fille. Il est islandais, dis-je dans un râle. Puis arrive à articuler qui il est, il ne se produit pas d'exclamations de surprise. Les Islandais s'effondrent, « le gamin de Haukur le marchand et de Lynn l'Écossaise ? ». Bjarghildur est meilleure que moi en généalogie. Páll déclare bien se rappeler de lui, « c'est toi qui étais toujours avec notre frère Pétur ». Ma sœur jette à la dérobée des regards suspicieux sur sa chemise déboutonnée, puis me lance un regard acéré, s'attendant à ce que j'explique sa présence en ce lieu mais je me tais. Elle regarde alors avec récrimination la bouteille de vin, puis la nourriture : vous cassez toujours la croûte comme ça ? N'a cependant aucun problème à faire descendre tout cela lorsque j'ai ajouté des assiettes, ils sont affamés tous les deux après un long voyage dont nous recevons les éclaircissements en long et en détail. Bjarghildur n'a jamais eu de problème pour tenir des épîtres aux gens, elle permet cependant à Páll de placer parfois un mot. C'était lui aussi qui avait eu l'idée d'aller à Paris, il avait eu envie d'entendre le français parlé sur place, du fait qu'il essayait tant bien que mal de l'enseigner, il avait juste l'intention de faire un saut et dire bonjour à sa sœur sur le chemin, et Bjarghildur avait alors trouvé tout désigné de se joindre à lui pour le voyage, car il était déconseillé de le laisser s'embarquer tout seul dans pareille entreprise. Cela ruisselle d'elle de façon continue, sévères disputes avec la commission des devises en Islande, la traversée à bord du *Gullfoss* jusqu'à Edimbourg, Páll si malade en mer, elle engloutit la nourriture, gobe l'œuf entier d'un seul coup, elle a encore plus forci de la poitrine et du ventre depuis la dernière fois, a maintenant un double menton, elle a pourtant l'air vigoureuse dans un tailleur de voyage terne, les cheveux courts et épais, et après avoir été secoués dans un bus, avoir pris un ferry pour traverser la Manche et puis un train jusqu'à Paris ils étaient enfin arrivés. Ça avait vraiment été un sacré voyage. Mon frère Páll dit débonnairement que ça lui apprendrait : notre frère Óli se proposait de nous trouver un vol avantageux parce qu'il avait des faveurs auprès de diverses personnes mais Bjarghildur n'a pas voulu, c'était en fait la première fois qu'elle allait dépasser les rochers de la côte et elle voulait absolument prendre le bateau afin de pouvoir dire qu'elle avait navigué. Dit-il en coupant proprement le saucisson et les tomates, il avait toujours été le plus soigné des frères, probablement le plus beau aussi si on allait par là, portant des costumes de goût, la chemise toujours impeccablement rentrée dans le pantalon, le nœud de cravate irréprochable. Il fait plutôt chaud, dit-il, se lève, enlève sa veste, il porte des bretelles et des serre-manches aux coudes, tire sur les plis de son pantalon avant de se rasseoir. J'arrive enfin à en placer une : quelles sont les nouvelles de chez nous ? Bjarghildur se précipite : bah c'est toujours la même chose, Hámundur et moi nous sommes acheté un magnifique appartement à l'étage dans le quartier des Hlíðar, nous devons bien évidemment habiter en ville l'hiver à cause de sa fonction de député au Parlement, et nous sommes maintenant bien installés, avec tous les nouveaux appareils électroménagers, j'ai justement acheté un aspirateur Hoover la semaine dernière, et puis je suis bien sûr entrée là aussi dans le chœur de l'église et malgré mes importantes tâches en tant que femme de

252

parlementaire j'ai tout nouvellement pris la présidence de l'association des ouvrages de dames, quant aux enfants tout va pour le mieux, Halldóra conduit une belle ferme dans le Nord, elle a près de cent chevaux si ce n'est plus, la petite Rán profite bien, elle est un peu plus robuste que ta petite-fille du fait qu'elle court au bon air de la campagne islandaise tous les jours et a assez de viande et de lait, ah oui et notre fils Reiðar va terminer l'école primaire ce printemps, puis partira chez sa sœur cet été car il est totalement indispensable pour les foins, je ne me rappelle rien d'autre dans l'instant. Je me tourne vers Páll : as-tu eu quelques nouvelles de mes garçons, de maman, de nos frères ? Ils vont tous fort bien, répond Bjarghildur impatiente, mais bon sang on dirait qu'il y a une sacrée pauvreté à Paris, on le voit rien qu'à l'allure des gens, il règne peut-être une grande ivrognerie ici ? Páll change de couleur : les Français sont juste en train de se rétablir après une longue guerre, Bjarghildur, c'est pour ça qu'ils ne sont peut-être pas tous en habits du dimanche, et aucune nation n'est aussi cultivée que la nation française, cela il te reste encore à le voir, même si tu ne passes que quelques jours ici.

Je me demande où ils ont prévu de dormir. Eux se demandent manifestement quelle est la situation en la demeure, qui dort où et chez qui, Bjarghildur fait courir autour d'elle un regard scrutateur, levant haut les sourcils à chaque fois qu'elle pose les yeux sur nous, Dengsi et moi. Dans mon estomac se met à gargouiller un petit ruisseau trouble, je fixe mon assiette, concentre mon regard sur la tomate rouge, y plante vivement ma four-chette si bien que le jus en gicle, entends Dengsi avaler sa respiration. Il débrouille la situation avec habileté : si vous ne vous êtes pas déjà trouvé un hébergement je peux vous indiquer un bon hôtel à deux pas de chez moi. Bjarghildur prend un air indigné, dit que c'est dur de devoir dépenser pour un hôtel quand sa sœur habite

253

l'endroit. Páll dit d'une voix ferme et lente : bien sûr que nous irons à l'hôtel, Bjarghildur. Bien, alors tu le paieras, dit-elle d'un ton bourru. Dengsi frappe encore le fer pour moi : vous êtes les bienvenus si vous désirez faire le chemin avec moi, je suis de toute façon sur le point de partir, Karitas doit coucher l'enfant afin de pouvoir se mettre à peindre. Au fait, dit Páll, comment va la peinture, chère sœur ? Ça va bien, répond Dengsi pour moi, il se lève et dépose l'enfant au sol, elle a l'intention de tenir une exposition en juin. Bjarghildur change promptement de sujet de conversation pour l'assistance en faisant signe du doigt à l'enfant de venir vers elle : laisse-moi te voir un peu, petite. Silfá disparaît sous le lit en rampant. Ah, c'est donc ainsi qu'est l'éducation dans cette maison, dit ma sœur.

Páll regarde les tableaux qui sont posés debout, pas encore secs, penche la tête de côté, a du mal à s'exprimer, puis dit enfin : oui, jolies couleurs. Cela s'appelle assurément de l'abstraction lyrique, explique Dengsi. Ajoutant d'un ton badin : en tant que musicien je perçois la musique dans les tableaux et j'espère bien sûr que le jeu de mon violon a stimulé l'artiste. Ah bon, tu es violoniste ? disent-ils d'une seule voix, le fixant des yeux bouche bée en tournant toute leur attention vers lui. Ils sont impressionnés par la chose. Bjarghildur lui parle de son travail au sein du chœur de l'église chez elle, Páll dit avec quelques humhum qu'il a juste un peu tapoté le piano pour s'amuser, ils s'oublient dans une discussion sur les chansons, ne se souvenant strictement pas de mes tableaux qui les regardent fixement depuis le coin, silencieux, humbles.

Ils partent tous, avec les valises et le violon, les fortes intonations de ma sœur descendent le long de l'escalier, résonnent encore alors qu'elle est arrivée dans la rue.

Bjarghildur est partie, tu peux sortir de dessous le lit, dis-je à l'enfant.

La pensée du désagrément dont la venue de mes frère et sœur pouvait s'accompagner me bouleversa après qu'ils furent partis, je fis rageusement les cent pas dans mon atelier, ne pus travailler, j'avais pourtant à terminer un tableau pour l'exposition, est-ce qu'il me fallait maintenant tourner autour d'eux, me traîner avec eux jusqu'en haut de la tour Eiffel, cuisiner pour eux, leur offrir du café tout au long de la sainte journée, peut-être laver leurs chaussettes ? Si je connaissais bien Bjarghildur elle me contraindrait aux travaux domestiques, si ce n'est de gré alors de force, elle n'avait jamais supporté les femmes qui laissent l'art passer devant les sacro-saintes tâches obligatoires. J'étais perplexe lorsque je m'allongeai enfin plus tard dans la nuit pour me reposer et essayai de fermer les yeux avec force, il se passa à peine plus de quelques instants avant que l'angoisse ne referme ses mains crochues sur mon cœur. J'avais terriblement peur que Bjarghildur réussisse par l'un ou l'autre moyen à m'empoisonner la vie, une fois de plus, si grande était ma crainte du lendemain que je me glissai auprès de l'enfant, la serrai contre moi, elle posa son petit bras autour de mon cou, n'étant pas moins que moi en proie à la peur bien qu'elle soit endormie et nous restâmes couchées là recroquevillées ensemble, tremblant devant la terreur du Nord, ma sœur.

Nous ne les vîmes pas de tout le jour suivant, et j'avais presque du remords de ne pas leur avoir proposé de les guider dans la ville, la façon si distante dont je les avais reçus n'était pas bonne pour ma réputation au pays, maman ne serait pas contente si elle entendait pareille chose, j'étais redevenue nerveuse au fond de moi, étais en train de me demander si Dengsi les avait emmenés peut-être faire un tour, au restaurant même, Bjarghildur avait toujours faim. Alors apparut mon frère, tout seul, il faisait sa promenade du soir.

Que c'est bon par ailleurs de marcher dehors le soir sans avoir la brise froide comme chez nous. Ta sœur a demandé de te donner le bonjour, elle n'a plus de pieds après avoir tant marché, elle a des plaies aux talons et des ampoules, ne se sentait pas de sortir. Nous sommes montés à la tour Eiffel et passés dans la moindre église qui se trouvait sur notre chemin. C'était pour elle une affaire capitale d'arriver à entrer dans toutes les églises, elle a été subjuguée par l'église de la Madeleine mais il se peut que ce soit parce qu'elle y a été photographiée de dos et de face. Elle avait mis son costume traditionnel islandais, elle avait entendu qu'il faisait tellement d'effet à l'étranger et voulait aussi être bien habillée à cause des visites d'églises. Pour ça, les gens l'ont véritablement remarquée, de fait ils n'avaient jamais vu pareil habit auparavant.

Il croisa les jambes, s'alluma une pipe, fuma tranquillement tout en considérant mes tableaux : abstraction lyrique, dis-tu, est-ce ainsi qu'on peint à Paris maintenant ? Je dis : ici à Paris on peint de façon différente, Wols, Hartung et plusieurs autres ont produit les premières œuvres dans cet esprit il y a quatre ans, ils étaient reliés à l'art informel, quelques-uns d'entre eux, et maintenant c'est de la géométrie, je m'y suis quelque peu essayée aussi. Mon amie Elena tangue entre abstraction et figuratif, et puis il se passe beaucoup de choses même si certains disent que tout se passe en Amérique maintenant. Je serais probablement partie vers l'ouest si je ne devais pas faire la traversée avec l'enfant. Páll dit : les enfants se sentent bien partout s'ils sont simplement chez ceux qui leur sont les plus chers. Il tira tranquillement quelques bouffées de sa pipe comme s'il n'était pas pressé, aussi je me retournai vers le tableau sur le chevalet, arrangeai la couleur dans le coin droit, je n'en étais pas assez satisfaite, et il me demanda si je rêvais de devenir célèbre. Je restai interdite, je n'avais jamais eu à répondre à cette question avant, ne me l'étais jamais posée non plus. Après réflexion je dis que j'en avais eu envie pour la première fois après que j'étais rentrée de mes études à Copenhague, puis que l'art et l'ambition s'étaient noyés dans les lessives de couches. Que plus tard, lorsque j'étais sur le glacier, j'avais découvert que sommeillait encore en moi ce désir mais que lorsque je m'étais retrouvée seule et n'avais eu besoin de penser à personne d'autre que moi-même, avais pu peindre comme il me plaisait, j'avais oublié la célébrité, seulement ressenti la jouissance qui se dissimulait dans la création. Qu'ici à Paris tous les artistes avaient l'impression d'être célèbres parce qu'on les traitait comme tels. Qu'ici les artistes étaient reconnus et que c'est pour cela que je m'y sentais si bien, que j'étais en train de penser à m'y installer, mettre l'enfant dans une école française, elle aurait alors plus de chances de devenir artiste quand elle serait grande. Páll dit : es-tu sûre qu'elle veuille devenir artiste ? Tout le monde ne veut-il pas devenir artiste ? répondis-je surprise, j'eus cependant l'esprit de ne pas ajouter, à cause de lui, que je trouvais que toutes les occupations autres que celle de peindre étaient vaines. Moi je n'avais pas envie de devenir artiste, dit Páll, mais ce que les hommes désirent tout jeunes reste en eux toute leur vie. Depuis que je suis entré à l'école à Akureyri, tendre adolescent, je rêvais de devenir comme eux, les professeurs, dit-il. S'ils ne transmettaient pas le sujet assez clairement je m'imaginais comment je ferais si j'étais à leur place. Je dis : ça je ne le savais pas, Páll, je n'avais pas la moindre idée de ce que tu pensais dans ces années-là ! Ça n'a rien d'étrange, dit-il en me regardant profondément dans les yeux, tu étais toujours dans ton propre monde imaginaire, même quand tu étais des plus joyeuse tu nous regardais, nous autres, d'un regard lointain.

J'avais entendu quelque chose de similaire auparavant, je dus m'asseoir un peu. Peut-être pour compenser mon indifférence passée je gazouillai : et es-tu un bon professeur, mon petit Páll ? Oui, répondit-il souriant, je suis la crème des professeurs ! Je ne doutais pas de ses mots, ainsi posé, poli, soigné avec une coupe d'intellectuel, c'était l'homme que les élèves voulaient avoir devant eux, et puis je ne pus m'en empêcher, j'éprouvais probablement de l'intérêt après tout, je demandai : et pourquoi un homme tel que toi ne s'est-il jamais marié ? J'ai manqué la bonne, dit-il. Vers vingt-cinq ans je suis tombé amoureux d'une fille de Reykjavík qui était jolie, drôle et heureuse de vivre mais elle avait deux enfants qu'elle avait eus avant vingt ans aussi mes amis me déconseillèrent fermement de la prendre. Et je les ai écoutés, je n'ai pas suivi mon propre jugement, ne l'ai pas demandée et suis parti dans le Nord avec maman. J'ai ressenti un malaise toute cette année-là puis maman a finalement demandé à quoi c'était dû, je lui ai raconté la chose comme elle était, alors elle a dit : mon Páll chéri, ça n'a aucune importance qu'elle ait eu dix enfants avant. Alors j'ai foncé vers le Sud, suis arrivé en ville par un beau dimanche, suis allé chez sa sœur, je savais qu'elle avait habité chez elle avec les enfants, mais sa sœur m'a dit alors : mon cher Páll, elle vient juste de se marier aujourd'hui. Je l'avais perdue dans les bras d'un homme qui était plus mûr que moi. C'est maintenant une élégante dame à Reykjavík qui rit beaucoup mais moi je la pleure encore, uniquement quand la neige écume dehors, soufflée par le vent les sombres soirées d'hiver. Aucune autre femme n'a éveillé en moi des sentiments semblables. Mais la sexualité s'engourdit quand on ne la pratique pas. Oh je rencontre souvent des femmes quand je vais en excursions naturalistes l'été, me permets quelques familiarités avec elles, mais je ne veux aucune d'elles chez moi.

Mince alors, dis-je désolée, je n'avais pas su cela

sur Páll, ou peut-être pas demandé, mais fus cependant capable de lui demander en toute sincérité s'il ne se sentait pas alors souvent seul ainsi sans épouse ? Et toi, ne te sens-tu pas seule ? demanda-t-il en retour. Je dis qu'avec moi cela n'avait vraiment rien à voir, que je devais vivre seule pour pouvoir peindre et qu'à dire vrai je me sentais mieux ainsi. C'est le cas pour moi aussi, dit-il, je me sens bien avec mes livres, mes cartes géographiques, mes timbres, ma collection de disques, mon tour et mes outils à travailler le bois, et puis je vais à des tournois d'échecs, des réunions et en voyage quand j'en ai envie, et j'ai aussi cette magnifique vue sur la baie de Pollur depuis ma maison à Akureyri. Je ne suis pas sûr que je voudrais avoir autour de moi une femme agitant bruyamment ses casseroles, de toute façon je ne suis pas un gros mangeur, je vais manger le gigot rôti chez maman le dimanche et ça me suffit. Mais qu'est-ce qu'elles sont belles les couleurs dans tes tableaux, il y a malgré tout comme une insurrection en elles que je ne saisis pas.

Je suis encore en train d'essayer de me débarrasser des chaînes de la forme, dis-je. Quand j'étais jeune je voulais tant aller à Rome pour étudier les tableaux des peintres futuristes, voir le chaos dans leurs peintures, mais je n'y suis jamais arrivée, et bien que j'aie perdu maintenant l'intérêt pour ceux-ci, sommeille encore en moi une certaine folie que je n'arrive pas à gérer. Peut-être que je n'utilise pas le bon matériau.

Peut-être dois-tu accéder à un environnement plus sauvage, dit Páll en se levant avec sa pipe froide. Mais il y a autre chose que j'avais envie de te demander, chère sœur. Pourrais-tu un peu t'occuper de Bjarghildur demain pour que j'arrive à aller en paix dans les librairies ?

Je ne pouvais pas refuser cela à mon frère bien qu'il s'agisse d'une grande requête.

Nous avions le cœur léger Páll et moi lorsque nous

nous dîmes au revoir, nous restâmes longtemps devant la porte en bas de chez moi, il avait encore eu à me parler de mes fils et de mes frères, rien de neuf, dit-il, d'autant qu'il savait, et allait me dire quelque chose sur Sumarliði lorsqu'un bruit de pas se fit entendre sur le trottoir, claquements décidés. Elena apparut. J'aurais pu donner ma tête à couper qu'elle rentrait de coucherie, la démarche ondulante, les lèvres rouges, boutons défaits, les cheveux libres, elle nous lança un bonsoir et regarda Páll, surprise. Il porta avec hâte la main à son front comme s'il allait se découvrir, puis se rappela qu'il n'avait pas apporté de chapeau à Paris et passa à la place une main tremblante dans ses cheveux. Je les présentai, lui dis que c'était mon frère, elle le considéra calmement comme si elle était en train d'examiner si l'affaire la tentait. Sous un tel jaugeage Páll changea de couleur, il était comme suspendu à un fil, son calme posé totalement envolé. Elena rit et dit : eh bien, Karitas, tu as tellement de frères !

Il était près de midi lorsque Bjarghildur arriva en boitant chez moi. Tu as bien dormi ? demandai-je et elle déclara n'avoir pu fermer l'œil dans cette moiteur, « il me manque seulement l'air digne de ce nom de la campagne islandaise, c'est une véritable abomination l'air d'ici, je ne me comprends pas de m'être embarquée là-dedans avec Páll, je l'ai fait simplement parce que ça me fendait le cœur de le voir comme ça tout seul. Ce n'est bien sûr pas normal qu'il n'ait pas trouvé une femme, je me demande s'il n'est pas inverti après tout, c'est bien ce que je pourrais me dire. » Je déclarai vraiment ne pas croire qu'il l'était. Qu'est-ce que tu en sais ? dit-elle de mauvaise humeur, toujours plus ou moins en vagabondage et c'est comment pour toi, est-ce que tu as un problème avec les hommes, qu'est-ce qu'il y a entre Dengsi et toi ? Je la regardai dans les yeux, dis calmement que nous n'avions aucun problème, qu'il était simplement mon amant. Ma déclaration eut l'effet que j'avais espéré, elle avala sa respiration, dut s'asseoir, dit qu'elle avait la tête qui tournait. Je n'ai pas pris de petit déjeuner, dit-elle, ces gens là-bas à l'hôtel ne peuvent pas donner à manger à un individu après dix heures. Ils te ferment tout simplement la cuisine sous le nez.

Je tablai sur le fait que sa mauvaise humeur était due à la faim, Bjarghildur n'avait jamais été portée aux grands discours le ventre vide, lui demandai si nous ne devions pas descendre tranquillement la rue d'à côté et nous prendre un déjeuner dans un bon petit restaurant. Elle ne prit pas mal la chose, il fallait par ailleurs tirer Silfá hors de la maison. Celle-ci ne prêta aucune attention à ma sœur et prit un air boudeur. Bjarghildur fit comme si l'enfant ne la concernait pas mais ne dit pas grand-chose en chemin, j'avais l'impression qu'elle était en train d'accumuler des informations dans son jabot comme la perdrix des neiges des graines de bruyère, de concocter une prédication qui serait déclamée à la foule plus tard, elle était silencieuse lorsque nous entrâmes dans la joyeuse salle de restaurant de Pierre. Nous étions parmi les premiers convives, les habitués étaient installés au bar comme à l'accoutumée, et c'est pourquoi nous eûmes une bonne table près de la fenêtre. Le serveur, un jeune homme avenant qui plaisantait souvent avec les enfants, se pencha lorsqu'il vit la moue boudeuse de Silfá et dit : oh la la, ce qu'elle est triste, la petite demoiselle, aujourd'hui. Il imita son expression et fit une grimace en fer à cheval jusqu'à ce qu'elle n'y tienne plus, elle se mit à rire et à bavarder avec lui. Bjarghildur était assise avec un air hautain tandis qu'ils conversaient et lorsque je dis que le serveur voulait savoir ce qu'il pouvait lui apporter elle aboya : café ! Comme elle ne comprenait pas un mot du menu je dus lui dire ce qui était proposé, m'appliquant autant que je pouvais à la traduction, mais elle tapota du bout des doigts sur la table et demanda si je ne pouvais pas simplement commander de la viande en sauce. Elle ne leva jamais les yeux sur le serveur mais me demanda lorsqu'il fut parti si c'était mon habitude de conter fleurette à tous les hommes qui s'approchaient de moi. Tu as été beaucoup trop affable, ce n'est qu'un serveur, dit-elle. Je n'eus pas envie de lui expliquer qu'en France les bonnes manières étaient d'usage mais l'épouse de parlementaire s'était maintenant ressaisie, prête à son discours.

Ça me désole de devoir toujours constater ton dénuement. Tu as cinquante ans, et tu es encore seule et démunie de tout, dois vivre d'expédients avec quelque gribouillage dans un entrepôt mal chauffé. Avec un enfant sur le bras. Qui radote seulement en français et mange des fraises au lieu d'avoir de la viande et du poisson comme les enfants islandais en bonne santé. Et tu as par-dessus le marché installé un homme chez toi, toi, une femme mariée ! Je ne vais même pas mentionner tes cheveux ni ton allure mais à quoi diable de bon sang est-ce que tu penses, Karitas, est-ce que tu es en train de perdre l'esprit une fois de plus ?

Oui, je deviens régulièrement folle, ma bonne Bjarghildur, répondis-je d'une voix vigoureuse, mais tu sais quoi, Sigmar a eu une petite fille avec une Italienne. Elle s'appelle Nicoletta. C'est pour ça que je me suis pris un amant, afin d'équilibrer la balance.

Avec les précédentes relations entre mon mari et Bjarghildur à l'esprit, je m'attendais à une attitude triomphante de ma sœur à l'égard de son beau-frère, « je t'avais bien dit quel genre d'homme c'était », et ainsi de suite mais à mon étonnement elle resta comme pétrifiée. Je semblais avoir fait tomber toutes les armes de ses mains, toute sa vigueur de conversation était envolée, elle était véritablement effondrée devant la conduite de mon mari, elle avait légèrement rougi sur la gorge. Nous mangeâmes notre repas en silence jusqu'à ce que je lui demande comment elle trouvait d'habiter à Reykjavík. Elle dit que la ville était bien entendu dépravée et mal en point après la présence des soldats étrangers pendant les années de guerre et que le pire était que ces démons étaient revenus dans le but de protéger le pays, comme s'il fallait maintenant protéger les vigoureux Islandais de quelconques étrangers, elle n'avait simplement jamais entendu pareille absurdité, mais qu'elle tenait par contre un foyer exemplaire dans la ville, pas moins qu'elle ne l'avait fait dans le Nord, qu'elle avait maintenant deux femmes pour ses travaux domestiques, Helga et Ásta, que je devais les connaître, certes allant sur leur soixantaine et devenues lentes mais qu'elles étaient une assistance inestimable lors des tenues de banquets et ce genre de choses avec leur longue expérience, qu'elles habitaient à l'étage sous le toit. Je demandai alors : comment va ma fille, Halldóra ?

Puis-je avoir un verre de lait ? demanda-t-elle solennellement au serveur en islandais. Je traduisis en toute hâte, le serveur ouvrit de grands yeux ronds. Le verre arriva sur la table, Bjarghildur but à petites gorgées puis plissa les yeux : Halldóra s'épanouit à merveille dans sa campagne avec ses chevaux, son mari et son enfant. Elle a reçu la meilleure éducation qu'il soit possible et peu de filles ont reçu autant de soins, de démonstrations de tendresse et j'ai presque envie de dire d'adulation de la part de leurs parents qu'elle en a reçu. Mais pourquoi dis-tu « ma fille », n'est-ce pas moi qui l'ai élevée depuis la naissance, n'est-elle pas ma fille ?

Les liens du sang sont forts, dis-je.

En effet, dit-elle en posant les yeux très lentement sur ma petite-fille.

La veille de leur départ surgit dans la conversation l'idée que nous les Islandais mangions ensemble le dernier repas du soir, la Cène, dit Páll mais Bjarghildur ne le trouva pas drôle. Elle suggéra que nous préparions quelque chose de bon chez moi, « dans ton entrepôt », et lorsque je déclinai l'idée de faire toute cuisine elle déclara bien pouvoir prendre en charge la préparation du repas, étant une fameuse cuisinière, d'autant plus que ce serait aussi beaucoup moins cher, « toujours une véritable usure dans ces restaurants français ». Je comprends bien que tu sois un peu juste pour manger au restaurant, dis-je, me rappelant ce qu'elle avait marmonné sur la note lorsque nous avions mangé ensemble, mais je n'ai pas envie d'avoir un nuage de cuisson chez moi à cause des tableaux. La vapeur les maltraite. Que je sois un peu juste ? répéta-t-elle en me singeant, on n'a jamais vivoté chez moi comme chez certains, j'ai assez d'argent. Alors nous mangerons au Moulin-Vert, dis-je en traduisant le nom en islandais. Non, ma chère, hennit-elle en ricanant, je n'irai pas dans ce lieu de danse et de prostitution. Ma bonne Bjarghildur, ça c'est le Moulin Rouge, nous nous irons au Vert, dit Páll. Puis il demanda : crois-tu que ton amie du Portugal n'aurait pas aussi envie de venir ?

Puis nous descendîmes la rue lorsque le soir tomba, tout le cortège, Páll en costume clair, Dengsi en foncé, avec dame Bjarghildur entre eux en costume traditionnel islandais, Elena et moi à leur suite. L'accoutrement de ma sœur, surtout la coiffe à gland, m'avait déconcertée, j'eus du mal à reprendre ma respiration quand elle apparut mais elle considéra ma réaction comme de l'admiration car elle avait oublié depuis longtemps que j'avais toujours, comme notre défunte sœur Halldóra, trouvé que le costume national donnait un air de vieille bonne femme. Aussi avais-je espéré qu'Elena arriverait dans une de ses robes étroites décolletées pour faire contrepoids avec cette islandaise bienséance empruntée mais à ma consternation elle fit son entrée dans la soirée vêtue d'une sage robe noire, elle avait même réduit le rouge sur ses lèvres.

Quelque chose se débattait dans la tête d'Elena, elle n'était pas comme elle était habituellement ces derniers jours, mais elle avait cependant veillé à ce que la sœur médiane garde Silfá ce qui était un exploit en soi, les sœurs françaises n'avaient pas pour habitude de garder l'enfant le soir. C'était une de ces bien rares fois où j'étais dehors en soirée dans Paris, la ville de la joie, moi, l'artiste. Et pendant que je déambulais derrière eux je me mis à me demander si ce n'était peut-être pas le début des visites des membres de la famille islandaise, s'il n'y aurait jamais un moment de paix avec eux. Cette pensée m'angoissa, cela m'enlèverait du temps. Malgré tout j'aimais bien regarder les miens marcher d'un pas lourd devant moi.

C'est naturellement une société tout à fait grossière cette société française, pensez au libertinage, à la boisson et à cette habitude de fumer, dit Bjarghildur lorsque la bouteille de vin fut posée sur la table et qu'Elena s'alluma encore une cigarette. Mais alors que Dengsi allait verser du vin à ma sœur elle dit : non mon chou, je ne bois pas une telle mixture, faites-moi plutôt porter du whisky si vous voulez absolument que je boive en votre compagnie. Elle sirota celui-ci le dos raide comme un cierge sur sa chaise, regardant autour d'elle pour voir ceux qui la regardaient, élevant la voix si des hommes étaient assez impudents pour ne pas lui accorder d'attention mais par bonheur elle était la seule femme blonde dans la salle, de surcroît plus grande et plus imposante que toutes les autres femmes en présence, sans parler du costume théâtral, si bien qu'elle récolta des regards qui firent rougir ses joues et adoucirent son humeur. L'amour chatouillait les hommes, Dengsi me regardait avec des yeux brûlants, Páll suçotait sa pipe avec avidité, le regard rivé sur les mains d'Elena, il n'avait pas le courage de la regarder en face à cause de sa timidité mais tout son comportement indiquait que Cupidon lui avait décoché une flèche dans le cœur. Ce n'était pas la première fois que des hommes étaient subjugués par Elena, elle connaissait peu d'autres choses que l'admiration, mais envers Páll, qui devait passer à ses yeux pour un homme respectable et plus âgé, elle montrait une indulgence et une politesse rares.

À mesure que le repas avançait et alors que nous avions mangé le deuxième plat de cinq, les talents de ma sœur se firent jour, les hommes commencèrent à comprendre pourquoi la présidence lui avait souvent échu, elle savait être le centre de la compagnie. Dans cette excellente humeur elle se mit à parler de ses vieux collègues dans son district, d'incidents drôles, imitant les uns et les autres d'une telle façon que nous pleurâmes de rire, même Elena qui recevait la traduction après coup rit chaleureusement des événements. La gaieté encouragea la foule à plus d'exploits, Páll s'enhardit à adresser la parole à Elena entre les scènes, et lorsque le serveur arriva avec le troisième plat à plaisanter avec ces gens enjoués, Bjarghildur sortit vivement son passeport de son sac à main et le brandit devant le visage de celui-ci en disant : Ísland, Islande ! Probablement pour lui proclamer d'où elle venait, afin que son service ne décline pas avec elle. Au moment où le dessert arriva sur la table on commença à jouer du piano, aussi la conversation se porta comme d'elle-même sur la musique et sur le violoniste à la table qui pouvait jouer de quelque instrument que ce soit, et mes frère et sœur voulurent tout savoir sur son art, on aurait dit que Bjarghildur allait le dévorer, « toujours eu un faible pour de tels musiciens », et peut-être justement à cause de son insistance acharnée Dengsi changea de vitesse et se mit à parler de notre victoire, celle d'Elena et moi, dans l'art pictural. Ta sœur est en train de devenir un nom connu parmi les amateurs d'art ici dans la ville, ils se sont arraché ses œuvres lorsqu'elle a exposé la dernière fois et attendent la prochaine exposition, dit-il en s'attendant apparemment à une exclamation d'allégresse de la part de Bjarghildur, enthousiaste comme elle l'était, mais au lieu de cela la joie s'atténua quelque peu à la table. Bjarghildur ne fut pas impressionnée, quelques rougeurs apparurent sur son cou, sa poitrine au-dessus du laçage d'argent filigrané du corset se souleva rapidement, elle se commanda un autre whisky. Caressa la main de Dengsi lorsqu'elle l'eut énergiquement lampé et demanda s'il ne jouait pas aussi du piano ? Il déclara ma foi qu'il le pensait. Et s'il ne connaissait pas quelques rengaines, islandaises et étrangères ? Il déclara que ma foi il le pensait aussi, et avec cela commença le concert.

Bjarghildur tira Dengsi contre sa volonté au piano, ramena à sa place celui qui s'y trouvait avant, consulta un instant l'accompagnateur, puis éleva sa voix, souriante et décontractée comme une chanteuse de jazz américaine. Elle n'économisa pas son organe, chanta des succès qui avaient été populaires pendant les années d'occupation, elle les connaissait par cœur en anglais, une langue que je savais qu'elle ne parlait pas, et la salle suivit, écoutant avec attention cette souriante walkyrie aux cheveux blonds, je chuchotai navrée à Elena : ce n'est pas de ma faute. Mais je n'eus pas à avoir honte de ma parenté, les gens applaudirent à tout rompre et elle entama une deuxième chanson, puis la troisième, elle fut bissée plusieurs fois. Plus tard lorsque le serveur arriva avec la note ma sœur dit : je paye tout le bataclan, j'ai assez d'argent.

Ce fut le soir où ma sœur tint un récital pour moi à Paris.

Elle était venue, avait vu, et elle avait vaincu.

Le soleil du soir peint de jaune doré le haut des maisons, laissant le bas dans l'ombre, se glisse sournoisement entre elles, plonge dans le jardin de l'autre côté de la rue, arrivant à réchauffer un banc.

Elena est assise seule dans le rayon.

Est assise de biais, un bras étiré, le laissant reposer sur le dos du banc.

Je la regarde un moment de ma fenêtre, vois un angle intéressant, vais chercher mon bloc à dessin. Suis bien avancée dans mon esquisse d'elle lorsque je vois que quelque chose ne va pas en elle, on ne reste pas assis ainsi longtemps dans la même position, c'est comme si elle ne pouvait pas bouger. Je dis à Silfá qui est lavée et préparée pour la nuit que je vais juste faire un saut de l'autre côté de la rue voir Elena, qu'elle n'a qu'à attendre à la fenêtre, nous regarder pendant que nous discutons.

Je me tiens debout devant elle dans le rayon de soleil, lui dis : tu es en train de prendre l'air, je vois.

Suis assise au soleil ce soir, serai couchée dans un cercueil demain, répond-elle en souriant comme si rien n'était plus naturel que de mourir au matin. Est-ce que c'est maintenant l'angoisse de la mort aussi qui te torture ? demandai-je en ricanant, presque contente qu'elle ressente enfin la même chose que moi.

Je vais me faire avorter demain matin, ce n'est pas sûr que je m'en sorte.

Je me sens mal, tombe sur le banc à côté d'elle, prends sa main, la caresse en plein désarroi. Elle me regarde dans les yeux : crois-tu ça, que j'aie pu tomber enceinte du Finlandais, moi, la personne qui était censée ne pas pouvoir avoir d'enfant ? Tu comprends ce qui se passe ? Moi qui me suis couchée sous mon mari mille nuits sans résultat, moi qui ai eu tous les meilleurs amants de Paris, je couche quelques nuits avec un Finlandais qui ne dit jamais un mot et il arrive à catapulter la vie en moi sans le moindre effort. Comme un sous-marin qui envoie une torpille.

Quelle extrême force il y a chez ces gens-là, dis-je sans savoir tout à fait où je me situe dans l'histoire. Arrive cependant à me raccrocher au fil, dis : mais vous ne pourriez pas simplement avoir l'enfant et vous marier, oui même s'il ne parle pas beaucoup ?

Il est marié, père de cinq enfants, tu ne savais pas ? Et puis il y a autre chose, chère blanche amie, il y a en vigueur d'autres règles de mœurs pour les mères célibataires au Portugal que dans ton petit pays du Nord. Je serais répudiée, mon père arrêterait de me soutenir, ma mère détournerait la tête de honte si on me mentionnait, aucun homme ne m'accepterait, je serais regardée comme la fille libertine de Paris, je serais forcée d'errer d'un endroit à l'autre sans argent avec le bébé, méprisée de tous. Quel genre d'avenir attendrait l'enfant ?

Ne peux-tu pas rester ici à Paris avec l'enfant, comme je l'ai fait, et le cacher quand tu sais que ton père s'annonce ?

Chère blanche Karitas, je ne peux pas encore vivre de mes tableaux, je suis loin d'être aussi bonne que toi mais pourrais le devenir si j'en avais le temps. Et ce temps-là je veux l'avoir, même si je dois tuer un être humain pour ça je veux avoir ce temps-là, je veux peindre, tu comprends ? De surcroît je n'ai plus envie d'un enfant. Mais ça n'a rien d'étonnant, je n'ai jamais eu ce que je désirais au moment où je le désirais le plus.

Alors ils pointent leur tête, les souvenirs, l'un après l'autre, commencent à danser comme des revenants autour de moi, étirent leurs pattes crochues vers moi, je n'ai aucun contrôle sur eux. Je n'ai aucun contrôle sur le passé, il s'avance vers moi en marchant, comme une femme en promenade du soir, me salue poliment et dit : tu te souviens de moi ?

Je me souviens, dis-je, je me souviens quand j'ai encouragé une femme à subir un avortement afin qu'elle puisse continuer à peindre, car elle était un génie. Elle était un maître-né. J'étais jeune alors et faisais mes études à Copenhague. Ma seule amie, la seule personne pour qui j'avais de l'affection là-bas à l'étranger, une jeune fille catholique originaire d'Allemagne. Sa mère était de famille danoise et elle vivait de ce fait chez sa tante qui habitait à un jet de pierre de chez moi. Nous venions toutes les deux de l'extérieur, une amitié naquit entre nous, et je n'ai jamais ri autant avec qui que ce soit d'autre, ni avant ni après, qu'avec elle. Elle prenait les études et l'art très au sérieux, était très studieuse et ne bronchait pas à l'école. Tout le monde savait ses possibilités, les professeurs chuchotaient entre eux à son sujet, se taisaient quand elle passait, la dévisageaient avec une admiration silencieuse, savaient qu'allait là un futur maître, elle avait tout, les idées, les techniques, le génie. Cette admiration la laissait elle-même indifférente et en dehors de l'école elle était amusante, spirituelle et drôle. Très souvent elle venait me retrouver le soir, dans le restaurant où je travaillais et habitais le temps de mes études, et m'aidait à la vaisselle afin que je finisse plus tôt et que nous puissions aller chez elle. Nous restions de longues heures en haut dans la chambre qu'elle avait sous le toit, dessinions, parlions des garçons et elle fumait en douce. Les rares fois où j'étais en congé nous allions au Glyptotek, le musée d'Art classique de Copenhague et à toutes les expositions qui étaient tenues dans la ville, et elle était toujours prête à folâtrer un peu dans ces expéditions, marchait derrière les élégantes dames en imitant leur démarche, je hurlais de rire. Puis il se fit, la dernière année de nos études, que nous décidâmes d'aller ensemble à Rome. Je n'avais pas d'argent, la femme qui m'avait soutenue financièrement avait détalé à Paris, mais mon amie avait un accès facile aux réserves d'argent de ses parents, car ils espéraient beaucoup d'elle. Un homme entra alors dans sa vie. Nous allâmes au bal de fin d'année, le seul bal où je pus aller à Copenhague, et elle dansa toute la soirée avec le même homme. La salle de bal était décorée de dorures, de lustres en cristal, les musiciens étaient en habit à queue et elle se fondit dans la nuit avec lui. Elle ne le revit jamais mais au sortir de l'hiver il apparut qu'elle était enceinte. Dans son désarroi elle me demanda ce qu'il me semblait qu'elle devait faire, et moi, l'égoïsme personnifié, qui ne pouvais m'imaginer de la perdre, ma meilleure amie, pour son pays natal, qui ne pouvais m'imaginer de suspendre le voyage à Rome, dit que si cela m'arrivait je m'en débarrasserais. Elle déclara y avoir pensé elle-même, qu'elle avait seulement eu besoin d'encouragement, et puis elle obtint la signature d'un médecin, un oncle qui désirait lui procurer toutes facilités sur le chemin de l'art, comme quoi elle était inapte pour raisons de santé à donner naissance à un enfant. Elle fut admise dans un hôpital catholique en province, et je l'accompagnai. Tout se passa bien, et après l'intervention qui prit seulement un temps très court j'étais assise sur le bord du lit auprès d'elle et lui lisai les anecdotes dans les journaux. Nous étions toutes les deux tellement contentes que ce soit terminé, nous pouvions maintenant nous tourner vers le voyage à Rome. Mais alors elles arrivèrent. Des sœurs catholiques étrangères, en habit de nonne avec une coiffe relevée aux extrémités, deux entrèrent ensemble, trois les suivaient silencieusement à distance et celles qui arrivèrent les premières tenaient un plat rond en argent. Un linge blanc le recouvrait. Elles se plantèrent toutes droites près du lit de mon amie et l'une dit qu'elles voulaient juste lui montrer l'enfant avant qu'elles ne l'enterrent. Elles ôtèrent le linge du plat et devant nos yeux apparut l'embryon, âgé de quatre mois. Je n'avais pas saisi la personnalité de mon amie, son humeur toujours légère en ma présence me trompait, je ne connaissais pas alors les recoins obscurs de son âme d'artiste. Elle se pendit quelques jours plus tard.

Ils étaient en train de la décrocher lorsque j'arrivai à sa porte. Elle avait peint la ville de Rome sur ses bras nus avant de passer la corde à son cou.

Je regarde ma maison de l'autre côté de la rue, la petite Silfá qui se tient debout à la fenêtre. Elena la voit aussi, elle lui fait signe de la main. Silfá lui fait signe en retour. Puis Elena me prend dans ses bras, les referme autour de moi comme si j'étais un homme, son unique amour, je dis après un long silence : pourquoi me serres-tu ainsi si fort, Elena ? Elle dit : je vais te dire au revoir ici solennellement, je disparaîtrai bientôt de ta vie. Je vais aller chez une cousine au Portugal, la femme qui m'a abritée une fois quand j'ai failli mourir, c'est pour sûr une femme bizarre, elle ne dit jamais un mot, pas plus que le Finlandais, mais jamais elle ne me refusera l'hospitalité. Puis nous nous retrouverons un de ces jours quand nous serons devenues de vieilles bonnes femmes. Peut-être à Rome, je ne suis jamais allée là-bas non plus. Tu auras des nouvelles de moi, parce que tu sais quoi, j'ai promis d'écrire à ton frère Páll.

Nous nous disons au revoir, nous embrassons plusieurs fois sur les deux joues.

Lorsque je la quitte j'ai l'impression d'avoir aussi dit au revoir à mon amie.

Qui faisait sa promenade du soir.

Si Silfá ne s'était pas mise à regarder avec intérêt le jeune homme dans le jardin je ne l'aurais pas remarqué. Elle avait cette manie de s'arrêter brusquement au milieu de la rue et de dévisager les gens bouche bée comme le font les enfants et moi qui étais épuisée après une journée difficile à la galerie je la poussai avec le genou : allez, en avant, petite bonne femme, nous sommes presque arrivées à la maison. Cela éprouvait plus mes nerfs de me chicaner avec Julien sur l'installation de mes tableaux pour l'exposition et le prix qui m'en reviendrait que de les peindre nuit et jour sans nourriture ni repos. C'était la partie la plus difficile avec l'art, de l'exposer et d'être payé pour cela, mais je ne pouvais me passer ni de l'un ni de l'autre si je voulais continuer. Nous étions arrivées à la porte de la maison et l'enfant regardait encore fixement dans le jardin de l'autre côté de la rue, là où j'avais dit au revoir à Elena et à ma vieille amie quelques jours plus tôt, je tournai la tête, pensant en moi-même que toute la vie tournait autour de se dire bonjour et au revoir. Il marcha vers nous, je reconnus sa démarche.

Un jeune homme avec une valise.

Il regarda son enfant, je regardai mon enfant.

Je savais bien qu'il n'y aurait pas la moindre paix avec vous les Islandais, allai-je dire en plaisantant un peu mais j'y renonçai, les jeunes hommes sont sensibles, ils peuvent mal comprendre l'humour caustique des anciens, je dis à la place : bienvenue à Paris, Sumarliði Sigmarsson. Il sourit alors, du sourire de son père, c'était fou ce qu'il pouvait ressembler à son père, posa son sac, dit ben oui et m'embrassa, se pencha, prit la main de l'enfant dans la sienne, la porta à ses lèvres et chuchota : tu te souviens de papa ? Silfá était comme pétrifiée, elle regardait fixement le caniveau par en dessous.

La venue de mon fils n'éveillait pas en moi de joie particulière, je me rappelais trop bien sa conduite lorsqu'il avait laissé sa fille chez moi, la petite valise sur le gravier de la cour, mais c'était mon enfant, le petit garçon sur lequel je remontais la couette le soir, je me mis tout de suite à me préoccuper d'un abri pour lui. Si je ne pouvais pas l'installer sur le canapé chez moi, ou peut-être lui prêter notre lit, il était trop long pour le sofa, mon garçon, c'était peut-être mieux que Silfá et moi y dormions. Il regarda surpris autour de lui lorsqu'il entra, et dit : alors c'est comme ça que vivent les artistes ? Oui, enfin j'ai la lumière que je désirais tant quand j'habitais en Islande, dis-je. En ce moment il fait jour toute la nuit chez nous, dit-il pensif devant mes conditions de logement, il entra dans l'alcôve, inspecta le coin cuisine, regarda attentivement la baignoire, on aurait dit un homme de l'inspection sanitaire. Tu ne veux pas poser ta valise ? dis-je doucement.

Silfá le reconnaissait, je le vis à son comportement, mais comme cela se passe avec les petits enfants elle n'avait pas le souvenir d'un détail particulier du passé, elle se souvenait seulement si des gens avaient été bons ou méchants, mon fils tombait dans le premier groupe. Il s'assit sur un tabouret au milieu de la pièce, elle tourna autour de lui sans le quitter des yeux, il ne manquait plus seulement qu'elle le renifle comme les chiens le faisaient à la campagne, il se mit à jouer avec elle. C'était une sorte de jeu de poursuite qui consistait dans le fait qu'il était rivé au siège mais devait étirer le bras vers elle et essayer de la toucher en disant chat lorsqu'elle surgissait devant lui, ce qui échoua dans la plupart des cas et déclencha des éclats de rire des deux côtés. Peut-être avaient-ils joué à ce jeu-là auparavant et la glace fut rompue, il put la prendre dans ses bras, la cajoler et il me sembla qu'elle comprenait qu'il était son père et personne d'autre. Ce fut à grand-peine que j'en arrivai aux questions de l'hébergement qu'il avait prévu, d'où il était arrivé, combien de temps il avait l'intention de séjourner. Le bateau à bord duquel il était venu se trouvait dans un port de Normandie, de là il avait pris le train et il referait le même trajet dans deux jours. Je dis : ah, alors reste donc là chez nous ces deux nuits. Non, je me suis enregistré dans un hôtel là sur le boulevard Montparnasse avant de venir ici, Bjarghildur a dit que tu ne pouvais pas héberger de visiteurs pour la nuit.

Silfá prit toute son attention si bien que ce fut presque chose impossible dans cet état de parler de notre dernière rencontre à Eyrarbakki, encore plus de son avenir, il répondit avec des monosyllabes lorsque j'essayai de placer l'affaire dans la conversation mais lorsqu'il eut préparé Silfá pour le coucher, elle n'avait pas voulu entendre parler de le faire elle-même, encore moins que je me mêle à la cérémonie, et que j'allais commencer à sortir quelques petites choses pour que nous mangions un morceau afin de pouvoir discuter au-dessus du repas, apparut l'amant avec du pain et des pâtés, et une bouteille de vin rouge. Il sursauta lorsqu'il vit l'enfant apprêtée pour la nuit dans les bras d'un homme de belle prestance, il s'en fallut de peu que je ne m'en amuse sournoisement, mais il serra toniquement la main de mon fils lorsque je les eus présentés. Sumarliði fut d'abord sur la défensive, l'observa d'un regard suspicieux lorsqu'il jeta une nappe sur la table, présenta les plats comme s'il n'avait tout naturellement jamais rien fait d'autre, rompu à ces matières, l'homme, mais ne résista pas à la force d'attraction de Dengsi, sa courtoisie et son charme, pas plus que les autres. Sumarliði ouvrit toutes ses portes en grand, lui parla de sa situation, de son métier de marin et de ses vues d'avenir. Je me contentai d'écouter en silence, un peu triste devant sa conduite envers moi. Mais Dengsi apprit que Sumarliði pensait se marier à l'automne avec une jeune fille qui avait partagé sa vie plus d'un an, qu'il visait à obtenir le statut de capitaine, même à acheter un bateau s'il obtenait un prêt, et que son père possédait des bateaux aussi bien en Islande qu'à l'étranger. Dengsi écouta tout cela avec un air compréhensif à ce qu'il semblait. Je dis enfin : mais que voilà d'excellentes nouvelles, mon Sumarliði.

Silfá alla chercher ses dessins, jeta toute la pile dans les bras de son père, commenta quelques-uns d'entre eux, en français pour la plus grande partie, et la réaction de celui-ci ne se fit pas attendre, il fut ému par les dons de sa fille mais dit : dommage que je ne comprenne pas un mot de ce qu'elle dit. L'autre père prit alors la parole, dit réconfortant que les enfants étaient prompts à apprendre les langues, qu'il en avait fait l'expérience avec ses propres enfants. Puis vint une longue histoire des exploits de ceux-ci dans ce domaine. Sumarliði apprit aussi le séjour en sanatorium de sa femme, que les enfants seraient bientôt en vacances d'été et qu'il partirait alors en Écosse pour s'occuper d'eux. C'était plus qu'il ne m'en avait dit. Puis il nous demanda de l'excuser, dit qu'il devait rentrer chez lui pour répéter, qu'il y avait un concert à Reims dans deux jours. Il nous embrassa, Silfá et moi, sur la joue, et serra chaleureusement la main de Sumarliði.

Ils avaient réussi à bien sympathiser, me semblait-il.

Il n'y eut pas moyen d'obtenir de Silfá qu'elle dorme, elle ne pouvait pas détourner les yeux de son père, devait vaguement se rappeler que certains hommes ne reviennent pas s'ils s'en vont. Il me demanda s'il ne pouvait pas passer la journée du lendemain avec l'enfant, aller avec elle dans les jardins et ce genre de choses, « est-ce qu'il n'y a pas des manèges, là ? » Et cela me sembla on ne peut plus évident, je dis sur un ton décidé à Silfá : ton papa reviendra te chercher demain. Cela elle le comprit, elle savait que tout ce que je disais était vrai.

Il me dit au revoir de façon détachée à la porte, signifiant par son comportement qu'il ne souhaitait pas particulièrement de cajoleries de ma part, moi qui avais tant envie de le serrer dans mes bras, mon beau garçon, je me sentis embarrassée, puis demandai à la hâte pour le garder un tout petit peu plus longtemps chez moi : comment va ton frère ? Il est en train de terminer ses études d'avocat, tu ne le savais pas ? dit-il lentement. Exact, répondis-je comme si je l'avais su, mais attends, tu ne prends pas ta valise avec toi ? Il regarda rapidement la petite valise marron, puis dit : non, garde-la, dedans il y a des jouets que j'ai l'intention de donner à Silfá demain.

Silfá fut triste lorsqu'il partit, elle réclama sa vieille sucette. Tu l'as jetée il y a longtemps à la poubelle, dis-je d'un ton fatigué. Je ne pouvais pas quitter des yeux la valise.

Nous ne nous attendions pas du tout à le revoir, ayant peut-être toutes les deux pris l'habitude de cette errance chez les hommes, attaquâmes la matinée tranquillement, je lus les journaux de la veille, Silfá peignit en pyjama, elle faisait ses images au sol comme les Américains, éclaboussait et touillait avec mes vieux pinceaux. C'est alors qu'il frappa, le garçon. L'enfant devint à demi folle de joie. Il la souleva d'abord jusqu'à sa poitrine, puis la leva à bout de bras, la joie n'était pas moindre de son côté, puis elle enleva son pyjama en l'étirant en proie à la panique, devint nerveuse et se mit à jacasser parce qu'elle estimait que je n'étais pas assez rapide pour trouver les vêtements à lui mettre.

Cela m'arrangeait bien d'avoir la journée pour moi, je devais parler avec Julien, il n'y avait plus qu'un jour avant mon exposition, et puis j'avais dans l'idée d'acheter quelque chose de beau pour mon fils avocat, et laisser Sumarliði le lui apporter de ma part. J'aboutis chez l'horloger-bijoutier en fin de journée, c'était la première fois que je pénétrai dans son sanctuaire mais lui reconnut la femme qui avait si souvent dévoré des yeux cette splendeur depuis l'extérieur de sa vitrine, il demanda aussitôt : où est l'enfant ? Je dis qu'il me fallait une jolie montre pour un jeune homme tout fraîchement diplômé avocat et il fit des humhum et des oui oui tandis qu'il sortait une par une quelques pièces. De fabrication bon marché me sembla-t-il mais mon esprit n'était pas porté sur celles-ci, j'avais décidé d'être munificente, je m'attendais aussi à une somme rondelette pour mes tableaux si tout allait bien, aussi je demandai au brave homme de me montrer quelque chose de plus conséquent. Les avocats vivent pour le temps, dis-je l'air solennel et il éclata de rire comme si j'avais exactement dit ce qu'il voulait entendre. Nous parlâmes de tout et de rien tandis qu'il plaçait la montre dans un écrin et je lui dis ce qu'il en était, que je n'avais jamais eu de montre-bracelet de ma vie. Le temps n'a pas d'importance pour moi, dis-je. Comme il est coutumier aux Français il eut besoin de philosopher sur cette affirmation vingt bonnes minutes et pendant qu'il ressassait la question du temps mes yeux tombèrent sur le gros réveil rouge avec des chevaux et un carrousel que Silfá avait toujours trouvé si extraordinaire. Je décidai de l'acheter aussi, de consoler l'enfant avec celui-ci lorsque son père serait parti.

Il revint à la maison en la portant sur les épaules, enfin la jeune demoiselle avait accepté de « faire du *hestabak* », cela m'amusa. Ce qui suivit par contre ne m'amusa pas, j'étais en train de mettre Silfá dans le bain, elle était en sueur après la journée, lorsqu'il commença. Il dit qu'il était vraiment navré d'avoir dû la laisser chez moi à Eyrarbakki à une époque, qu'il n'avait alors pas eu d'autre choix, mais que les deux ans dont il avait parlé étaient passés maintenant et qu'étant donné qu'il avait construit un foyer avec une femme charmante et exemplaire il n'y avait rien qui faisait obstacle à ce qu'il prenne la fillette. Je dis : n'avais-tu pas l'intention de devenir capitaine, Sumarliði ? Il déclara le croire. Qui devra alors garder Silfá pendant que tu seras en mer ? demandai-je. Ma femme le fera, bien sûr, dit-il en n'étant plus aussi aimable qu'au début. Silfá doit-elle avoir une troisième maman ? poursuivis-je en mettant du savon dans les cheveux de l'enfant.

Il changea alors de tactique. Utilisa la façon de parler que les hommes brandissent lorsqu'ils négocient une somme d'argent.

Je me rends bien compte que c'est une charge pour

les artistes d'avoir un enfant à la remorque. Ce sont des gens qui ont besoin de pouvoir travailler librement vingt-quatre heures sur vingt-quatre le cas échéant. C'était moche de ma part de t'imposer l'enfant de force, alors que tu étais enfin libérée des inquiétudes pour tes propres enfants et que tu pouvais pratiquer ton art. Tu dois savoir que j'en ai eu mauvaise conscience. Mais bien qu'il soit tard je crois quand même que tu peux peindre quelques années de plus et arriver à un résultat, si tu obtiens la paix pour cela. C'est pourquoi je te propose maintenant de prendre l'enfant.

Je refuse ta proposition, dis-je en rinçant les cheveux de Silfá.

C'en fut alors fini de l'amabilité : tu n'es pas en position de refuser quoi que ce soit. L'enfant est mienne, j'ai autorité sur elle. Ta sœur m'a donné une bonne description de ton style de vie et ne va pas rêvasser que je laisserai mon enfant s'élever dans une tanière de bohème sans racine, froide et mal chauffée où on s'enfile du vin rouge à longueur de journée, en mangeant du pain blanc et autre saleté, où on ne peut pas s'exprimer sinon dans quelque foutu jargon et où on change d'amant selon le sens du vent. Mon enfant ne grandira pas ici, ça je peux te le promettre.

Je sortis Silfá du bain, l'enroulai dans une serviette éponge, la serrai fort dans mes bras et dis : va-t'en, Sumarliði, et prends ta fichue valise avec toi.

Il était arrivé à la porte lorsqu'il se retourna, un instant je crus qu'il allait revenir en se ruant sur moi et m'arracher l'enfant des bras, je connaissais les gestes et l'humeur de mon fils, mais il se retint et dit froidement : je pars demain à midi, je viendrai demain matin pour lui dire au revoir.

Après cela je me sentis vidée de toute force. Je dus me faire violence pour pouvoir sécher les cheveux de l'enfant. Silfá, elle, était calme mais un peu étonnée.

Pabbi vient demain ? demanda-t-elle en mélangeant les deux langues et je dis en français : oui, il viendra demain. Parfois on doit mentir aux enfants si on veut pour eux le meilleur. Ce fut lorsque je me retrouvai couchée auprès d'elle, alors que j'étais en train de lui caresser le front et les tempes avec un doigt, qu'elle se mit à chantonner la comptine *Mon grand-père est parti sur son alezan*, elle ne connaissait pas toute la strophe, se bagarra un peu avec celle-ci, et je l'aidai, puis me rappelai que je n'avais en fait jamais chanté cette strophe avec elle et lui demandai si papa l'avait chanté pour elle ? Non, pas papa, dit-elle, l'autre papa. Quel autre papa ? demandai-je prudemment. L'autre papa, répondit-elle irritée par mon incompréhension. Ah oui, dis-je en faisant semblant de tout comprendre, papa qui nageait avec Silfá ? Elle hocha la tête avec ardeur avant de fermer les yeux.

Maman connaissait tellement d'histoires, non seulement de la Bible, avec lesquelles elle prenait des libertés si le déroulement ne lui plaisait pas, mais aussi des histoires des gens du Nord-Ouest. Souvent nous ne savions pas, nous les frères et sœurs, si c'étaient des histoires anciennes répétées ou si les gens dont on parlait avaient habité la ferme à côté de chez elle. Enfant je crus bien longtemps que Guðrún Ósvífursdóttir, héroïne des sagas, avait grandi avec maman, tant elle semblait bien connaître son caractère. Les histoires commençaient le plus souvent sans grands événements mais au fur et à mesure que les gens se mettaient à chevaucher de ferme en ferme pour discuter à voix basse sous le mur extérieur des maisons, de dramatiques faits se mettaient à arriver. Les complots causèrent la mort de beaucoup d'hommes, dit-elle en nous regardant, frères et sœurs qui étions assis bouche bée dans un état d'excitation, c'est pourquoi les hommes doivent faire preuve de rouerie, se mettre à la place des autres, imaginer ce que l'ennemi est en train de penser. Comme aux échecs, dit mon frère Páll qui excellait à ce jeu. Comme aux échecs, admit maman en souriant avec une expression mystérieuse. Moi je trouve déplorable la façon dont les hommes peuvent se conduire, dit ma sœur Halldóra, pourquoi ne peuvent-ils pas tous être bons ? Maman dit alors : tout ce que vous liez ici sur la terre sera lié dans le Ciel, et ce que vous déliez sur la terre sera délié dans le Ciel.

Je gardai un bras autour de l'enfant toute la nuit.

Les sœurs françaises n'avaient pas encore ouvert la porte sur le jardin de derrière pour faire entrer le soleil lorsque je réveillai Silfá. Elle avait à peine ouvert les yeux quand elle demanda si papa était venu la chercher. Je dis qu'il arriverait bientôt, qu'il devait d'abord peindre son bateau, puis qu'il viendrait, mais que maintenant nous allions aller chez Dengsi, peindre chez lui, peut-être jouer chez lui aussi. Et j'étais parcourue d'un frisson après ma nuit sans sommeil lorsque je me hâtai avec l'enfant jusqu'au 19. Les rues étaient désertes, les gens encore en train de s'étirer et de bâiller dans leur lit, bien peu avaient ouvert leurs volets ou tiré les rideaux, malgré tout il me sembla que la ville entière avait l'œil sur moi. Dengsi ne sut pas ce qui lui arrivait lorsque j'apparus, il crut d'abord que le feu s'était déclenché chez moi, fut encore plus désorienté lorsque je demandai si mes frère et sœur avaient appris où il habitait lorsqu'ils nous avaient rendu leur fameuse visite. Il ne pensait pas cela : je les ai accompagnés à l'hôtel dans ta rue et puis suis rentré seul chez moi, mais pourquoi demandes-tu ça ? Je dis que j'avais plus ou moins rêvé d'eux dans la nuit et que j'aimerais bien pouvoir rester chez lui avec l'enfant jusqu'à midi s'il n'y voyait pas d'inconvénient. Puis bien sûr je dus lui dire la vérité, les gens ne se laissent pas ainsi arracher du lit sans explications. Il a l'intention de me la prendre, si ce n'est de gré alors de force, je l'ai senti cette nuit, dis-je. Dengsi enfila calmement ses vêtements un par un, je voyais sur son visage qu'il aurait voulu dormir plus longtemps. Il avait fait sa toilette, mis la bouilloire en route et coupé du pain lorsqu'il dit sans me regarder en face : il me semble quand même que l'enfant devrait pouvoir être élevée chez son père. J'étais encore assise avec Silfá dans mes bras : fort bien et fort juste, et laisser une inconnue s'occuper d'elle pendant que lui-même est en mer ?!

Le temps avançait en traînant les pieds, comme il le fait lorsqu'on n'a pas de but particulier, j'avais fourré des couleurs et du papier dans mon sac mais Silfá ne voulut pas colorier, ne voulut pas jouer, voulut sortir lorsqu'elle entendit que les enfants dans la rue étaient levés. Finalement je me résignai à dessiner pour elle toute une famille de trolls que nous coloriâmes et découpâmes ensemble. Et Dengsi était nerveux, il aurait dû répéter pour le concert, dit-il, et je demandai s'il ne pouvait pas pour une fois faire attendre cela jusqu'à midi, je ne voulais pas que le jeu du violon soit perçu de la rue, il aurait pu indiquer aux gens le chemin. Puis il lut et nous coloriâmes, et nous bûmes du thé et nous attendîmes. Nous ne parlâmes pas de mon exposition qui serait inaugurée plus tard dans la journée, pas de son concert qui aurait lieu pendant le week-end, pour la première fois nous n'étions pas d'accord sur la qualité du monde, la finalité de la vie, devant chacun de son côté méditer sur la situation. Il soupira : c'est comme pendant la guerre quand les gens devaient attendre quelque satané bombardement aérien derrière des fenêtres occultées. Je dis : c'est la guerre.

Ce fut vers midi que je considérai que le danger était passé mais Silfá était devenue turbulente et irritée, elle demanda si papa ne venait pas la chercher, je fus fort embarrassée, et le regard accusateur de Dengsi n'arrangea rien, puis par chance je me souvins du réveil que j'avais acheté pour elle et complètement oublié dans mon sac, « tiens, ça c'est pour toi parce que tu fais de si jolies peintures », dis-je et pendant un moment elle ne se tint plus de joie. Il s'en fallut de peu que je regrette de ne pas lui avoir donné ce maudit réveil plus tôt, c'est si amusant de voir les enfants se réjouir. Elle grimpa sur le lit de Dengsi avec le réveil et fixa le cadran, allongée immobile, regardant le manège bouger lentement en mesure avec le tic-tac. Je ne sais pas à quoi elle pensait, à quoi pensent des enfants de quatre ans ? Mais nous fûmes comme libérés de prison, nous mîmes à parler des besoins quotidiens, coupâmes des légumes et des saucisses en petits morceaux pour faire une soupe mais lorsque ce fut le moment de manger Silfá dormait à poings fermés avec le gros réveil au creux de son cou. J'avais pensé faire un rapide saut chez Julien à la galerie après midi pour régler diverses choses avant le vernissage et l'emmener avec moi mais nous n'eûmes ni l'un ni l'autre le cœur de l'arracher à sa sieste, il en résulta que Dengsi promit de la garder pendant que je m'absentais. Je la laissai ainsi, profondément endormie.

L'instant des adieux se lève plusieurs heures avant le vernissage d'une exposition. Le peintre est seul avec ses œuvres, il se tient au centre de la salle, tourne sur lui-même, regarde chacun de ses tableaux et lui dit au revoir. Ils sont tous différents de nature et de tempérament comme des enfants, certains tapageurs, effrontés, avec un caractère amusant cependant, d'autres comme le cœur d'un homme, doux, tendres, il n'y a pas besoin de s'inquiéter pour eux. Il ne reverra jamais certains d'entre eux, ne sait pas s'ils tomberont chez des gens gentils ou méchants, ou de manière générale s'ils tomberont quelque part. Des tableaux ont terminé leur existence dans de sombres caves humides, d'autres ont vagabondé aux quatre coins du monde. S'il est particulièrement chanceux, il pourra plus tard les saluer dans les salles d'expositions publiques, sa célébrité sera alors confirmée. S'il arrive par contre qu'il se retrouve avec tous ses tableaux sur les bras à la fin de l'exposition, ce sera lui-même qui ira à la cave, sombre et humide.

Julien arrive à mon côté, dit dans mon oreille : regarde-les bien, tu ne reverras pas un seul d'entre eux, pas dans un proche avenir, ça je peux te le promettre.

Tu es optimiste, Julien, dis-je. Tu ne sais pas à quel point tu es bonne, dit-il, mais les meilleurs ne le savent jamais.

Mais là au beau milieu de la pièce, dans le bon air frais, entourée de mes tableaux, je me sentis soudain nauséeuse. Comme si un petit diablotin avait élu domicile dans mon ventre, se conduisant très mal, j'eus le sentiment que je devais me dépêcher de rentrer à la maison. Tu n'es quand même pas en train de tomber malade, dit Julien plein d'inquiétude. Non, j'ai juste le ventre quelque peu barbouillé, dis-je. Ce sont les nerfs, dit-il, rentre chez toi et couche-toi, tu seras en forme après. Oui c'est ça, ce sont les nerfs, murmurai-je, mais j'ai malgré tout l'impression que la fin du monde est proche. Je descends en me traînant dans le métro, les gens croient que je suis soûle, s'écartent de moi bien qu'ils n'en aient pas la place à cause de la bousculade, je tiens bon jusqu'à la station Alésia, ne me sens absolument pas mieux bien que je sois revenue à l'air libre, mais lorsque j'oblique dans ma rue, passant devant le restaurant où ma sœur a chanté accompagnée au piano, c'est comme si un souffle froid passait sur mon esprit. La nausée disparaît, j'ai le sentiment que je dois me dépêcher, comme s'il en allait de ma vie, je prends mes jambes à mon cou, passe en courant devant ma maison, le jardin, entre dans la rue de Dengsi, entends le jeu du violon au bout du coin. Je ralentis alors. Comme si mon âme savait que tout était trop tard.

Il bondit sur ses pieds lorsque je pousse la porte. Laisse glisser doucement son violon. Se tient debout en silence et me regarde, le garçon aux beaux yeux. Je regarde devant lui, le lit où Silfá dormait quand je suis partie. En creux se dessine encore la silhouette d'un petit corps.

Dengsi dit : son père est venu la chercher, elle était si heureuse de le voir, elle a sauté à son cou, ne voulait pas le lâcher, je n'ai pas pu arracher l'enfant de ses bras, Karitas, ce n'est pas mon rôle de faire ça. Il a refusé d'attendre que tu arrives, une voiture l'attendait dehors, son père s'y trouvait, ton mari, Karitas, c'est lui qui possède le bateau qui attend, d'après ce que j'ai compris, il était tellement pressé, je n'ai pas pu non plus lui dire au revoir, ça s'est passé si vite.

Il pose le violon, ne me quitte pas des yeux : nous allons nous asseoir, essayer de comprendre les choses. Il me tend la main comme s'il voulait me guider vers un siège, je n'y prête pas attention. Regarde seulement le lit. Il pose la théière sur la table, va chercher des tasses et des sous-tasses, dispose le tout sur la table, procédant lentement, il attend que je m'écarte de la porte et m'asseye, voit que cela va prendre un petit moment, s'assied sur son lit et attend.

Je prends vivement son violon de la table, le saisis à deux mains par le manche, le frappe de toutes mes forces contre la cuisinière, entends son hurlement de douleur lorsque ses cordes se brisent, puis le jette aux pieds de son propriétaire aux beaux yeux.

Des vagabonds allument du feu sur la rive du fleuve.

Font rôtir sur une pique un morceau de viande que les chiens devaient manger.

Grognent lorsqu'ils me voient approcher.

Une gorgée d'eau est la seule chose dont j'ai besoin, je leur demande gentiment, j'ai si soif après une marche d'est en ouest, d'ouest vers l'est, ils ont pitié de moi.

Je m'assieds parmi leurs grabats nauséabonds sur les rives de la Seine.

Nous les prolétaires qui ne pouvons rien contre le pouvoir des riches ni des rois des bateaux.

L'eau défile, si fraîche dans la chaleur du soir, peut-être permettrai-je à mon âme de flotter avec elle jusqu'à la mer.

Je vois le soleil se coucher, les corneilles arriver.

Le soir se rafraîchit, s'assombrit, le feu est en train de baisser. Je me rapproche des braises, tiens mes mains au-dessus d'elles, elles vont roussir, brûler, je vais laisser les flammes me libérer de la servitude de l'art.

Des mains brûlées ne peignent pas.

Les vagabonds me tirent brusquement en arrière, me secouent, hurlent, je l'entends confusément, ils me chassent en me bousculant.

Jungle de maisons avec façades, portes fermées, je n'arrive pas à pénétrer dans les jardins de derrière où les enfants jouent avec des escargots et des fourmis. Sombres rues étroites, murs noirs et sales, eau trouble dans le caniveau. Depuis le grand marché des Halles j'entends les marchands appeler, les chauffeurs se quereller, les prostituées pousser des cris perçants, j'ai envie d'eau mais j'appréhende la foule, les gens ont des mains crochues, je dois parvenir à entrer dans les jardins, boire à longs traits l'eau des bassins. Ne vois rien dans cette maudite obscurité, m'égare, vois de noires silhouettes d'hommes arriver en marchant vers moi, me jette dans un recoin sombre, me recroqueville, mets le chandail sur mon visage.

J'ai soif. Il fait de plus en plus chaud. Je dois me diriger vers le nord. Le jour clair m'indique les points cardinaux, je dois arriver à atteindre la fraîcheur, trouver la source, d'abord le ravin, puis le ruisseau, grimper la montagne, m'étendre sur le glacier les bras étendus, lécher la glace. Un café est ouvert, le bar apparaît devant mes yeux, je marche jusqu'au bout du comptoir, demande un verre de bonne eau. Pendant que je l'avale goulûment je me vois dans le miroir parmi les bouteilles, ne reconnais pas mon propre visage, ne me souviens plus qui je suis. Baisse les yeux sur ma robe, ne sais pas d'où elle vient, ne reconnais pas mes mains noires de crasse, ne sais pas comment je m'appelle, je repose le verre, sors. Appels et cris après moi, je prends mes jambes à mon cou, je dois arriver au nord, trouver le ruisseau et le ravin.

Mes pieds ne me portent plus que difficilement, j'ai besoin de plus d'eau, j'aperçois une église d'un gris froid, me glisse à l'intérieur, ne vois personne mais longe les froids et humides murs de pierre, arrive à une chapelle latérale, il y a là des fleurs dans un vase sur un petit autel. Je les enlève du vase, bois l'eau sale, remets les fleurs dedans, me cache derrière le banc dans le coin, vais me reposer un petit moment parmi les rats de l'église.

De la musique se glisse furtivement dans ma tête, j'entends des violons, une contrebasse, une basse, une harpe. J'ai déjà entendu cela auparavant, je connais cette œuvre, ne me souviens pas de qui elle est, ne me souviens pas encore qui je suis, l'œuvre est extrêmement douce, j'écoute longtemps. Puis je vois des images. Elles se ruent dans mon esprit comme une foule hystérique qui se sauve à toutes jambes, cruelles, grotesques, pleines de colère, je vois des formes révulsées, des couleurs déchaînées qui cognent les unes sur les autres, j'entre en rage, des larmes jaillissent de mes yeux, je tremble devant le monstre qui se tourne et se retourne en moi, sais malgré tout que je suis en train d'avoir des idées, qu'elles vont renverser toutes les autres avec lesquelles j'ai travaillé, elles s'étaient cachées là dans les obscures entrailles de mon âme, attendant comme des rats de navire affamés que le volet soit ôté de l'écoutille. Je reconnais l'abîme, ne veux pas retourner dans les ténèbres mais désire les provoquer en duel, me battre avec elles et les vaincre. Mais le volet est lourd, cela me prend du temps de l'ouvrir. Et devant moi se trouvent des trolls qui me barrent le passage. Je dois les tuer l'un après l'autre.

J'ai le soleil dans la nuque, je sais alors où se trouve le nord, je continue à monter à sa rencontre, passe devant les montagnes de maisons, les pauvres, les vagabonds, grimpe des pentes, des marches, me tiens debout dans une cour.

Vois alors la vapeur. Elle s'échappe par une fenêtre et la porte ouvertes, l'épaisse et brûlante vapeur, elles sont en train de faire bouillir la lessive, les femmes, plusieurs ensemble dans la brume, elles parlent et rient, frottent rincent essorent, les draps se gonflent dans les bassines, dans l'eau glacée de rinçage, j'inspire la vapeur, entre dans un grand baquet en bois, mets un lourd drap mouillé par-dessus ma tête.

Deuxième partie

Blancs cumulus immobiles dans un ciel bleu.

Ils attendent en silence la brise océane qui les condense
et les disperse tour à tour, quelques-uns en réchappent,
se camouflent en épaisses nappes de brouillard bas
envahissant les fjords et les fonds de vallées, s'enroulent
autour des montagnes. Nulle part les nuages ne sont aussi
clairement formés que dans le ciel islandais.

Si j'étais venue un mois plus tôt comme cela m'avait
effleuré l'esprit, je l'aurais vue. J'étais enfin en chemin
vers elle après toutes ces années, avais l'intention de
venir aussitôt après l'ouverture de l'exposition, j'avais
même rangé les pinceaux dans l'atelier, et Jón appela
alors. Elle était partie lorsque j'arrivai. J'étais venue trop
tard. Le temps n'attend personne. Le temps est la mort.

Je fis un signe de croix sur le cercueil, fis comme
si je ne voyais pas les miens. M'éloignai sans lever les
yeux vers quiconque. Puis ce fut mon frère Pétur qui
arriva en courant après moi, il agrippa mon bras. Il ne
m'avait jamais fait la moindre chose aussi je me retournai vers lui. Il dit : ma Karitas, comment ça va ? Et je
répondis : ça va bien, mon Pétur, mais et de ton côté,
les nouvelles ne sont-elles pas bonnes ? Puis il fit un
bout de chemin avec moi et nous discutâmes du temps
et de la route, il me parla de sa situation, de son foyer
et de ses affaires, puis me demanda ce que je pensais
faire dans le futur, si j'étais quelque peu rentrée pour
de bon au pays ? Lorsque je laissai entendre que je
pourrais bien m'imaginer résider un temps en Islande,
peindre dans la lumière de l'été arctique, il me proposa
un logement. Dit que lui et Marta avaient récemment
emménagé dans une maison particulière, que Marta avait
toujours rêvé d'avoir un jardin, « aussi maintenant notre

appartement dans Laugavegur est vide, deuxième étage et combles, j'ai mes bureaux au premier et notre fils Kalli a un commerce de plats cuisinés au rez-de-chaussée avec d'autres, ça il est fichtrement bon cuisinier, le garçon, bien qu'il soit jeune, mais bon c'est-à-dire que je n'ai pas l'intention de vendre l'étage du haut et les combles sont pour le moment non aménagés, au cas où quelqu'un des enfants veuille y habiter quand il fondera son propre foyer mais ça n'arrivera pas dans un proche avenir aussi tu pourrais y nicher confortablement ton atelier, je serais simplement très content si tu voulais accepter cela, l'appartement sous le toit est particulièrement lumineux grâce aux fenêtres, la lumière vient de toutes les directions et il y a la vue sur la mer et le mont Esja, puis tu pourrais habiter à l'étage en dessous, il y a six pièces là et toutes grandes, Marta y a même laissé quelques meubles, elle s'est pris des meubles modernes en teck, aussi elle serait tout simplement ravie que tu puisses utiliser les vieux. »

Il dévida son écheveau comme il le faisait quand il était petit garçon. Et j'écoutai, puis dis : écoute, Pétur, j'accepterai peut-être l'appartement pour la durée de l'été mais je dois alors vraisemblablement modifier mon billet d'avion.

Karitas

Pièces de bois, 1961

Aquarelle

Six coffres, un en vol. Une seule et même chose
vient à l'esprit de la plupart des gens qui regardent le
tableau des pièces de bois de Karitas : des cercueils.
On pourrait cependant dire que c'est uniquement la
couleur blanche qui les fourvoie, en réalité ce sont
seulement des pièces de bois, petites ou grosses, qui
pourraient être des plumiers, des écrins pour aiguilles
à tricoter, ou tout aussi bien des accores utilisées pour
soutenir un bateau en construction. Mais si l'œuvre
est reliée au temps, positionnée dans la carrière de
l'artiste, se glisse de nouveau furtivement en chacun
cette réflexion qu'il s'agit bien de cercueils et que
l'artiste a voulu exprimer de cette manière sa pensée
profonde. Le tableau est réalisé peu après la mort
de Steinunn, la mère de Karitas, qui fut inhumée à
Akureyri. Elle avait eu cette mort qu'elle-même avait
souhaitée, s'était endormie dans le royaume de Dieu
sans le moindre combat. Ses descendants pour la
plupart suivirent des yeux le cercueil blanc lorsqu'il
fut descendu lentement dans la terre du Nord mais
pas moins Karitas, tout juste revenue de New York,
qui se tenait à l'extrémité de la tombe avec son fils
Jón, aussi loin des autres membres de la famille
qu'il était possible dans ces circonstances. Ceux-ci
avaient le regard rivé sur le visage de porcelaine

blanc, les plats cheveux blonds, l'élégante stature, jeu de formes et de couleurs qui lui donnaient l'apparence d'une femme du monde. Les pièces de bois blanches sur la surface bleue pourraient tout aussi bien faire penser à d'étranges nuages inconnus dans le ciel islandais, l'après-midi par un beau jour d'été.

Je fis le voyage de retour vers Reykjavík avec Pétur et Marta.

Jón resta dans le Nord car il y avait son cabinet d'avocat, il avait aussi l'intention d'exécuter la succession de maman, aussi ce fut Marta qui m'éclaira sur la situation de la grande famille. De Sigmar elle savait plutôt peu de chose, elle n'aurait probablement pas osé le nommer si je n'avais demandé de ses nouvelles de moi-même mais puisque je le demandais elle put me dire qu'il habitait une maison d'un ou deux étages dans le quartier de Vesturbær à Reykjavík, « c'est-à-dire quand il est dans le pays, il est pour sûr toujours en train de naviguer, et si je me souviens bien il a une gouvernante et un intendant. Sumarliði et sa femme habitent maintenant sur la colline de Thingholt, elle avait deux enfants d'un précédent mariage, vraiment une femme modèle, on a pu le voir au banquet de confirmation de Silfá mais elle est rudement nerveuse et elles ne se sont jamais bien entendues je crois, elle et sa belle-fille. Silfá est aussi un peu difficile, toujours dehors le soir ai-je entendu, dans les rues autour du centre-ville et ce genre de choses, et que je sois damnée si elle n'a pas commencé à fumer, mais comment peut-il en être autrement, avec un père qui est toujours en mer et reste invisible chez lui ! Ólafur est maintenant avec une autre femme comme tu l'as vu, des plus heureux après qu'il a eu ce fils tant attendu, quant à Páll il n'est bien sûr toujours pas marié. Mais elles affirmaient à la poste dans le Nord qu'il correspondait en français avec une certaine femme qui habite au Portugal, il a tellement toujours eu quelque chose de français, Páll, et puis Bjarghildur est naturellement toujours dans le quartier des Hlíðar comme tu le sais, avec ses deux servantes, il ne lui en faut pas moins, elles étaient aussi chez elle dans le Nord, je ne sais pas si tu les connais, Helga et Ásta ? »

Si, en vérité je les connaissais fort bien et parce que les noms me rappelaient plusieurs femmes au grand cœur je demandai à Marta si elle avait entendu quelques nouvelles de Pía ou Filippía Gabríela comme elle s'appelait en réalité, si elle la connaissait un peu ? Tu ne veux tout de même pas parler de la Filippía qui était dans la boutique de mode Tiskubúðin ? Ma chérie, il y a longtemps qu'elle a arrêté, elle est divorcée et tout ça, je crois qu'elle habite quelque sous-sol dans Hverfisgata, elle a toujours été portée sur la boisson ai-je entendu, dit Marta, étonnée que je connaisse ce genre de gens. Je ne demandai rien de plus.

Nous nous trouvions dans l'appartement à moitié vide de Laugavegur lorsque je me souvins de mon ex-belle-sœur. Herma, où est Herma maintenant ? demandai-je. Herma ? répéta Marta comme si elle n'avait pas bien entendu et elle dut s'asseoir sur le sofa qu'elle avait laissé lorsqu'elle avait déménagé. Alors ça, c'en est une histoire. Tiens, figure-toi, quand elle et Ólafur ont divorcé elle s'est acheté une petite habitation reculée dans le fjord de Borgarfjörður-Ouest, juste à côté du lac de Langavatn ai-je cru comprendre, et elle vit seule là-bas. Elle a des poules et un carré de pommes de terre, ne parle avec personne je crois, mais deux fois par an elle vient à Reykjavík. Pétur l'a rencontrée ici une fois dans Laugavegur, courtoise et bien habillée comme à son habitude, elle a déclaré devoir s'occuper de ses affaires bancaires et acheter des livres mais n'a absolument pas voulu accepter un café quand il le lui a proposé. Puis elle a dit froidement au revoir et était déjà partie, elle n'a pas demandé des nouvelles d'Ólafur ni la moindre chose. Mais nous avons pu arriver à savoir où elle habite et lui envoyons toujours une carte de Noël.

Ce ne fut pas avant que Marta soit entrée avec moi dans chaque pièce l'une après l'autre, aussi bien à l'étage que sous le toit, ait dit que bien sûr c'était abominablement grand pour une personne seule et que j'aie répondu que j'étais habituée à d'immenses appartements à New York qu'elle tira sur sa lèvre supérieure vers le bas comme elle faisait toujours quand elle était nerveuse et demanda : et est-ce que tout ne va pas bien pour toi là-bas à New York, ma Karitas, est-ce que tu as peint là-bas ? Je déclarai avoir peint nuit et jour et en cela je ne mentais pas. Mais est-ce qu'il ne te manque pas toutes tes affaires pour ça ici ? demanda encore ma belle-sœur en lançant des regards furtifs sur ma simple valise. Je déclarai avoir mes aquarelles avec moi. Mais n'est-il pas possible d'acheter ici ce qui manque, le pays n'est-il pas plein de peintres ? demandai-je. Si, on trouve tout ici, dit Marta lentement, redevenant naturelle.

Je ne modifiai aucun billet d'avion, j'avais seulement acheté un aller simple.

Terres septentrionales, froides et rafraîchissantes, elles m'avaient manqué, l'immensité m'avait manqué, ne pas voir aussi loin que porte le regard m'avait manqué. Lorsque je marchais sur la grève le soir je regardais les nuages se rassembler en s'enroulant autour du soleil, contenir ses rayons pour que le glacier du Snæfellsnes devienne net et clair dans le lointain. Volcan profondément endormi, je voyais se dessiner le creux du cratère au sommet du cône, ne comprenais pas comment le glacier pouvait dormir dans les lumineuses nuits d'été islandaises. Si j'arrivais à sortir avant l'heure du repas, je pouvais accueillir les patrons pêcheurs qui rentraient de la pêche. Je restai plantée debout sur le ponton avec une faim de loup, demandai s'ils n'avaient pas un aiglefin frais à bouillir pour moi, comme je faisais quand j'étais jeune fille à Akureyri, et dans ce domaine-là rien n'avait changé en Islande, ils me dirent d'en ramasser deux, leur passèrent une ficelle par les ouïes pour moi, et je remontai Laugavegur avec les aiglefins frétillant à mon côté. En jetai un dans la marmite, me pourléchai quand je sentis l'odeur de poisson monter, il y avait si longtemps que je n'avais pas eu de bon poisson, et m'empiffrai jusqu'à ce je sois sur le point d'éclater, puis m'éteignis à petit feu comme l'autre aiglefin après qu'il était entré dans la maison.

Puis la montagne me réveilla, elle était devenue violette, elle demanda affligée si je n'allais pas la peindre avant que le brouillard bas ne cache ses flancs. Je bâillais lorsque je répondis en déclarant que je ne peignais pas de montagnes, ne voulais cependant pas la blesser en lui disant que je trouvais les montagnes ennuyeuses, qu'elles masquaient la vue, tenaient les gens comme en prison, je dis seulement que je ne peignais pas ce que j'aimais bien. Que peins-tu alors ? demanda la montagne. Je dis que je peignais tout le reste mais pas les montagnes. Ils furent paisibles, les premiers jours au pays dans la fraîcheur septentrionale. Même si c'était tard, j'étais enfin rentrée à la maison après un long séjour à l'étranger.

Malgré tout Reykjavík m'était une ville inconnue, si on pouvait appeler cela une ville, elle me faisait plus penser à une petite bourgade américaine. Peu de cafés mais des petites boutiques-kiosques ici et là, tout le monde battait le pavé du haut et en bas de l'unique rue commerçante, jusqu'à Kvosin, le quartier dans le creux vallonné entre le bas de la rue et la butte de Grjótathorp, ensuite peut-être à droite vers le port, ou à gauche vers le petit lac, et avec cela se terminait la chevauchée d'inspection. Le soir, des *hot rods* huit cylindres auxquels manquait le pot d'échappement prenaient le relais, remplis de jeunes, suivaient le même chemin vers le bas de Laugavegur, passaient devant ma maison, descendaient Austurstræti et puis refaisaient le tour dans l'autre sens. C'était une étrange petite ville, sans vie lorsque le vent soufflait du nord mais pleine d'espoir et fébrile s'il était calme et changeant, la démarche des gens reflétait l'état du temps. Mais j'étais une femme extérieure à la ville qui ne pouvait pas entrer à l'improviste dans les maisons pour me faire offrir un café comme tous les autres habitants de la ville le faisaient à longueur de journée, c'était comme si tout le monde connaissait tout le monde, peut-être était-ce une seule grande famille qui habitait ici ?

À l'aube des temps nous nous déplacions en groupes, plusieurs familles ensemble, c'était plus sûr. Ceux qui ne suivaient pas les leurs s'exposaient au danger d'être dévorés par des bêtes sauvages. Dans nos terres septentrionales et les petites communautés où le renard polaire est le seul animal sauvage les familles se serrent les coudes contre les familles. Ici personne ne suit l'autre mais tout un chacun veille à suivre le fil invisible qui est tendu entre les maisons, les fermes, les contrées habitées. Personne dans le pays n'est sans famille, personne sans souche, mais ceux qui sont assez excentriques pour vouloir suivre leur propre chemin se défont des chaînes de la famille, s'exposant au danger d'être exclus. Ce sont des familles qui ont régi l'Islande au XIIIe siècle, au temps des Sturlungar, et c'est encore le cas. Rien n'a changé. Et je pensai aux familles du monde tandis que le ciel changeait d'apparence. Puis je me forçai à me lever, pris un bain et me préparai pour ma promenade nocturne, je voulais marcher à travers la ville dans le silence, sillonner les quartiers de Vesturbær, de Thingholt, des Hlíðar, dire bonjour aux chats dans les jardins des gens que j'allais dessiner.

C'est en dessins que ma famille était le mieux conservée.

Avant que Pétur ne ferme le comptoir je fis rapidement un saut en bas pour utiliser son téléphone. J'avais l'intention d'appeler en Amérique, discuter avec Yvette, savoir avec quelles personnes elle avait pris son déjeuner, combien s'étaient inscrits à ses cours d'été, s'ils avaient peut-être parlé de prolonger mon exposition bien que les tableaux soient vendus, lui raconter l'enterrement de maman, je laissai le téléphone sonner indéfiniment mais personne ne répondit, elle n'était probablement pas rentrée de déjeuner. Je reposai le combiné et Pétur demanda alors souriant et espiègle si tout n'allait pas bien pour moi chez lui dans l'appartement sous le toit ? Il ajouta : et tu peins jour et nuit n'est-ce pas, ou c'est ce que m'a dit Marta, nous n'avons pas voulu te déranger, on ne dérange pas les artistes, j'ai dit à ceux qui demandaient de tes nouvelles que tu avais besoin de paix et de tranquillité.

Je ne voulus pas lui dire combien la paix pouvait être vide à la longue, que j'avais uniquement parlé avec quelques patrons pêcheurs depuis que j'étais arrivée et que c'est pour cela que j'avais voulu appeler mon amie en Amérique, juste comme ça pour entendre quelqu'un. Je craignais qu'il ne m'envoie des gens si je me mettais à me plaindre, et cela je ne le voulais pas non plus. J'avais impérativement besoin de repos, ça éprouvait les nerfs de se lancer dans le monde en Amérique.

Pétur dit au moment où il mit sa veste : chaque fois que j'allais dans le Nord pour voir maman elle parlait de toi. Des dessins que tu faisais quand tu étais petite fille, des tableaux que tu as peints plus tard, et elle se demandait toujours d'où tu tenais ces dons. Si tu les tenais de papa ou bien s'ils étaient venus dans la famille avec le sang du Sud, elle s'intéressait beaucoup à l'hérédité, maman, elle était extrêmement fière de toi. Une fois nous sommes allés dans le Nord, Ólafur et moi, pour affaires, nous avons rendu visite à maman et elle a parlé tout le temps de toi et de tes tableaux. Elle ne trouvait rien de notable à ce que nous étions en train de faire, tout du moins elle ne l'a pas laissé paraître, par contre elle nous a brandi sous le nez les coupures de journaux que tu lui avais envoyées, les comptes rendus de tes expositions et autres. Oui, elle était extrêmement fière de toi.

Il fit une pause afin que je puisse montrer ma joie et ma reconnaissance dues à ses paroles mais je ne le fis pas, me demandant plutôt en moi-même pourquoi elle n'avait jamais laissé tomber ces paroles devant moi pour que je les entende. Mais je dis : ça fait plaisir à entendre, mon Pétur, mais rappelle-toi que c'était toi qui étais le préféré. Il apprécia tellement ces mots qu'il voulut absolument m'emmener manger chez lui mais je déclinai sa gentille invitation, déclarai venir plus tard, que j'étais encore pleine à éclater après m'être gavée de petits pains à la saucisse précédemment dans la journée. Ce qui était parfaitement faux, je n'avais rien avalé depuis la veille, et il ne s'écoula pas longtemps avant que je n'expie mon mensonge, j'avais une faim de loup lorsque le soir arriva. Dans mon apathie j'avais réussi à oublier de faire un saut à la boutique d'à côté chercher quelque chose de comestible et me retrouvai de ce fait à marcher en long et en large dans l'immense appartement avec une main sur le ventre tandis que j'essayai de décider avec moi-même si je devais me faire du riz au lait ou descendre à la boutique de plats cuisinés de mon neveu, dans le seul but de quête de nourriture. Je trouvai mon état à moitié étrange à ce stade de la chose, je me mis à me demander là au beau milieu de l'appartement ce que j'étais en train de faire dans cet antre, comme toute seule sur un navire que les rats avaient abandonné. La comparaison était en fait injuste. Ce serait mieux que je rentre chez moi, mais alors se précipita dans ma tête la pensée que peut-être je n'avais de chez moi nulle part. Depuis que j'étais partie enfant de ma crique dans le Nord-Ouest, j'avais habité à Akureyri, dans le fjord de

Borgarfjörður-Est, la campagne d'Öræfi, à Eyrarbakki, sans oublier Copenhague, puis Paris et New York, mais toujours trouvé que j'étais une voyageuse de passage qui ne faisait qu'une brève escale dans chaque endroit. Que je devais aller plus loin. Mais où ? me demandai-je. Peut-être étais-je une femme qui n'avait nulle part de chez elle ? L'art m'avait-il chassée d'un endroit à l'autre ou bien mon habitat naturel était-il là où se trouvait l'art ? Mais et si l'art m'abandonnait, où devrais-je alors habiter ? Peut-être m'avait-il abandonnée sans que je ne m'en rende compte, cela je le redoutais plus que tout autre chose. Je n'avais eu aucune idée pendant des jours et les idées étaient la condition préalable de la création. Je n'avais aucun besoin ni envie de peindre, j'avais juste barbouillé quelque chose à l'aquarelle pour donner de l'exercice à mes doigts. Mon cerveau était vide, si vide que je ne pouvais même pas pleurer sur cet effrayant destin qui m'attendait peut-être. Peut-être étais-je devenue trop vieille et trop fatiguée, cela m'avait seulement échappé, et qu'avais-je alors à faire de nouveau à New York si j'étais finie en tant qu'artiste ? Est-ce que je devais aller balayer les escaliers ou faire la lessive pour les gens ? Je m'assis et me balançai d'avant en arrière comme les vieilles femmes de la campagne l'avaient fait, ainsi avaient-elles résolu les énigmes de la vie, mais ma seule solution au problème était de faire comme si rien ne s'était passé, provisoirement. Garder caché de tous que mon temps était arrivé à sa fin, faire comme si je peignais et dessinais en permanence, puis disparaître à l'étranger avec l'automne. Je conserverais ainsi ma dignité envers ma famille et la société. Ce qui viendrait par la suite le temps le déciderait.

Je ne pouvais par contre plus contenir ma faim, je descendis par l'escalier de derrière et entrai dans la cuisine pour trouver mon neveu.

Il m'aperçoit dans l'encadrement de la porte, voit la

tasse vide que je tends, je dis : je voulais seulement savoir si tu pouvais te défaire de quelques raisins secs, mon petit Kalli, j'avais dans l'idée de me préparer du riz au lait. Il regarde rapidement sa montre : tu te fais à manger maintenant, alors qu'il est près de minuit ? Ah bon, il est si tard, dis-je, ça se peut bien, je sentais combien j'avais soif de café. Il dit qu'il en reste un peu dans la cafetière thermos, m'invite à m'asseoir à la petite table de cuisine dans le coin là où le personnel reprend son souffle entre les coups de feu, me verse du café, dans une tasse sans soucoupe, me propose une cigarette, se laisse lourdement tomber sur le tabouret en face de moi et dit que la soirée a été dingue. Tu dois tout simplement être un si bon cuisinier, dis-je et ses sourcils deviennent aussitôt moins froncés : ouais, pour sûr ça tourne pas si mal. Tu n'as pas besoin de chercher bien loin d'où te vient le sens du commerce, le complimenté-je encore car je trouve amusant d'être assise là dans la cuisine à regarder cette sarabande, le chuintement sifflant des couteaux lorsqu'ils embrassent les fusils à aiguiser, le cliquetis morose des marmites et des poêles, le tintement misérable des louches et des spatules qui s'entrechoquent au-dessus des fourneaux, je désire rester assise là quelques minutes de plus. Il ne nie pas, en rit seulement, puis dit : écoute, tata, j'ai essayé de te joindre aujourd'hui, frappé à la porte de chez toi mais personne n'a répondu, tu es sortie en ville ? Non, je déclare être restée à la maison toute la journée, avoir vraisemblablement été plongée dans un sommeil profond, que je dormais dans l'atelier en haut sous le toit et n'entendais peut-être pas quand quelqu'un frappait en dessous. Tu dors dans la journée et tu veilles la nuit ? demande-t-il si éberlué que je suis contrainte en quelque sorte de protéger mes agissements, bien que je ne trouve pas moi-même que l'important soit quand les gens dorment, si tant est qu'ils veulent dormir. Bah, oui, dis-je, je crois que je me suis habituée à ça là-bas à New York de dormir quand ça me convenait le mieux. Mon amie Yvette, qui habite avec moi là-bas, dirige une école du soir et de ce fait elle se couche tard, dort jusque tard dans la journée, je dormais souvent comme elle pour lui tenir compagnie, ça m'allait tout à fait bien aussi, la lumière était meilleure l'après-midi et la chaleur pas aussi forte, nous habitons en fait dans un grand appartement mansardé et la chaleur peut devenir rudement forte en été et jusque tard dans l'automne. Il en est de même pour les artistes que nous fréquentons, ou surtout Yvette, elle s'est introduite dans le gratin artistique parce que son amie dirigeait une galerie et qu'elle-même est française ce qui est un excellent ticket d'entrée auprès des gens chic à New York, ils ont un faible pour cette langue, et oui tous ces artistes ne se mettent pas en mouvement avant que la lumière ne commence à changer.

Et mon jeune neveu le cuisinier me regarde alors avec reconnaissance. Je sais que le temps n'a aucune importance pour les artistes, dit-il, tu sais moi-même je suis dans ce milieu, je joue dans un orchestre le samedi, du saxophone, alors c'est l'autre cuisinier qui s'occupe de la boutique, le brave gars, et là on veille tout à fait jusqu'au matin. Et il se met à parler avec sa tante comme si nous étions des collègues du même sexe. J'apprends tout sur les plus célèbres groupes du pays, où et quand ils jouent, tout sur la vie privée des chanteurs, leurs houleuses aventures amoureuses et leurs jalousies, les Buick et les Thunderbird, lesquels nagent dans le pognon, lesquels se prennent de sacrées cuites dans les bals, je suis tout yeux et tout oreilles, je ne savais pas que tant d'allégresse régnait parmi les gens du pays en fin de semaine. Je dis pour arrêter le flot de paroles : ah ça, j'ai bien fait de revenir, mais dis-moi, qu'est-ce que tu me voulais aujourd'hui ?

Ah oui, il est venu ici une femme qui a demandé après toi, elle voulait savoir si c'était exact que tu étais revenue au pays et que tu habitais ici dans la maison. Elle m'a demandé de te remettre ce bout de papier avec son adresse, dit-il.

À quoi ressemblait-elle ? demandai-je.

Bah, elle était grande et mince avec une voix éraillée au whisky, l'air un peu narquois.

Je sus aussitôt de quelle femme il s'agissait.

Un soir peu avant que le soleil ne sombre dans l'océan je descendis, à Hverfisgata, la rue parallèle en dessous, et frappai à la porte de la maison à l'adresse indiquée. Une femme apparut sur le seuil et je demandai Filippía Gabríela. Elle ? dit la femme en ricanant, elle est dans le sous-sol ou plus exactement y était, ils sont venus la mettre dehors avec ses affaires doit y avoir une heure parce qu'elle n'a pas payé le loyer depuis des mois. Si vous allez derrière la maison vous tomberez peut-être sur elle.

Le mobilier avait été disposé dehors dans le jardin de derrière, comme si une salle de séjour s'était elle-même déménagée en entier au grand air. Je vis sa tête, il me sembla qu'elle était assise sur une des chaises, j'ouvris le portillon et entrai dans le jardin. Elle était assise à une petite table de cuisine nappée, dans son dos une commode, un lit, deux armoires, l'une avec une porte vitrée au centre. Sur la nappe à carreaux se trouvaient une cafetière, un cendrier et un verre incassable qu'elle enserrait de ses doigts. Elle fumait avec abandon tandis que nous nous considérions l'une l'autre.

On peut te proposer une Camel ? Ou peut-être du café ? demanda-t-elle.

Oui, merci, si tu en as du fait dans la cafetière.

Oui, écoute, attends, je ne vais quand même pas proposer à un peintre célèbre de prendre le café dans un verre, serait mieux que tu le prennes dans le service du dimanche de maman, dit-elle, elle alla vers une caisse, en sortit une élégante tasse émaillée bleue et une sous-tasse avec une bordure dorée. Puis alla chercher un tabouret, m'invita à m'asseoir, remplit la tasse : ah, il est peut-être un peu froid maintenant le café mais tiens prends une cigarette avec. Et elle me tendit un paquet froissé de Camel.

Il fait merveilleusement doux, dis-je.

Oui, ça va vraiment être un été particulièrement beau.

Tu as quand même de la chance d'avoir un brin du soleil du soir ici chez toi, dis-je en regardant les nuages qui changent en permanence de forme sans que se voie le moindre mouvement, tu as l'intention d'habiter long-temps ici dans le jardin de derrière, Pía ?

Ils m'ont portée dehors il y a deux heures, je n'ai pas pu payer le loyer de quelques mois, aussi je ne me suis pas encore décidée en ce qui concerne un nouveau logement, je suis juste arrivée à faire du café.

Je peux te proposer un hébergement, si tu veux.

Je n'ai pas envie de dormir en travers de tes pieds, Karitas.

Tu peux avoir tout un étage si tu veux, j'ai l'appar-tement de mon frère Pétur dans Laugavegur.

Je ne sais même pas si je trouverai ma chemise de nuit dans ce fatras mais je peux toujours essayer.

Demain matin je demanderai à mon petit neveu Kalli de te procurer une camionnette pour que tu puisses déménager ton salon jusque chez moi.

Et Filippía Gabríela emménagea chez moi.

Les pièces de séjour donnaient sur Laugavegur mais elle ne voulait dormir dans aucune, bien qu'il y ait un canapé dans l'une d'elles, la salle à manger ne lui plaisait pas, pas plus que le salon où se trouvait la radio mais elle eut besoin de beaucoup de temps pour inspecter les pièces côté nord qui toutes les deux offraient la vue sur les montagnes, la chambre du couple qui était entièrement garnie de meubles et m'avait été destinée, et la chambre jaune. Elle choisit cette dernière qui était entièrement vide mais partageait un petit balcon avec la cuisine, « ce qu'il y a de plus pratique si on devait avoir envie de café en pleine nuit ». Elle ne fut pas transportée au ciel par le magnifique logement c'est le moins qu'on puisse dire, leva les yeux sur les moulures sculptées et la rosette au plafond, soupira avec un air fatigué : ouais ouais, c'était comme ça chez moi autrefois. Tandis que nous rôdions à travers l'étage à moitié vide, allumant et éteignant les lumières, fixant avec des yeux ronds les petites mouches qui s'étaient confortablement installées dans les hautes fenêtres de la pièce de séjour, je demandai en faisant référence à ses mots du jardin de derrière le soir précédent : pourquoi crois-tu que je suis un peintre célèbre, as-tu entendu quelque chose sur moi ?

Elle dit : je sais parfaitement quand je me trouve à côté d'un génie ou pas. Le regard vous trahit, il ne ressemble à aucun autre. Si tu n'es pas devenue une artiste célèbre maintenant à l'étranger il te reste à le devenir. Peut-être après ta mort, comme quelques-uns dans ce milieu. Mais dis-moi, est-ce que tu es bien installée au point d'avoir du schnaps ?

J'avais toujours aimé les gens qui montraient de l'intérêt pour moi et pour mes tableaux et je lui aurais probablement offert du schnaps à cet instant si j'en avais eu, bien que je me doute qu'elle ne résisterait pas à ce genre de choses. Mais j'essayai de diriger la conversation sur une autre voie, demandai ce qui était advenu d'elle après que nous nous étions quittées sur la colline de Thingholt plusieurs années auparavant.

Je n'aime pas parler du passé, Karitas, et tu le sais très bien. Mais toi pourquoi es-tu revenue de l'étranger ?

Ma mère est morte. Je suis arrivée trop tard, j'aurais dû venir tant qu'elle était en vie, pouvoir parler avec elle, lui tenir la main, lui faire me raconter les vieux jours dans le Nord-Ouest quand j'étais petite, alors je me serais peut-être mieux comprise moi-même. Maintenant elle est partie, et personne ne peut me dire comment j'étais quand j'étais petite.

Quand je t'ai rencontrée pour la première fois à Siglufjörður et t'ai demandé d'où tu venais, tu as déclaré venir de l'extérieur. De l'extérieur de quoi ? De l'étranger ? De la mer ? Depuis lors il m'a toujours semblé que tu étais un oiseau migrateur dont personne ne sait d'où il vient.

J'ai l'impression d'être un arbre qui a été arraché avec ses racines.

Et je vois bien que l'arbre a planté ses graines, n'as-tu pas trois enfants ? Et où est ton mari, Karitas, est-ce que vous êtes encore mariés ?

Ma bonne Pía, quand tu parleras de ton passé je parlerai du mien.

Très juste. Mais tu es sûre que tu n'as pas de schnaps ?

Pía ne savait pas faire la cuisine.

Tout ce qu'elle touchait se transformait en charbon. L'agneau, les boulettes de viande, le poisson, tout attachait dans la poêle pendant qu'elle était dehors sur le balcon à éparpiller la cendre de ses cigarettes dans le jardin de derrière. Si je m'en irritais et le lui reprochais, elle disait : alors fais-le toi-même. Si je disais hargneuse : je ne me rappelle pas t'avoir demandé de cuisiner, elle disait : tu as besoin d'être toujours aussi chiante, espèce de vieille peau ? Alors je savais qu'à défaut d'alcool elle avait sifflé l'extrait de vanille ou d'amande, qu'elle en avait acheté en même temps qu'elle faisait les courses chez Silli & Valdi. Elle avait un vilain langage quand elle était sous influence.

Nous n'avions alors peut-être pas goûté un repas chaud depuis plusieurs jours, en étions arrivées au stade d'avoir envie de quelque chose d'autre que de pain et de bouillie de flocons d'avoine et descendîmes à la cuisine voir mon neveu Kalli sous le prétexte de savoir comment marchaient les affaires, prendre une tasse de café en passant. Tout feu tout flamme il voulut alors nous faire goûter ce qu'il était en train de préparer, si si, j'étais spécialiste en cuisine française et Pía en danoise, dit-il. Nous ne fûmes pas avares d'indications et de bons conseils tandis que nous engloutissions à grands coups de cuillère.

Ainsi petites mangeuses toutes les deux, Pía cependant d'une tête plus grande que moi aurait dû selon les lois avoir besoin de plus de nourriture mais elle compensait de préférence celle-ci avec café, tabac et schnaps. Restait dans son lit la bouteille à la main, prenait son quart de cuite dans sa couchette, comme mon neveu Kalli formulait pareil incident. Où elle se procurait l'argent pour l'alcool était pour moi une énigme insondable. J'avais dit : Pía, je ne veux avoir aucune soûlerie dans mes appartements. Tant que tu habiteras chez moi abstiens-toi de tout ce genre de choses.

Combien de temps je peux rester chez toi ? demanda-t-elle alors bourrue, juste un peu éméchée. Je repars à New York cet automne, dis-je. Ah bon, alors c'est mieux de profiter de ce temps-là, dit-elle d'un ton froid et hostile, elle rentra à grandes enjambées dans la chambre jaune et lâcha en serrant les dents avant de claquer la porte : tout un chacun a droit à sa vie privée, ce que je fais dans mon clocher ne te regarde pas.

Le quart dura trois jours. J'avais alors commencé à m'ennuyer. Collai l'oreille contre sa porte au deuxième jour pour voir si j'entendais quelque léger bruit, saisis la poignée, ce n'était pas fermé, la chambre était déserte, elle avait abandonné le fort, était partie écumer les côtes. Au troisième jour, un peu avant minuit, elle fut ramenée jusqu'en haut des escaliers par deux policiers.

Elle a déclaré habiter ici ? dirent-ils à la fois sur un ton interrogateur et d'excuses et lorsque je hochai la tête d'un air fatigué ils déclarèrent l'avoir ramassée avec quelques autres joyeux fêtards sortant d'un bateau étranger amarré dans le port, ils avaient trouvé mieux de reconduire les dames chez elles car les dépôts de nuit étaient tous pleins à craquer.

Je foutais pas le bordel, dit-elle d'une voix traînante, complètement soûle et sentant mauvais, lorsque je la tirai en direction de la salle de bains. Je grognai : comment peut-il venir à l'idée d'une femme de soixante ans de se jeter dans un bateau ? Lui pinçai l'avant-bras si fort qu'elle en eut mal. Elle se débattit des bras et des jambes, puis dit en faisant claquer sa langue : ben tiens, ils avaient de la bière et serre pas aussi foutrement fort, ma vieille, et puis j'ai que cinquante-huit ans, espèce de dinde ! Cela se transforma en bagarre lorsque j'essayai de la déshabiller et la mettre dans la baignoire, j'étais éreintée après l'affrontement, mais lorsqu'elle se fut calmée, reposant enfin immobile dans l'eau qui lui arrivait juste à la taille, je grimpai à l'étage chercher mon bloc à dessin. Au lieu de la sermonner, ce que je savais être inutile en l'état des choses, je m'assis sur la cuvette des toilettes et me mis à dessiner. De la façon dont elle gisait dans la baignoire elle faisait penser à un poisson échoué sur la terre ferme, avec les yeux et la bouche à demi ouverts, la tête sur le côté. La viande n'était pas bien épaisse sur les os qui pointaient sous la peau, des boules aux chevilles, aux coudes, aux genoux, de petits seins épuisés n'arrivaient pas à cacher les côtes, la carcasse entière blanc navet mais le visage rouge et enflé, parsemé de rides et encadré par une miteuse tignasse gris-noir.

Je dessinai avec ardeur. Elle dit d'une voix enrouée : Karitas, est-ce que j'ai encore mes dents ? Il me semble, dis-je laconique pour faire entrave à plus ample conversation. Je désirais arriver à faire d'elle le plus possible de dessins que je pourrais lui mettre sous le nez quand elle dégriserait. Mais elle avait encore de la ressource, elle tourna la tête : tu te souviens du dessin que tu as fait de moi dans la cuisine des baraquements à Siglufjörður ? Bien sûr que je m'en souvenais. Et tu te souviens du dessin que tu as fait des filles du Christ qui étaient là-bas avec nous, ah je ne me rappelle pas du tout comment elles s'appelaient. Elles s'appellent Helga et Ásta et sont encore servantes chez ma sœur, dis-je. Ouais, bon, ça ne change rien comment elles s'appelaient, mais Karitas, je les ai encore ces dessins, ils sont conservés dans un coffre bancaire, j'ai l'intention de les vendre quand tu seras devenue célèbre, ils devront payer mon enterrement, tu comprends, c'est pour ça que tu dois te dépêcher de devenir célèbre, je veux juste avoir un enterrement décent si ça te fait rien. Oui ma petite agnelle, je les ai gardés ces foutus dessins, je savais que tu deviendrais célèbre. D'ailleurs qu'est-ce que tu crois que j'en tirerais si je les vends maintenant ?

Une pleine caisse de schnaps afin que tu puisses te tuer.

Ce que tu peux être grincheuse, Karitas.

Je dus moi-même prendre un bain après cette corvée avec elle. Restai longtemps dans ma baignoire en haut, pensant à ce que je pouvais bien faire avec Pía.

Puis s'ensuivit un état dépressif chez elle. Je n'arrivai pas à la sortir du lit, ne pus même pas ouvrir les rideaux, et elle ne voulait pas voir de nourriture. Si j'avais su que tu étais d'une si désagréable compagnie je ne t'aurais jamais proposé de rester, dis-je au troisième jour de son alitement. On peut peut-être te proposer du café ? Ou tu veux voir les journaux, *La Volonté du Peuple* ou *La Gazette du Matin* ?

Tu peux m'acheter des cigarettes, entendis-je de dessous la couette.

La résurrection eut ensuite lieu avec remue-ménage et

tintamarre, on avait apparemment nettoyé énergiquement l'étage en dessous au son de rengaines populaires, je me levai et descendis d'un pas hésitant en chemise de nuit. Elle était plantée en robe de chambre en nylon avec un foulard noué sur la tête et une brosse de chiendent à la main dans la salle à manger, l'indignation personnifiée lorsqu'elle m'aperçut : il est bien temps que tu arrives à te lever, ça dépasse les bornes de traîner comme ça au plumard au-delà de midi !

Elle était alors debout depuis six heures du matin, dit-elle, n'avait rien fait d'autre que de nettoyer, elle n'avait pas vu une telle crasse depuis longtemps. Je lui demandai de baisser la radio et de s'asseoir avec moi dans le salon, dis que j'avais l'intention de lui exposer les règles de vie. Qu'aussi longtemps qu'elle serait hébergée sous mon toit elle ne pourrait pas toucher d'alcool. Que si elle le faisait ses meubles se retrouveraient au milieu de Laugavegur. Elle dit : ma bonne, arrête ces prédications, il y a longtemps que j'ai arrêté de boire. Mais il faut que j'aille me faire coiffer et m'acheter une nouvelle robe, ma belle habille-toi et puis sortons faire des courses, ils ont juste reçu des tailleurs anglais chez Markaður. Je déclarai ne pas sortir en plein jour. Je sors le soir comme les chats, dis-je, je ne souhaite pas tomber sur ma famille. Elle s'assit alors auprès de moi, caressa mon avant-bras et ma cuisse : nous avons beaucoup de choses en commun, ma chère amie, mais bon sang que tu portes toujours de beaux vêtements de nuit.

Cela tomba parfaitement bien, j'avais quitté ma chemise de nuit et Pía était en robe d'après-midi, lorsque la famille fit pleine voile vers le haut de l'escalier. Marta et Bjarghildur, toutes deux en tailleur anglais. Marta avait probablement entendu par son fils qu'une femme au passé douteux avait emménagé chez sa belle-sœur et voulu se rendre compte de la façon dont on se comportait avec son logis. Mais cela elle ne le mentionna pas avec

Pía lorsque celle-ci leur ouvrit, disant seulement d'un ton charmant, comme elle seule savait le faire, que les belles-sœurs étaient venues pour saluer Karitas, si elle était là, et Pía dans sa robe d'après-midi les invita à entrer dans la demeure et déclara qu'elle allait prévenir l'artiste, bien qu'il ne lui soit pas très agréable de déranger celle-ci en plein travail. Les invita à entrer dans le salon, puis monta me trouver à l'appartement au-dessus. Je les ai entendues, Pía, dis-je, tiens-leur compagnie un petit moment, puis j'arrive.

Je laissai Pía terminer l'ouverture avant de me présenter. Bjarghildur, perspicace comme autrefois, se rappela de Pía : tiens, voilà donc la fille du consul qui a volé mon cheval. Elle n'avait rien oublié. Pas plus que moi. Ni Pía : mais n'est-ce pas la maîtresse de maison de Thrastarstaðir elle-même qui est là, et comment se porte l'agriculture, avez-vous assez de main-d'œuvre pour l'abattage d'automne ? J'entendis la femme de parlementaire corriger le malentendu et commenter ensuite pour la voleuse de chevaux sa rapide élévation à Reykjavík. Ce fut instructif d'entendre la biographie de Bjarghildur racontée de son propre point de vue et tout à fait manifeste que les associations de femmes, les associations de natifs de mêmes régions et le parti du Progrès n'auraient pu prendre pied dans le pays si ce n'était grâce à elle. Encore plus instructif fut cependant d'écouter les informations que la fille du consul donna sur sa vie et ses précédents emplois, elle ne bafouilla même pas dans sa plaidoirie.

La raison de ma présence ici est qu'il ne me semblait pas présentable pour l'artiste de n'avoir personne pour s'occuper de la maison et répondre au courrier. J'étais en fait en partance pour le Danemark, j'avais l'intention de résider là-bas dans le manoir appartenant à la famille du côté de ma mère pour une période indéterminée, mais comme vous l'avez peut-être appris j'ai quitté mon mari il y a quelque temps, nous les indépendants avons toujours eu du mal à nous entendre avec les communistes, de surcroît il commençait à pencher beaucoup trop sur la bouteille aussi, je vous le dis tout à fait tel que c'est, surtout après que les affaires ont commencé à se réduire, et il ne fut pas possible d'éviter qu'il me discrédite, les gens ont cru que je buvais avec lui, imaginez-vous, peut-on vous proposer du café ? Enfin bref, puis j'ai loué un petit appartement en sous-sol pour caser mon mobilier, principalement des biens précieux hérités de la résidence consulaire, j'ai permis au pauvre homme de garder le reste, tandis que j'attendais une traversée vers Copenhague à ma convenance. Puis sur ces entrefaites est arrivé un bateau danois, j'avais déjà fait transporter mon mobilier à l'extérieur, ils allaient venir le chercher, les marins, mais c'est alors qu'elle est apparue, ma chère vieille amie, et a demandé si je ne pouvais pas retarder mon déménagement de quelques mois. Ce que j'ai bien entendu fait, ah je vais maintenant faire du café, mais il ne me semblait simplement pas possible de laisser une artiste aussi célèbre valser ici toute seule sans la moindre assistance. Ce que je trouve le pire est de voir combien elle est mal équipée ici, il manque des meubles dans la plupart des pièces, pas de téléphone, une radio médiocre, les serviettes de toilette usées, tout juste de garnitures de lit de rechanges et pas de machine à laver, vous savez, des gens qui sont habitués au meilleur, qui vendent leurs tableaux aux milliardaires américains, n'ont pas à s'accoutumer à cela. Mais elle va en fait repartir à New York cet automne aussi cela ne va pas durer longtemps, oui et je me demande si je ne vais pas partir avec elle car elle ne peut pas à la fois s'occuper de son art et rester au-dessus des casseroles. Mais tenez, la voici qui arrive en personne. Et avec son bloc à dessin sous le bras. Que je sois damnée si elle ne dort pas aussi avec.

Ta situation s'est quelque peu améliorée depuis que tu

vivotais à Paris, dit ma sœur. Je demandai : est-ce que tu as donné quelque récital récemment, Bjarghildur ? Cela suffit à la rendre muette un moment. Le visage de Marta s'était empourpré à cause des remarques sur l'équipement de l'appartement. Je m'assis dans le fauteuil en face d'elles, posai le bloc à dessin à l'horizontale sur mes jambes croisées, pointai mon crayon et commençai à les dessiner, comme elles étaient là assises sur le canapé, toutes les deux bien charpentées et opulentes dans leurs tailleurs anglais. Elles furent si étonnées qu'on n'entendit pas le moindre souffle de leur part pendant un bon moment. Puis le rouge monta aux joues de ma sœur.

Toujours en train de faire la même chose, dit-elle ironiquement, encore à dessiner et peindre, ne peut même pas boire une tasse de café avec sa sœur et sa belle-sœur, la pauvre femme, et nous qui sommes venues pour t'apporter des nouvelles de la famille, te parler de ces petits-enfants auxquels tu ne t'es même pas souciée de rendre visite, mais comment pourrais-tu bien avoir du temps pour eux quand tu n'as jamais eu de temps pour tes propres enfants, as seulement toujours été à l'étranger à t'amuser, dédaigné ta famille, ne t'en es jamais occupée, pas plus que de ton foyer, as toujours laissé d'autres femmes le faire, et puis t'es maintenant déniché une pauvre fille pour te faire le café, tout cela sous le couvert du fait que tu es une artiste qui n'a aucun devoir, oui tu peux laisser glisser ton bloc à dessin, ma chère, car tu ne deviendras jamais bonne quoi que tu essaies et de là encore moins célèbre, pas la moindre personne en Islande ne sait qui tu es et s'il arrive un jour que tu sois mentionnée dans la famille, ce dont je doute cependant, alors nous nous rappellerons vaguement d'une bonne à rien égoïste.

Je n'eus pas besoin de me soucier de laisser glisser mon bloc à dessin, Bjarghildur s'en chargea, elle me l'arracha des mains et le jeta violemment dans un coin. Pía courut affolée dans les toilettes. Je savais que des discours avec ma sœur dans cette humeur enragée étaient inutiles, aussi je sortis sans dire un mot du salon et montai chez moi. Étais rendue à mi-chemin dans l'escalier lorsqu'elle arriva derrière moi, elle a toujours voulu avoir le dernier mot, Bjarghildur, si elle arrive à le placer, et cria après moi : il n'y a personne qui viendra à ton enterrement, Karitas !

Lorsque le soir tomba et que la faim me poussa à descendre dans la cuisine chez Kalli, Pía arriva derrière moi et dit : quel maudit butor, ta sœur, bon sang quelle malapprise, cette femme ! Je fis claquer ma langue en mangeant le poisson frit de Kalli et dis sans lever les yeux de mon assiette : dis-moi, Pía, est-ce qu'il est très huppé le manoir que ta famille et toi possédez au Danemark ? Elle regarda avec un air hautain les louches et les spatules qui cliquetaient sur la barre de support, puis répondit : la vérité ne se cache-t-elle pas dans le mensonge ?

Tu ne vas pas te prendre du poisson aussi, ma Pía ?

Je n'ai pas envie de poisson, j'ai envie de schnaps.

Tu dois le laisser tomber, ma Pía, il ne te rend que plus triste.

Toi tu ne prends pas schnaps mais tu es cependant toujours triste. Et tu ne peins rien. J'ai jeté un œil dans ton atelier un soir où tu étais en vadrouille, pas le moindre chevalet visible, pas de tubes ni ce genre de choses, seulement des empilements de papier sur la longue table et une espèce d'aquarelle de cercueils. Qu'est-ce que tu traficotes en réalité là-haut tous les jours, est-ce que tu m'as menti quand tu as déclaré être rentrée au pays pour peindre dans la lumière de l'été arctique ?

Je croyais que la nature islandaise me donnerait de nouvelles idées, la mer, les montagnes, le glacier, la grève, l'immensité, tous brillants et d'une étincelante beauté dans la lumière de l'été, mais au lieu de cela elle me rend plus triste. Sa beauté est intouchable. Le pays est comme une belle femme qui tient ses admirateurs éloignés. Je n'arrive pas à entrer en contact avec elle, la vie humaine de Manhattan me manque. Ce sont les gens qui font jaillir les idées, pas les montagnes. Peut-être dois-je transformer les montagnes en personnes.

Plus de poisson, les filles ? demanda Kalli.

Non, mon chéri, tout à fait impossible, dit Pía, mais tu voudrais bien regarder, mon chou, si tu n'as pas un peu de vin rouge pour nous ?

La nuit était encore lumineuse lorsque je revis Sigmar. Il arrivait de l'ouest avec le soleil du soir sur les épaules, marchant tranquillement le long du quai de Miðbakki où étaient amarrés les bateaux marchands, je le reconnus de loin à sa démarche. Je me trouvais à l'extrémité du ponton des chalutiers, détournai la tête quand je le vis et ne bougeai pas, je savais qu'il était comme tous les rois de la pêche, qu'il repérait le poisson même s'il était loin et invisible aux autres. Il se dirigea sur la cible de pêche. Son pas ne s'entendit pas, il avait toujours eu cette façon, Sigmar, de s'approcher des gens sur la pointe des pieds comme le font les carnassiers de la race des félins, je perçus à la brise marine qu'il était arrivé à portée. Avant qu'il ne réussisse à m'interpeller selon sa manière habituelle, dire ma toute petite, pour me rendre inférieure dès le début de la conversation, je dis sans quitter la mer des yeux : tu es en train d'admirer tes bateaux, mon Sigmar ? Il ne me répondit pas tout de suite aussi je tournai la tête. Selon l'habitude nous nous toisâmes l'un l'autre comme nous le faisions toujours après une séparation. Il y avait un mètre entre nous, nous pouvions sentir l'odeur l'un de l'autre juste en reniflant en l'air, je sentis combien mon corps se mettait à désobéir à mon esprit comme il avait si souvent fait lorsque Sigmar se tenait en chair et en os comme nimbé de lumière devant moi. Maudit soit-il, pensai-je, et ce n'était pas la première fois que ces mots me venaient à l'esprit. Il répondit enfin : je suis en train d'admirer ma jolie petite femme. Il avait toujours su entamer une discussion, le capitaine.

J'indiquai un chalutier du doigt : c'est peut-être le rafiot avec lequel tu te trouvais en Normandie quand tu as laissé Sumarliði m'enlever l'enfant ?

J'ai vendu les chalutiers, dit-il, j'ai rêvé d'absence totale de poisson dans les zones de pêche en eaux profondes alors j'ai décidé de jouer la prudence. Car de fait on ne laisse plus entrer les chalutiers dans les eaux territoriales, tout a été ratissé dans les zones de pêche les plus éloignées aussi une pénurie de poisson est prévisible. Ces chalutiers à pêche latérale seront de plus obsolètes dans les prochaines années, j'ai parlé récemment avec un constructeur de bateaux espagnol et il m'a confidentiellement glissé que de nouveaux et meilleurs chalutiers étaient sur la planche à dessin. Mais le hareng est en train de se refaire une santé, savais-tu cela, c'est pour ça que j'ai acheté des bateaux à la place de chalutiers. Maintenant nous recommençons à pêcher le hareng dans le Nord et l'Est, ma toute petite.

En dépit d'une telle éloquence de sa part, ce qui en soi était inhabituel et de ce fait intéressant, je n'avais pas l'intention de le laisser me désarçonner mais avant que j'y parvienne il poursuivit avec intrépidité. La journée avait probablement été riche pour lui.

Ce printemps dans le Nord, dit-il, quand je t'ai vue à l'enterrement, je pensais t'inviter à faire une croisière sur un de nos harenguiers. Naviguer seul avec toi, seulement nous deux, remonter vers le nord puis jusqu'au fjord de Borgarfjörður-Est, mais tu avais filé avant que je puisse t'attraper par la queue.

J'aurais le mal de mer, Sigmar.

C'est quand même une fichue manie, je croyais qu'elle

t'avait passé avec l'âge. Mais puisque nous parlons d'enterrements j'ai envie de te demander de m'emmener en mer quand je partirai. Je ne veux pas me laisser enterrer mort dans quelque foutu trou. Je préférerais vraiment avoir les mêmes funérailles que les anciens Vikings si tu avais l'opportunité de le faire, me déposer dans un bateau et y mettre le feu.

Ce serait pour moi un réel plaisir de te mettre le feu.

Il se rapprocha alors si près de moi que je dus pencher la tête en arrière pour le regarder en face, il dit tout bas : à vrai dire, c'est ce que tu as toujours fait. Toi seule allume le feu dans mon cœur et pour l'éteindre rien d'autre n'est bon que l'eau salée.

Ce sont des mensonges, elles sont nombreuses celles qui ont allumé le feu dans ton cœur et le plus souvent c'est peut-être Mammon, le dieu des biens matériels, qui a allumé le feu en toi, alors arrête ces sornettes. Mais dis-moi plutôt, puisque tu tiens tant à moi, pourquoi est-ce que tu m'as pris l'enfant ?

Je n'avais aucune envie de t'enlever Silfá, Dieu le sait. Elle n'était nulle part mieux placée que chez toi. Mais j'avais eu des échos du fait que vous commenciez à vous conduire comme si vous étiez une famille, toi, la petite et ce démon d'Écossais. Ça ne va pas, Karitas, c'est nous qui sommes ta famille, moi et tes enfants. Je ne laisserai aucun diable se glisser à bord chez nous.

C'est toi qui es le diable, Sigmar.

Il fit comme si cela l'amusait, s'alluma un petit cigare, se pavana tout en fumant, posa enfin un pied sur le bord du quai et souffla la fumée sur la mer verte : je serai toujours le méchant à tes yeux. Tu as consacré ta vie à ton art et personne ne t'en fait grief, petite Karitas qui ne tient pas compte des règles du jeu est toujours libre de toute responsabilité du monde environnant et des décisions difficiles, enfermée dans son atelier, à l'abri et en sécurité comme une nonne dans un monastère. Mais moi qui ai consacré ma vie à pouvoir arracher cette nation à la pauvreté et à l'isolement, pris des décisions qui sont cruciales pour la vie des hommes, je suis le diable lui-même et rien de moins. Je crois que tu devrais aller faire toi-même des travaux malpropres, ma bonne, et demander ensuite où est le diable. Mais peut-être as-tu toujours voulu m'avoir en mer afin d'être débarrassée de moi, n'est-ce pas cela, ne veux-tu pas être débarrassée de moi pour de bon, me balancer à la mer ?

Si, n'est-ce pas là que tu es le mieux gardé ? dis-je. Et je le poussai du ponton.

Travail bâclé travail mal fait.

Quelqu'un a dit que les mots n'avaient pas d'importance, que le travail faisait l'excellence de l'homme, mais le même a oublié que les mots étaient les tout premiers à arriver.

Je fermai à double tour lorsque je rentrai, restai longtemps debout près de la porte, saisissant la poignée une fois après l'autre pour m'assurer que tout était fermé et verrouillé et Pía en peignoir avec des rouleaux dans les cheveux demanda si je m'étais vue, ainsi pâle je faisais penser à un revenant. Je dis que nous pouvions justement nous attendre à des revenants, que j'avais jeté Sigmar à la mer et que si je le connaissais bien il était sûr et certain qu'il reviendrait hanter les vivants. Pía faillit sortir de ses gonds lorsqu'elle entendit où en étaient rendues les choses : est-ce que tu as perdu la tête, ma vieille, tu sais ce que ça signifie d'avoir des hommes pareils contre soi, il lui reste encore à nous faire notre affaire, ils ont des contacts partout ces types-là, ils dirigent le pays, maintenant nous ne pourrons avoir de prêt dans les banques nulle part, nous n'aurons même pas l'argent si nous voulons fuir le pays, nous perdrons ce logement et je n'obtiendrai rien des assurances, puisque l'homme est bien sûr noyé et mort ?

Non, il nage mieux qu'une baleine bleue, dis-je mais je n'en menais quand même pas large. Je ne savais pas quel avait été l'état de santé de Sigmar ces dernières années, si son cœur fort supportait encore l'eau de mer froide.

Ce fut un réel soulagement le lendemain de ne voir nulle part un entrefilet dans les journaux disant qu'un homme était tombé d'un ponton mais d'un autre côté le silence sur l'affaire éveilla en nous soupçons et angoisse. L'attaque en embuscade est depuis longtemps pratiquée par les hommes combatifs, dit Pía et elle exigea que tout soit fermé et verrouillé, voulut que nous nous déplacions furtivement sur la pointe des pieds, m'interdit de répondre si on frappait, nous devions faire comme si nous avions momentanément quitté la ville, même une rapide visite au marchand du coin était hors de question. Nous glissions comme des spectres et si je m'aventurais à l'étage en dessous on me regardait comme si j'étais un malfaiteur, elle sifflait sèchement entre ses dents quand je passais devant elle.

Mais seule dans l'appartement sous le toit je me sentais fort bien. Je réussis à faire des esquisses, chantonnais pendant que je dessinais. C'était comme si un lourd fardeau m'avait été enlevé, comme si j'étais restée ensevelie longtemps sous les poutres d'une vieille maison en ruines mais avais enfin été sauvée. J'avais jeté loin de moi le passé, l'avais jeté à la mer comme n'importe quel autre rebut. Ce que je regrettais le plus était d'avoir conservé si fermement mes souvenirs, j'aurais mieux fait de m'en défaire avant.

Lorsqu'il n'y eut plus de lait à mettre dans le café, je ne fus plus d'humeur pour ce jeu de cache-cache : je t'en prie Pía, il viendra alors simplement et il en finira avec nous, c'est-à-dire s'il n'est pas mort, mais je ne boirai pas de café noir.

Au même instant, on frappa alors à la porte. Pas légèrement ni poliment comme d'habitude lorsque quelqu'un voulait réclamer un paiement ou nous vendre quelque chose, plutôt de façon décidée, un petit peu effrontée nous sembla-t-il. Nous restâmes longtemps devant la porte tandis que nous essayions de nous faire une idée de la taille de la personne qui avait donné les coups mais lorsque nous trouvâmes que le tapage ressemblait plus à celui d'un enfant turbulent, nous ouvrîmes.

L'adolescente Silfá Sumarliðadóttir se tenait sur le paillasson. Elle dit : ch'peux 'tiliser les toilett'ch'vous ?

Quelles toilettes veux-tu styliser, ma belle ? demanda Pía après un court moment, ayant de la peine à comprendre, elle la toisa de haut en bas, est-ce que tu ne te trompes pas de maison, ma bonne petite ?

C'est ma petite-fille, Pía, fais-la entrer, elle a besoin d'aller aux toilettes, traduisis-je en entrant moi-même dans le salon pour ne pas leur laisser voir mon visage. Cela m'avait fait souffrir de la voir à l'enterrement, j'avais évité de la regarder, et maintenant elle était arrivée dans ma maison, la jolie petite jeune fille dont je n'avais pas su profiter quand je le pouvais, que mon cœur avait pleurée. Elle se rapprocha lentement de moi, un peu mal à l'aise, me regarda de ce regard perçant que je connaissais si bien, hérité de son père, petite avec des cheveux foncés plats, vêtue d'un pantalon étroit et d'un blouson de suède, puis se laissa lourdement choir dans le canapé lorsque je ne montrai aucune réaction et fixa ses chaussures. Je regardai avidement par la fenêtre, ne pus en aucune façon me rappeler comment il convenait d'engager une conversation avec des gens de son âge mais Pía trouva le prétexte d'aller enlever sa robe de chambre et de faire un saut à la boulangerie. La conversation était encore des plus rigide lorsqu'elle revint, j'avais certes réussi à la questionner sur l'école, comment marchaient les études, quelle était sa matière préférée, si elle avait beaucoup de copines, comment elles passaient leur temps l'été, j'interrogeais, car je ne savais pas de quoi une jeune fille de quinze ans pouvait avoir envie de parler, et elle répondait tantôt par quelques mots tantôt par de courtes phrases. Ce ne fut pas avant que Pía dise : eh bien, ma chérie, et tu te souviens peut-être des années à Paris avec ta grand-mère, que son visage s'illumina et qu'elle déclara se souvenir des manèges et de toutes les femmes dans la maison.

Les sœurs françaises et Elena Romoa nous rapprochèrent, je m'enflammai d'enthousiasme lorsque je me mis à évoquer nos rapports avec elles, sachant difficilement si j'étais en train de romancer ou de dire vrai lorsque je leur racontai les histoires mais la joie d'avoir enfin Silfá devant moi m'incitait à la narration et je devins si drôle lorsque je racontai les lubies des femmes que je me reconnus à peine. Et l'enfant demandait sans cesse, voulant savoir quel rôle elle avait joué dans la société française tandis que Pía fumait et s'amusait pleinement. Les événements désagréables, les visites venant d'Islande, ne furent jamais mentionnés, je ne voulais pas qu'une ombre se porte sur nos retrouvailles. Nous étions d'humeur légère lorsque nous la raccompagnâmes à la porte. Tu as sûrement oublié ton français, n'est-ce pas ? demandai-je. Oui, complètement en fait, mais j'me rappelle que j't'appelais maman en français, dit-elle. Je ne pus alors plus me contenir, je lui caressai la joue et l'embrassai. Son odeur était la même que par le passé. Et elle ne bougea pas tandis que mes lèvres touchaient sa joue douce, comme si elle craignait que je disparaisse si elle faisait un geste, puis elle dit : je suis rudement contente d'avoir écouté grand-père et de t'avoir rendu visite, écoute, je reviendrai demain ou après-demain.

Nous ne fûmes pas bavardes lorsque la porte se referma sur elle, les derniers mots de l'enfant nous perturbèrent un peu. J'étais en train de monter vers mon atelier, arrivée à mi-chemin dans l'escalier lorsque Pía dit : allons, il n'est pas totalement méchant, ton mari, non ? Je dis sans tourner la tête : il faut s'attendre à du mauvais, le bon n'arrive pas par hasard.

Je m'étais mise à rêver de rêver quelque chose de beau. Puis je rêvai d'une machine à coudre en cuir marron clair. Nous marchions dans une rue sombre Sigmar et moi, il portait celle-ci, lorsque deux hommes surgirent de l'obscurité et l'assaillirent, la machine à coudre tomba sur la chaussée. Je me réveillai en sursaut avec effroi, et pensai longtemps à la machine à coudre blanche que Sigmar m'avait offerte et que j'avais laissée à Paris chez les sœurs françaises lorsque j'étais partie à New York. Il me sembla que sa poignée m'aurait maintenue sur terre. Et je regardai les nuages que je pouvais observer indéfiniment de mon lit, il me sembla aussi que je n'avais pas fait grand-chose d'autre à New York que de regarder les nuages. Bien que j'aie peint comme s'il en allait de ma vie. Mais maintenant j'étais incapable de peindre. Une idée seulement gisait sur ma table de travail, au milieu des dessins, crayonnés et griffonnages. Mon imagination m'avait abandonnée comme les bons rêves. Je n'avais rien rêvé de beau depuis les temps de la machine à coudre blanche. Il me manquait sa poignée.

Puis Silfá revint enfin un soir, s'assit avec Pía et moi et je lui racontai lorsque j'avais fait une belle robe pour elle. Pía dit que ce n'était pas possible que la machine à coudre ait été blanche, elle devait être noire, alors je dis à Silfá : demande à ton grand-père de quelle couleur était la machine, tu ne le vois pas parfois ?

Silfá dit : quand grand-père est pas à l'étranger il m'appelle et me dit de venir. On mange alors ensemble un repas italien que son cuisinier prépare. Pía demanda intéressée, et je fus bien contente qu'elle le fasse car j'avais moi aussi envie de le savoir même si je faisais comme si cela m'était égal : est-ce que le cuisinier est une femme ? Non, dit Silfá, c'est un jeune Italien, des fois c'est lui et des fois c'est son frère, grand-père leur permet de naviguer tour à tour, ils habitent tous en Italie et ils ont un restau ensemble. Pía trouva la chose fort instructive, par contre cela ne me surprit pas.

Le soir suivant Silfá arriva avec les nouvelles, et elle était triomphante lorsqu'elle les raconta, que la machine à coudre était bien blanche. Comme ça, Pía le savait. Mais une sorte de joie s'empara de moi, comme si j'avais reçu la confirmation que je n'avais pas seulement rêvé mais avais aussi bien marché sur terre comme tous les autres, et je dis : est-ce que je ne devrais pas te dessiner maintenant, petite Silfá ?

J'avais croqué les traits de son visage lorsqu'elle demanda : quel âge t'avais quand t'as commencé à dessiner ?

Mon père m'a donné mon premier bloc à dessin qu'il avait acheté à Ísafjörður quand j'avais sept ans et puis il m'a appris à dessiner, il avait un si bon coup de crayon, papa.

Et je lui parlai de mon père, combien il avait été bon et beau et combien cela avait été douloureux pour moi de le perdre en mer, lui parlai de ma mère qui était si calme et si courageuse, de mes frères et sœurs, de la servante qui était devenue folle quand elle avait perdu ses enfants, mon enfance devint une histoire à suivre. Silfá arrivait ponctuellement après le repas du soir, s'installait confortablement sur le canapé dans le salon et je devais, que je sois d'humeur à cela ou non, lui parler de la famille qui s'était installée à Akureyri après avoir fait le tour du pays en bateau. Certaines choses étaient douces, d'autres difficiles à évoquer, mais je ne retirai rien. À cette heure de la journée Pía avait pour habitude de se coucher à plat ventre dans la pièce où se trouvait la radio pour écouter les histoires du soir mais elle lança une fois d'une voix forte et paresseuse : est-ce que ça n'arrive pas bientôt à ma partie, Karitas, il y a encore loin jusqu'à Siglufjörður ? Je m'étonnai de son ouïe, il y avait la salle à manger entre le salon et la pièce avec la radio et je ne parlais pas d'une voix forte mais Pía entendait tout. Puis il advint qu'elle eut plus d'intérêt pour l'histoire qui était racontée dans le salon que pour celles de la radio. Sa mémoire s'aiguisa également en juste proportion avec son ouïe, après que Silfá se mit à apparaître chez nous elle se rappela qu'elle était fille de consul. Elle s'apprêtait, quittait la robe de chambre qu'elle avait portée tout le jour et enfilait une robe d'après-midi, enlevait les rouleaux de ses cheveux, se coiffait et se maquillait, elle était une grande, mince et élégante femme, Pía, ainsi bien mise. Elle proposait à Silfá du coca-cola et des Prince Polo, elle avait découvert qu'elle aimait bien ça, elle-même ne pouvait pas vivre sans, sortait un par un chandeliers et bougies qu'elle avait trouvés dans l'armoire à draps et se coulait confortablement dans le canapé auprès de l'enfant.

Les soirées d'août devinrent plus sombres, je cessai mes promenades nocturnes, de fait je m'étais mise à mieux dormir après que j'avais balancé Sigmar à la mer et que j'avais commencé à raconter à Silfá. Elle venait les jours de la semaine, le week-end elle s'amusait avec ses amies, elle nous manquait alors, nous nous ennuyions. Le pire était de ne pas pouvoir aller dans les bals de campagne avec elle, soupirait Pía. Le chatouillant frisson du samedi soir ne la ravageait pas moins que l'enfant, elle était agitée et dormait mal, je savais bien ce qui lui manquait mais se rappelant mes paroles sur son expulsion à la rue si elle y replongeait elle se tenait à carreau. Je ne voyais par contre pas d'un bon œil la frénésie de divertissement de ma petite-fille, n'étais cependant pas sûre du rôle que je devais jouer dans son éducation, si je ne devais pas en tant que grand-mère lui enseigner les bonnes manières, « ou qu'est-ce que tu en penses ? », demandai-je à Pía et elle répondit avec arrogance : tu ne t'amusais pas toi-même quand tu avais quinze ans ? Non, j'étais alors essentiellement dans la lessive, répondis-je. Pas d'idée plus précise qu'avant sur mon rôle. Pía elle-même n'était pas sûre de son propre rôle dans le futur et cela expliquait peut-être son irritation, l'été touchait bientôt à sa fin, je repartirais en Amérique, l'attendait l'incertitude sur son prochain abri pour la nuit. À cela nous ne fîmes cependant jamais allusion.

Mais un soir alors que je la raccompagnai à la porte après une histoire comique sur nous, les sœurs, dans le Nord, Silfá laissa tomber des mots qui eurent pour effet que je me mis à songer à mon propre prochain abri pour la nuit. Elle dit : maman, elle trouvait « cool » de m'appeler ainsi en français, est-ce que j'peux peut-être habiter chez toi ?

Puis un soir elle vint avec Rán.

C'est Rán, tu sais, la fille d'Halldóra, tu sais, que Bjarghildur et toi vous avez toutes les deux, elle vit chez sa grand-mère dans le quartier des Hlíðar, elle avait tellement envie de te rencontrer parce que t'es aussi sa grand-mère, elle est juste aussi timide avec toi parce que t'as vécu à l'étranger et tout ça, quoi. Est-ce qu'elle peut pas aussi écouter les histoires ?

Rán ne me regarda pas dans les yeux, elle tournait la tête de côté, grande, précoce et rondelette, avec des cheveux courts châtain clair, un visage poupin lavé au savon, ses vêtements sentaient la poudre à lessive. Je ne vis aucune expression que je connaissais, elle devait être semblable à son père, cet homme de Skagafjörður que je n'avais jamais vu. Je lui tendis la main, je ne me sentais pas de l'embrasser bien qu'elle soit ma petite-fille, eus cependant l'initiative de sourire et l'invitai à entrer en notre maison. Elle s'installa sur le bord du canapé, prête à bondir sur ses pieds si elle était chassée, ne remuant ni jambes ni bras et comme autrefois l'art de la conversation me fit défaut. Les biscuits et rafraîchissements de la boutique d'à côté fournis par Pía la ravigotèrent, et nous aussi, je fus capable de demander s'il ne leur tardait pas de commencer l'école et le visage poupin devint plus éveillé. Je pus deviner qu'elle était une bonne étudiante. Silfá fit comme si elle était chez elle, elle s'étendit de tout son long dans le canapé : OK, on en était arrivées où, tu vas pas allumer les bougies, Pía ? Et Pía se précipita à la recherche d'allumettes, alluma les bougies et sa cigarette, aspira la fumée : oui, ça ne va pas bientôt arriver à ma partie ? Imaginez-vous, mes filles, vous vous trouvez avec un personnage historique vivant devant vous. Moi, vous comprenez, moi !

Mais ma joie de la narration me trahit cette fois-ci, à la place de descriptions personnelles sur la situation de notre fratrie je me lançai dans un cours éducatif général sur la vie et les conditions d'existence des gens d'Akureyri au début du siècle. Puis dis pensive : écoute, ma petite Rán, j'aimerais bien que tu ne parles pas à Bjarghildur de nos rencontres pour raconter des histoires. Elle me regarda alors enfin dans les yeux et dit en soupirant comme si elle se taisait sur tous les secrets des gens du pays : je promets de ne jamais rien lui dire.

Silfá n'amena Rán avec elle que quelques rares fois mais déclara que ça ne faisait rien, qu'elle lui racontait simplement en chemin vers chez moi ce qui s'était passé dans l'histoire afin qu'elle ne perde rien. Je demandai si elles étaient souvent ensemble ? Non, je l'ai toujours trouvée si emmerdante, dit Silfá, mais je la plains parce qu'elle a pas de bonnes copines, et aucune en été. Sa grand-mère est si stricte aussi, elle peut pas être avec n'importe qui, sinon elle aurait sûrement des amies. Et puis elle redemanda avec insistance : mais dis, j'peux pas simplement habiter chez toi ?

En pleine nuit je me réveillai en sursaut et me mis à réfléchir.

À l'aube j'avais décidé de repousser mon voyage à

New York d'un an et lorsque mon frère Pétur arriva à son travail juste avant neuf heures je l'attendais sur les marches extérieures au soleil du matin. Nous n'avions pas beaucoup parlé ensemble pendant l'été, Pétur et moi, ce qui n'était pas de ma faute, si l'homme n'était pas à la pêche il était en vadrouille entre deux pays. Je lui dis que je souhaitais disposer de l'appartement plus longtemps, s'il n'y voyait pas d'inconvénient. Il dit : ma Karitas, tu peux en disposer pendant plusieurs années si tu veux, nous sommes une famille et nous nous entraidons.

Les admonestations de ma mère sur la solidarité de la famille faisaient apparemment long feu parmi ses descendants mais je ne voulais absolument rien devoir aux miens : je paierai un loyer, Pétur, et je dois appeler à l'étranger de chez toi.

À l'intérieur du comptoir chez mon frère, j'appelai Yvette sans me soucier du décalage horaire. On est en pleine nuit ! dit-elle, contrariée. Je déclarai ne pas avoir accès au téléphone à une autre heure, que si elle ne voulait pas me parler elle n'avait qu'à raccrocher. Elle se réveilla alors tout à fait, commença à se plaindre de ma négligence à son égard, que je n'avais donné aucunes nouvelles de moi de plusieurs mois, qu'elle n'avait même pas su comment elle devait me joindre, qu'elle avait failli se rendre auprès de l'ambassadeur d'Islande, qu'elle avait même cru que j'étais peut-être morte, « et qu'est-ce que j'aurais dû faire avec tes tableaux si tu étais morte ? » C'est justement pour ça que j'appelle, dis-je, non pas parce que je suis morte mais parce que tu dois vendre mes tableaux. Comme Yvette était une grande amatrice d'art qui s'y connaissait dans les œuvres de l'époque contemporaine, elle n'avait jamais compris mon manque de connexion avec le temps, pour moi des jours entiers étaient comme un seul, cela dépendait du tableau auquel j'étais en train de penser ou travailler, comment pouvais-je me rappeler de l'appeler à tel ou tel moment, moi qui n'avais même pas le téléphone ? Yvette parla sans interruption pendant une demi-heure et si fort que Pétur devint nerveux, tournant autour de moi sur la pointe des pieds et je disais seulement oui oui, d'accord, et à chaque fois que j'ouvrais la bouche, Pétur me regardait fixement bouche bée avec admiration. Yvette dit que la galerie qui avait tenu la dernière exposition de mes œuvres et m'avait vendue me réclamait, qu'ils voulaient vite avoir de nouveau une exposition et étaient de surcroît en contact avec des acheteurs qui attendaient, que deux universités avaient demandé mes œuvres. Ensuite vinrent les principales nouvelles de la vie artistique et de longues descriptions de la chaleur de l'été. Puis elle demanda enfin quand je reviendrais, je lui manquais cruellement, « car même si tu es difficile à vivre avec toute ton excentricité, tu es totalement indispensable ». Je la priai de vendre les tableaux que j'avais laissés dans l'atelier et de transférer ensuite tous les revenus sur un compte ici en Islande. J'avais besoin de disposer de beaucoup d'argent.

Pétur tournait en rond autour de moi : et tu ne parles pas seulement français, tu parles aussi danois et anglais ? Oui, mon Pétur, dis-je avec affectation, c'est parce que j'ai habité à Paris, Copenhague et New York, mais c'est cependant l'islandais que je parle le mieux de toutes ces langues car je l'ai vraiment appris quand j'habitais dans la campagne d'Öræfi. Et Pétur dit alors en toute sincérité : ce serait un grand honneur pour moi si tu voulais demeurer dans mes appartements pendant que tu habites ici. Et ne me propose pas de loyer pour l'amour du ciel, ce serait si calamiteux pour ma réputation et si humiliant pour moi, gros commerçant, d'avoir pris de l'argent à ma sœur, la célèbre artiste.

Je ne sais pas pourquoi Pétur avait eu cette étrange idée que j'étais célèbre mais je dis très gentiment : mais que dit Marta de cela ? Marta ? répéta-t-il comme s'il n'avait pas bien entendu, Marta n'a rien à dire là-dessus, elle ne décide de rien.

Les femmes en Islande, pensai-je, elles croyaient décider de tout et ne décidaient de rien.

Karitas

Chandeliers, 1961

Aquarelle

Des chandeliers noirs et gris, certains tordus, révulsés, d'autres droits comme des cierges,
s'affrontent dans un escalier qui aboutit dans l'éternité. L'œuvre répond au tableau *Pièces de bois*
de Karitas que l'artiste a exécuté à son retour au
pays et il est tentant de penser que la mort était
très présente à son esprit car peu de temps s'était
écoulé depuis que sa mère avait quitté ce monde.
Karitas avait lutté avec la couleur noire depuis les
années vingt, alors avec du charbon et des peintures
à l'huile, mais avait peu pratiqué l'aquarelle avant
cet été dans l'appartement sous les toits chez son
frère. Comme précédemment elle réussit à créer
une atmosphère et désorienter le spectateur de sorte
qu'il trouve les formes tantôt vaines tantôt pleines
de mystère, d'horreur même, bien qu'il n'arrive pas
à saisir dans quoi cela se cache. La configuration
féminine des chandeliers et leur disposition agressive
éloignent cependant l'esprit des ténèbres de la mort
mais soulève par contre des questions sur un combat
féministe. Les mois d'automne ont été caractérisés
par des visites et du passage à Laugavegur. Si la
cuisine fume et que le cellier regorge de bonnes
choses, les amis ne manquent pas. Visites, joyeux
rassemblements et vie associative florissaient dans

le pays, les gens frappaient à la porte sans prévenir à l'avance et personne ne trouvait chose étonnante d'héberger parents et amis venant de l'extérieur de l'île, même s'il fallait faire la cuisine pour eux. Il s'était répandu parmi les membres de la famille et les connaissances que l'artiste s'était installée dans la maison de son frère, qu'elle habitait là avec sa gouvernante, et nombreux trouvaient tout désigné de passer la voir si tant est que leur chemin les conduisait dans la principale rue commerçante de la ville. Sœur et belle-sœur venaient en régulières tournées d'inspection, des connaissances féminines d'Eyrarbakki et d'Öræfi logeaient pendant leur séjour à la capitale. Mais certaines s'arrêtèrent cependant plus longtemps. Une vieille amie des Fjords de l'Est, Karlína, la cousine de Sigmar, usée par les naissances et le travail, dut subir des examens à Landspítali, l'hôpital principal de la ville, et lorsque Karitas apprit combien elle était mal lotie là où elle résidait elle lui offrit l'hospitalité pour une longue durée. Il y avait cependant un groupe de personnes que Karitas ne fréquentait pas mais aurait peut-être bien voulu rencontrer, c'était celui des artistes. Elle n'avait en fait jamais habité dans la capitale, y avait seulement effectué de brefs séjours, et pour cette raison pas réussi à constituer des liens avec eux. On peut aisément s'imaginer qu'elle aurait voulu discuter avec ses pairs mais les femmes qui s'agglutinaient chez elle dans Laugavegur estimaient avoir à discuter de choses autres et plus utiles que d'art. Foyer et voisin étaient les sujets de conversations. Karitas gardait de ce fait l'art pour elle-même et veillait soigneusement à ce que personne ne monte dans l'escalier menant à son atelier pour fureter dans ses œuvres. Mais les femmes, toutes joyeuses et amusantes qu'elles étaient, percevaient

leur quote-part sur son travail et cela apparaît sub-
tilement dans le tableau des chandeliers. L'humour
caustique luit à travers la tendance solennelle
à nimber les choses de mystère, les énergiques
femmes apparaissent sous la forme de chandeliers.

Elles étaient assises dans la pièce où se trouvait la radio.

Il y a quelque chose dans ses tableaux que je ne saisis pas, dit Pía, je m'y connaissais plutôt bien en art fut un temps et je sais qu'elle est très capable sur le plan technique mais bien qu'elle peigne ainsi de l'abstrait il y a une maudite intonation dans ses œuvres qui me met mal à l'aise, comme si elle blâmait l'individu, riait même de lui. Et Karlína qui n'était jamais venue à une exposition de tableaux dit : je me demande si ce n'est pas seulement son effroyable expérience qui éclate dans ses tableaux. Elle a perdu un enfant en bas âge et en avait presque perdu aussi la raison, puis sa sœur est partie dans le Nord avec un des jumeaux et son mari, mon cousin, n'en fichait pas une rame, ce démon à image d'homme, il était juste toujours en mer, imagine-toi, et puis il a trahi mon Thorfinnur. Ils devaient acheter un bateau ensemble mais finalement Sigmar a acheté un bateau avec un gars de Siglufjörður. Il ne s'en est jamais remis, mon Thorfinnur, mais elle, ma bonne Karitas, oui, elle est la meilleure amie que j'aie eue. Pía prit une profonde inspiration : bon sang, ça je ne le savais pas, ça explique beaucoup de choses, mais je te le dis comme ça à toi, je crois que c'est moi la meilleure amie que Karitas ait jamais eue.

Espèces de vieilles dindes médisantes, dis-je dans l'embrasure de la porte, si vous avez l'intention de parler mal de moi, des miens et de mes tableaux sous mon propre toit, sortez toutes les deux d'ici !

Elles osèrent à peine s'adresser la parole les jours suivants de crainte que mon nom soit par hasard mentionné dans la conversation. Elles se déplaçaient précautionneusement sur la pointe des pieds dans la maison comme si quelqu'un gisait à l'article de la mort dans une chambre, enlevaient leurs chaussures en bas dans l'entrée si elles devaient aller faire une course pour que le bruit de leurs pas ne s'entende pas dans l'escalier lorsqu'elles rentraient, et procédaient dans un tel silence lorsqu'elles faisaient le ménage que j'aurais pu entendre tomber une aiguille à l'étage en dessous. Elles intensifièrent le ménage pour montrer leur importance dans l'entretien de la demeure, pas moins Karlína bien que tout soit au-dessus de ses forces avec sa santé, et s'appliquèrent à la cuisine bien qu'aucune d'elles n'ait d'autre imagination que de jeter de la viande dans une marmite d'eau bouillante. Voulurent tout faire pour me montrer leur fidélité sans équivoque. Karlína avait élu domicile dans la pièce où se trouvait la radio sur la vieille banquette que Marta avait laissée, elle avait décliné mon offre de confortable hébergement dans la chambre nuptiale jaune totalement équipée, ne voulait pas déranger, « non ma toute bonne, de toute façon je dois partir ». Et elle se faisait peu entendre à l'exception de sa voix, elle avait toujours eu le verbe haut, Karlína, et avec l'âge celui-ci avait encore monté, elle était comme ces femmes qui ont toute leur vie rappelé de nombreux enfants à la maison, sa voix était prise dans sa gorge, était contrôlée de là et en sortait en grinçant de sorte qu'on ressentait un froid désagréable dans le ventre si elle parlait trop longtemps d'un seul coup.

J'avais été ébranlée lorsque je l'avais revue après trente-cinq ans. Pía était montée chez moi à l'étage et avait dit : il y a une sorte de grosse bouboule là en bas qui veut te voir. Je fixai longtemps la femme qui en faisait deux de large dans son manteau marron, les cheveux blancs courts qui se dressaient dans tous les sens, le visage rouge et enflé, et je ne pus en aucune manière la remettre, pas avant qu'elle ne dise d'une voix forte : Karitas, j'ai le diabète. Alors je reconnus la voix. Lorsque je la serrai dans mes bras contre moi j'entendis le ressac dans l'Est, entendis le crissement des galets dans l'eau de mer sous mes pieds, le miaulement des chats de Kára, il me sembla l'espace d'un instant que je tenais ma maison dans mes bras mais ce ne fut qu'un instant, la mémoire me dit rapidement que je n'avais de maison nulle part. Cependant le désir des jours enfuis, lorsque tout était pur et bon, s'enflamma en moi, je la tirai à moitié avec moi à l'intérieur, et lorsque j'entendis qu'elle devait passer l'hiver en ville pour des examens je lui proposai de rester chez moi. Qui devra payer la nourriture pour elle ? demanda rapidement Pía, et Karlína faillit alors se mettre à pleurer, déclara bien pouvoir rester chez sa fille même si enfants en bas âge et maladies de toutes sortes régnaient dans leur demeure. Mais quand elle nous eut raconté l'embarras dans lequel ses enfants se trouvaient, leur chaos, leur ivrognerie et leur ribambelle de bambins, ce fut finalement Pía qui lui proposa de rester, « si Karitas n'est pas disposée à vous donner à manger, je le ferai, je n'ai de toute façon pas d'appétit moi-même ».

Aussi nous installâmes Karlína dans la pièce où se trouvait la radio et elle bringuebala jusqu'à l'hôpital en bus pour ses examens et contrôles. Deux fois par semaine elle prenait aussi le bus pour aller chez sa fille dans le quartier de Vesturbær et elle revenait de ces visites si défaite que Pía, qui toutes choses égales par ailleurs pensait uniquement à sa propre peau, lui faisait couler un bain et lui préparait du thé au sucre candi. Elle-même avait toujours un pied en l'air si le temps était beau, l'interdiction d'alcool avait amélioré sa santé. Mais il était visible qu'elles désiraient que j'aie la paix, elles faisaient baisser la voix à Rán d'un long chut lorsque celle-ci passait après l'école à midi, ce qui était peut-être inutile, l'enfant n'avait pas une forte voix.

Rán ne venait pas pour me voir, il semblait lui être

indifférent que je sois en haut ou en bas quand elle arrivait, et ce n'était pas la faim qui la poussait chez nous, j'avais vu comment elle grignotait à peine la nourriture avant de bondir de sa chaise pour ne pas être en retard à table chez Bjarghildur. Je fus longtemps à essayer de comprendre qui était le pivot de ses courtes visites de midi jusqu'à ce qu'un jour cela m'apparaisse clairement. Je suivis du regard par en dessous Karlína lui couper viande et carottes, « voilà ma mignonne, essaie maintenant de manger les carottes pour que ta peau reste jolie comme ça et avale quelques morceaux de viande aussi, allez mange ça, ma pauvrette, ils sont si bons pour les muscles et la carcasse, et je ne parle même pas de tes beaux cheveux aussi », et elle resta auprès d'elle tandis qu'elle coupait et la caressait tour à tour, il s'en manquait de peu qu'elle ne la fasse manger aussi, et elle caressa ses cheveux châtain clair en tournant autour d'elle : veux-tu du lait ? Tu veux peut-être plutôt un mélange de lait et de petit-lait ? Ou non, tu veux du lait ? Rán avait faim de l'attention de Karlína.

Au sujet de Rán, Karlína eut besoin de me parler par un calme après-midi, elle s'assit en face de moi dans le salon où je feuilletais des journaux, s'installa avec les jambes écartées comme elle faisait si souvent lorsqu'elle était jeune femme et enceinte dans le fjord de Borgarfjörður-Est, prit un air fatigué que je connaissais aussi du temps passé et dont je savais qu'il ne présageait rien de bon. Elle dit : tu as remarqué comme la gamine est bizarre, souvent, Karitas ? Je savais qu'elle parlait de Rán et trouvais bon que d'autres puissent ressentir la même chose que moi mais fis comme si je n'avais rien remarqué. Rán est une jeune fille modèle et elle n'a absolument rien, dis-je en faisant semblant de lire. Non, dit Karlína sur un ton lourd, il y a quelque chose qui ne tourne pas rond, cette enfant ne mange jamais rien, elle est pourtant boulotte, ne dit jamais rien mais est rudement intelligente, elle n'est jamais joyeuse comme les enfants de son âge, est toute repliée à l'intérieur d'elle-même d'une certaine façon et n'essaie pas d'en attribuer la responsabilité à la timidité, c'est quelque chose d'autre, je le sens en moi.

Ce n'est certes pas à la portée de tout le monde d'habiter sous le même toit que Bjarghildur.

Karlína souffla entre ses dents, secoua la tête devant mon ignorance en théorie humaine, entra dans la pièce où se trouvait la radio et referma derrière elle. Ce qu'elle ne faisait généralement jamais.

Je ne me plaisais plus à raconter mes histoires dans le salon, je ne voulais pas les contenter, celles d'en bas, en leur permettant d'écouter puisqu'elles cancanaient sur mon compte, aussi j'emmenai Silfá en haut chez moi et les rares fois où Rán obtint la permission de sortir le soir elle suivit. Elles marchèrent dans mon atelier avec un profond respect, sachant qu'elles étaient les seules à avoir été introduites dans le saint des saints, regardèrent avec vénération les amoncellements de papier sur la table de travail, les pinceaux, les bocaux, les flacons de parfums, les dessins et les esquisses sur le sol et sur les murs, les vieux journaux en tas, des piles de livres çà et là, je les invitai à s'asseoir sur les livres, m'assis moi-même sur mon divan. Silfá demanda malgré tout pourquoi je n'avais aucun meuble à part la table et le divan et je dis que les meubles m'empêtraient tout simplement. À Paris il y avait un sofa rouge, hein ? demanda-t-elle en fronçant les sourcils pour essayer de se rappeler. Oui, il y avait un vieux sofa rouge, répondis-je avec mélancolie. Et une vachement petite baignoire avec un rideau devant ? Oui, à peine plus grand que la baignoire. Et puis il y avait un grand chevalet ? Oui, il y avait un chevalet. Il est où maintenant ? Il est à New York. Puis il y eut un long silence. Nous avions toutes deux envie d'évoquer nos moments communs rue du Moulin-Vert mais nous ne le pûmes ni l'une ni l'autre. Peut-être était-ce la présence de Rán qui nous en empêchait, peut-être la peur des émotions. Puis je dis : où en étions-nous rendues ?

Tes frères pouvaient sortir le soir, tu te souviens ?

Oui, ils pouvaient rejoindre les garçons qui étaient en pension mais maman et moi restions seules à la maison avec le petit Pétur. Bjarghildur et Halldóra étaient alors dans le Sud, à Reykjavík, et maman et moi profitions de l'occasion quand nous étions seules pour prendre un bain dans le grand baquet à l'intérieur de la cuisine.

J'étais en train de décrire la peau douce comme la soie de ma mère et ses cheveux mouillés qui nageaient à la surface de l'eau lorsque je fus si captivée par mon souvenir que je dus arrêter un moment ma narration. J'eus envie de pouvoir penser à ce détail en privé, de me le remémorer encore et encore, de revoir ma mère avec les épaules nues dans la pâle lumière de la lampe, elle me manquait si terriblement, en un instant je compris qu'elle avait disparu à mes yeux, que je ne pourrai jamais la revoir et je fus submergée par les sentiments, je dus cacher mon visage dans mes mains pendant que je me remettais, essayai de contenir les pleurs qui allaient faire exploser ma tête, puis je pus dire en essayant d'être naturelle : elle avait de si larges et bonnes épaules, ma mère, de meilleures épaules que bien des hommes mais c'est pour sûr bien souvent le cas avec les femmes fortes.

Et puis je levai les yeux sur les jeunes adolescentes. Elles pleuraient silencieusement à chaudes larmes.

À mon grand chagrin je les avais fait pleurer, je dus trouver un chiffon pour qu'elles puissent sécher leurs paupières mais cela fit peu d'effet, j'avais par mégarde ouvert les portes. Et je voyais dans le gouffre. Elles pleuraient l'absence de leur mère. Elles avaient toutes les deux leur maman en vie et pleuraient l'absence de leur mère. De cela je devais répondre même si la faute n'était pas de mon fait, justifier les actes des hommes que j'avais moi-même surtout envie de châtier. Répondre à des questions comme : comment ma mère a-t-elle pu m'abandonner et partir en Amérique avec un type quelconque, pourquoi je me suis tout d'un coup retrouvée chez toi et puis à Paris, il était où mon père, est-ce qu'il ne voulait pas m'avoir, et pourquoi j'étais tout d'un coup revenue chez lui et chez cette femme qui ne me supporte pas parce que je ressemble certainement trop à ma mère, et pourquoi maman ne m'a jamais écrit d'Amérique ? L'autre enfant pleurait sans discontinuer mais n'arrivait pas à s'exprimer, aussi je demandai avec circonspection pour essayer de soulager la peine de l'adolescente : et toi ta maman te manque peut-être aussi, ma petite Rán ? Non, chuchota-elle, Halldóra n'a jamais voulu m'avoir et je ne sais pas pourquoi. Elle n'a jamais voulu mon père non plus et c'est pour ça que je suis chez Bjarghildur.

À cet instant précis je souhaitai que ma mère soit là avec sa pieuse sagesse, elle aurait avec quelques bonnes paroles et quelques citations religieuses pu justifier les actes du Créateur. J'étais incapable d'une telle chose, je pus uniquement leur procurer du réconfort en les serrant dans mes bras et en tapotant leur dos, puis en les gavant de chocolat et de raisins secs.

Elles se tenaient par la main lorsqu'elles descendirent l'escalier.

Mes frères frappèrent à la porte, tous les trois sans exception. Pía les reçut en robe de chambre, elle croyait que c'étaient des gamins venant demander affaires et jouets pour une tombola et tomba presque en syncope lorsqu'elle vit ces respectables messieurs se tenir devant la porte. Karlína en robe du matin élimée et vieilles chaussettes de laine s'étrangla tellement avec sa mixture qu'ils durent tous les trois commencer par lui porter secours lorsqu'ils furent entrés. Je les avais cependant entendus dans le couloir d'entrée et eus de ce fait le loisir d'enfiler une jupe et des chaussures à talons hauts, de me coiffer et me mettre un rouge à lèvres vif. Je descendis lentement l'escalier comme en flottant avec mon bloc à dessin sous le bras, rien d'autre que l'élégance même, mais c'était bien sûr de l'inconvenance de la part d'hommes de faire ainsi irruption chez des femmes avant midi, « nous avons veillé longuement cette nuit et c'est pourquoi nous avions l'intention de nous reposer jusqu'à midi », dis-je sans préambule et elles dans la cuisine me regardèrent avec des yeux de chien reconnaissant. Les frères présentèrent humblement des excuses pour ce dérangement.

Lorsqu'ils s'assirent en face de moi, soigneusement peignés et la chemise impeccablement rentrée dans le pantalon comme à l'accoutumée, ils entrèrent inconsciemment dans leur vieux rôle, attendant que la sœur qui fut un temps s'occupait d'eux afin qu'ils puissent aller à l'école montre sa bienveillance de quelque manière. Je réagis en ouvrant mon bloc à dessin, commençai par Ólafur, trouvai plus juste en cet instant de ne pas les avoir tous ensemble sur une seule image. Il se renversa en arrière sur son siège et dit en se raclant la gorge plusieurs fois : que tu as bonne mine, est-ce que le climat est si bon à l'étranger ? Je dis que oui, qu'on n'avait plus le vent, scrutant son nez effilé. Páll regardait exclusivement sa pipe, Pétur était assis souriant mais nerveux, il promenait son regard autour de lui comme s'il était dans un restaurant et que le service était absent. J'appelai à voix forte en direction de la cuisine : les filles, ils manquent de café ! Elles arrivèrent sur-le-champ avec le café, trottinant côte à côte comme deux geishas silencieuses, toutes les deux vêtues de leur robe du dimanche. Le café délia la langue de Pétur et Páll, ils se mirent à discuter du temps avec ardeur, de la grosse mer dans le nord et de l'éruption du volcan Askja, mais Ólafur était distrait car très préoccupé par son apparence du fait qu'on était en train de fixer celle-ci sur le papier. Cependant lorsque je tournai la page de mon bloc et commençai le suivant il en vint au sujet, l'avocat, dit qu'eux les frères avaient maintenant fini d'exécuter la succession de notre mère, que tout serait réparti équitablement mais que s'il existait quelques souhaits particuliers au sujet d'objets personnels de sa possession on essaierait bien sûr de les satisfaire dans la mesure du possible, s'il y avait quelque chose que je voulais avoir ?

Sa bassine à laver le linge, répondis-je.

Páll n'enleva pas sa pipe de sa bouche avant que j'aie commencé avec Pétur : Elena Romoa te transmet son chaleureux bonjour, dit-il alors. Elle habite maintenant à Paris avec sa fille, elle a hérité d'une somme rondelette de son père si bien qu'elle a pu s'acheter un appartement, mais puisqu'on parle de Paris hum je veux hum qu'il soit mentionné que lorsque Bjarghildur et moi sommes revenus de Paris une année j'ai pris le chemin le plus direct vers le Nord sans parler à qui que ce soit dans la famille de mon séjour chez toi et ça m'a vraiment surpris quand maman m'a dit que Sumarliði t'avait enlevé l'enfant. Ça je voulais que tu le saches. C'est pourquoi entre autres je me trouve là aujourd'hui.

Sais-tu un peu dans quel arrondissement Elena s'est acheté l'appartement ? demandai-je mais Ólafur m'interrompit alors et dit que même si le motif de sa présence en ce lieu était de m'apporter des nouvelles du partage de l'héritage il arrivait aussi les bras chargés. Il était venu avec tous mes tableaux, mes dessins du Nord, mes peintures de l'Est, mes œuvres étranges de mon séjour dans le Sud à Eyrarbakki, ils étaient tous emballés en bas dans l'entrée. J'aurais préféré pouvoir les garder encore, dit-il, mais quand Sigmar m'a dit l'autre jour à la banque en bas de la rue que tu étais tout à fait revenue au pays j'ai trouvé plus juste de ne plus rester assis dessus. Car il s'agit de biens de valeur si on parle de ça.

Je leur demandai alors de se rapprocher afin que je puisse les avoir ensemble sur la même image. J'avais changé d'idée, il me paraissait tout à fait évident que ce serait plus amusant pour moi de les avoir tous les trois ensemble sur une seule image plutôt que chacun sur une image isolée. Je trouvais significatif que Pétur seul puisse me rendre visite sans avoir une raison pour cela comme mes frères aînés aussi j'essayai de rendre la sincérité dans ses yeux comme je me la rappelais lorsqu'il était accroché à mes jupes dans le Nord petit garçon. Et puis il eut absolument besoin de dire alors qu'ils étaient en train de faire leurs adieux, les frères, et je regrettai profondément de ne pas l'avoir dessiné le sourcil plus froncé, qu'il avait vu des tableaux de moi dans une exposition à Edimbourg et qu'ils étaient alors en la possession d'un certain Már Hauksson, « tu te souviens, Dengsi, mon copain dans le Nord, le fils du marchand, tu te souviens », mais comment ils pouvaient bien être arrivés en sa possession ça il ne le savait pas, oui à moins que je ne les lui ai moi-même donnés quand il était dans le pays il y a de nombreuses années ?

Je déclinai la proposition de mes frères de monter les tableaux à l'étage, les portai moi-même avec difficulté jusqu'en haut mais ne les déballai pas. On remet bien sûr à Noël d'ouvrir les paquets. Mais qu'elles étaient dévastées après la visite, les filles ! Affreux d'avoir été en robe de chambre alors qu'ils sont arrivés ainsi parfaitement mis, dit Pía. Fumant une cigarette après l'autre et se rongeant l'ongle du pouce. Si honteux de n'avoir rien eu à leur offrir avec le café, marmonna Karlína comme si c'était de ma faute plutôt que de la leur. Et ce Páll n'est pas marié, dis-tu ? demanda Pía, et lorsque j'eus répondu que non elle fut encore plus dévastée.

Mais au contraire de ce que je pensais la visite les

transforma en meilleures personnes. Elles firent chauffer le four et se mirent à cuire des petits gâteaux secs de toutes sortes, se firent prêter par Kalli un vieux batteur électrique qu'il n'utilisait plus, s'affairèrent transpirantes dans la cuisine pendant des jours, il y faisait si chaud que je devais fuir avec ma tasse de café dans le salon. L'odeur de petits gâteaux se répandit dans la maison et bien évidemment dans la rue, elle attira en haut les père et fils des étages du dessous, les petits-enfants de Karlína du quartier ouest de la ville, la cousine sourde de Pía, Silfá et Rán firent l'école buissonnière en gymnastique pour pouvoir grignoter dans les boîtes, la cuisine était remplie de visiteurs et passants qui tous firent les louanges des chefs pâtissières.

Leur confiance en elles-mêmes augmenta avec chaque sorte de petits gâteaux. Puis elles se mirent à avoir des revendications, les amies, arrivèrent avec leur tasse de café dans le salon pendant leur pause, soupirèrent pour attirer mon attention, me regardant avec un léger air moralisateur, jusqu'à ce qu'elles ne puissent plus se contenir, mon tour était venu selon leur appréciation : on pourrait peut-être rafistoler un brin dans cette maison ? Noël arrive. Tu ne peux pas accrocher un peu de tes tableaux sur les murs ? Et est-ce que ça ne serait pas possible d'avoir quelques meubles dans la salle à manger et dans le salon ?

Pour maintenir la paix du fait que Noël arrivait comme elles le disaient, je m'habillai élégamment, me rendis dans un magasin de meubles sur Laugavegur, achetai la table de salle à manger la plus chère afin qu'elles cessent leurs grommellements, puis indiquai du doigt des miroirs de toutes sortes qui étaient accrochés dans un coin, et dis à la vendeuse que j'allais les prendre aussi. Lequel ? demanda la dame, ce rond, un ovale, un carré, ce long ou ce large, ou peut-être l'un de ces petits ? Tous, dis-je.

Elles n'obtiendraient pas mes tableaux accrochés aux murs. Mais on pourrait voir plusieurs images dans les miroirs de sorte qu'elles n'auraient pas à se plaindre que ça manquait de peintures sur les murs.

Elles ne se plaignirent pas, elles restèrent muettes comme des tombes avec les bras croisés sur la poitrine pendant que j'accrochais tous les miroirs. Ne dirent rien non plus au sujet de la table de la salle à manger au début, ce ne fut pas avant le soir alors qu'elles étaient en chemin pour aller se coucher qu'elles en caressèrent le plateau en murmurant : ça a dû coûter quelque chose, puis se chuchotèrent l'une à l'autre : calamiteux de ne pas avoir un service décent pour une telle table.

Silfá était en train de mâchonner des petits gâteaux dans le coin de la cuisine lorsque lui échappa : je vais déménager ici, ça m'est complètement égal que vous vouliez m'avoir ou pas, je vais tout simplement venir. Pía et Karlína rirent avec affectation, se trémoussant d'autosatisfaction sur leur chaise, ce n'étaient pas de si piètres références pour la maison, mais je dis : ma petite Silfá, les petits gâteaux auront une fin. Ça n'avait rien à voir avec les petits gâteaux, affirma-t-elle, mais avec le fait que je pourrai bûcher en paix pour avoir mon brevet ce printemps.

Nous obtînmes alors un aperçu de la vie de famille à Thingholt que je n'avais aspiré à avoir, je voulais en entendre le moins possible sur mon fils. Mais il était toujours en mer, et sa femme toujours seule avec les enfants, irritée et acariâtre. Je reconnaissais quelque chose de la recette, la mauvaise humeur mise à part, je n'avais jamais eu la présence d'esprit d'être acariâtre, aurais peut-être mieux fait de l'être, mais d'après ce que crut comprendre notre assemblée de la cuisine l'épouse avait vraiment quelque chose de plus que bizarre. Ou elle est muette ou elle hurle, expliqua l'enfant, je sais jamais comment elle sera quand je rentre de l'école, si elle est bien lunée elle rit vachement fort et se fiche de moi, j'ai des pieds si larges ou de si grandes mains ou ceci et cela, j'me sens comme Donald le canard ou un truc comme ça et ça me met tellement en colère et me rend si triste que j'peux pas étudier, puis quand elle est d'humeur noire elle débarque brusquement dans ma chambre et me hurle dessus, dit que j'ai rien à faire avec une chambre pour moi seule parce que je suis juste un garçon manqué dont personne veut et elle jette les gamins chez moi, mais c'est avant Noël qu'elle est la pire, c'est là qu'elle hurle alors le plus et puis quand la veille de Noël approche et que papa est à la maison elle s'engueule avec lui toute la journée, les gamins traînent dans ma chambre comme des malheureux morts de trouille, ils ont tellement peur que les trolls de Noël ne passent pas et puis elle fait traîner autant qu'elle peut de cuisiner, nous fait poireauter en habits de fête et papa doit s'escrimer à l'amadouer, sinon on a pas de réveillon et il y a pas de Noël.

Bizarre qu'il n'arrive pas à maîtriser le personnage, dit Pía. La chambre des parents et le salon du fond sont libres tous les deux, m'informa Karlína, comme si je ne le savais pas. La tendre enfant me regardait anxieuse avec des yeux ronds. Ma petite Silfá, dis-je en embrassant sa douce joue, nous n'allons pas faire de remue-ménage avant Noël mais tu peux venir tout de suite après.

À New York je baignais Silfá en pensée chaque soir. L'habillais d'un pyjama de flanelle, tressais ses cheveux mouillés pour qu'ils ne soient pas comme un sac de nœuds au matin, lui donnais du lait bouilli tiède, m'allongeais auprès d'elle pendant qu'elle s'endormait, lui racontais des aventures inventées de toutes pièces, et lorsqu'elle était endormie je restais un moment le nez contre sa douce joue, aspirais en moi le parfum de sa peau. Pour garder ma raison sur ce nouveau continent, je devais répéter le coucher dans mon esprit chaque soir. Le repasser d'abord les yeux fermés, me concentrer sur le rituel, sentir la douleur comme le fouet du châtiment, puis me tourner vers le chevalet.

Elles arrivèrent avec un arbre de Noël artificiel américain le 22, la veille de la messe de Thorlákur, avaient l'intention de le trimballer dans le salon mais je dis : non merci, pas de cochonnerie artificielle chez moi, alors Pía l'installa dans sa chambre. Nous avons aussi acheté une guirlande, dit Karlína désappointée. Mais Pía n'avait pas encore dit son dernier mot, elle ressortit avant la fermeture et revint triomphante avec un petit sapin : et voilà, est-ce que c'est assez authentique pour madame ? Je leur permis de s'affairer pour Noël tout autant qu'elles le pouvaient, leur tendis simplement suffisamment de billets pour qu'elles puissent dépenser à volonté, que ce soit en nourriture ou cadeaux de Noël pour enfants et petits-enfants, cela m'était complètement égal. Noël n'avait jamais été particulièrement en faveur auprès de moi, pas après que j'étais devenue femme et avais dû me mettre en pareils jours à cuisiner et faire la vaisselle comme jamais auparavant. Hormis cela ma relation avec le Sauveur était du même genre que celle avec Sigmar, peut-être pas légalement divorcés mais nous n'avions pas vraiment suivi la même route.

En ce qui me concernait, elles pouvaient décorer le sapin et faire bouillir du mouton fumé jusque fort tard dans la nuit.

Karlína avait l'intention d'être chez sa fille pour Noël, pour sauver le repas de fête en la demeure, aussi Pía me dicta ce que je devais faire. Elle parla en son nom de jeune fille de consul : nous aurons en entrée du poisson en gelée, du mouton fumé avec sauce béchamel en plat de résistance et en dessert du riz aux amandes. Puis nous dresserons la table de la salle à manger, utiliserons mon argenterie puisque tu n'en as pas, mettrons une nappe en dentelle, ô mon Dieu, il n'y a pas de nappe dans la maison.

Elle enfila son manteau avec une expression consternée, c'était l'après-midi du jour de la messe de Thorlákur. Lorsque Karlína partit chez sa fille après le repas de midi le jour suivant, la veille de Noël, elle n'était toujours pas revenue.

Elle s'était enfilé l'extrait d'amande, souffla Karlína en chemin vers le bas de l'escalier sans me regarder, elle avait commencé pendant qu'on faisait les petits gâteaux, mais tu es tellement dans les nuages que bien sûr tu ne remarques jamais rien, aussi tu ne peux que t'en prendre à toi-même si tu es seule pour Noël mais Pía est partie se soûler, ça je peux te le dire.

Emportée par son élan elle buta dans Pétur qui avait décidé de faire un saut à l'étage pour appliquer un baiser de Noël sur ma joue avant de rentrer chez lui, il la suivit des yeux tandis qu'elle sortait, puis me regarda et demanda où était l'autre femme ? Elle est juste partie prendre une cuite, dis-je. Il soupira lourdement. Me demanda si je ne voulais pas venir manger chez eux avec lui et Marta. Je répondis que je viendrais si j'avais subitement très faim. Il déclara alors vouloir attirer mon attention, disant qu'il avait eu l'intention de m'en parler depuis longtemps, qu'il n'en avait simplement pas eu l'occasion, mais qu'il avait envie comme dit précédemment d'attirer mon attention sur le fait qu'une pareille alcoolique comme celle que j'hébergeais jetait non seulement le discrédit sur elle-même mais aussi sur celles qui habitaient avec elle et pas uniquement ça, mais aussi sur les parents de celles qui habitaient avec, ainsi que sur le logement dans lequel elles habitaient. Si je voulais bien considérer attentivement cela mais venir ensuite manger chez eux, ils avaient de la perdrix des neiges.

Je ne mange pas de perdrix, dis-je.

Elles descendaient furtivement dans le village lorsque les chasseurs étaient partis vers le sud pour la saison de pêche hivernale, ces grassouillettes pauvres petites, cacabant et se dandinant comme des femmes d'un tempérament doux qui croient dans leur naïveté que personne ne peut leur faire de mal. Peut-être savaient-elles que les femmes du village déployaient sur elles un bouclier de protection, ne laissaient sortir ni chats ni enfants pendant qu'elles grattaient avec leurs pattes dans la neige les froids matins d'hiver ? J'avais souvent eu envie de les faire entrer chez moi et leur donner à manger. Là-haut sur la lande de bruyère elles étaient assiégées par les oiseaux de proie qui voulaient les étriper et les Nemrod qui désiraient les tirer et maintenant mon amie se trouvait là-haut sur la lande, possédée par quelque saleté contre laquelle elle ne pouvait rien, sans défense.

Comme il neigeait joliment dehors.

Sa chambre était prête pour les fêtes, bougies sur un napperon brodé blanc sur la table de nuit, robe de Noël repassée sur le dos de la chaise, pas le moindre grain de poussière visible, rien qui ne donne une indication sur son escapade projetée sur la haute lande, elle avait simplement aussi eu l'intention d'aller au magasin chercher une nappe. Son mobilier gardait le profil bas et pas sans raison, il savait de quoi il avait été menacé si sa propriétaire sortait des rails, mais alors que j'allais refermer la porte et laisser celui-ci rester dans l'incertitude quant à son avenir, on frappa à l'entrée.

J'ouvris brusquement la porte.

Tu sais préparer la béchamel ma toute petite ? demandat-il simplement.

Tiens, pensai-je, alors revoilà une fois de plus le passé qui s'introduit chez moi.

Je dis : ne va pas rêvasser Sigmar que je me mette à cuisiner pour toi.

Il s'invita lui-même à entrer, de précédente expérience je savais qu'il était vain de se mettre en travers de la route des hommes de grande taille, avec la force de leur grandeur ils foncent à toute vapeur par-dessus les petites vagues, mais je demandai comment il s'était porté après avoir frétillé dans l'eau du port l'été passé, s'il avait avalé quelque poisson par inadvertance ? Il déclara être habitué aux bains de mer, enleva son manteau enneigé, fila à grandes enjambées dans la cuisine avec ce sac qu'il avait apporté, ouvrit là tous les placards en grand et je lui demandai alors tout d'abord poliment ce qu'il me voulait, avec sa permission ? Ton frère Pétur a dit que tu serais seule pour Noël, toute seule dans cette grande maison et ça m'a semblé intolérable ma toute petite, nous qui habitons à un jet de pierre l'un de l'autre, bien sûr nous mangerons ensemble et j'ai apporté le repas de Noël avec moi, mouton fumé et pommes de terre, petits pois et chou rouge, il ne reste qu'à préparer la béchamel et ça tu sais le faire si je me souviens bien, dit-il en cherchant avec ardeur une grande marmite. Je dis qu'il y en avait assez du mouton fumé bouilli dans la maison mais il déclara préférer le manger chaud à la façon du Nord si je voulais bien être assez bonne pour préparer rapidement la sauce. Je dis qu'il pouvait la faire lui-même, que la recette se trouvait dans le recueil d'Helga Sigurðardóttir. Je jetai le livre sur la table et il dit : j'ai toujours trouvé si regrettable que tu ne sois pas vraiment fameuse en cuisine et je dis : j'ai toujours trouvé si triste que tu ne sois jamais à la maison afin que je puisse cuisiner pour toi.

Probablement serions-nous retombés dans notre sauce du passé, bien épicée d'herbes amères, si un carillon n'était parvenu par la fenêtre ouverte de la cuisine, les gens avaient réglé la radio fort dans la maison d'à côté, et nous fîmes silence sur l'instant. Noël avait été sonné, et comme par vieille habitude nous montrâmes au passé un respect approprié, à nos parents et notre enfance égalentent, nous tournâmes vers la cuisinière sans dire un mot, il mit la viande et les pommes de terre à bouillir, je fis fondre du beurre dans une casserole, ajoutai la farine, il fit couler goutte à goutte le lait pendant que je remuais, puis nous changeâmes de rôle, je versai lentement du lait tandis qu'il remuait énergiquement, courbé en deux au-dessus de la cuisinière, la hauteur de celle-ci était faite pour des gens plus petits.

Je disposai les assiettes sur la table de la salle à manger sans nappe, puis les couverts en argent de Pía et tous les chandeliers, allumai les bougies, le sapin de Noël, la radio, éteignis toutes les lumières et nous nous assîmes là face à face, nous le couple, et mangeâmes le mouton fumé chaud comme si nous avions fait cela tous les Noëls jusque-là. On diffusait du Bach à la radio après la messe aussi tout babillage nous sembla inutile, nous nous regardâmes simplement dans les yeux de temps en temps, nous restâmes ainsi assis longtemps après que le repas fut fini. Il dit enfin : est-ce que nous ne devrions pas nous allonger un moment peut-être, ma toute petite ?

Silfá veut emménager chez moi, dis-je en faisant comme si je n'avais pas entendu sa douce proposition, car même si je n'aurais rien eu contre le fait de dormir dans sa chaude étreinte, j'étais trop repue pour me retrouver engagée dans les grandes entreprises qui ont toujours été le prélude du sommeil dans les bras de Sigmar, aussi je détournai la conversation sur l'adolescente, il ne la portait pas moins que moi dans son cœur.

C'est hors de question, dit-il, renfrogné du fait que je ne veuille pas me glisser sous la couette avec lui, pas tant que tu as une alcoolique dans ta demeure. Tu dois alors en premier la jeter dehors.

Si Pía sort d'ici, je repars à New York, dis-je, mais bon sang qui diable penses-tu être pour décider où doit être l'enfant ?

On ne jure pas à Noël, dit-il, et puis il y a autant de moi dans cette enfant que de toi. Mais tu ne veux pas toi simplement emménager chez moi comme il en a toujours été question ? La maison t'a attendu des années, tu pourrais avoir tout l'étage pour toi.

Il te manque quelqu'un maintenant pour te faire la cuisine ?

Les marins sont parfaitement capables de se mitonner eux-mêmes quelque chose pour eux s'ils en ont besoin. Par ailleurs j'ai une femme qui fait le ménage dans la maison et veille à ce qu'un repas soit toujours prêt, elle pourrait faire le ménage de l'étage aussi.

Jamais de la vie je n'habiterais sous ton toit.

Alors restons-en là, dit-il, mais est-ce qu'on ne devrait pas s'étendre un petit instant après le mouton fumé ?

Je déclarai que j'allais y penser pendant que nous débarrassions la table et rangions. Puis il dut sortir sur le petit balcon pour fumer son cigare, j'avais dit qu'il n'était pas question d'avoir de la fumée de tabac dans mes cheveux, qu'ils étaient propres, mais tandis qu'il se tenait là dehors ce fut comme s'il apercevait quelque chose d'autre que ses bateaux dans le port. Il cessa de fumer et scruta la neige dans le jardin de derrière en contrebas. Je sortis sur le balcon et aiguisai aussi mon regard mais ne vis rien dans l'obscurité. Il y a quelqu'un qui gît là-bas, dit-il. Qu'est-ce que c'est que ces sornettes, dis-je, tu ne vois pas que c'est le tonneau des poubelles qui se dresse hors de la neige ?

Mais il ne m'écouta pas, sortit et je le suivis silencieusement à distance, restai sur les marches de l'entrée et aspirai l'air pur et froid, il avait cessé de neiger et je vis des étoiles dans le ciel. Il enjamba les congères vers la forme sombre et indistincte qu'il croyait avoir aperçue, se pencha et en l'espace d'un clin d'œil je le vis jeter un gros ballot sur son épaule. Il revint avec, puis dit lorsqu'il me vit sur le perron dans la lumière : j'ai

355

perdu mon foutu cigare. On ne jure pas à Noël, dis-je et vis en même temps que c'était une femme qu'il avait sur l'épaule. Son manteau était remonté aux fesses, les jarretelles avaient glissé du porte-jarretelles, on voyait une culotte rose. C'est Pía, mon amie, dis-je, elle devait être en train de regarder les étoiles.

Elle était consciente, aussi le plus juste me semblait de la débarrasser au jet de la crasse et de l'odeur dans la baignoire mais il rejeta catégoriquement cette mesure, la porta dans sa chambre et la jeta sur sa couche. Quand on récupère des hommes d'équipage dans cet état on les balance dans leur couchette, dit-il, on ne leur fait pas une beauté, le mieux est qu'ils cuvent ça et se réveillent avec une suffisante foutue gueule de bois, ils travaillent alors comme des chevaux ensuite. Ici une année nous avions tant de mal à équiper d'hommes les chalutiers que nous avons dû faire appel à la police pour nous aider à ramasser les hommes qui étaient en train de boire et les ramener à bord. C'étaient tous des hommes de premier choix et des durs, capables au travail, quand ils avaient dessoûlé. Une fois ils furent si énergiques dans leur ramassage qu'ils embarquèrent par mégarde un homme qui déambulait tranquillement sur le quai, barbu et chevelu, et le jetèrent dans le remorqueur avec les autres, puis il se révéla que c'était un professeur allemand qui était en voyage dans le pays. Une vie au grand air de trois semaines l'attendait sur le chalutier mais il était si content après la balade qu'il crut ne jamais pouvoir assez remercier le capitaine.

Nous regardâmes cette image de désolation. La misère avec la vieillesse à la remorque s'était jetée sur elle, manteau déchiré aux manches, boutons manquants, bas filés, cheveux aplatis, visage maculé et comme gravé de runes, dentier du bas perdu.

Il y a peu de choses aussi lamentables qu'une vieille femme soûle, dit Sigmar.

C'est la fille qui était avec moi quand je t'ai vu pour la première fois à Siglufjörður, c'est elle qui a attiré mon attention sur toi, dis-je. Ah bon ? dit-il, et il alla alors chercher un gant de toilette, essuya doucement la saleté de son visage, puis étendit sur elle une couverture. Je dis : elle ne peut pas se réveiller comme ça sans dents, tu ne peux pas sortir et essayer de trouver son dentier ?

Il était vraiment rétif à l'idée de ressortir mais le fit malgré tout, « parce que c'était Noël ». Il chercha longtemps dans la congère où elle était restée couchée, dégagea la neige avec ses mains, je suivais de près depuis le perron, essayais de le guider pour l'emplacement, le faisais se déplacer un tout petit peu plus à gauche et puis à droite et puis de nouveau à gauche lorsque je voyais qu'il était en train d'abandonner les recherches mais il abandonna de toute façon, tapota la neige de ses vêtements, leva les yeux vers les fenêtres des maisons environnantes pour voir si on le regardait, puis dit un peu exaspéré : elle n'aura qu'à chercher son dentier à la fonte des neiges.

Mais l'euphorie amoureuse, si elle avait tant soit peu existé au départ, nous avait quittés, nous avions beaucoup plus envie d'un bon café. Je lui permis de fumer pendant que nous buvions le café dans le salon, je trouvais qu'il méritait bien cela cette fois même s'il n'avait pas trouvé les dents, mais que ce soit la faute des bougies et de la fumée de cigare ou du calme inhabituel qui montait de Laugavegur déserte le soir de Noël nous piquâmes tous les deux du nez. Nous avions cela en commun Sigmar et moi de nous endormir le menton sur la poitrine lorsque nous nous renversions en arrière sur le sofa.

On raconte que des événements dramatiques se déroulent dans les couvents lorsque les sentiments de nombreuses femmes aboutissent dans un chaudron spirituel. Que la tension et la guerre des nerfs peuvent être telles que des croix tombent des murs bien que personne ne se trouve à proximité. L'ébullition monta doucement en nous, comme lorsque les myrtilles sont en train de cuire avec le sucre pour la confiture, se soulèvent avec une lenteur paresseuse du fond de la marmite pendant que nous les surveillons mais gonflent avec une effrayante rapidité jusqu'au bord dès que nous les quittons des yeux.

Pía se déplaçait furtivement entre les pièces, les épaules contractées et une main devant la bouche. Elle jetait d'abord un coup d'œil par la fente de sa porte comme une souris qui sait qu'il y a un chat dans la maison, se précipitait d'un bond dans la salle de bains, de là dans la cuisine et puis de nouveau chez elle, le tout à la vitesse de la souris domestique, ne regardant jamais dans le salon où j'étais assise et lisais. Je la laissai tranquille, lui permis de passer Noël avec ses meubles, mais lorsque Karlína revint le troisième jour après Noël, boitant de rhumatismes et éplorée à cause de l'état misérable dans lequel vivaient sa fille et tous ses petits-enfants, il m'effleura l'esprit que je devais peut-être entrer en jeu bien que je n'aie aucune idée de la manière avec laquelle pareille chose devrait être faite. Karlína pleurait mais lorsqu'elle vit Pía dans la cuisine les pleurs se transformèrent en un long hurlement comme si elle-même avait perdu le dentier du bas, et j'essayai tout ce que je pus pour me souvenir quels étaient les devoirs généraux des maîtres de maison quand la maisonnée sortait des rails. Lorsqu'un fracas se fit entendre en bas depuis la cage d'escalier les cris s'arrêtèrent dans la cuisine, j'ouvris dans le couloir. Je me retrouvai nez à nez avec Silfá Sumarliðadóttir, chargée d'un sac de marin sur l'épaule et de bagages avec un jeune homme inquiet sur ses talons qui lui portait une chaise et un tourne-disque, et elle dit joyeusement lorsqu'elle me vit : salut, me voilà.

Je dis seulement : eh bien, ma petite Silfá, te voilà. Appelai dans la cuisine : Karlína, aide la petite Silfá à s'installer ! Dans quelle chambre veux-tu être, ma Silfá, dans la chambre des parents ou dans la pièce au fond du salon ? Au fond du salon, répondit-elle aussitôt, comme ça j'pourrai regarder les tours des voitures dans Lauga-vegur. C'est fort justement observé de ta part, dis-je, mais alors tu devras aussi faire un saut au magasin de meubles et acheter un lit, la pièce est dénuée de tout mobilier, c'était avant le bureau des grandes occasions de mon frère Pétur. J'peux aussi acheter un bureau tant que j'y suis ? demanda-t-elle et je lui répondis de le faire absolument.

Ainsi entra-t-elle dans la maison, à l'improviste et sans préparation. Vers l'heure du repas du soir elle s'était installée avec un lit neuf et un petit bureau, avait collé aux murs des photos de chanteurs, mis le tourne-disque en marche aussi nous pûmes écouter Presley pendant que nous mangions de la viande de cheval salée dans la cuisine, c'était la nourriture préférée de Karlína. Pía ne pouvait pas mâcher la viande ainsi sans dents, elle mit celle-ci en pièces dans la sauce, la mâchonna ainsi et se débrouilla étonnamment bien avec ce procédé. Son expression s'était un peu éclaircie, elle comprenait de toute évidence que peut-être son expulsion pourrait traîner en longueur du fait que je n'avais pas proposé sa chambre à Silfá.

Je m'allongeai juste un instant dans le lit auprès de Silfá lorsqu'elle se fut installée, douillettement préparée, s'étant brossé les dents, fait tout ce qu'un jour je lui avais appris à faire avant de se coucher, je m'étendis par-dessus la couette et dis que la dernière fois où nous avions été ainsi couchées ensemble nous étions des artistes à Paris. Elle s'écria avec de petits rires : moi aussi ? Oui bien sûr, tu dessinais tout à fait merveilleusement bien. Elle devint alors sérieuse, voulut savoir ce qu'il me semblait qu'elle devait faire : maman, est-ce que j'dois devenir peintre comme toi ou devenir actrice, je suis monstrueusement bonne pour jouer, mais j'pourrais aussi devenir poète parce que j'écris de rudement bonnes rédactions, qu'est-ce que t'en penses ? Je déclarai devoir mieux connaître ses talents avant d'être capable de juger et elle fut satisfaite de la chose. Se pelotonna sous la couette et voulut avoir la suite de mon histoire, mit une jambe sur la mienne et je pensai : incroyable ce que les femmes aiment poser leurs jambes sur moi, et j'pensai aussi : maintenant je dois me mettre à songer une fois de plus aux besoins de l'enfant, en avais-je envie ?

Une nuit passa, étoilée avec la lune dans le ciel, mais lorsque pointa le jour vers onze heures ce 28 décembre la marmite arriva à ébullition comme il fallait s'y attendre, les miroirs sur les murs tremblèrent à en tomber. Offensive éclair au jour naissant, nous n'étions pas préparées, ne pûmes saisir nos armes, Silfá en pyjama avec Presley sur le tourne-disque, Pía et moi en robe de chambre, Karlína seule habillée, et on frappa avec tapage, la porte fut brutalement ouverte et avant que nous puissions nous retourner elles se trouvaient plantées au beau milieu de la pièce. La femme de Sumarliði et Bjarghildur, flanquée de son fils Reiðar en secours.

Pía fut la plus rapide à retrouver ses esprits, bien évidemment, ainsi sans dents elle ne pouvait laisser aucune personne étrangère la voir, elle fila en trombe dans la salle de bains. Nous, les autres, restâmes comme figées regardant dans notre innocence les visiteurs qui n'avaient pas attendu qu'il leur fût ouvert. Elles portaient toutes les deux leur manteau en fourrure de renard, les dames, imposantes d'épaules et de ce fait quelque peu martiales, le fils unique de Bjarghildur en blouson de cuir avec une coiffure de star du rock et le ricanement approprié, nous les dévisageâmes avec des yeux ronds et nous oubliâmes un instant. Bjarghildur enleva ses gants comme elle le faisait lorsqu'elle portait sa tenue d'amazone autrefois, fit courir son regard avec indignation sur le salon, souffla par le nez avec une moue de dédain lorsqu'elle aperçut les miroirs, puis dit sans me regarder : dans notre famille il a toujours été d'usage de soigner l'éducation des jeunes filles, de leur faire acquérir des connaissances afin qu'elles deviennent les mères méritantes de l'avenir, et de leur éviter le danger de devenir des mijaurées vides à l'intérieur qui traînent toute la journée devant les miroirs si elles ne sont pas dans les boutiques ou les bals de campagne. Dans notre famille nous mettons l'accent sur un mode de vie sain, un joli maintien et de bonnes manières comme il est de coutume dans les foyers exemplaires dans ce pays, car il reste un énorme travail à faire au bénéfice de la civilisation islandaise, tout spécialement maintenant, alors qu'apparemment certains n'ont cure de l'honneur ni de la pudeur, vivent dans le péché bien qu'ils soient liés par le mariage, font la noce jusqu'au matin avec des ivrognes, soûlerie et conduite déplorable dans cette demeure se sont ébruitées dans toute la ville, et puisque certains se nomment artistes bien qu'ils soient comme n'importe quels autres miséreux qui acceptent l'aumône de leurs proches et les subsides de la société. Heureusement Sumarliði a encore l'autorité sur l'enfant aussi peut-on encore sauver ce qui doit être sauvé, tu vas te dépêcher d'enfiler tes frusques, Silfá Sumarliðadóttir, et venir immédiatement avec nous.

Nous ne savions pas encore ce qui nous arrivait et elles profitèrent de notre hésitation, la femme de Sumarliði arracha de la patère l'anorak de Silfá, le jeta dans les bras de celle-ci et dit : allez, enfile ça ! Et la star du rock se planta en ricanant jambes écartées devant l'enfant, alors enfin je vis ce qui allait se passer et dis : ne vous avisez pas de toucher cette enfant, je parlerai moi-même avec mon fils quand il rentrera de mer. Je me levai, allai vers Silfá qui était restée assise comme paralysée tout ce temps, la pauvre petite, avais l'intention de la prendre sous le bras pour l'emmener loin de ces fous mais Reiðar me devança, me repoussa d'un coup violent si bien que j'en tombai, arracha l'adolescente du sofa avec brutalité et enfonça ses bras de force dans les manches de l'anorak. Karlína courut en sanglotant dans la cuisine. Silfá m'appela en hurlant lorsqu'ils l'emmenèrent en la tirant, je courus derrière, allais la sauver de ces atrocités mais je fus arrêtée par ma sœur. Elle agrippa ma robe de chambre des deux mains, me plaqua contre le mur contre lequel elle me maintint immobilisée, haletante et soufflante, plus grande que moi, plus grosse et plus forte, mais je réussis malgré tout à crier vers la cuisine : Karlína, cours en bas chez Pétur, dis-lui d'appeler la police, vite avant qu'elle me tue ! Et Bjarghildur se mit alors à cogner ma tête contre le mur, elle m'aurait probablement assommée si elle n'avait dû détaler à la poursuite de Karlína mais lorsqu'elle s'imagina pouvoir le faire je pus tendre mon pied devant elle si bien qu'elle tomba de tout son long. Elle mit un moment à se remettre de sa chute puis marcha à genoux vers une chaise, réussit à se relever en s'appuyant sur celle-ci et se précipita de tout son poids vers l'escalier. Karlína avait réussi à joindre Pétur au comptoir, il se tenait en chemise en bas de l'escalier, tirant sur ses bretelles et regardait abasourdi tour à tour les ravisseurs d'enfant dehors par la porte d'entrée ouverte et en haut de l'escalier que sa sœur était sur le point de dévaler lourdement. Il vit ma tête derrière elle, me regarda avec un air interrogateur, il aurait vraisemblablement bien voulu savoir quel était son rôle dans cette comédie mais dans toute sa panique Bjarghildur glissa alors du pied, tomba sur les fesses sur les premières marches et dans cette position, engoncée dans sa fourrure de renard, glissa jusqu'en bas sans pouvoir s'arrêter et atterrit juste devant son frère avec les jambes écartées en glapissant. Celui-ci devint encore plus perplexe qu'auparavant, regarda Karlína qui se tenait recroquevillée à son côté et demanda : est-ce que je devais appeler une voiture de police, ou est-ce que c'était une ambulance ?

Ils avaient emmené l'enfant avec eux et en vêtements de nuit je ne pouvais pas faire grand-chose, ce fut clair pour moi. Je montai dans mes appartements sous le toit sans plus me soucier de la suite des événements, fermai à clé derrière moi et fis couler un bain.

Là-bas à New York, Yvette et moi avions souvent parlé de la haine féroce que les femmes pouvaient montrer l'une envers l'autre. Yvette, diplômée et instruite sur tout, avançait que celle-ci provenait de l'oppression. En tous les esclaves se cache la haine, disait-elle. À cause de leur condition et de leur oppression séculaire, les femmes sont sensibles à l'injustice mais parce qu'elles sont aussi sensibles aux côtés d'ombre du pouvoir elles n'osent pas laisser leur haine se diriger vers les hommes, font plutôt retomber celle-ci sur les femmes qui sont impuissantes comme elles-mêmes mais sont avec leurs talents arrivées à bien se tirer d'affaire dans la société. J'avais dit : mais avec ça est-ce que tu insinues que notre lutte est d'avance sans espoir du fait que nous essayons en permanence de nous faire obstacle les unes les autres ? Pas tout à fait sans espoir, avait-elle alors dit, les femmes dotées de talents défrichent souvent un chemin pour les autres, elles savent prendre leur envol. Mais il fait souvent sacrément froid là-haut en altitude, je le reconnais.

Peu importe combien j'essayais de m'élever au-dessus de la haine et de la vulgarité, je n'arrivais jamais à prendre le pouvoir sur mon esprit. En moi bouillait la haine, une autre branche sur le même tronc, elle était liée à la soif de vengeance. Je passai toute la journée à mettre de l'ordre dans mon atelier, à ranger les choses de façon organisée, sortis des vêtements de nuit propres, j'avais tant de belle lingerie, avais commencé à en accumuler là-bas à New York, je déposai un ensemble assorti propre sur le lit, je voulais l'avoir prêt pour le soir, puis pris les vêtements de nuit sales, les froissai en boule et les descendis à la buanderie. En chemin je fis une brève incursion dans la cuisine, les deux compagnes y étaient assises en train de manger. Je dis : bonne fin de repas mes filles, c'est bien de vous voir ainsi en appétit. Et puis je voulais vous dire mille mercis pour votre aide ce matin, dieu que c'est toujours bon de pouvoir compter sur votre aide.

En bas mon neveu était seul dans sa cuisine, un peu abattu me sembla-t-il, car il n'y avait pas d'activité, aucune vente de plats cuisinés, le magasin était fermé pour les fêtes. C'est autre chose à Paris ou New York, dis-je, pendant les fêtes c'est justement la foule maximum dans les restaurants. Il répéta la chose et devint encore plus triste : oui j'ai entendu ça mais ici il est de coutume que les gens mangent à la maison pour Noël, avec leur famille ou pas, ils ne sont pas disposés à manger dans les restaurants, je crois que je devrai fermer la boutique après le jour de l'An. Moi qui avais envie de devenir le meilleur cuisinier du monde.

Mais mon petit Kalli chéri, dis-je réconfortante car en dernier lieu je ne voulais qu'il ferme cet adorable endroit où poêles et marmites dansaient la valse avec les spatules, j'arrivais souvent à être d'humeur amusante au milieu des ustensiles de cuisine, mon petit Kalli chéri pourquoi n'ouvres-tu pas simplement une sandwicherie ? J'ai entendu que c'était à la mode de proposer sandwichs ouverts et canapés ! Tu n'aurais alors pas besoin de beaucoup de main-d'œuvre non plus.

Il s'assit près de moi silencieux, mon neveu, mais avec un nouvel espoir dans le regard et je lui exposai quelle était la meilleure façon de se comporter dans le business des cafés, citai plusieurs exemples de grandes villes du monde, fis des dessins d'aménagements qui conviendraient au sandwich ouvert et lorsque j'eus réussi à rallumer en lui l'enthousiasme et la joie j'énonçai mon propos. À savoir s'il pouvait m'emmener dans sa Buick jusqu'à Borgarfjörður-Ouest le lendemain matin ?

À l'embranchement enneigé de la piste vierge de traces et de la route principale, nous garâmes la voiture sur le bas-côté et éteignîmes le moteur. Le moment était venu de mettre les chaînes. Les campagnes habitées du fjord éloignées de la mer étaient recouvertes de neige, aucune voiture ne pouvait y accéder sans équipement. Et mon neveu me regarda avec un air grave au moment où il sortit de la voiture, enfin j'allais avoir l'occasion, moi pauvre femme, de comprendre le sérieux de la vie. Tu sais mettre des chaînes ? m'avait-il demandé en route. Non je n'avais jamais entendu parler de ce genre de choses, ne savais pas que les hommes avaient besoin de chaînes pour arriver à poursuivre leur chemin, dis que je n'avais conduit que sur les boulevards des grandes villes, demandai si des chaînes n'étaient pas seulement un tracas inutile. Il dit alors d'une voix rapide que ce n'était pas le voyage en lui-même qui était l'important mais plutôt les chaînes et que ceux qui n'arrivaient pas à les mettre sans aide ne pouvaient pas conduire dans le pays. Ou alors est-ce que l'état des routes en Islande à cette période de l'année ne m'avait pas effleuré l'esprit ? Neige, verglas, congères, peut-être dans une obscurité à couper au couteau, ou bien tu croyais qu'il y avait des boulevards éclairés jusqu'au fond de Borgarfjörður ? Bon maintenant nous mettons les chaînes, dit le chauffeur avec une sévérité feinte et il s'alluma une cigarette avant que ne commence la cérémonie attendue.

La petite route en terre avait été dégagée en direction du fond du fjord, à sa grande déception, il était juste tombé un fin voile de neige dans la nuit aussi les pistes étaient grisâtres, et pour s'affirmer en tant que chauffeur et spécialiste en particulier des chaînes il m'avait raconté l'une après l'autre les histoires de circulation sur l'unique route nationale islandaise, qui ne faisait pas encore le tour de l'île, et des voyages infortunés de conducteurs dans les campagnes reculées du pays. J'en avais presque mal aux oreilles à force d'écouter. Ça oui, ce n'est pas un boulot de filles et en dernier lieu pour une femme de ton âge, dit-il en regardant en direction du soleil par-dessus le pays blanc avant de se tourner rapidement vers les opérations. Il redémarra la voiture, la fit rouler jusqu'au milieu de la route, freina brusquement, mit le frein à main, se précipita dehors, ouvrit vivement le coffre, attrapa les chaînes, les jeta devant la voiture, tous les gestes sûrs et assurés de leur succès, rien d'économisé pour que la représentation soit mémorable, avança doucement sur celles-ci, se plaça en leur milieu au millimètre près, je dus reconnaître que j'avais rarement vu un homme procéder aussi professionnellement.

Les claquements métalliques des chaînes déchiraient le silence blanc, les chevaux de l'autre côté de la rivière tournèrent la tête, les grands corbeaux sur les piquets de clôture s'envolèrent dans la brume froide que le ras soleil de midi essayait de percer, je regardai les basses parois de rochers en escalier qui apparaissaient lorsqu'on se rapprochait du fond du fjord, ressentis un frisson désagréable en moi tout entière, pressentiment ou sentiment dont je ne savais pas s'il était relié au passé ou au futur. Les conditions de la piste devinrent plus difficiles, mon neveu montra son savoir et récolta une brassée de compliments, puis la maison nous apparut au pied d'une longue paroi de rocher. Une maison jaune clair en béton à deux niveaux, rez-de-chaussée et étage sous un toit à forte pente, la façade telle un visage, les fenêtres des yeux, la porte une bouche, je ne doutai pas que depuis ce visage un regard était fixé sur nous. Sur le côté droit de la maison on apercevait le large coffre d'une voiture de tourisme sur laquelle la neige avait étendu sa couette, de l'autre côté il y avait un poulailler et l'abri à pommes de terre. Au-delà, à gauche sous la paroi de rochers, il y avait des arbres assez grands qui indiquaient la présence du petit cimetière de la maison. Il était enseveli sous la neige.

La piste continuait en s'élevant au-dessus de la basse paroi de rochers, nous ne savions pas vers où, mais à sa droite s'étirait le chemin tracé par les allées et venues vers la maison, dissimulé çà et là par des monticules de neige, marqué d'un bas muret de pierres. Nous garâmes la voiture à son extrémité, nous ne pouvions pas approcher plus près de la maison. Tout est mort ici, dit mon neveu en levant les yeux vers l'emplacement de la ferme, complètement mort. Je le priai de ne pas perdre courage, dis que j'étais presque sûre que la maîtresse de maison était en vie, mais je n'étais pas débarrassée du malaise qui s'était accentué après que la maison était apparue. Nous fîmes la trace dans la neige jusqu'à ce que nous ayons atteint la cour, étions en train de taper nos pieds sur les marches du perron pour enlever la neige lorsque la porte d'entrée s'ouvrit et elle apparut dans l'entrebâillement avec un chat dans les bras.

Bonjour Herma Reimer, dis-je. Elle dit sans sembler être étonnée par notre arrivée : ainsi tu es toujours en vie, Karitas Jónsdóttir.

Tu te souviens de Kalli, le fils de mon frère Pétur ? dis-je en indiquant mon neveu de la main.

Je me souviens de lui, dit Herma, voulez-vous entrer ou bien êtes-vous pressés ?

Son islandais n'avait pas régressé, pas plus que sa dignité. Elle était en robe, avec un tablier blanc amidonné, les cheveux relevés, irréprochable, et commença par demander poliment comment nous allions, nos parents, les enfants, puis demanda des nouvelles de l'état de la route. Kalli déclara qu'il avait dû mettre les chaînes à l'embranchement, puis lui demanda en retour si c'était une Chevy '55 qui stationnait au coin de la maison ? C'est effectivement une Chevrolet modèle 1955, dit-elle avec respect. En parfait état ? demanda Kalli. Elle l'était la dernière fois quand je l'ai conduite jusqu'à Reykjavík, dit-elle lentement en détaillant le jeune homme. Il l'observa en retour, pas moins intéressé. Elle dit : je suppose que vous accepteriez bien quelques bonnes choses à boire et à manger avant de me parler du but de votre visite ? Nous répondîmes à cela par l'affirmative avec un air à demi nigaud, allions lui emboîter tranquillement le pas vers la cuisine mais elle dit : non, dans le salon je vous en prie.

Son salon était semblable à celui de Laugavegur à part qu'il était de moitié plus petit. Les étagères à livres s'étaient multipliées mais je reconnaissais les meubles, les tableaux et les statues. Dans un coin se trouvait un sapin de Noël, les bougies étaient vraies, Herma avait des lumières vivantes sur son arbre. Elle étala une nappe brodée sur la table basse du salon devant nous, puis demanda si j'étais venue en vacances de Paris ? Je déclarai avoir habité à New York les dernières années, et elle dit : ah bon, je n'ai eu aucune nouvelle de toi depuis que j'ai quitté ton frère. Nous avons divorcé quand j'ai appris qu'il avait eu un enfant avec sa secrétaire et je me suis acheté cette ferme, j'avais toujours rêvé d'habiter dans la campagne islandaise, j'avais bien souvent demandé à Ólafur de devenir fermier mais il ne le voulait pas, aussi j'ai été fort contente quand nous avons divorcé et que j'ai eu l'occasion de concrétiser mon rêve.

Elle se délectait de parler islandais, s'appliquait soigneusement à chaque mot avec une expression de satisfaction sur le visage et les bonnes choses coulaient à flots de la cuisine comme les mots de sa bouche, biscuits de flocons d'avoine, petits pains enroulés à la farine, le tout fait maison, mouton fumé froid, pâté, fromage de tête, poisson séché, fromage de petit-lait sans oublier le café. En fait on peut difficilement appeler ça une ferme, dit-elle tout à son occupation, je n'ai pas une seule bête sinon le chat et quelques poules, mais j'ai un carré de pommes de terre et un potager, pêche la truite dans les lacs ici au-dessus, achète de la viande d'agneau de l'été au fermier de la propriété voisine, fais du boudin de sang et de la saucisse de foie que je mets à conserver dans le petit-lait, la nourriture sure islandaise est la meilleure chose que j'aie ici, puis je sale la viande dans un tonneau, je me fais souvent du mouton salé le dimanche, ça me rappelle l'*Eisbein*, le jarret de porc allemand à l'os, et puis je me procure quelquefois du poisson frais, du fromage blanc liquide et de la crème fraîche à Borgarnes, j'y suis allée pour la dernière fois maintenant avant Noël, mais en règle générale je ne bois pas de lait aussi ça n'a pas d'importance de ne pas avoir de vaches. En dehors de ça je descends jusqu'à Reykjavík en voiture au printemps et à l'automne, vais à la banque et achète livres et denrées alimentaires. J'ai lu toutes les sagas islandaises depuis que je suis venue ici et presque tous les romans des écrivains contemporains, de fait j'ai une fort bonne bibliothèque comme vous voyez, ce qui me manque le plus peut-être est de n'avoir personne pour parler de ces histoires. Et puis j'ai un peu étudié les plantes et les oiseaux ici, je tiens de bons rapports sur ces derniers. Le rare phalarope à bec large était là-haut sur un lac l'été dernier, c'est mon favori.

Mais ne te sens-tu jamais seule ? plaçai-je lorsqu'elle fit une pause.

Tu ne te sentais pas seule à Eyrarbakki, dit-elle rapidement mais elle poursuivit le fil de sa pensée : non, je suis souvent bien aise de ne pas avoir à écouter les gens mais bien évidemment je les entends à la radio, ah oui et puis la maison est remplie de fantômes, le plus souvent en décembre, peut-être quelque joyeuse fébrilité les envahit-elle autour de Noël. Elle leva les yeux vers le plafond, tendit l'oreille : non, ils ont dû s'allonger après le repas.

Le chat se dressa et posa ses pattes sur la table basse, elle le repoussa : non Bismarck, ça tu n'y as pas droit, tu le sais. Elle alla chercher un couvercle de bocal dans la cuisine, y versa quelques gouttes de crème puis le posa devant le matou et dit : j'essaie de lui donner aussi peu que possible à manger pour qu'il vive plus longtemps.

Mais Kalli et moi n'étions pas préoccupés par une longue existence, nous nous bourrâmes de nourriture, affamés après le voyage et Kalli aimait tant son pâté qu'il lui en demanda la recette, il reçut en passant quelques bonnes indications sur une recette de fabrication étrangère, et ils auraient discuté de pâté jusque tard dans la journée si je n'avais pas fait quelques humhum en me raclant la gorge. Elle dit à Kalli : voudrais-tu peut-être regarder ma voiture, puisque tu connais si bien la Chevy '55, pour savoir si je devrais changer l'huile ou les bougies ou les vis platinées ? Et il avait à peine disparu dehors, ravi de la tâche, qu'elle me demanda en me regardant droit dans les yeux : quel était le motif de ta visite, Karitas ? Lorsqu'elle vit combien il m'était difficile d'arriver à exposer le sujet, elle m'offrit un sherry que j'acceptai et avalai d'un trait, puis j'arrivai à souffler : j'avais envie de te proposer le travail d'intendante à mon domicile dans Laugavegur. Tu n'aurais aucun gage pour ça sauf le logement, peut-être la nourriture, mais aurais deux filles avec toi pour t'assister, une pour les repas et l'autre pour le ménage.

Elle regarda mes lèvres comme si elle s'attendait à plus mais lorsqu'elle vit que ce ne serait pas le cas elle baissa les yeux sur le chat et l'invita fort aimablement à aller dans la cuisine. Puis dit : laisse-moi penser à la chose une demi-heure. Pendant ce temps-là elle débarrassa la table, rangea la nourriture mais moi je tournicotais dans la maison les mains derrière le dos comme un père qui attend la naissance de son premier-né. Il y avait seulement deux pièces au rez-de-chaussée en plus de la cuisine, le salon et une grande pièce ouvrant au fond de celui-ci qui était à la fois une chambre et un bureau, dans l'armoire vitrée du secrétaire il y avait ses journaux intimes, marqués par année, je me demandais s'il y avait dedans quelque chose d'écrit sur Silfá et moi, ou si mon exposition, la seule que j'avais tenue à Reykjavík, était enregistrée dans les livres.

Pourquoi veux-tu absolument m'avoir auprès de toi, Karitas ? demanda-t-elle une fois le temps fixé écoulé.

Ma petite-fille veut habiter chez moi et je veux l'avoir mais ma demeure n'est pas assez décente pour elle selon l'appréciation de ma sœur. Bjarghildur a emmené Silfá de force avec elle hier, c'est la deuxième fois qu'elle me la prend et la troisième fois qu'elle me prend un enfant.

Les femmes artistes n'ont absolument pas le temps de s'occuper d'enfants, ceux-ci ont seulement été un obstacle et un frein à leur art, alors joue cartes sur table, pourquoi veux-tu avoir ta petite-fille dans ta maison ?

J'ai simplement beaucoup d'affection pour elle.

Les femmes artistes n'aiment qu'elles-mêmes.

J'ai envie de l'élever. Je veux qu'elle reçoive une éducation dans une maison rayonnant de culture où elle sera encouragée à étudier et à se battre, où la peinture, la musique et la littérature tiendront la place d'honneur afin qu'elle devienne une citoyenne du monde indépendante et ne doive jamais s'incliner devant la volonté des hommes ou des femmes qui voudront la soumettre.

Elle me regarda d'un air intransigeant, puis dit : emballe la nourriture du réfrigérateur pendant que je mets mes vêtements et mes livres dans une valise, mais

371

je serai chez toi seulement en hiver, je veux être ici dans la campagne en été.

Elle voulait aller en ville avec sa propre voiture. Kalli avait déblayé la neige de celle-ci, l'avait mise en route et conduite au milieu de la cour où elle se tenait chaude avec le capot ouvert. Je dois mettre les chaînes pour toi, dit-il à Herma, où elles sont ? Non mon bon, dit-elle, déneige le chemin jusqu'à la route pendant que je mets les chaînes. Il descendit sur le chemin en ricanant avec la pelle mais le ricanement disparut et son menton s'allongea lorsqu'il vit combien elle s'y prenait adroitement, comme si elle n'avait jamais fait autre chose, Herma Reimer, que de mettre des chaînes aux voitures. Et elle ne semblait pas trouver cela remarquable. Elle tourna la voiture le coffre vers l'entrée et peu à peu celui-ci se remplit de vêtements et de nourriture, de livres, d'ustensiles, la machine à coudre faisait également partie du voyage, nous dûmes envahir aussi le siège arrière, et Kalli déblaya la neige comme s'il en allait de sa vie, il fit un chemin à deux voies pour que son rendement soit plus visible. Lorsque tout fut prêt, et elle habillée de pantalons longs et d'une veste en laine, elle dit : attendez un peu. Puis retourna dans la maison et y resta un moment. Kalli s'alluma une cigarette, donna un léger coup de pied dans les pneus de la Chevrolet, fumant avec une expression un peu boudeuse, et dit : je me demande bien qui va s'occuper des bestioles pour elle pendant qu'elle ne sera pas là ? En voulant dire le chat et les poules. Je les avais en fait complètement oubliés mais la propriétaire elle n'avait pas oublié. Elle ressortit de la maison avec un fusil militaire à la main et une caisse en bois, alla avec les deux vers le poulailler et referma la carcasse de porte derrière elle.

Nous restâmes comme cloués dans la cour tandis que se déroulait la fusillade dans le poulailler. Mes oreilles bourdonnèrent, je sentis comment mon cœur battait tandis que les souvenirs de l'Est le déchiraient à l'intérieur. Kalli fixait le poulailler bouche bée.

Elle sortit avec la caisse pleine de poules mortes, elle pouvait tout juste la porter, et la jeta sur le sol enneigé. De la fumée en sortait. Puis elle retourna dans le poulailler pour chercher le fusil et entra avec dans la maison. Nous nous regardâmes rapidement, nous souvenant tous deux du chat, attendîmes le coup de feu.

Elle ressortit de la maison sans le fusil mais avec l'animal dans les bras, ferma soigneusement à clé derrière elle, tira trois fois sur la poignée. Ouvrit la porte arrière de sa voiture, jeta le chat à l'intérieur et dit à Kalli : tu devras prendre la caisse avec les poules, je n'ai pas de place pour elle, tu peux la porter ou veux-tu que je t'aide ? Puis elle ajouta lorsqu'elle vit notre regard rivé sur elle : elles sont délicieuses avec une sauce au curry.

Il incomba à Karlína de plumer les poules, Pía fut désignée pour ranger les restes du repas ce qu'elle fit d'une main car l'autre était rivée devant sa bouche, Herma alla elle-même dans la chambre des parents après les avoir saluées et leur avoir donné les ordres, jeta le chat par terre, sortit ses vêtements de ses valises et les suspendit dans une armoire, mit des draps propres au lit, disparut dans la salle de bains où nous l'entendîmes se gargariser, puis revint dans la cuisine avec la brosse à dents à la main, nous regarda toutes les trois tour à tour et dit : je vais vous prier de bien vouloir m'excuser mais je vais me coucher, cela éprouve tellement mes nerfs de conduire une automobile. Par ailleurs je ne suis pas habituée au bruit aussi je vais vous demander de faire doucement. Mettez les volailles dans la chambre froide chez Kalli quand vous les aurez plumées. Bonne nuit.

Puis elle siffla Bismarck le chat.

Qu'est-ce que tu nous as mis sur le dos ? dit Pía dans le creux de sa main entendant par là la femme que j'avais ramenée. Karlína s'effondra en sanglots : et est-ce que je dois maintenant plumer des oiseaux jusque tard dans la nuit percluse de douleurs comme je suis ? Je bâillai sous leur nez, dis que cela ne devrait certainement pas leur poser de problème, secourables comme elles étaient.

Je n'avais aucune idée de l'appétit qu'elle avait le matin, j'en eus simplement des échos lorsque je descendis à midi. Elle a mangé quatre tartines de pain et deux œufs, jacassa Karlína, et puis elle a chassé Pía dehors sur le balcon pour fumer ! Et elle a obéi ? demandai-je et vis aussitôt que cela avait été le cas car certaines étaient assises avec la bouche rudement pincée et regardaient d'un air mauvais le chat qui s'était confortablement installé sur le rebord de la fenêtre de la cuisine. Je dis : tu ne dois pas laisser t'effleurer l'idée de tuer le chat, Pía, elle a un fusil, Herma, mieux vaut que tu le saches. Mais enfin bref, à compter d'aujourd'hui Herma prend la direction de la demeure et nous obéirons à ses ordres et ses interdictions.

Elles s'en allèrent offensées dans leurs chambres.

L'énergie qui suivait Herma, son sens pratique et son don de l'organisation eurent cependant pour effet que les souris se glissèrent hors de leurs trous pour pouvoir observer le gros chat, au soir l'antipathie s'était transformée en admiration muette. Herma était entrée en action. Se rappelant mes mots et mes souhaits d'une maison où rayonnerait la culture elle se mit aussitôt à l'ouvrage dans ce domaine. Après le petit déjeuner elle avait sillonné l'appartement en prenant des notes, me dirent-elles lorsque les premières livraisons des boutiques commencèrent à arriver, et en son absence du fait qu'elle était encore en vadrouille, nous réceptionnâmes huit chaises de salle à manger, deux étagères à livres, de petites tables, un fauteuil et une nouvelle radio. Peu après et peu avant qu'elle-même n'apparaisse arriva un homme avec un imposant rouleau de tissu qui fut jeté sur la table. Laquelle de vous deux sait coudre ? demanda-t-elle en regardant uniquement Pía comme si elle avait eu des échos de ses connaissances en la matière. Puis dit à Karlína : tu dois te mettre à préparer le repas, nous aurons une fricassée ce soir.

J'eus l'idée de demander si cela n'avait pas coûté une somme rondelette et elle répondit que cela avait bien été le cas : mais j'ai simplement mis ça sur ton compte, tu peux bien sûr obtenir des paiements échelonnés si tu veux. Lorsqu'elle vit que je restai muette elle ajouta : ah oui bien sûr il manque encore différentes choses, lampes, plantes vertes, et aussi livres, mais eux nous les achèterons simplement à la foire aux livres après le jour de l'An et chez les bouquinistes, ah et puis le piano arrive demain. J'avalai alors une profonde respiration et elle dit avec l'index pointé en l'air : non, lui j'ai l'intention de le garder, il est à moi. Je l'ai eu d'occasion à un bon prix.

Puis elle décréta que le repas du soir serait toujours pris à la table de la salle à manger, les autres repas dans la cuisine, et au-dessus de la fricassée elle dit qu'elle estimait que lorsqu'on aurait mis de nouveaux rideaux dans le salon, ce qui prenait son temps à confectionner, et acheté des livres, ce qui prenait aussi son temps à se procurer, nous serions prêtes. Nous nous lançâmes les unes les autres des regards interrogatifs à la dérobée mais elle dit alors en regardant rapidement Karlína : des broderies décoratives verticales au point de croix, voilà ce qui nous manque, au moins deux, tu les feras. Ah oui, dit-elle alors en m'adressant ses mots, et puis il nous manque tes tableaux sur le mur, nous avons autre chose à faire que de contempler des miroirs avec un air bête et des yeux ronds.

On entendit alors pour la première fois depuis son arrivée un ricanement hennissant de satisfaction de la part de mes vieilles amies.

Le hennissement avait encore à se transformer en murmure de mécontentement lorsqu'elle s'attaqua à leur apparence. À vrai dire même Bismarck a meilleure allure que vous, dit-elle un soir lorsqu'elles se furent confortablement installées près de la radio, fatiguées après le labeur de la journée et l'esclavage au travail qu'elles affirmaient qu'Herma pratiquait. Les rideaux avaient alors été installés, les broderies au point de croix suspendues sur les murs dans le vestibule, le plancher était reluisant, les nappes amidonnées, « mais ça ce n'est rien », s'était plaint Karlína auprès de Pía et moi, « si vous saviez seulement ce que c'est difficile de s'occuper des repas pour elle, je dois toujours essayer de nouvelles recettes et aussi faire ces satanés petits pains ronds chaque soir ». Comme si nous ne le savions pas, nous qui nous étions mises toutes les deux à manger régulièrement, désormais inquiètes pour notre ligne. C'était cependant l'intendante culinaire, comme Herma appelait volontiers Karlína, qui devait se mettre un frein, elle avait gonflé ces derniers temps. L'appétit de Karlína ne nous avait jamais semblé en quoi que ce soit différent du nôtre, elle mangeait bien lorsque nous étions à table mais rien de plus que cela, pas à nos yeux en tout cas. Mais Herma aux yeux de laquelle rien n'échappait ne laissait pas les filles de cuisine la berner. Elle dit un jour à Karlína : qu'as-tu fait des restes de riz au lait d'hier ? Quoi ? Il y en avait si peu, juste une tasse, je crois que je l'ai simplement jeté. Herma : tu ne jettes pas de nourriture dans cette maison ! Karlína : ah oui non je l'ai juste mangé je crois. Herma : *genau*, précisément, tu manges tous les restes, manges pendant que tu cuisines, manges si je fais un saut dehors, manges si je vais dans la salle de bains, manges pendant que je dors. Tu manges pour nous trois et c'est trop cher pour la tenue de la maison. Tu es devenue malade de ta graisse. Peut-être devra-t-on te coudre la bouche avec du fil de fer. Karlína mit vivement une main devant sa bouche et versa des larmes, attendant la suite angoissée et Herma poursuivit : tu ressembles à une volaille plumée, Karlína, tu dois te faire faire une permanente, et toi Pía tu ressembles à une vieille grenouille comme ça sans dents, tu dois te procurer un nouveau dentier. Et il était égal à Herma qu'elles aient manqué la meilleure partie de l'histoire du soir à la radio, elle s'assit au piano, se mit à jouer du jazz calme puis tourna légèrement la tête : vous devez vous occuper de ça, le temps est compté, nous devrons bientôt être prêtes.

C'était comme si le jour final était proche.

Les miroirs furent décrochés des murs. Seul celui qui était dans le vestibule put rester à sa place. Herma voulait les remplacer par mes tableaux. Quatre grands et six petits, commanda-t-elle. Si j'avais été débordante d'énergie, à mi-chemin dans l'évolution d'une période de tableaux définie, cela aurait été pour moi chose aisée d'honorer sa commande mais mon esprit avait mis un point à l'abstraction lyrique que j'avais pratiquée, ce chapitre de ma vie était clos et il semblait en fait que rien ne prendrait le relais, que l'histoire était simplement terminée. Malgré tout j'essayai, je ne demandais qu'à apporter ma contribution au nouveau domicile comme les autres, me procurai un chevalet, des toiles, des couleurs, des pinceaux, barbouillai quelque chose sur la toile, essayai de me souvenir des tableaux que j'avais peints les dernières années à l'étranger et qui avaient récolté un si bon accueil auprès du public et des critiques mais me singer moi-même éveilla seulement mon aversion pour mon propre manque d'idées, j'avais la nausée en regardant la toile.

Mais avant que je puisse annoncer à la dame qu'aucun tableau peint par moi n'irait sur les murs les autres firent les commères auprès d'elle, lui dirent que mes frères étaient venus à l'automne avec une pleine voiture de mes vieux tableaux, ce qui était peut-être quand même un peu exagéré, et que ceux-ci étaient tous emballés en haut chez moi dans mon atelier. Herma monta et exigea de voir les tableaux. Et je ne pouvais pas perdre Herma. C'est bon, dis-je, tu peux farfouiller là-dedans. Moi-même je descendis dans la cuisine et demandai à Pía de me donner une cigarette. J'aurais volontiers accepté un petit verre si elle en avait eu un. J'avais l'impression qu'on fouillait dans ma vie, que l'on effeuillait un à un mes pétales jusqu'à ce qu'apparaisse le cœur, petit et misérable, raté. Je me demandai pourquoi je n'arrivais pas à arborer cet air de fanfaronnade que mes collègues à l'étranger affichaient joyeusement lorsque leurs tableaux étaient exposés, cette braise qu'ils avaient dans les yeux lorsqu'ils entraient dans la salle, persuadés dans leur cœur que leurs tableaux étaient les meilleurs du monde. Qu'est-ce qui nous séparait ? Yvette ne m'avait-elle pas chuchoté lors d'une exposition : Karitas, tu es mille fois meilleure, rends-t'en compte. Mais pourquoi chuchotait-elle, pourquoi ne le criait-elle pas dans toute la ville ? Puis d'innombrables questions surgissaient mais aucune réponse ne voyait le jour. Je regardai sans secours Pía en face de moi, elle me regarda en retour, silencieuse, édentée.

Herma se choisit des tableaux, les fit encadrer. Je ne m'en mêlai absolument pas, ne sus même pas quels tableaux elle avait emportés avec elle dans la voiture, et elle ne dit rien de son choix. Il ne me vint même pas à l'esprit de chercher à savoir ce qu'elle avait collecté dans les tas empilés dans la partie sud du grenier. Un jour après le repas de midi elle enfila son pardessus en déclarant qu'elle allait récupérer les tableaux chez l'encadreur, qu'ils seraient ensuite installés séance tenante. Dehors il y avait tempête de neige. Un temps que je détestais, je sortis malgré tout. M'emmitouflai et sortis dans la tourmente, je ne voulais aucunement être dans les parages lorsque les tableaux seraient accrochés. Je restai près de deux heures dans les librairies et lorsque je revins à la maison le silence régnait à l'étage, non dissemblable de celui que l'on trouve au sein des musées, mais dans le vestibule je tombai aussitôt sur Herma, elle se tenait comme une femme dans un musée regardant les tableaux sur le mur, les regarda l'un après l'autre mais ne posa pas les yeux sur moi. Mes dessins de la campagne d'Öræfi me saluèrent.

Bassine en bois sur un tabouret : lorsque je lavais les cheveux de mes garçons dans la vieille cuisine et que Sigmar regardait, la famille de nouveau réunie, un froid glaciaire entre les parents.

Lune sur la mer : lorsque je rinçais ma robe dans le ruisseau et qu'il me semblait regarder les jours anciens couler avec lui vers la mer.

Traversée des eaux : lorsque je traversais étendues désertes et bras de rivières, sables noirs et puissantes rivières glaciaires sur le cheval d'eaux en direction de la liberté.

Herma réfléchit mais la curiosité me pousse dans la salle à manger. Nous sommes alors remontées plus en arrière encore dans l'histoire, à une autre époque, la plus difficile mais la plus riche période de ma vie, lorsque Sigmar et moi étions jeunes et amoureux, lorsque nous avions nos enfants et les perdions. Mon cœur se serre dans ma poitrine. Herma a accroché trois tableaux de Borgarfjörður-Est, deux œuvres à l'huile et un collage sur bois.

Seaux en bois dans la neige : lorsque j'allais chercher de l'eau au puits, enceinte et prête à accoucher, mais tombais dans la congère de tout mon long et regardais les seaux dévaler le talus maritime.

Cuisinière à charbon : qui avait avec sa chaleur sauvé

mes enfants, la couleur noire avec laquelle j'avais lutté interminablement, que j'avais longtemps peinte dans ma tête avant de me mettre à l'œuvre.

Couverts au ciel : lorsque je fis collecter à Karlína pour moi des couverts dans le village, les collais sur du bois et les peignais en blanc, lorsqu'il me semblait que les gens au ciel devaient manger avec des couverts blancs.

C'était le plus grand tableau et Herma l'avait accroché à la place d'honneur face à la table de la salle à manger. Bien approprié, pensai-je, des couverts là où les gens mangent. Mais ce n'est pas ce que trouvait Karlína, elle était juste une femme dans un musée qui s'était effondrée à cause des souvenirs que les tableaux pouvaient lui rappeler. Elle était assise avec les mains devant son visage, et chuchota lorsqu'elle me vit : c'était une période si horrible quand tu faisais ce tableau, je savais alors que tu étais bien mal en point.

Je me hâtai dans le salon. Je m'étais attendue à ce qu'Herma me fasse maintenant encore plus reculer dans le siècle mais là elle avait changé de route, me faisait avancer dans le temps, jusqu'à cette époque où je m'étais retrouvée seule et libre et pouvais peindre en paix à Eyrarbakki. Dans le salon se tenait Pía debout les bras croisés sur la poitrine en ricanant, je ne savais pas ce qui la réjouissait. C'étaient uniquement des assemblages collés et une huile sur bois, plutôt de grands tableaux, Herma les avait accrochés alignés sur le mur qui ne possédait pas de fenêtre.

Crochets : que j'avais trouvés dans un seau sur la plage, je formais avec eux des têtes d'hommes et accrochais dessus des chiffons qui ressemblaient à des manteaux de femmes déboutonnés, laissais apercevoir des seins nus et le village suffoquait.

Pièges à souris : lorsque les femmes m'exclurent en tant que professeur de dessin et que j'achetais tous les pièges à souris, les collais sur du bois et les peignais, pour leur montrer qu'elles étaient comme des souris, prises aux pièges des vieilles coutumes.

Tubes et pinceaux : lorsque je sacrifiais mes outils, croyais que j'avais fini de peindre, faisant évoquer à mes tubes cabossés des femmes enceintes et à mes pinceaux des guerriers.

Pía dit : ma parole, Karitas, je n'ai simplement jamais rien vu de pareil, je ne savais pas que tu avais été aussi cinglée dans les arts plastiques. Alors quand est-ce que tu vas faire une exposition de ces bon sang de foutus trucs ?

Herma entra et dit dans son dos : quand tes nouvelles dents seront-elles prêtes ?

Sigmar arriva le dernier. Comme les stars de cinéma. Avec des fleurs et du vin. Ils étaient tous assis élégamment vêtus dans le salon et ne savaient pas encore d'où soufflait le vent ni ce qui leur arrivait ou pourquoi ils avaient été invités à un dîner. Ce qui n'était pas surprenant, nous savions à peine nous-mêmes quel était le but d'Herma avec cette invitation, elle ne l'avait jamais explicité, mais nous nous doutions que celui-ci était de montrer aux membres de ma famille combien la maison était devenue magnifique sous sa gouverne. Vraisemblablement aussi pour que cela s'ébruite auprès de certaines gens. Et ils regardaient tous bouche bée avec des yeux ronds autour d'eux, le piano, les livres, les tableaux. Eux : Marta et Pétur, Bjarghildur et Hámundur. Marta se tapait sur les cuisses une fois après l'autre : je suis sacrément surprise de voir combien c'est de bon goût. Puis Herma reçut de·longs éloges, elle glissait comme en suspension dans l'appartement, parfumée et discutant volontiers. Pía avec son nouveau dentier du bas et Karlína en corset avec une coiffure en rouleaux permanentés regardaient tête baissée leurs mains ouvertes sur leurs genoux. Kalli qui avait été nommé assistant de l'hôtesse allait et venait énergiquement, plein d'entrain car il avait la charge de la cuisine, il avait fourni deux filles qui devaient faire le service et était responsable de la première partie du *menu*, comme le nommait finement Herma en français. Elle-même avait cuisiné le plat principal, des poules au curry.

Ils avaient tenu de longues réunions en bas dans la cuisine de Kalli, attentivement étudié le menu ensemble, nous les autres ne nous en étions pas approchées, avions seulement reçu les ordres sur la conduite à tenir au cours de l'invitation à dîner attendue. Avec moi elle avait dit le moins, seulement laissé entendre que si je n'avais pas la bonne grâce de soutenir la conversation, je ne pouvais pas espérer voir Silfá réintégrer la maison. Pía s'était par ailleurs fait solidement mettre les points sur les *i* en ce qui concernait l'alcool, si elle buvait plus de deux verres de vin avec le repas elle quitterait la maison à huit heures le jour suivant. « Et si je dis huit heures, j'entends réellement huit heures », dit Herma. Avec Karlína qui s'était pris rendez-vous pour une permanente et une coiffure elle avait été plus indulgente, mais ne put cependant s'empêcher de remarques minimes : ça ne suffit pas de mettre la robe du dimanche, Karlína, tu dois aussi te vaporiser du parfum sous les aisselles et puis je te conseillerais d'acheter un nouveau corset pour que ta poitrine ne ballotte pas dans tous les sens.

Les recommandations étaient claires, tous les préparatifs minutés et précis, et nous étions assises toutes les trois comme des prisonniers condamnés à mort au milieu des invités.

Puis un courant d'air frais parcourut la maison, le vent avait apporté Sigmar jusqu'à nous et mon cœur s'accéléra lorsqu'il se retrouva au centre du salon ainsi beau à le maudire, regardant l'assistance avant de saluer les convives un par un. Aussi étonnant que cela soit cet homme taciturne stimulait l'assemblée par le seul fait d'entrer dans la maison. Soudainement tous eurent besoin de parler à la fois, du temps, des gigantesques remontées de hareng, de *My Fair Lady* au Théâtre National et du fait que la conversation avait glissé vers les arts Bjarghildur dit aimablement à Herma, comme si je n'habitais pas là : je vois que tu as maintenant ces œuvres modernes raffinées sur tes murs, est-ce qu'elles sont d'artistes allemands ? Non, elles sont de Karitas, exécutées peu après la guerre, répondit Herma et on put entendre l'assistance avaler. Sigmar fit courir ses yeux autour de lui avec une certaine fierté légèrement arrogante : Karitas a toujours été une artiste de dimension internationale. Sa réaction fut pourtant autre lorsqu'il entra dans la salle à manger et vit les œuvres que j'avais faites à l'époque où nous partagions les mêmes conditions d'existence. Bien qu'il ne l'affiche pas sur lui, je vis comment son for intérieur se décomposait lentement. Il reconnut sa vieille cuisinière à charbon, les seaux en bois, de rapides regards à la dérobée le révélaient, il évita de regarder l'œuvre avec les couverts. Herma avait ainsi arrangé la table de façon à ce que les cousins, Sigmar et Karlína, n'aient pas à contempler les couverts blancs ni à se regarder l'un l'autre bien qu'ils soient assis du même côté de la table, ils avaient Marta entre eux. Herma et moi étions assises aux extrémités avec les quatre hommes près de nous, moi avec Pétur et Hámundur, elle avec Kalli et Sigmar, les femmes alignées entre eux, Pía face à Marta, Bjarghildur face à Karlína. Ça avait été une affaire délicate d'organiser la table, avait dit Herma. Mais cela échoua cependant en partie, les couverts avec lesquels les vieux habitants des Fjords de l'Est avaient mangé s'offraient au regard de Bjarghildur, elle dit : une abomination d'avoir cette monstruosité devant le nez.

Il ne m'effleura pas l'esprit cette fois-ci de recevoir cette saleté en silence, je dis en regardant l'œuvre avec un air pensif, de façon un peu niaise comme si j'étais en train de me remémorer la chose : oui, j'ai fait ça peu de temps avant que tu me prennes ma petite Halldóra.

Hámundur vida à la hâte son verre de vin, fit des héouihéoui et me regarda en souriant, voulut parler avec moi des problèmes de communications, ils lui tenaient à cœur au député de Skagafjörður, mais sa femme était lancée. Elle adressa cette fois-ci ses traits à Herma : Ólafur me manque à cette table, tu n'as peut-être pas désiré l'avoir avec sa nouvelle femme ?

Ma sœur n'avait vraisemblablement pas compris que son ex-belle-sœur avait été élevée dans une société bourgeoise enracinée où l'on pratiquait l'art de la conversation, Herma dit en souriant : Ólafur ne me manque pas moins qu'à toi, un homme de premier ordre tel que lui, et sa femme ne l'est pas moins, elle était secrétaire chez lui pendant plusieurs années et je ne lui connaissais rien d'autre que méticulosité et honnêteté, mais nous avons malheureusement dû limiter le nombre des invités cette fois. Mais qui sait si nous ne réussirons pas quelque jour à rassembler toute la famille et ce serait bienvenu car nulle part dans le monde n'est la famille, au sens large du terme, aussi unie et aimante qu'ici au pays.

Le silence s'abattit un instant sur les invités.

L'entrée était fort appétissante, tous plongèrent le nez dans leur assiette. Herma fit un clin d'œil à Kalli en signe de reconnaissance, il rougit légèrement. Sigmar se racla la gorge : maintenant ils ont séparé les familles à Berlin, construit un mur en travers de la ville. Il allait ajouter quelque chose d'instructif mais fit une pause et Bjarghildur fut prompte à lui prendre la parole : pas croyable ce que Berlin est toujours mis en ruines, d'abord pendant la guerre, maintenant par le communisme, ta ville est incapable de s'en sortir.

Au regard du sort de la famille d'Herma à Berlin à l'époque la remarque, c'était le moins qu'on puisse dire, manquait d'élégance mais Herma était entraînée, elle sourit : Berlin est le Phénix, l'oiseau qui renaît toujours de ses cendres. Elle redeviendra une grande ville du monde, les gens qui y habitent ont beaucoup d'aptitudes. Elle n'est cependant pas ma ville natale, c'est Flensburg. Celle-ci est une jolie petite ville près de la frontière du Danemark, Bjarghildur.

J'ai un jour acheté un bateau à des gens de Flensburg, dit Sigmar, j'avais l'intention de rester deux jours mais j'y ai passé deux semaines, ça me convenait si bien d'être comme ça au bord de la mer, je suis même allé deux fois à la messe dans l'église de Sainte-Marie. J'ai trouvé le retable représentant la Cène si remarquable, je me suis demandé avec étonnement quelle était cette femme auprès de laquelle le Christ était assis et qu'Il tenait dans ses bras, ils étaient appuyés l'un contre l'autre comme un couple.

Il ne savait pas qu'en cet instant il venait d'être élevé au rang de dieu par la Flensbourgeoise. Tu es allé à Marienkirche ? murmura-t-elle presque avec vénération, c'est mon église. J'y allais chaque dimanche avec mes parents quand tout allait bien et que je croyais que le monde serait toujours beau. Je m'asseyais au septième rang sur le côté droit, place quatre-vingt-six, de là je voyais si bien l'autel et la chaire.

J'étais assis sous la chaire au troisième rang, comme ça je n'avais pas à regarder le pasteur dans les yeux, dit Sigmar.

Mais Herma n'entendit pas ses mots, elle était perdue dans ses souvenirs, notamment dans l'un auquel elle avait longtemps pensé mais qu'elle n'avait jamais raconté : je me souviens des corneilles dans les chênes. Un matin à cinq heures je me suis réveillée avec leurs cris, elles s'étaient installées dans le chêne de notre jardin, jamais les corneilles ne s'y étaient établies auparavant. Elles étaient là par dizaines, avaient construit des nids, je vis six points sombres dans la couronne de l'arbre. Je sus alors que la nuit noire était devant nous dans ma patrie.

Après un long silence Sigmar se racla de nouveau la gorge : ici en Islande nous avons des grands corbeaux. Dans l'Est là où j'habitais, un couple de corbeaux était attaché à ma maison, il l'avait été plusieurs années, mais un jour où je rentrais de mer l'un des deux avait disparu. L'autre était posé seul sur le toit, il avait cessé de croasser. J'ai trouvé ça singulier car les grands corbeaux ne se quittent jamais, ils sont amants jusqu'à la fin de leur vie.

Mon frère et son beau-frère par alliance conjurèrent la tristesse qui était sur le point de s'installer sur la tablée, ils se mirent à parler de chasse à la perdrix des neiges avec beaucoup d'ardeur. Le sourcil s'éclaircit sur l'assemblée. Peu après les poules furent servies.

Le repas fut encensé, même Bjarghildur demanda à Herma très aimablement de lui donner sa recette, elle n'avait goûté pareil délice depuis longtemps. Je laissai de côté de lui donner la recette de la mise à mort des volatiles bien que pareille chose m'eût réjouie, surtout après qu'elle eut rempli pour la troisième fois son assiette. Ne le voulais pas à cause d'Herma. Mais Bjarghildur avait toujours bon appétit, c'était sans équivoque. J'avalai uniquement l'accompagnement et il en fut de même pour Pía bien qu'elle n'ait pas été témoin de la fusillade dans le poulailler, ses nouvelles dents ne fonctionnaient en fait pas comme elles auraient dû. Elle n'avait pipé mot. Karlína avait aussi quelques difficultés avec les poules mais je mis cela sur le compte du corset qui comprimait inutilement son diaphragme. Mais elle devint plus loquace au fur et à mesure que le temps passa, se mit avec grande modestie à admirer le collier de perles de Bjarghildur et il s'ensuivit un long discours élogieux semblable à une chute de neige dans un calme plat. Au grand mécontentement des autres, Marta fit écho à ce panégyrique, probablement pour ne pas perdre la bienveillance de sa belle-sœur, elle se mit à parler des grands résultats dont l'association des femmes avait fait preuve après que Bjarghildur avait pris la présidence et dit aussi qu'elle avait entendu que l'association des natifs de la même région était devenue tellement plus drôle depuis que Bjarghildur en avait pris la direction. « Je voulais juste le mentionner comme ça », bredouilla-t-elle au-dessus de son assiette, pas habituée à tenir de longs discours.

Mais ma sœur qui était elle habituée à ce genre de choses ne laissa pas passer son tour, enchantée par ces louanges : ah mes filles, c'est un peu exagéré mais bon, du reste j'ai rencontré l'autre jour mon fils Reiðar qui sortait tout seul de l'association des natifs de la même région et lui-même a dit que c'était devenu tout à fait autre chose depuis que j'en avais pris les rênes. Mais juste comme ça pour vous dire j'avais pensé le faire trésorier de l'association, mon Reiðar, il est si exact et pointilleux, et puis aussi toujours si affable avec les gens, et puis c'est important d'intégrer de beaux et jeunes gens au sein des associations régionales, ça entraîne. Reiðar a aussi un bel avenir devant lui, ça j'en suis tout à fait sûre car j'ai essayé de m'appliquer dans son éducation autant que cela m'était possible même si c'est moi qui le dis. Allez je peux d'ailleurs vous dire avec ça ce qui est arrivé l'autre jour et qui montre au mieux de quelle bénédiction il jouit, mon garçon. Ainsi donc Reiðar est en train de descendre l'escalier chez nous dans le quartier des Hlíðar lorsque je me rappelle tout à coup que j'avais l'intention de lui demander de porter quelques nappes à la buanderie en passant, je devais les faire amidonner pour un repas de fête où je comptais les utiliser pendant le week-end, je descends à sa suite et allais l'appeler, mon Reiðar, lorsque je vois, là sur le palier où je me trouve, qu'une femme marche vers lui. Une femme âgée en costume national traditionnel. Elle marche ainsi derrière lui les bras en croix comme si elle voulait le bénir. J'ai alors cru reconnaître de dos ma belle-mère, la défunte Thorunn. Je n'avais jamais de ma vie vu de revenants, je voyais à travers elle vous savez, j'étais figée là sur le palier, clignai et ouvrai plusieurs fois les yeux mais elle était toujours là, marchant derrière mon garçon, elle le bénit, puis ils sortirent et disparurent tous les deux.

Nous avions laissé nos mentons s'allonger.

Tu n'as pas songé à aller chez un oculiste ? demandai-je.

Avant que Bjarghildur n'arrive à me décocher un regard mauvais arriva un tir d'une direction inattendue, Hámundur avait ajusté son arc : ma Bjarghildur chérie, s'il s'agissait bien de ma mère qui marchait derrière ton fils elle levait uniquement les bras au ciel, croyant qu'il sortait une fois de plus pour faire l'arsouille, cambrioler une entreprise, battre des vieux, prendre des photos de pauvres filles soûles nues, il n'y a pas de limite à son imagination, car ça tu as veillé à l'y encourager en le gâtant trop, j'ai encore payé pour la dernière fois hier quelques dizaines de mille pour les dégâts qu'il a occasionnés dans une maison du quartier d'Austurbær au centre-ville, il a eu besoin de montrer à quelques-uns de ses compagnons de boisson qui était le plus fort, alors oui elle devait simplement lever les bras au ciel, la pauvre vieille, bénie soit-elle.

Ça va chauffer maintenant, dit Sigmar sans enlever les yeux de mon tableau de la cuisinière à charbon. Mais le visage de Bjarghildur ne devint pas rouge, il me sembla plutôt bleuir, et elle resta assise immobile pendant que la couleur l'envahissait. Puis se leva majestueusement, faisant tomber sa serviette sur l'assiette. Elle était sur le point de se détourner de la table lorsqu'elle eut subitement un sursaut, saisit ses couverts et les jeta à travers la table sur l'assiette de son mari de sorte que celle-ci tinta bruyamment, des verres tombèrent. Elle se dirigea ensuite d'un pas ferme vers la sortie et claqua si fort la porte que cela résonna dans toute la maison.

Nous restâmes longtemps pensifs à ressasser les dernières informations.

Mais que cette nappe est jolie ! dit Marta en caressant frénétiquement les broderies de la nappe d'Herma. Mon frère Pétur tapota doucement ma main et dit allègrement : eh bien sœur chérie, est-ce qu'on ne devrait pas se prendre un petit cognac pour commencer la soirée ?

Herma fit passer l'assemblée au salon, offrit aux hommes du cognac et des cigares avec le café, ils étaient des plus réjouis, à les voir on ne se serait pas douté que quelque chose était arrivé à table, ils discutèrent des affaires du pays et de la pêche avec enthousiasme. Marta et Karlína se parlèrent en chuchotant au-dessus de leurs tasses de café dans un coin mais Pía, qui n'avait pas touché le vin qui avait été servi avec le repas, avait rejoint les deux jeunes filles dans la cuisine et fumait cigarette sur cigarette. Tu ne touches pas à l'alcool ? dis-je en signe de reconnaissance lorsque mes pas me conduisirent par là. Je ne bois pas avec n'importe qui, éructa-t-elle.

Maintenant que nous étions installés dans un meilleur salon Herma voulut nous proposer de la musique, elle demanda si quelqu'un jouait du piano ce qu'elle ne présumait pas car elle s'assit elle-même à l'instrument et étira ses longs doigts. Je m'attendais à de tranquilles morceaux de jazz ou des chansons patriotiques allemandes mais elle dit : je vais jouer un prélude de Debussy.

Elle jouait magnifiquement bien, Herma, la musique me rendit joyeuse et douce à l'intérieur de moi-même et je pensai combien l'art était voluptueux pour ceux qui avaient la possibilité de le savourer, et combien il pouvait être cruel pour l'artiste lui-même. Et je regardai mes tableaux sur le mur, les guerriers et les femmes enceintes soumises, savais qu'une telle image éveillait une aversion chez les gens, me demandai qui servait l'art inesthétique quand moi-même je choisissais la beauté. Mes tableaux abstraits lyriques avaient peut-être procuré aux gens de la joie, c'est probablement pourquoi je les avais vendus.

Mais il était impossible de continuer sur cette voie.

Mon esprit s'envola vers d'autres directions, je m'imaginai des poules caquetant sur la table du repas, des couverts qui pleuvaient sur elles, tout dansait devant mes yeux avec le prélude, j'avais envie de grimper dans mon grenier pour dessiner, je me sentais enserrée au sein de tous ces gens.

Herma récolta des applaudissements mais se contenta cependant du prélude, elle avait besoin de parler avec les invités. Peu après alors qu'elle était assise près de Sigmar j'entendis qu'elle lui disait : la petite Silfá devrait aussi apprendre le piano, s'initier à la littérature, à l'art, avoir la paix pour étudier, mais ça elle ne le peut pas dans la maison de ton fils, ça crie trop, et principalement ta belle-fille, ai-je entendu.

Sigmar tira sur son cigare, posa ses yeux sur moi, sur mes tableaux, puis de nouveau sur moi. Il me sembla qu'il avait aussi vu les tableaux dans mon esprit.

À midi le lendemain les femmes m'appelèrent.

Je me forçai à émerger de mon grenier, n'ayant pas fermé l'œil, d'humeur houleuse. Elles étaient toutes les trois sur le palier, entouraient Silfá qui se tenait la tête haute, et riaient. Victoire totale, me dit Herma tout bas.

Silfá était venue avec armes et bagages. Son grand-père avait veillé à son déménagement, « il est arrivé, a ordonné à la femme de papa de préparer tout mon barda et quand elle s'est emballée il a juste dit : ici c'est moi qui commande ».

L'odeur de vinaigre dans la cuisine rappelait en permanence qui dirigeait la maison. À cause de l'humidité froide au-dehors Pía ne se sentait pas d'aller sur le balcon pour fumer, elle le faisait alors dedans à la dérobée pendant qu'Herma était à la bibliothèque, et pour qu'elle ne sente pas l'odeur de tabac quand elle revenait elle mettait du vinaigre dans une coupelle. Celui-ci était supposé absorber la mauvaise odeur. Herma ne fit pas de remarque sur l'odeur acide, elle crut qu'elles avaient nettoyé au vinaigre pour obtenir du brillant sur le réfrigérateur et l'évier. Cela faisait partie d'un joli foyer que tout soit brillant. Herma avait réglementé la tenue de la maison mais après que la *Jungfer*, la jeune demoiselle, comme elle appelait Silfá, était entrée dans la demeure, les exigences augmentèrent en ce qui concernait ce domaine. Karlína s'occupait du repas comme d'habitude, selon un menu établi au préalable, « repas chaud à midi et *Abendbrot* le soir ». Aucune de nous ne sut d'abord ce qu'un *Abendbrot* était mais il apparut par la suite qu'il s'agissait de pain avec des tranches de viande froide ou charcuterie et des fromages, accompagné de thé. Karlína avait faim en permanence, elle n'osait malgré tout pas grignoter les restes du déjeuner, Herma les additionnait alors à un nouveau plat et avait par ailleurs une imagination sans fin quand il s'agissait de cuisine. Karlína se sauva d'une mort de faim certaine en engloutissant pain et petits pains ronds qu'il lui était demandé de faire en même temps qu'elle préparait le repas du soir. Pía avait la haute surveillance des lessives et des grands nettoyages, à cela s'ajoutèrent les travaux de couture dans les derniers mois de l'hiver. Herma s'était rendu compte qu'il manquait de literie en la demeure et acheta des rouleaux de toile de lin et de damas qu'il incomba à Pía de transformer en housses de couettes et draps. La machine à coudre bourdonnait le matin dans la cuisine, le hachoir mécanique lui faisait souvent écho à voix basse lorsque Karlína préparait du pâté pour l'*Abendbrot*, mais après le repas de midi Herma ne voulait aucun va-et-vient. Silfá devait alors étudier. Si elle restait trop longtemps au téléphone après midi, ce qui lui arrivait volontiers, elle avait à s'occuper d'un important groupe de copines, Herma se plantait devant elle et attendait jusqu'à ce qu'elle ait raccroché. Disait : *Jungfer schönste*, les badineries sont terminées. Puis s'asseyait elle-même avec un livre dans le fauteuil et remplissait le rôle de chien de garde, Silfá ne pouvait ni sortir ni répondre au téléphone tant que ses devoirs n'étaient pas derrière elle. Elle avait cependant le droit d'aller aux toilettes. Souvent Herma piquait du nez mais elle était prompte à se redresser si elle entendait le moindre bruissement.

De ce fait nous, les autres, filions doux à ce moment de la journée, Pía se couchait avec des romans d'amour, « je me suis mise à lire des mièvreries insignifiantes sur mes vieux jours », dit-elle amère un matin. Elle allait dans sa chambre après le repas de midi avec le chat sur ses talons, il aimait bien les gens qui faisaient peu de bruit autour de lui durant la journée, il était si doux et câlin, Bismarck. Pía disait : les matous sont plus affectueux que les chattes. Et puis l'appelait toujours Matou, elle n'aimait pas l'autre nom. Le matou lui chauffait le ventre pendant qu'elle lisait dans le magazine mensuel *Éros et Histoires vraies* des récits sur des jeunes femmes qui au nom de leur pudeur ne voulaient pas grimper au lit avec les hommes. Karlína se poussait dehors l'après-midi, allait chez sa fille ou chez le docteur, son diabète avait diminué, à ce que nous comprenions, mais son rhumatisme au genou la faisait horriblement souffrir. Parfois elle devait s'asseoir sur un tabouret près de la cuisinière tandis qu'elle faisait plonger la viande ou le poisson dans la marmite, souvent en pleurant, non pas à cause du rhumatisme mais parce que son gendre avait battu sa fille. Il la battait souvent, aussi Karlína pleurait un jour sur deux. Herma avait la manière de faire tourner le vent de l'après-midi, elle remontait la nécessaire gaieté de la maison avec frous-frous et musique, permettait à Silfá de passer des airs à la mode selon sa fantaisie, ouvrait la maison aux invités et aux gens de passage, des femmes qu'elle avait connues lorsqu'elle était épouse d'avocat dans la ville passaient boire le café, les petits-enfants de Karlína venaient picorer dans la cuisine, Kalli faisait un saut en haut avec son saxophone, et même les servantes de Bjarghildur vinrent en visite d'inspection. Helga et Ásta. Le cheveu moins épais, la démarche fatiguée mais l'allure et l'humeur inchangées depuis les jours anciens dans le fjord de Skagafjörður, Helga parlait pour toutes les deux comme autrefois. Elles s'étaient accommodées de ne jamais devenir missionnaires en Norvège, que dire alors en Islande, mais elles avaient compensé leur besoin d'apostolat par le fait de porter de la nourriture aux mères célibataires, tricoter et faire des vêtements pour leurs enfants, le tout sous la solide direction de la maîtresse de maison du quartier des Hliðar qui dirigeait son propre bureau des affaires sociales. Ma sœur ne pouvait supporter la vue de quoi que ce soit de misérable. Mais même si elle n'apportait pas de nourriture à la maisonnée de Laugavegur et avait proclamé que là-bas elle ne mettrait plus jamais les pieds, exactement comme si c'est nous qui l'avions offensée et non son mari, elle désirait cependant savoir ce qu'il en était de la gestion dans cette maison.

Herma demanda : êtes-vous venues pour espionner ?

Oh non tu n'y penses pas ! répondit Helga en continuant à parler bien qu'elle n'ait pas avalé sa tranche de gâteau, nous avions à faire ici dans Laugavegur et avions simplement envie de monter vous dire bonjour, et puis nous avions tellement soif d'un café, n'est-ce pas Ásta ? Mmm, dit Ásta en fourrant avec circonspection dans sa bouche un par un des morceaux du gâteau marbré, et Helga parla à en perdre haleine tandis qu'elle détaillait l'appartement en caressant les meubles pour voir s'il venait de la poussière sur les doigts, suivit Pía dans puis hors du salon pendant qu'elle servait boissons et gourmandises, elles avaient tant à se remémorer du temps passé, mais avec Herma qui avait l'art de la guerre dans le sang elle n'alla pas loin. Celle-ci transforma avec dextérité la défense en attaque. Lorsqu'elles prirent congé, si chaleureusement reconnaissantes pour ce régal, Helga babillant continuellement dans tout l'escalier, nous savions avec précision comment la direction de la maison était conduite dans les Hlíðar, ce qu'il en était des relations du couple, comment ce fainéant de première de fils s'y prenait pour dilapider l'argent de ses parents, « et vider le réfrigérateur », plaça Ásta qui par ailleurs ne disait jamais rien, et combien l'adorable petite Rán était polie et gentille.

Mais bien entendu elles restèrent ensuite invisibles pendant une longue période ce qui était compréhensible lorsqu'on avait en tête la conduite aux tirs ajustés d'Herma, elle les avait accusées d'espionnage. C'était sa façon de faire de demander les choses aux gens sans ambages et aucune de nous ne se laissait émouvoir par cela mais pour les âmes sensibles c'était choquant. Rán par contre pointa le bout de son nez à l'heure des visites, elle s'empiffrait de gâteaux chez Karlína puis allait chez Silfá ou s'asseyait au piano à la requête d'Herma et jouait des morceaux qu'elle avait répétés pendant ses leçons.

Les séances musicales de Rán débutaient avec des comptines et des chansons scolaires, deux à trois morceaux à la fois, si bien joués que nous autres qui vaquions à nos occupations tout en écoutant nous mîmes à avoir hâte que Silfá puisse jouer pour nous quelques morceaux faciles, nous avions l'intention de l'envoyer en cours de piano à l'automne. Rán pratiquait l'instrument depuis l'âge de sept ans, il avait été aussi question de lui faire faire du ballet mais après quelques essais dans cette discipline les connaisseurs annoncèrent à sa grand-mère que cette activité ne convenait pas à la jeune fille, qu'elle était de constitution trop lourde et ne tenait pas l'équilibre. Mais calé derrière le piano son corps était de la meilleure constitution et bien que ses doigts soient courts et boudinés il y avait en eux une incroyable agilité. Puis Herma dit un jour : Rán, tu sais jouer du classique ? Et Rán dit d'une voix traînante : oui oui, et se mit à jouer *Rêve d'amour* de Liszt que les femmes connaissaient de la radio et nous nous rassemblâmes toutes lentement dans le salon, nous assîmes un instant et écoutâmes avec vénération, Karlína ferma les yeux, et Rán joua sans partition et avec émotion, trop trouvais-je en regard de la manière dont elle était effacée dans son comportement quotidien, ce côté d'elle qui se manifestait publiquement maintenant avec l'instrument nous était inconnu. Herma et moi nous lançâmes des regards furtifs mais les sentiments qui surgissaient dans l'interprétation tirèrent sur une corde sensible en notre for intérieur, nous entraînant impuissantes dans un univers auquel nous considérions avoir tourné le dos.

Silfá dit à la fin du morceau : vachement chouette ma vieille ! Mais là n'allez pas rêvasser que j'devienne aussi bonne que ça, moi je joue juste *Au clair de la lune* et ce genre de trucs. Mais elle jouait surtout des disques sur son électrophone et si Herma lui demandait de baisser le vacarme de cris que le rock était pour ses oreilles Pía disait : la pauvre enfant, de devoir être au milieu de vieux ! Ça marchait, Herma serrait les dents et sortait faire un tour dans Laugavegur pendant que l'adolescente se défoulait. Silfá sortait très souvent après le repas du soir pour rencontrer ses amies, nous laissions faire pourvu qu'elle rentre avant onze heures et demie, et c'était alors moi qui montais la garde car

Herma allait se coucher après les informations de dix heures. Si Silfá allait au cinéma à la séance de neuf heures elle montait ensuite chez moi dans le grenier pour me raconter le film, elle adorait raconter et j'en avais le plus grand plaisir, puis nous échangions nos rôles, je lui racontais et elle écoutait. Où on en était arrivées ? disait-elle, grand-père va pas bientôt entrer en scène ? Elle trouvait que ma jeunesse traînait en longueur et il arrivait qu'elle s'endorme au fil de la narration, car il était fort tard. Je lui enlevais alors ses chaussures, la déshabillais pour l'essentiel et lui permettais de dormir dans mon lit jusqu'au matin. Je trouvais bon de peindre pendant qu'elle dormait. Regardais sa tête aux cheveux sombres et ma pensée devenait claire, les couleurs se calmaient, se mettaient en rang sans que je doive me bagarrer avec elles avant.

Lorsqu'Herma considéra que la vie domestique était solidement étançonnée et devenue exemplaire à tous égards elle désira se tourner vers la culture. Elle dépista les concerts qui avaient lieu dans la ville, acheta des billets pour les représentations théâtrales et je la suivis comme son ombre, hautement ravie de son initiative. Pía et Karlína n'éprouvaient pas d'intérêt à venir avec nous, non pas parce qu'elles devaient payer elles-mêmes leurs billets, mais parce qu'elles ne trouvaient pas intéressantes à voir ou à entendre les œuvres en question. Elles préféraient s'installer confortablement dans le salon et écouter la radio, « car véritablement percluses de fatigue après l'esclavage dans la maison, et puis nous sommes simplement si casanières ». Je me doutais que cet amour des pantoufles cachait uniquement le fait de pouvoir manger de vigoureux appétit en l'absence de certaines, ou, bien qu'au plus profond de moi j'espérais que ce ne soit pas le cas, de pouvoir boire un petit coup en paix.

Mais cela je n'en touchai pas le moindre mot à Herma.

Les boutures dans les verres d'eau recouvraient la cuisine, il y en avait sur le rebord intérieur des fenêtres, les tables, au-dessus des placards, sur toutes les étagères, tous les verres à eau étaient occupés par ces pousses vertes qu'Herma avait commandé aux autres de ramasser. Une maison sans plantes vertes témoigne d'un manque d'initiative, disait-elle avec une accentuation sur chaque syllabe, aussi elles s'appliquèrent à quémander des boutures où qu'elles pointent leur nez. Reçurent beaucoup de louanges lorsqu'elles revinrent de la saison du hareng dans le fjord de Borgarfjörður-Est chargées de ces branchettes, Karlína était allée dans chaque maison, avait pincé et coupé dans les plantes des mères de famille, « avec moi à la remorque », dit Pía qui semblait avoir rajeuni dans l'âme d'être retournée au hareng. Karlína avait fait œuvre de charité en la tirant avec elle dans l'Est pendant l'été, j'avais respiré plus légèrement lorsqu'elles disparurent et je fus encore plus ravie lorsqu'Herma alla dans sa ferme et Silfá dans le Sud à Keflavík pour travailler dans le poisson. C'était comme si la maison reprenait pour la première fois son souffle après plusieurs mois de rétrécissement. Mais Silfá revint au bout de deux semaines, elle ne voulait pas rester dans le poisson, aussi Pétur lui procura un travail de nettoyage dans un hôtel du centre-ville, travail qui ne lui convint que quelques semaines c'est-à-dire jusqu'à ce qu'elle soit fatiguée du frottage, elle voulait aller à la campagne, et Pétur et moi nous mîmes en quatre pour la placer dans une ferme du district d'Árnessýsla où elle pouvait monter à cheval tous les jours, ce qui était la condition qu'elle avait brandie pour son séjour à la campagne. Mais je regrettai les longues vacances des enfants islandais d'autrefois. Entre ses travaux elle était pendue au téléphone. Qui sonnait du matin au soir. Et j'avalais ma langue, me souvenant combien j'avais toujours eu envie de parler au téléphone lorsque j'étais jeune fille.

Puis elles arrivèrent toutes avec des boutures après leur saison d'été, Silfá aussi. Pas Herma cependant, elle ne vagabondait pas d'une ferme à l'autre dans sa campagne. Elle me demanda lorsqu'elle revint à l'automne avec sa Chevy remplie à ras bord de pommes de terre et de choux verts : est-ce que tu as bien peint cet été ? Comme si j'étais une enfant qu'il fallait surveiller. Je marmottai seulement, ne voulus pas dire que la moitié de l'été s'était passée en affairement autour de ma petite-fille. Puis l'enfant entra au lycée comme il était prévu, elle était à l'école seulement l'après-midi comme tous les autres jeunes de première année, ce qui n'aurait pas eu d'importance si Herma n'avait pas persisté dans la pratique qu'elle avait adoptée d'aller à la bibliothèque le matin. Il m'incomba alors d'avoir Silfá et ses devoirs à l'œil le matin mais cependant d'avoir principalement le téléphone à l'œil, de faire en sorte qu'elle n'y soit pas en douce. Pía était inefficace en matière d'éducation, elle s'était de plus mise à se replonger dans son lit dès qu'Herma était partie à la bibliothèque, et il ne fallait attendre aucune aide de Karlína toujours en train de soupirer dans la cuisine, se lamentant auprès du chat.

Le téléphone sonna, Silfá me précéda, bondit sur celui-ci comme si elle s'était depuis longtemps tenue prête à réagir, je la regardai en signe de capitulation, puis pris la fuite devant la responsabilité. Tandis que je descendais Laugavegur avec mon manteau déboutonné, mes cheveux en queue de cheval, en sandales d'intérieur, mon esprit se mit à voguer vers l'étranger où j'avais été libre de toute responsabilité sauf de celle que j'avais de moi-même et en quelques pas je m'éloignai de mon pays, fus si loin que je n'entendis plus les voitures qui passaient devant moi, ne remarquai plus les gens, ne vis plus les articles dans les vitrines des magasins bien que je m'arrête quelquefois en marchant devant celles-ci mais tout d'un coup je me retrouvai plantée devant une boutique de corsets et ce fut alors comme si je revenais à moi-même, je les vis, des corsets bleus et beiges, des soutiens-gorge, des culottes, et tous ces sous-vêtements se remplirent de femmes du passé, leurs voix se mirent à résonner dans ma tête et je les écoutai toutes, elles avaient tant à me dire, avaient tant expérimenté dans leur vie, voulaient me donner des conseils sur la façon dont je devais me conduire, parler, penser, il me semblait maintenant à dire vrai inutile d'avoir ces sermons au-dessus de ma tête, certaines étaient calmes, d'autres en colère, d'autres encore amères, il s'en manqua de peu que je ne leur demande de se taire, mais il y eut alors heureusement quelques-unes là-bas qui étaient inénarrables, avec des remarques si drôles que j'éclatai de rire. Juste au moment où je m'amusais le mieux, m'étais mise à rire à en avoir les larmes aux yeux, je vis dans le reflet de la vitrine deux grandes ombres noires dans mon dos. Je me rendis compte aussitôt sans lever les yeux que c'étaient des hommes qui étaient probablement en train de regarder des sous-vêtements pour leur femme. J'allais faire comme si de rien n'était, j'étais simplement en train de regarder comme n'importe qui, avais plein droit d'être là, mais une main se posa alors sur mon épaule et j'entendis une voix que je connaissais.

On me retourna, je me retrouvai en face de mes fils, Sumarliði et Jón. Je ne les avais pas vus depuis l'enterrement de maman, ils étaient tous les deux rudement grands, je dus pencher ma tête en arrière, butai avec le haut de mon crâne contre la vitre, et du fait que leurs voix retentissaient encore tellement en hauteur, je n'entendis pas au début ce qu'ils disaient, vis seulement qu'ils me regardaient comme si j'étais quelque phénomène, mais lorsqu'ils répétèrent ce qu'ils avaient dit je distinguai leurs mots, ils demandaient ce que j'étais en train de faire. Faire ? Je suis juste en train de chercher un corset pour mon amie Karlína, dis-je surprise d'une telle question, mais qu'est-ce qui vous amène ? D'après ce que je compris Jón était en déplacement pour ses affaires d'avocat en ville et Sumarliði à terre pour cause de maladie de sa femme. Cela s'avéra difficile pour moi de parler normalement, je me sentais comme un animal aux abois avec la vitrine dans le dos et ces deux géants devant moi, j'étais aussi abasourdie du fait que j'aie pu un jour avoir ces deux échalas dans mon ventre, ce n'étaient pas mes garçons, c'étaient juste des hommes très grands qui voulaient m'acculer dans un coin, me parlaient de haut. J'essayai très lentement de me frayer un chemin de côté mais Jón posa alors sa main sur mon épaule et dit : maman, tu es en chaussures d'intérieur. Je dis : nonnonnon, ce sont des sandales d'extérieur, elles viennent de l'étranger. Mais il continua : tu as mauvaise mine, maman, tu n'es pas un peu malade ?

Et je penchai la tête en arrière, regardai leurs visages et vis dans leurs yeux de grands hommes les petits garçons mal assurés qui n'avaient confiance qu'en leur maman. Un instant. Puis j'essayai de me mettre dans le rôle de mère du mieux que je m'en souvenais, de montrer autorité et grandeur même si j'étais bien plus petite qu'eux, dis affectueusement : non, pas du tout malade mais il y a eu beaucoup à faire à la maison ces derniers temps, c'est le lot de l'automne. Vis qu'ils étaient soulagés aussi je continuai sur le même ton : eh bien, mon petit Jón, alors te voilà avec un cabinet d'avocat à Akureyri, tu as peut-être l'intention d'y établir aussi un foyer ?

Il se tortilla, mit les mains dans ses poches, haussa les épaules, son allure devint celle d'un petit garçon, puis il dit un peu timide en même temps qu'il concentrait son regard sur les sous-vêtements derrière moi : ben enfin, ouais, j'ai en fait rencontré une fille, oui juste comme ça. Sumarliði vint à son secours : ex-reine de beauté, douze ans plus jeune que lui, il sort avec elle depuis plusieurs mois, n'est-ce pas Jón ? Mon fils aîné se secoua tout entier de satisfaction contenue, je lui trouvais un air à demi enfantin ainsi. Je dis : mais comme c'est plaisant d'entendre ça, mon Jón. Puis demandai à mon fils cadet : et est-ce que tout va bien pour toi aussi ? Il répondit : non, ma femme est malade comme je te l'ai dit, elle est entrée à l'hôpital.

Je fus un peu déstabilisée, demandai où se trouvaient alors ses enfants à elle ?

Les enfants ? répéta-t-il comme s'il n'avait pas bien entendu et un humour caustique transparut sur son expression, mais ils sont chez leur grand-mère bien sûr, où d'autre pourraient-ils être ?

Nous restâmes plantés là debout tous les trois, mère et fils, je regardai le trottoir, eux le sommet de ma tête. Sumarliði ajouta : j'ai entendu par papa que ça allait vraiment bien pour Silfá chez toi, je passerai peut-être la voir un de ces jours, elle est peut-être à la maison en ce moment ? Je dis qu'elle était à la maison : elle est au téléphone.

Karitas

Voix, 1962

Assemblage collé

À Paris les tableaux abstraits lyriques de Karitas
éveillèrent l'attention mais après les quelques années
de séjour de l'artiste à New York ses tableaux commencent à devenir plus expressionnistes, les couleurs
deviennent plus fortes, remplies de tension émotive,
les formes effacées. Plusieurs artistes féminines là-bas
peignaient sous les fortes influences de l'expression-
nisme abstrait, comme Lee Krasner, Elaine de Koo-
ning, Grace Hartigan et plusieurs autres qui toutes
firent impression tard dans les années cinquante.
Karitas arrive à se faire une place et vendre ses
œuvres aux universités et aux musées en de nombreux
endroits aux États-Unis mais vers la même époque
où elle rentre au pays surviennent des mouvements
dans le monde des arts à l'étranger, de jeunes peintres
et sculpteurs créent ce qu'ils nomment la surcharge
émotionnelle, et se penchent alternativement vers des
formes pures, froides ou vers le pop art. Karitas n'est
pas privée de nouveaux courants et se trouve de fait
à un tournant dans son art, et pas moins dans sa vie,
lorsqu'elle s'installe de nouveau en Islande après
un long séjour à l'étranger. Cela peut prendre aux
artistes un temps plus ou moins long pour élaborer en
eux-mêmes de nouveaux procédés, pour orienter leur
esprit dans la direction qui convient à leurs capacités

et leur personnalité, pour trouver la voie de leur création personnelle, Karitas y parvint en moins de deux ans. Dans le tableau *Voix*, qui est réalisé à l'automne, résonne une nouvelle tonalité. Dans quelques rares tableaux des années quarante, Karitas avait transformé en objet la personne humaine et elle reprend maintenant le fil mais avec une autre technique, d'une manière plus directe. L'atmosphère d'emprisonnement donne le ton, le plan de l'image sombre, éclairé d'êtres singuliers sous l'apparence d'ustensiles de cuisine, pelles à poisson, louches, spatules, sanglées dans des cordons de téléphone qui sont collés sur du bois, et à l'extrémité de chaque cordon pend un combiné, noir corbeau et menaçant. Des signes distinctifs féminins sur les ustensiles indiquent qu'il s'agit de femmes, tourmentées par les cordons qui enserrent leur poitrine et leur cou, et par des voix qu'elles ne veulent pas ou bien ne peuvent pas entendre. L'œuvre décrit bien la tension intérieure de l'être et soulève les questions sur la condition de la femme en Islande au début des années soixante. À l'époque où l'œuvre est exécutée, Karitas est elle-même libre des obligations ménagères de la femme, elle a une intendante et deux amies qui la débarrassent de cette peine, ainsi exemptée du désagrément de la journée si l'on excepte la responsabilité de l'éducation de sa petite-fille, et à la lumière de cela la direction qu'elle prend dans l'art est à l'opposé de sa condition.

La bouilloire électrique était tellement rutilante qu'elle brillait dans le giron de Karlína, celle-ci s'acharnait sur elle avec ardeur tandis qu'elle bavardait avec Ólafía et Sveina d'Eyrarbakki qui avaient eu à faire en ville, et de ce fait dans Laugavegur aussi comme tous les autres. Herma leur avait proposé d'entrer au salon lorsqu'elles apparurent mais elles ne voulaient pas causer de dérangement et choisirent la cuisine. Bien évidemment il y eut autant de dérangement là, et elles furent même invitées à rester pour la nuit afin de pouvoir aussi utiliser la matinée du lendemain dans Laugavegur, et elles étaient assises là à raconter, nous avaient toutes attirées dans le recoin de la cuisine, Herma et moi, Pía avec le chat sur ses genoux, Silfá, et Rán qui venait de jouer pour nous. Et Karlína s'acharnait sur la bouilloire, « je l'ai achetée avec mes propres sous, pas seulement pour faire bouillir l'eau, on peut aussi faire cuire des œufs dans ce truc-là, de la saucisse et n'importe quoi ». Pía dit alors : ma jeune cousine qui a commencé à tenir un ménage il y a quelques années n'a pas encore pu s'acheter de bouilloire tellement son homme lui rationne l'argent pour le foyer. Pía poursuivit sur le même ton, expliqua comment la jeune femme s'y prenait pour faire durer l'argent pour la nourriture afin de pouvoir s'acheter des ustensiles de cuisine et elle en était au milieu de sa narration lorsque Karlína se leva avec une expression de tourment et quitta la cuisine. Peu après je dus m'éclipser pour aller aux toilettes et butai sur elle sanglotant dans le couloir : où vais-je dormir si les invitées doivent dormir dans la pièce où il y a la radio ? Je demandai si Herma n'avait pas dit qu'elle dormirait chez Pía ? Je ne peux pas dormir chez Pía, j'en ai eu assez de dormir avec elle dans l'Est, elle pue tellement qu'on s'en étouffe, la bonne femme boit toujours du schnaps avant d'aller se coucher, puis la puanteur d'alcool se répand dans la chambre au point qu'on ne peut pas respirer, chuchota-t-elle avec des reniflements, puis elle pencha la tête de côté : ah ma belle, laisse-moi dormir en haut chez toi dans le grenier. Je dis, d'un air distrait après ces nouvelles, que je ne pouvais pas dormir avec quelqu'un dans ma chambre. Mais Silfá a pu dormir chez toi, elle, pleurnicha-t-elle. Je déclarai avoir l'habitude d'avoir Silfá dans mon lit depuis qu'elle était chez moi à Paris. Elle retourna dans la cuisine avec une expression offensée et se rua furieusement sur la bouilloire.

Elles étaient encore occupées avec les ustensiles de cuisine, avaient étendu la conversation aux appareils électriques qui soulageaient les travaux domestiques de la mère de famille lorsque Rán plaça furtivement quelques mots : si nous touchons un objet sous tension électrique alors la résistance tactile dépend du degré d'hydratation cutanée et de la grandeur de la surface de contact du corps avec l'objet.

Elles la fixèrent avec des yeux arrondis comme si elle était un elfe, n'ayant strictement rien compris, avec un air suspicieux, puis Silfá dit à titre explicatif en désignant sa cousine du doigt : c'est une potasseuse Rán, la meilleure en maths, chimie et toutes ces saletés auxquelles on comprend rien. Ooohh, dirent-elles, souriant avec bonté à la sage savante, puis reprirent le fil avec encore plus d'énergie qu'auparavant. Sveina dit : bah, ça ne change rien d'avoir toutes ces machines, on travaille de sept heures le matin jusqu'à onze le soir tous les jours, les fins de semaine aussi, on n'a même pas de vacances l'été, et si on va quelque part camper avec la famille, on est encore à préparer des sandwichs pour tout ce petit monde toute la journée, parce qu'on tient aussi de quelque économiste que bien peu d'hommes auraient les moyens d'avoir une femme s'ils devaient lui payer un salaire pour les travaux qu'elle effectue à la maison.

Je ne pus me retenir et lançai : savez-vous qui est Simone de Beauvoir ? Mais avais avec cette réflexion brisé la conversation qui était en train d'arriver à un degré amusant de récrimination et récoltai de l'irritation. Elles demandèrent avec un air fatigué, comme si j'étais un enfant qui avait interrompu des adultes, qui celle-ci était, et au lieu de leur parler des écrits de Simone comme Yvette et moi en avions discuté à Paris et plus tard à New York je me retrouvai à court de mots, peut-être à cause du manque d'intérêt que leur attitude reflétait, aussi je dis simplement : elle et son compagnon habitaient à l'hôtel, chacun dans sa chambre, et mangeaient dans les cafés. Le regard qu'elles me lancèrent manifestait clairement qu'elles doutaient de ma santé mentale, Ólafía demanda malgré tout poliment : et où est-ce qu'elle repassait ses chemises alors ?

Herma réarrangeait les torchons sur les crochets, elle voulait les avoir dans l'ordre adéquat selon leur importance, le soulignait lourdement auprès de Karlína qui l'oubliait immédiatement et utilisait le même torchon pour les assiettes et les casseroles, Herma les arrangea de nouveau comme elle le faisait chaque fois qu'elle entrait dans la cuisine, puis dit : mais je trouve que les mères de famille islandaises ne s'habillent pas assez bien, c'est affreux de les voir vaquer à leurs travaux domestiques dans ces blouses en nylon. Et Silfá ajouta avec empressement : oui puis elles se maquillent si peu, utilisent aucune crème, se récoltent juste d'horribles rides, hé vous savez que c'est un vachement bon truc d'utiliser du scotch entre les yeux contre les rides profondes ? Pía fit quelques humhum intéressés mais Sveina n'avait pas encore terminé son affaire en ce qui concernait la mère de famille, elle voulait délivrer à l'assemblée ses connaissances en la matière et se mit à raconter diverses choses qui d'aventure lui étaient arrivées dans son travail, comment il convenait le mieux de faire durer la viande, comment il valait mieux faire bouillir le chou rouge s'il devenait bleu, combien il était bon de mettre du bicarbonate de soude dans le lait qu'on utilisait pour le riz au lait ou la soupe s'il avait commencé à tourner, c'est-à-dire le lait, combien il était malin d'utiliser les pommes de terre en gratin et pas seulement bouillies, et elle était bien avancée dans ces descriptions lorsqu'Herma lui prit la parole avec un ton décidé, personne n'arrivait à la cheville d'Herma lorsqu'il s'agissait de plats à base de pommes de terre.

La conversation m'ennuyait.

J'allai jusqu'au placard où elles gardaient la vaisselle, l'ouvris en grand, y glissai la main jusqu'à ce que mes doigts s'arrêtent dans le coin gauche, puis balayai du bras les piles d'assiettes, les verres, les coupes, tout l'ensemble s'écrasa sur le sol.

Cela se brisa en mille morceaux comme je l'avais espéré.

Les femmes ne bougèrent ni bras ni jambe.

J'allai me chercher un balai et rassemblai précautionneusement les morceaux, les pris un par un, fus satisfaite de voir combien ils s'étaient brisés joliment, certains s'étaient cassés en fait trop gros aussi je décidai de ne pas ramasser ceux-là mais je devais mettre les autres dans une boîte afin de pouvoir les porter en haut chez moi puis j'eus la chance de repérer une caisse en carton dans le coin de la cuisine, celle qui avait servi à Sveina et Ólafía pour contenir le poisson salé et le poisson séché qu'elles nous avaient apportés, je ramassai alors les meilleurs morceaux avec la pelle à poussière et les versai dans le carton.

Rán se précipita soudain et se mit à ramasser avec moi, il y avait un éclat dans ses yeux que je n'avais jamais vu auparavant, ils me firent penser à un ruisseau au printemps, je lui dis de jeter simplement les gros morceaux à la poubelle. J'arrivai tout juste à soulever le carton, la vaisselle peut être si lourde, puis le montai avec difficulté en tanguant jusqu'à mon grenier.

Entendis les sanglots de Karlína en bas.

Karitas

Oppression, 1963

Techniques mélangées

Des corsets roses sanglés en vol dans la nuit noire indiquent pour qu'on ne puisse pas se tromper que le corps féminin est bien le sujet de l'œuvre. Les corsets sont au nombre de sept et ceux sur le devant occupent l'essentiel de l'espace mais ceux qui sont à l'arrière semblent s'évanouir dans le vide, comme si une force d'attraction indéterminée les attirait à elle. Le tableau est exécuté lorsque cette catégorie de sous-vêtements féminins était en train de disparaître de la scène mais était cependant encore utilisée par celles qui ne considéraient pas leur corps présentable après grossesses et naissances et voulaient le réhabiliter grâce à des emballages. Chaque corset est si serré à la taille que le spectateur ressent instinctivement une oppression par le seul fait de poser ses yeux sur l'œuvre. Dans celle-ci il est débattu de la culture qui fait de la femme une victime des forces du marché, brise son estime d'elle-même, empêche en fait qu'elle respire en tant qu'individu indépendant. Les formes sont claires, les couleurs fortes, rose de la féminité sur fond noir masculin. La couleur noire avait longtemps suivi Karitas, depuis le tout début où elle peignait dans l'obscurité dans l'Est et puis il sembla que ses yeux avaient à la force du temps développé une particularité qui n'était pas donnée aux autres, comme une chouette elle voyait bien la nuit.

Les fourrures d'Herma, le vison et le renard arctique, se trouvaient dans le grand placard de l'entrée, emmitouflées dans des housses à vêtements avec de longues fermetures Éclair, elles étaient les seules peaux que je trouvai dans la maison. Herma avait évoqué le fait que le renard était devenu passablement avachi car il avait fait son temps, elle l'avait pour tout dire même utilisé comme pardessus pour la pêche à la truite en hiver, par ailleurs la couleur claire du renard lui allait mieux que la couleur sombre du vison. La couleur claire convenait également mieux à l'œuvre que j'avais en tête, outre le fait que les poils étaient plus longs sur le renard, et lorsque je faisais un jour courir mes doigts mine de rien sur la fourrure je me rendis compte que je pouvais bien en couper un peu ici et là, en bas du dos et sous les manches, personne ne le remarquerait.

Une nuit j'étais en chemin depuis mon grenier dans l'obscurité avec des ciseaux et une poche pour les rognures, lorsque j'entendis que la porte extérieure s'ouvrait et que quelqu'un montait l'escalier d'un pas lourd. J'attendis la suite des événements sur la première marche du haut, croyant que c'était peut-être un fantôme ou un poivrot venu de l'extérieur qui ressortirait bientôt et disparaîtrait, mais on frappa alors doucement à la porte chez nous au deuxième étage. Je fus contrariée par ce dérangement puis remerciai ma chance une seconde plus tard, dans l'obscurité je vis Herma qui arrivait en peignoir les bras au ciel exactement comme si elle avait ardemment attendu un visiteur.

Toi, Bjarghildur ? l'entendis-je dire étonnée lorsqu'elle ouvrit.

Il était trois heures du matin. Ma sœur venue en visite.

Elle ne proféra pas le moindre son lorsqu'elle alla de son pas pesant dans le salon avec Herma sur ses talons. La curiosité m'attira en bas jusqu'à elles, il devait s'être passé quelque chose de sérieux, ce qui semblait être le cas, Bjarghildur s'était laissée tomber lourdement dans un fauteuil, à la lueur de la lampe qu'Herma avait allumée elle avait une mine pathétique, était pâle comme si elle avait vomi toute la soirée. Elle ne disait pas le moindre mot, fixait seulement la moquette comme un condamné à mort. Nous l'encadrâmes désemparées, frictionnâmes ses mains, puis Herma émit quelques humhum et demanda si quelque chose était arrivé ? Bjarghildur appuya son front dans sa main, incapable de parler, nous regardions une femme qui était douloureusement terrassée ou bien par le chagrin ou bien par des sentiments autres. Nous nous assîmes auprès d'elle, Herma prit sa main et la caressa, je restai assise inerte. Je n'avais jamais vu ma sœur ainsi auparavant. Puis j'eus l'impression qu'elle ne voulait pas parler parce que j'étais là, j'étais en train de penser à m'éclipser lorsqu'Herma demanda avec douceur à voix basse : est-ce que quelqu'un est malade ? Un petit mouvement de la tête de Bjarghildur nous indiqua que ce n'était pas le cas. Quelqu'un est-il mort ? chuchota Herma et ma sœur secoua légèrement la tête. Nous nous regardâmes toutes les deux avec un air stupide, ne sachant absolument pas ce qu'il fallait faire, puis Herma eut l'idée de la questionner sur Hámundur, s'il lui avait fait quelque chose ? Hámundur ? dit alors Bjarghildur d'une voix forte avec une sorte d'étrange grimace sur le visage, Hámundur est dans le Nord à Skagafjörður à une réunion du parti Progressiste ! Ça n'a rien à voir avec lui ! Mais elle avait à peine lâché ces mots qu'elle commença à avoir des nausées. Elle se plia en deux, poussa un soupir, puis se précipita dans la salle de bains.

Elle repartit sans nous donner la moindre explication

sur sa visite ni sa conduite. Se rua dehors lorsqu'elle eut fini dans la salle de bains et claqua à moitié la porte derrière elle. Nous restâmes longtemps dans le couloir, pensives. *Also*, dit finalement Herma dans sa langue maternelle, c'est mieux d'aller se coucher, je m'étais levée seulement pour me prendre du lait.

Je vis qu'elle mentait, la seule chose pour laquelle Herma n'était pas douée était mentir.

Une semaine plus tard Karlína arriva de dehors avec le souffle dans la gorge et nous annonça qu'Hámundur était mort. Tout simplement mort, dit-elle avec une main à la place du cœur, monter l'escalier aussi vite avait été trop pour elle, enfin mort quoi, il est rentré du Nord comme ça gravement malade, est rentré directement à l'hôpital, avec les coronaires complètement bouchées, et puis tout s'est simplement arrêté.

Pas croyable comment le cœur s'arrête toujours chez ces hommes, dit Pía.

Karlína était en train de se trouver mal : juste à onze heures ce matin, tout fini, Bjarghildur allait vous appeler puis elle a trouvé mieux que je vous apporte la nouvelle. Elle qui lui donnait toujours de bonnes choses à manger.

Qu'est-ce que tu faisais chez Bjarghildur ? pus-je demander bien que je sente que la nouvelle m'avait retiré toute force. J'avais toujours bien aimé Hámundur, il avait été bon pour moi lorsque j'étais chez lui dans le fjord de Skagafjörður, jeune et perdue, un homme d'honneur qui n'avait jamais pu supporter la vue de la misère. Je montai chez moi au grenier afin de pouvoir penser à lui en paix. Il me semblait que c'était tout un pan de ma vie qui était parti avec lui.

Hámundur lui-même aurait sans nul doute choisi d'être enterré à Skagafjörður, parmi les membres de sa famille et des gens de son district, cela nous en étions sûres à Laugavegur, mais Bjarghildur décida que les funérailles seraient célébrées en la petite église mais néanmoins cathédrale du centre-ville, Dómkirkja, de sorte que les députés de la nation seraient assurément présents. Herma et Karlína allèrent lui présenter leurs condoléances et lui proposer leur aide, Pía et moi restâmes à la maison comme rivées mais je fis parvenir à Rán un tableau, un dessin d'Hámundur à cheval, comme je le revoyais toujours lorsqu'il était arrivé à Thrastarstaðir, chevauchant avec son bonnet de préfet de district vers la maison, jeune et joyeux. J'espérais seulement que Bjarghildur aurait la présence d'esprit de faire transporter le corps dans le Nord, de lui permettre de reposer là où il avait ses racines.

Où serai-je enterrée ? demanda Herma le jour des funérailles d'Hámundur. Puis elle s'assit comme un mollusque sur une chaise lorsqu'elle ne reçut pas de réponse de notre part. Elle avait alors passé toute la matinée à se préparer pour la cérémonie funèbre, était allée se faire coiffer, teindre les sourcils, était déjà tendue à midi. Puis elle frappa du poing sur la table : si vous n'êtes pas toutes prêtes quand le taxi arrive vous pourrez descendre toutes seules en pataugeant dans la neige fondue. Nous nous tînmes prêtes debout et le dos droit dans le couloir comme une garde d'honneur bien avant l'heure fixée, nous n'avions jamais vu la bonne femme dans un tel état auparavant, la regardions pendant qu'elle tâtait et pressait des doigts les fourrures dans le placard en essayant de se décider si elle devait mettre le vison ou le renard, le renard lui allait mieux, dit-elle mais le vison était plus récent, et à mon grand soulagement elle saisit ce dernier. Mais l'indétermination l'avait troublée elle-même, elle parlait anormalement fort lorsqu'elle nous demanda une fois de plus si nous étions prêtes, elle nous regarda d'un œil acéré, nous toisa, ne vit à son grand désagrément rien à quoi elle pouvait s'en prendre, aboya alors à Pía dans sa langue maternelle pour vérifier qu'elle avait bien son dentier : *hast du*

414

deine Zähne ?! Pía fit comme si elle n'entendait pas la langue étrangère mais dit aussitôt que nous descendîmes l'escalier, probablement avec un picotement aussi à cause de l'assemblée qui nous attendait : et n'oubliez pas de rire, les filles, quand les gars raconteront des anecdotes. Karlína siffla outrée dans une expiration : ce sont des funérailles, Pía.

Puis nous pénétrâmes dans Dómkirkja, la petite église était bondée, et écoutâmes le chœur chanter pour accompagner Hámundur au ciel. Lorsque les fidèles sortirent en flot à la suite du cercueil je vis pour la première fois les membres de ma famille. Halldóra et Reiðar marchaient aux côtés de Bjarghildur, Rán derrière sa mère qui ne s'était jamais rappelé qu'elle était sa mère, le regard de la jeune fille était si singulièrement glacé. Je vis mes trois frères, mes deux fils mais n'aperçus Sigmar nulle part. Je trouvais que cela ne lui ressemblait pas de ne pas accompagner Hámundur qui l'avait amené à moi en son temps, et l'angoisse m'étreignit. Du fait qu'Hámundur pouvait partir ainsi si rapidement, Sigmar ne pouvait-il alors pas partir lui aussi ? Dans la foule devant le porche il m'apparut soudain clairement que sans Sigmar ma vie ne vaudrait pas grand-chose. Même s'il n'était jamais proche. Puis il fallut justement que je me rappelle d'un incident qui était resté longtemps en moi et me sentis mal à l'aise à cette pensée. La librairie à Paris. Lorsqu'Yvette me disait que le fils de madame Eugenía avait eu l'intention d'offrir des couleurs et des pinceaux à sa mère en cadeau d'anniversaire mais que celle-ci avait dit : c'est trop tard. J'avais alors décidé que « trop tard » ne s'appliquerait jamais à moi. Je peindrais jusqu'à ce que je tombe morte. Mais je n'avais jamais relié « trop tard » à Sigmar. Pas avant maintenant.

Le buffet d'enterrement, tenu dans une superbe salle du parti Progressiste, était si magnifique que les gens n'avaient jamais rien vu de pareil, entendis-je tout autour de moi. Une longue table ployait sous les délices, les serveurs et les ministres conféraient à l'assemblée une teinte de classe supérieure, exactement comme ma sœur souhaitait que ce soit si je la connaissais bien, et je vis à ses gestes qu'elle était comme un poisson dans l'eau, la veuve blonde vêtue de noir avec les bras ouverts à tous, même à moi, sa sœur. Je lui serrai simplement la main lorsque je lui présentai mes condoléances mais elle m'embrassa sur les deux joues afin que tout le monde voie combien elle était aimée au sein de sa famille. Puis elle papillonna entre les tables comme si c'était un banquet annuel, discuta avec tous, ce que je craignais le plus était qu'elle se mette à faire une performance. Mes fils étaient assis avec mes frères et leurs femmes, je pensais aller m'asseoir un moment avec eux mais vis alors l'espace d'un instant l'expression de la maisonnée de Laugavegur qui était assise à la table d'à côté, et j'hésitai. Je ne savais plus à quelle famille j'appartenais. Mais lorsque je posai rapidement les yeux sur Herma et vis le regard qu'elle envoyait à mon frère Ólafur et à sa femme je pressentis des sentiments bouillonnants sous le comportement courtois et posé.

Je demandai à mes fils tandis que je me trouvais là avec eux où était leur père. Ils déclarèrent ne pas avoir eu de nouvelles de lui. Je demandai s'ils ne lui avaient pas fait part du décès d'Hámundur. Ils demandèrent avec une pointe d'ironie comment ils devaient s'y prendre quand le bonhomme ne laissait jamais savoir où il était rendu ? La façon dont ils parlaient de leur père comme d'un inconnu ne me plut pas, pas plus que celle dont ils me regardaient, avec indifférence comme si je n'étais pas quelque chose de considérable à leurs yeux. J'aperçus un paquet de petits cigares dans une poche de poitrine de Sumarliði, le harponnai, en sortis un cigare, jetai le paquet sur la table, saisis une bougie et l'allumai, aspirai la fumée et la soufflai au visage de mes deux fils. Puis abandonnai le petit cigare allumé dans un cendrier et rejoignis la table des femmes. Dis que je rentrais, si l'une d'elles avait l'intention de venir avec moi ? Elles me regardèrent longtemps en silence jusqu'à ce qu'Herma dise : je vais suivre la mort jusqu'au bout puisque je suis allée chez le coiffeur.

Pía me suivit cependant, j'entendis son pas derrière moi lorsque je fus arrivée dans la rue. Elle dit : qu'est-ce que je suis contente d'être débarrassée d'avoir à bouffer toute cette mangeaille, maintenant on va aller au Borg se prendre un cigarillo et un verre digne de ce nom.

Ce que nous fîmes, ingurgitant là différents mélanges en trinquant à la santé d'Hámundur. Nous avions fumé aussi quelques petits cigares lorsque Pía dit : Halldóra, votre fille à vous deux, Bjarghildur et toi, te fixait sacrément du regard mais elle n'est pas arrivée à venir te parler ? Je déclarai être habituée à l'antipathie de ma fille, mais que par contre ça me contrariait de ne pas savoir où Sigmar était.

Je rentrai en me traînant avec peine vers le repas du soir, soûle pour la deuxième fois de ma vie. Pía resta, elle était partie pour boire.

Rán était souvent entrée et s'était installée au piano sans que nous ne nous soyons avisées de son passage avant cela, nous n'entendions ni pas dans l'escalier ni grincements dans les gonds bien que tout soit silencieux à l'intérieur, sursautions simplement lorsque les premières notes étaient plaquées. Ne disions malgré tout le moindre mot, en partie bien contentes que quelqu'un puisse se servir du piano puisque Silfá nous avait fait faux bond dans ce domaine, et puis nous savions que la jeune fille pleurait encore Hámundur même si plusieurs mois s'étaient écoulés depuis sa mort.

C'est toujours comme si la gamine tombait du ciel, disait Pía, et c'était bien le mot exact. Cela se passait cependant toujours de la même façon, nous nous rapprochions de l'instrument ou flânions lentement autour. Pía s'asseyait avec son ouvrage dans le salon, elle était en train de broder au point de croix une grande image de Gunnhildur mère des rois, la célèbre reine de Danemark au Xe siècle, elle brodait plutôt lentement je trouvais mais suçait à grande vitesse des *Fisherman's Friend*, ces pastilles amères au brûlant goût de poivre et réglisse. Je descendais du grenier quand j'entendais les notes se propager dans la maison, c'était pour moi une détente d'écouter, je sentais aussi comment mes idées se mettaient en marche avec la musique. Elle joue si étonnamment bien, chuchota Herma, presque affolée d'avoir un génie dans la maison qu'elle ne savait pas vers où elle devait le diriger, elle est en train de jouer la *Fantaisie dite Wanderer* de Schubert, beaucoup trop difficile pour une jeune fille de son âge mais elle la maîtrise. Herma fronça les sourcils : dommage qu'elle soit si ronde, les gens veulent des interprètes minces. Nous restâmes pétrifiées pendant qu'elle jouait l'adagio, vîmes comment son âme se confondait avec les notes, comment son corps avalait la musique. L'espace d'un instant, un souffle d'épouvante nous envahit.

Puis à l'opposé de cette ombrageuse magie qui retournait l'angoisse dans nos cœurs arrivaient les airs populaires du tourne-disque de Silfá. *Love, love me do*, était chanté toute la journée, nous finissions par connaître le texte par cœur, la *Jungfer* ravalait uniquement son fredonnement quand Rán s'attaquait au piano, elle n'était pas moins que nous une admiratrice de sa cousine. Mais elle s'était complètement entichée de ces voix, restait de longues heures avec la pochette du disque dans les bras, regardant fixement la photo de quatre garçons qui décorait celle-ci et leur faisait chanter encore et encore la même chanson. Nous ne savions parfois plus trop quoi faire au sujet de la conduite à adopter, avions de l'inquiétude pour ses devoirs, mais elle semblait pouvoir faire ceux-ci tout en écoutant et à notre étonnement à toutes elle se débrouillait.

Après dix heures le soir il était vain de discuter avec le censeur, Herma réclamait alors le silence. Et Silfá se glissait sur la pointe des pieds dans mon grenier. Non pas pour m'écouter raconter les jours passés mais pour me faire écouter. Elle était complètement amoureuse, dit-elle, ça la mettait presque en état d'ivresse, elle se coucha dans mon lit et regarda avec de grands yeux ronds malades d'amour le mont Esja par la fenêtre, radota quelque chose comme quoi l'élu ressemblait tellement à un certain Lennon, qu'il était tout simplement lui en fait, tellement carrément mignon, qu'il s'était assis à côté d'elle dans le bus lorsqu'elle revenait d'un bal de campagne cet été, puis qu'elle l'avait rencontré dans un bal au Thorkaffi juste là cet automne, qu'il ne l'avait pas invitée à danser, qu'il ne le faisait jamais, il l'invitait seulement à boire un coup, elle trouvait qu'il buvait peut-être un peu trop mais il était vraiment vachement mignon, qu'il apprenait à devenir plongeur ou un truc comme ça.

Non, attends un peu là, dis-je, il ne va pas au lycée ?

J'ai pas dit qu'il apprenait à plonger ? répondit-elle irritée.

Je ne veux pas que tu sois avec des garçons qui ne sont pas au lycée, ni que tu ailles non plus au Thorkaffi, tu vas seulement aux bals de l'école et c'est tout, dis-je.

Si t'as l'intention de te mettre à faire la morale ma bonne, je te dirai plus jamais rien, lâcha-t-elle de méchante humeur, et elle sortit à toute allure en claquant la porte derrière elle.

J'amenai ce Lennon dans la conversation avec elles en bas dans la cuisine, leur fis savoir que je ne le voulais pas dans la maison, qu'elles devaient protéger la jeune fille tout comme moi, que celle-ci devait finir cette école, si ce n'est de gré alors de force ! Et je tapai sur la table pour qu'elles comprennent que j'étais des plus sérieuse. Je n'avais jamais tapé sur la table auparavant et espérais de ce fait obtenir de bons résultats mais à mon étonnement elles réagirent tout à fait autrement de ce à quoi je m'attendais, ne firent pas écho à mes paroles mais débitèrent toutes sortes de boniments entortillés. Herma déclara qu'elle savait bien que c'était elle qui devait veiller sur la jeune fille en fin de semaine, que c'était plus que les autres ne faisaient. Pía siffla alors entre ses dents en ricanant : pas étonnant que tu veilles, une femme qui reçoit des visites nocturnes ! Herma fut prompte à se mettre sur la défensive : Kalli en bas fait parfois un saut chez moi pour avoir des conseils sur le *smörrebröd*, il sait mes connaissances dans ce domaine.

Mais le jeu d'attaque d'Herma avait commencé, elle ne recevait pas de reproches sans rien dire. Elle caressa Bismarck affectueusement tandis qu'elle décidait laquelle serait sacrifiée en premier, puis se retourna vers moi : entre parenthèses, ton amie Yvette de New York a téléphoné une nuit pendant que je veillais, nous avons eu une divertissante conversation en danois, sur les arts naturellement, elle m'a dit que tu n'avais absolument pas travaillé les trois premières années après ton arrivée à New York, que tu avais seulement traîné dans les musées et étais restée assise sur des bancs dans les parcs, puis que tu t'étais ressaisie et mise à peindre jour et nuit, de superbes tableaux de grande valeur disait-elle, et maintenant elle a achevé de vendre tout ce que tu avais laissé, aussi tu ne recevras plus d'argent Karitas. C'est quelque peu fâcheux, et nous qui devions acheter un nouveau service de table. Par ailleurs comment ça va, la peinture ? Ne vas-tu pas bientôt tenir une exposition ?

Ce fut alors Karlína qui eut besoin de faire entendre son point de vue sur la chose : ah ça oui ça ferait une différence si on pouvait s'occuper à des bagatelles tous les jours comme Karitas, ne devait pas se tuer à la tâche dans toutes sortes de fichus pâtés et à la vaisselle, envahie de raidissements d'épaules et de crampes d'estomac, avec en outre du diabète à un haut degré et un raclement de soufflet de forge dans la poitrine qui indique que je suis en train de faire de l'asthme, mais c'est comme ça, certains se font servir, croient toujours qu'ils sont quelque chose, moi qui aurais tant aimé aussi être quelque chose mais à ça personne n'y pense, je suis juste réduite à l'esclavage, moi la malade.

Ça t'apprendra à être autant enceinte bon Dieu de bon Dieu, dit Pía.

Mais Herma n'écouta pas le caquetage de Karlína, elle jeta le chat sur les genoux de celle-ci, fila en trombe et grimpa dans mon atelier sous le toit. Elle n'avait jamais fait cela auparavant, car Herma respectait les besoins d'intimité des autres, je fus si surprise de son comportement que je ne compris pas avant qu'il soit trop tard pour l'arrêter. Elle s'était introduite chez moi, était plantée debout et regardait abasourdie autour d'elle, vraisemblablement à cause du désordre, c'était une femme si rangée, Herma. Le tableau des poules criant, certaines sans tête, était accroché sur le mur chez moi, encore à l'état d'ébauche, j'avais réussi à emplumer une des poules avec les poils de renard mais le tableau était trop grand pour que je l'installe sur la table de travail, je ne pouvais pas non plus le laisser sur le sol, je ne me sentais pas capable de rester à quatre pattes devant mes œuvres comme Helen Frankenthaler le faisait toujours, je n'avais pas les genoux pour ce genre de positions, aussi je gardais ces grands tableaux accrochés inclinés, et il y en avait ainsi plusieurs dans le même esprit mais Herma fixait avec effroi les poules qui étaient en train de prendre forme, effleura pensive celle que j'avais emplumée, je devins un peu nerveuse mais heureusement elle était si préoccupée par le fatras qui s'était accumulé sur le sol

421

et par les tableaux géants qui couvraient l'atelier qu'elle s'éloigna des poules. S'enfonça en transe vers l'extrémité sud que je considérais souvent comme mon atelier de menuiserie, je fabriquais là plus ou moins adroitement les cadres, et bien entendu tout était jonché de bois et de morceaux sciés, je ne m'étais pas trouvé le temps de ramasser tout ça, elle enjamba les débris puis regarda les œuvres qui étaient disposées ou bien seules ou bien dressées en tas contre le mur, les corsets, les combinés téléphoniques, les débris d'assiettes et autres tableaux pour la plupart achevés. Je ne sais combien de temps elle regarda tout cela bouche bée et les yeux ronds, je n'ai jamais eu la maîtrise du temps, puis elle dit enfin d'une voix rauque : pourquoi t'en prends-tu ainsi aux femmes, Karitas ? Je trouvai la question si ridicule que je ne pus prononcer un mot, dus retourner la chose en moi, entendis juste confusément ce qui suivit, bien que je m'en souvienne en fait plus tard lorsque j'y repensai.

Elle dit : ne laisse jamais personne voir ces œuvres. Tu ne pourras jamais les exposer ici en Islande, la nation te considérerait complètement folle, tu serais perdue ici. Je ne suis pas sûre non plus que tu pourrais les vendre à l'étranger, l'art tourne autour de la beauté, Karitas, pas autour de cette colère ni de cette hideur.

Aussitôt qu'elle eut disparu dans l'escalier, pâle comme un linge me sembla-t-il, elle ajouta : mais il y a une chose dont je suis sûre, tu dois peindre un autre genre de tableaux si tu veux vivre. Tes comptes à la banque sont vides, Karitas.

Elle n'avait pas dit le moindre mot sur les œuvres elles-mêmes, sur la technique, les couleurs, le procédé, le jeu subtil des couleurs et des collages, moi qui étais pourtant sûre que j'étais en train de faire mes meilleures œuvres avec celles-ci, j'en étais complètement certaine, j'avais senti dans tout mon corps que c'étaient mes meilleurs tableaux. Comment pouvais-je m'être fourvoyée ?

Et puis ces vulgaires histoires d'argent une fois de plus, toujours cet argent.

Ce fut quelques révolutions de soleil plus tard, au matin d'un jour où l'obscurité hivernale était étendue sur la ville comme une couverture noire, ne se retirerait pas avant l'approche de midi, j'avais mis des ampoules plus fortes dans tous les luminaires afin de mieux voir le grain des couleurs sombres, que j'entendis que l'on montait lourdement l'escalier. Je reconnus le pas.

Bjarghildur fit grand tapage et parla fort lorsqu'elles lui ouvrirent puis prit une voix si criarde lorsqu'elles furent arrivées dans la cuisine que je crus que quelque chose était arrivé à Rán. Descendis pour cette unique raison. Mais la raison de sa venue était sans intérêt, elle était venue s'assurer que nous avions bien vu l'article sur elle et la photo d'elle dans les journaux ? Comme si nous nous intéressions maintenant à cela.

Ah, bien, donc vous ne l'avez pas vu, dit-elle d'un ton fort et éloquent, ne se soucia pas des affaires de couture ni de la vaisselle sur la table, étala le journal par-dessus et le feuilleta bruyamment, ne s'inquiéta pas même de quitter son manteau avant, dit tiens, voilà, indiqua et tapota du doigt, puis n'eut pas envie d'attendre que les femmes trouvent leurs lunettes, tira les siennes de la poche de son manteau et nous fit lecture de quelque tartine sur le fait qu'elle, Bjarghildur Jónsdóttir, présidente d'associations de femmes, d'associations paroissiales et de chœurs et de Dieu sait quoi, avait accompli le prodige avec associations et membres de collecter tellement d'argent par un travail obstiné et un esprit de sacrifice qu'il avait été possible d'acheter dix lits d'hôpitaux et deux fauteuils roulants du plus récent modèle. Et là vous avez la photo ! dit-elle triomphante et elles mirent toutes leurs lunettes comme un seul homme. Je voyais parfaitement de près et n'eus pas besoin de lunettes pour voir la walkyrie qui remplissait toute l'image.

Herma s'amusait de cette suffisance et demanda avec malice où étaient les photos des autres. Les autres ? Quels autres ? On ne prend des photos que des présidents, dit Bjarghildur avec arrogance, elle fixa la page : c'est vraiment une photo divine de moi. Puis referma brusquement le journal : mais je voulais vous montrer ça, mes filles, pour que vous voyiez qu'il n'y a pas uniquement les artistes peu productifs qui réussissent à être dans les journaux, mais aussi des gens qui sacrifient leur temps pour des œuvres charitables, font quelque chose pour la nation, pour l'humanité, au lieu de gaspiller leur énergie en gribouillages et absurdités, en traînant au lit la bouteille à la main ou en coucheries secrètes avec de jeunes hommes en pleine nuit.

Elle paradait, si insolente de si bon matin, et il ne faisait aucun doute que la cuisinière et coursière de la maison avait soufflé sur les braises. Nous regardâmes Karlína dont le double menton s'était accentué sous le coup de l'admonestation. Les nouvelles des activités nocturnes d'Herma et de mon indolence avaient reçu un atterrissage en douceur dans les bras de Bjarghildur mais les ajouts sur la boisson au lit nous laissèrent pantoises, Herma et moi, nous ne pouvions en aucun cas inscrire pareil comportement sur notre compte. Nous vîmes cependant que Pía était devenue penaude, elle demanda hâtivement lorsque nous la regardâmes rapidement si le matou n'avait rien eu à manger ?

Ma sœur était entrée dans sa grande fureur punitive, elle ne pouvait jamais s'arrêter, Bjarghildur, une fois qu'elle était lancée, tout cela provenait de ma déplorable incapacité générale à ce que je compris, elle éructa que je ne levais pas le petit doigt mais avais trois servantes pour me faire à manger et m'essuyer les fesses sur la base du fait que j'étais une artiste, qu'elle-même avait reçu des dons artistiques à la naissance mais avait dû faire passer les devoirs envers la société devant ses propres besoins comme toutes les femmes de ce pays avaient dû le faire, à l'exception de moi bien entendu, mais que je n'étais rien qu'une poule mouillée maniérée qui se perdait régulièrement, brisait et fracassait tout, même le service du dimanche. Elle avait autrement dit eu vent de cela aussi. Et elle postillonnait sur nous tout en déroulant son discours, le visage devenu rouge et grimaçant lorsqu'elle s'en prit vertement aux autres, ayant probablement vu une raison de les sermonner aussi puisqu'elles étaient présentes, elle siffla entre ses dents à leur attention : et vous, comment peut-il vous venir à l'idée, espèces de demeurées, de trimer pour une poupée décorative ? N'avez-vous donc aucun sens de la dignité ?

Karlína souleva sa lourde carcasse du tabouret de la cuisine en s'appuyant sur les poignées de tiroirs, et pleurnicha : chère Bjarghildur, ne va pas t'imaginer que j'ai envie de rester dans cet asile de fous, tu sais que je suis toute prête à emménager chez toi n'importe quand, je peux simplement rassembler mes affaires maintenant. Mais Karlína avait mal compris la lutte de Bjarghildur pour une meilleure société, ma sœur se retourna vers elle, il me sembla qu'elle allait exploser : tu crois vraiment que je dirige quelque sorte d'orphelinat ? Tu crois que ça ne me suffit pas d'avoir deux vieilles bonnes femmes décrépites qui ne font rien d'autre que de manger et se plaindre de leurs douleurs aux hanches, tu crois que ça ne suffit pas pour moi, une veuve, de m'occuper de quatre personnes pour aller maintenant t'y ajouter toi, toujours en train de manger et de pleurnicher ?

La description eut l'effet d'une douche froide pour Karlína, elle mit la main sur son front, courut en sanglotant dans la pièce où se trouvait la radio avec le chat sur les talons, l'animal profita de l'occasion pour se sauver au moment où s'ouvrait une issue, il faisait rudement chaud dans la cuisine. Herma se ressaisit, car cela ne lui ressemblait pas de se laisser traiter de demeurée, elle dit à la face enflée de Bjarghildur qu'elle ne tolérait aucune impolitesse en son logis et l'invita à bien vouloir quitter la maison sans délai. Un moment je craignis qu'elles en arrivent à s'empoigner, Herma poussa presque Bjarghildur jusqu'à la porte, les bras croisés sur la poitrine comme lorsque nous étions enfants et jouions dans les jours anciens à la bagarre de poules en sautant sur un pied, et Bjarghildur n'économisa pas sa grande voix qui n'avait pas eu l'occasion de chanter pour le monde habité, j'entendis ses cris tandis qu'elle descendait l'escalier, elle répétait continuellement que puisqu'elle avait dû passer son existence à vaquer aux travaux domestiques et prendre soin des enfants et des vieux cette foutue barbouilleuse pouvait le faire aussi, comme toutes les femmes en Islande ont toujours dû le faire ! hurla-t-elle comme elle claquait la porte.

Pía et moi crûmes que ce bruyant remue-ménage était terminé et soufflâmes soulagées mais Bjarghildur avait bien sûr réussi à mettre Herma d'humeur guerrière avec ce vacarme, celle-ci revint le visage comme un nuage d'orage et ordonna à Pía de lui montrer le schnaps qu'elle cachait dans sa chambre. Allons ma bonne, ne sois pas comme ça, dit Pía avec dédain en s'allumant de nouveau une cigarette, elle avait fumé l'une après l'autre dans la cuisine sans que personne ne le remarque, mais Herma pinça alors les lèvres et se lança dans une perquisition sans permis chez Pía. Cette dernière se déchaîna alors complètement, la suivit en beuglant comme une vache mais c'était trop tard, Herma, avec son flair habituel, avait découvert la cachette dans les plantes vertes. Pía avait mis les bouteilles entières dans les grands pots mais fourré les fioles d'extraits pour pâtisseries et les flacons d'alcool à désinfecter dans les petits. Herma arracha et broya tout, jeta les flacons sur le sol, se dirigeait vers la cuisine pour aller chercher un sac pour ramasser cette cochonnerie mais fut alors arrêtée par Karlína qui cria avec véhémence que dans les plantes vertes du salon il y avait aussi les flacons d'extrait d'amande mais cela elle aurait mieux fait de s'en abstenir car une violente rage s'empara alors de Pía, elle se jeta sur Karlína, l'agrippa à la gorge en la traitant de noms malsonnants qu'on oserait à peine rapporter, Karlína était Judas revenu d'entre les morts, une traîtresse obèse et perfide. Pía la poussa devant elle dans la pièce radio sans lâcher prise, la bousculant par-dessus la planche de seuil de telle sorte qu'elle tomba à la renverse et atterrit avec l'épaule sur le coin de la commode. Avec le long historique médical de son raidissement d'épaule derrière elle, la chute n'améliora pas la situation, Karlína glapit de douleur. Mais Pía se rua de nouveau dans sa chambre, prit vivement les pots de fleurs dans ses bras, les deux grands et quelques-uns des petits aussi et hurla à Herma que si les petits flacons partaient à la poubelle toutes les plantes vertes de la maison prendraient alors le même chemin et les bras ainsi chargés elle se dirigea à grands pas vers le vestibule puis descendit l'escalier et sortit dans le froid en chemisier fin. Nous ne vîmes pas ce qui se passa sur le perron mais du côté nord le haut de l'escalier extérieur formait une terrasse en bois de deux mètres de hauteur, juste au-dessus des poubelles, et elle était tombée de celle-ci avec les pots de fleurs. Nous entendîmes le fracas, les bruits métalliques des poubelles, sortîmes sur le balcon de la cuisine pour jeter un œil en bas, la vîmes indistinctement bien qu'il fasse encore noir mais n'entendîmes ni soupir ni toussotement d'en dessous. Seulement les lamentations de Karlína du dedans. Herma me regarda rapidement avec amertume, puis fila dans le vestibule, s'apprêtait à sortir et descendre mais dotée d'une prévoyance qui ne lui faisait jamais défaut même

427

si l'enjeu était d'importance elle pensa auparavant à se jeter un manteau sur les épaules, ouvrit énergiquement le placard de l'entrée et sortit la fourrure de renard. Au même moment Pía se mit à hurler en bas près des poubelles mais ses cris n'étaient rien en comparaison du rugissement que poussa Herma lorsqu'elle vit son renard sans poils.

Tremblante de froid sur le balcon j'entendis leurs hurlements perçants à toutes les trois, ils me parvenaient tour à tour, venus de l'extérieur, de l'intérieur et de partout, comme si un orchestre médiocre était en train de marteler des instruments détraqués dans ma tête.

Karitas

Piaillements, 1964

Assemblage collé

    Piaillements, poules caquetantes sur des piquets, est le dernier tableau dans la lignée des œuvres satyriques sur le rôle et le destin des femmes que Karitas a exécuté dans les années soixante. Sur les piquets qui sont de travers et tordus dans le vide et sont inclinés vers le centre se tiennent les poules rassemblées en groupes, certaines sans tête, d'autres avec une imposante touffe sur la tête dans laquelle se trouvent des rouleaux à cheveux. Sur celles qui sont décapitées les rouleaux pendent sur les plumes des ailes. Il règne une grande effervescence dans le poulailler, les poules se donnent des coups de bec et celles sans tête utilisent leurs ailes pour frapper celle qui se tient à côté. Certaines sont prêtes à tomber. En bas des piquets il y a un coq multicolore qui mange toute la nourriture à son aise. Le fond est de couleur gris pierre, les poules et les plumes légèrement plus claires mais le ton sombre qui règne est éclairé par les becs rouge feu des oiseaux, le jaune et le rose des rouleaux sans oublier les plumes du coq qui arborent les couleurs vives de l'arc-en-ciel. Une certaine agitation effrénée et une colère bouillonnante caractérisent le tableau, bouleversant celui qui le regarde, et cela semble étonnant lorsqu'on considère que l'artiste vivait une vie facile et plutôt monotone à l'époque où celui-ci a été exécuté.

Il était assis sur le bord de mon lit lorsque je me réveillai, m'avait probablement longtemps regardée dormir. Il me vint aussitôt à l'esprit une histoire que j'avais entendue là-bas à New York sur une Française qui avait un mari aussi beau que le mien. Elle avait été atteinte de tuberculose, crachait du sang en toussant mais cacha sa maladie à son mari avec l'aide de sa fille. Les femmes malades ne sont pas attirantes, avait-elle chuchoté à celle-ci. Cela se passait en France, là où les hommes se sont habitués à l'adulation mais la même chose est coutumière chez les mâles islandais même si les conditions climatiques et la situation matérielle sont différentes, ils veulent que le monde tourne autour d'eux, les femmes malades ne sont de ce fait pas désirables, ni attirantes ni aptes aux travaux de service. Mais à la lumière de tout le temps où j'avais essayé de repousser Sigmar de moi bien que je désire le savoir en vie, il m'était égal qu'il me voie blême et défaite. Mais Dieu que j'étais contente de le revoir, aussi beau et ainsi plein de vitalité, et j'avais toujours autant envie de le dessiner. Mais je me demandais tandis que je le regardais si je ne devrais pas peindre un portrait de lui avant qu'il ne devienne vieux et décrépit, j'étais en train de retourner ainsi dans ma tête formes et couleurs lorsqu'il demanda : est-ce que tu as été malade, ma toute petite ? Où diable étais-tu ? répondis-je en retour. Il déclara avoir été à Marseille : j'aime bien résider là-bas pendant que règne l'obscurité de l'hiver ici chez nous, je ne peux plus supporter cette noirceur hivernale, Karitas. Toi, l'homme de Borgarfjörður-Est qui voyait toujours si bien dans le noir ? dis-je et nous restâmes tous les deux silencieux tandis que nous pensions à notre amour dans les ténèbres de l'Est.

Au-dehors le ciel était noir, je ne voyais ni étoiles ni lune, il devait y avoir du crachin mais dans la lumière de la lampe je vis que mon atelier ressemblait à un séjour au paradis, d'une propreté éclatante, pas le moindre grain de poussière, toutes les choses rangées, je me souvenais confusément d'Herma avec un seau et un balai-brosse. Elle avait enlevé tous mes tableaux et esquisses de la partie nord aussi je me relevai à demi en m'appuyant sur les coudes, j'avais la tête qui tournait un peu : écoute Sigmar, tu veux regarder si mes tableaux sont dans la partie sud ? Il dit : ils y sont tous, je les ai regardés hier. Ah bon ? dis-je, et comment tu les trouves ? Je me préoccupe plus de ta santé que de l'existence de tes tableaux, dit-il lentement. D'ailleurs comment vas-tu ? Je déclarai que je ne me portais pas si mal par rapport à toutes les grippes et maladies contagieuses qui m'avaient déclaré la guerre les dernières semaines. Il dit : tu sais qu'il existe des médicaments pour de telles maladies. Si tu savais, j'ai avalé toutes les mixtures disponibles à la pharmacie, répondis-je. J'entendais par là des médicaments pour les maladies mentales, dit-il.

Alors ça recommence encore une fois, dis-je, est-ce qu'on va maintenant me coller dessus quelque dépression ou hystérie ? Est-ce que vous n'êtes pas capables de comprendre que je suis restée au lit parce que je devais me reposer et réfléchir ? J'ai simplement eu la fichue malchance d'attraper ces rhumes en chemin, Silfá a dû me contaminer, elle est toujours avec une bande de gamins turbulents disposés à s'enrhumer.

Tu es bien restée couchée quelques semaines, ou plus exactement depuis qu'elles sont parties, tes amies ?

Pía s'est cassé les deux jambes quand elle est tombée du balcon avec les plantes vertes et a dû aller à l'hôpital, ce n'est pas de ma faute, et Karlína est partie dans

432

l'Est, à Seyðisfjörður chez sa fille qui ne voulait jamais d'elle mais désirait si ardemment l'avoir quand son vieux hibou de mari a abandonné le foyer. Karlína ne pouvait s'imaginer être seule pour les tâches domestiques quand Pía a été partie, je ne comprends simplement pas comment elle va faire là-bas dans l'Est avec toutes ses maladies mais ça c'est son problème. Tu ne peux pas lui acheter la petite maison qu'elle avait dans le fjord de Borgarfjörður-Est quand elle était jeune et la lui donner, toi avec tout ton argent ? C'est quand même ta cousine et ça fait à demi frissonner de la savoir sans toit, une femme qui va sur ses soixante-dix ans et se trimballe en se dandinant entre ses enfants qui veulent d'elle le plus rarement possible. Ça ne devrait pas être un problème pour toi d'acheter la petite maison en bois recouverte de tôle ondulée.

Ce n'est pas un problème pour moi, dit-il lentement.

Mon bon Sigmar, essaie de faire quelque œuvre charitable avec tout ton argent, il me semble que le moment est venu maintenant. Et puis tu pourrais facilement placer Pía dans un élégant sanatorium, elle a toujours rêvé d'être dans un manoir huppé chez les Danois, la fille du consul. Elle devrait en avoir environ pour un an à se rétablir mais tu dois t'en occuper au plus tôt, j'ai entendu Herma dire l'autre jour qu'ils voulaient lui faire quitter l'hôpital.

Ça devrait être chose facile, dit-il. Mais crois-tu qu'il y ait quelque chose que je puisse faire pour Herma ? Lui acheter une nouvelle fourrure de renard peut-être ?

Non, elle n'a rien à faire de plusieurs pelisses mais tu devrais lui procurer une fille pour faire le ménage et la lessive, elle fait un peu comme les taureaux enragés depuis qu'elle a perdu Karlína et Pía, elle s'attaque aux gens.

Et à propos de notre Silfá ?

Je m'occupe de Silfá, Sigmar Hilmarsson. J'ai l'intention de lui faire faire des études même si c'était là ma dernière œuvre dans cette vie.

J'ai cru comprendre d'après Herma que tes fonds étaient asséchés et qu'il n'y avait aucune exposition en perspective, est-ce que ça ne coûte pas de l'argent de faire faire des études à des enfants ?

Ça je crois m'en souvenir, ou maman disait quelque chose comme ça autrefois.

Pousse-toi, dit-il, je vais m'allonger à côté de toi pendant que tu réfléchis.

Non, tu prends trop de place, Sigmar.

Pousse-toi, et puis je vais te raconter des histoires de Marseille. Il y a tellement de choses étranges qui se passent au port là-bas, dit-il et sans attendre que je me déplace lentement de côté il s'étendit de tout son poids à côté de moi, je pus juste me plaquer contre le mur. Il n'était pas allongé depuis longtemps lorsqu'il tourna son visage vers moi, nous nous regardâmes dans les yeux comme deux chouettes hulottes maussades, puis il posa sa main sur ma hanche et se mit à me caresser des cuisses jusqu'aux aisselles. Lorsqu'il se mit à palper mes seins, je sus de quoi il retournait. Je dis : Sigmar, je n'aurais jamais cru que tu t'attaquerais à moi, une faible femme ainsi malade.

C'est à peine réveillée que je t'ai toujours trouvée la plus belle.

Les gens de notre âge n'ont pas envie de ce genre de choses.

Les gens en ont envie tant qu'il leur reste un souffle de vie.

Qu'est-ce que c'était que tu voulais me dire sur Marseille ?

Nous devrions peut-être nous procurer un appareil de télévision, nous pourrions alors regarder *Kanas-jónvarp*, émise par la base américaine, j'ai entendu qu'ils avaient toujours des films le samedi soir, *Northern Lights Playhouse* ça s'appelle en fait, dit Herma en me regardant toute de travers, j'étais en train de lui mettre des rouleaux avant d'aller dormir. Je fis une réponse évasive, dis qu'Yvette avait une télévision quand j'étais à New York et que je n'avais jamais eu envie de la regarder. Tu n'es pas une référence, dit Herma, tu sembles n'avoir besoin de rien regarder ni écouter, mais pose les rouleaux bien serrés, c'est mieux pour dormir dessus comme ça.

Ils étaient paisibles les samedis chez nous avec Herma après que Karlína et Pía furent parties. Lorsque nous nous réveillions vers neuf heures, la maison était propre et jolie après le ménage du vendredi de la fille louée à l'extérieur, comme la nommait Herma, nous lisions les journaux en toute tranquillité, je me lavais les cheveux, Herma y mettait des rouleaux, je ne pouvais pas dormir avec cette saleté dans les cheveux comme elle, puis nous faisions bouillir du poisson salé pour le repas de midi, Silfá se levait alors en traînant les pieds bien qu'elle n'aime pas la morue salée, nous nous occupions à des bagatelles jusque tard dans la journée, chacune à sa façon, et après l'*Abendbrot* d'Herma, Silfá sortait dans la vie du centre-ville avec ses copines mais nous deux restions assises dans le salon avec un livre ou écoutions la radio, nous faisions les ongles, prenions un bain de pieds, je mettais des rouleaux à Herma, nous sirotions notre café du soir, puis allions au lit avec un livre, piquions du nez avec celui-ci dans les bras et dormions entre les pages jusqu'à ce que nous entendions que la jeune fille était rentrée de ses vagabondages nocturnes.

Avant, le terrain était militairement occupé le samedi. Pía avait bringuebalé avec seaux et balais-brosses jusque tard dans la journée, buvant probablement un petit coup régulièrement pour rendre le nettoyage plus supportable et voltigeant en permanence dans tout l'étage pour que personne ne sente l'odeur sur elle, Karlína avait continué la pâtisserie qu'elle avait commencée le vendredi, assise ou debout près de la cuisinière, car il y avait un flot de gens ininterrompu qu'il fallait servir, « ça bouffe simplement tous les gâteaux au fur et à mesure », avait-elle ronchonné en jetant une nouvelle fois margarine et sucre dans le batteur. « Ça », dont elle parlait, était ses propres petits-enfants, des copines de Silfá, Rán et des femmes avec qui elles trois à l'étage en dessous du mien avaient des liens de parenté ou qu'elles connaissaient bien, les cousines de Karlína et Pía, des femmes qui avaient bu le thé de quatre heures avec Herma au temps où elle était femme d'avocat, Helga et Ásta, l'une et l'autre qui avaient à faire dans Laugavegur et trouvaient idéal d'utiliser mon domicile comme halte. Cafetière toujours chaude et toujours assez à grignoter avec le café. Lorsque des femmes savent des femmes dans une cuisine avec plus qu'il n'en faut de gâteaux et tartines pour le café, plus rien ne les retient. Même le chat n'était jamais aussi frétillant qu'en effet lorsque ça fourmillait dans la cuisine et que le criaillement était assourdissant. Personnellement je m'étais tenue la plupart du temps dans mon grenier, je me sentais à l'étroit dans un tel rassemblement, ne descendais que pour aller me chercher du café quelques rares fois.

Après que les deux furent parties et que gâteaux et tartines eurent disparu des tables, Herma s'intéressait plus aux livres qu'à la pâtisserie, les visites « commeçajustenpassant » diminuèrent et j'eus le soupçon qu'elles manquaient à Herma bien qu'elle n'en fasse pas mention. Cependant il y a une chose qu'elle avait mentionnée un matin, c'est ce que cette *Kanasjónvarp*, la télévision des Ricains, attirait, « les gens viennent en visite uniquement pour regarder avec des yeux ronds la télévision chez ceux qui l'ont », dit-elle scandalisée mais elle se frotta malgré tout le lobe des oreilles comme elle le faisait toujours quand elle organisait des opérations tactiques qui seraient mises à exécution à la fonte des neiges. Puis elle avait envie d'une télévision, Herma, c'était tout de même un peu mieux entre deux maux de choisir d'acheter ça plutôt que de se livrer à la régulière pâtisserie de fin de semaine.

C'était le dernier week-end d'Herma en ville dans l'immédiat, après la Pentecôte elle avait l'habitude de regagner sa campagne où elle passait l'été avec son chat. Et Bismarck pressentait les projets du déménagement estival, il se lavait alors comme jamais. Restait en grand nettoyage toute la journée sur le lit de Pía, il gardait fidélité à son amie bien que celle-ci ait disparu à ses yeux. Silfá avait obtenu la permission de quitter la ville avec ses amies, elles avaient l'intention de dormir chez leur copine d'école qui habitait dans la campagne à Hvanneyri. Herma et moi lui avions bien répété qu'elles devaient oublier l'idée de camper à côté de l'habitation de leur copine comme elles avaient déclaré l'avoir en tête, car même si juin était bien avancé et que le temps était doux c'est justement l'époque où les gens s'enrhumaient parce qu'ils ne prenaient pas garde à la brise fraîche de la nuit. Silfá fit de belles promesses, nous soupçonnions malgré tout que la tente était partie avec elle. Nous avions entendu aux nouvelles du soir que d'importants groupes de jeunes de la capitale avaient quitté la ville pour Pentecôte et campaient des deux côtés de celle-ci, dans l'Est et l'Ouest, qu'ils buvaient beaucoup et faisaient du tapage, aussi nous pouvions nous estimer heureuses de savoir cependant la jeune fille dans un endroit sûr, même si elle avait une tente.

Nous nous sentions peut-être un peu seules, Herma et moi, en ce soir de Pentecôte et comme c'était son dernier week-end en ville avant longtemps je décidai de lui proposer un sherry et du chocolat lorsque j'aurais terminé de lui mettre les rouleaux. Peut-être regarder de plus près cette histoire d'appareil de télévision. Mentionner comme ça pendant que nous dégusterions notre sherry à petites gorgées que peut-être un téléviseur serait arrivé dans la maison quand elle reviendrait à l'automne. Avec cela j'avais l'intention de lui faire plaisir car je sentais le vide dans son âme mais je lui avais à peine mis les derniers rouleaux que le téléphone sonna. D'une manière effrontée trouvâmes-nous, nous nous regardâmes interloquées, qui téléphonait ainsi alors qu'il était près de minuit ?

Sigmar était à l'appareil, il dit laconiquement et sans préambule qu'un policier, un de ses anciens membres d'équipage et vieille connaissance, lui avait téléphoné de Hreðavatn pour lui faire savoir que sa petite-fille, Silfá Sumarliðadóttir, se trouvait là-bas ivre et causait des troubles et qu'ils la gardaient en détention. Il allait filer jusqu'à Borgarfjörður pour aller chercher la jeune fille, si ça m'intéressait ayant l'autorité parentale de l'accompagner ? Il n'attendit pas la réponse, déclara qu'il serait devant la maison dans dix minutes. Ne me donnant pas le loisir de songer si je souhaitais être ballotée trois heures en voiture avec lui en pleine nuit pour voir si ma petite-fille était ailleurs que là où elle était censée être. Et je partis avec lui, dans la lumineuse et froide nuit d'été, probablement par pure malignité, j'avais envie d'être présente quand il apparaîtrait qu'il avait fait erreur.

Nous étions rendus à la pointe de Kjalarnes au nord de Reykjavík dans sa voiture bleue, il me semblait que c'était une Benz bien que je n'oserais pas l'affirmer, je n'ai jamais été très forte en marque de voitures, et j'avais descendu la vitre et passé la tête dehors pour retarder l'inévitable mal au cœur que me causait la voiture, lorsque je dis, il n'avait alors pas prononcé le moindre mot : Silfá est à Hvanneyri chez sa copine d'école, manifestement une quelconque fille a donné un faux nom et s'est fait passer pour elle afin d'éviter d'atterrir sur les registres de la police. Mais tes amis et hommes d'équipage ne s'en sont pas rendu compte, ils ne savent pas que les femmes ont un entraînement séculaire dans l'art de mentir pour éviter les désagréments.

Il ne répondit rien mais accéléra. J'étirai la tête encore plus par la fenêtre. En passant Kjós il dit : dans la boîte à gants tu trouveras du poisson séché, prends-en un morceau si tu veux et donne-m'en. Je pris l'odorant poisson séché et lui tendis la moitié d'un filet en disant : voilà, tu ne veux pas en prendre un morceau assez gros à mâchonner pour t'éviter de parler ?

Nous étions arrivés au fond du fjord de Hvalfjörður lorsqu'il eut fini le morceau de poisson séché et trouva un motif pour expliciter son affaire : la description concorde avec Silfá. De plus elle avait donné son nom à lui et son adresse lorsqu'ils avaient enregistré les personnes responsables des fauteurs de troubles.

Pourquoi n'a-t-elle pas donné mon nom, est-ce que je ne suis pas sa tutrice ?

Elle a peut-être voulu te cacher la vérité enivrée.

Il s'arrêta un moment devant la station baleinière, descendit sa vitre, regarda longuement le quai désert et la rampe de halage en béton en contrebas, puis dit : ils se tiennent prêts pour le dépeçage, je vois.

Tu es peut-être en train de penser à t'acheter un baleinier, il ne te manque pas quelque chose comme ça dans ta collection ?

Avant de te rencontrer, j'étais au nord des Strandir sur un petit bateau à moteur de deux tonnes à la chasse au phoque. J'étais là-bas avec un gars du coin qui a fait de moi un tireur d'élite, un jour on était en train d'errer à très faible vitesse dans une baie quand un petit rorqual surgit tout à coup juste sur le flanc à l'avant du bateau, si près qu'on pouvait poser la main sur son dos au moment où il a glissé le long de la coque. Le gars des Strandir a dit alors qu'on ferait mieux de se tourner vers la pêche au petit rorqual plutôt que de poursuivre ces sales bêtes de phoques par toute la mer. C'est ce qu'il a fait et plus tard il est devenu célèbre dans chaque port de tout le Nord et des Fjords de l'Ouest, il nourrissait parfois des villages entiers. Un été il n'y avait plus de viande à Siglufjörður je me souviens, il est alors entré dans le port, le héros, avec deux petits rorquals qu'il avait tirés et sur le quai il y avait une telle foule et une telle animation qu'on n'avait jamais vu ça. Il a tout vendu du bateau en quelques heures. C'était sacrément bon la viande de petit rorqual mais je n'ai jamais raffolé de la baleine. Sauf de la baleine sure pour les fêtes traditionnelles de Thorri, mi-janvier.

Tu ne penses jamais à rien d'autre qu'à la nourriture, Sigmar ?

Il ne répondit pas à cela, remonta la vitre et accéléra de nouveau. J'étais partie et accélérai moi aussi : pendant que j'y pense, Sigmar, est-ce qu'il y a beaucoup de buveurs dans ta famille ? N'était-ce pas ton père qui avait tendance à se perdre jusqu'en Écosse quand il se soûlait ? Je demande simplement parce que les gens dans ma famille ne buvaient pas une goutte de schnaps, de sorte que Silfá doit avoir hérité cette mauvaise habitude de toi et des tiens. Par ailleurs je ne suis pas sûre qu'elle ait bu du schnaps de son plein gré, il se peut tout aussi bien que ce soient quelques vauriens qui lui en aient fait avaler. Bien qu'Herma et moi l'ayons autorisée à aller dans les bals en fin de semaine, il n'en a jamais résulté le moindre problème, nous ne l'avons jamais vue soûle, car nous avons essayé de l'élever dans les bonnes manières aussi correctement que nous avons pu, essayé de sauver ce qui pouvait être sauvé. Il y avait quelque chose qui clochait vraiment en elle après son éducation chez la femme de Sumarliði, elle s'est en fait élevée toute seule entre les moments où elle se faisait engueuler. Mais je n'ai certainement pas besoin d'éclairer ta lanterne là-dessus, tu t'es occupé toi-même de la mettre dans ce foyer adoptif. C'est de ta faute si l'enfant est comme ça. Si tu m'avais laissée l'élever à Paris comme j'avais l'intention de le faire elle serait maintenant une élégante demoiselle dans une bonne école secondaire, les jeunes en France ne se soûlent pas comme ici comme la jeunesse islandaise, ça je peux te le dire, mais la jalousie et l'égoïsme te dévoraient, il te fallait régner sur tout, tu ne pouvais pas tolérer de ma part que je connaisse un autre homme, encore moins un musicien raffiné, le vieux capitaine mourait de jalousie, mais bien que tu te sois toujours emparé de tout tu es aussi prompt à le rejeter quand ça te convient le mieux comme on peut le voir avec tes propres enfants, tu n'as pas été capable de les élever, même le temps déchaîné en mer n'a pas réussi à te tenir à la maison, comme si tu n'avais pas pu de trouver un travail à terre comme tous les autres pères de famille, et comment est-ce que tout ça est ensuite retombé sur nos enfants ? Jón, la quarantaine et toujours pas marié, avocat acariâtre aux longues jambes, Sumarliði en constant vagabondage dans le monde comme toi, ça il le tient de toi, n'est rien qu'insolence et égoïsme, Halldóra éleveuse de chevaux divorcée, plus que bizarre et asociale, et sa fille n'est pas mieux, ta petite-fille Rán dont tu ne t'es jamais occupé, elle martèle son piano tous les jours et ne dit pas plus un mot que sa mère, Herma et moi essayons cependant de lui rendre la vie plus supportable, c'est plus que tu ne fais, et puis il y a ton autre petite-fille, ivre quelque part dans la campagne. Parce que tu n'as pas toléré que ce soit moi qui l'élève. Voilà pourquoi c'est de ta faute, Sigmar, ce n'était pas suffisant que tu ne puisses pas prendre la responsabilité de tes propres enfants, tu es aussi arrivé à m'empêcher de le faire !

Tu veux me passer du poisson séché, dit-il. Puis nous restâmes silencieux pour ce qui restait du chemin.

Que je l'avais ardemment désirée, la lumineuse nuit d'été lorsque j'habitais à Paris et à New York. Je restais éveillée dans l'obscurité en plein été, m'imaginais que j'étais près d'un cairn en pierre sur la haute lande de bruyère islandaise, regardais les vallées, les montagnes et l'océan dans le silence profond, entendais le courlis pousser son long sifflement ondulé dans le lointain, les hennissements d'un troupeau de chevaux, sentais comment l'air limpide ruisselait dans mes yeux. Pleurais du manque de la lumineuse nuit d'été.

Maintenant il y avait l'obscurité dans mes yeux, pourtant il faisait clair au-dehors.

Il régnait de l'effervescence autour de la station-service isolée de Hreðavatn lorsque nous arrivâmes sur les lieux. Innombrables voitures, jeunesse hurlante, le bal était terminé mais la nuit battait son plein, des voitures de police étaient stationnées à une extrémité du bâtiment, dans l'une d'elles on procédait aux interrogatoires, nous nous garâmes à côté. Un petit hangar à matériel du côté nord avait été transformé en dépôt de fortune, ils gardaient là les pires perturbateurs le temps que les vagues se calment pûmes-nous entendre. Les jeunes ivres avaient pris d'assaut Hreðavatn le vendredi, installé des tentes, roulé par terre complètement bourrés pendant près de deux jours entiers, jeté partout bouteilles et toutes sortes de déchets, les gens sur place au refuge n'avaient pas pu fermer l'œil à cause du raffût, puis ils s'étaient agglutinés au bal annoncé dans la salle de la station où des bagarres avaient éclaté vu que les jeunes étaient complètement déjantés tellement ils étaient imbibés d'alcool, comme un policier le formula. Nous les faisons cuver, ils en ont ensuite généralement assez et s'en retournent chez eux, dit-il et il salua Sigmar chaleureusement d'une poignée de main. Où est la jeune fille ? demanda Sigmar et il obtint pour réponse que les filles, qui ne s'étaient pas mieux comportées que les garçons, avaient été installées dans un débarras qui servait aux employés. Il n'y en a pas beaucoup qui viennent chercher leurs gamins, ça je peux te le dire, lança-t-il en se dirigeant vers la porte du débarras, mais il m'a semblé plus juste de te prévenir à son sujet, Sigmar, du fait qu'elle a donné ton nom. Il était visiblement ravi de pouvoir rendre service à son ancien capitaine. J'étais restée dans le dos de Sigmar, perdue face à la situation, ils ne m'accordaient pas une grande attention. Le policier entra dans le débarras, je l'entendis crier : Silfá Sumarliðadóttir, le capitaine Sigmar Hilmarsson est venu te chercher !

Puis elle fut amenée. Du maquillage noir jusqu'en bas des joues, les yeux rouges, sale. Elle posa sur nous un regard hébété, faisant une grimace de la bouche comme le font ceux qui ont l'esprit rebelle.

Oui, dit Sigmar en évitant de regarder sa petite-fille, oui, c'est bien ça. Il tira un paquet de petits cigares de sa poche de poitrine, oui, j'ai la voiture là. Alluma le cigare, regarda son ancien homme d'équipage : dois-je, ou bien elle, faire une déclaration ou quelque chose de ce genre ? Non, Sigmar, tu ne fais aucune déclaration, dit l'autre avec fermeté, comme s'il ne pouvait être question de pareille chose quand il s'agissait d'un homme tel que Sigmar. Nous en restons là, ajouta-t-il en s'apprêtant à pousser Silfá vers son grand-père.

Je dis alors : un instant, un petit instant.

Ils me regardèrent étonnés, ne s'étaient manifestement pas rendu compte de mon existence. Mais mon existence m'apparut dans la lumineuse, froide et humide nuit d'été, je la vis, la jeune fille de dix-huit ans, avec des nattes et une jupe longue qui s'empêtrait dans ses pieds lorsqu'elle courait vers le bateau, courait seule hors de son île vers le monde. La vis sortir du bateau avec madame Eugenía, submergée par la splendeur de

Copenhague, s'asseoir dans une élégante maison, timide avec une tranche de gâteau à la crème sur son assiette, pouvant à peine lever les yeux, entendis madame Eugenía dire à la dame danoise : eh bien, je la confie maintenant à votre soin. Et la dame danoise répondre : allons, ça va bien comme cela, c'est une jeune dame de dix-huit ans et elle peut parfaitement prendre soin d'elle-même, n'est-ce pas mademoiselle Karitas ?

Silfá prend elle-même la responsabilité de sa vie, dis-je au policier, elle aura dix-huit ans cet automne. Elle est venue ici toute seule et peut de ce fait revenir toute seule à la maison.

Puis je marchai vers la voiture en boutonnant mon manteau, il pouvait faire un froid si piquant la nuit même si juin était bien avancé. Je jetai un coup d'œil par-dessus mon épaule et vis qu'ils restaient tous figés à la même place, Silfá avec la bouche ouverte, Sigmar et son vieux compagnon de bateau avec une expression déconcertée. Je dis : viens, Sigmar, nous partons. Lorsqu'il mit un pied en avant, comme s'il allait entrer en jeu, je reconnus sa réaction et dis : je suis celle qui a l'autorité parentale, ici c'est moi qui commande.

Nous vîmes le policier pousser de nouveau la jeune fille dans le débarras lorsque nous quittâmes ce lieu nocturne barbare. Sigmar allait prendre la direction du sud, le visage dur, mais je dis : roule vers le nord puis vers l'ouest, je crois que j'aurais envie de voir la mer maintenant.

La piste de montagne à travers la haute lande désertique était pleine de trous, l'environnement était froid et désolé, je fermai les yeux, essayai de faire apparaître par magie la jeune fille avec les tresses, essayai de me rappeler comment elle souriait, combien elle trouvait amusant de regarder les couleurs dans les vitrines des boutiques, le motif des rues pavées de la grande ville, combien elle était gourmande de jus de cassis, n'avait-elle eu que du jus de myrtilles chez elle en Islande, la jeune demoiselle ?

Je m'assoupis.

Une lumière éclatante me réveilla, le soleil s'était levé et baignait la surface de l'océan par-devant ses rayons, leur réverbération m'aveugla un instant si bien que je ne vis pas où dans le monde je me trouvais. Je fis courir mon regard autour de moi, vis que nous roulions le long d'une côte basse, je ne me reconnaissais pas, Sigmar dit : tu es sur la côte de Fellsströnd, nous roulons en direction du cap de Dagverðarnes et de là en le franchissant vers la côte de Skarðsströnd. Ça tombe bien, dis-je, je ne suis jamais venue ici avant et pourtant je suis de l'Ouest. Mais que c'est beau ici !

J'espère que tu rêvais de quelque chose de beau, dit-il sèchement.

Il arrêta la voiture avant que nous tournions vers Skarðsströnd : est-ce qu'on ne devrait pas marcher un peu ici vers les hauts rochers du bord pour que tu puisses voir la mer ?

Pour Pentecôte il y avait à peu près un demi-siècle j'avais quitté les Fjords de l'Ouest et ne les avais jamais revus depuis mais enfin maintenant s'offrait à mes yeux sur la droite, la côte sud échancrée, la côte de Barða-strönd, kyrielle de fjords joyeux et doux dans la lumière du matin, « je ne les ai jamais vus du versant sud, Sigmar, ils sont beaucoup plus beaux que les fjords sans soleil du versant nord, pourquoi donc bon Dieu les gens ne se sont pas tous installés de ce côté ? »

Plus proche des lieux de pêche, dit-il laconique en s'asseyant sur un rocher.

La chaîne de montagnes découpée de la péninsule du Snæfellsnes se trouvait à notre gauche, les innombrables îles du large fjord de Breiðafjörður droit devant, j'étais en admiration devant l'immensité, la beauté, les couleurs glacées. J'ai envie de peindre ça, dis-je extasiée en m'asseyant à côté de lui. Tu ne peins jamais de paysages, dit-il. Peindre la beauté, pas le paysage, rectifiai-je. Alors c'est une nouveauté, toi qui t'es ingéniée à décrire la laideur, dit-il. Ce fut un regard ironique qu'il me décocha.

Est-ce que tu es d'humeur grincheuse, Sigmar ?

La mer ne te plaît pas ? répondit-il en retour en étendant le bras comme s'il me présentait l'océan comme quelqu'un. L'éclat dans ses yeux était tel que j'en eus froid dans le dos.

Sigmar, est-ce que tu es venu ici pour pouvoir me jeter de la falaise ?

Il soupira. Regarda lentement du sud au nord, puis dans mes yeux : oui bien sûr que je l'ai fait pour ça, mais avant que je te balance en bas je voulais que tu saches que bien qu'il te semble que nos enfants ne sont rien devenus et que tu inscrives ça sur mon compte je les trouve pour ma part très prometteurs. La chance en amour ne les a peut-être pas suivis, pas plus que leurs parents, mais en ce qui concerne leurs emplois ils se sont distingués chacun à sa façon. Jón est un avocat estimé, Sumarliði un capitaine recherché et Halldóra une grande propriétaire terrienne à l'activité considérable. En dépit de mes pérégrinations dans le monde je les ai suivis, les ai aidés à s'établir et les ai soutenus, épaulés financièrement du mieux que j'ai pu. Je les ai négligés dans leurs jeunes années et je reconnais ma faute mais après que tu as lâché la main des garçons, l'année où je suis revenu, j'ai essayé d'être pour eux un soutien fiable. Et après que notre fille Halldóra a quitté la maison de ton espèce de troll de sœur, je lui ai régulièrement rendu visite, quant à ce qui concerne nos petits-enfants je considérais que c'était mieux pour Silfá d'être élevée chez son père avec des frères et sœurs en attente, je ne savais pas combien la femme de Sumarliði était malade, mais sur Rán j'ai eu peu à dire, c'est vrai, du fait qu'elle avait un bon grand-père qui accomplissait bien son rôle. Par ailleurs il faisait parfois un saut chez moi avec la petite, Hámundur, et nous faisions souvent une partie d'échecs ensemble, Rán et moi, aussi elle et moi ne sommes pas tout à fait des étrangers. Enfin voilà. Mais il y a peut-être quelque chose que tu veux dire avant de faire tes adieux, réciter une prière peut-être ? Je peux t'aider, je sais que tu n'en connais aucune.

Est-ce que ce n'est pas le plus long discours que tu aies tenu, Sigmar, tu t'es exercé longtemps ?

Ce n'est pas si mal de partir par une si belle journée, dommage que tu ne puisses avoir l'occasion de le peindre. Tu es en effet l'esthète qui jouit des événements de loin, fais une œuvre d'art de la vie, suis les tragédies de la vie sans y prendre part, brandissant seulement un pinceau et laissant aux autres la responsabilité du labeur quotidien. Tu as eu la possibilité d'être seule et libre pendant vingt-cinq ans, as pu peindre à Paris et à New York comme les meilleurs, et qu'est-ce qu'il est ressorti de tout ça, tu n'es pas encore devenue célèbre, à quoi tu as passé ton temps toutes ces années ? Moi j'ai par ailleurs produit du rendement en dépit de mon vagabondage comme tu l'appelles, j'ai créé du travail pour plusieurs milliers d'hommes et rapporté des milliards à la nation. Je ne suis pas un esthète qui regarde la vie de loin comme toi, j'en ai été un acteur.

J'entends que tu as des lettres, Sigmar, tu dois souvent avoir des moments tranquilles ainsi seul et libre. Mais ce qui t'a harcelé est la crainte de la répétition. Tu n'as jamais pu affronter le quotidien qui accompagne la vie de famille normale, les gestes répétés qui accompagnent les enfants et le foyer. Tu viens uniquement pour partir. Puis au nom de la richesse tu peux t'excuser, même te mettre sur un piédestal avec les porte-flambeaux de la nation. C'est ce que font volontiers les hommes mais qui est-ce qui a fait leur fortune ? Étaient-ce les femmes qui elles ont fait face à la répétition ? Je serai pour sûr devenue célèbre depuis longtemps si j'étais un homme mais dans le patriarcat les hommes s'adulent les uns les autres et le pire est que les femmes les adulent aussi, car si elles se mettaient elles à s'aduler l'une l'autre, qui devrait alors faire la lessive de la nation ? Elles sont bien peu nombreuses les femmes qui ont essayé de me faciliter les choses et toutes désiraient ardemment la liberté. Peut-être sont-elles les porte-flambeaux après tout. J'espère simplement qu'elles ne regretteront jamais le temps qu'elles ont gaspillé avec moi.

Il dit après un silence : tu te souviens de notre belle soirée près du ruisseau dans la campagne d'Öræfi, notre rencontre amoureuse ?

Oui, la lune était au-dessus de la mer je me souviens, et ce fut justement ce soir-là que je me suis représenté une nouvelle forme, une robe essorée dans le vide et un rond menaçant au-dessus, j'ai vu comment seraient mes tableaux dans le futur.

Avec l'océan et les îles droit devant, la lumière tranchante dans les yeux, je me mis à me demander si j'avais de manière générale réussi à créer ces tableaux mais Sigmar soupira : est-ce qu'il faut s'étonner si on a parfois envie de te jeter d'une falaise ? Il ne fit cependant pas mine de le faire, il s'était peut-être rappelé que je ne savais pas nager, mais se frotta les mains, il faisait un petit air vif bien que le soleil se soit ressaisi dans le ciel, étira le cou et regarda la côte sur la droite par-dessus ma tête puis dit : maintenant on devrait se prendre une goutte de café. Est-ce qu'on ne devrait pas rouler jusqu'à la côte de Skarðsströnd et aller frapper chez une veuve que je connais, elle devrait être debout, la brave femme.

La maison de la veuve était plus grande et plus claire que je m'y étais attendue, les murs en bois gris clair, le toit et les fenêtres blanches, je n'avais jamais vu un toit blanc en Islande auparavant et je m'étonnai, elle était située en haut d'un petit coteau et un étroit chemin en descendait jusqu'à la piste principale et traversait celle-ci jusqu'à une petite crique. Là était amarré un bateau à un minuscule ponton. Le tout si lumineux au soleil du matin. Sigmar s'arrêta là où les chemins se croisaient, regarda longtemps le bateau qui se balançait doucement dans la crique avant de tourner à droite et monter vers la maison. Son mari a reçu un choc à la tête à bord d'un de nos chalutiers, dit-il. Cette manie maladive de toujours dire « nos » lorsqu'il parlait de ses bateaux ne me dérangeait plus.

La veuve avait entendu notre voiture, elle devait être derrière la maison à s'occuper à quelque chose, elle arriva en courant au coin en tablier amidonné, elle avait un chiffon à la main qu'elle essayait de faire oublier. Elle reconnut Sigmar lorsqu'il sortit de la voiture et marcha vers celle-ci, lui fit un chaleureux accueil, mit rapidement le torchon sous son aisselle et prit en même temps sa main droite et sa main gauche, les serra longuement, et parla et parla. Je sortis de la voiture et lorsque Sigmar me présenta comme sa femme elle se précipita vers moi, s'empara aussi de mes deux mains et les serra chaleureusement tandis que le flot de paroles sortait de sa bouche, je n'en saisis que la moitié et encore mais je crus comprendre qu'elle avait à la dérobée nettoyé deux fenêtres bien que ce ne soit pas un jour saint et nous demandait pour l'amour de Dieu de n'en parler à quiconque.

Elle nous conduisit à l'intérieur de la maison et là m'accueillit l'odeur de savon, je restai longtemps immobile sur le seuil avec les yeux fermés et respirai, tout était récuré, propre et parfumé dans cette maison, les murs lambrissés blancs, les plafonds bleu ciel, les meubles de couleurs pastel, coussins, rideaux et nappes d'un blanc immaculé, c'était comme de pénétrer au paradis après avoir pataugé dans la boue et la glaise sous une froide pluie fine dans l'obscurité. Elle nous apporta de quoi nous restaurer, prépara du café frais et tandis que l'eau chaude passait à travers le filtre elle arrangea pain et gâteaux sur la table nappée de blanc, parlant continuellement, essuya avec un chiffon de la saleté imaginaire autour des plaques de la cuisinière, des tables, des portes de placards, des rebords de fenêtres, ne lâcha pas le chiffon pendant qu'elle parlait. Sigmar ne disait rien, je hochais la tête avec un air d'approbation bien que je n'arrive pas plus que lui à placer un mot, la propreté de cette femme éveillait mon admiration. Lorsqu'elle nous eut parlé des brebis récalcitrantes et importunes de la ferme d'à côté, des lumières en face dans des îles inhabitées, du garçon qui avait disparu le jour de Pâques et du prix du sucre à la coopérative elle demanda enfin ce qui nous amenait. J'expliquai notre équipée nocturne, dis comme il en était, que nous étions partis chercher notre petite-fille soûle à Hreðavatn pour la ramener avec nous mais que nous avions changé d'avis lorsque ça s'était présenté. Bien que cela n'explique en aucune manière notre voyage sur la côte de Skarðsströnd il lui sembla inconcevable que nous ne nous allongions pas une heure ou quelque chose comme ça avant de repartir et elle me fit la suivre dans la chambre d'amis où elle m'indiqua du doigt, dans un langage emporté comme auparavant, des lits tout prêts, avec des couettes blanches comme neige. Jamais de ma vie je n'avais eu autant envie de me glisser dans un lit. Mais Sigmar lui ne le voulait pas, il déclara devoir rentrer au plus tôt en ville. Voulait cependant inspecter avant le bateau qui se balançait dans la crique et eut droit, tandis qu'il s'apprêtait à y aller, à une longue conférence sur la génèse de celui-ci, son passé et son avenir, il avait été en la possession de son défunt mari, elle mettait ce fichu bateau dans un abri à chaque automne, le peignait et l'astiquait, puis le ressortait toujours au printemps, avec l'aide bien entendu des garçons de la ferme d'à côté, dit-elle à Sigmar qui était déjà dans la cour de la maison.

Puis elle se planta devant la fenêtre de la cuisine, suivit des yeux Sigmar qui descendait jusqu'à la crique et alors, à mon grand étonnement, elle avala sa langue. Après être restée un long moment songeuse elle dit enfin : il a été si bon avec moi quand mon Andrés est mort il y a une dizaine d'années ou quelque chose comme ça, a payé les funérailles et le buffet d'enterrement afin que je puisse utiliser l'argent que nous avions sur un compte pour repeindre la maison de dehors et de dedans, et le bateau bien sûr, et je deviens encore si nerveuse lorsque je vois ce si bel homme que je me transforme alors en un moulin à paroles. Est-ce que ce n'est pas épouvantablement difficile d'être mariée à un tel homme ? me demanda-t-elle en fronçant les sourcils. Et je lui dis que oui ça avait toujours été un véritable casse-tête, sans cependant entrer plus en détail dans le passé, puis nous nous mîmes à discuter, comme cela tranquillement, toutes les deux avec les bras croisés sur la poitrine, les yeux sur la crique. Elle me raconta que dans dix ans elle serait octogénaire et qu'elle avait alors l'intention de vendre sa maison pour aller s'installer dans la maison de retraite où sa petite-fille était infirmière, « à cet âge on n'a de toute façon plus envie de manger la nourriture sure des fêtes de Thorri mi-janvier et du coup ça ne vaut pas bien la peine d'être ici ».

Jaillit alors de ma bouche : écoutez, vous me la vendrez peut-être quand le moment sera venu, j'ai toujours eu envie d'avoir ma propre maison.

Mais est-ce que vous n'avez pas assez de maisons ? demanda-t-elle surprise. Je dis que lui en avait beaucoup mais moi aucune, que j'étais simplement une artiste. Elle me regarda longtemps avec une lueur dans les yeux, puis

451

dit après un petit instant et ce fut comme si je l'avais mise en joie : laissez-moi votre numéro de téléphone.

Sur le chemin de retour je demandai à Sigmar pourquoi donc bon sang il n'avait pas voulu s'allonger un peu, j'avais eu moi-même tant envie de me glisser dans le lit blanc. Je ne peux pas rester à proximité de gens qui parlent autant que ça, dit-il. Après une heure de route il ouvrit de nouveau la bouche : l'étage chez moi t'attend toujours. Si tu viens t'installer à la maison, nous pourrons nous occuper de Silfá ensemble. Nous commençons à basculer vers la dernière partie, Karitas, la mort ne s'intéresse pas moins à nous qu'aux autres, est-ce que le temps n'est pas venu de faire vraiment la paix et de dormir sous le même toit ?

Je dis : dormir dans ta maison, ce fut ma croix.

Le calme silencieux de Pentecôte était oppressant dans l'appartement lorsque je revins, comme si personne n'avait été là des jours entiers. Le chat resta invisible lorsque j'ouvris la porte, pas une âme dans la cuisine, le salon désert, l'épouvante m'envahit, peut-être Herma était-elle morte dans son sommeil pendant la nuit ? La porte de sa chambre était fermée, je dus rassembler mon courage avant de saisir la poignée. Elle était assise à demi relevée dans le grand lit double avec Bismarck dans les bras, encore en peignoir avec des rouleaux dans les cheveux, comme je l'avais laissée le soir précédent. Sans me regarder elle dit : j'ai cru que tu avais déménagé chez Sigmar, avec Silfá. Je déclarai avoir renoncé à ramener Silfá avec moi, qu'elle était soûle et que j'avais décidé qu'elle pouvait simplement se prendre elle-même en charge. Tu as eu entièrement raison, dit Herma comme si elle savait tout sur la chose et n'avait rien de plus à dire sur le sujet. Puis elle se tut et regarda vers la fenêtre en continuant à caresser le chat. Je demandai pourquoi elle était au lit pas habillée avec des rouleaux dans les cheveux, disant que cela ne lui ressemblait pas.

Je me sentais si seule que je ne suis pas arrivée à me lever, dit-elle sans détour. Je suis seule des mois durant là-haut dans la campagne et ne ressens jamais la solitude mais ici au cœur de la ville avec toutes ces maisons autour de moi je me sens comme si j'avais été abandonnée seule au monde. Et en réalité j'ai été abandonnée seule, petite brindille sur la terre qui attend de pourrir. L'arbre de mes ancêtres, ce magnifique chêne qui a poussé au temps de Bach, a été abattu pendant la guerre, ma famille en Allemagne s'est éteinte. Les jeunes qui devaient avoir des enfants ont été tués ou tant de fois violés qu'ils en ont perdu la raison et ont dépéri. Ma tante qui a survécu à la guerre et pouvait m'écrire est morte subitement il y a onze ans. Je n'ai personne à part toi. Et Silfá, l'enfant que je n'ai pas voulu prendre en son temps. Si je l'avais fait, Ólafur n'aurait pas eu besoin de se trouver une autre femme pour avoir un enfant avec. Mais qu'est-ce que ça fait, Ólafur m'a trahie, aussi je ne veux pas qu'il s'occupe de mes funérailles quand je mourrai.

Je m'en occuperai si tu pars avant moi, je te le promets, mais ajoutai qu'il n'était pas vraiment l'heure pour elle de penser à ce genre de cérémonies.

Quand on franchit la cinquantaine on se met subitement à penser, dit-elle sur un ton d'excuse, mais n'allons pas plus loin et n'en parlons plus. Bismarck, pousse ta carcasse de dessus le lit et essaie maintenant pour l'amour du ciel de sortir chasser un peu ou faire quelque chose à bon escient.

Elle s'extirpa du lit, quitta sa robe de chambre, se retrouva en simples sous-vêtements et je n'essayai même pas de lui cacher mon intérêt lorsque je regardai la parfaite ossature de son corps de femme, les belles épaules, les longues cuisses, subtile adéquation entre le haut et le bas, Herma avait toujours surveillé ce qu'elle mangeait et buvait, je n'avais jamais eu l'idée de l'utiliser comme modèle. Le sujet ne m'en avait peut-être pas donné le prétexte. Elle dit lorsqu'elle vit que je ne pouvais pas cesser de la fixer avec des yeux ronds : je sais que tu es en train de te demander si je voudrais encore être avec un homme.

La façon dont Herma pouvait formuler les choses était à elle seule un chapitre à part. Elle ne tomba cependant pas juste cette fois-ci mais je saisis l'occasion, demandai ce que mon frère lui avait voulu dans la semaine ? Elle s'habilla et dit tandis qu'elle enlevait ses rouleaux : ton frère Ólafur a en tête d'importer des voitures allemandes et a fait mine de devoir recourir à mon aide à cause d'une correspondance à traduire mais en réalité je lui manque. Quand nous étions mariés, nous pouvions discuter d'arts et de philosophie, écouter de la musique et jouer aux échecs, observer les oiseaux et admirer les montagnes, boire du sherry et nous câliner n'importe quand mais avec elle il peut seulement cancaner sur les bonnes femmes de la maison d'à côté. Je crois qu'il me voudrait de nouveau mais je dis seulement comme vous, les Islandais : diable de bon sang ça t'apprendra, Ólafur. Mais on ne peut pas nier qu'il ne me manque autant que je lui manque. Mais est-ce qu'on ne devrait pas maintenant aller au salon nous prendre ce sherry que nous avions l'intention de boire hier soir et parler de l'avenir de Silfá ?

Je ne me rappelais pas avoir mentionné le sherry à haute voix mais savais qu'Herma était comme un appareil de radio qui capte les ondes du vide aussi j'en restai là et décidai, bien que je pique du nez, de boire avec elle pour lui tenir compagnie pendant qu'elle se remettait de la solitude et de l'assaut de ces tristes pensées. C'est ainsi que nous nous retrouvâmes, Herma et moi, assises toutes les deux avec un verre de sherry en plein milieu de la journée ce qui était hautement inhabituel dans cette maison. Je mentionnai que nous n'aurions jamais fait cela pendant que Pía habitait chez nous et Herma fit écho à mon propos : les buveurs et les malades dirigent toujours la vie des autres sans s'en rendre compte ni le vouloir. Pía nous avait écrit une lettre dans la semaine où elle vantait son séjour dans le sanatorium danois, disant que c'était certes sacrément malheureux de ne plus jamais pouvoir se prendre un schnaps mais que le comportement cultivé des Danois, la végétation magnifique et l'éternel calme plat compensaient ce préjudice, faisaient d'elle une femme meilleure comme elle le formulait elle-même, et puis qu'elle avait fait la connaissance d'un homme qui savait jouer du violon. Je mentionnai alors que je lisais la lettre à haute voix pour Herma que c'était dangereux de rencontrer des hommes qui jouaient du violon mais ne délivrai dans l'immédiat pas plus d'informations sur le sujet. Ce chapitre de ma vie n'était pas encore clos. Nous oubliâmes provisoirement l'avenir de Silfá et nous tournâmes vers le destin de Pía, qu'adviendrait-il d'elle, reviendrait-elle un jour ? Et que deviendrait notre Karlína, se sentait-elle bien dans sa petite maison dans l'Est comme elle le laissait entendre lorsqu'elle nous avait téléphoné pour Pâques ou peut-être n'entendîmes-nous pas le ton de regret dans sa voix lorsqu'elle demanda si les soldes dans Laugavegur avaient été mouvementées ? Et qu'est-ce qu'elle va faire avec toutes ses maladies ? demanda Herma pensive. Nous regardâmes par la fenêtre la rue déserte, sirotant notre sherry et toutes les deux nous manquèrent. Il fallut que le chat se mette à se frotter à nos jambes pour que nous sursautions, nous rappelant que nous avions l'intention de prendre des mesures pour l'avenir de Silfá puisqu'elle était incapable de le faire elle-même. Je déclarai lui avoir dit qu'elle prendrait seule la responsabilité de sa propre vie. Herma hocha la tête : alors nous le lui annoncerons. Et en même temps, que si elle veut continuer à boire et faire la fête toutes les fins de semaine nous cesserons de lui payer l'école et qu'elle pourra aller travailler dans une épicerie de quartier. Que si elle fait preuve par ailleurs d'assiduité et de résultats nous lui paierons la suite de ses études et ferons aussi en sorte qu'elle puisse entrer dans une université en Allemagne. En Allemagne ? répétai-je comme si je n'avais pas bien entendu, pourquoi là-bas ?

Elle apprendra alors la langue et comme ça nous pourrons parler ensemble en allemand, dit Herma avec un ton légèrement empreint de tristesse. Je dis alors d'une voix sonore : j'aurais plutôt voulu qu'elle aille en France pour que je puisse parler avec elle dans cette langue ! Bon bon, d'accord, dit Herma avec impatience, mais tu ne trouves pas que nous devrions acheter un téléviseur, Karitas ? C'est si ennuyeux pour une jeune fille d'être coincée entre deux bonnes femmes le soir.

Nous étions assises, nous les bonnes femmes, le dos droit sur nos chaises comme des abbesses quand Silfá entra sur la pointe des pieds. Elle avait pensé se glisser au lit sans que cela se remarque et sursauta de ce fait désagréablement lorsqu'elle nous vit assises immobiles dans le calme du salon. Elle se figea et nous dévisagea. Je dis avec dignité : Herma et moi avons attentivement étudié l'état des choses en ce qui te concerne et en sommes arrivées à la conclusion qu'il est mieux que tu arrêtes l'école, ailles travailler à l'épicerie-boutique du coin afin que tu puisses gagner de l'argent pour pouvoir profiter pleinement de la vie festive avec autant d'ardeur que possible.

Silfá glissa presque d'un pied lorsqu'elle tenta de se diriger avec difficulté vers sa chambre. Un instant, *Jungfer*, dit Herma sur un ton amical, nous n'en avons pas terminé, si tu voulais être assez aimable pour t'asseoir juste une minute avec nous.

Puis nous dictâmes à l'enfant les conditions de son séjour et de sa présence dans la maison, ce à quoi elle pouvait s'attendre, ce que nous attendions d'elle, mentionnâmes particulièrement qu'il nous tenait à cœur qu'elle rompe avec ce Lennon, qu'il avait une mauvaise influence sur elle, et puis notre volonté de la soutenir pour poursuivre ses études à l'étranger en temps venu. À notre étonnement elle accepta toutes les conditions et nous souhaita bonne nuit.

Herma et moi restâmes longtemps assises avec le chat dans la cuisine en nous demandant où nous pourrions trouver l'argent pour payer les études de la jeune fille. Herma voulait mettre cela au clair. Je dis que ça s'arrangerait, que nous prendrions simplement un emprunt et étalerions les traites, que l'essentiel était d'assurer l'avenir de l'oiselle. Herma fit la sourde oreille à cette idée, dit que nous devions trouver des revenus, elle avec des traductions de documents, moi avec la peinture de portraits. Lorsque je dis que j'en mourrais si je devais peindre des tableaux de visages, que je trouvais peu de choses plus ennuyeuses que de peindre d'après modèle, que je voulais peindre mes idées, elle dit irritée : tu trouves, tu veux ! Je crois que tu devrais alors peindre des tableaux que tu peux vendre et desquels tu peux vivre jusqu'à tant que la gamine passe son diplôme. Pas ces œuvres absurdes que personne ne souhaite avoir sur ses murs chez soi. Par ailleurs tu peux obtenir du travail ici en bas chez Kalli si tu as vraiment des problèmes, c'est fou ce qu'il y a à faire dans sa nouvelle boutique de sandwichs ouverts et canapés, les gens achètent ces petits *smörrebröd* pour les communions, les anniversaires, les mariages, les funérailles, il ne peut pas suivre, le garçon.

L'oiselle était rentrée mais je ne pus fermer l'œil de la nuit. Il me semblait que mon avenir avait été mis de côté, je savais par amère expérience que lorsque les femmes se retrouvent une fois ainsi en marge elles ont du mal à regagner le milieu. Peut-être que je me retrouvais une fois de plus en marge. Et que cette fois-ci je n'aurais pas d'opportunité de retour.

Karitas

Autoportrait, 1966

Huile sur toile

Les portraits au crayon que Karitas a faits de ses compagnons de voyage dans la vie sont en nombre considérable et le tout premier doit avoir été exécuté à Akureyri vraisemblablement vers la période où elle commençait des cours de dessin chez madame Eugenía. Celui-ci était une image de sa sœur Halldóra et donna aussitôt la promesse que l'on avait affaire là à une fameuse dessinatrice, notamment lorsqu'il s'agissait du visage des gens. Karitas dessinait souvent ceux qui croisaient son chemin et y prenait plaisir elle-même mais jamais elle ne considéra les portraits comme une création artistique, faisant plutôt ceux-ci pour se distraire. Elle n'avait d'intérêt ni pour les gens ni pour les montagnes comme elle le laissait souvent entendre. Mais comme c'est souvent le cas chez les artistes elle dut à une époque regarder en face la froide vérité s'agissant des ressources matérielles. Pour subvenir à ses besoins et à ceux des siens elle se met alors à peindre des portraits de respectables bourgeois que ses frères connaissaient et lui adressaient. Elle ne devint cependant jamais une portraitiste recherchée car beaucoup trouvaient que les tableaux qu'elle faisait n'étaient pas assez ressemblants aux modèles. D'autres malgré tout savaient apprécier la valeur artistique des peintures et n'émettaient aucune critique même si leurs visages étaient peut-être totalement abstraits, comme l'un des bourgeois le formula. Pendant deux ans elle peignit des portraits travaillant parallèlement à d'autres tâches puis acheva cette démarche en peignant un autoportrait, le premier et l'unique. Elle utilise de puissantes couleurs foncées, confrontant habilement le violet dans sa robe et le vert de l'arrière-plan, les couleurs de l'Islande, comme elle les nommait alors, mais son abondante chevelure blanche inonde le plan de l'image comme une lumière. Elle regarde droit devant elle, d'un regard qui transperce et dévisage, comme si elle avait rencontré par hasard le spectateur à la porte et sursauté. Dans une main elle tient une tasse à café rose clair, dans l'autre un pinceau jaune, et bien que le spectateur perçoive le conflit qui suit le fait de servir deux maîtres, l'art et la famille, l'humour qui caractérise indéniablement le tableau ne lui échappe pas.

J'avais l'impression d'avoir perdu quelque chose, le sentiment s'emparait de moi où que je me trouve, dans les ateliers à mendier du fil de fer ou autre bricole, à la boulangerie ou tout simplement dans l'escalier en montant vers mon grenier, me submergeait, je devais attendre sur place le temps que passe cette sensation. J'en fis part à Herma et celle-ci dit laconiquement qu'elle ne comprenait pas pourquoi je ne pouvais pas tenir une exposition comme les autres artistes : est-ce que tu n'as pas simplement perdu le feu sacré, Karitas ? J'en fis part à Kalli en bas dans sa sandwicherie, lui répétai ce qu'Herma m'avait dit afin de pouvoir entendre ce qu'il en pensait. Il sourit doucement : ça se peut bien que les artistes perdent le feu sacré quand ils arrivent à ton âge mais pour ce qui est de préparer *smörrebröd* et canapés ça tu ne l'as pas perdu, tout le monde parle de la façon dont mes pains sont joliment décorés ! Il me regarda d'un air méditatif, puis demanda si je ne voulais pas travailler toute la journée ? Je déclarai que quatre heures l'après-midi me suffisaient, que je devais dormir le matin car je peignais souvent la nuit. Je dis « peignais », je savais qu'il était inutile d'expliquer à ma famille les procédés que j'utilisais pour mes œuvres, mais il demanda alors rapidement si je n'entendais pas des allées et venues la nuit du fait que je veillais. Non, je n'entends pas d'allées et venues, répondis-je énervée par son discours sur l'âge. Il aurait bien pu s'en passer, ou peut-être alors les hommes avaient-ils décidé que je devais perdre la flamme de ma passion lorsque j'arriverais à un certain âge ? Néanmoins sa remarque eut pour effet que je me mis à songer au dénouement, non pas que je m'inquiétais pour mes funérailles, mais plutôt à quel endroit dans le monde j'allais travailler lorsque Silfá serait partie pour ses études à Paris.

En remontant vers mon appartement sous le toit je fis une rapide visite au premier étage chez mon frère qui était seul dans son bureau, plongé dans une pile de dossiers. Mon petit frère était devenu chauve, lui mon petit Pétur que j'avais lavé, habillé, grondé, embrassé, je restai silencieuse dans l'entrebâillement de la porte, me demandant si nous serions ensemble de l'autre côté quand le moment viendrait, ou peut-être n'y avait-il rien de l'autre côté ? Je me raclai la gorge : mon Pétur, est-ce que tu sais un peu si la maison est hantée, Kalli vient juste de me demander si j'avais remarqué des allées et venues la nuit ? Pétur sursauta comme s'il avait vu un fantôme, puis se ressaisit rapidement : pas tant que Marta et moi habitions là mais ça ne veut rien dire, nos enfants étaient si remuants la nuit, les revenants ont du mal à supporter ce genre de choses. Mon petit Pétur, dis-je, maintenant le moment où Silfá va passer son baccalauréat commence à se rapprocher, elle est actuellement en congé de révisions pour l'examen, et aussitôt après elle partira faire des études à Paris. Herma s'en ira alors dans son fjord de Borgarfjörður et je n'ai pas encore décidé ce que je ferai. C'était à propos de l'appartement au-dessus.

Il se leva d'un bond comme s'il avait oublié quelque chose puis fit quelques humhum, frotta son pouce et son index sur ses yeux, se caressa la mâchoire et dit : nous allons juste nous asseoir un peu, Karitas, peut-être devons-nous revoir certaines choses là, oui oui assieds-toi, ah c'est ça, à propos de l'appartement, je ne suis peut-être pas l'homme adéquat, non écoute du reste, non il n'y a pas de problème avec l'appartement. Tu peux y rester autant que tu veux.

Petit Pétur Jónsson, dis-je, tu me caches quelque chose. Mais tu connais ta sœur, tu sais que nous ne sortirons ni l'un ni l'autre d'ici sans que tu m'aies exposé les faits. Il soupira : Silfá est propriétaire de l'appartement, c'est-à-dire de l'étage et du grenier. Sigmar me l'a acheté après la Pentecôte il y a deux ans, il a fait enregistrer légalement l'appartement sous le nom de sa petite-fille. Elle ne doit pas le savoir mais il veut qu'elle ait quelque chose où se réfugier quand elle aura fini ses études à l'étranger. Et tu ne devais absolument pas avoir vent de ça, il m'a menacé de mort si je t'en parlais. Il eut un rire enfantin : aussi tu seras responsable de ça, chère sœur, si je trépasse.

Je dis : j'espère que Sigmar et toi ferez alors le voyage ensemble.

En vertu de la richesse les hommes peuvent régenter les individus. Sans que ces derniers en aient eux-mêmes la moindre idée. Celle autour de qui tout tournait, la propriétaire elle-même, n'avait elle pas besoin d'avoir connaissance de sa richesse et de ses possessions pour se convaincre de sa propre excellence. Elle était persuadée que le monde avait été créé pour elle et qu'il dépendait d'elle seule qu'arrive la fin du monde ou pas. Les gens ne présumaient probablement pas l'abus de pouvoir que l'entourage devait supporter au sein du domicile lorsque les étudiants étaient envoyés chez eux en congé de révisions. Tandis que l'espérée bachelière avait le nez penché sur le savoir qui plus tard sauverait l'humanité et récitait à haute voix verbes français et anglais devait régner un silence sépulcral en la demeure, faute de quoi son éventuel échec et par là la fin du monde seraient à attribuer au dérangement causé par Herma et moi, comme il nous fut notifié un jour d'une voix cassée. Nous devions éternuer avec la bouche fermée, coller l'oreille à la radio si nous souhaitions savoir si l'Islande était encore au-dessus du niveau de la mer, ne pouvions mettre ni l'aspirateur ni le batteur en marche et recevions une remontrance chaque fois que nous tirions la chasse aux toilettes. Cela produisait un effet si dérangeant sur la jeune demoiselle, « alors je me mets juste à penser à un truc dégoûtant », siffla-t-elle entre ses dents comme un félin en colère. Et du fait que l'enjeu était important, nous essayâmes de nous retenir ou de saisir une opportunité pour faire un saut rapide aux toilettes en bas chez Kalli lorsque les nerfs du tyran étaient des plus tendus. Les seules fois où l'atmosphère pouvait être dite normale à la maison étaient lorsque Rán venait aider sa cousine en mathématiques. Rán elle-même n'avait besoin de recevoir d'aide en aucune matière, elle était capable d'additionner des litanies de nombres à plusieurs chiffres sans rien noter sur une feuille, de réciter des verbes sans trébucher sur une seule lettre, on savait qu'elle serait la première de la classe. Mais même s'il ne lui était jamais permis d'aller avec sa cousine aux bals de l'école, elle passait pour trop empâtée et moche, et restait par conséquent à la maison pendant que ceux de son âge se dévoraient la langue, elle était assez bonne pour rafistoler les connaissances peu reluisantes de la même cousine dans les matières de base. Obtenait en récompense de jouer du piano, des succès populaires sur commande, Mozart n'avait aucune chance en ces jours de printemps. Et Silfá s'allongeait un moment sur le canapé les yeux mouillés de larmes tandis qu'elle écoutait, à ses épreuves en tant qu'étudiante en congé de révisions s'ajoutait un profond chagrin d'amour à cause d'un garçon avec lequel elle avait eu une aventure l'année précédente, dont il nous était impossible, à Herma et moi, de nous souvenir comment il s'appelait, mais puisqu'on savait que cette tristesse s'évaporerait comme elle l'avait fait dans le cas de Lennon elle ne récolta aucune compassion de son entourage.

Silfá avait l'art de déverser le puits de ses sentiments sur ses confrères pendant qu'il faisait jour, puis dormait à poings fermés toutes les nuits comme un catholique qui s'est confessé à un prêtre. Herma et moi avions découvert par hasard combien elle avait le sommeil lourd, le chat avait par mégarde arraché et fait tomber le store vénitien dans sa chambre en pleine nuit, dans des circonstances qui nous étaient inconnues, et le bruit qui s'ensuivit fut tel que nous sursautâmes dans nos lits, accourûmes, mais vîmes à notre grand étonnement que l'oiselle n'avait pas bronché dans son sommeil. Elle dormait la bouche ouverte, le visage tourné vers l'est. Mais tout était pêle-mêle dans sa chambre. Nous ne sûmes jamais ce qui était arrivé à Bismarck mais fûmes promptes à comprendre que la liberté s'offrait à nous à la faveur de la nuit. Ce fut pourquoi dès lors nous nous mîmes à passer l'aspirateur la nuit et aussi battre la pâte pour les gâteaux afin d'avoir quelque chose avec le café les fins de semaine.

Puis un jour arriva un visiteur.

Mon fils Sumarliði qui avait pour la plupart hérité de son père par sa seule apparence et forçait les cœurs à battre plus vite se tint planté à l'extérieur par un bel après-midi. Silencieux. Lui qui avait la langue si agile avec les femmes de la campagne d'Öræfi lorsqu'il était enfant, mon Sumarliði, était maintenant un adulte taciturne. Je dis : sais-tu, Sumarliði, que c'est de la simple politesse de dire bonjour quand on frappe chez les gens ? Alors qu'il me passait devant et allait dans la cuisine sans même me lancer un salut avant. Nous nous étions réfugiées là, Herma et moi, et faisions des patiences car les bachelières jouaient de la musique dans le salon qui n'agréait aucune de nous deux. Il salua Herma de mauvaise grâce avant de s'asseoir. Je fermai la porte de la cuisine derrière lui pour qu'on ne l'entende pas de l'intérieur de l'appartement. Nous lui avions servi du café et du cake que nous avions fait dans la nuit, nous étions imprégnées de sa belle prestance et avions mentionné que les corbeaux blancs étaient bien rares à voir pour lui faire gentiment remarquer qu'il n'était pas venu de longtemps lorsqu'il expliqua enfin la raison de sa visite. Il déclara être venu pour annoncer à sa fille la mort de sa mère. Qu'on l'avait appelé de Californie le matin pour lui faire savoir que Svanhvít était morte trois jours plus tôt. Qu'ils avaient presque oublié ces tarés là-bas à l'étranger qu'elle avait une fille en haut en Islande, dit-il en regardant par terre.

Mais ça n'a rien d'étonnant, dis-je, elle l'a toujours oublié elle-même.

Il me regarda de ses yeux bleus glacés.

Je te prierai de ne pas parler à l'enfant de ce décès avant l'examen, poursuivis-je. Bien que Silfá n'ait jamais vu sa mère ni eu d'elle le moindre signe pendant toutes ces années elle a les nerfs fragiles en ce moment, elle pourrait se mettre à ressasser cette regrettable situation concernant ses parents et être perturbée. Nous avons très envie qu'elle obtienne son baccalauréat et ça ne change rien que tu le lui dises seulement après son diplôme. La femme est morte de toute façon.

Il me regarda comme si des cornes m'avaient poussé sur la tête mais Herma s'associa à mes propos, essaya même de le persuader pudiquement que sa visite maintenant pourrait produire comme effet que Silfá se désintéresse de ses études. Il repoussa alors sa tasse de café, tira un paquet de chewing-gums de sa poche, en extirpa une barre qu'il mit dans sa bouche en la repliant lentement et soigneusement, se leva, sortit et nous claqua la porte au nez. Il était assis à l'aise dans le canapé lorsque nous arrivâmes angoissées sur la pointe des pieds dans le salon. Nous ne sûmes pas s'il avait embrassé sa fille ou lui avait simplement serré la main, ou l'avait saluée d'une manière générale, mais Silfá était assise sur le bord de l'accoudoir et regardait son père excitée, Rán qui s'était retournée sur le banc du piano ne le quittait pas non plus des yeux. Je vis à l'expression de mon fils qu'il se préparait à annoncer la nouvelle mais avant qu'il ne réussisse à ouvrir la bouche je le devançai et aboyai : et comment ça va pour ton frère Jón, il n'a pas donné de nouvelles de lui ?

Il me regarda d'abord avec un air fatigué mais lorsqu'il vit l'éclat dans les yeux des jeunes filles et sut que peu importait de qui il parle du moment qu'il parlait, il se redressa sur son siège et dit allègrement : ah oui, mon frère Jón, il est naturellement avec sa petite amie qui est sur le point d'accoucher. Lorsqu'il vit que nous en attendions davantage il dit, faisant comme si les jeunes filles étaient les seules auditrices : comme vous le savez peut-être Jón est un avocat long comme une asperge et aux grandes jambes qui peut baratiner les gens à mort dans la salle d'audience mais qui est incapable de sortir un mot en présence de belles femmes, et de ce fait il a eu du mal à s'en trouver une. Mais pendant plusieurs années il faisait comme le chat gris qui débarque, il allait très souvent chez son ami qui était marié à une ex-miss, blonde, douce et parfumée. Ils n'avaient pas d'enfants mais la reine de beauté avait une toute petite maison de plaisance dans leur jardin qui était son domaine privé et où elle cousait ses robes. Et quand le malheur s'abattit sur le foyer à cause de l'infidélité du maître de maison, elle pleurait souvent dans sa maisonnette. Puis un jour l'avocat eut besoin de faire coudre un bouton sur sa veste, il était célibataire, Jón, et il ne savait pas coudre, et voulut entrer dans la petite maison au fond du jardin. L'aide ménagère dit qu'il n'en était pas question et qu'elle le trouvait inutilement audacieux, comme ça avec son cou si long, mais il entra malgré tout, consola la belle princesse éplorée et elle cousut le bouton pour lui. Et tout ça se termina par le fait qu'elle déménagea chez lui pour que ça lui soit plus facile de coudre les boutons sur sa veste, et maintenant elle reste à la maison à faire des culottes pour les petits Jón qui sont en attente. J'ai rencontré l'ancienne aide ménagère ici à Reykjavík, et elle a dit que maintenant qu'ils s'étaient lancés elle ne serait pas surprise qu'ils aient dix garçons ensemble qui seraient tous blonds avec un long cou comme l'avocat.

Sumarliði récolta une salve d'éclats de rire, même Rán sourit. Mais moi j'étais pensive. Il poursuivit : ah oui puis ça a été au tour de mon oncle Páll, votre grand-oncle, le bien élevé et bien habillé professeur de français qui n'a jamais trouvé l'amour, pas plus que Jón mais s'est mis à correspondre avec une Portugaise qui avait eu un enfant hors mariage. Leur correspondance est devenue de plus en plus intime année après année, la femme a déménagé à Paris et voilà que Páll, la soixantaine, va aller passer l'été chez la dame dans la ville des amoureux.

Elles allaient se mettre à sourire, les jeunes filles, lorsque je dis : Silfá, il est en train de parler d'Elena, l'artiste portugaise qui habitait à côté rue du Moulin-Vert. Tu te souviens, tu mettais toujours ses chaussures à talons hauts quand tout allait bien, avant que ton papa t'enlève à moi.

Il y eut un silence de mort, et lorsque je regardai leur visage à tous les trois, fixement, comme je le fais avant de dessiner un portrait, je vis qu'ils avaient tous la même expression de la bouche. Un frisson me parcourut.

Sumarliði vit que le divertissement était terminé. Il se leva et s'adressa à Silfá : je suis venu te dire que je vais aller m'installer définitivement à Gênes en Italie. On m'a proposé d'être capitaine sur un grand bateau de croisière. Ah oui je suis, enfin nous sommes divorcés, ma femme et moi, mais autrement dit j'essaierai d'être présent à ta remise de diplôme puis je partirai.

Silfá faillit ne plus se contenir, elle bondit sur ses pieds, lui tapota la poitrine, dit que c'était génial, est-ce que je pourrai pas monter alors sur ton bateau de croisière, est-ce que je peux pas venir te voir quand je serai à Paris, je peux prendre le train jusqu'en bas là-bas, j'aurai sûrement des vacances à l'école et il rit avec satisfaction, dit oui à tout et me regarda rapidement avec un air triomphant.

Je l'accompagnai vers la sortie. Il était arrivé en bas de l'escalier à la porte extérieure lorsque je demandai : et de quoi est-elle morte ?

Elle a percuté ivre morte un poteau téléphonique, la voiture s'est enroulée autour du poteau.

Il laissa sa main reposer un instant sur la poignée, puis dit avant de disparaître : c'est la seule femme que j'ai aimée.

Ma sœur Bjarghildur avait travaillé dans une fabrique de biscuits pendant quatorze mois avant que nous, à Laugavegur, ne l'apprenions. Je me trouvais chez Ríma en train de m'acheter des chaussures peu avant Noël lorsque la vendeuse que je connaissais vaguement m'avait dit : votre sœur s'est acheté exactement les mêmes chaussures. Ma sœur ? avais-je répété l'esprit ailleurs et elle avait alors dit : oui, celle qui travaille à la biscuiterie. Comment elle savait où ma sœur travaillait je l'ignorais mais cela éveilla notre étonnement, à Herma et moi, que la chose ait pu nous échapper car les femmes du quartier des Hlíðar nous avaient quand même rendu visite à Laugavegur à cette époque, Bjarghildur deux fois, plutôt en coup de vent, Helga et Ásta le plus souvent une fois par mois, et Rán hebdomadairement. Et personne n'avait dit mot sur l'emploi de Bjarghildur. Nous nous fîmes insistantes auprès de Rán lorsqu'elle vint la fois suivante, lui demandâmes pourquoi il en était ainsi et elle répondit d'une voix hésitante : elle a dit qu'on devait se taire là-dessus, elle ne voulait pas que ça s'ébruite qu'elle était ouvrière.

Rán savait se taire.

Pendant le congé des révisions, peu de temps avant l'examen, Karlína téléphona de l'Est, avec le souffle dans la gorge : Dieu Tout-puissant Seigneur Jésus-Christ, est-ce que ce n'est pas affreux cette pauvre Helga, vous croyez qu'elle a une chance de s'en sortir ? Nous tombâmes des nues comme le jour précédent mais après les exclamations et l'enquête il apparut qu'Helga avait fait une hémorragie cérébrale une semaine plus tôt et se trouvait toute démunie à Landspítali, l'hôpital du centre-ville. Cela ne nous surprit pas même si Bjarghildur avait traîné à nous faire part de la nouvelle bien qu'elle l'ait dite à Karlína mais pourquoi Rán ne l'avait pas mentionné auprès de nous était pour nous une véritable énigme. Il se trouvait que celle-ci était justement chez Silfá lorsque Karlína appela, aussi nous lui demandâmes un peu brusquement pourquoi elle ne nous avait rien dit de la maladie d'Helga. Elle releva lentement les yeux de son cahier d'exercice de calcul, puis dit d'une voix traînante : savais pas si je devais me taire là-dessus ou pas, alors je me suis tu.

La situation dans les Hlíðar nous sembla terrible, entre la maladie d'Helga et manifestement les finances étriquées de ma sœur, n'étaient-ils pas aisés, Hámundur et elle ? Où l'argent était-il donc parti ? Mais nous ne trouvâmes pas approprié de le demander au chevet d'Helga, en présence de Bjarghildur. Décidâmes de laisser Karlína se charger de cette partie de l'affaire, celle-ci avait annoncé sa venue à Reykjavík et bien entendu demandé à être hébergée chez nous à Laugavegur mais pas chez Bjarghildur qu'elle trouvait cependant être au-dessus des autres femmes. Ce sera parfait d'avoir Karlína un petit moment, dit Herma, je suis si fatiguée de toute cette cuisine. À l'entendre Karlína avait uniquement l'intention de venir dans le Sud pour rester auprès d'Helga, ça personne d'autre ne le fera, dit-elle sur un ton lourd au téléphone. Elle-même déclarait être en excellente santé si l'on faisait exception de son diabète et de son asthme.

Les renseignements sur la situation financière de ma sœur arrivèrent cependant d'une direction inattendue. Ásta qui par ailleurs ne disait rien se mit à parler.

Cela commença sur des notes basses. Elle franchit furtivement la porte un après-midi, déclara avoir passé un moment en haut à l'hôpital, oui qu'Helga était quelle chose effroyable sans connaissance mais avait pu cependant gémir qu'elle avait chaud, et puis qu'après l'heure de visite elle avait tellement eu envie de boire une goutte de café. C'était probablement le plus dense et le plus long discours qu'Ásta avait prononcé dans son existence à notre connaissance, aussi Herma et moi gardâmes notre regard fixé sur elle, nous étions incapables de bouger. Il apparut avec certitude qu'elle ne dirait rien de plus dans cette visite. Mais deux jours plus tard elle était de nouveau là, ne dit alors rien mais nous escomptâmes qu'elle voulait du café et en fîmes passer. Après quelques instants elle se mit à faire des humhum, d'abord une fois, puis ensuite par deux fois, nous vîmes que cela devait être le bon moment pour obtenir quelque chose d'elle et Herma demanda d'un ton cajoleur si tout n'allait pas bien dans le quartier des Hlíðar ?

Ásta refit humhum : il y a toujours tellement de biscuits chez nous.

Ah oui, peut-être veux-tu un biscuit ?! demandâmes-nous empressées.

Non merci, mais si vous aviez du pain de seigle doux.

Herma lui prépara deux tartines, mit du pâté sur l'une et du fromage sur l'autre, mais ce fut comme si l'agitation autour du pain de seigle empêchait de plus amples discours. Nous restâmes quelque peu pensives là-dessus par la suite, il était évident que la femme voulait parler mais quelque chose provoquait sa réticence, nous fûmes proches de croire que la cause s'en trouvait chez nous.

Nous ne pouvons pas la fixer comme ça avec des yeux ronds en attendant qu'elle ouvre la bouche, dis-je, c'est une femme qui n'a pas pu placer un mot à cause de sa sœur de lait depuis qu'elle a appris à parler aussi nous devons trouver un moyen de la mettre en marche.

Lorsqu'elle refit enfin un saut à la maison nous avions soigneusement réfléchi à l'affaire, à peine parlé d'autre chose que de la façon par laquelle nous pourrions amener Ásta à s'exprimer librement et sans hésitation, c'était devenu pour nous une affaire capitale de délivrer sa langue des chaînes, dans la fougue nous avions quelque peu oublié le fin motif de l'histoire. Nous fîmes semblant d'être au milieu d'une conversation sur une manipulation dans la lessive lorsque nous entendîmes son pudique coup sur la porte, nous savions que la buanderie dans la demeure des Hlíðar avait été sous son contrôle la plupart du temps, lui demandâmes comme elle se glissait dans le refuge de la cuisine si elle roulait toujours les nappes avant de les repasser, que nous étions en effet justement en train de deviser de nappes, souhaitions avoir une explication particulière de ses méthodes et comme il n'y avait maintenant aucune Helga pour répondre à sa place elle y était contrainte elle-même. Ainsi que nous le soupçonnions la lessive délia sa langue aussi nous pûmes nous mettre à parler d'autres choses qui se rapprochaient mieux du cœur de l'affaire, comme de la préparation des repas, reposait-elle encore sur ses épaules maintenant ? Et jamais nous ne la dévisageâmes du fait que nous attendions une réponse notable, nous regardâmes plutôt nos tasses en disant eh oui ben voilà, plongeant des morceaux de sucre dans le café et les suçant lentement et tout d'un coup cela arriva. Comme si on déversait un pot de chambre plein dans la cour.

Ásta dit, comme si elle était en train d'endormir un enfant et qu'elle ne pouvait pas changer de ton pour qu'il ne sursaute pas : maintenant nous mangeons énor-

Pas une récalcitrante source d'ennuis, plutôt reconnue pour le seul fait d'être une artiste. Ils m'avaient aussi clairement laissé entendre que si j'exposais ces curiosités, c'était le mot le plus indulgent qu'ils employèrent pour mes œuvres, il n'y aurait pas seulement moi qui serais descendue en flèche, mais eux aussi, ma famille. Qu'ils récolteraient simplement une mauvaise réputation, voulais-je leur faire cela ? Que la société était petite, juste environ deux cent mille épouvantails, que je devais comprendre ça. Que de plus les femmes ne faisaient pas de pareilles œuvres, elles peignaient dans le pire des cas de l'abstrait.

La société était petite, les petites sociétés étaient cruelles. Ça je l'avais compris. Ce que je devrais faire de mes tableaux était malgré tout une autre histoire que je ne pouvais pas comprendre.

Avec les roucoulements dans les oreilles j'étais assise sur une caisse et fixais mes grands tableaux, certains étaient tournés de face, d'autres retournés, j'estimai qu'ils étaient maintenant au nombre de treize, j'étais assise là et toute énergie m'avait abandonnée lorsque Silfá, la seule avec Rán que j'avais autorisée à monter dans mon grenier quelle que soit l'heure du jour, ouvrit doucement la porte, vint vers moi là où je me trouvais, assise sur ma vieillerie de caisse, s'accroupit devant moi et demanda : mamanmamie, à quoi tu penses ?

À ce que je dois faire de mes tableaux, dis-je.

Envoie-les à New York et vends-les là-bas ! suggéra-t-elle en me regardant avec de grands yeux sincères, tu sais ils sont en pleine ébullition contestataire là-bas en ce moment et tes tableaux ils le sont, contestataires, hein ?

Les jeunes peuvent avoir les idées si claires dans leur tête, je demandai comment ça avait marché pour elle à l'examen et elle dit que ça avait marché couci-couça. Je demandai alors si elle savait comment s'était comportée Rán aux épreuves ? Waouh la fille, elle a brillé ma vieille, c'est un cerveau tiens mais elle dit rien elle-même, elle fait de la déprime tu sais, comme la mère de Tóta avec qui je suis souvent, elle est simplement muette tu sais, et elle pense. Je m'apprêtais à parler mieux de Rán avec elle, lui demander si elle n'était pas gentille avec elle, il fallait probablement mieux s'occuper d'elle mais Silfá dit alors, après s'être relevée vivement et avoir reniflé un bon coup par le nez : au fait, je devais venir te chercher pour descendre, Bjarghildur veut parler avec vous, toi et Herma.

Ma sœur revenait de la biscuiterie bien que son habillement ne le manifeste pas, elle était élégamment vêtue avec des cheveux en casque, dans un ensemble en tricot et une étroite jupe à carreaux qui lui faisaient la taille encore plus épaisse que jamais mais la rendaient cependant plus jeune qu'elle en avait eu l'air lorsqu'elle déambulait autrefois en se pavanant dans les rues de Paris en costume national islandais. Elle était assise dans le salon avec sa tasse de café, elle ne se laissait jamais inviter dans la cuisine, Bjarghildur, et jaugea mon corps mince d'un regard méprisant lorsque j'entrai dans la pièce. Puis dit : au fait dis donc, Karitas, tu ne vas pas devoir t'acheter des vêtements taille adolescent ? Non, répondis-je, taille enfant. Oui bon, je n'ai pas l'intention de me mettre à me chamailler avec toi, dit-elle, je suis venue pour d'autres affaires. Nous étions en train de parler, Herma et moi, d'organiser une petite fête pour les plus proches de la famille quand les filles recevront leur diplôme et de faire ça chez vous, c'est plus près pour les gens de se rendre ici. Mieux aussi pour la restauration, c'est Kalli qui va faire le gâteau et tu vas t'occuper bien entendu des canapés, je crois comprendre que tu es la meilleure dame tartineuse de la ville. Il était peut-être aussi temps maintenant que tu te mettes à travailler honnêtement après avoir tant traînaillé. Mais jamais il ne m'aurait effleuré l'esprit que tu finirais comme faiseuse de sandwichs, Karitas. Ah oui, et puis Ásta peut s'occuper de la vaisselle et aussi Karlína et Pía, puisqu'elles seront là.

Pía ? répétai-je comme si je n'avais pas bien entendu mais Herma me regarda distraite, probablement en train de penser au rôle qui lui serait attribué dans l'invitation organisée de Bjarghildur puis dit : oui, Pía vient juste de téléphoner du Danemark, elle a l'intention de venir en visite, a demandé si elle pourrait peut-être rester chez nous, j'ai répondu croire que c'était sans problème ? Avant que je n'arrive à manifester quelque réaction, Bjarghildur dit : ah ça la chose avec ces bonnes femmes qui boivent, même si elles sont filles de consul, c'est qu'elles peuvent à tout moment se mettre à picoler mais vous devrez alors veiller à ce que ça n'arrive pas afin qu'elle ne gâche pas la journée pour les filles. Vous ne la faites pas payer pendant qu'elle séjourne ici ?

Pas plus que Karlína, dit sèchement Herma. Une fois que Bjarghildur fut partie j'appris qu'elle ne voulait en fait pas tenir la fête dans la salle de réunion des gens de Skagafjörður parce qu'elle n'avait pas été invitée pour Thorrablót, le traditionnel repas de la mi-janvier, avec l'association des natifs de la région. Elle qui en avait pourtant été un jour présidente, dit Herma, mais c'est ainsi, seuls les couples étaient admis, on refusait l'entrée aux veuves, divorcés et célibataires, on ne prévoit pas ce genre de gens en Islande, depuis que j'ai divorcé on ne m'a jamais invitée, ajouta-t-elle âprement comme si c'était moi, l'Islandaise indigène, qu'il fallait incriminer. Et ta sœur ne pouvait pas organiser le repas de fête chez elle, après avoir vendu le piano, l'argenterie et les tableaux de Kjarval et d'Ásgrímur Jónsson, tout ça pour payer les dettes que son fils a accumulées.

Et elle t'a dit tout ça ? demandai-je surprise.

Ils se sont mis à me raconter pas mal de choses, tes frère et sœur, Ólafur et Bjarghildur, juste comme s'ils

477

croyaient que je devais leur tenir lieu de mère. Mais peut-être les gens deviennent-ils ainsi avec l'âge, ils ont besoin de passer aux confidences.

Ce fut alors le soir, lorsque Herma eut regardé sa série de western à la télévision, m'eut souhaité bonne nuit et que j'étais en chemin dans l'escalier pour aller me coucher, que ce sentiment d'horreur se déversa de nouveau sur moi, il me sembla avoir perdu quelque chose. Cela me submergea à tel point que je dus m'asseoir sur une marche tandis que je me remettais. Puis je me traînai avec peine jusque dans mon atelier et allai vers la fenêtre, il me semblait que j'aurais plus de facilité à respirer si je me tenais là. Il pleuvait à verse au-dehors, le mont Esja était noyé dans une brume grise. Je regardai en oblique à travers la vitre ruisselante, eus l'impression que les pigeons s'étaient multipliés sous l'avant-toit et le malaise s'accentua. Ça devrait aller mieux dans les prochains jours, pensai-je en moi-même, mes vieilles amies reviennent alors. Je serais entourée de femmes charitables.

Karlína monta l'escalier en ronchonnant, elle ne l'avait jamais monté autrement, Pía qui s'était cependant cassé les deux jambes une année le grimpait en trottinant légère comme une biche. Elle arriva un jour après Karlína. Nous fûmes émues aux larmes par nos retrouvailles, Bismarck sortit de ses gonds lorsqu'il vit Pía et se mit à miauler comme s'il était rendu dans une chorale d'église, pour Herma et moi c'était comme avoir nos époux de retour de mer à la maison après une longue campagne, nous ne nous rappelâmes même pas qu'elles nous aient jamais semblé fatigantes. Leur présence remplit chaque coin de la maison bien qu'elles se tiennent essentiellement dans la cuisine, comme elles l'avaient fait à la florissante époque de leur vie à Laugavegur. Les premiers jours nous restâmes assises là jusque vers midi tandis qu'elles effilochaient leur vie comme une chaussette qu'il fallait retricoter, elles avaient si bien réussi, l'une dans un sanatorium au sud de la péninsule du Jutland, l'autre dans sa maison dans le fjord de Borgarfjörður-Est. Pía à se bagarrer fermement avec Bacchus, Karlína à rénover sa maison, puis elles énumérèrent les détails, on ne pouvait pas nier que nous avions un intérêt bien plus vif pour le personnel soignant et les malades bariolés du sanatorium que pour les nouvelles vitres à toutes les fenêtres et le lino dans les toilettes mais nous fîmes même cas de toutes les deux, écoutant avec vénération les descriptions de chaque sorte. Karlína n'avait pas changé au-dessus de la taille, elle avait cependant bien forci des hanches, la viande de mouton des Fjords de l'Est était tellement meilleure que celle du Sud, mais des changements s'étaient opérés sur l'apparence de Pía, paupières gonflées et joues flasques appartenaient à l'histoire ancienne, les cheveux avaient une coupe sportive et courte, le corps était plus consistant, il y avait plus de dignité dans la démarche, il s'en fallut de peu que je revoie devant mes yeux la fille de consul telle que je l'avais rencontrée la première fois dans le hareng dans le Nord.

Puis Karlína monta de sa démarche dandinante jusqu'à l'hôpital pour voir Helga après le repas de midi, elle avait avec elle un plein sachet de réglisse pour grignoter tandis qu'elle la veillerait, Pía me suivit en bas chez Kalli afin de pouvoir fumer sans avoir Herma sur le dos. Tandis que je préparais des canapés qui devaient partir à la résidence ministérielle, soufflant la fumée sur ceux-ci elle me raconta la partie de son séjour au Danemark qui n'apparaissait publiquement nulle part.

Ça m'a pris une année entière pour me remettre totalement des jambes mais ça c'était tout à fait supportable, en fait c'est cette foutue désintoxication qui a vraiment failli me tuer. Mais je n'avais aucun autre choix, ton

Sigmar disait que s'il entendait que j'avais rechuté il ne mettrait plus une seule couronne sur mon compte. Je suis restée presque un an au sanatorium, ne mangeais rien d'autre que de l'herbe et des haricots, toujours en exercice avec les jambes, je faisais de longues promenades, essentiellement pour fumer, on ne pouvait pas le faire dans ce monastère, puis qu'est-ce que tu crois qu'il s'est passé ? Tu crois qu'il n'est pas tombé amoureux de moi, le médecin chef, un veuf sexagénaire, il me trouvait si amusante, tu imagines une chose pareille ? Finalement on s'est installés ensemble dans son élégante villa qui se trouve juste à côté du sana, avec intendante et tout et tout, et elles ont fini par apprendre ça, Anna et Hanna, mes filles qui habitent aussi dans le Jutland, et sont venues en visite avec leurs enfants, j'étais alors bien rétablie, devenue une dame chic dans une villa, elles sont si snobs. Et maintenant elles viennent régulièrement avec les enfants, j'ai quatre petits-enfants et je n'ai aucune idée de la façon dont les grands-mères doivent se comporter, leur ai juste acheté des livres à colorier et quelques bricoles. Mais lui Preben, le médecin chef, n'a jamais eu d'enfants et de ce fait il est vraiment ravi quand ils viennent en visite, joue avec eux dans le jardin, et mes filles resplendissent, enfin elles ont une famille huppée comme elles en ont toujours rêvé. Ils sont tout sacrément contents sauf moi, je m'ennuie à mourir d'être une dame chic. Preben ne supporte pas la fumée, c'est pour ça que je suis toujours en balade ou vais à la ville d'à côté en prétendant faire des courses mais m'assieds juste dans un café et fume comme une vieille cheminée. Mais je m'en accommode, j'ai enfin obtenu le respect de mes filles.

J'eus envie de me réjouir avec elle de quelque façon, ces nouvelles étaient parmi les meilleures que j'aie entendues, aussi je lui offris les canapés qui devaient aboutir dans l'estomac des ministres mais trouvais ça rudement difficile de pouvoir se passer du schnaps, de ne pouvoir par ailleurs pas se désaccoutumer du tabac lorsque l'enjeu était si important, son avenir dans une belle villa au Danemark ?

Elle roucoula : je peux sûrement me désaccoutumer de ce poison mais ça ne m'effleure simplement même pas l'esprit. Quand je fume je retourne en arrière vers ces années où j'étais jeune, sans attaches, sans enfants, sans responsabilités, femme bohème indépendante qui ne laissait personne être son maître. Pour conserver ma raison je dois parfois rejoindre l'illusion. Mais en plus tu sais quoi, Sigmar continue à alimenter mon compte bien que je sois sortie depuis longtemps du sanatorium ! L'argent m'arrive à grands flots de ton mari mais toi tu es si fauchée que tu dois travailler dans une sandwicherie ? Tu ne sais pas que la moitié de ses biens t'appartient, que c'est en fait ton argent que je suis en train d'accepter ?

J'aime bien entendre que tu reçois quelque argent, dis-je, peut-être tu m'en prêteras quand l'art me trahira.

La petite fête de Bjarghildur se transforma en fin de compte en réception pour trente personnes. Eh bien, nous les frères et sœurs sommes cinq en vie, ce n'est donc pas surprenant qu'une ribambelle d'enfants suive derrière chacun de nous, et puis il y a la famille d'Hámundur, dit-elle hargneuse lorsque Herma et moi émîmes une remarque sur la quantité. Nous voulions réduire le nombre des invités mais Silfá entra en jeu : oh allez, laissez tous ces gens venir, comme ça j'aurai plus de cadeaux.

Que ne cédions-nous pas à Silfá, Herma et moi ? Et puis il nous semblait que Rán avait aussi bien droit à avoir une belle fête pour la musique dont elle nous avait enchantées. Nous n'avions pas beaucoup évoqué les cauchemars de Rán dont Ásta nous avait parlé, ne savions pas si ni comment nous devions aborder ce genre de choses, étions cependant d'accord sur le fait qu'un jour après toute cette agitation nous nous assiérions avec Bjarghildur pour parler sérieusement de ces problèmes. Cela ne pouvait bien entendu se faire avec la jeune fille.

Les préparatifs prirent de l'ampleur, la quantité de gâteaux se multiplia, comme celle des canapés, et naturellement tout cet affairement retomba sur nous, Kalli et moi. Bjarghildur émettait remarques et suggestions : ça ne va pas tout contenir dans le salon, en voulant dire par là les gens, vous devez faire le ménage dans toutes les pièces et y installer de petites tables à thé. Est-ce que vous vous êtes occupées de faire amidonner les nappes ? Ah, ce service ne va pas du tout, je croyais que vous le saviez, et combien y a-t-il de fourchettes à gâteau ? Lorsqu'il apparut que nous n'en avions que dix et de plus toutes en acier inoxydable elle faillit s'étouffer d'indignation, siffla rageusement entre ses dents : ne pas avoir de fourchettes à gâteau décentes ! Elle avait cependant elle-même vendu son argenterie, bien que l'on ne puisse en faire mention, et dut chercher recours auprès de sa belle-sœur. Marta arriva chargée, s'immobilisa dans l'entrebâillement de la porte, regarda l'assistance avec un air exalté et dit : devinez combien j'ai de fourchettes à gâteau en argent ? Elle tremblait d'excitation tandis que nous essayions de deviner le nombre exact. Dix-huit ? demanda Herma. Vingt-quatre, dit Pía. Non, chuchota Marta, cinquante-six. J'ai toutes celles à motifs royaux, toutes celles à motifs de roses et toutes celles à motif de printemps !

Le principal avantage de vivre au Danemark est que là-bas au moins le printemps arrive, dit Pía lorsqu'on n'eut pas vu le soleil plusieurs jours durant, ici chez nous c'est l'hiver, puis la grisaille glacée puis l'été s'abat brusquement, c'est-à-dire si encore il daigne venir. Les dieux du temps restent alors stupéfaits devant son orgueil car en une nuit les directions du vent ont changé, le soleil s'est insinué dans Laugavegur, chaud et radieux. Dans les jardins à l'arrière des maisons qui sont exposés au sud les gens se sont assis sur des tabourets de cuisine avec leur tasse de café, tournant le visage vers le soleil, soupirant de bien-être, les femmes ont enlevé leur chemisier, sont en soutien-gorge. Pía se tenait sur le petit balcon nord et fixait les jardins de dessus, elle dit avec un profond mépris : tsss, de voir ça, des femmes en soutien-gorge dehors, quel manque d'éducation, ça les Danoises ne le font pas. Je me tenais dans son dos, scrutai le jardin d'un regard investigateur et dis que c'était peut-être l'occasion pour elle par cette douceur bénie de chercher le dentier du bas qu'elle avait perdu une année.

Notre jardin de derrière se trouvait côté nord de la maison, nous devions nous asseoir dehors sur les marches de l'escalier côté sud sur la rue si nous voulions profiter de la caresse du soleil. C'était tentant de se prendre une pause dans les préparatifs de la grande fête, de s'asseoir un moment à côté de Pía qui était installée là et fumait cigarette sur cigarette. Herma sortit également un instant avec sa tasse de café si bien que Karlína ne put passer lorsqu'elle arriva avec l'intention de faire un saut à l'hôpital voir Helga. Nous nous levâmes toutes pour lui libérer le passage puis fûmes promptes à nous rasseoir. Est-ce qu'Helga n'est pas dans un état passable après ce qu'elle a eu ? demandai-je. Ah ça, tu parles d'une situation ! dit Karlína et puis elle n'a personne en dehors d'Ásta et Bjarghildur, tout le reste est mort autour d'elle. Je crois qu'on peut remercier le ciel pour tous ses enfants même s'ils ne se sont pas forcément bien conduits, ils se montreront peut-être cependant à l'hôpital quand on y entrera. La pauvre Helga est toujours en train d'essayer de me dire quelque chose mais elle n'arrive pas à articuler un mot clair, elle dit seulement Rán Rán et l'histoire est déjà finie. Mais j'essaie de lui donner des nouvelles de tout, de la cérémonie de remise des diplômes et de la fête, je crois qu'elle me comprend même si je ne le sais pas.

Puis elle s'en alla en se dandinant lourdement dans Laugavegur qui faisait penser à une rue d'une grande ville par temps chaud, coups de klaxon, cris et appels, les gens allaient et venaient d'un pas lourd, toute la ville était en train de faire des courses. Silfá sortit sur le pas de la porte, nous enjamba : je vais avec Rán acheter de nouvelles chaussures pour elle. Un professeur avait chuchoté qu'elle aurait peut-être besoin d'aller recevoir ses prix. Nous nous levâmes d'un bond à cette nouvelle, ne nous tenant plus de joie : dans quelle matière a-t-elle été aussi brillante ? Répondîmes nous-mêmes à cela : ça doit être en maths, ou peut-être en physique ? Ou en chimie ? Elle est tellement bonne dans tout ça, cette petite ! Silfá soupira : je crois qu'elle a été première en tout, vous savez pas à quel point elle est abominablement intelligente. Autre chose que moi qui ai eu l'examen de justesse. Son visage devint triste. Je la pris dans mes bras, ma petite-fille, lui dis combien je trouvais qu'elle était une héroïne d'avoir eu son baccalauréat, que c'était ça le plus important, que maintenant elle allait pouvoir entrer dans une université à Paris, apprendre ce dont elle avait envie, n'aurait jamais à ouvrir un livre de maths pour tout le restant de sa vie. Pía fronça les sourcils : tu devras seulement faire attention à ce qu'on te rende bien la monnaie exacte dans les magasins. Silfá se laissa réconforter avec les petites caresses qui lui furent abondamment dispensées par toutes les trois puis déclara pas mécontente : ouaip, je m'en suis relativement pas mal sortie par rapport au fait que j'étais en plus en plein chagrin d'amour toute la période d'examen.

En dépit de ces chagrins elle s'élança dans sa mini-jupe d'un pas léger dans la rue et nous nous rassîmes sur les marches toutes comme un seul homme, regardant avec nostalgie la jeunesse voleter vers la liberté, sans responsabilité, sans contrainte, sans connaissance de l'inconstance de la vie, de sa générosité et de sa cruauté. Herma dit : nous étions si joyeusement fous à cet âge. Ah bon ? dîmes-nous Pía et moi étonnées, tu n'as pas été élevée dans la discipline prussienne là-bas à Flensbourg ?

Oh si, en vérité oui, je ne pouvais pas passer la porte de la maison sans avoir deux mouchoirs sur moi, un en pochette, l'autre pour me moucher. Ma mère était extrêmement stricte, elle m'enseignait les bonnes manières du matin au soir, m'apprenait à sourire et répondre poliment quoi qu'il survienne. La sensiblerie était de la vulgarité à ses yeux et elle-même était un génie dans l'art de dissimuler ses sentiments, je ne l'ai jamais vue changer d'humeur. Mais au-dehors, dans sa roseraie elle devenait une autre femme. Dans un coin du jardin elle faisait pousser des fraises qu'elle avait à l'origine obtenues chez une femme dont elle refusait de donner le nom. C'était une autre variété que celle que l'intendante faisait pousser dans le potager. Mais quand ma mère soignait son carré de fraises elle caressait chaque fruit l'un après l'autre avec l'index, comme si elle caressait le dos d'un minuscule elfe des fleurs. Un jour je l'ai surprise alors qu'elle était accroupie en train de caresser ses fraises. Elle m'a regardée, avec des yeux lointains, il m'a semblé lire en eux une profonde tristesse. Je n'ai jamais oublié ce regard. Il m'est apparu un instant. Et cet instant est le souvenir le plus fort que j'ai de ma mère, dit Herma, elle sortit son mouchoir et se moucha énergiquement. Mais toi tu dois avoir de bons et nombreux souvenirs de ta mère, Karitas, c'était une femme si exceptionnelle.

Elle était si sérieuse, dis-je, et aussi quand elle nous racontait des histoires qui étaient bien sûr un pur tissu de mensonges. Elle transformait les récits de la Bible s'ils n'étaient pas à son goût. Maman était une grande conteuse.

Ce n'est pas du tout désagréable de t'écouter non plus, dit Pía, même si on ne sait jamais si ce que tu dis est vrai ou inventé. Mais ça ne change rien, on peut toujours trouver la vérité dans le mensonge.

Est-ce que ce n'était pas ta mère, Pía, qui buvait l'huile de foie de morue dans des verres à liqueur en argent ?

Si, elle était un peu futile, maman, elle attachait une grande importance à ce que personne ne voie le moindre grain de poussière sur elle. J'ai toujours eu l'impression qu'elle rêvait d'être ailleurs, elle était encline à faire seule de grandes promenades le long de la plage, elle allait jusqu'au petit cap de Nes et revenait. C'était alors inhabituel que des femmes marchent, car elle y allait souvent très tôt le matin, avant que la ville s'éveille. Elle avait une démarche étrange, elle avançait à grands pas avec les mains derrière le dos comme un vieux professeur absorbé dans ses pensées. Elle ne disait vraiment pas grand-chose, parfois je ne savais même pas si elle m'aimait un peu. Pía se servit du coin de son fin gilet de laine pour essuyer les larmes qui avaient pensé s'aventurer en douce au soleil, renifla un bon coup par le nez et s'alluma une nouvelle cigarette.

Elles ne parlaient pas beaucoup, ces femmes-là, dis-je, j'ai été ébranlée quand j'ai découvert un jour que maman avait versé des larmes, je croyais que les mamans ne pleuraient pas, mais comme elle me manque souvent, elle avait les nerfs si solides, avait tellement de confiance en elle-même, tu me donnerais peut-être une cigarette, Pía ?

Herma devint sombre sur l'instant : maman m'a tellement manqué après que j'ai déménagé ici en Islande avec Ólafur que j'ai eu du mal à dormir pendant des semaines. Elle nous a dit au revoir, à Òlafur et moi, à la gare de Berlin, papa se trouvait alors à Cologne, elle était quelque peu démunie là-bas toute seule sur le quai de gare. Je ne savais bien sûr pas que je ne la reverrais jamais. Passe-moi une cigarette aussi, Pía.

Nous fumâmes ensemble en songeant avec nostalgie à nos mères.

Tu as l'intention de rester assise là en culotte toute la journée ? m'avait dit Herma lorsqu'elle monta au grenier pour demander si je ne trouvais pas que nous devrions plutôt installer le buffet dans la pièce où se trouvait la radio que dans le salon, me découvrit telle que j'étais, assise en culotte, tout juste sortie du bain, et ne s'aventura pas plus loin. Tu n'as peut-être rien à te mettre ? poursuivit-elle un peu bourrue, probablement toute retournée par l'agitation des préparatifs. Je crus comprendre qu'Ólafur avait l'intention de venir à la fête avec sa femme et son fils, ce qui ne plaisait pas du tout à Herma, et elle tint un long discours sur la négligence dont j'avais fait preuve en ce qui concernait ma tenue vestimentaire. Tu dois t'arracher à cet état dépressif, dit-elle. Quel état dépressif ? demandai-je avec arrogance, je ne m'étais pas rendu compte de pareille chose. Les artistes qui ne peignent rien et ne vendent rien tombent en dépression, ça tout le monde le sait, dit-elle d'un ton pesant. Je lui dis alors que je trouvais que le moment des adieux se rapprochait et que cela me rendait un peu triste. Qu'avant deux semaines tous auraient disparu de Laugavegur sauf moi. Que Silfá partait à Paris, elle-même dans sa campagne, Pía au Danemark, Karlína dans l'Est, que je resterais seule ici entre mes tableaux dont je ne savais pas ce que je devais faire, et qu'en plus de cela je ne savais pas ce que je devais faire de moi-même. Si je devais rester ou partir.

Herma s'assit à côté de moi, dit que c'était triste qu'une femme de mon âge ne se soit pas encore trouvé un chez-soi dans la vie. Lorsqu'elle vit que cette remarque m'était de peu d'utilité elle utilisa une autre méthode :

écoute, je ne suis pas habituée à intervenir dans les affaires des adultes mais quand les gens ne peuvent pas penser clairement les autres doivent le faire pour eux. Téléphone à Yvette et parle-lui de tes tableaux. Peut-être peut-elle les vendre en Amérique, ce sont tellement des originaux là-bas. Et ne remets pas au matin ce que tu peux faire le jour même. Je n'ai pas envie d'aller à New York maintenant, je n'arrive pas à respirer au milieu de tous ces gratte-ciel et tous ces ascenseurs, dis-je. De quoi as-tu envie alors ? Peut-être d'aller à Paris, dis-je après une longue réflexion, aucun autre endroit ne me venait à l'esprit. Alors vas-y. Mais que vont devenir mes tableaux ? Eux partent à New York. Mais que crois-tu qu'Yvette dira si je ne viens pas aussi et puis où vais-je seulement habiter à Paris, je ne peux pas m'imposer chez Silfá et je ne peux pas rester chez Elena puisque Páll disait avoir l'intention d'y être lui-même ? Herma dit alors : ne m'as-tu pas dit une fois qu'Yvette aurait toujours un petit appartement à Paris où elle habiterait quand elle ferait un saut par-dessus l'océan, ne peux-tu pas obtenir de t'y installer ?

Certains arrivent toujours à rendre simples les choses compliquées. Ceux qui ont le don de l'organisation comme Herma. Elle resta collée à moi pendant que je parlais avec Yvette, me prit deux fois le combiné des mains lorsqu'elle trouva que je n'expliquais pas assez bien mon affaire. Elles expédièrent mon avenir et mon existence en un seul coup de téléphone. Les tableaux partiraient à New York, si Yvette ne pouvait pas les vendre rapidement ils seraient au moins conservés chez elle provisoirement, et moi je partirais à Paris. Que je devrais cependant bien me faire à l'idée que l'appartement n'était pas du tout un atelier comme je le savais, qu'il était petit et encombré de meubles, que je ne pourrais pas y peindre, que je devrais me louer un loft quelque part. Je voulus lui dire que je ne peindrais probablement plus, que j'étais un je-ne-sais-quoi si engourdie spirituellement, mais cela je ne le dis pas, Yvette ne voulait jamais entendre de pleurnicherie. Elle était un peu dépitée que je ne vienne pas chez elle là-bas, je l'entendis à sa voix, mais elle dit que ce serait cependant un peu mieux de me savoir à Paris plutôt que là-haut dans le Nord, que je serais alors au moins de nouveau dans la civilisation.

Avant que la soirée ne soit écoulée, Herma avait arrangé le voyage de mes tableaux vers l'ouest. Téléphoné dans toutes les directions et dit que des hommes viendraient dans les jours suivants pour procéder à leur emballage avec les outils appropriés. De ce fait je montai me coucher persuadée que nous savions toutes où nous irions le moment des adieux terminé.

Rán rafla les prix, elle obtint la plus haute note en physique, mathématiques, chimie, biologie, aurait été première de l'école si elle n'avait considéré comme une perte de temps d'apprendre les langues. Malgré tout elle est de loin la meilleure en musique, me chuchota Herma, mais ces messieurs n'en savent rien. Il y avait de la musique sur le visage de Rán lorsqu'elle reçut les prix, un petit sourire malicieux que je n'avais jamais vu auparavant, comme si elle en savait beaucoup plus que nous, les autres, ce qui était sans nul doute le cas mais elle ne s'en était jamais glorifiée. Silfá était allée dans le quartier des Hlíðar le matin pour la coiffer, lui maquiller les yeux, pour qu'elle ressemble à toutes les autres pin-up, leur tailleur noir d'uniforme l'amincissait plutôt. Bjarghildur était assise avec Halldóra un peu plus en avant dans la salle, elles étaient seules maintenant que le fils était parti en Amérique, je regardai la tête de ma fille, d'une femme qui n'avait jamais voulu me connaître, mais à mon étonnement je ne ressentis aucune douleur comme j'en avais toujours ressenti auparavant quand je la voyais, seulement du vide. Elle devait cependant être fière de sa fille, il ne pouvait en être moins, nous crevions de fierté Herma et moi, et pas moins à cause de Silfá qui n'avait pas obtenu d'autre prix que celui d'obtenir son diplôme. Il nous semblait avoir accompli beaucoup avec Herma, nous nous regardâmes de temps en temps en soufflant silencieusement, une lutte de quatre années terminée. Silfá était une splendide jeune femme en chaussures à talons hauts, je regardai Sumarliði à la dérobée assis à côté de moi, Sigmar à côté de lui, vis qu'ils étaient en train de réaliser que l'adolescente était devenue femme. Nous étions tous assis là ensemble, respirant profondément. Je n'avais pas invité les père et fils à s'asseoir à côté de nous, ils nous avaient suivies, Herma et moi, jusqu'aux sièges. Les familles dispersées s'assoient ensemble dans les moments de fête.

Le soleil inondait les pièces du côté sud, nous dûmes ouvrir toutes les fenêtres ainsi que sur le balcon de la cuisine côté nord pour aérer et faire circuler l'air, nous avions de succulentes choses qui ne devaient pas trop se réchauffer, le buffet dans la pièce où se trouvait la radio se remplissait petit à petit. Les invités n'étaient pas encore arrivés, aussi nous eûmes le temps de mettre la dernière main aux gâteaux. Il y avait du vacarme dans la cuisine, elles se chamaillaient au sujet des décorations à la crème, Herma et Bjarghildur, elles avaient un goût différent en ce qui concernait la chose et Karlína et Ásta qui ne savaient jamais avec laquelle des deux elles devaient se mettre essayaient de faire entendre leur point de vue sur la question mais on ne les écoutait pas. Pía était dehors sur le balcon en train de fumer et regardait dans la cuisine en ricanant. Qu'est-ce qui te réjouit comme ça ? demanda froidement Bjarghildur en levant rapidement les yeux avec la poche à douille pleine de crème dans les mains. Vos vêtements, répondit Pía en riant tellement qu'elle se mit à tousser. Nous nous regardâmes et il se passa un petit moment avant que nous découvrions que nous étions toutes habillées en noir, en robe noire du dimanche ou en jupe noire et chemisier blanc. Embarrassant, toussa Pía qui était elle-même en tailleur noir. Un instant le travail s'arrêta, puis Herma trancha : personne n'y fera attention, et puis elle est en tailleur marron. Et elle indiqua du doigt ma fille Halldóra qui feuilletait un journal dans un coin et faisait peu de cas de l'activité environnante. Elle n'avait pris aucune part aux préparatifs, ne s'était pas non plus proposée pour porter les plateaux garnis jusqu'au buffet. Il ne lui était même pas venu à l'esprit de prendre sa fille en tête à tête pendant que l'occasion se présentait pour lui dire plusieurs fois combien elle avait bien travaillé, parler avec elle de son avenir, peut-être l'inviter pour l'été dans son haras dans le Nord, même si ce n'était rien d'autre. Personne ne savait encore vers où Rán pensait se diriger après son baccalauréat, elle-même s'était déclarée indécise à ce sujet, peut-être sa mère parmi tous aurait pu le lui faire dire. Mais qui savait si Rán n'était pas comme ma défunte sœur Halldóra qui ne laissait jamais rien filtrer de ses projets puis nous surprenait tous garde abaissée quand cela lui chantait. Non, Halldóra, notre fille à Bjarghildur et moi comme le formulait volontiers Karlína, avait seulement félicité sa fille avec une poignée de main et un baiser sur la joue et s'était contentée de cela. Avait mis son cadeau pour elle sur la table que nous avions réservée à cet effet et disparu dans la cuisine pour lire des journaux.

Les cadeaux de notre part à nous, les femmes, étaient déjà sur la table, le mien parmi eux, j'avais peint pour chacune d'elles un petit tableau, dans l'esprit des vieux maîtres hollandais, Rán au piano, Silfá près de la fenêtre avec un livre sur ses genoux, probablement en plein chagrin d'amour, je savais que je me les rappellerais toujours ainsi de notre époque ensemble à Laugavegur.

Je me réjouissais à l'avance de voir leur expression quand elles se verraient elles-mêmes, j'avais fort bien réussi leur visage, trouvais-je.

Elles avaient enlevé leurs coiffes de bachelières, étaient assises avec un air solennel dans la chambre de Silfá, épluchant les notes l'une de l'autre, regardant les prix de Rán, Silfá parlait abondamment, Rán écoutait. Je me campai sur mes jambes dans l'embrasure de la porte, sachant que c'était peut-être ma dernière occasion de les regarder avant qu'elles deviennent femmes, avec tous les devoirs et désagréments qui s'ensuivaient. Inutiles devoirs que la société et l'humanité essayaient indéfiniment de leur procurer pour les tenir aussi loin que possible d'elles-mêmes. Je dis : eh bien, mes filles, alors le moment approche où vous vous envolerez dans le monde, libres comme les oiseaux.

Ou comme des papillons et des mouches ! dit Silfá.

Que les araignées mangent, dit Rán. Et nous rîmes toutes les trois. Je demandai avec circonspection à Rán si elle savait un peu ce qu'elle allait entreprendre ou étudier dans le futur ? Elle dit d'une voix traînante : pourquoi je ne me lancerais pas dans l'électricité ? L'ingénierie électrique, souligna Silfá, elle est sacrément bonne dans tout ce genre de trucs. Oui bien sûr, dis-je fascinée, exactement comme les garçons ! Je ne pus m'empêcher de me demander d'où la jeune fille tenait cette grande intelligence. Puis elle dit, cette petite lumière : regarde le pendentif que Silfá m'a offert. Et tendit un petit cœur en argent que l'on pouvait ouvrir.

L'espace d'un éclair je tressaillis, j'avais moi-même porté un pendentif semblable avec une photo de sa mère pendant plusieurs années, étais en train de me décider si je devais le mentionner lorsqu'elle se leva et déclara qu'elle allait faire un saut chez elle dans les Hlíðar pour chercher le cadeau de Silfá qui attendait tout emballé et prêt sur la table, qu'elle l'avait simplement oublié.

Nous lui dîmes de se dépêcher, que les invités allaient commencer à arriver. Ce fut quelques minutes après qu'elle fut partie que les mouches arrivèrent.

Il nous sembla d'abord entendre un bourdonnement dans le lointain.

Ce fut Ásta qui voulut faire taire d'un chut les femmes dans la cuisine mais elles parlaient si fort qu'elles n'entendirent rien avant que celle-ci ne se lève et dise d'une voix sonore : taisez-vous ! Elles firent le plus complet silence, abasourdies qu'elle, Ásta, qui par ailleurs ne disait jamais rien ouvre la bouche et de cette manière, et elles la regardèrent fixement avec les ustensiles à la main comme si c'était juste le début du comportement dramatique de la bonne femme. Écoutez ! dit Ásta et nous inclinâmes alors toutes la tête pour écouter. Elle avait raison, de l'extérieur provenait un bruit étrange et impossible à identifier, comme des trilles bourdonnants de violon, le bruit se rapprochait et nous nous regardâmes les unes les autres bouche bée avec des yeux écarquillés en proie à l'étonnement, cherchâmes du regard par la fenêtre, puis Pía dit en indiquant du doigt la porte ouverte sur le balcon : je crois entendre que ça vient de là. Et nous nous ruâmes l'une contre l'autre comme les glaces dans la débâcle pour essayer de sortir sur le petit balcon, voir ce qui se passait, c'était plutôt curieux, et c'est alors qu'arriva vers nous le bourdonnant nuage noir. Des mouches à viande par dizaines envahirent la cuisine. Nous poussâmes des cris, courûmes dans le couloir, dans les pièces, dans les toilettes, essayant de nous barricader, certaines avaient dévalé l'escalier mais les mouches nous suivirent, chacune de nous sans exception, comme si elles avaient organisé à l'avance leur invasion dans les moindres détails. Ce fut Ásta qui reprit le contrôle d'elle-même la première, se mit à donner des coups de torchon contre elles avec frénésie, alla chercher une bombe de laque à cheveux, vaporisa

493

sur elles avec des cris sauvages et enfin, comme si une main était agitée, elles se rassemblèrent en un nuage noir, bourdonnèrent comme les violons avant que le thème lui-même ne commence, doux et dansant, puis ressortirent par la porte du balcon et disparurent.

Qui a enlevé le couvercle des poubelles ? demanda Bjarghildur en rejetant la couverture sous laquelle elle s'était cachée.

Les gâteaux et les canapés étaient intacts. Elles n'avaient pas prêté attention aux appétissants plateaux, les mouches. Elles ont été attirées par vos robes noires, naturellement ! dit Pía en riant comme un vieil homme. Herma alla chercher une bouteille de sherry dans le buffet du salon, en versa un petit verre pour chacune d'entre nous, nous le tendit : pour que nous nous remettions de ces émotions avant que les invités arrivent. Et dit à Pía : toi tu n'en auras pas.

Nous n'eûmes pas le temps de discuter de l'incident, les invités affluèrent dans l'escalier. Et nous les accueillîmes comme si rien ne s'était passé, tranquilles et posées, Marta et Pétur avec leurs cinq enfants, deux gendres et trois petits-enfants, Páll qui était en chemin vers Paris, Ólafur avec sa secrétaire de femme et leur fils, deux cousins et une cousine d'Hámundur, mes fils Jón et Sumarliði. Jón qui allait devenir père dans une semaine environ avait décidé de descendre Páll à Reykjavík depuis le Nord, et d'acheter en passant un landau et autres affaires, il devait aussi s'entretenir avec ses oncles, particulièrement Ólafur, de diverses questions. Les petites nièces avec leurs coiffes de bachelières étaient un pur détail. Mais c'était plaisant de le voir, Jón. C'était un homme complètement transformé, il souriait à tour de bras. Sigmar arriva le dernier.

Les jeunes allèrent par le plus court chemin dans le boudoir de Silfá, ils avaient besoin d'examiner ses disques, de savoir qui avait la jupe la plus courte et en regardant les minijupes il me vint ces mots : moi j'étais en jupe longue jusqu'aux pieds quand j'ai commencé à l'Académie des Beaux-Arts. Elles furent prises d'une crise de fou rire. Dans le salon mon frère Ólafur menait la conversation comme à l'accoutumée, il engagea d'abord une discussion légère sur le gouvernement et l'étrange comportement de quelques députés en particulier, se tourna ensuite avec habileté vers l'armement des bateaux, utilisant une technique d'interrogatoire qui s'adressait à Sigmar, il savait y faire, l'avocat, mais le vieux roi de la pêche ne se laissa pas attraper dans ses eaux territoriales, il parla en phrases courtes de l'industrie de la pêche mais ne déclina rien sur son activité en terre étrangère, au mécontentement de mes frères me parut-il. Et nous nous retrouvâmes enfin assis là avec nos trois enfants, Sigmar et moi. La famille dissociée enfin réunie, le premier-né qui ne ressemblait plus à aucun de nous deux maintenant, lui qui ressemblait tellement à son père à sa naissance, et les jumeaux, tous deux de physionomie claire comme moi, par ailleurs le portrait craché de leur père. Ils faisaient comme s'ils ne se voyaient pas. Nous, les parents, leur jetions des regards à la dérobée lorsque nous pensions qu'ils ne pouvaient pas le voir, incapables de parler de manière naturelle avec nos enfants. J'avais l'impression d'être assise dans une salle d'audience, attendant que le verdict soit prononcé, c'était comme si toutes mes forces m'avaient été retirées.

Lorsqu'Ólafur constata qu'il ne parvenait pas à sonder les spéculations sur les bateaux de Sigmar, il se retourna vers un sujet de discussion auquel il estimait que les femmes pourraient prendre part, indiqua d'un geste le téléviseur que nous avions poussé le plus loin possible dans un coin, dit que maintenant ces tarés de cocos pouvaient être pour sûr contents, que la télévision islandaise entrait en service à l'automne et qu'avec ça on ne parlerait plus de la télé des Ricains. L'assemblée était en plein débat animé autour du célèbre feuilleton de western qui leur manquerait lorsqu'Ólafur se tourna vers Halldóra et demanda rapidement : dis donc et le père de Rán à propos, il n'avait pas l'intention de se montrer ? Halldóra dit : je n'ai aucune idée, Ólafur, de si ou quand il se montrera.

Le ton était tel que les gens ne posèrent pas davantage de questions formelles sur le père de Rán, ils se mirent cependant à chercher du regard autour d'eux la lauréate. Tiens, oui, où est-elle, la fille ? dit Bjarghildur qui entra avec un courant d'air, et lorsque j'expliquai qu'elle avait déclaré faire un saut chez elle pour récupérer un cadeau ma sœur ordonna à Kalli d'aller la chercher en voiture dans les Hlíðar, sur-le-champ, précisant qu'elle avait tendance à lambiner. Herma se tenait à l'écart dans la cuisine, déclarant ne pas avoir envie de pénétrer dans le salon tant que la secrétaire s'y trouvait. Nous ne pouvions pas faire attendre plus longtemps la nourriture et lorsque Bjarghildur pria les invités de bien vouloir s'approcher du buffet, comme si elle avait tout accompli toute seule, un mouvement parcourut l'assistance et elles eurent la hardiesse, Pía et Karlína, de se frayer un passage vers Sigmar, de se planter à ses côtés tandis qu'il se coupait une part de gâteau, et de lui demander avec précaution si tout n'allait pas bien pour lui, s'il pêchait bien, s'il y avait du soleil là-bas en France, il était si bronzé ? La flagornerie était tapageuse, car elles avaient de fait à le remercier de diverses choses. Elles ne purent cependant ni l'un ni l'autre arriver à le remercier ouvertement. Il leur répondit avec affabilité et courtoisie, point du tout inaccoutumé aux flatteries des femmes, choisit cependant de venir s'asseoir près de moi qui ne le couvrais jamais de louanges. Puis me demanda lorsqu'il considéra s'être tu un temps convenablement long, et sans lever les yeux de son gâteau meringué, il avait toujours aimé les pâtisseries, Sigmar, ce que je pensais entreprendre lorsque Silfá partirait à l'étranger. Et je répondis sans quitter des yeux de mes canapés qu'il n'aurait pas besoin de payer un séjour en sanatorium ni une maison pour moi. Puis ajoutai lorsque je vis qu'il ne cillait pas qu'il se pourrait bien que je fasse aussi un saut à Paris, que j'avais là-bas de très bons amis. Et appuyai sur les derniers mots. Un léger sourire se dessina alors sur ses lèvres.

Soudain Herma se retrouva plantée au milieu de la pièce. Droite comme un cierge, vêtue de noir, le visage grave, nous levâmes tous les yeux, arrêtâmes de manger, ressentîmes une désagréable gêne dans l'estomac, elle allait maintenant selon toute vraisemblance sermonner quelque peu Ólafur et la secrétaire. Mais elle dit posément : Bjarghildur, on te demande à l'entrée, la police.

Un calme plat tomba sur le salon. Bjarghildur posa son assiette, se mordit la lèvre, et dit tout bas en même temps qu'elle se levait : ça ne peut pas être possible, ce foutu garçon est en Amérique. Nous l'entendîmes fermer derrière elle lorsqu'elle sortit sur le palier. Je ne bougeai pas, n'avais pas envie de me mêler des problèmes de famille de ma sœur, entendis seulement comme les autres qu'elle rentra, elle émettait un râle, nous entendîmes un soupir rauque avant que la porte des toilettes soit claquée. Mon frère Ólafur se leva : mais bon sang qu'est-ce que c'est que ces conneries ? Et il se dirigea à grands pas vers la porte.

Les cousins d'Hámundur toussèrent et se raclèrent la gorge, voulant visiblement reprendre des conversations normales, ils étaient en train de deviser de poulains du fjord de Skagafjörður avec Halldóra, en étaient arrivés à un niveau joyeusement inspiré au sujet des étalons lorsque Herma était apparue comme une revenante au beau milieu du salon. Et savaient par vieille expérience d'Islandais qu'il ne servait à rien de se turlupiner pour les choses, les hommes qui habitaient sur la terre des volcans vomissants ne faisaient pas cela, il valait mieux parler d'exploitation agricole avec un peu de sens commun comme ils l'auraient fait si Ólafur n'avait pas réapparu dans le salon de la même manière que son ancienne femme. Il avait une expression plus abasourdie que sérieuse, semblait lutter pour habiller ses mots de la manière adéquate et ce fut Silfá qui le fit démarrer car elle sortit alors de sa chambre où les jeunes étaient restés tout ce temps-là et demanda avec désinvolture en regardant rapidement autour d'elle : hé, quelqu'un sait où est Rán ou quoi ? Ólafur dit alors, parcourant le groupe avec un regard d'excuses : ah oui, justement, c'était à propos de Rán, oui elle a été victime d'un petit accident dans la salle de bains chez elle, rien de sérieux apparemment, mais, oui il a fallu faire un saut à l'hôpital avec elle, oui Bjarghildur fait rapidement un saut avec elle, et ah oui elle m'a demandé, resservez-vous sans hésiter, ce ne sont pas des petits plats qu'elles ont préparés, ces dames !

Puis il alla avec son assiette vers le buffet et la remplit. Halldóra soupira d'un air affligé et quitta la pièce. Les invités causèrent un petit moment des accidents domestiques, combien ils pouvaient être exécrables même s'ils étaient insignifiants, plusieurs avaient des histoires sous la main en ce qui concernait la chose, certaines étaient mêmes drôles. Alors comme d'elle-même la conversation se porta sur les pièces de théâtres amusantes qui avaient été présentées durant l'hiver et Páll nous parla des principales qui avaient été montées sur les planches dans le Nord, faisant surtout l'éloge d'une farce familiale qu'il avait vue et à laquelle il s'était royalement diverti.

La mise en bière était blanche comme la neige fraîche, noire comme les ténèbres dans notre âme. Le cercueil blanc ivoire, le drap blanc neigeux, le visage blanc pâle. La complexe couleur blanche apparaissait dans d'innombrables tons qui se fondaient en une symphonie de teintes d'un blanc immaculé. L'arrière-plan noir, les vêtements de deuil autour du cercueil, faisaient ressortir les tons blancs, les rendaient brillants et lumineux. La forte lumière du dessus devint plus éclatante, plus puissante, elle s'efforçait d'aspirer vers elle l'âme de la jeune fille dans le cercueil, se débattait, se bagarrait avec des forces sombres, puis elle eut l'avantage, je vis comment l'âme de Rán s'envola librement à sa rencontre.

Quelle était cette lumière qui nous aspirait à elle ? Combien de temps n'avais-je pas lutté avec elle dans mes tableaux, n'avais-je pas usé mon âme à lui faire illuminer mes arrière-plans clairs, mes arrière-plans sombres, ce n'était pas la couleur blanche qui était décisive, ni les traits délicats du pinceau mais l'énergie qui coulait à grands flots de l'âme du peintre qui forçait la lumière sur la toile. Qui pouvait comprendre cela qui ne luttait pas avec la lumière ?

Les autres ne le comprenaient pas, ne virent pas non plus l'âme de Rán s'envoler en flottant. Crurent qu'elle reposait là dans le cercueil, si pâle, morte. Ils étaient tous assis comme pétrifiés, les gens qui s'étaient rassemblés pour fêter ses prouesses un jour mémorable. Étaient maintenant assis autour d'elle morte. Se sentant coupables, recroquevillés de chagrin. Celui qui commet un suicide est innocent, celui qui reste est coupable. Nous étions tous coupables, nous n'avions rien vu, rien entendu sinon le cliquetis dans notre propre tête. Dans quelques années nous serions tous morts, ceux qui étaient assis là. Raides morts, pâles comme un linge, la lumière voudrait-elle quelques-uns d'entre nous ? L'un de nous reverrait-il Rán ?

Pourquoi la mort favorise-t-elle l'un par rapport aux autres ? Permet-elle à certains de choisir de belles paroles au moment des adieux, laisse-t-elle les autres marcher avec cette torture de penser que les derniers mots ont été dénués de contenu, laids peut-être ? Quelle avait été la dernière chose que j'avais dite à Rán ?

Elle était partie chez elle chercher le cadeau qu'elle avait oublié. Avait monté l'escalier, était entrée dans l'appartement vide, avait refermé la porte derrière elle mais enlevé le loquet, sûre peut-être que lorsque nous commencerions à trouver long de l'attendre nous enverrions quelqu'un dans le quartier des Hlíðar, voulu que le même puisse entrer sans obstacle. Puis elle est allée tout droit dans la salle de bains, a mis la bonde dans la baignoire, ouvert l'eau. Qu'a-t-elle fait pendant que la baignoire se remplissait ? Est-elle allée dans le salon, a-t-elle regardé fixement l'emplacement vide où s'était un jour trouvé le piano, ou bien est-elle allée dans sa chambre pour s'assurer qu'elle avait tout laissé bien ordonné ? Elle était méticuleuse, Rán, chaque petite chose toujours à la bonne place. À l'école elle avait récupéré ses cahiers, les avait posés sur le coin gauche de la table, avait placé celui qu'elle avait l'intention d'utiliser devant elle, mis la règle du côté gauche du livre, le crayon du côté droit, la gomme au-dessus. Comme des couverts disposés autour d'une assiette. Ou peut-être alla-t-elle dans la cuisine pour boire son dernier verre de lait ? À l'intérieur de la salle de bains l'eau ruisselait en cascade du robinet, elle sut que le moment était arrivé, alla dans sa chambre, prit la lampe de chevet, l'emporta avec elle dans la salle de bains, laissa la porte entrouverte. Mit la lampe sur un petit tabouret à côté de la baignoire, la brancha. Devant le miroir elle arrangea sa coiffe, se regarda elle-même dans les yeux un instant, entra dans la baignoire, s'allongea dans l'eau tiède vêtue de son tailleur noir, de ses chaussures à talons hauts, avec sa coiffe blanche de bachelière sur la tête. Ferma le robinet, resta un moment immobile en regardant le mur en face d'elle. Étendit ensuite le bras pour saisir la lampe de chevet et jeta celle-ci dans l'eau. Le courant électrique passa directement à travers son cœur.

Elle avait laissé le cadeau pour Silfá sur son bureau. Autour du paquet elle avait mis un joli ruban blanc.

Lorsque j'étais jeune dans le Nord-Ouest, maman me racontait l'histoire de quatre hommes du sud du pays qui s'étaient retrouvés un soir au-dehors à discuter très fraternellement auprès du mur en tourbe lorsque la foudre tomba sur l'un d'eux. Il mourut mais ses amis devinrent l'ombre d'eux-mêmes après le tragique événement et ne furent plus jamais bons à rien. Tonnerre et éclairs sont rares en Islande, encore plus rare que des hommes meurent foudroyés, aussi ne purent-ils jamais comprendre ce qui s'était passé ce soir fatal, et quand les hommes ne comprennent pas ils ne peuvent pas continuer leur chemin.

La foudre était tombée sur la famille, cela expliquait le silence dans la chapelle. Nous étions si anéantis, si incapables de comprendre que nous ne pouvions pas pleurer. Étions assis autour du cercueil, ombres de nous-mêmes. Pétrifiés. Comment une jeune fille qui avait tout l'avenir devant elle, qui avait été couronnée par son école, qui souriait si joliment sur la scène, pouvait-elle mettre fin à ses jours ? Organiser sa propre mort avec une telle méticulosité ? Il arrivait que nous relevions la tête l'espace d'un bref instant dans l'espoir de trouver une réponse dans les yeux de quelqu'un, peut-être trouver un coupable, peut-être quelqu'un avait-il été méchant avec elle ? Mon regard flottait de plus en plus souvent vers la mère. L'indifférence pouvait-elle tuer ? Et vers Bjarghildur. Qui était assise comme une chose flasque, comme si elle était sous de puissants calmants. Elle traînait les pieds lorsqu'elle était entrée dans la chapelle. Soutenue par Marta qui l'avait secourablement hébergée après la tragédie. Bjarghildur ne pouvait pas s'imaginer retourner dans la salle de bains chez elle. Elle avait l'intention de vendre l'étage, put articuler Ásta, elle suivait sa maîtresse d'une maison à l'autre. Kalli, qui avait le premier découvert sa petite-cousine morte dans la baignoire, s'effondra. Il dut fermer sa boutique de traiteur pour une période indéterminée. Marta tint le rôle du pasteur des âmes, elle et Pétur s'occupèrent également pour l'essentiel de la mise en bière et des funérailles, nous à Laugavegur ne fîmes guère autre chose qu'errer entre les pièces. Et téléphoner à Marta. Bien que nous soyons assises à quatre dans la cuisine nous étions incapables de parler de la mort de la jeune fille. Un nœud dans la gorge nous en empêchait. Nous buvions seulement du café noir, parlions de détails pratiques qui avaient trait à l'enterrement et au pasteur, ou bien dans quel endroit Bjarghildur pourrait de préférence se trouver un appartement quand elle aurait vendu celui des Hlíðar. Quelle grandeur il devait avoir, combien il coûterait. Mais nous étions toutes comme suspendues à un fil, surtout à cause de Silfá, combien pourrait-elle endurer ? Chacune d'entre nous essaya de parler avec elle, de la persuader que la vie continuait, qu'elle ne devait pas se laisser décourager, qu'elle devait penser à son avenir. Nous radotâmes sur la vie, essayant de la rendre belle. Souvent nous ne savions pas si elle écoutait, elle hochait peut-être la tête, puis disait : quelqu'un sait où est passé mon pull vert ? Je veux l'emporter avec moi. Et nous nous précipitions à la recherche du pull vert. Silfá était en train de faire ses bagages, elle partirait à Paris lorsque tout serait terminé. Elle s'en allait avec ses deux copines comme il avait été dit, le billet d'avion ne serait pas modifié. Nous pouvions cependant parler de son départ dans la cuisine, même si nous n'avions pas le courage de parler de celui de Rán, et oui peut-être était-ce le mieux pour l'enfant de s'en aller au plus tôt. Nous faisions toutes mine de faire nos bagages, chacune dans sa chambre, mais restions anesthésiées assises sur le bord de notre lit des heures durant. Puis arrivions peut-être à nous lever, cherchions quelque pièce de vêtement et des petites choses qui s'étaient nichées dans d'étranges endroits au cours de ces années où nous avions suivi le même chemin. Je ne savais pas combien Silfá pleurait Rán. Mais je ne m'étonnai pas de son expression dans la chapelle, elle était autre que la nôtre à tous. Ce n'était pas de l'impuissance qui se lisait dans ses yeux, d'eux émanaient froid et calme. C'était comme si elle savait quelque chose qui nous était caché.

Et ce fut Silfá qui nous demanda tout haut, à Herma et moi, au sortir de la chapelle si nous n'avions pas l'intention d'inviter les gens à boire un café chez nous à Laugavegur ? Herma chuchota d'une voix rapide qu'il n'y avait rien pour accompagner le café, que ce n'était pas à nous de nous occuper de ça, puis que ce n'était pas l'habitude de boire le café après la mise en bière, que ça se faisait seulement après les funérailles. Marta nous regarda alors avec un air fatigué et dit : nous pouvons tout aussi bien boire le café maintenant chez Karitas comme chez moi, il n'y aura de toute façon pas de repas de funérailles comme vous le savez. Mes frères ne dirent rien, encore moins mes fils ni leur père. Il en résulta que nous nous égrenâmes vers notre appartement de Laugavegur.

Peut-être habitait dans le cœur de tout un chacun d'entre nous l'espoir que quelqu'un dirait quelque chose, même si ce n'était que par inadvertance, qui pourrait projeter une lumière sur la tragique décision de Rán. Peut-être voulions-nous aussi l'évoquer pour qu'elle ne parte pas dans la tombe sans que sa famille ne sache, sans que sa mère ne sache combien elle jouait magnifiquement Schubert au piano. Nous voulions voiler le sombre événement avec des souvenirs lumineux. Bûmes un café simplement accompagné de morceaux de sucre en mâchonnant des biscuits. Il m'effleura l'esprit que peut-être c'était la dernière fois que j'étais assise avec eux tous en même temps, mes enfants et mes frères et sœur. Je laissai courir mon regard sur le groupe, me demandant en moi-même lequel d'entre nous serait le prochain à partir. Regardai Bjarghildur, elle était la plus âgée de notre fratrie, mais me rappelai alors que la mort prend souvent un chemin inverse, fauchant le plus petit et le plus jeune pour nous montrer comment nous calculons mal la vie.

Nous avions aussi mal calculé Silfá. Avions cru que son indifférence à l'égard de la mort de sa cousine et jusqu'à son comportement empreint de dérision devaient provenir de la jeunesse qui essayait de toutes ses forces d'oublier le mauvais, de glorifier quoi que cela coûte le bon et le divertissant. Silfá avait bien préparé son rôle avant de faire son entrée en scène. Elle se planta dans l'embrasure la porte de son boudoir, regarda l'assemblée réunie dans le salon, tenant en l'air un carnet marron, et dit : voilà le cadeau que Rán m'a offert le jour de la remise de nos diplômes. Le cadeau qu'elle a prétendu aller chercher lorsqu'elle est allée chez elle pour se tuer. Ásta l'a emportée quand elle est montée dans les Hlíðar pour récupérer quelques frusques pour elle et Bjarghildur. Parce que le paquet était emballé et marqué à mon nom. C'est le journal de Rán, elle a écrit dedans des histoires et des poèmes, m'est venu à l'idée que ça vous plairait peut-être d'entendre ce qu'elle a écrit.

Je regardai le piano tandis qu'elle lisait, revis Rán, entendis les notes qui ruisselaient d'elle, c'était l'histoire que lisait Silfá, je l'entendis parler de la belle et la bête. L'adolescente avait transposé le vieux conte de fées, joué une variation du thème, les compositeurs font parfois cela, les peintres aussi, elle avait été une si grande artiste en soi, Rán, si jeune. Il était une fois une fillette qui était habituée à être seule à la maison quand son père partit, elle affectionnait particulièrement les livres, était toujours en train de lire, dans le conte c'est la jeune fille qui alla chez la bête mais dans l'histoire de Rán c'était la bête qui était allée chez la jeune fille, avait été dans sa maison tout le temps. Et dans la maison il y avait sa grand-mère et son grand-père qui étaient toujours absents et occupés dehors, et les deux servantes qui étaient si débordées de travail en cuisine et de lessive qu'elles ne pouvaient pas prendre soin de la petite fille qui était toujours en train de lire. Alors c'est la bête qui s'occupa de la petite fille, lui faisait passer le temps en lui baissant sa culotte jusqu'aux chevilles, lui léchant le sexe, l'embrassant sur la bouche avec des lèvres mouillées. La nuit, pendant que les adultes dormaient après une laborieuse journée la bête veillait, elle faisait passer ses mains à la jeune fille sur son membre et le lui mettait dans la bouche et quand le corps de celle-ci se mit à changer la bête se coucha alors sur elle et entra en elle. Quand la jeune fille pleurait il déclarait qu'il dirait à son grand-père et sa grand-mère combien elle était une vilaine et dégoûtante fille, que personne ne la voudrait, alors la jeune fille se taisait et avait l'impression qu'elle était elle-même la bête.

Nous n'étions pas sur nos gardes lorsque le vent tourna, il vint là-bas des hautes altitudes avec une tête et une queue, s'abattit sur nous, nous emporta, comme n'importe quel autre déchet. Là où nous nous étions trouvés sur un pré vert était maintenant une terre désolée érodée par les vents.

La mère de l'enfant se leva.

Elle alla vers Silfá, lui arracha le carnet, se retourna vers Bjarghildur, lui cracha dessus.

Il est parti en Amérique, murmura Bjarghildur sans même essuyer son visage.

Halldóra sortit du salon avec des spasmes, pressant le carnet dans ses mains.

Jón se leva et marcha à sa suite. À la porte, il se retourna, respira profondément et dit : vous ne pouviez pas veiller sur elle ?

C'était nous, les femmes, qu'il regardait.

Troisième partie

La ville exhale un sang ancien.

Tu ne sentiras pas un sang nouveau dans l'art à Rome mais les œuvres des maîtres conservent leur valeur. Dit Elena Romoa en m'encourageant au voyage. Herma avait téléphoné à Paris et m'avait demandé de l'accompagner à Rome.

Bjarghildur voulait rencontrer le pape.

Elle voulait faire pénitence. Sa santé mentale était médiocre et elle s'était mis en tête l'idée que seul le pape pourrait lui accorder l'absolution de ses péchés. Elle se considérait responsable de la mort de Rán car elle ne l'avait pas gardée de la bête comme elle appelait maintenant son fils unique. Ne trouvait pas la paix dans son âme, avait cessé de s'alimenter et de dormir. Herma trouvait déplaisant de partir seule avec elle en pèlerinage, et lorsque je refusai catégoriquement d'aller à Rome, encore moins avec Bjarghildur, elle me rappela un service que j'avais il y a fort longtemps promis de lui rendre même si c'était plus tard.

Je trouvais que je n'avais plus besoin de Rome, que la ville était chargée de vieilles idées qui ne pouvaient être utiles à aucun artiste contemporain.

Elena mentionna alors les maîtres. Et je me souvins des paroles de ma mère lorsqu'elle avait dit que les femmes devaient toujours honorer leurs promesses. Je ne pouvais pas refuser à Herma, elle ne m'avait jamais refusé. Aussi je me laissai persuader, retirai mes économies de la banque, celles que j'avais accumulées pour mon enterrement, m'achetai des vêtements, fis faire une beauté à mes cheveux et mon visage, mis des aquarelles dans ma valise, et un carnet de croquis.

Me préparai au parfum de sang ancien.

Puis nous nous retrouvâmes toutes les trois au beau milieu de la basilique Saint-Pierre.

Les effluves de Bjarghildur submergeaient le saint parfum, l'apôtre serait tombé en syncope en face d'elle mais c'est nous qui nous trouvions maintenant en face de la sainteté, entourées de splendeur catholique et la seule chose que je percevais était l'odeur pénétrante de ma sœur. Celle-ci s'était vaporisé dessus un parfum bon marché avant que nous quittions l'hôtel. Avant que nous ne montions dans le bus, Herma lui avait répété encore une fois : tu sais, Bjarghildur, que ce n'est vraiment pas certain que tu puisses rencontrer le pape, il ne parle pas avec n'importe qui, et puis tu n'es même pas catholique mais Bjarghildur avait simplement renâclé : est-ce que ce n'est pas possible de prendre rendez-vous avec lui ? Il doit bien avoir une sorte de secrétariat là-bas, le bonhomme, que diable ! Puis elle avait grimpé avec difficulté dans l'autobus, elle souffrait des deux genoux : si je ne rencontre pas le pape je pourrai cependant prier dans la plus célèbre église de la chrétienté, si le Seigneur n'entend pas mes mots de là je ne sais pas d'où Il pourra les entendre.

Car c'était cela le point principal de l'affaire, nous fixions la coupole bouche bée avec des yeux ronds, je m'attendais peut-être à sentir une minuscule parcelle de force divine descendre sur nous mais sentis seulement la puissance de l'homme, sa richesse terrestre, son impétueux besoin d'ornements. La surcharge était pour moi écrasante. Il me semblait que les autres ressentaient la même chose intérieurement. Ici dessous fut enseveli Pierre après avoir été crucifié dans le cirque devant Néron, dit Herma en se raclant la gorge, se souvenant de ses devoirs d'interprète et de guide de voyage, sa conférence sur la basilique Saint-Pierre et le Vatican était tout juste à moitié achevée. Mais ma sœur qui avait écouté l'histoire de l'église tout le long du chemin avec une béate satisfaction fit provisoirement obstacle à plus ample instruction en s'écriant : ça m'a à moitié l'air d'un cirque ici il me semble ! Tu veux que nous essayions de trouver un secrétariat ? demanda Herma. Non, répondit Bjarghildur maussade, ça attendra. Herma proposa une marche dans l'église, nous déambulâmes vers la gauche et vers la droite, vîmes tout mais en même temps rien jusqu'à ce que Bjarghildur dise que ça suffisait : ici personne de sain d'esprit ne peut prier. Puis elle détala en direction du portail de sortie : on n'a pas à gaspiller sa retraite pour des hommes cousus d'or.

Non, c'est l'art qui doit recevoir mon argent, dis-je en leur annonçant que j'allais voir Michel-Ange dans la chapelle Sixtine, que c'est pour cela que j'étais venue ici, pour voir l'art si peut-être elles l'avaient oublié. Mais c'était bien évident, persifla Bjarghildur. Je dis : ça devrait te plaire, tous ces tableaux de la Bible qui sont là. Et Herma qui vit que l'orage gagnait les côtes se précipita entre nous, disant que nous ne pouvions pas omettre le musée du Vatican même si nous le voulions absolument. Mais avec Bjarghildur soupirant et embaumant je pris alors la décision que celle-ci irait son chemin avec Herma et moi le mien, pendant ces jours à Rome.

Je pensai aux mots d'Elena lorsque nous parcourûmes au pas de course les couloirs interminables de la Renaissance au musée du Vatican, je me demandais si j'aurais quelque peu accepté du sang nouveau s'il s'était trouvé qu'on m'en propose. Est-ce cela ne m'était pas devenu complètement égal que le sang soit vieux ou jeune, bleu ou rouge ? Je me ruai en avant comme la tempête devenue indifférente aux œuvres qui me dévisageaient avidement de gauche et de droite, Bjarghildur clopinait derrière moi amère et fatiguée, peu habituée aux longues marches dans les rues des grandes villes comme moi, elle n'avait jamais beaucoup aimé les marches, Bjarghildur, et Herma qui jamais ne renonçait avait le sourcil renfrogné. Un groupe de touristes s'écoula devant nous à grands flots, nous le suivîmes sans réfléchir et nous étions si éteintes après cette éprouvante marche que nous ne nous en rendîmes pas compte avant de nous retrouver au cœur de la chapelle. Qu'est-ce que tous ces gens font ici ? demanda Bjarghildur puis elle leva les yeux au ciel.

La création du monde et la chute de l'homme apparurent à nos yeux comme des fruits luisants et multicolores dans une corbeille allongée. Je fermai à demi les yeux afin de voir les couleurs comme dans un brouillard, voir comment il les avait agencées, les avait atténuées et approfondies tour à tour, le bleu-vert et le rouge doré puissants dans les vêtements, le rose chair des corps avec le bleu clair du ciel, le vert gris des encadrements, je contemplais un chef-d'œuvre et ne regrettais pas d'être venue à Rome. J'entendis la voix chuchotante d'Herma comme dans le lointain lorsqu'elle se lança à décrire l'œuvre, entendis Bjarghildur hargneuse dire qu'elle connaissait la Bible mieux que tous les autres, qu'elle pouvait garder ça pour elle. Nous arrivâmes à nous asseoir un instant sur un banc, nous tûmes et regardâmes la voûte. Ma sœur me jeta un coup d'œil rapide, je regardai dans ses yeux, y vis l'humilité et compris qu'elle avait pour la première fois de sa vie ressenti et reconnu le génie artistique. Lorsqu'elle vit qu'elle s'était dévoilée, elle se retourna sur la défensive et chuchota : bon sang, effrayant ce qu'Ève est pâle et maladive en comparaison d'Adam si serein et vigoureux. Herma marmonna dans sa langue maternelle, il nous sembla comprendre qu'elle était en train de faire l'éloge de l'édification de l'œuvre, elle soupira : organisation à réfléchir mais on doit maintenant commencer à nettoyer la coupole. Puis nous restâmes silencieuses toutes les trois sur le banc, écoutant le guide anglais interpréter le chef-d'œuvre pour un groupe de spectateurs bouche bée.

C'est elles qui descendaient Laugavegur comme un torrent au printemps dernier, les bonnes femmes, chuchota soudain Bjarghildur, vraisemblablement encore préoccupée par le sort d'Ève, elles brandissaient des manches à balais et des bâtons avec des pancartes dessus, réclamant l'égalité, portaient une grande statue d'une femme assise avec un ruban autour d'elle où était inscrit : Être humain – Pas marchandise ! C'étaient les Collants Rouges, chuchota Herma en retour, elles ont fait une manifestation le 1er mai l'an dernier. Tu te souviens, je t'en avais parlé dans une lettre, je me trouvais justement en ville ce jour-là, je gardais le petit Hrafn pendant que Silfá y participait. Ai regardé la manifestation par la fenêtre, je n'avais jamais de ma vie vu autant de femmes rassemblées, c'était magnifique ! Il ne m'est pas venu à l'idée d'aller m'user les pieds avec elles, elles ne changeront rien de toute façon, dit Bjarghildur. Tu n'aurais de toute façon pas eu les jambes pour ça, dis-je, mais les révoltes estudiantines à Paris il y a trois ans doivent encore changer beaucoup de choses. Quoi ? demanda Herma d'une voix si ferme que les gens la firent taire d'un chut. Mais comment peut-on expliquer une atmosphère changée, les gestes différents des gens, une autre utilisation des mots, ce souffle qui passait dans les cafés quand les jeunes surgissaient par hasard, les cheveux longs, habillés de vêtements flottants et froncés, le regard si indompté, portant avec eux le chaos que j'avais tous les jours ardemment désiré, la rébellion qu'à la fois moi et d'autres avaient essayé d'étouffer en moi ?

Bjarghildur jasa tout bas : pour ça, c'était bigrement regrettable qu'elle tombe enceinte, Silfá, et doive arrêter ses études, la pauvre, et elle ne sait même pas qui est le père du petit, ai-je entendu ?

Le père de l'enfant s'appelle Michel Fourneau et il est de Bordeaux, dis-je. Il a envoyé un cadeau à son fils quand celui-ci a été baptisé mais comment aurais-tu pu le savoir, nous ne t'avons pas invitée au repas de baptême, et Silfá se porte à merveille dans son appartement sur Laugavegur, elle loue une pièce à son amie, fait garder le petit Hrafn chez une brave femme un peu plus haut dans Barónsstígur et suit des cours d'histoire à l'université.

Mais pourquoi est-ce qu'elle a baptisé le garçon Hrafn ? chuchota Bjarghildur tout bas, un nom de corbeau, est-ce qu'il n'aurait pas été mieux de le baptiser d'un nom que les étrangers puissent prononcer, il est quand même bien étranger le gamin.

Je levai les yeux et regardai là-haut Dieu barbu toucher du doigt le musclé Adam : Silfá a entendu une fois son grand-père raconter une histoire sur un couple de corbeaux et l'a trouvée tellement belle.

Karitas

Corbeaux, 1971

Aquarelle

Un grand corbeau noir de jais s'envole d'une tombe dans un cimetière sinistre, pierres tombales vieilles et usées, indistinctes dans la brume grise du matin, le corbeau lui-même tout juste réveillé, avec une grande envergure, innombrables contours comme sur une photo qui est floue. Karitas s'attaque au jeu du noir et du blanc, comme elle l'a fait depuis le début de sa carrière, mais cette fois avec des aquarelles. Le sujet du tableau est un vieux thème européen, qui n'est pas dans l'esprit de l'artiste par ses formes ni son matériau mais celui-ci décrit son existence et ses conflits intérieurs à l'époque où l'œuvre est exécutée. Dans ses longues marches sur la rive gauche elle fait très souvent une petite halte dans le cimetière du Montparnasse, regarde avec admiration les tombes des artistes célèbres en se demandant où elle devra se faire enterrer lorsque viendra le moment. La mélancolie l'a parfois assaillie après que Silfá a quitté Paris et bien qu'elle fréquente de vieux amis et connaissances, vende un rare tableau dans les galeries et rencontre de ce fait souvent ses collègues et les amateurs d'arts, elle se retrouve toujours isolée. Elle habite dans l'appartement de son amie Yvette qui n'a encore pas pu se résoudre à déménager de New York, et comme celui-ci est

encombré de meubles et précieux objets d'art l'espace
de travail de l'artiste se limite à un coin de la pièce
dans laquelle elle dort. Pour ces raisons elle choisit
les aquarelles pour travailler et il se peut que le regret
de l'huile et autres matériaux plus volumineux soit
quelque peu responsable de sa tristesse. Elle vit avec
peu de moyens mais s'en moque éperdument. Elle a
plus d'inquiétude pour le lieu potentiel de son enterrement, d'autant qu'il lui semble n'appartenir à aucun
pays ni aucun endroit. Elle reçoit alors une proposition pour aller à Rome. Le vieux rêve de contempler l'art dans la ville éternelle sommeille encore
en elle et début mars elle s'envole vers le sud à la
rencontre de sa belle-sœur et de sa sœur. S'envole
comme un corbeau d'une tombe tout juste réveillé.

Herma était en grande discussion avec le restaurateur lorsque j'arrivai.

L'homme gérait ce restaurant dans Trastevere depuis la fin de la guerre et Herma l'avait assurément flairé dans toute la signification du terme. Au contentement de Bjarghildur celui-ci se trouvait sur une place à deux pas de notre hôtel, elle n'avait aucune envie de s'user les pieds dans d'inutiles dandinements. Elles étaient assises dehors à l'ombre pour se protéger du soleil de midi, avec une boisson rouge aux fruits dans un verre. Bjarghildur avait un air maussade, elle déclara qu'elle mourait de faim et qu'elle en avait sa claque des bruyantes et interminables fadaises italiennes d'Herma. Si ce bon à rien allait se décider à apporter le repas.

Le pape n'avait pas pu être disponible pour Bjarghildur en privé, nous crûmes comprendre qu'elle avait cependant obtenu audience avec un groupe de gens à une heure déterminée mais que devoir partager sa bénédiction avec d'autres lui semblait presque une offense à sa personne, une femme ayant fait tout ce chemin depuis l'Islande. Elle avait été amère à la table du petit déjeuner, l'était encore me sembla-t-il, sachant parfaitement où seraient lancés ses piques. Elle me regarda cruellement : tu as les cheveux en queue de cheval comme n'importe quel hippy, une bonne femme de ton âge ! Herma fut prompte à se retourner vers nous : les artistes en Europe se coiffent volontiers ainsi, Bjarghildur. Ma sœur ne se laissa pas raisonner et parla de moi comme si j'étais absente : elle est simplement devenue trop vieille pour ce genre de coiffure, elle n'a qu'à se couper les cheveux et se faire une permanente convenable. Puis se tourna vers moi : et où tu étais en fait tout ce matin ? En train d'errer dans les rues comme n'importe quelle malade mentale ? Nous, nous étions au Colisée, dans la culture, tu aurais mieux fait de venir avec nous. Ça vous pénètre jusqu'aux os de se tenir là dans ce sinistre abattoir, de regarder l'arène en bas, sachant que les lions y ont dévoré d'innocents chrétiens, des mères et des pères, leur ont arraché les bras et les jambes, pour le seul fait de croire en Jésus-Christ, et on croit voir devant ses yeux ces soldats romains assoiffés de sang transpercer le ventre de ces malheureux de leur lance, je le jure comme je suis assise là, j'ai senti l'odeur du sang là-bas, j'ai senti la vieille et répugnante odeur du sang.

Elle tremblait, avait haussé la voix si bien que les gens à la table d'à côté nous lancèrent des regards à la dérobée, parlant de nous à voix basse. Herma n'aima pas cela et dit d'une voix rapide qu'on pouvait certes donner un nom à tout mais que Rome était une ville magnifique. Elle sortit son vieux guide touristique ainsi que des plans de la ville, mit ses lunettes au bout de son nez et fit courir ses doigts le long de la rivière sur la carte en marmonnant quelque chose dans sa langue maternelle. Elle était restée fort tard dans la soirée à composer le programme du jour pour le pèlerin afin que celui-ci réussisse à voir le Colisée, les Catacombes, une bonne dizaine d'églises, le pape n'était plus en odeur de sainteté, elle-même avait l'intention d'essayer de faire un saut sur la via Condotti à l'occasion pour s'acheter un sac à main et des chaussures. Elle me regarda avec un air interrogateur puis demanda si je voulais qu'elle m'indique les principaux musées d'art ?

Mais elle disait que le *Tagesordnung*, comme elle nommait l'ordre du jour devait être clair pour que nous puissions tirer le maximum du voyage. Que les matins étaient préférables pour les corvées, l'après-midi pour le lèche-vitrines et le temps libre. Après une bonne sieste. Et que du fait que la demi-pension était incluse dans le prix de la chambre nous devions en profiter et prendre le repas du soir chez la *signora* Sebastiani. Je pensai à ce que le monde serait si nous n'avions pas des femmes comme Herma, d'une brillante lucidité d'esprit, organisée et méticuleuse, qui veillait à ce que les rêveurs errants et égarés ne gaspillent pas leur temps en vaines considérations. Malgré tout aussi passionnée et gratifiante lorsqu'il était question des arts et de la culture. Sans cartes elle était cependant incapable d'aller ni en avant ni en arrière.

Nous étions assises près d'une grille en métal recouverte de végétation, un peu sur le côté par rapport aux autres clients, on nous avait amené à table *gnocchi* et *saltimboca*, nous nous sentions bien dans la douce chaleur de mars, lorsque je vis du coin de l'œil quelque chose bouger près de la grille, non loin de nos pieds. Il me sembla d'abord que c'était un chat en train de renifler mais je vis à mon grand effroi que c'était un rongeur, le plus gros rat que j'aie jamais vu.

Il vient tellement de choses à l'esprit d'un être humain à l'instant crucial. Je me souvins des paroles d'Andrea Fortunato, lorsqu'il m'avait raconté que les rats en Sicile avaient eu peur de Sigmar.

Je vis qu'Herma avait aussi aperçu la sale bête. Elle me regarda fixement, avec des yeux presque suppliants, je devais me taire. Je savais pourquoi, elle ne voulait ni froisser le restaurateur ni effrayer cette joyeuse assemblée en appétit assise autour de nous, ne voulait pas qu'une émeute se déclenche en ce lieu. Et moi qui pensais à Sigmar et aux rats en Sicile en restai là.

Le rat se faufila lentement le long de la grille, sa partie antérieure oscillant comme un balancier d'horloge, reniflant, je dis sur un ton léger de conversation : oh je me souviens tout à coup, Sigmar, ne possédait-il donc pas à une époque un fort bel appartement ici à Rome ? Peut-être l'a-t-il encore ? Herma répondit joyeusement sans lever les yeux de la nourriture : si je crois bien, car en fait quand j'ai dormi chez Silfá avant de partir elle a appelé son grand-père à Marseille, lui a dit que nous étions en chemin vers Rome, demandé s'il n'avait un appartement là-bas que nous pourrions alors utiliser et j'ai cru comprendre qu'il avait dit que la porte en était grand ouverte. Mais j'avais alors déjà retenu notre pension de famille ici, je ne voulais pas y renoncer, ces gens avaient été si bons avec moi quand j'avais séjourné là chez eux jeune femme.

En même temps, comme d'instinct et sans nous regarder, nous posâmes lentement nos pieds sur une chaise qui était libre.

Les clients de la table d'à côté avaient enfin remarqué le rat, ils étaient paralysés sur leur siège comme Herma et moi, la sale bête était arrivée à la hauteur de la chaise de ma sœur qui était assise près de la grille. Bjarghildur n'avait pas levé les yeux de son assiette, elle mangeait en silence comme quelqu'un qui n'a rien eu à se mettre sous la dent depuis des jours, mâchant rapidement et ayant à peine avalé avant que le morceau suivant ne disparaisse en elle. Mais subitement elle arrêta de manger, regarda d'un air intraitable la salière au bout de la table, brandit son couteau dans sa main comme s'il s'agissait d'un poignard, se pencha rapide comme un éclair sur la droite et planta la lame dans la partie postérieure de l'animal. Le rat ensanglanté se propulsa par soubresauts avec les pattes de devant en couinant jusqu'au milieu de la cour dallée, le couteau fiché dans son arrière-train, fit quelques tours en patinant puis disparut. Bjarghildur se remit en position sur sa chaise, leva les sourcils et fit signe au serveur de lui apporter un nouveau couteau.

Un silence claustral régna un moment sur l'endroit, les gens étaient assis voûtés comme des moines, ils avaient posé leurs couverts. Bjarghildur coupa énergiquement sa viande de veau lorsque le serveur lui eut apporté un nouveau couteau puis regarda Herma et demanda : qu'est-ce que le patron te disait de si extraordinaire avant qu'on nous serve le repas ?

Herma respirait vite, remuant les lèvres très rapidement comme si elle était en train de compter des moutons dans sa tête mais en avait perdu le compte, puis elle se redressa et dit sur un ton naturel : eh bien il me racontait qu'il s'était caché pendant la guerre pour se soustraire au service militaire, car même s'il devrait peut-être un jour tuer des amis ou des connaissances déplaisantes qui tournaient autour de sa famille jamais il n'aurait pu s'imaginer tuer des inconnus dont il ne voyait même pas le visage.

Karitas

Place, 1971

Aquarelle

Le matinal soleil romain n'arrive pas à faire
plonger ses rayons dans les sombres rues étroites où
Karitas se faufile au cours de ses marches dans la
ville éternelle, lorsque sa boussole interne la trahit en
suivant la rivière et les collines. Elle est en admiration devant les capacités d'adaptation des habitants
qui s'accommodent des anciennes et célèbres ruines,
suspendent en chantant la lessive devant leur fenêtre
tandis qu'ils regardent le Forum, elle admire leur
indulgence dans la folle circulation incontrôlée, leur
sens pratique pour monter échoppes et petits cafés
dans chaque réduit au bas des vieilles maisons hautes.
Les rues principales des quartiers, recouvertes de
pavés carrés glissants, s'étirent en serpentant tantôt
à droite tantôt à gauche, se referment sans prévenir sur un mur de maison ou un coin obscur où des
chats noirs effilés comme des roseaux mènent la
vie dure aux rongeurs, les plus vieux habitants des
berges du Tibre. De vieilles femmes les chassent
avec force cris et gestes, poursuivant leur chemin en
boitant sachant bien qu'autant nobles que gueux ont
besoin de se nourrir et Karitas les suit dans l'espoir
de trouver la sortie du labyrinthe. Tout à coup une
rue s'ouvre sur une petite place où une fontaine à
l'ombre des arbres lui sourit dans le soleil matinal.

Le tableau est fait en douces couleurs vert-gris et
foncées, la fontaine à gauche de l'image, à droite
des formes confuses qui font alternativement penser
à de vieux troncs d'arbres ou à des femmes pliées
en deux habillées de noir. Sur le dessus de la fontaine frétille une petite bête qui prend un bain.

Nous suivîmes Herma d'un pas lourd avec la tête des mauvais jours, ni l'une ni l'autre enthousiaste pour du lèche-vitrine après une journée difficile mais notre guide et interprète avait besoin de chaussures, elle était venue à Rome pour s'en acheter comme elle nous l'avait annoncé, et on s'en tenait là. Dans cette ville nous étions obligées d'acheter des chaussures, si ce n'est de gré alors de force. Nous qui nous en remettions à tous ses choix et à sa connaissance des choses n'osâmes rien d'autre que de la suivre puisqu'elle le proposait ainsi. Bjarghildur grommela : ces maudits pavés esquintent toutes les chaussures, les tordent, les talons se coincent dans les interstices, comment arrivent-elles à marcher avec des talons hauts ? Elle-même portait de solides chaussures de marche claires, boueuses après leur périple dans les profondeurs, Herma et elle étaient allées dans les Catacombes le matin.

Je jure que l'odeur de la terre était sucrée, dit Bjarghildur, mais nous serions maintenant en chemin vers la tombe, Herma et moi, si nous n'avions pas eu de guide dans ce labyrinthe obscur, je me suis accrochée à un pan de sa veste tout le temps. Étrange taupe, cet homme. C'était lugubre, comme de descendre dans un enfer silencieux. Étroits couloirs sombres, des tombes des deux côtés creusées dans les murs de terre, l'une au-dessus de l'autre comme des tiroirs vides et quand ils n'avaient plus de place, les bonshommes, ils s'enterraient simplement à l'étage suivant, continuaient là avec couloirs et tombes, et puis ces chapelles primitives avec des bougies, on voit toutes sortes de caractères sur les murs, ils ont même dessiné des poissons entiers sur les parois de terre. Subitement j'ai eu une démangeaison d'aiglefin plantée là-bas dedans. Herma, est-ce qu'on ne pourrait pas manger du poisson quelque part ? Et toi, où tu étais en train de traîner en fait tout le matin ?

Je contemplais un ange peu vêtu en train de jouer du violon ou du luth pour Joseph tandis qu'il se reposait durant la fuite en Égypte, répondis-je, un célèbre tableau du Caravage. Malgré tout il y avait là-bas un autre tableau, d'un certain Mattia Preti, qui a plus éveillé mon intérêt, sa technique avec le noir était particulière, il le tranchait de gris argenté.

Tu étais bien sûr dans ces musées complètement morts, tu ferais mieux de voir la vie et la réalité. L'odeur de la terre était sucrée dans les tombes, ça, ça me restera, dans le fjord de Skagafjörður l'odeur de la terre était tout autre, et toi tu as flâné dans ces nids à poussière toute la matinée ?

J'ai vu aussi des sculptures dans les églises.

C'est bien toute la même ornementation dans ces églises. Toujours surchargée chez ces catholiques et puis les gens n'ont rien à se mettre sur le cul, vous avez vu tous les mendiants ?

Puis j'ai vu des fresques de Raphaël au plafond de la Villa Farnesina, une grande et joyeuse fête dans un mariage, les gens nus pour la plupart, les hommes musclés, les femmes seins nus, les dieux en pagne, à l'étage au-dessus de cette même villa, non loin de l'escalier qui s'élevait dans la pièce en tourelle, il y avait aussi une fresque qui représentait les noces d'Alexandre le Grand et de Roxane, celle-là était de Bazzi, Alexandre était bien entendu fort habillé, arrivant apparemment de l'extérieur, mais Roxane les fesses nues comme elles étaient toujours. Il faisait vraisemblablement chaud à Rome à cette époque.

Elle est en train de me tuer, tiens, la chaleur, maintenant, dit Bjarghildur irritée, tu n'as pas fini de te les acheter ces godasses, Herma ?

Ils m'ont dit à l'hôtel que la chaleur était plus forte que d'habitude en cette saison, dit celle-ci en regardant attentivement des chaussures brun-rouge, que nous avions beaucoup de chance mais il pourrait se mettre à pleuvoir dans la semaine ont-ils dit, aussi nous allons simplement en profiter pour nous promener un peu. Mais la nudité dans les fresques était bien entendu érotique à son époque, précisa-t-elle, faite pour exhorter les invités d'une villa à l'amour. Les gens n'étaient en rien différents alors de ce qu'ils sont aujourd'hui, vous trouvez que je devrais plutôt acheter ces noires, je trouve pourtant ces brun-rouge plus belles ?

Remarquables toutes ces tours campanaires dans la ville, dis-je en regardant le ciel, tours des églises, tours de maisons, partout on a perché de petites ou grandes tourelles sur les maisons, des campaniles dans toutes les directions, ils ont voulu voir loin par-dessus comme nous les Islandais.

Non, dit Bjarghildur, ces tours sur les maisons étaient utilisées pour enfermer les folles. Et elle me dévisagea.

Les vieux pavés dansaient un petit peu devant mes yeux dans la chaleur, je fixai leur forme, ainsi régulièrement et solidement enfoncés selon les règles de l'art mais il y en avait toujours quelques-uns qui avec le temps s'étaient lentement déplacés vers la droite ou la gauche, ou avaient pointé un coin, juste pour agacer ceux qui passaient dessus. Je dis : vous vous rappelez quand Bjarghildur m'a pris ma petite fille et envoyée malade dans la campagne d'Öræfi, et que Sigmar a trouvé la maison vide rentrant de mer ? Il est alors parti en Norvège, s'est mis à faire du transport de pierres pour bordures de trottoir vers l'Italie avec des marins norvégiens, et ça s'est terminé par le fait qu'il s'est installé à Rome. Se pourrait-il qu'il ait touché quelques-unes de ces pierres sur lesquelles nous marchons maintenant ?

Herma s'écria : hé regardez les filles, nous sommes

arrivées au célèbre café. *Bitte schön*, Caffé Greco, le plus vieux café de la ville, de 1760, là nous entrons !

Les salles étaient nombreuses, étroites et longues, peintes de vieilles couleurs douces, les murs recouverts de photos et tableaux anciens, des tables rondes et des chaises le long de tous les murs, dans tous les recoins, qui étaient innombrables. Herma rayonnait, comme si elle était enfin revenue à la maison après des années d'exil, faillit pratiquement ne pas pouvoir articuler un mot lorsque le serveur fort distingué s'immobilisa droit devant nous en inclinant légèrement la tête, elle rougit depuis les tempes et jusque derrière les oreilles tandis qu'elle exprimait nos souhaits en bafouillant. Puis dit : ne trouvez-vous pas que c'est merveilleux d'être assises dans un vieux café aussi chargé d'histoire ?

C'est pas mal, dit Bjarghildur laconique. Je commence à être un peu fatiguée de toutes ces vieilleries ici à Rome, de ces vieilles rues sans fin, chemins tortueux où aucun homme à la peau blanche ne peut s'orienter, tout est vieux où qu'on regarde, la ville est un véritable labyrinthe général, aussi bien sur terre que sous terre.

Elle est fatiguée après notre périple dans les Catacombes, me confia Herma.

Je suis simplement fatiguée et rétamée comme ce café, là, dit Bjarghildur, et vous l'êtes aussi même si vous faites semblant d'être fraîches. Pitoyable quand les gens ne comprennent pas qu'ils sont devenus vieux.

Herma, plus jeune d'environ dix ans, protesta poliment : vous avez toutes les deux, vous les sœurs, un visage drôlement lisse et l'allure jeune, elles ne sont pas peu nombreuses celles qui aimeraient être à votre place.

Bjarghildur fut agacée par le subterfuge : non, je suis juste fichtrement vieille et tiens voilà, mes genoux me font mourir, j'ai les hanches usées, c'est une abomination de devenir vieux. Et puis je ne reconnais pas mon visage quand je regarde dans le miroir, ce n'est pas celui que j'avais. Même si je connais peut-être cet air. Je commence à y voir le sceau de la famille.

Elle cacha son visage dans ses mains, puis soupira si fort que le serveur accourut et demanda si le café avait été servi froid ? Herma soigna son italien lorsqu'elle expliqua que la *signora* s'était mise à penser aux souffrances des chrétiens à l'époque des empereurs romains et que cela avait été trop pour elle.

Cela fit fort bonne impression vis-je, nous obtînmes un extra, les propriétaires nous offrirent un petit verre de liqueur afin que nous retrouvions notre joie, je ne savais pas où Herma allait ainsi, elle était si réjouie. La joie ne régnait pas moins dans mon âme, et je n'avais pas besoin de liqueur pour cela, je sentais qu'une nouvelle vie bouillonnait en moi. Les idées affluaient, ridicules pour la plupart, quelques-unes absurdes, un certain déchirement échevelé, un chaos général, mais il me sembla que j'étais en train de trouver la sortie du labyrinthe de mon âme. Je le voyais lorsque je peignais, j'avais besoin de peu pour la technique et la dextérité, c'était là tout le temps, endormi, je l'avais juste bousculé. J'avais trop et trop longtemps dormi à Paris les dernières années. N'avais pas eu envie de sortir du quartier sauf obligée, pas eu envie de sortir de l'appartement sauf pour me nourrir, parfois traîné dedans des jours durant, méprisant la faim. Mais c'était cela le point essentiel de l'affaire, lorsqu'on méprise la faim, elle disparaît. Les femmes artistes doivent avoir une âme affamée pour pouvoir créer. Le chaos dans Rome m'avait stimulée, avait allumé en moi des sentiments l'un après l'autre, étonnement, impatience, agacement, indignation, admiration, soulagement. Ce fut un soulagement pour moi de voir que les vieux maîtres ne pourraient jamais devenir démodés. Un maître sera toujours un maître, ni les ans ni les siècles ne changeront cela. Les gens regardent une œuvre et peu importe quand celle-ci a été exécutée, dans l'esprit de quelle tendance, si l'œuvre séduit le spectateur et qu'il n'arrive pas à comprendre pourquoi il est resté debout devant l'art. Ce n'était pas plus compliqué que cela. Mes marches dans les rues tortueuses de la ville avaient attisé les braises, les pavés que mes yeux fixaient avaient allumé le feu.

À cet instant précis Herma eut besoin de faire une remarque. Elle poussa un soupir : imaginez-vous, ils se sont tous assis là, Keats, Byron, Wagner, Liszt, Ibsen, Einar Jónsson !

Ils ils ils, dis-je, pendant qu'elles étaient enfermées dans des campaniles, vous n'entendez pas encore leurs cris perçants ?

Karitas

Bordures de trottoir, 1971

Aquarelle

La proximité du spectateur avec le sujet de l'image
est la même que celle du passant lorsqu'il s'assied sur
un vieux banc en pierre au doux soleil de l'après-midi,
repose sa tête dans ses mains croisées sur sa nuque
et contemple la rue. Les pavés noirs aux arêtes vives
s'offrent au regard, certains réfléchissent leur couleur
gris argent au soleil, leurs formes sont plutôt grosses
au bas de l'image, diminuent lorsqu'on s'éloigne plus
haut et sur la droite, deviennent sinueuses et tortueuses
comme les rues de la vieille Rome. Avec le tableau
Bordures de trottoir, Karitas atteint sa plus grande
technique dans l'application des aquarelles. Elle n'a
pas à chercher loin le sujet de l'image, au cours de ses
pérégrinations dans la ville elle marche sur des pavés,
vieux, glissants, de tailles différentes. Elle entre dans les
plus remarquables musées et dans la plupart des églises
qui se trouvent sur son chemin et qui très souvent ren-
ferment des œuvres des vieux maîtres. Elle a repris son
carnet de croquis, se repose volontiers sur les places près
des fontaines, esquisse et pense. Elle se déplace essentiellement seule dans Rome, sa sœur et sa belle-sœur
ont plus d'intérêt pour les ruines antiques et les lieux de
repos des chrétiens. Elles se retrouvent cependant quoti-
diennement, délibèrent et s'instruisent les unes les autres.

Dans les années vingt lorsque j'avais l'intention d'aller à Rome mais qu'au lieu de cela je rentrai en Islande, je ne me serais jamais imaginé qu'il me restait encore à contempler les œuvres de Bernini avec ma sœur Bjarghildur à mes côtés. Mais cela se passa ainsi, Herma me demanda le soir de l'emmener avec moi la prochaine fois où j'irais dans un musée afin qu'elle-même puisse faire des courses en paix. Bjarghildur voulait de plus absolument arriver à entrer dans un musée d'art, à condition cependant que celui-ci soit suffisamment célèbre pour qu'on puisse en parler ensuite de retour au pays.

Je la mis en garde le matin, dis que la Galleria Borghese se trouvait au sommet d'une des collines, qu'elle aurait à marcher un bon bout de chemin en montant et n'avait pas les jambes pour cela, qu'il vaudrait beaucoup mieux pour elle se reposer à l'hôtel pendant que je faisais un saut là-bas, mais Bjarghildur me regarda d'un air plutôt froid, se noua autour du cou un foulard tacheté de couleurs criardes et se vaporisa dessus cette saleté de parfum.

Lorsque nous nous retrouvâmes dans la première salle du musée, les gens s'écartèrent instinctivement de nous.

Des statues de toutes les tailles étaient disposées le long des murs, des fresques recouvraient le plafond, couleurs beige-rose et jaune dominant, combats et batailles régnant, le héros lui-même au milieu, je dis : c'est certainement de Mariano Rossi. Bjarghildur fit courir ses yeux avec complaisance sur le plafond : ce n'est vraiment pas religieux mais ça a des couleurs sacrément amusantes, j'ai eu une fois une nappe dans ces tons-là.

Nous entrâmes dans une salle qui se trouvait à notre droite, l'œuvre principale était installée au milieu de la pièce, une statue de marbre ciré d'une déesse qui reposait allongée et accoudée sur le côté dans son *klinai*, nue jusqu'à la taille, avec une pomme dans la main gauche. Les visiteurs du musée se tenaient autour de l'œuvre, admirant les plis dans la couche qui se formaient sous le poids de la femme. J'eus la brûlante envie de passer ma main sur ce marbre blanc, sur ce génial chef-d'œuvre. C'est du néo-classique, dis-je, de Canova. Pauline, la sœur de Napoléon et épouse du prince Borghese, est ici dans le rôle de Vénus et tient le fruit de sa victoire, la pomme d'or de Pâris. Je n'imaginais pas que les plis sur le *klinai* étaient aussi réels mais ceux qui avaient pu venir à Rome me l'avaient bien dit. Bjarghildur se moucha, dit lorsqu'elle eut reniflé fortement plusieurs fois par le nez comme pour le nettoyer : je trouve que les matelas à l'hôtel sont vraiment horribles. Ça je ne doute pas que quelque joyeux couple romain y ait fait du cheval dessus des dizaines d'années durant.

Apollon et Daphné, murmurai-je lorsque nous entrâmes dans une nouvelle salle, une des plus célèbres œuvres du Cavaliere Bernini, j'en avais déjà vu des photos. Là Diane fuit devant Apollon. Regarde ce qu'elle fait pour s'échapper, elle préfère se transformer en laurier-rose plutôt que d'atterrir dans les griffes du dieu éperdu d'amour et de désir. C'est l'instant où il va la saisir et où la transformation de son corps commence, vois les feuilles de laurier qui jaillissent de ses doigts, les racines qui poussent de ses orteils, l'écorce rude qui commence à s'enrouler autour de ses hanches. La posture est si pathétique, et pourtant si majestueuse.

Tu n'as pas besoin de me faire un discours à chaque fois qu'on arrive à une statue, dit Bjarghildur, je suis parfaitement capable de voir et comprendre ça moi-même. Je la connais aussi cette histoire, je l'ai entendue à l'École de jeunes filles dans la deuxième décennie du siècle. La pauvre fille est en train de se transformer en arbre mais

534

ce n'est pas le pire qui pourrait arriver à quelqu'un, moi je n'aurais rien contre le fait d'être un bel arbre quelque part et de ne pas avoir à bringuebaler ici dans toutes les directions, les genoux et les hanches à moitié hors d'usage. Elle peut juste s'estimer heureuse de ne pas avoir à regarder son corps se décrépir, ne pas avoir à écouter le cliquetis dans son propre squelette quand la chair est partie. Nous allons continuer pour arriver à boucler cette tournée d'inspection avant le repas du soir.

Un petit couloir s'étirait entre les salles, il y avait là des tableaux et de petites sculptures du Sauveur, nous nous arrêtâmes un peu. Ce n'est pas trop tôt qu'on voie enfin quelque chose de religieux après toute cette nudité grecque, dit Bjarghildur. Mais tu ne trouves pas que c'est une coutume amusante chez les catholiques d'allumer des cierges dans leurs églises ? Et très souvent devant des portraits de Marie, la mère de Dieu, avec son fils. Les parents sont toujours en train de prier pour leurs enfants, toute la vie tourne autour d'une seule et même chose, sauver ses enfants.

Le rat d'égout que tu as tué était aussi une mère, avec douze ou quatorze petits à la maison, dis-je froidement.

C'était un animal nuisible, Karitas, un animal nuisible ! me siffla-t-elle dessus entre ses dents avec fureur.

Elle était tellement en émoi lorsque nous entrâmes dans la salle suivante que son corps s'échauffa, ses tempes devinrent rouges, et la puanteur de son parfum s'amplifia, devint une traînée qu'elle trimballait derrière elle. Elle longea les murs au pas de charge, faisant le tour de la salle, j'allai directement au milieu, vers la sculpture que j'étais venue voir. Ils avaient beaucoup parlé, à l'Académie, nos professeurs qui pour la plupart étaient allés à Rome, de l'incroyable technique de Bernini, comment il insufflait la vie à la pierre, comment la douce peau de Proserpine se creusait légèrement sous la poigne ferme de Pluton lorsque celui-ci saisissait ses hanches. Je me trouvais devant la sculpture dont ils avaient tant parlé, et versai des larmes. Cela m'était arrivé auparavant, j'avais vu des photos d'œuvres de génies dans les livres ou les magazines, puis vu ensuite les mêmes œuvres dans des expositions à Paris ou à New York et n'avais pu me retenir. Avais fondu en larmes. Et jamais avec un mouchoir sur moi. Je fixai les doigts de Pluton, eus l'impression qu'ils pouvaient se mettre à bouger à chaque instant, je ne fus pas loin de croire que son petit doigt avait légèrement tressailli, un infime mouvement, si insaisissable que l'on n'était pas sûr. Ses doigts étaient minces, sans aucune adéquation avec son corps fort musclé, Bernini n'avait-il jamais vu les doigts d'un homme qui a fait des travaux de peine ? Combien de temps l'étreinte de cette main devait-elle avoir pris ? Une semaine ? Un mois ? Cela dépendait naturellement de combien de temps il devait dormir, ou réussissait à dormir. J'aurais eu envie de voir son atelier, j'essayai de me l'imaginer, de me représenter la si grande saleté qui accompagnait les sculptures.

La déplaisante odeur de Bjarghildur se porta à mes sens, elle se tenait derrière moi et demanda avec une respiration lourde : qu'est-ce que c'est, ça ? Comme si un nouveau plat qu'elle n'avait jamais eu auparavant avait été porté sur la table devant elle. *Ratto di Proserpina*, répondis-je. Pluton, le dieu des enfers, enlève Proserpine de force. A l'intention d'en faire sa femme. Viol, disent certains, car bien sûr il a l'intention de la contraindre à la vie commune. Tu vois comment elle se débat dans son étreinte, la mort dans l'âme, la larme sur la joue, lui avec l'expression assurée de sa victoire sur le visage, leurs corps opposant une puissante résistance l'un à l'autre ? L'artiste utilise l'instant où Pluton s'empare d'elle, mais tu connais bien sûr cette histoire, le chien à trois têtes à leurs pieds est Cerbère qui garde les portes de l'enfer. Remarque aussi le vêtement qui pend derrière, extraordinairement bien exécuté, et la verrue dans son dos, mais tu vois naturellement comment Bernini exagère sa stature masculine, en fait une montagne de muscles afin que sa douceur et sa délicatesse à elle soient encore plus mises en évidence, j'ai quand même quelques doutes sur les mains, il aurait peut-être pu les travailler mieux, mais la poigne de la main elle-même, quelle volupté de contempler une telle technique.

Il me sembla entendre Bjarghildur grogner.

Je jetai rapidement un regard par-dessus mon épaule, crus qu'elle s'était étranglée. Elle tenait sa main crispée sur son foulard à son cou, son visage avait enflé, je lui tapai instinctivement dans le dos, elle se déroba d'un soubresaut, perdit son sac à main par terre. Je me baissai, ramassai de petites choses qui en étaient tombées, allais le lui tendre mais elle avait alors mis ses deux mains sur ses joues, était recroquevillée et tremblait tout entière, puis elle se mit à sangloter. Les visiteurs du musée la regardèrent avec étonnement, je l'attirai à l'écart, lui demandai si elle avait mal quelque part, elle ne put rien répondre, secoua seulement la tête. Je jugeai que la meilleure chose était de l'emmener dehors au grand air. Ne pus cependant m'empêcher de ronchonner en chemin, il me restait encore à voir Le Caravage, j'étais quand même aussi venue pour le voir, mais elle ne faisait que pleurer. Je dus plonger dans son sac à la recherche d'un mouchoir.

Nous nous assîmes sur un banc à l'extérieur du musée, je croyais qu'elle se remettrait rapidement mais elle ne pouvait pas se contenir. Je n'aimais pas la façon dont son corps tremblait, il m'effleura l'esprit que pareil tremblement était le signe d'une crise de nerfs, j'avais entendu parler de ce genre de choses même si je n'avais jamais vu personne dans cet état. Puis je suggérai que je retourne dans le musée pour appeler un taxi mais elle refusa catégoriquement et cria : non, ça va aller mieux, je dois juste marcher un peu.

Nous marchâmes en suivant de longues allées qui s'étiraient depuis le musée, la douceur du temps était exceptionnelle lorsque nous étions entrées, maintenant le vent s'était levé. Il jouait dans la couronne des arbres, il était quelque part si provocant, je ressentis un frisson bien que je n'aie pas froid. Comme plus personne ne nous voyait, Bjarghildur laissa libre cours à ses sentiments contenus, pleura ouvertement avec de bruyants reniflements et de douloureux soupirs. Je m'abstins d'aller vers elle, de demander ce qui se passait, voyant que c'était inutile dans l'état actuel des choses. Puis elle sanglota dans un soupir à mi-marche : une bête nuisible, il est seulement une bête nuisible.

Elle avançait en titubant, aveuglée par les larmes, je dus la prendre sous le bras pour la soutenir. Lorsque nous arrivâmes à la vieille muraille et à la rue à grande circulation qui la longeait, je vis que nous ne pouvions pas rester plus longtemps dans cette situation, que je devais trouver un taxi et la ramener à l'hôtel au plus tôt. Nous étions arrivées au bas de la via Veneto, là où se trouvaient les hôtels élégants et où habitaient les riches, j'avais dans l'idée d'aller dans un des restaurants du côté droit de la rue et de leur demander de me procurer une voiture, laissai Bjarghildur s'asseoir un instant sur le rebord d'une vasque de fleurs un peu plus haut dans la rue. Dans l'état où elle était je ne voulais pas aller avec elle plus loin, les gens étaient en train de manger dans les restaurants, la plupart dehors, le temps était chaud en dépit du vent.

Végétation arborescente dans des bacs à fleurs et auvents en toile de couleur vert bouteille rendaient l'environnement à la fois attrayant et cossu, les gens prenaient leur déjeuner à l'extérieur mais avaient l'abri des bâches tendues contre les souffles du vent. Je restai à l'écart de l'une d'elles un instant tandis que je me demandais où il serait le mieux de solliciter de l'aide lorsque j'aperçus une femme rousse dans un fauteuil roulant. Elle était d'âge moyen et avait la peau blanche que les roux ont habituellement mais elle s'était teint les sourcils en noir ce qui rendait son visage incongru. J'eus besoin de regarder celui-ci un moment. Et remarquai alors l'homme qui était assis à la même table qu'elle et me tournait le dos, ou plutôt l'affairement autour de lui. Des hommes arrivaient les uns après les autres pour le saluer, ce qui en soi n'avait rien de particulier s'il n'y avait eu autre chose, tous lui baisaient la main. Je trouvai cela singulier et amusant, j'avais vu une pareille scène dans un film outre-Atlantique, lorsque les crapules venaient embrasser la main du parrain de la mafia. Je souris ironiquement, puis m'apprêtai à m'occuper de ma requête et aller vers un serveur qui me semblait sympathique lorsque l'homme à la table étendit légèrement sa main comme pour souligner l'importance de ses mots ou demander quelque chose, et instantanément je reconnus le geste.

Aussi étonnant que ce soit, cela ne me surprit pas de le voir, justement là, à cet instant. Il avait toujours été ainsi, comme le vent, il arrivait soudainement, soufflait un moment, puis avait disparu et personne ne savait où. Je marchai jusqu'à sa table, me campai sur mes jambes devant lui et dis : est-ce que tu peux m'appeler un taxi, Sigmar ?

Si je l'avais surpris il ne le laissa pas paraître, il se leva, sans aucune précipitation, tranquillement comme si j'avais juste quitté la table un instant et étais revenue, tira une chaise pour moi sans dire un mot et je m'assis. Attendis, il se rassit et attendit aussi mais j'avais parlé, c'était son tour, je n'avais pas l'intention de céder là-dessus. Puis nous nous toisâmes du regard comme nous le faisions toujours après une longue séparation. Il regarda mes cheveux blonds qui avaient pris des reflets blancs, je regardai ses cheveux bruns parsemés de gris, il regarda ma peau blanche, moi sa peau bronzée, puis il détailla mes vêtements, mon imperméable clair et ma jupe noire étroite, resta les yeux rivés sur mes chevilles, j'examinai minutieusement sa chemise noire et le tissu doux de sa veste gris foncé, enfin nous nous prîmes les mains, nous avions maintenant tous les deux des taches de rousseur sur le dos de celles-ci. Il me sembla que les miennes avaient plus vieilli, cela provenait probablement de ces éternelles lessives à la main. Je sentis son parfum et vis aux ailes de ses narines, à la façon dont il les remuait en penchant légèrement la tête dans ma direction, qu'il sondait mon odeur. Il dit : tu as un nouveau parfum, Karitas ? Je répondis d'emblée : bien sûr, les vieux parfums ne conviennent pas aux temps nouveaux. Puis nous nous tûmes tous les deux et nous regardâmes dans les yeux, lui dans mes yeux bleu clair, moi dans ses yeux vert océan. Leur couleur avait légèrement pâli mais l'infini de son regard était le même. Ce fut alors comme s'il se rendait compte que nous n'étions pas seuls au monde, comme nous l'avions été il y a longtemps lorsqu'il aimait tellement le lard de phoque, il jeta un regard rapide aux gens qui étaient assis ou se tenaient autour de nous, aux hommes qui avaient embrassé sa main, à la femme rousse en fauteuil roulant, au maître d'hôtel qui se tenait prêt à servir, et dit en italien : c'est la *signora* Jónsdóttir d'Islande, ma femme.

Les gens sursautèrent, subitement mes mains furent embrassées, à la fois la gauche et la droite, on me sourit de toutes les directions, le maître d'hôtel dansa autour de moi lorsqu'il essaya de savoir ce que je voulais boire. Bien que je ne fusse pas hostile à Sigmar, surtout cependant parce qu'il avait eu la présence d'esprit de me présenter sous mon nom exact, pas sous son nom comme il lui aurait été pourtant facile de le faire, je ne pus m'empêcher de lui lancer une pique, lui demandai d'une voix rapide s'il était un parrain de la mafia, les hommes l'embrassant sur le dos de la main comme quelque chef de malfrats. Il rit, supposa que je n'avais pas toute ma tête, dit que c'étaient tous des gens auxquels il avait procuré du travail et qu'ils lui en étaient reconnaissants, en plus du fait que les Italiens étaient bien plus affables et de bien meilleur tempérament que les Islandais. Ah bon, dis-je simplement en regardant les Italiens de bon tempérament qui parlaient entre eux à voix basse pour que le couple puisse discuter en paix, et tu habites quelque part par là ? Tu sais bien que j'habite à Marseille, répondit-il, mais par ailleurs oui j'ai un appartement ici dans la rue d'à côté. Que je vous ai proposé d'utiliser mais vous n'avez pas accepté.

Qu'est-ce que tu fais à Rome puisque tu habites à Marseille ?

Je suis venu pour te regarder.

Tu n'es pas venu au repas de baptême du petit Hrafn ?

J'étais en Malaisie.

Encore heureux que tu n'aies pas été sur la lune.

Je suis venu quelques jours plus tard et lui ai offert un tricycle.

Les enfants au biberon ne se servent pas de tricycle, dis-je puis me rappelai que Hrafn avait grandi depuis et qu'il avait probablement commencé à s'en servir. J'allais me lever, me retirer de cette assemblée, ne me rappelant plus quel avait été le motif de ma venue, mais des serveurs apportèrent alors des légumes parfumés et des spaghettis sur la table, posèrent aussi devant moi une assiette et des couverts et je fus alors prise de cette faim qui vient parfois quand je n'ai rien mangé de consistant depuis longtemps, et avant que je ne m'en rende compte je m'étais mise à grignoter le repas et il se fit tout naturellement que nous nous mîmes à parler de nos enfants. De Jón, qui avait eu des enfants tous les ans après qu'il s'était enfin décidé à commencer, de

Sumarliði qui naviguait à bord de bateaux de croisières sur tous les océans du monde et jouissait de l'admiration des femmes de toutes nationalités en tant que commandant du vaisseau bien sûr, d'Halldóra qui était encore dans les chevaux, toujours si énergique et travailleuse bien qu'elle veuille en savoir le moins possible sur la famille, de notre Silfá, cette maîtresse femme qui ne regardait pas à travailler à côté de ses études en même temps qu'elle élevait seule son petit garçon, mais c'était un enfant si gentil et si raisonnable, et nous étions en train de parler de Hrafn, nous avions tous les deux plaisir à parler de jeunes enfants, lorsqu'une voix mécontente se fit entendre dans mon dos : tu n'allais pas téléphoner à un taxi ?!

J'avais complètement oublié Bjarghildur. Elle était maintenant dans un état d'abattement, éplorée, le bruit de ses reniflements attirait encore l'attention, mais lorsqu'elle vit en quelle compagnie je me trouvais elle se redressa en se raidissant, n'émit ni toussement ni soupir, ferma les yeux à demi et des plissements se formèrent sur sa bouche. Je dis que Bjarghildur avait besoin de pouvoir rentrer immédiatement à l'hôtel, qu'elle était tombée brusquement malade et redemandai à Sigmar d'appeler une voiture. Il déclara qu'il y avait assez de taxis un peu plus bas dans la rue mais qu'il allait simplement nous conduire lui-même, puis nous nous levâmes du repas inachevé, je pensai que nous aurions tous les deux trouvé mieux d'inviter Bjarghildur à s'asseoir et manger avec nous. Je saluai poliment les Italiens, ils se levèrent tous comme un seul homme et s'inclinèrent, la rousse agita vivement une main maladive. Bjarghildur et moi trottinâmes derrière Sigmar vers une voiture noire et beige qui était garée au coin de rue suivant, au volant était assis un chauffeur qui somnolait, il sortit d'un bond lorsqu'il vit Sigmar et ouvrit toutes les portes avec empressement. Bjarghildur lança ironiquement : excusez du peu, rien de moins qu'un chauffeur particulier ?! Elle ne reçut aucun écho, ni de sa part ni de la mienne, aussi elle se moucha allègrement. Respira si lourdement et si profondément à mes côtés sur le siège arrière. Elle était en train de se remettre me sembla-t-il, la présence de Sigmar paraissait avoir un effet tonifiant sur elle. Il était assis à côté du chauffeur, regardait sans cesse rapidement autour de lui par la vitre et vers le ciel, jusqu'à ce qu'il dise : le temps est en train de tourner, il est à la pluie, orageux si je le connais bien.

Pas un seul nuage n'avait pourtant encore voilé le soleil à l'extérieur, mais le temps se couvrait aussi dans la voiture, une sorte de tension indescriptible s'accumulait, je ressentis une gêne au niveau du diaphragme. Le jeune chauffeur percevait quelque chose de similaire, je rencontrai à maintes reprises son regard fébrile dans le rétroviseur comme s'il s'attendait à des nouvelles du siège arrière. Cela finit en fait par arriver. Bjarghildur s'était préparée à charger.

Elle demanda poliment à Sigmar s'il avait beaucoup de relations avec sa famille en Italie ? Il ne lui répondit pas. Elle demanda encore avec une jovialité apprêtée si sa fille habitait encore à Naples, « ou bien elle habite peut-être ici à Rome avec sa mère, et n'as-tu pas maintenant toute une ribambelle de petits-enfants ici, Sigmar ? »

Je regardai par la vitre de la voiture, fis comme si cela ne me concernait pas particulièrement mais regrettai d'avoir raconté cela à Bjarghildur en son temps. Il me sembla aussi aux épaules de Sigmar et à sa nuque raide qu'il pouvait bien s'imaginer jeter sa belle-sœur par la portière mais il s'en abstint, regarda droit devant lui. Nous fûmes coincés un moment dans un encombrement et les premiers roulements de tonnerre se firent alors entendre dans le lointain. Sigmar se retourna et me regarda en demandant si j'avais quelque peu contemplé l'art à Rome ? Oui, je déclarai être allée dans les musées les plus connus, que je revenais de la Galleria Borghese mais n'avais pas réussi à voir Le Caravage dans l'une des salles du fait que Bjarghildur avait eu une crise de nerfs dans la salle précédente.

Le chauffeur n'eut pas besoin d'ouvrir pour Bjarghildur lorsque nous arrivâmes à notre hôtel, elle sortit de la voiture d'une grande enjambée avec tapage et claqua si fort la porte derrière elle qu'on en eut mal aux oreilles. Les coups de tonnerre étaient devenus plus insistants, des gouttes s'étaient mises à tomber du ciel, je remerciai Sigmar de nous avoir raccompagnées et allais me précipiter dehors sans assistance lorsqu'il me demanda d'attendre un instant. Il prit un petit carnet, griffonna quelque chose sur un papier puis sortit aussi de la voiture et quand il m'eut raccompagnée jusqu'à la porte il mit celui-ci au creux de ma main. Si tu tiens à voir la vérité, dit-il et s'en alla avec un au revoir.

Le tonnerre jouait une symphonie, cela s'assombrit à l'intérieur. Des éclairs frappaient les collines sur lesquelles était construite la ville, tout autour de moi, mais je ne regardais pas par la fenêtre pour les apercevoir, je fixai simplement le bout de papier qui m'avait été donné devant la porte quelques instants plus tôt. L'avais déplié, posé sur ma table. Il gisait là tout seul et abandonné, comme entouré d'ennemis, de mon carnet de croquis, les crayons, les aquarelles dans leur étui de voyage, la crème pour les mains, ma montre, le flacon de parfum, ma barrette, le miroir à main, tout près de lui se trouvait un plan de Rome. Si je le dépliai je pourrais trouver la rue qui avait été inscrite sur le papier. Voir où dans la ville elle habitait, la femme du petit papier. Mais mes mains ne tremblaient pas, elles étaient posées sur mes cuisses, sans force comme si elles avaient abandonné après une rude bataille. Mes yeux reposaient eux sur le petit papier comme s'ils ne pouvaient rien regarder d'autre dans le monde.

Les coups de tonnerre s'accentuèrent à la sixième heure, mais je restai assise inerte, je pouvais m'imaginer comment les gens s'étaient sentis lors des bombardements aériens et il me revint alors que j'avais vécu deux guerres mondiales et qu'aucune fois je n'avais pris conscience que des combats se déroulaient. La première fois j'étais une jeune fille à Akureyri qui lavait le linge pour la femme d'un marchand avec de la poudre à laver italienne et j'étais assise entre deux lessives comme un joueur de violoncelle tandis que je faisais des dessins pour une artiste cultivée, et la deuxième fois j'étais à Eyrarbakki, professeur de dessin et artiste solitaire, mère de famille qui habitait cependant seule et sans enfant, peignait des décors de théâtre sur commande et créait des œuvres pour lesquelles la plupart des gens avait de l'aversion, pendant que le village dormait. Mais n'étais-je pas née de nouveau à la vie à Paris, n'avais-je pas laissé douleur et chagrin au pays, n'avais-je pas peint de si belles abstractions lyriques, n'avais-je pas réussi à être reconnue et connue dans le milieu artistique de la ville, ou bien avais-je moi-même entravé ma route vers la célébrité au moment où celle-ci m'apparaissait ? Que s'était-il passé à Paris, pourquoi avais-je échoué ? Je me voyais briser le ventre de l'instrument, me voyais sombrer dans l'eau savonneuse chez les lavandières à Montmartre, ensuite de longues ténèbres obscures. Puis les gratte-ciel de New York, j'avais en horreur les hauts immeubles, ils signifiaient que je devais prendre l'ascenseur, être enfermée dans une petite cage, c'est pour ça que j'avais tant fréquenté les parcs, évidemment, Yvette aurait dû le comprendre. Mais elle m'avait procuré l'atelier, m'avait fournie en pinceaux, couleurs, m'avait traînée dans les musées et les expositions, avait vendu mes tableaux. Je ne me rappelais pas si elle avait reçu une commission pour sa peine. Je ne m'étais jamais occupée de cet argent, l'avais juste dépensé s'il y en avait. Elle avait été particulièrement bonne avec moi, Yvette, cru que je deviendrais célèbre, n'avais-je pas tout raté là-bas aussi en me ruant en Islande comme une folle ? Pourquoi avais-je eu besoin de me rendre à l'enterrement de maman ? Elle était de toute façon partie au ciel et de ce fait ne m'avait pas vue. J'avais eu si peu de contacts avec elle, ma mère, après que je l'avais quittée tout juste âgée de dix-huit ans. Tous les autres avaient leurs mères. Et leurs pères. Le mien s'était noyé après m'avoir appris à dessiner. L'absence de parents m'avait rendue déchirée, désorientée, déracinée, le chaos me hurlait après où que j'aille. Faisait écho à la solitude qui me suivait à chaque pas. Qu'avais-je fait à Paris ces dernières années ? Des barbouillages avec des aquarelles, assise seule dans un appartement encombré de meubles antiques, faisant un rapide saut dehors comme un rat d'église jusqu'au restaurant d'à côté pour me nourrir, afin de pouvoir continuer à rester assise et barbouiller. Puis j'étais enfin arrivée à Rome, la ville dans laquelle j'aurais dû commencer mon voyage d'artiste. J'avais tout gâché en couchant avec un homme. Et chaque homme est suivi d'une piste semée d'enfants et d'obligations. Et maintenant je regardai le nom qui m'avait troublée des années durant, m'avait ravi ma joie, avait rempli mes tableaux de colère, ou ce qui était pire encore, de faiblesse. Ou peut-être les autres n'avaient-ils rien à voir avec ma création artistique, étais-je moi-même le mal, mon cerveau, mes mains ?

Un hurlement de sirène répondit aux coups de tonnerre, l'andante était terminé dans la symphonie, on en était arrivé à l'allegro, probablement une personne âgée avait-elle eu une crise cardiaque dans ce vacarme, ou peut-être un éclair était-il tombé sur un des campaniles de ces vieilles maisons brunes dans les sombres ruelles ? Où se cachaient les oiseaux par temps d'orage ?

On frappa alors à ma chambre. À la lueur d'un éclair

je trouvai mon chemin jusqu'à la porte. Herma se tenait dans le couloir, je dis lorsque je vis son expression : oui, Herma, je suis assise là dans l'obscurité.

Elle fit sauter dans sa main un sachet contenant des flocons d'avoines : c'est ce que fait aussi ta sœur, ou plutôt elle, elle est couchée dans l'obscurité, s'est tournée contre le mur et ne veut absolument pas me parler. M'a demandé cependant de lui préparer de la bouillue de flocons d'avoine, elle n'a pas envie d'autre chose, elle avait emporté cette poche avec elle de chez nous, sauf que je ne sais pas préparer ça, aussi tu dois venir avec moi en bas chez la *signora* Sebastiani pour m'aider préparer, je ne suis pas sûre qu'ils fassent des bouillues comme ça ici, et puis c'est aussi l'heure du repas du soir de toute façon, ma parole si je ne sens pas une odeur de goulasch.

Il me semblait incroyable qu'une femme douée pour les langues comme Herma ne puisse jamais apprendre à dire le mot bouillie correctement mais je descendis avec elle. Fuyai les tonnerres et les éclairs dans ma tête.

La petite salle de restaurant était bondée, les clients se tenaient à l'intérieur par mauvais temps, nous dûmes nous asseoir auprès d'un couple anglais. La *signora* Sebastiani connaissait bien la bouillie de flocons d'avoine, elle déclara qu'elle allait s'occuper de la *signora* Jonsdottire qui était dans un état misérable en ce moment. Elle semblait en savoir plus sur elle que nous. Lorsque nous eûmes mangé en silence un moment je ne pus me retenir plus longtemps, sortis le petit bout de papier de la poche de mon gilet en laine et le posai sur la table : c'est le nom et l'adresse de sa fille. Il m'a encouragée à aller la regarder, voir la vérité comme il l'a appelée.

Herma mit ses lunettes : Nicoletta Parenti, via Mastro Giorgio, Testaccio, c'est juste ici dans le quartier voisin de chez nous, nous pourrions simplement y aller en marchant. Il est souvent mieux de regarder la réalité en face, c'est exact, elle ne se révèle alors pas aussi vilaine qu'on le croyait. C'est si bizarre mais les gens ne trouvent pas le repos tant que chaque détail dans un secret bien gardé n'est pas éclairci.

Karitas

Campaniles, 1971

Aquarelle

À l'aube elle restait étendue éveillée dans son lit,
écoutait au-dehors les oiseaux dans leur fébrile quête
de pitance, le croassement des corneilles, mais elle
n'en croyait pas ses propres oreilles lorsqu'elle entendait le rire malveillant des goélands. Elle avait toujours été persuadée qu'ils appartenaient uniquement au
bord de mer islandais mais là-bas ils venaient de la
rivière, volaient entre les campaniles des maisons qui
s'élevaient sur les berges, essayaient avec insolence
de chasser les oiseaux plus petits, la bataille pour la
nourriture était cruelle. La brume matinale dans Rome
les frais matins de printemps convenait bien à Karitas
comme sujet de tableau tant qu'elle travaillait avec
des aquarelles, elle montait souvent le matin vers cinq
heures à la véranda sur le toit de l'hôtel, juste avant
que la ville s'éveille, regardait les maisons qui se
dressaient plus bas près de la rivière et se demandait
pourquoi les Romains surmontaient si souvent leurs
maisons de tourelles. Certaines étaient petites comme
des tours de guet sur les vieilles murailles des châ-
teaux, d'autres de la taille d'une bonne pièce, campa-
nile habitable pour ceux qui désiraient la paix, avaient
besoin de s'enfermer. Ou étaient enfermés. L'espace
difficile à identifier du tableau tend à suggérer ce
dernier cas, il se peut que le vieux conte islandais

de la jeune fille dans la tour ait effleuré l'esprit de l'artiste lorsqu'elle se tenait sur le toit de la maison dans la brume et écoutait les piaillements des oiseaux. Les oiseaux eux-mêmes interviennent cependant peu mais malgré tout c'est comme si le spectateur percevait leur présence. Les campaniles mystérieux dans la brume ocre communiquent solitude et claustration, on peut trouver un ton similaire dans d'autres œuvres de Karitas exécutées durant son séjour à Rome mais ce qui distingue des autres le tableau des campaniles, le rend unique et soulève des questions, est la couleur rouge sur le haut dans le coin gauche de l'image. Comme si l'on avait mis le feu à l'une des tours. La valeur symbolique de la couleur est sans conteste mais ce qui éveille surtout l'attention de l'amateur d'art est la technique des couleurs.

Le jeu du vendeur et de l'acheteur est un menuet, le couple se rapproche et s'éloigne tour à tour, respectueusement mais cependant avec une certaine légèreté, avec un petit sourire sur les lèvres et de discrètes inclinations de la tête qui indiquent reconnaissance et consentement. Méthode que j'avais apprise des Français et pratiquée mais Herma était par contre gauche et perdue après un isolement de plusieurs années dans la campagne islandaise, elle ne fut pas de la moindre utilité lorsque j'eus besoin d'elle dans ce moment difficile de ma vie, je dus lui donner un coup de coude chaque fois qu'il lui incombait de traduire en italien. Elle était absente, comme un elfe émergeant de son tertre, semblait avoir oublié les sciences générales de la communication. Nous entrâmes dans une petite boutique de vêtements pour femmes comme n'importe quelles autres clientes, je souris et manifestai le comportement de l'acheteur avec Herma ainsi absente à mes côtés mais j'avais en fait seulement l'intention d'obtenir des renseignements sur Nicoletta Parenti, le numéro de sa maison était le même que celui de la boutique et nous n'avions vu aucune entrée de logement, encore moins de sonnette sur la rangée de maisons. Puis je fis dire à Herma que je me cherchais une jupe convenable et la vendeuse, une femme vive et zélée d'une quarantaine d'années, réagit rapidement, sortit une par une des jupes de tous genres, les présenta sur moi, vit tout de suite quelle taille il me fallait, et je m'acquittai du rôle de la cliente, sachant que c'était profitable pour obtenir les renseignements les plus utiles. Puis poussai Herma du coude et lui dis de demander à la femme si elle connaissait quelque *signora* Parenti qui devait habiter dans la même maison, et celle-ci dit alors en souriant, comme si cela tournait autour d'un divertissement : je suis Nicoletta Parenti !

Je me retrouvai alors devant la fille de Sigmar et de cette Antonia que j'avais exécrée sans l'avoir vue de mes yeux. Nous perdîmes simplement la parole, Herma et moi, regardâmes la femme, l'examinant des pieds à la tête. Je m'attendais à voir l'expression de Sigmar dans son joli visage allongé mais il n'y avait pas de trace visible de lui. Pas la moindre. J'eus malgré tout des battements de cœur, pressai peut-être la jupe inutilement fort dans mes mains, sachant que je me tenais peut-être devant la vérité. Pour mieux saisir les circonstances j'eus recours au mensonge, souris comme si j'avais découvert la roue et articulai à haute voix en français : mais quelle chance ! Mon amie à Paris m'a demandé c'est-à-dire de remettre son bonjour à une femme ici à Rome dont j'ai complètement oublié comment elle s'appelle, me souvenais juste du nom de sa fille, est-ce que tu peux éventuellement me dire où je peux trouver votre mère, est-elle encore en vie ?

Les bras d'Herma en tombèrent un instant mais elle traduisit cependant de façon ininterrompue lorsque je l'eus poussée d'un coup de coude. La *signora* Parenti fut un peu désorientée, elle n'avait pas le souvenir que sa mère ait eu une amie à Paris mais trouva vraisemblablement que nous étions des personnes inspirant confiance car elle répondit empressée : maman ? Oui bien sûr qu'elle est en vie, elle est juste allée chercher du poisson frais, si vous allez là jusqu'au coin vous verrez le marché. Herma traduisit obéissante et nous restâmes un moment silencieuses après ces nouveaux renseignements. Je vis que Nicoletta nous regardait avec un air investigateur aussi je me dépêchai de dire avec le sourire de la cliente : qu'il y a de beaux vêtements chez vous, je suis en train de penser à me prendre la jupe noire avec les rubans bruns. Elle me vendit la jupe et avant de m'en rendre compte j'avais aussi acheté un chemisier qui allait bien avec celle-ci, c'était une bonne vendeuse, elle avait plaisir à commercer, m'avait pratiquement aussi vendu un déshabillé mais je me rappelai alors pourquoi j'étais venue et réussis à lui demander avant que nous sortions comment sa mère était habillée, s'il se faisait que nous tombions sur elle.

À l'extérieur Herma me regarda offusquée, demanda pourquoi diable je ne lui avais pas simplement dit la vérité ? Je déclarai ne pas être sûre que nous la détenions là, que peut-être ce n'était pas la fille de Sigmar après tout, qu'elle ne lui ressemblait pas le moins du monde, que probablement cette Italienne lui avait simplement collé la paternité dessus pour obtenir de l'argent de lui, que quelques femmes étaient juste ainsi faites et qu'il n'y avait rien d'anormal à ça, qu'elles devaient bien sûr subvenir aux besoins de leurs enfants d'une manière ou d'une autre. Et je sentis que je me réjouissais légèrement au creux de moi-même.

Nous étions dans un quartier populaire plein de vie, débarrassé des tourelles sur les plus hauts étages des habitations, il y avait là des échoppes devant la plupart des rangées de maisons, un jardin public et une église au nord du quartier, la place du marché un peu plus au sud et à l'extrême sud le cimetière des protestants où Keats et autres intellectuels reposaient. Ils étaient tous venus pour recouvrer la santé, croyant que l'air du sud soignerait leur tuberculose, puis tombaient comme des mouches sous le soleil romain. Il n'y avait par ailleurs ici pas l'ombre d'un touriste à part nous mais dans les rues allait et venait le flot des habitants avec sacs et paquets, parlant haut et d'un ton dégagé, leur comportement désinvolte était toujours davantage pour moi un sujet d'étonnement, comme si ces gens n'avaient aucun secret. Herma dit le visage un peu étiré : je suppose que tu veux voir cette femme avant que nous nous en retournions, n'est-ce pas ? Je le croyais bien, je voulais maintenant voir avec quelle femme il s'était trémoussé une année bien que la gamine soit peut-être un sujet de doute, aussi nous nous dirigeâmes vers la place du marché.

Que tu en sois à faire des choses comme ça, une femme de soixante-dix ans ! dit Herma. Je dis que l'âge n'avait aucune importance, que mes sentiments ne changeaient pas même si la peau elle le faisait. Et fus un peu abattue lorsque je découvris que les mots justes m'étaient venus à la bouche, car lorsque je vis la mère mon cœur fit un bond. Nous sûmes aussitôt que c'était elle. Veste en laine jaune moutarde mi-longue, jupe marron, chaussures de ville marron clair, courts cheveux gris, elle se tenait devant l'étal de poisson, était en discussion fort animée avec le poissonnier. La fille n'avait pas mentionné qu'elle était petite et corpulente. Mais elle avait le visage allongé comme sa fille, un joli visage enjoué, exactement celui qui était si difficile à peindre. *Und jetz ?* dit Herma avec impatience dans sa langue maternelle. Je soupirai : eh bien maintenant, je crois que nous devrions nous en aller, est-ce que ça ne suffit pas ? Mais Herma dit alors : ah non, nous allons simplement régler cette affaire une bonne fois pour toutes ! Et elle alla vers la femme, l'interpella poliment et lorsqu'elle se fut assurée que son nom concordait s'écoula d'elle une véritable litanie. Je compris le sens global, elle annonça que j'étais la femme de Sigmar d'Islande là-haut et que j'étais artiste à Paris et que j'avais envie de voir les descendants de Sigmar en Italie.

Antonia Morganti, autrefois Fortunato, s'immobilisa un instant, me jaugea du regard. Je me sentis comme un accusé dans son box jusqu'à ce qu'elle vienne à moi, me tende la main et dise : mon frère Andrea a tant parlé de vous en bien ! Je pris sa main tendue, et nous nous serrâmes la main un moment, je regardai dans ses

554

yeux marron chaleureux et demandai : oui tiens, quelles sont les nouvelles d'Andrea, est-ce qu'il est finalement parti en Espagne faire des recherches sur la vieille ville romaine ? Elle dit, et l'interprète était alors entrée en jeu : oui, il est allé à Santiponce, a rampé à quatre pattes sur le sol en mosaïque d'Italica pendant plusieurs années et a écrit un énorme bouquin sur tout ça. Elle rit puis redevint sérieuse : mais il n'a jamais osé publier le livre ici en Italie parce qu'alors ses ennemis auraient vu qu'il était vivant et l'auraient déniché. Elle rit de nouveau, plus fort que précédemment, puis haussa la voix si bien que pouvait entendre qui le voulait : mais lui il a par contre déniché l'amour à Séville ! Il avait trouvé un toit chez une de ses connaissances qui était docteur, un homme marié avec une grande famille dans une élégante maison, et puis la température s'est mise à monter au début de l'été et la famille s'est installée au rez-de-chaussée comme elle faisait toujours pendant l'été mais lui n'a pas voulu descendre avec eux, il se sentait trop à l'étroit en bas et trouvait aussi que la lumière n'était pas suffisante, mais alors il s'est produit que la chaleur est passée largement au-dessus de quarante comme elle le fait bien souvent à Séville en plein été et une nuit où il était sur le point d'étouffer de chaleur il n'arrivait pas à dormir. Il s'est levé, il avait l'intention d'aller se chercher de l'eau mais alors il a senti un parfum de rose se porter à ses narines. Un parfum si irrésistible qu'il lui a semblé être obligé de trouver son origine. Il s'est dirigé à l'odeur et là figurez-vous, tout à coup il avait dans les mains un corps doux de femme, il a alors entendu une voix suave qui disait : je vous ai attendu longtemps, signor Fortunato. C'était une servante du couple du docteur, elle le lorgnait depuis longtemps et il ne lui avait jamais accordé le moindre regard. Mais elle l'a eu, le vieux garçon, et il l'a eue, et maintenant ils sont mariés à Séville et ont quatre filles !

Elle rit tellement qu'elle dut se tenir le ventre à deux mains et son rire était si communicatif qu'Herma et moi nous mîmes à sourire et avant que nous nous en rendions compte nous étions parties à rire. Le poissonnier se mit à rire avec, puis le vendeur de légumes, la fleuriste, tous rirent de bon cœur et chacun y alla de sa remarque, principalement sur les chemins détournés de l'amour. Puis Antonia redevint sérieuse en un éclair, se pencha vers Herma et moi et dit à voix basse : mais il n'a pas encore osé publier son livre ici, par contre il est sorti en Espagne. Puis me regarda droit dans les yeux : ça a dû être difficile pour vous, *signora* Ilmarson de connaître mon existence et celle de ma fille, ça je peux bien le comprendre.

Je poussai simplement un soupir et reniflai énergiquement par le nez comme elles le font chez nous en Islande, les femmes, lorsqu'elles veulent éviter les émotions. La jovialité de la femme et son comportement sincère eurent pour effet que nous ne partîmes pas mais continuâmes à discuter tandis qu'elle se dandinait entre les étals avec nous sur les talons, Herma était elle aussi en train de se ravigoter. Nous apprîmes que le mari de la *signora* Morganti avait une ganterie, et en fait un magasin de gants aussi, que la gestion marchait de mieux en mieux chaque année, qu'ils avaient même commencé à vendre des gants à l'étranger bien que ce soit en faible quantité, qu'ils avaient ensemble trois fils et une fille, et cinq petits-enfants en comptant le fils de Nicoletta, que son mari avait pris sa fille en charge comme son propre enfant quand elle avait trois ans, qu'ils avaient un joli logement à côté du jardin public, que c'était juste dommage que Nicoletta ait une si mauvaise vie de couple, que le bougre de gaillard auquel elle était mariée était plongé jusqu'au cou dans la mode dans le nord et ne se laissait pas voir sinon par intermittence, qu'il ne s'occupait pas beaucoup du petit, qu'elle était maintenant en train d'essayer de divorcer d'avec lui mais que bien sûr elle ne pourrait jamais se remarier à l'église, et qu'elle-même avait souvent rendu grâce au ciel de ne s'être jamais mariée avec Simar.

Je demandai à Herma de lui dire qu'elle n'aurait jamais pu l'épouser du fait qu'il avait tout le temps été légalement marié avec moi mais Herma fit comme si elle n'entendait pas ma remarque, elle avait plus d'intérêt pour la gestion de la boutique de la fille et la ganterie du mari. Antonia nous informa que Nicoletta se destinait à de grandes choses dans le secteur du commerce, « elle est résolue à avoir une boutique dans la via Corso ni plus ni moins, et à son propre nom et comme bien privé et je sais qu'elle y arrivera, elle a l'ambition qu'il faut pour ça, cette petite, et je peux vous dire qu'elle n'a jamais utilisé l'argent que Simar lui a envoyé mais l'a mis sur un compte pour son fils afin de pouvoir l'envoyer en Allemagne à l'université quand il aura l'âge pour ça ». Elle prononçait le nom de Sigmar « Simar », j'avais l'impression qu'elle parlait d'un homme que je ne connaissais pas.

Nous nous arrêtâmes un moment dans le jardin, nous assîmes sur un banc vide, regardâmes les enfants jouer, Antonia dévida son chapelet, parla de sa famille et de ses voisins, riant de temps à autre de bon cœur, je trouvais ce qu'elle disait peu drôle mais on pouvait probablement mettre ce qui manquait sur le compte de l'interprète. J'avais envie de clôturer cette intéressante rencontre en demandant sans ambages à la femme si elle était sûre que Nicoletta était la fille de Sigmar, aussi dissemblable de lui qu'elle était, puis de m'éclipser car je savais que je n'approcherais pas plus près de la vérité dans l'état présent, lorsqu'elle dit soudain : vous mangerez chez nous à midi. Et articula d'une voix forte : j'aurai des *carciofi, gli spinacci freschi, grigliata di calamari e crostata di cioccolato e arance.* Ce qui commanda alors nos actes n'est pas facile à dire, le besoin de vérité ou le ciel orageux qui laissait supposer une trombe d'eau sous peu, ou peut-être simplement la faim, mais Herma déclara pour sa part accepter l'aimable proposition, puis me regarda d'un œil acéré, me faisant comprendre qu'il ne me serait pardonné que fort tard si je refusais l'offre. C'est ainsi que j'entrai dans la maison de la *signora* Morganti.

Je ne compris pas ce qui me causa des battements de cœur lorsque nous montâmes au deuxième étage dans la magnifique maison près du jardin public, il me semblait plutôt que la femme était la sœur d'Andrea plus que l'ancienne amante de Sigmar, j'étais tellement certaine que je participais à un jeu de dupes. Mais définitivement pas déplaisant, elle était si amusante, Antonia, elle monta l'escalier en se tortillant, nous portions les sacs pour elle, et en faisant des plaisanteries sur les gens rondouillards, essentiellement sur elle-même. Mais les battements de cœur ne cessèrent pas avant que nous soyons assises dans son salon avec un verre de vin blanc qui fut servi glacé d'une cruche en terre ocre de Sienne, et que nous en ayons bu la moitié. L'appartement était différent de ce à quoi je m'étais attendue, pas de vestibule mais un long couloir sans fin avec plusieurs portes de chaque côté, la cuisine à un bout et le salon à l'autre, « un peu long pour elle de marcher avec les plats entre les deux », chuchota Herma. Mais la maîtresse de maison n'avait pas besoin de faire la navette entre les pièces, pour cette rotation elle disposait de plusieurs jambes que les siennes, des femmes affluèrent de toutes les chambres, mère, sœur, fille, belle-sœur, belle-sœur par alliance et belle-mère, toutes avec un visage de Modigliani, cette nostalgique et délicate figure allongée, et elles firent des allers et retours empressés avec saladiers et plats, assiettes et verres, au fur et à mesure que la préparation du repas avançait. On entendait un charivari considérable depuis la cuisine, elle devait avoir de nombreuses et bonnes marmites, Antonia. Est-ce qu'elle aura assez de nourriture pour nous tous ? murmurai-je dans l'oreille d'Herma, et elle me regarda étonnée comme si je ne connaissais pas la réputation qui courait sur les Italiennes dans une cuisine. Alors je pus lui mentionner comme ça combien Modigliani avait été tragiquement pauvre pendant qu'il habitait à Paris, il m'était pour une raison ou une autre très présent à l'esprit sur l'instant, qu'il avait noyé ses angoisses dans le schnaps et autres mixtures empoisonnées là-haut à Montmartre, avait cependant réussi à exposer six tableaux au Salon des Indépendants mais plus tard avait travaillé chez un marchand de tabac et reçu à cette époque quarante francs et une bouteille de cognac pour chaque tableau qu'il faisait, tandis que les autres fous qui étaient aujourd'hui oubliés depuis longtemps avaient reçu le prix d'une terre pour les leurs. Mais qu'il en était autrement aujourd'hui, que les gens n'hésitaient pas à s'entretuer pour posséder même un tout petit tableau de lui.

Herma me regarda interdite. Je vis dans ses yeux que cela elle ne le savait pas bien sûr même si elle prétendait être maligne.

Puis apparut le mari d'Antonia, un homme rondelet avec une moustache, rentré à la maison pour le repas de midi avec son fils à côté de lui qui était son bras droit dans la ganterie, et enfin arriva la fille aînée, elle fermait sa boutique à la mi-journée comme les autres commerçants afin de pouvoir manger et se reposer. Je ne pouvais toujours pas m'apaiser et marmonnai si bas que personne sauf Herma n'entendit : tu crois vraiment qu'elle a assez de quoi manger pour nous tous ? Mais à ce sujet Herma Reimer n'avait pas la moindre inquiétude, on lui avait versé plus de vin glacé et elle babillait maintenant continuellement en italien. Les visages de

Modigliani penchaient la tête et souriaient joyeusement, il me sembla que la conversation tournait autour des gants.

Sur les murs il y avait beaucoup de tableaux, des villages de pêcheurs italiens au lever de soleil, toutes sortes de croix décoratives et des images de Marie, des petits placards suspendus fort semblables à des reliquaires. Il y avait aussi beaucoup de coussins sur le sofa, j'eus des difficultés à m'installer de sorte que mon dos soit appuyé mais que mes pieds touchent quand même le sol sans mettre sens dessus dessous leur disposition. Ils étaient faits de broderie et de canevas, certains avec un point minuscule, et sur la petite table devant nous il y avait un napperon blanc amidonné en dentelle au fuseau fait main, je faillis ne pas oser poser mon verre dessus de peur que se forme un rond. Les fenêtres du salon étaient ouvertes sur la moiteur lourde qui précédait la pluie, les cris et appels des enfants dans le jardin s'étaient tus, ils étaient rentrés chez eux pour manger. Elles venaient juste de servir le repas et de nous inviter à nous asseoir à la longue table recouverte d'une nappe à l'autre bout du salon lorsqu'un nouveau visiteur arriva avec un souffle d'air frais dans l'encadrement de la porte.

L'espace d'un instant j'eus l'impression de voir Sigmar jeune. Comme il se tenait dans l'encadrement de la porte chez nous dans le fjord de Borgarfjörður-Est avec le fusil dans les mains. Le jeune homme, avec de longs cheveux noirs aux épaules, vêtu de cette veste kaki que portaient les jeunes, avait un long cylindre de papier dans les mains. Il entra dans le salon, s'approcha de nous de sorte que je distinguai son visage, et regardai dans les yeux vert océan de Sigmar. Le garçon était son portrait craché si l'on exceptait la couleur des cheveux et la douce peau brun olive.

J'eus du mal à respirer quelques secondes. Herma fit quelques humhum comme si elle avait un tic nerveux. Antonia qui avait regardé le garçon avec admiration nous lança un regard rapide et il fut instantanément clair pour nous que nous devions émettre le moins possible de mots sur l'apparence physique de celui-ci et de ses ancêtres. Nous savions pourquoi. Les hommes sont jaloux et n'apprécient pas les anciens amants de leur femme, encore moins en portrait vivant. À cause de l'existence du jeune homme nous nous tûmes. Pas une exclamation de notre part. Nous le saluâmes simplement d'une chaleureuse poignée de main lorsque Nicoletta le présenta comme son fils unique, Giovanni, tout juste dix-huit ans. Et il était si grand. Si beau.

Nous nous assîmes à table, tous sauf les visages de Modigliani, elles restèrent debout souriantes autour de la table comme les servantes de château autrefois, prêtes à accéder aux désirs des invités, je fus un peu surprise, j'avais cru que toute la maisonnée prenait son repas ensemble. La vieille femme s'assit cependant auprès de nous mais il était évident qu'avec tout ce dérangement les chaises manquaient, je le vis en observant un peu mieux. Antonia fit asseoir le garçon entre Herma et moi, et lorsqu'il ressortit qu'il avait étudié l'anglais à l'école je pus enfin parler avec quelqu'un d'autre que ma belle-sœur. Je lui demandai poliment comment cela allait pour lui à l'école et sa mère, Nicoletta, répondit à sa place et dit qu'il était un excellent élève, qu'il allait faire carrière dans l'ingénierie, il pensait se lancer dans la construction des ponts, qu'il avait toujours eu un intérêt enflammé pour les ponts, avait aussi toujours les meilleures notes en dessin et en création graphique, et tandis qu'elle déversait tout cela dans un anglais médiocre et en italien à la fois je vis dans les yeux du jeune homme cet éclat plein d'ambition que je connaissais si bien. Lorsqu'elle eut besoin d'aider sa mère pour le repas, Giovanni saisit l'occasion, se tourna vers moi et me demanda avec charme : vous êtes artiste, n'est-ce pas ?

C'est ainsi que commença notre discussion, à partir

de mon art dont son oncle Andrea avait parlé en termes élogieux, tout autant que de son séjour dans la campagne d'Öræfi, et qu'il avait raconté dans ses lettres à sa sœur. Il avait été fort précis dans ses descriptions des glaciers blancs et des sables noirs et elle avait ensuite parlé à son petit-fils du pays dont son grand-père venait. Depuis l'âge de sept ans il avait lui-même rêvé d'aller en Islande et de construire des ponts au-dessus des rivières glaciaires pour que les gens qui habitaient des deux côtés puissent se rendre visite les uns les autres. Je trouvai cela joliment pensé et regardai longtemps ces yeux italiens à la couleur islandaise mais n'essayai pas d'expliquer ni de définir l'âme reculée de l'Islandais qui n'avait peut-être besoin d'aucun pont. Nous causâmes construction d'ouvrages, je lui parlai de tous les ponts que je me souvenais avoir vus dans ma vie, dessinai pour lui le pont sur la Hvítá dans le fjord de Borgarfjörður et celui de Brooklyn à New York, et il dessina pour moi le Ponte di Rialto à Venise et le Ponte Vecchio à Florence, il était un fameux dessinateur, c'était en fait un péché qu'il soit apparenté à Sigmar et pas à moi. Nous n'évoquâmes pas le nom de son grand-père mais je dis finalement : si tu as envie de venir en Islande laisse-moi te dire que tu serais bien reçu. Tu as là-bas une cousine qui s'appelle Silfá et qui est de sept ans plus âgée que toi, elle t'accueillerait à bras ouverts et te montrerait tous les ponts du pays.

Herma avait écouté et traduisit pour tous en toute hâte, il se fit un silence sépulcral à la table. Les membres de la famille nous regardèrent avec espérance, les femmes qui se tenaient autour de la table nous fixèrent avec des yeux mélancoliques. Je me mis tout à coup à penser à Auður d'Öræfi, peut-être était-elle morte ? J'avais promis de venir à son enterrement, je l'avais promis solennellement. On ne peut pas trahir une promesse. Elle était en vie lorsque j'avais quitté l'Islande, cela j'en étais sûre, mais qu'en était-il maintenant, cinq ans plus tard ? Comment pouvais-je avoir oublié toutes ces années ? Je me sentis mal, j'avais à moitié la nausée, chuchotai à Herma : tu ne peux pas demander aux femmes qui sont debout là de m'apporter un verre d'eau glacée ? Herma répondit posément : quelles femmes, Karitas, quelles femmes ?

Antonia alla elle-même chercher de l'eau.

Il fut fermement décidé que Giovanni viendrait en Islande lorsqu'il en aurait le temps et je lui donnai l'adresse de Silfá, lui dis de lui écrire absolument, et déclarai que je parlerais moi-même de lui à ma petite-fille à la première occasion. Nicoletta rayonnait comme le font les gens qui ont pu exaucer les souhaits de l'enfant qu'ils chérissent. Nous étions en train de terminer le dessert, je n'avais en fait pas remarqué ce avec quoi je m'étais calé l'estomac mais me souvenais cependant que je n'avais pas moins qu'Herma fait les louanges du repas. Celui-ci devait pour le moins avoir été excellent car j'étais copieusement rassasiée. C'était aussi le cas de la famille, ils avaient tous le visage rouge et une expression joyeuse, bâillaient. Ils faisaient toujours une petite sieste après le repas de midi et disparurent l'un après l'autre dans les chambres sauf le garçon, il avait l'intention de ressortir voir ses copains et nous dit au revoir avec des baisers sur les deux joues lorsqu'il s'en alla. Je me remplis de nostalgie lorsque je le suivis des yeux et le regardai disparaître.

À la fin Herma et moi nous retrouvâmes seulement toutes les deux dans le salon avec Antonia, celle-ci s'assit en face de moi, posa ses mains dans son giron et dit à voix basse : tu ne trouves pas qu'il est beau ? C'est mon préféré. Je la compris, répondis que cela ne m'étonnait pas, que je n'avais pas vu un aussi beau garçon depuis que j'avais vu Sigmar jeune la première fois. Elle comprit quelque peu mon français et dit : ils sont ressemblants. Ressemblants ? répétai-je comme si je n'avais pas bien entendu, ils sont simplement comme deux gouttes d'eau ! Elle fut prise alors d'une crise de rire, indiqua du doigt ses yeux, son nez et sa bouche, tendit les bras et rit et rit, tout se ressemblait, je me mis debout et lui montrai des gestes que j'avais vus chez les deux, Sigmar et le garçon, et nous pouffâmes de rire si fort qu'elle dut fermer la porte du salon pour qu'on ne nous entende pas dans le couloir. Herma fit quelques humhum pour nous faire savoir qu'elle était aussi là et nous redevînmes sérieuses, nous étonnâmes de l'hérédité et de l'inexplicable nature, le garçon n'aurait-il pas dû ressembler à son père ou sa mère au lieu d'être le portrait de son grand-père ?

Je ressemble exactement à mon arrière-grand-mère, dit alors Herma sèchement. Antonia dit : il n'a jamais vu son grand-père et sa mère n'a jamais vu son propre père. Mais ils ont tous les deux le sentiment qu'un homme veille sur eux. Ils croient que c'est lui.

Je regardai longtemps Antonia en silence, elle ne se détourna pas. Puis je dis : ils doivent probablement avoir raison.

Herma s'agita, dit que le temps s'était levé, que nous devions nous dépêcher, que Bjarghildur avait certainement commencé à s'étonner de notre absence, que le plus juste était peut-être d'arriver à lui téléphoner et lui faire savoir que nous étions en chemin. Il pleuvait avant ? demandai-je tout à fait surprise.

Lorsqu'Antonia Morganti et moi nous dîmes au revoir nous nous serrâmes longtemps dans les bras l'une de l'autre, sachant toutes les deux que s'il arrivait que nous nous rencontrions de nouveau ce serait de l'autre côté. Herma la salua par ailleurs comme s'il lui restait encore à la revoir, cela éveilla ma curiosité et j'allais amener la chose dans la conversation lorsque nous nous retrouvâmes dans la rue, sous le parapluie que nous partagions, il s'était remis à pleuvoir à grosses gouttes, mais elle dit alors, et elle tenait cela de la *signora* Sebastiani de l'hôtel, que Bjarghildur était descendue deux heures plus tôt à l'église de San Francisco a Ripa et n'était pas encore revenue. L'église était sur notre chemin, aussi nous décidâmes d'y passer, franchîmes le pont et je regardai de là les campaniles de Trastevere. Tu savais, dis-je, qu'ici auparavant les hommes enfermaient les femmes dans les tourelles si elles ruaient dans les brancards ? Oui, répondit-elle d'un ton fatigué, j'ai déjà entendu ça. Et nous continuâmes à marcher en silence, jusqu'à ce qu'elle s'arrête soudain et demande rapidement : tu ne te sens pas bien, Karitas ? Moi ? dis-je, je ne me suis jamais sentie mieux de ma vie, je suis tout juste libérée de ma tour !

Nous nous tenions serrées l'une contre l'autre sous le parapluie rouge tomate, elle regarda la rue et laissa enfin échapper : je vais rester à Rome. J'ai longtemps eu envie d'y habiter. La *signora* Sebastiani va me louer une chambre.

Eh bien ça, dis-je seulement.

Il se peut aussi que j'obtienne un travail à mi-temps chez Nicoletta quand elle transférera sa boutique sur la via Corso, ou que j'aide le mari d'Antonia à vendre ses gants en Allemagne. C'est venu dans la conversation à table tout à l'heure, tu n'as pas entendu, tu étais dans la construction des ponts. La solitude reculée dans la campagne commence à me réussir de moins en moins avec les années, j'ai l'intention d'utiliser la ferme juste comme maison d'été si je fais un saut au pays. C'est seulement dommage pour Bismarck, je ne sais pas ce qu'il va devenir. Un chat comme lui ne se plaira jamais à Rome. Je devrai demander à Silfá et Bjarghildur de s'occuper de lui. Je n'ai pas encore dit ça à ta sœur. Elle ne sait pas qu'elle va repartir seule en Islande.

Puis elle leva les yeux : oui, alors *abgemacht*, c'est réglé.

L'église sur la petite place était pratiquement déserte, nous vîmes de dos quatre âmes qui étaient assises éparses la tête baissée, mais aucune d'elle n'avait l'allure de Bjarghildur. Nous pénétrâmes dans la nef à demi dans l'obscurité, il y avait huit confessionnaux, quatre de chaque côté des rangées de bancs et on ne voyait aucun mouvement autour d'eux, puis nous nous déplaçâmes vers l'aile gauche, la longeâmes, passant lentement devant de petites chapelles dans les recoins, indécises sur ce qu'il faudrait faire si la bonne femme avait disparu et s'était perdue quelque part dans la ville de Rome, cherchant du regard autour de nous dans toutes les directions, puis l'aperçûmes enfin devant la chapelle la plus en avant.

Bjarghildur se tenait là comme une statue, une main appuyée à la petite balustrade devant elle et regardait fixement bouche bée l'intérieur de la petite chapelle. Herma poussa un soupir de soulagement quand elle la vit, moi de satisfaction quand je vis ce qu'elle fixait. Je reconnus la statue sur-le-champ, Bernini avait resurgi avec la bienheureuse Ludovica Albertoni, son apogée de marbre poli parfait. Lorsque j'avais vu pour la première fois une photo de l'œuvre grâce à mes professeurs à Copenhague j'avais véritablement gobé que la femme était en transe religieuse mais il m'effleura maintenant l'esprit que le modèle de Bernini avait réussi à atteindre cette expression en pensant à un autre genre d'expérience, je regardai Herma pour voir si la même chose lui était venue à l'idée mais elle était occupée par Bjarghildur. Je leur indiquai du doigt les vêtements, la façon dont l'artiste avait créé une tension dans l'œuvre avec les plis, mais elles n'avaient aucun intérêt pour cela, aussi j'allai flâner dans l'église et les laissai tranquilles. Lorsque je revins, elles étaient en discussion avec un prêtre en soutane. Bjarghildur voulait pouvoir se confesser, elle s'était mis cela en tête puisqu'elle n'avait pas pu rencontrer le pape personnellement, et Herma était en train d'essayer de faire comprendre au prêtre combien il était urgent que la femme reçoive l'absolution même si elle n'était pas de la paroisse ni ne parlait la langue du pays. Elle laissa de côté le fait que l'étrangère était luthérienne. Le ministre du culte était réticent à la collaboration, il disait que la moindre des choses était quand même qu'il comprenne la confession des gens, il était déterminé et ne lâchait pas de terrain même si Bjarghildur semblait être sur le point de se trouver mal à cause d'une torture intérieure. Dieu la comprendra, dit Herma sur un ton implorant mais le prêtre pinça les lèvres en jouant avec un trousseau de clés qu'il avait dans la main. Ces stériles chamailleries commencèrent à m'ennuyer, je voulais me dépêcher de rentrer pour pouvoir m'allonger un moment après cette journée agitée, j'exprimai mon avis sur la question : dis-lui que c'est une vieille pyromane et qu'elle mettra le feu à l'église si elle n'obtient pas audience. Bjarghildur souffla entre ses dents en me foudroyant du regard, se leva dans toute sa suprématie, les yeux rouges et la mine impressionnante, il me sembla que le prêtre ressentit un frisson de peur, il recula d'un pas. Il me vint alors une brillante idée : donnons-lui des lires, un bon montant, en lui demandant s'il n'a pas besoin de soutenir sa paroisse, rénover les bancs ou ce genre de choses. Et c'est ce que fit Herma, et il accepta enfin avec réticence d'écouter l'étrangère. Compta les billets qui pour l'essentiel venaient de ma poche, dit que cela tombait bien à cause du nettoyage dont il était question pour le portail, les glissa dans une poche invisible de sa soutane puis fit signe à Bjarghildur de venir dans un confessionnal. Là son âme fut purifiée.

Elle déroula sa vie pour le clerc comme un câble, couche après couche, carte après carte, énuméra médisances et mauvais tours d'enfance et d'adolescence, mensonges et sournoiseries des années de jeunesse, en était arrivée à la cruauté et aux mesures désespérées des années de mariage lorsqu'Herma et moi nous reculâmes davantage dans l'église, il m'était impossible de l'écouter déverser sa méchanceté. Elle parla sans discontinuer pendant trois quarts d'heure en s'exprimant d'une voix aussi claire et distincte qu'elle l'avait fait par le passé lorsqu'enfant elle parlait tout haut dans son sommeil. Le prêtre voulut de multiples fois mettre un terme à l'audience et acquitter les péchés islandais mais cela avait toujours été d'une importance capitale pour Bjarghildur d'obtenir le service pour lequel elle avait payé, aussi elle ne se désista pas avant que la confession ne soit terminée.

Propre comme un sou neuf, elle se planta droite sur le parvis de l'église la confession finie, glorifia le temps, le Créateur, son fils unique et sa famille, et la nation italienne. Causa ensuite repas et recettes sur le chemin de la maison sous une pluie battante.

Karitas

Ponts, 1971

Aquarelle

Avant que les arbres le long de la rivière ne commencent à verdir, le visage de Rome est brun. Toutes
les nuances de la couleur brune dominent dans les
constructions de la vieille ville, des brun sable clair
aux brun-rouge d'Ombrie, éclairées d'ocre terre de
Sienne et de blanc ivoire, couleurs auxquelles l'artiste
du Nord s'était peu attaquée dans ses œuvres mais
chose qu'elle fait d'une manière mémorable dans le
tableau des ponts. Les ouvrages se rejoignent, tantôt
en lignes droites tantôt en arcs innombrables, les nouveaux ponts en treillis métallique et câbles tendus, les
vieux en état de délabrement. En dépit des couleurs
monochromes règne une tension dans l'image, comme
une impatience, une espièglerie presque lorsque les
vieux ponts et les nouveaux se rencontrent. Karitas
tisse ensemble les temps anciens et nouveaux et bien
qu'elle ait elle-même déclaré que l'art ancien à Rome
ait peu de signification pour les artistes modernes, les
œuvres des vieux maîtres ont néanmoins touché en
elle des cordes qui devaient vibrer pour que le chemin
au-delà soit plus aisé. Le tableau *Ponts* est le dernier
dans la série des aquarelles que Karitas a exécutées.
A succédé à cela une période dans sa création artistique qu'elle-même n'aurait pas eu la folie de choisir.

Le matin où nous franchîmes le Ponte Sisto, Sigmar et moi, nous n'avions ni l'un ni l'autre d'idée sur ce que nous avions suivi, ce que nous avions voulu trouver, si même nous étions sur le bon chemin, comme si nous avions marché dans le brouillard et jamais aperçu les cairns de pierre. Il était venu à l'hôtel, se tenait devant la porte de ma chambre lorsque j'ouvris et dit simplement : sortons marcher ensemble.

La curiosité me poussa, il devait vouloir me montrer quelque chose il paraissait tellement déterminé, aussi je pris mon manteau et sortis avec lui. Sur le pont, il me proposa son bras : comme ça les gens croiront que nous sommes un couple qui fait son habituelle promenade matinale. Je dis que ce serait un amusant changement, pris son bras et demandai vers où il pensait déambuler ainsi. Il déclara m'emmener dans une église, non pas pour écouter la messe mais il avait envie de me montrer l'art qui y était conservé.

On peut accorder aux catholiques qu'ils ont préservé l'art dans leurs églises, dit-il lorsque nous passâmes devant l'imposante statue de Giordano Bruno sur le Campo de' Fiori.

C'est juste, dis-je, mais ils ont brûlé des hommes pour leurs opinions.

Hier soir j'ai assisté à un concert dans une église, écouté Bach, le son était céleste, poursuivit-il, faisant comme s'il n'avait pas entendu ma remarque sur Bruno.

Quand j'habitais avec Dengsi à Paris je l'écoutais souvent jouer du Bach dans les églises. C'était un violoniste divin.

Sigmar prit une profonde inspiration : tu es restée

longtemps chez la famille hier, vous avez été invitées à manger ?

Elle ne te ressemble pas du tout ta Nicoletta, par contre ton petit-fils est ton véritable portrait craché, Sigmar.

Nous allons traverser la Piazza Navone, là, et ensuite aller sur la droite.

Antonia a dit que tu n'avais jamais parlé avec ta fille, encore moins avec le garçon ?

L'église Saint-Louis des Français se trouve juste là au coin, dit-il en indiquant du doigt.

Que tu n'aies pas honte, Sigmar Hilmarsson !

Tu ne voulais pas voir Caravaggio ? Il y a des tableaux de lui dans l'église française.

Il déclara bien connaître celle-ci et y venir parfois quand il était à Rome, et que les trois œuvres du maître représentant l'apôtre Matthieu qui s'y trouvaient ne gâchaient rien. L'une d'elles, la *Vocation de Matthieu*, particulièrement chère à son cœur, les couleurs, la lumière et les ombres du tableau le fascinaient. Je dis que Rembrandt avait été grandement influencé par Le Caravage et que je connaissais moi-même fort bien l'œuvre en question bien que je ne l'aie pas vue dans toute sa splendeur, et que même si j'aurais peut-être préféré voir des tableaux du maître qui n'étaient pas religieux, comme par exemple ceux que j'avais manqués à la Galleria Borghese à cause de la crise de nerfs de Bjarghildur, cela aurait pour moi une grande valeur de la voir avant de repartir.

Quand t'en vas-tu ? demanda-t-il alors.

Je déclarai m'en aller le lendemain et que c'était tout aussi bien, que j'étais complètement sans le sou, que j'avais donné au prêtre mes dernières lires.

Il s'arrêta brusquement dans la nef, me regarda contrarié et chuchota : ne pourras-tu jamais comprendre combien tu es riche, sais-tu combien tu possèdes de bateaux ?

Ma richesse consiste en tableaux.

Puis je me retrouvai devant l'image du Christ et de Matthieu, qui s'appelait auparavant Lévi, j'avais tellement aspiré à voir l'art, la lumière, les couleurs, les ombres mais à mon propre étonnement je vis uniquement le contenu de l'œuvre. Vis le Christ sortir de l'obscurité, désigner Lévi, le collecteur d'impôts qui comptait l'argent, et lui demander de Le suivre. Suis-Moi, abandonne les biens terrestres, suis-Moi dans la lumière. Et la mort. Je ressentis le pouvoir divin, la terreur divine, c'est ainsi que l'art avait tendu sa main et m'avait demandé de le suivre. Dans un long voyage où se trouveraient des trolls sur mon passage et lorsqu'enfin j'atteindrais la montagne bleu-vert qui se dresserait immense parmi celles bleu foncé le chemin se refermerait derrière moi et je deviendrais prisonnière à vie. Mais cet emprisonnement m'apporterait souvent plus de félicité que la liberté.

Je fus si émue que je dus me détourner du tableau. Essuyai une larme en catimini, faisant semblant de méditer sur l'ordonnance de l'église, contemplant la voûte avec un air bête. Sigmar vint vers moi : les collecteurs d'impôts portent des vêtements de l'époque du Caravage mais Jésus et Pierre une toge de leur temps, comment l'artiste interprète-t-elle ça ?

Les collecteurs d'impôts étaient des hommes contemporains quand le tableau a été exécuté et c'est pour ça qu'ils portent les vêtements de leur temps. L'artiste indiquait ainsi que l'appel du Rédempteur pouvait avoir lieu à n'importe quelle époque. C'est pourquoi le Christ pourrait te visiter aujourd'hui et te demander d'abandonner tes richesses pour Le suivre. Mais comment réagirais-tu à cela, Sigmar ? C'est la grande question.

Je serais prêt à tout abandonner pour te suivre si toi tu me le demandais.

Tu voles haut maintenant ce me semble.

Est-ce que le temps n'est pas venu que nous faisions main dans la main le dernier morceau, ma toute petite, il n'est de toute façon pas bien long le bout de chemin qui nous reste ? Nous pourrions faire tant de choses ensemble, voyager en savourant les arts, et parce que tu es toujours désargentée c'est moi qui paierais tout.

Tu es bien d'un abord plus agréable aujourd'hui, tu es peut-être en train de m'embobiner pour que je m'occupe de toi sur tes vieux jours ?

Nous aurions des serviteurs pour chaque doigt.

Mais je ne pourrais pas servir deux maîtres.

Tu ne vas pas bientôt t'arrêter de peindre ?

Est-ce que toi tu as cessé d'acheter et vendre des bateaux ?

Il demanda alors si nous ne devrions pas pour une fois nous rencontrer à mi-chemin, avant qu'il ne soit trop tard ? Je déclarai que j'y penserais, cela me perturbait toujours lorsqu'on disait que quelque chose était trop tard, et c'est avec cela à l'esprit que nous sortîmes de l'église. Le Caravage avait eu une carrière artistique courte, la mienne était devenue longue, peut-être cela suffisait-il, probablement le temps était-il venu de se tourner vers quelque chose de plus entraînant, d'arriver à s'arracher à la prison et s'élancer vers la liberté.

Nous nous tenions par la main, comme si nous avions vécu ensemble un demi-siècle. Il avait pris la mienne en douce alors que nous marchions par inadvertance serrés l'un contre l'autre et nous étions encore main dans la main lorsque nous repassâmes sur le pont. Au milieu de celui-ci nous nous arrêtâmes et nous penchâmes un instant par-dessus la rambarde pour regarder la rivière. Il dit : je suis un peu fatigué d'être dans le Sud, j'ai envie de me rapprocher un peu du Nord, qu'est-ce que tu dirais de la Bretagne, il y a beaucoup de jolies villes là-bas et avec de bons ports pour les bateaux ? Ça me plaît bien, dis-je mais tu vois comme ils ont une couleur amusante, les bateaux ?

Quels bateaux ? demanda-t-il en cherchant du regard

autour de lui dans toutes les directions. Puis il me regarda : je comprends, tu as peint des bateaux sur la rivière.

Il était d'humeur légère, comme un enfant qui se réjouit à la perspective de son anniversaire. Il me dit au revoir à la porte de l'hôtel, puis déclara qu'il me retrouverait à Paris après quelques jours, nous pourrions alors organiser ensemble de divertissantes journées. Nous naviguerons sur la Seine et puis mangerons dans un des plus chers restaurants de la ville, dit-il. Toujours si grand seigneur, Sigmar.

J'avais à peine pénétré à l'intérieur qu'elle arriva en volant à ma rencontre, la *signora* Sebastiani, et à ses manières on pouvait discerner que la chose était d'importance, elle parlait si vite que je ne compris pas un seul mot, puis elle me tira dans la petite salle de restaurant où elles étaient assises près de la porte à deux battants, ma belle-sœur et ma sœur. Elles avaient une bouteille de vin ouverte devant elles. Il me vint à l'esprit que c'était l'anniversaire de quelqu'un, puis je me rappelai que c'était notre dernier jour à Rome et qu'il était probablement prévu de s'offrir du changement à cette occasion. Toutes deux me fixèrent du regard avec espérance lorsque j'apparus, ne purent prononcer un mot, aussi je dis : eh bien, est-ce qu'Herma t'a alors annoncé qu'elle restait et que tu repartais seule en Islande ?

Bjarghildur harponna un morceau de pain dans la corbeille, le mâchonna un moment, puis dit : c'est tout décidé, mais la question est de savoir si toi tu pars à Paris.

Cela prit un bon bout de temps pour éclaircir les circonstances, Herma frétillait lorsqu'elle m'attira sur la chaise, « pour que tu sois bien installée pendant que je te dis les nouvelles, et tiens voilà, prends-toi du vin blanc, tu veux du pain ? »

Silfá avait téléphoné d'Islande. Yvette l'avait appelée de New York lorsque personne ne répondait au téléphone à Paris. Les tableaux que je lui avais envoyés par bateau il y a cinq ans et qui avaient par miséricorde pu se couvrir de poussière dans ses réserves venaient de faire toute voile vers une exposition et avaient fait un triomphe. Les féministes n'avaient pas retenu leurs larmes d'admiration, on parlait de moi dans les journaux, il y avait une photo de moi et tout ça.

Quelle photo de moi ont-ils utilisée ? murmurai-je éberluée, je ne me souvenais pas qu'il existait une photo de moi des années en Amérique, essayai tout ce que je pus pour me rappeler d'une soirée où des photographes auraient rôdé.

Bjarghildur se fit un double menton : ah là pour sûr tu peux être contente, tu es maintenant devenue un tout petit peu célèbre, n'était-ce pas ce que tu as toujours voulu ?

Herma dit : pas seulement un tout petit peu, Bjarghildur. Yvette a été habile, elle a présenté les tableaux pile au bon moment et dans l'atmosphère parfaitement appropriée. Elle a dit aussi que les grands musées étaient en train de négocier avec elle. C'est pourquoi elle veut t'avoir là-bas à New York dès demain. Nous devons changer ton billet d'avion aujourd'hui.

Lorsque je ne montrai aucune réaction, je n'avais même pas la présence d'esprit de boire le verre de vin qui se tendait vers moi, elles s'impatientèrent, leurs nerfs quelque peu perturbés : tu pourrais quand même manifester un peu de joie quand on t'annonce que tes tableaux ont eu du succès !

Vous vous souvenez de quels tableaux il s'agissait ? demandai-je, car même si on avait dû me pendre je n'arrivais pas me rappeler exactement ce que représentaient les œuvres que j'avais envoyées à l'étranger, je me souvenais juste vaguement de l'expression indignée qui apparaissait sur les miens à Laugavegur lorsqu'ils avaient vu certaines d'entre elles.

Herma dit que je devais appeler Yvette aussitôt mais je

déclarai que j'allais attendre l'après-midi pour ça, qu'elle n'appréciait pas du tout d'être réveillée tôt le matin. Que de plus je devais prendre rapidement un bain de pieds. Une expression de désapprobation se dessina sur leur visage. Va prendre ton bain de pieds, dit Herma, mais ne lambine pas parce que la *signora* a l'intention de faire une exception et de nous offrir un bon déjeuner, et pas en dernier lieu parce que tu es devenue célèbre. Ça a beaucoup de valeur pour elle d'avoir hébergé des artistes célèbres, peut-être mettra-t-elle une pancarte sur sa maison plus tard où il y aura : ici a séjourné Karitas Jónsdóttir en mars 1971.

Bjarghildur renâcla avec dédain.

Mais Jónsdóttir resta dans son bain de pieds à réfléchir jusque bien après midi. Elle avait attendu cela un demi-siècle, de devenir une artiste célèbre et enfin lorsque la célébrité gisait à ses pieds elle ne ressentait pas le moindre soupçon de joie dans son âme.

Je me souvins des mots d'Elena Romoa, « je n'ai jamais eu ce que je désirais au moment où je le désirais ».

J'avais servi l'art depuis que j'avais reçu de mon père mon premier bloc à dessin, mon esprit avait été depuis lors exclusivement tourné vers mes tableaux. Je n'avais jamais rien fait d'autre à bon escient, en fait même jamais eu un domicile digne de ce nom. Devais-je maintenant m'embarquer pour un long voyage une fois encore toute seule avec tout ce que je possédais dans une valise ? Et qu'est-ce qui m'attendait pour ainsi dire à New York ? Des expositions, des interviews, encore plus de travail. Moi qui avais depuis longtemps vidé mon esprit, n'avais plus rien à montrer ni à dire, qui peignais juste par vieille habitude. Bricolais avec de petites aquarelles comme un amateur. Et tandis que je regardais les carreaux de faïence au-dessus de la baignoire en face de moi je me mis à songer à des mélanges de couleurs, c'était comme si l'esprit prenait toujours la fuite s'il devait penser logiquement aux côtés pratiques de la vie, je me rendis compte que je n'avais pas mélangé correctement dans mon dernier tableau, j'avais trop utilisé le brun, peut-être à cause de l'influence de la couleur brune qui régnait à Rome avant que les arbres ne se mettent à fleurir, j'étais en train de penser à cela lorsque je vis la profondeur dans le blanc du carrelage devant moi. J'avais toujours eu envie de mieux m'attaquer à la couleur blanche. Mais je la voyais seulement blanche, il y manquait le motif. Je regardai fixement les carreaux de faïence jusqu'à ce que l'eau soit devenue si froide qu'un frisson me parcourut le corps. C'était la loi, l'eau chaude dans la baignoire devient froide avec le temps. Les gens doivent connaître leur heure.

Elles étaient brièvement sorties faire des courses pendant que je me baignais les pieds. Bjarghildur avait acheté quelques pots de confitures qu'elle avait l'intention de ramener à la maison, « je suis quand même allée dans pas mal d'endroits maintenant mais nulle part je n'ai goûté de meilleures confitures qu'en Italie ». Puis elle me regarda : dommage de ne pas pouvoir partir avec toi à New York.

On dit que c'est beau la Bretagne, dis-je.

Non, je n'ai pas envie d'aller là-bas, souffla-t-elle rageusement entre ses dents comme elle se tassait sur la chaise d'angle à la table qui nous était destinée. Herma s'assit l'esprit ailleurs à côté d'elle. La *signora* Sebastiani avait étendu une nappe blanche sur la table, faisait des courbettes et souriait à chaque fois qu'elle me regardait, ce qui était pour moi une nouveauté, puis apporta le premier plat de quatre. Pour détourner de moi l'attention, que je trouvais être devenue excessive en l'état actuel, installée en face d'elles je leur demandai, comme on le fait à la fin d'un voyage : eh bien, et qu'est-ce qui va se passer ensuite chez vous, mes filles ?

Oh on retourne simplement à son travail, dit Bjar-

ghildur qui ne se comptait cependant plus parmi les
salariés communs mais cette fois-ci pas avec brusquerie
comme elle faisait toujours lorsqu'elle parlait de travail
avec moi, le ton était plus doux, comme si elle avait
pris une décision et n'avait plus besoin de pontifier.
Elle déclara qu'elle allait mieux se concentrer sur les
affaires sociales, que celles-ci étaient son point fort,
qu'elle avait négligé ses devoirs en la matière, puis
faire un saut dans le Nord chez sa fille Halldóra, ah
oui et aussi s'occuper de la ferme d'Herma pendant
que celle-ci traficotait à Rome, aller chercher le chat
chez Silfá. Herma dit pleine d'inquiétude : nous allons
simplement le laisser chez Silfá, il se connaît là-bas,
mais quand tu iras chez moi dans le fjord au printemps
pour planter les semences et quand tu iras ramasser les
pommes de terre à l'automne je veux que tu prennes
Bismarck avec toi pour qu'il puisse un peu se promener
en liberté dans la campagne, il aime bien jouer avec les
oiseaux et les mulots là-bas.

Elle-même dit qu'elle se réjouissait à la perspective de
son séjour à Rome, qu'enfin son vieux rêve si longtemps
désiré se réalisait. Que pratiquement depuis qu'elle était
jeune fille elle avait eu envie de marcher dans les rues
de Rome, d'habiter avec les Italiens, de parler avec eux,
manger avec eux, rire avec eux, « ils sont si heureux et
ils ont de ce fait une bonne influence sur moi. Le secret
de leur bonheur est caché dans leur éducation, les Italiens
vénèrent leurs enfants, aussi ceux-ci s'en vont dans la
vie avec pour provisions de route la pensée que tout
le monde les aime et c'est pour ça qu'ils s'aiment les
uns les autres. Depuis la petite enfance on leur inculque
qu'ils doivent devenir *una bella figura* quand ils seront
adultes, avoir une apparence soignée, avoir le respect
de leur corps, manger de la bonne et saine nourriture,
savoir les règles de bienséance à table et les bonnes
manières, avoir un comportement poli et aimable, pour

dire même les mendiants sont des gentlemen, vous l'avez remarqué ? Mais moi j'ai eu l'impression que je n'avais jamais mérité le bonheur, j'ai été élevée dans la sévérité luthérienne, et peut-être avais-je aussi la conscience de ma nation sur les épaules, je trouvais que je devais me punir même si je ne savais pas pourquoi, je n'avais rien fait de mal. J'étais moi-même l'obstacle sur le chemin vers le bonheur. »

Après d'aussi philosophiques propos nous les sœurs ne dîmes pas grand-chose, Bjarghildur plongea le nez dans son assiette, mangea en silence, vite et avec détermination, les couverts retentissaient, je regardai pensive la nappe blanche.

Passai le doigt sur la surface blanche. Toile blanche vierge, le commencement de tout, pas de passé, pas d'instructions, pas de lignes pour les notes ou les clés, pas de couleurs, pas d'obstacles. Je pourrais libérer les formes et les caricatures de la toile, les faire voler, les relier avec du fil de fer, les faire naviguer hors de l'ombre vers la lumière éclatante du temps présent. Utiliser fer, plastique, verre, caoutchouc, femmes de fer avec une tête en verre et des enfants en caoutchouc dans le dos, bois, soie, un arbre avec des robes en soie déchirées en lambeaux sur ses branches, je sortis un bout de crayon de la poche de ma jupe, dessinai sur la nappe blanche les esquisses de sculptures, j'avais eu depuis si long-temps envie de me libérer du cadre de la toile, de ne pas coller sur celle-ci, pas d'assemblages collés, mais une sculpture indépendante, une œuvre sur le sol autour de laquelle je pouvais tourner, la main me démangeait, brûlait de toucher le matériau, mauvaise odeur du fil de fer, bonne odeur du bois.

Une main fut plaquée devant moi sur la table. Bjar-ghildur dit avec brusquerie : tu es devenue folle ou quoi, ma vieille, tu as l'intention de bousiller la nappe de la bonne femme ?!

On peut racheter une nouvelle nappe, une nouvelle nappe, dit Herma d'une voix rapide avec les mains en l'air qu'elle fit s'abaisser et se lever pour rétablir la paix. Un silence s'installa à table, elles me dévisagèrent, je regardai le soleil au-dehors. Herma se racla la gorge : oui espérons que cette douceur se maintiendra. Beau temps pour voler demain. Mais Karitas, crois-tu que tu as la santé pour prendre l'avion jusqu'à New York et le courage pour t'affronter à la célébrité ?

Je dis : je dois téléphoner à Yvette. Et puis modifier mon billet. Et puis faire savoir à Sigmar que je n'irai pas à Paris.

Pour qu'il ne trouve pas pour la deuxième fois une maison vide.

Karitas

Enfants dans une commode, 1974

Installation

Les tiroirs de la commode sont tirés, dans chacun reposent des poupées sans vêtements, elles sont
couchées les unes sur les autres, avec leurs belles et
abondantes chevelures et les yeux fermés. L'œuvre
est une des nombreuses que Karitas a exécutées à
New York dans les années qui ont suivi son voyage
à Rome et a éveillé à la fois hargne et controverses
parmi les féministes. Certaines voulaient penser que
dans l'œuvre se dissimulait une critique des mères
contemporaines qui choisissaient plutôt d'entreposer
leurs enfants dans des tiroirs de commode pendant
qu'elles vaquaient à leurs occupations hors de la
maison et trouvaient que c'était s'attaquer sévère-
ment à la femme actuelle. D'autres considéraient que
l'œuvre montrait uniquement l'absence de solutions
des autorités face à la famille, que celles-ci avaient
ignoré avec mépris l'appel de notre temps de prendre
en compte autant que possible les besoins des parents
dans le problème de garde journalière, attendant de
préférence que ceux-ci gardent leurs enfants dans des
tiroirs mais exigeant leur pleine participation dans la
vie économique. D'autres encore estimaient que la
création montrait l'attitude dominante et obsolète des
hommes envers les femmes, que le souhait de ceux-ci
était de continuer à remiser les femmes au foyer sans

583

voix aux affaires de la société, comme elles l'avaient en fait été des siècles durant. L'artiste souhaita parler le moins possible de l'œuvre, sans doute n'avait-elle pas l'envie d'informer les gens sur son passé ni sur la vie d'une nation faiblement peuplée dans le Nord dans les années vingt. Elle-même avait gardé en vie des jumeaux en les maintenant au chaud dans un tiroir près de la cuisinière à charbon, et l'œuvre fait probablement référence à cet événement dans sa vie. Les seuls mots qu'elle a laissé tomber sur sa création furent : on doit sauver tous les enfants.

Nous allons contempler le ressac, dis-je à mon fils.

Nous avions alors traversé les eaux et les sables. Roulé facilement sur de longs ponts, fait le même chemin que j'avais fait avant la guerre avec des gens montant des chevaux d'eaux. J'avais ressenti un sentiment si étrange lorsque nous franchîmes les ponts avec la rivière glaciaire et les sables noirs des deux côtés de la voiture, j'eus l'impression de me voir en bas dans le courant, traversant sur le cheval à la nage mouillée jusqu'aux hanches, je vis comment la rivière roulait ses vagues, vis mon cheval, habitué et ayant tant traversé, qui ne s'ébroua même pas lorsque nous sortîmes de l'eau. J'eus l'impression que les ponts étaient une illusion, que je devais retourner en arrière et chevaucher à la nage pour sentir de nouveau la liberté dans ma poitrine comme je l'avais fait alors.

Nous étions arrivés à Vík í Mýrdal sur la côte sud et je voulais absolument descendre vers la plage pour voir les rouleaux, je n'avais pas vu de ressac digne de ce nom depuis une éternité. Jón n'était pas enthousiasmé par la chose, disant que nous devions nous dépêcher d'arriver en ville avant l'obscurité mais se laissa persuader, peut-être trouvait-il bon lui-même de pouvoir étirer sa longue carcasse. C'était un grand échalas, mon Jón, une échelle vers les nuages, il n'avait pas rapetissé avec les années. Il roula aussi loin qu'il le put en direction de la plage et lorsque je sentis les embruns de l'océan que j'aimais et haïssais à la fois il me sembla que mon âme se mettait en mouvement. Lorsque je vis enfin les puissantes vagues mon cœur s'allégea, toutes les oppressions disparurent.

Je dis d'un ton joyeux : je suis si contente d'avoir pu aller à l'enterrement d'Auður, je le lui avais promis solennellement quand j'avais fait mes adieux à la campagne d'Öræfi il y a environ trente-cinq ans.

Tu aurais mieux fait de lui rendre visite tant qu'elle était en vie, dit sèchement Jón.

Non non, ça elle ne le voulait absolument pas, elle voulait seulement que je vienne à son enterrement. Mais du diable si elle n'a pas décidé de se maintenir en vie jusqu'à ce qu'ils aient fini de jeter des ponts au-dessus des rivières pour que nous ayons plus de facilité à venir de Reykjavík ! Ça ne m'a pas effleuré l'esprit quand j'étais plus jeune qu'il me restait encore à aller en voiture jusque dans la campagne d'Öræfi. C'est un progrès considérable pour les Islandais de pouvoir maintenant faire le tour de leur pays par la route. Est-ce que les voyages en bateaux vont tomber en désuétude ? Silfá m'a dit que c'était maintenant à la mode chez les gens de faire le tour en voiture. Moi je n'ai par ailleurs pas encore fait le tour, mon Jón. Mais je suis très heureuse que tu sois venu avec moi maintenant, elle était si bonne avec vous, les deux frères, Auður. Elle te gâtait toi tout particulièrement, je me souviens. Et est-ce que tu as remarqué combien les gens d'Öræfi étaient contents quand ils t'ont vu ? Ils tournaient tous en rond autour de toi ! Et Hrefna et Hallgerður comme des agneaux nouveau-nés en costume traditionnel et Skarphéðinn toujours aussi bel homme, il s'en est fallu de bien peu qu'il ne m'obtienne pour femme autrefois là-bas mais je voulais partir peindre à Reykjavík, j'étais aussi lasse de cette fièvre qui suit éternellement les hommes.

Tu étais mariée, tu ne pouvais de toute façon pas devenir sa femme.

Oui oui, c'est tout à fait juste, mais bon sang qu'il dansait bien Skarphéðinn, je me souviens. Mais c'est un temps passé maintenant. Sinon je trouve toujours extraordinaire à quel point les gens de là-bas se tiennent au courant de ce qui se passe dans le monde. Et c'est ce qu'ils faisaient aussi lorsque la campagne était encore isolée entre deux grandes rivières glaciaires. Skarphéðinn savait parfaitement que j'étais devenue célèbre à l'étranger, il a même demandé s'il pourrait avoir un tableau de moi. Peut-être que j'essaierai de lui en envoyer un. Mais je ne m'arrête pas longtemps maintenant, je dois être au vernissage d'une exposition à Chicago dans cinq jours, je devais seulement pouvoir aller à l'enterrement. Ah oui et il est aussi prévu que je fasse un saut dans le fjord de Borgarfjörður pour aider Bjarghildur à vider la maison d'Herma, il est question de la vendre. Herma a l'intention de s'acheter une boutique de ganterie à Rome. Elle veut que Silfá prenne ses livres et c'est pourquoi elle m'a demandé d'aller emballer avec Bjarghildur. Je vais m'accommoder de remonter là-bas car je songe à continuer vers l'ouest jusqu'à Skarðsströnd quand j'aurai rangé les livres, voir si la maison que je convoite depuis longtemps est à vendre. J'ai envie de posséder un refuge au bord de la mer en Islande. J'ai toujours eu envie aussi d'avoir une maison.

Jón ne souffla mot. Il était si souvent pensif, mon Jón.

Lorsque je contemple le ressac j'entends un concert, dis-je en levant les yeux vers le visage de mon fils pour savoir s'il n'entendait pas la même chose. Il regarda d'un air fatigué dans une autre direction. Je poursuivis exaltée : tu ne l'entends pas ? C'est une œuvre en plusieurs morceaux, andante, allegro, presto, scherzo, moderato, largo, mesto. Regarde ces déferlantes, elles pourraient facilement emporter des bateaux entiers avec elles.

Tu as eu des nouvelles de papa ?

Je ne l'ai pas vu depuis Rome, mais toi est-ce que tu l'as vu ?

Il a fait une crise cardiaque l'an dernier et a été transporté à l'hôpital.

Ce n'est pas possible, Sigmar a toujours eu le cœur si solide.

Sumarliði a déménagé chez lui, dans sa villa à Marseille pour être à sa disposition si quelque chose arrive. Il a aussi l'intention de reprendre la gestion. J'ai fait un saut chez eux à Pâques.

Eh bien, alors il habite dans une villa, Sigmar ?

Toi tu n'es pas bien installée à New York ?

Oh si, c'est parfait maintenant, grâce à Yvette, elle a un tel sens pratique en ce qui concerne le logement. Nous avons pour tout dire habité à plusieurs endroits dans la ville mais l'an dernier elle est parvenue à trouver un grand atelier pour moi à Chelsea et j'y dors maintenant très fréquemment car je travaille souvent tard. Alors je vais chez elle de temps en temps et nous mangeons ensemble.

Alors tu vis sans doute une divertissante vie d'artiste ?

Les gens de l'art n'ont vraiment pas le temps de vivre une vie divertissante, c'est un travail fou du matin au soir, on essaie de sortir de préférence pour voir des expositions d'art. Je me plais plus à Paris, mais c'est simplement mieux pour mes œuvres d'être là-bas à New York. Mais dis-moi, mon petit Jón, pourquoi n'as-tu jamais fait une apparition chez moi ?

L'idée de te déranger ne m'a pas effleuré l'esprit. De plus il ne m'a pas semblé que tu aies un quelconque intérêt pour moi ou mes enfants.

Qu'est-ce que c'est que ces bêtises, mon Jón, je suis simplement si loin de vous. Mais dis, tu as fait ça allègrement après que tu t'y es mis, quatre fils en huit ans, et Silfá me dit que vous attendez peut-être des jumeaux cet automne ?

Tu ne sais même pas comment mes enfants s'appellent.

Ce que tu peux être un épouvantable ronchon parfois, Jón.

Tu essaies d'être aussi loin que tu peux comme ça tu n'as pas à remplir tes devoirs de grand-mère. Comme toutes les autres femmes le font. Tu penses seulement à tes tableaux extravagants. Mieux vaut que tu le saches, les gens disent que tu es bizarre, et ça ne suffit pas que tu sois une mauvaise grand-mère, tu as aussi été une mauvaise mère.

Alors je lui flanquai une gifle. Il était si grand et moi si petite que ça ne suffisait pas de se mettre sur la pointe des pieds et s'étirer, je dus aussi sauter en l'air pour pouvoir le claquer.

Le concert sur l'océan se poursuivit comme auparavant, ils poussèrent le son de leurs instruments lorsque nous remontâmes de la plage.

L'odeur du tabac caressait mes narines, je les voyais tour à tour dans mon rêve, Sigmar et Pía, j'avais l'impression qu'ils se tenaient là-bas tous les deux silencieux, lui avec son petit cigare et elle avec une cigarette, mais lorsque j'ouvris les yeux c'était Silfá qui était assise au bord de mon lit, en train de fumer.

Ma petite Silfá, tu fumes trop.

Tu es rentrée sacrément tard hier soir, dit-elle d'un ton tranchant comme si elle s'adressait à une adolescente qui était sortie faire la fête.

Je dis sur un ton d'excuse que Jón et moi étions arrivés si tard en ville mais que je venais de rêver de Pía, que je devais absolument me mettre à lui écrire ou lui téléphoner, savoir comment elle allait.

On parlera de Pía après, je dois d'abord discuter avec toi de tes vieux tableaux. Des dessins que tu faisais jeune fille à Akureyri, des toiles à l'huile que tu as peintes à Borgarfjörður-Est quand tu es rentrée de tes études, et des collages que tu faisais quand tu habitais dans la campagne d'Öræfi. Je veux que tu me décrives tous ces tableaux, ce à quoi tu pensais quand tu les as faits. En fait j'ai l'intention d'écrire un livre sur toi. Je sais pas encore si ça sera une biographie ou un roman mais je pense utiliser toutes les histoires que tu m'as racontées de ta vie, elles sont passionnantes pour une historienne comme moi. Il y a tellement peu de choses écrites sur les femmes dans ce pays, ici tout tourne autour des hommes.

J'en restai muette, je n'avais jamais soupçonné que mes fadaises pourraient devenir historiques, puis dis : ma Silfá, tu n'as pas quelque chose d'autre de plus utile à faire que d'écrire des sornettes sur moi ? Est-ce que tu ne dois pas travailler ? Comment ça marche par ailleurs avec cet éditeur pour lequel tu travailles ?

Bien, mais bien sûr je vais écrire le livre le soir quand Hrafn est endormi. Ça me prendra plusieurs années, je devrai utiliser des documents à la fois écrits et oraux. Je vais retracer la vie des Islandaises depuis le moment où elles ont obtenu le droit de vote et jusqu'à ce que la Deuxième Guerre mondiale éclate. Je fus soulagée : ah, alors il ne portera pas sur ma vie privée, ma Silfá ?

Je te promets rien.

Je trouvais dommage de ne pas me rappeler combien je lui avais raconté de ma cohabitation avec l'autre sexe et avais l'intention de creuser discrètement un peu plus ce chapitre lorsque son fils arriva en trottinant de la pièce où se trouvait la radio dans un pyjama à carreaux et avec des marques de sommeil dans ses sombres yeux français. Son allure faisait penser à celle de Sumarliði enfant, le sourire et l'éclat lumineux dans le regard qui invitait, plutôt que demandait, à toutes les femmes de la maison de l'embrasser et le caresser. Je dus me refréner, il avait maintenant six ans et n'était peut-être pas prêt à laisser une bonne femme inconnue d'Amérique l'arroser de baisers comme cela au premier coup. Je pris sa main et l'embrassai, admirai ses doigts si bien faits. Il a commencé à apprendre la flûte, dit Silfá, et puis il deviendra violoniste quand il sera grand, j'ai décidé ça. Violoniste ? répétai-je comme si je n'avais pas bien entendu en ressentant un petit pincement au cœur comme toujours lorsqu'on mentionnait le violon, fais-lui plutôt apprendre le violoncelle. Elle me regarda alors comme si l'instant précis était enfin arrivé et demanda sans détour : qu'est-ce qu'il est devenu le beau violoniste de Paris, Már Hauksson, c'est pas comme ça qu'il s'appelait ?

Je répondis d'emblée que c'était de l'histoire ancienne : il a dû retourner dans sa famille en Écosse.

Vous étiez amants ?

Nous étions bons amis.

Même si je me rappelle pas grand-chose de ces années-là je me souviens quand même de vous avoir vus vous embrasser sur le sofa rouge. Vous étiez pourtant mariés, grand-père et toi ?

Il me fut totalement impossible de nier mes actes car les baisers en question n'éveillaient aucune culpabilité en moi, par contre ses mots donnèrent un coup de fouet à ma mémoire, je lui demandai de me passer mon sac. Elle étendit le bras pour le saisir et glissa un mot sur le fait qu'il était rudement original, « mais un peu usé », dit-elle. Je dis que le sac était comme la propriétaire, plongeai la main dedans et en sortis deux objets que j'avais enveloppés dans des mouchoirs. Je dis : ces objets m'ont suivie où que je sois allée, le reste je l'ai égaré ou oublié quelque part, mais je crains maintenant de les perdre dans tous ces voyages qui m'attendent, je dois aller à droite et à gauche avec mes œuvres, ils vont les présenter au Danemark et en Espagne et partout entre les deux, et j'ai tendance à laisser mon sac sur les tables ou sur les rebords de fenêtres. Et je ne parle même pas des pickpockets qui ont surgi comme des rosés-des-prés après qu'ils se sont mis à fumer ce haschich, les hippies, toujours à arracher le sac des vieilles dames, mais ce sont pour ainsi dire mes seules possessions terrestres et il me semble que le temps est maintenant venu qu'elles se retrouvent entre de bonnes mains. Prends cet anneau, ma Silfá, que ton grand-père m'a donné la veille de notre mariage, il devait m'acheter des couleurs dans le Sud mais il a acheté cette bague à la place, la pierre s'appelle Larme de Marie. Et toi mon petit Hrafn, prends ce soldat de plomb que Dengsi m'a donné quand j'avais quinze ans dans le Nord, à Akureyri, l'art ne m'avait alors pas encore ravi la raison. Peut-être deviendras-tu musicien comme lui.

Ils prirent tous les deux leurs cadeaux avec vénération. Cela me toucha profondément. Silfá mit la bague à son doigt et renifla sans rien dire plusieurs fois. Le petit Hrafn examina le vieux jouet sous tous les angles, trouvant que la chose était d'importance. Je fus soulagée d'être débarrassée de cette grande responsabilité qui suit la détention des objets. Je demandai avec légèreté à Silfá, et en français pour que l'enfant ne comprenne pas, si elle s'était retrouvé un petit ami ?

Personne veut une militante pour les droits de la femme comme moi. Ils veulent seulement des femmes qui font leur lessive, dit-elle un peu amère. Mais ça fait rien, de toute façon j'ai pas l'intention d'être de nouveau enceinte. Je vais me lancer dans la politique et devenir Premier ministre.

Eh bien ! dis-je simplement en la regardant avec gratification. Je ressentis une certaine joie et de la fierté à l'intérieur de moi. Et à cet instant j'eus terriblement envie de savoir combien elle en savait sur ma célébrité à l'étranger, si elle avait une idée d'à quel point j'étais arrivée loin, justement en renonçant à l'amour, je trouvais que je méritais de recevoir des éloges pour mon art. Surtout de la part d'une jeune femme sagace. Mais je me ravisai au dernier moment. Ce fut comme si je voyais le visage de ma mère, de la femme qui s'était arrachée à sa terre avec une tribu d'enfants et avait navigué avec celle-ci dans le froid et la tempête afin de pouvoir lui faire faire des études. Je sus que ce n'était pas le rôle de la jeune génération de louer l'ancienne, bien qu'elle ait certainement à lui témoigner de la reconnaissance, c'était le rôle de la vieille génération de complimenter la nouvelle, c'était elle, la jeune génération, qui devait affronter la vie.

Je dis : ma petite Silfá, ma mère disait que ce serait le siècle des femmes. Tu es intelligente et vaillante, tu es exactement la personne qui pourrait diriger le pays, pour le bien de la nation. Mais toi tu n'as cependant pas besoin de renoncer à l'amour même si tu deviens Premier ministre. Il existe maintenant des pilules qui empêchent de tomber enceinte et puis tu pourrais éventuellement rencontrer un homme qui pourrait apprendre à faire la lessive comme toi.

Tu es quand même parfois vraiment super, dit-elle, mais je suis simplement si seule dans tout ça, je crois pas que tu le comprennes. Ces garçons que je connais et qui sont en chemin vers la politique ont tous une famille qui les soutient, moi je suis ici toute seule, sans frère ni sœur, sans parents, grand-père ni grand-mère, vous êtes ou morts ou disparus dans la nature ou n'avez jamais existé, il n'y a que tonton Jón vers lequel je peux me tourner pour les affaires d'argent.

J'en connais beaucoup à l'étranger qui ont perdu leur famille ou n'en ont jamais eu, qui ont pourtant réussi à avancer et arriver loin dans leur domaine. Tu devrais peut-être penser plus en tant que citoyenne du monde, ma Silfá. Réussir à avancer avec tes propres mérites, à être spirituellement libre.

En Islande personne ne réussit sans famille, dit-elle sèchement. Puis ajouta qu'elle avait embobiné son cousin Kalli pour me conduire dans Borgarfjörður jusqu'à la maison d'Herma.

Mon neveu avait arrêté la boutique de traiteur après la mort de Rán. La mélancolie l'avait envahi. Tandis qu'il restait couché chez lui à songer à la cruauté du monde, la gestion était dans un sale état et lorsqu'il réussit à se secouer de sa torpeur il avait perdu ses meilleurs clients. Il ferma alors le commerce et s'en alla travailler dans une concession automobile, celle-là même où mon frère Ólafur avait des parts, et comme les voitures avaient toujours été sa passion, il n'eut aucun problème à vendre une grosse voiture de luxe après l'autre. L'horaire de travail lui donnait en plus la possibilité de répéter avec ses copains dans un groupe le soir, et de jouer avec eux dans les bals le week-end. C'est complètement une autre vie, m'assura-t-il en tapotant doucement sur le volant. Et puis maintenant j'ai une copine, qui est enceinte et j'ai acheté un étage dans une maison dans le coin des Vogar. Et voilà, on est devenu un père de famille avec baraque et bagnole et tout le bataclan, quoi. Tu sais j'en avais plein les bottes du *smörrebröd* et de ce boulot jusqu'à des heures pas possibles mais y a un truc que je peux te dire, tata, c'est que j'oublierai jamais les canapés que tu décorais. Sacrément géniale !

Bah oui, je n'étais quand même pas si mauvaise, dis-je fière de moi en faisant encore sauter l'enveloppe marron sur mes cuisses, la lettre de Pía que Silfá m'avait donnée avant que je monte dans la grosse voiture de Kalli. Celle-ci était arrivée le jour où Auður était morte mais parce que Silfá savait que j'étais en chemin vers l'Islande elle n'avait pas voulu me la faire suivre à l'étranger. C'était une grande enveloppe marron, rigide, comme si elle contenait une photo qu'il ne fallait pas plier. J'avais décidé de la lire en route vers le fjord mais n'y étais pas arrivée à cause de la joyeuse volubilité de mon neveu. Cela avait éveillé ma curiosité qu'elle envoie la lettre en Islande, elle savait pertinemment où j'habitais, elle parlait avec moi au téléphone au moins une fois par an. Je pouvais supposer qu'elle avait perdu mon adresse, cela lui ressemblait tellement, à Pía, de perdre ou oublier les choses, qu'elle soit soûle ou pas.

J'avais cependant cru comprendre d'après elle la dernière fois où je l'avais entendue qu'elle avait été sobre des années durant. Mais je n'arrivais pas à ouvrir la lettre, mon neveu continua à parler de la boutique de traiteur et des années dans Laugavegur quand toute la grande famille était rassemblée ou presque, et en était maintenant arrivé au chapitre sur son père et ses oncles que je ne voulais absolument pas manquer. Ólafur encore en excellente santé, ayant cessé son activité d'avocat mais qui spéculait sur maisons et voitures, sa femme encore malade, le fils devenu maçon, « lui tonton il a toujours l'air de tirer la tronche, je crois qu'Herma lui manque vachement, c'est bien fait pour sa gueule, et maintenant Herma elle est à Rome, elle a une boutique et tout, mais enfin bon, le pauvre vieux est un peu seul je crois. Ah oui et tonton Páll tout simplement installé à Lisbonne chez cette dame qui a habité à Paris à un moment, elle s'est acheté une maison là-bas dans le Sud, lui il a fermé son appartement à Akureyri avec tout son bordel dedans, tu sais, les timbres et le tour à bois, et maintenant il reste juste assis dehors au soleil tous les jours, il a plus envie de revenir. Papa et maman sont allés les voir ce printemps, sacrément génial pour sûr, ils sont toujours en train de voyager tous les deux, le vieux couple, sont allés dans tous les coins, maman dit que c'est la meilleure période qu'elle ait vécue, avant elle arrivait jamais à bouger d'un centimètre à cause des gamins mais maintenant ils sont carrément heureux peinards, ils lisent à haute voix dans le lit l'un pour l'autre le soir, Laxness et Gunnar Gunnarsson et tous ces types, là. »

Ils ne m'ont jamais rendu visite, ni à Paris ni à New York, dis-je devenant soudainement grincheuse. Je n'étais pas d'humeur à écouter plus longtemps ce babillage sur eux, je trouvais qu'ils auraient bien pu me rendre visite comme ils l'avaient fait pour mon frère Páll, et je me mis à ouvrir la lettre qui reposait sur mes genoux.

Le crachin réduisait à néant les couleurs, le ciel bleu et l'océan, la montagne violette, le pré d'un vert ensoleillé, ils se fondaient ensemble comme si de l'eau avait coulé sur la toile. Dans mon rêve j'avais essayé de sauver le tableau, de remettre désespérément des couleurs éclatantes mais c'était comme si l'eau jaillissait de la toile même, je ne pouvais plus rien contrôler, me réveillai avec une angoisse de mort dans la poitrine. Je reliai le rêve avec l'Islande, c'est à cela que ressemblait mon pays sous la pluie, j'eus la certitude que quelque chose était arrivé là-bas chez moi, que quelqu'un qui aimait la nature l'avait rejointe. Ne fus de ce fait pas étonnée lorsque me parvint la nouvelle de la mort d'Auður. Mais les montagnes violettes avaient voulu plus, une autre femme que je n'aimais pas moins, ma Pía était morte.

Je regardai par la vitre, nous étions en train de remonter le fjord de Hvalfjörður, et je vis que le paysage sous le crachin était le même que celui du tableau dans mon rêve. Accompagnant sa lettre il y avait aussi le dessin que j'avais fait d'elle jeune. Elle commençait celle-ci en m'interpellant : Karitas, ma chère vieille amie, quand tu recevras cette lettre je serai morte. Je compris alors mon rêve. J'avais essayé de peindre un paysage pour la femme qui avait pensé observer les plantes dans la lave, les insectes sur la plage, les truites dans les lacs, les oiseaux dans les falaises et les trolls dans les montagnes.

Mais les trolls l'avaient prise.

Elle écrivait : mes charmantes filles, qui m'ont respectée du jour où j'ai commencé à vivre avec le médecin chef, sont parties en vacances d'été en France, le médecin lui-même à un congrès en Suède, ce qui fait que moi, l'élégante dame, suis toute seule à la maison et j'ai décidé de profiter de l'occasion pour mettre fin à mes jours. Je n'ai plus envie de vivre ainsi. Je suis devenue lasse de cette vie raffinée que j'ai vécue pour les autres mais parce que l'alcool et le tabac ont depuis longtemps vidé mon corps et mon âme de son énergie, je n'ai pas eu la force de m'arracher à cette lamentable mollesse. Il te sera dit que je suis morte d'une maladie pulmonaire, ce qui n'est bien sûr pas un mensonge en soi, mais à toi je vais dire la vérité parce que tu es la seule femme que j'ai respectée. Tu as suivi ton chemin même si c'était un chemin de croix. À midi je vais aller mettre cette lettre à la poste mais quand je rentrerai je vais me soûler sérieusement la gueule, me permettre ça comme ça juste avant la fin, fumer et m'enfumer de bon cœur et avaler ensuite quelques centaines de pilules. Je n'ai jamais compris ce besoin des gens de se confesser mais il se trouve maintenant que je suis prise de ce besoin au dernier jour de mon existence. Toute ma vie a été un mensonge. Mais la vérité ne se cache-t-elle pas dans le mensonge ? Je ne suis pas fille de consul, par contre j'ai été boniche chez un consul et son épouse danoise. Un de leurs bons amis était un naturaliste qui venait volontiers pour dîner. Je leur servais le repas, puis j'écoutais à la porte du salon afin d'entendre ses descriptions de la nature islandaise. Je faisais alors de grands rêves de formation et de voyages d'études dans le pays. Mais je n'avais simplement pas ces bonnes dents que tu as toujours eues, Karitas. J'ai été virée parce que je buvais toutes les liqueurs de la dame. Puis nous nous sommes rencontrées à Siglufjörður et avons salé ensemble au soleil en pleine nuit. Je veux me faire enterrer au Danemark, j'ai toujours aimé ce pays agréable et doux. Par contre mon esprit ira planer au-dessus des volcans vomissants d'Islande.

L'image que j'avais dessinée d'elle jeune assise à une table avec un gobelet de café devant elle, un foulard à carreaux à côté de celui-ci, les yeux mi-clos et une cigarette au coin de la bouche, suivait dans l'enveloppe.

Elle n'avait pas eu besoin de la vendre pour avoir de quoi payer ses funérailles.

Je savais que Pía avait tenu sa parole. Je sentais qu'elle était partie. J'avais envie de me jeter dans l'herbe mouillée de rosée afin de pouvoir pleurer mon amie.

Mon neveu fut atterré par la nouvelle, il avait toujours bien aimé Pía, dit-il. Mais il ne voulut pas arrêter la voiture au milieu de la piste pour que je puisse sortir un instant, disant que ce serait bien mieux de s'arrêter à la station de Bótnsskáli au fond du fjord pour pouvoir prendre un café et une cigarette, que nous en avions pour sûr bien besoin.

Aussi nous nous assîmes là-bas à une table recouverte d'une nappe à carreaux, face à face avec les coudes sur la table, avalant du café et fumant cigarette sur cigarette pendant que je lui parlais de Pía. Je lui racontai tous les événements qui avaient trait à elle, les grands comme les petits, parlant vite comme si le temps m'échappait. Il m'avait écoutée plus d'une heure lorsqu'il dit tout à coup : elle n'a jamais cafardé, j'ai bien aimé ça. Qu'est-ce que tu veux dire ? demandai-je, et il prit alors une profonde inspiration et grogna : ben quand j'allais en douce coucher avec Herma. Elle se baladait en permanence la nuit, Pía, comme tu sais, toujours à griller une clope sur le balcon, et une fois elle est tombée sur moi juste quand je sortais de la chambre. Elle a juré de pas te le rapporter, a dit que même si tu étais pas mal farfelue tu étais très vieux jeu pour ces trucs-là. J'en restai le souffle coupé : tu m'en apprends une bonne, Karl Pétursson, tu couchais avec une femme qui est de quelques dizaines d'année plus âgée que toi ?! Les vieux types couchent pas avec des petites jeunes ? dit-il alors d'un ton irrité.

Nous étions tous les deux tendus, pour la raison peut-être que cette confession imprévue sur de secrets rendez-vous amoureux avait éveillé d'autres souvenirs et de plus mauvais chez le garçon. Il n'avait jamais parlé avec qui que ce soit de la souffrance ni de la mort de Rán, de l'abomination qu'elle avait dû endurer de la part d'un homme avec qui lui, lui-même avait joué enfant, avec lequel il avait fait du football, été gentil, qu'il avait déposé à la maison après les bals, « ce putain de mec, et en fait c'était un violeur que j'aurais dû châtrer ».

Il évoqua le moindre incident, ouvrit son cœur en grand, et je revécus avec lui l'angoisse, l'abomination, la colère, sentis mon cœur sur le point d'éclater. Moi non plus, je n'avais pas parlé de cette histoire avec la moindre âme. Nous avions marché avec l'ombre de Rán à nos côtés, le chagrin, la culpabilité dans la poitrine, la honte de notre manque de vigilance, sans dire un mot. Et maintenant ils nous submergeaient les mots, douloureux et laids. Nous étions seuls dans la salle de restaurant avec la fille qui nous avait servi le café. Elle nous jetait des regards à la dérobée de temps en temps mais ne s'occupait pas de nous, c'était comme si elle comprenait que quelque sorte de règlement de comptes se déroulait dans le coin, elle nous trouvait probablement un peu étranges. Lorsque les mots les plus douloureux eurent été dits, que le cœur eut saigné, il dit : le pire c'est que ce démon est revenu au pays et se balade en liberté. J'ai peur de le tuer si je le vois.

C'est lui qui a causé la mort de la jeune fille, pourquoi ne portons-nous pas plainte contre lui ? dis-je, est-ce qu'il a à se promener en liberté alors qu'il pourrait continuer à se conduire de la même façon ? Nous avons les journaux de Rán, il y a deux avocats dans la famille qui pourraient travailler sur l'affaire, qu'est-ce que nous avons à ne rien faire ? Les bras de mon neveu en tombèrent : tu ne vois pas qu'on arrive beaucoup trop tard ? Il y a prescription, il aurait pas la moindre foutue peine, même pas si on pouvait prouver quelque chose contre lui. Et est-ce que tu penses vraiment que la famille irait farfouiller là-dedans, laisserait l'affaire s'ébruiter au grand jour ? Non, on doit juste espérer qu'il s'évaporera de nouveau au plus tôt en Amérique. Je soupçonne qu'il se terre dans l'appartement de sa mère, qu'il s'y est introduit par un moyen quelconque, par effraction probablement, il s'y connaît, je crois qu'elle sait pas qu'il est revenu. D'un autre côté, on sait jamais ce qu'elle sait, Bjarghildur.

Je me mis à appréhender de passer vingt-quatre heures avec ma sœur, je ne me comprenais vraiment pas d'avoir accepté d'aller là-bas. C'était seulement pour Herma, et puis j'avais tellement envie d'être dehors dans la campagne islandaise d'un vert si lumineux, me lamentai-je auprès de Kalli. Tu y résisteras, dit-il réconfortant, vous terminez juste d'emballer et ranger, et puis nous on viendra demain après-midi avec une camionnette de déménagement, moi et mes potes. Puis on remorquera la Chevy jusqu'en ville. Herma me l'a donnée comme tu le sais peut-être. Je vais la remettre en état tranquillement, ça deviendra des bagnoles d'une sacrée valeur dans quelque vingt, trente ans, marrant aussi d'en avoir une.

Nous fîmes un signe de tête à la serveuse lorsque nous sortîmes. Comme si rien ne s'était passé, comme si l'affaire avait uniquement tourné autour des voitures anciennes pendant tout le temps. Au niveau de la station baleinière, Kalli dut arrêter la voiture pour que je puisse sortir vomir.

Cela avait été trop pour un seul matin.

Peut-être était-ce aussi la fumée.

Le visage de la maison nous apparut dans la bruine. Il avait vieilli. La peinture jaune avait commencé à s'écailler, les rideaux avaient été enlevés de sorte que nous regardions dans des orbites noires, la porte, qui me semblait être la bouche, était entrebâillée. Dans la cour se trouvait la voiture rouge de ma sœur. Les arbres dans le petit cimetière de la maison sous la paroi de rochers avaient poussé. Dans le petit champ de pommes de terre on bêchait sans relâche, les fanes étaient projetées à droite et à gauche, Bjarghildur était déchaînée, large d'épaules lorsqu'elle se ruait sur la pelle.

Elle faisait penser à une femme troll.

Mon neveu monta jusqu'à la maison, regarda d'un air inquiet le carré de pommes de terre et déclara ne pas avoir l'intention de s'arrêter. Mais qu'il porterait pour moi les cartons. Ce qu'il fit. Il jeta un rapide coup d'œil sur la Chevy qui était à sa place. Puis il fut parti.

Je restai sur le pas de la porte, regardai Bjarghildur en bas dans le jardin, elle avait fait comme si elle ne nous avait pas vus. Je dis à voix forte : bonjour, Bjarghildur. Elle ne leva pas les yeux de sa besogne, lorsqu'elle cria en retour, laconique : il y a du café chaud. Elle ne se souciait pas plus de dire bonjour que par le passé, nous ne nous étions pourtant pas vues depuis que nous étions à Rome ensemble. Elle avait sommairement emballé avant que j'arrive, la vaisselle dans la cuisine était rentrée dans une caisse, le rouleau à pâtisserie et les casseroles dans une autre, dans le salon les tableaux avaient disparu des murs, les objets décoratifs des tables, mais les livres en longues rangées d'étagères m'attendaient. Un jour il y avait eu un sapin de Noël aux lumières vivantes dans un coin, je n'aurais pas pu m'imaginer alors qu'il restait encore à sa propriétaire à s'installer à Rome. Dans la chambre au fond du salon il y avait un lit prêt, les lunettes de lecture de Bjarghildur sur la table de nuit. Je me demandai où je dormirais, il était exclu que je dorme avec elle, avec ses jambes sur moi. Je me dirigeai vers l'étroit escalier qui grimpait au grenier, je n'y étais jamais montée mais soupçonnais que l'on pouvait y dormir, cela n'aurait pas ressemblé à Herma de n'avoir aucune disponibilité pour d'éventuels hôtes d'une nuit. J'étais sur le point de monter lorsque le museau de

Bismarck apparut en haut au bord de la trappe d'escalier. Il miaula sur un ton de récrimination, sauta d'un bond et je l'attrapai dans mes bras, fort contente de croiser quelqu'un que j'appréciais. Il était câlin comme autrefois et je n'économisai pas ma tendresse. Essayai de calculer quel âge il pouvait avoir maintenant lorsque Bjarghildur passa brusquement la porte. Elle avait vieilli, et maigri. Il s'en fallait peu que les traits de son visage ne se mettent à ressembler à ceux qu'ont les hommes, ils étaient devenus plus marqués, je me souvins d'une série d'images de couples que j'avais vue à New York, plus ils vieillissaient plus ils se ressemblaient.

Il faut sauver les pommes de terre, dit-elle avec rudesse. Je répondis d'emblée, dis qu'en ce qui me concernait elle pouvait bêcher tout le jardin, qu'on m'avait juste demandé de descendre les livres des étagères. Toujours ces mêmes manières de mijaurée chez toi, dit-elle sarcastique, couverte de terre jusqu'aux oreilles. Tu emballeras simplement les affaires tout comme moi, ma bonne. Tu videras la cuisine et le cellier pendant que je sauve la récolte. J'ai l'intention de ramener ces pommes de terre en ville, je pourrai les vendre dans les magasins. Puis elle se rua dans la cuisine les bras en l'air, se versa du café dans une tasse : et alors, comment elles étaient les funérailles d'Auður, j'ai entendu que tu y étais allée, est-ce qu'on a chanté un peu ? Je dis que ça avait effectivement été le cas, que quelques-unes avaient chanté en chœur, que ça n'avait pas été si mal.

On me demande encore de chanter à des enterrements, dit-elle d'un air fatigué en s'asseyant, j'ai une voix si claire. Le sacristain a dit que je serais devenue une deuxième Maria Callas si j'avais seulement eu la possibilité d'étudier dans le monde. Je lui ai naturellement dit ce qu'il en était, que maman avait seulement insisté sur l'importance de t'envoyer toi à l'étranger faire des études artistiques mais considéré assez bon pour moi de devenir une simple fermière. Avec tous ces dons, soupira-t-elle.

Tu es encore à ressasser tout ça, arrivée à près de quatre-vingts ans ? dis-je. Puis corrigeai le malentendu, ce n'était pas maman qui m'avait envoyée faire des études, et cela elle le savait aussi bien que moi. Nous nous chicanâmes sur le temps passé comme deux gamines, je la laissai m'entraîner dans cette stupidité, probablement parce que je n'étais pas très équilibrée pour le moment. Jusqu'à ce que je renonce en déclarant que j'allais emballer les livres. Puis demandai où je devais dormir. Alors elle s'emporta, dit que sous le toit il y avait deux petites pièces, une pour dormir, que l'autre était une pièce de rangement et qu'elle devait en enlever des choses avant que je me mette à fourrager dans les affaires et les emballer. Puis elle grimpa l'escalier et redescendit sur-le-champ avec un fusil à la main, le vieux fusil militaire d'Herma vraisemblablement, « pour ne pas que tu te fasses mal, ma bonne, je vais garder ça sous mon lit, mais tu peux emballer le reste, les décorations de Noël et les vieux chapeaux, ça je pourrai le donner pour une tombola ou dans un bazar. Peut-être que je pourrai le vendre. Mais je ne comprends pas ce qu'elle faisait avec ce fusil, Herma, elle n'avait même pas de moutons, la bonne femme. »

Elle a tué les poules avec, dis-je, celles dont tu t'es empiffrée par la suite.

Le temps était en train de se dégager lorsqu'elle retourna dehors dans le carré de pommes de terre, je pensais que je pourrais remplir quelques cartons et puis monter en haut des parois de rochers d'où je verrai toute l'immensité, les montagnes et les glaciers, ils s'étaient mis à me manquer de plus en plus au fur et à mesure que passaient les années. J'enlevai quelques livres de l'étagère, brandis Hesse et Mann, un livre sur les oiseaux et un sur la flore d'Islande, avais l'intention de m'asseoir l'espace d'un moment avec ceux-ci mais je ressentis alors une fatigue dans les reins. Je ne me relevai pas l'instant suivant, restai simplement assise avec les livres dans mes mains et pensai à Pía. Et plus je pensai à elle plus je me sentis fatiguée et triste. Je la pleurais. Avec sa mort se refermait un long chapitre de ma vie. Elle avait toujours été sur la défensive, même lorsqu'elle riait, ainsi étaient souvent les gens qui essayaient de cacher leur nature profonde. Qui recelaient des secrets. Et je me demandai si elle avait dit la vérité à ses filles, que sa mère n'avait jamais été une femme de consul qui buvait l'huile de foie de morue dans un verre à liqueur en argent ? Qui avait été sa mère ? Je décidai de le découvrir lorsque je retournerais à Reykjavík, c'était maintenant pour moi une question vitale de savoir qui celle-ci avait été, d'où elle était venue, avant cela n'avait aucune importance pour moi. Mais elle m'avait dit son secret et je devais bien sûr l'emporter avec moi dans la tombe. Je regardai par la fenêtre sans rideaux du salon, vis que Bjarghildur était debout, pensive, avec des pommes de terre dans les mains. Il y en avait d'autres que moi qui étaient pensifs.

Tôt ou tard il arrive cependant que les femmes doivent éliminer leur eau, je glissai le livre sur les oiseaux dans mon sac en peau, j'avais envie de le garder, puis marchai avec peine avec une main sur les reins jusqu'aux toilettes, tressaillis un peu lorsque j'ouvris la porte. Herma avait tout peint en blanc neige, carreaux de faïence et murs, le petit tabouret sur lequel elle s'asseyait pendant qu'elle s'essuyait les pieds, la baignoire reluisante et d'une propreté éclatante. Je ne m'étais pas mise dans une baignoire depuis que Rán était morte, m'étais seulement contentée de plonger mes pieds dans l'eau, et maintenant j'avais envie d'un bain de pieds. Et me le permis. Mais oubliai de fermer la porte et c'est pour cela que soudain Bjarghildur se trouva plantée au beau milieu de la salle de bains, cependant en chaussettes heureusement, je n'aurais pas voulu l'avoir en chaussures boueuses sur le sol blanc, et demanda avec brusquerie si j'avais l'intention d'user toute l'eau chaude de la maison, si je ne savais pas que le chauffe-eau était petit, et si j'avais simplement l'intention de faire trempette alors que je devrais être en train de préparer le repas ? Quel repas ? demandai-je, n'ayant absolument pas songé à ce genre de choses. J'eus alors droit encore une fois à une tirade sur la déplorable mollesse des artistes qui croyaient toujours que les autres allaient s'occuper de leur donner à manger et elle en était arrivée loin dans son discours lorsque je l'interrompis et demandai si elle avait eu des nouvelles de Karlína. Elle se tut alors, puis dit rapidement : Karlína commence à radoter bien qu'elle ne soit pas plus âgée qu'elle ne l'est. Elle ne retrouve plus le chemin de sa maison et reconnaît à peine ses enfants et sa famille. Ils pensent qu'elle fait une lente hémorragie cérébrale. Et son diabète ? balbutiai-je désolée devant cette nouvelle. Il a disparu, répondit Bjarghildur d'un ton tranchant, et puis Ásta est entrée en maison de retraite. Elle n'a plus dit un mot depuis qu'Helga est morte mais je lui rends toujours visite le dimanche. Je dis alors : Pía est morte. Elle a eu une espèce de maladie pulmonaire. Bjarghildur ne se laissa pas impressionner et renâcla : Pía, ça c'était une sacrée maudite soiffarde !

Cela suffit pour me faire sortir les pieds de la baignoire, je fis gicler les éclaboussures sur elle, elle se retrouva mouillée et se sauva. Lorsque j'entrai enfin dans la cuisine elle avait mis de la saucisse de cheval et des pommes de terre nouvelles bouillies dans un plat. Elle écrasa les pommes de terre avec un gros morceau de beurre et pelleta le tout en elle sans lever les yeux sur moi. Je n'avais pas goûté de saucisse de cheval islandaise depuis une éternité, aussi j'en eus l'eau à la bouche lorsque je la vis et sentis l'odeur. Je me pris une assiette, elle ne s'était pas souciée de me mettre le couvert pour moi, et la remplis puis engloutis le repas sans lui adresser la parole. Nous rivalisâmes, à celle qui pouvait le plus.

Le plat était vide lorsqu'elle dit : tu t'en vas demain ? Kalli vient avec une camionnette de déménagement dans l'après-midi, répondis-je. Elle devint alors nerveuse, se leva et guetta rapidement dans toutes les directions par la fenêtre de la cuisine, puis dit : oui, mais moi je resterai ici, il faut nettoyer la maison. Je dis : tu crois que ça vaut la peine ? Kalli craint que ce ne soit pas possible de vendre la ferme maintenant, que ça soit tout en train de tomber en ruine ici. Il a tort, répondit-elle, il y a plein de hippies et de cinglés qui veulent acheter quelque chose à la campagne maintenant, c'est à la mode, et même si toi tu le ferais peut-être je ne laisserai pas les gens trouver une maison sale.

Le soleil du soir était enjôleur, j'eus dans l'idée de me faire une belle balade, de monter jusqu'en haut des basses parois de rochers et descendre derrière au lac où Herma avait pêché des truites et vu le rare phalla-rope à bec large, de pouvoir penser un peu à Pía en paix, étais en train de lacer mes chaussures lorsqu'elle devint furibonde. Cria d'une voix perçante : tu ne vas pas emballer les livres, ma vieille ?! Je déclarai que je ferais cela demain matin, que j'étais trop fatiguée dans mon âme pour le faire maintenant. Elle déversa alors sa rancœur comme le jet arrondi continu de café sortant du bec verseur de la cafetière, si je croyais que je pouvais me comporter comme un homme qui allait se promener quand bon lui semblait, si j'étais en train de devenir comme ces bonnes femmes en collants rouges qui pré-tendaient avoir les mêmes droits que les hommes pour tout, « oublient simplement qu'elles ont des enfants, les balancent dans des garderies pour pouvoir aller travailler au-dehors en laissant tout, prétendent avoir l'intention de devenir P.-D.G. et médecins et tout ça, mais je peux te laisser savoir qu'elles n'y parviendront jamais, car nous veillerons, les femmes comme moi, à ce que le foyer ait la priorité et c'est là qu'elles doivent simplement être, elles n'ont pas à faire des études et devenir des espèces de créatures excitées du fait que nous ne le pouvions pas, elles peuvent bien s'occuper de la maison comme nous nous l'avons fait, d'autant plus que nous ne leur ferons jamais confiance pour des postes à grande responsabilité si c'est ça qu'elles croient, et puis tu n'es pas mieux et tu ne l'as jamais été, tu débarques ici comme une espèce de foutue bon sang de reine qui se prétend célèbre à l'étranger mais qui n'est rien, rien sinon une bonne à rien, puis tu as l'intention d'aller te balader en plein déménagement ? »

Le chat prit alors la décision de m'accompagner en promenade du soir, il était visiblement habitué à aller avec Herma, il me sembla aussi qu'il était content de pouvoir fuir ce vacarme. Il y avait par contre en moi peu de joie en chemin vers le haut, non pas à cause du raffut de Bjarghildur, je connaissais celui-ci d'autrefois et ne le prenais plus personnellement, mais parce que pour la première fois il m'effleurait l'esprit que l'Islande était pleine de femmes qui avaient une position identique à celle de ma sœur sur la liberté des femmes.

Les montagnes à l'ouest s'offrirent à mes yeux lorsque je fus arrivée au sommet de la paroi de rochers et moi qui n'avais jamais été fascinée par les montagnes, je fus émue aux larmes. Elles étaient si paisibles et majestueuses dans le soleil du soir. À l'est je vis le glacier de Langjökull, au sud la barre de haute lande de Skarð, l'immensité me posséda tout entière, je sentis se ramifier en moi ce profond sentiment de liberté qui ne se trouvait nulle part ailleurs que dans ce pays. Et je compris alors la cohérence. Compris pourquoi les Islandaises étaient poussées en avant vers la liberté, je compris pourquoi elles ne laissaient pas la banquise entraver leur route, la terre d'ici les avait dotées de cette liberté à leur naissance. On n'échappe pas à son destin. En montant vers le haut prolongement escarpé de la montagne avec le chat sur mes talons je pensai aux femmes qui devaient cacher leurs cheveux et leur visage pour satisfaire le patriarcat, je me rendis pleinement compte de leur soumission et de leur obéissance. Comment est-il possible de se battre pour la liberté lorsque la liberté n'est pas déjà dans la poitrine ?

L'animal était épuisé lorsque nous vîmes enfin le lac, je m'assis sur une grosse pierre et le pris dans mes bras. Puis attendis de voir le phallarope à bec large tourner en rond sur lui-même sur l'eau en quête de nourriture. Mais il ne se montra pas et le soleil disparut. Il était très probablement parti avec Herma. Nous étions seuls au monde, le chat et moi, et l'appréciions. Mais soudain Bismarck pointa les oreilles et regarda cruellement vers le haut du promontoire rocheux. Je vis un oiseau d'une grande envergure s'approcher, planer un instant au-dessus du lac comme un charognard, puis se poser sur un rocher non loin de nous. La dernière fois où j'avais vu un pygargue à queue blanche dans le Nord-Ouest j'étais enfant. On m'avait dit de prendre garde à lui, qu'il refermait ses serres sur les petits enfants et les emportait avec lui dans son nid. Maintenant je le regardais pleine d'attente. Lourdaud, avec une grosse tête, un bec jaune crochu. Il ne bougeait pas mais nous observait. Comme nous l'observions. Bismarck prêt à réagir. J'eus un frisson de peur, et si le phallarope se précipitait maintenant étourdiment sur les lieux, arrivait d'un coup d'ailes et se posait vulnérable sur l'eau ? Je devrais le sauver, être prête à jeter un caillou à l'aigle bien que je n'aie aucune envie de faire du mal aux oiseaux. Tendue, j'attendis la suite des événements, l'aigle pêcheur abandonna enfin, probablement affamé, s'éleva à nouveau dans les airs et disparut à nos yeux.

Il commençait alors à faire nuit. Je dus porter Bismarck sur le chemin du retour, il refusait de marcher.

La maison était déserte lorsque nous revînmes après minuit, la porte n'était pas fermée, la voiture rouge avait disparu, ou bien Bjarghildur était partie en vadrouille ou bien elle était tout simplement rentrée chez elle. Je ne m'en préoccupai pas, grimpai dans le grenier et mis une housse à la couette. Mais je restai longtemps près de la porte à exprimer mon mécontentement au chat de ne pas pouvoir la fermer, il n'y avait pas de clé. Je ne pouvais pas non plus fermer la porte extérieure à cause de Bjarghildur, elle pouvait ne pas avoir de clé, et même si j'étais habituée de par les grandes villes à m'enfermer je trouvais ridicule de fermer la porte à clé dans la campagne islandaise. De ce fait je laissai cela de côté mais fus quand même contente quand Bismarck se coucha sur ma couette. L'absence de sécurité me harcelait cependant d'une certaine manière, j'eus des difficultés à m'endormir, écoutant chaque bruit, je n'avais que rarement ou jamais autant ressenti le silence. Je somnolai mais me réveillai en sursaut à maintes reprises et écoutai, trouvant que je devrais cependant au moins entendre le murmure du ruisseau qui coulait le long de la ferme du côté est mais c'était comme si la nuit moelleuse l'avait aussi avalé. Le chat dormait comme une souche et il me semblait étrange que je dorme dans une grande ville où il y avait des voleurs tapis dans le moindre recoin et que je sois couchée dans mon lit comme un chien aux oreilles dressées au fond de la campagne que personne ne parcourait si ce n'est peut-être le renard arctique. Et lui n'entrait pas dans les maisons.

Au milieu de la nuit, alors que la lumière réapparaissait, j'ouvris les yeux et vis une femme debout au pied de mon lit. Le chat avait redressé la tête et la fixait d'un regard perçant. Je flottais entre éveil et sommeil, crus d'abord que c'était Bjarghildur mais lorsque ma vue s'aiguisa je vis que c'était ma sœur Halldóra. Elle faisait les cent pas sans me regarder, avait l'air grave. Je clignai les yeux, les fermai fortement et elle disparut. Je tremblais et frissonnais sous la couette, me mis à ruisseler de sueur. Halldóra m'était déjà apparue auparavant, les femmes avaient craint alors pour ma santé psychique et avaient décidé les choses à ma place. Cette fois-ci il ne serait rien dit à personne de ma vision mais le doute se mit à me ronger. N'étais-je en fin de compte pas saine d'esprit ? Personnellement je trouvais que tous mes actes ces dernières années indiquaient une bonne santé mentale. Mais le doute me rongeait malgré tout, je m'assis sur le rebord du lit et me balançai d'avant en arrière comme un rameur. Ne parvins cependant guère à penser sainement. Mes yeux tombèrent sur le chat, je me rappelai qu'il s'était réveillé comme moi, qu'il avait pour dire mieux regardé fixement la défunte d'un œil acéré, et me tranquillisai. Mais ma nuit était terminée, je m'habillai et descendis sur la pointe des pieds. J'étais juste entrée dans le salon lorsque j'entendis les ronflements de Bjarghildur provenant de la chambre du fond. Sa voiture était dans la cour, son bruit n'avait pas réussi à pénétrer mon rêve, aussi je devais avoir profondément dormi avant de me réveiller en sursaut.

Lorsque Bjarghildur remua dans son lit, j'avais rangé les livres dans les cartons le plus tranquillement du monde. Je lui dis lorsqu'elle se tint devant moi échevelée en chemise de nuit, sèchement comme c'était en général son habitude : il y a du café chaud.

Ma sœur était de bonne humeur lorsqu'elle se fut mise en marche, elle babilla continuellement depuis la cuisine tandis qu'elle préparait sa bouillie de flocons d'avoine. Déclara être allée en visite dans une ferme de la vallée de Norðurárdalur la veille et avoir passé un si bon moment. Que le fermier avait fait un saut à la pêche à la truite le soir, qu'elle avait pensé l'attendre car il lui avait promis quelques belles pièces mais qu'il n'était toujours pas rentré tard après minuit et qu'elle avait alors simplement décidé de revenir le lendemain chercher le poisson, « aussi tu auras de la truite pour le repas du soir, ma bonne, avant de partir. »

La matinée s'écoula en occupations diverses et au-dehors il faisait toujours plus chaud. Bjarghildur n'avait jamais connu un pareil temps d'août, dit-elle, mais je me rappelai de journées de ce genre dans l'Est à une époque. Me tins cependant à l'intérieur avec les livres et les affaires de la pièce de rangement mais ma sœur partagea ses forces entre la cuisine et le carré de pommes de terre, elle était en perpétuel va-et-vient. Elle se fit chauffer une soupe en sachet à midi, se prit avec du pain et du pâté, puis me demanda de faire la vaisselle pendant qu'elle allait chercher la truite. Mais je sortis dans la chaleur brûlante du soleil de midi, c'était tellement étonnant combien il pouvait faire chaud en Islande lorsque le soleil brillait dans un ciel sans nuage, c'était l'air sec et pur qui faisait cela. Quatre sacs de pommes de terre pleins se tenaient prêts au déménagement, elle n'avait pas les deux pieds dans le même sabot, ma sœur, je m'assis sur une rangée qui n'avait pas encore été bêchée, regardais l'emplacement de la ferme dans la douceur ensoleillée et pus alors bien comprendre pourquoi Herma avait aimé l'endroit. Je lui aurais peut-être acheté la maison si j'avais vu l'océan. Mais celui-ci manquait, c'est pourquoi je voulais faire un saut vers l'ouest jusqu'à la côte de Skarðsströnd et voir la maison qu'il m'avait été proposé d'acheter. La femme avait téléphoné à Silfá et lui avait dit qu'elle était prête à vendre et à aller dans une maison de retraite, si l'artiste était encore intéressée par l'idée de s'acheter une maison. Pour la première fois je regrettai de ne pas avoir le permis de conduire, j'aurais pu alors filer moi-même dans l'Ouest, maintenant je dépendais de l'obligeance de Kalli.

Avant que je ne me réfugie à l'intérieur pour fuir le soleil mon regard tomba sur le petit cimetière de la maison derrière moi, je ne l'avais jamais vraiment détaillé. Un haut muret de pierre en faisait le tour et il n'était nulle part possible d'y pénétrer sauf en grimpant sur le petit escalier en bois triangulaire qui reposait sur le mur. Je m'y agrippai, il était solide, puis montai les six marches et descendis à reculons de l'autre côté. L'herbe avait poussé sur les tombes en terre et les arbres qui un jour avaient été petits et servi d'ornement s'étaient tellement développés qu'ils avaient poussé de côté quelques pierres tombales. Je devinai que dix personnes reposaient là en paix mais qui étaient-elles cela je ne le vis pas, les inscriptions étaient effacées sur les pierres. Je refranchis l'escalier avec aisance et ce fut peut-être alors que je remerciai le Créateur pour avoir toujours été petite avec le pied agile. Bjarghildur avec son corps pesant n'aurait pas eu autant de facilité avec cela bien qu'elle puisse pelleter comme vingt hommes.

Elle revint avec cinq truites, triomphante. Je demandai si elle attendait une véritable armée ici pour le repas ? Il faudra donner à manger aux garçons lorsqu'ils auront sorti les affaires, dit-elle avec une grimace sur le visage, naturellement toi tu n'as pas pensé à ça ?

Vers l'heure du café elle était retournée dans le carré de pommes de terre, nous avions alors presque fini toute la préparation à l'intérieur, tous les livres étaient emballés dans des cartons, aussi je sortis la rejoindre, pensai jeter un coup d'œil sur le potager pendant que nous attendions les garçons. Il n'était pas grand, uniquement deux petites plates-bandes, la récolte n'était pas vendable selon l'estimation de ma sœur mais on pouvait bien déterrer quelques carottes à faire bouillir pour Silfá et Hrafn, aussi j'allai me chercher une petite pelle et un sac. La sueur coulait de nos fronts, nous n'avions aucune envie de nous adresser la parole.

Bjarghildur s'arrêta de bêcher, se redressa et s'appuya immobile sur le manche en regardant en bas vers le chemin. Je mis une main en visière devant mes yeux et regardai dans la même direction. Un homme arrivait en marchant. Je ne le remis en aucune façon, me vinrent les mots : est-ce que sa voiture serait tombée en panne quelque part plus bas ? Non, dit Bjarghildur et j'entendis qu'elle était grave, cet homme est venu avec le bus et monté à pied depuis la piste principale. Ça fait une sacrée trotte, dis-je. Elle se tut, concentrant son regard droit devant elle sur le chemin, puis dit : c'est mon fils, il est venu pour me soutirer de l'argent.

Je le reconnus alors. Lorsqu'il vit la ferme, il pressa le pas. Nous restâmes immobiles comme si nous étions pétrifiées. La bête malfaisante s'approchait et j'étais incapable de m'envoler. Je ne pouvais bouger ni bras ni jambe, je sentis seulement comment tout se retournait à l'intérieur de moi, sentis ma tête exploser mais ne pouvais rien faire, rien dire, j'étais comme une perdrix des neiges sans défense. Combien de fois pourtant n'avais-je pas fait mourir ce démon à petit feu dans mes insomnies.

Rentre, ordonna Bjarghildur mais je fus incapable de bouger. File dedans ! gronda-t-elle en me plantant ses poings dans le dos, elle me poussa en avant si bien que je trébuchai, et je la laissai me faire rentrer dans la maison comme une brebis à l'abattoir, je n'avais aucun contrôle sur ma pensée, j'allais monter avec précipitation dans le grenier mais elle me prit par l'épaule et me poussa brusquement dans la chambre, là je tombai en me cognant la tête près de la fenêtre. Elle se pencha pantelante, sortit le fusil de dessous le lit, le brandit fermement dans sa main, le dirigea dans ma direction avec des spasmes et dit entre ses dents d'une voix rugissante et glacée : tu ne bouges pas, tu entends, tu ne bouges pas, autrement je te descends, je suis une vieille fermière et j'ai abattu aussi bien des moutons que des bêtes nuisibles, souviens-toi de ça.

Je me souvins de tout. Sur le sol, là où je gisais comme un mollusque avec une lèvre éclatée et les genoux douloureux je me souvins de toute ma vie, me souvins aussi que des femmes de plus de soixante-dix ans n'avaient pas la force physique des hommes de trente-cinq ans. Qui n'hésitaient pas à torturer les faibles. Je me remis finalement debout avec difficulté, me redressai contre la fenêtre, le champ de pommes de terre apparut à mes yeux. Là se tenait celle qui était cependant de deux ans plus âgée que moi, qui n'était qu'à quatre ans de son quatre-vingtième anniversaire et attendait son fils, les jambes écartées avec un fusil militaire dans les mains.

À le voir il s'était livré à la débauche et au vagabondage, son visage était rouge et enflé comme ceux des pochards que j'avais vus dans les rues des grandes villes, ses cheveux étaient clairsemés sur le front, son corps maigre et dépenaillé. C'est comme ça qu'on dit bonjour ? lança-t-il tout haut à sa mère lorsqu'il se tint devant elle. Je n'entendis pas ce qu'elle répondit, elle parla bas. Il se pavana autour d'elle, faisant courir son regard dans toutes les directions, observa les jardins, puis fut sur le point de se hâter vers la maison. Elle dit alors d'une voix forte : tu n'entres pas. Il dit : j'ai soif, ma vieille, qu'est-ce que c'est que ces conneries ? Prends-toi de l'eau au ruisseau, ordonna-t-elle en indiquant la direction de celui-ci avec le canon du fusil. Il ne semblait pas disposé à écouter cela car j'entendis ma sœur dire avec douceur : je t'abats, Reiðar, si tu ne m'obéis pas.

Il partit dans une autre direction, une que je ne voyais pas de la fenêtre, il allait peut-être descendre au ruisseau mais la Chevy avait attiré son attention, je l'entendis claquer le capot et les portes. Bjarghildur suivait chacun de ses gestes. Il se passa un petit moment avant qu'il revienne en vue, il avait une allure plus assurée lorsqu'il s'approcha de nouveau du petit champ, il donna des coups de pieds dans les sacs de pommes de terre avec désinvolture, dit quelque chose d'ironique. Sa mère ne répondit pas, elle était encore sur le qui-vive. Il se dandina autour d'elle en parlant. Elle écouta. Cela ne ressemblait pas à Bjarghildur de se taire, elle était plus habituée à invectiver copieusement les gens. Je me demandai à moi-même comment cette situation infernale allait se terminer. Puis l'entendis dire d'une voix sonore : tu n'auras pas un sou de moi. Il éclata d'un gros rire, comme si elle était un enfant qui aurait sorti une bêtise. Il lui répondit de nouveau, utilisant de vilains mots pour qualifier son avarice et sa pingrerie, passa en revue tous ses défauts et ses tares, déversa sur elle des grossièretés en lui pointant le doigt dessus tout en marchant de long en large sur les rangées. Il alla vers le petit cimetière, s'étira par-dessus le mur pour regarder, puis prit appui des deux mains sur l'escalier et le franchit prestement. Je l'entendis dire : putain d'os humains. Le vis donner des coups de pied dans quelque chose. Bjarghildur cria : laisse les morts en paix, Reiðar. Le fusil tremblait dans ses mains. Il brandit un os en criant en retour : tu ne vois pas, espèce de salope, que c'est le fémur d'un bonhomme, tu le veux ? Tu peux peut-être en tirer quelque chose ! Et il lança l'os par-dessus le mur vers sa mère dans les sillons de pommes de terre, riant diaboliquement. Elle leva et épaula le fusil, ajusta son fils.

Il allait refranchir la clôture en pierre, était arrivé sur la marche palière qui reliait les petits escaliers en bois des deux côtés du muret, lorsqu'il perdit tout à coup l'équilibre, comme si quelqu'un avait saisi l'escalier et l'avait rapidement renversé de côté pendant qu'il se tenait sur la plus haute marche, il s'envola et retomba à la renverse en décrivant un arc tête la première sur la terre.

Alors pour la première fois j'entendis le murmure du ruisseau.

Lorsque l'instant se transforme en éternité, les mouches se mettent à bourdonner dans la tête des hommes. Petites bestioles noires. Emprisonnées dans une cellule étroite, j'essayai de les exhaler par ma bouche dans la chaleur étouffante, les tiges qui se dressaient au-dessus du pré ne bougeaient pas. Je vis qu'il remuait un peu sur le sol, que la main droite se déplaçait de côté, il me sembla l'entendre soupirer, peut-être appelait-il sa mère. Qui restait immobile et regardait son fils. Puis elle leva lentement les yeux vers moi à la fenêtre, de grands yeux étonnés. Je me rappelai alors que l'escalier n'avait pas bronché lorsque j'étais passée par-dessus le muret, qu'il était solidement fixé. Je tressaillis et m'assis sur le rebord du lit, me creusant la cervelle au sujet de l'escalier. Le bourdonnement s'accentua dans ma tête, surtout dans mes oreilles, les mouches ne voulaient pas sortir. Je me rappelai alors qu'on m'avait dit un jour que la surdité commençait ainsi chez les personnes âgées. Avec un bruyant bourdonnement dans les oreilles. Mais je ne me sentais pas du tout vieille, je réfléchissais exacte-ment comme je le faisais quand j'avais trente ans. Mes mains s'étaient quelque peu fripées avec l'âge, je devais le reconnaître, par ailleurs je n'avais jamais remarqué auparavant combien elles étaient inhabituellement petites. Me demandai si elles avaient peut-être rapetissé au fil des ans. Ce qui n'était pas bon, j'avais une grande œuvre en chantier dans mon atelier à l'étranger. Je vis celle-ci devant mes yeux, l'inspectai en détail, l'œuvre à demi terminée, j'avais dû m'en arracher précipitamment en plein milieu pour rentrer en Islande et pouvoir assister à l'enterrement d'Auður. Je vis que j'avais fait une bêtise avec la couleur brune dans les caricatures, que j'aurais dû utiliser le vert.

Bjarghildur entra dans la pièce. Elle enleva brusque-ment la housse de sa couette. Je devinai qu'elle allait mettre celle-ci sous la tête de son fils pendant qu'elle allait en voiture jusqu'au bout du fjord chercher de l'aide. Je m'apprêtais à lui dire que je ne veillerais pas sur son fils, que je ne pouvais pas m'imaginer approcher de ce monstre, mais elle me devança et dit : tu ne bouges pas de là, sinon tu le sentiras passer. Je restai assise tranquille. Espérai seulement que le bonhomme s'était cassé quelque chose au point de ne pas pouvoir entrer dans la maison ni venir jusqu'à moi pendant qu'elle était partie.

Toute une éternité s'écoula jusqu'à ce que je me rende compte que je n'avais pas entendu de bruit de voiture. Seulement un bruit de pelle. Le chuintement de la lame lorsqu'on la plongeait dans la terre meuble. Je me forçai alors à me lever et regardai par la fenêtre. Bjarghildur pelletait sans relâche, ouvrant le dernier sillon de pommes de terre. Un grand trou allongé apparaissait. Son fils gisait à côté du sillon, enveloppé dans la housse de couette. Celle-ci n'arrivait pas à cacher ses pieds. Elle arrêta de creuser, jeta la pelle, prit l'homme par les épaules, le tira vers le trou et le fit basculer à l'intérieur. Reprit la pelle en mains et recouvrit l'excavation avec frénésie. Tassa légèrement avec les pieds pour compresser la terre. S'accroupit à côté du sillon, creusa de petits trous avec ses mains et replanta les fanes de pommes de terre. Tassa énergiquement autour de chacune d'elles pour les faire tenir solidement. Bismarck était assis non loin de là et observait le procédé. Elle ne lui portait aucune attention, tassait seulement avec ses pieds. Puis ce fut comme si sa fureur s'estompait et qu'elle ressentait la tristesse. Sa tête et ses épaules s'affaissèrent doucement, elle regarda fixement ses pieds. Le chat se glissa furtivement jusqu'à elle et vint se frotter affectueusement contre ses jambes en miaulant. Puis il urina au milieu de la tombe.

Elle entra dans la pièce et s'appuya contre le chambranle de la porte, attendant que je dise quelque chose. Je ne dis pas un mot, ne la regardai pas, sachant que si je le faisais je verrais une femme qui s'était enterrée elle-même en même temps que son fils. Elle dit enfin : il n'a jamais été ici, rappelle-toi ça. Et rappelle-toi aussi si ça t'effleurait l'esprit de raconter ça que tout le monde sait que tu peux être cinglée et que personne ne te croira. Je dis : alors tu as simplement recouvert ton fils de terre, Bjàrghildur ? Tu es sûre qu'il était mort ? Elle répondit : il s'est brisé le cou dans la chute, il était mort quelques minutes après. Je préfère le savoir ici dans la campagne que dans un cimetière en ville. Je demandai : que crois-tu que son père aurait dit de ça ? Et elle lâcha en serrant les dents : il n'était pas d'Hámundur.

Nous ne réussîmes pas à aller plus loin, les garçons étaient arrivés avec les voitures. Ils étaient trois. S'ils étaient arrivés une demi-heure plus tôt ce vaurien aurait été enterré en terre consacrée. Kalli et son ami se précipitèrent hors de la voiture et veillèrent à ce que leur copain gare la camionnette de déménagement de façon à ce qu'il soit facile de la charger. Kalli demanda comment ça s'était passé pour nous en ne regardant que moi, il ne supportait manifestement pas Bjarghildur. Mais ce fut elle qui répondit avec une tristesse lassée, disant que nous n'étions que deux vieilles femmes qui avaient essayé de faire de leur mieux même si elles auraient probablement pu mieux faire, et en l'espace d'un instant elle s'était ajouté vingt ans, boitait avec une main sur la hanche et faisait semblant de mal entendre. Déclara qu'elle allait faire frire de la truite pour eux pendant qu'ils transportaient tout ça dehors. Me montra du doigt et dit d'une voix forte comme il est coutumier aux sourds : elle a été épouvantablement souffrante, je crois tout simplement qu'elle s'est attrapé une grippe.

Ils mangèrent les truites lorsque les biens terrestres d'Herma eurent été chargés dans la camionnette, Bjarghildur attaqua énergiquement son repas, pas moins que Bismarck. J'attendis dehors sur les marches, l'odeur de poisson me donnait la nausée. La porte était ouverte et je l'entendis dire entre les morceaux que ça ne valait pas le coup de nettoyer la maison, de toute façon pas avant qu'on sache avec certitude si elle allait tomber en ruine ou pas. Que si par contre celle-ci arrivait à se vendre elle veillerait à ce qu'elle soit nettoyée. J'entendis que mon neveu était d'accord avec cela.

Ils prirent les sacs de pommes de terre en dernier, Kalli jeta un œil sur le petit champ et mentionna qu'il nous restait seulement encore un sillon à bêcher ? Bjarghildur répondit d'une voix rapide que ça ne faisait rien, que les brebis de la campagne auraient alors quelque chose à se mettre sous la dent, que sinon l'herbe pousserait bien là-dessus comme autre chose.

Je tirai Kalli à l'écart, lui demandai s'il pouvait me conduire rapidement jusqu'à la côte de Skarðsströnd, que là-bas m'attendait une femme dont j'avais l'intention d'acheter la maison. Il prit bien la chose, dit que ça ne faisait aucune différence pour lui de faire un saut par-dessus la lande.

C'est ainsi que nos chemins, celui de Bjarghildur et le mien, se séparèrent à l'embranchement de la piste.

Elle suivit les garçons vers le sud, avec Bismarck sur le siège avant, moi je poursuivis vers l'ouest avec mon neveu.

Mon cœur me dit alors que je ne reverrais jamais ma sœur.

Sur la haute lande de bruyère ma vie avec elle traversa mon esprit. Je vis des images déchirées et des mots sans cohérence. Sans que je ne sache comment cela arriva, je m'étais remémoré un psaume de David que j'avais lu lorsque j'étais jeune fille pendant mes études à Copenhague. Maman avait fourré la Bible dans ma malle avant que je parte pour l'étranger, disant qu'elle avait marqué des passages décisifs des Écritures que je devais lire. L'un d'eux m'avait cependant semblé fort étrange et cela m'avait intriguée que maman veuille que je le lise. J'en avais même parlé à mon amie qui se pendit, elle avait simplement souri comme celui qui en comprend la finalité. Je me rappelai des bribes du psaume, de celles qui étaient restées le plus longtemps en moi.

Je dois me coucher parmi les lions qui crachent du feu, des hommes qui ont pour dents des lances et des flèches, et pour langue une épée tranchante. Devant moi ils ont creusé une fosse, ils y tombent eux-mêmes.

Nous franchîmes rapidement la lande déserte et ce fut comme si j'éprouvais une liberté, la même que j'avais ressentie lorsque j'avais traversé les eaux glaciaires, avant que ne commence la guerre.

Quatrième partie

Il me venait tellement de choses à l'esprit à cette époque.

Principalement si j'étais assise sur ma pierre à méditer, un rocher tout en longueur qui était semblable par sa forme à un bon banc de jardin, celle-ci se trouvait devant ma maison et parce que j'aimais être assise dessus et penser tandis que je regardais l'océan scintillant je l'avais baptisée la pierre à méditer. J'étais en train de me demander quelle influence l'environnement aurait eu sur mon art, contemplai la chaîne de montagnes de la péninsule du Snæfellsnes à gauche, le glacier pur et fier en son sommet, la côte sud si découpée des Fjords de l'Ouest à droite, les îles droit devant, et découvris que j'avais été en révolte contre la profonde paix de la nature mais essayé de toutes mes forces de soulever le chaos. J'avais si longtemps bougé que mes racines s'étaient dénudées, que mon âme était comme le dos d'un coteau de terre après des années d'érosion éolienne. Je m'étais éloignée des montagnes silencieuses, si contente d'être débarrassée de leur captivité, mais avais oublié la surface scintillante de l'océan, le chant mélancolique des oiseaux.

Jamais autant qu'ici je n'avais vu de vie et d'oiseaux rassemblés. Le pluvier doré et le courlis corlieu, la bécassine des marais et la barge à queue noire, ils s'étaient tous pavanés autour de ma maison et dans la crique en dessous j'avais observé le guillemot à miroir, la mouette tridactyle, l'huîtrier-pie, le goéland cendré, le goéland bourgmestre, la mouette rieuse, et même le grèbe esclavon qui était venu me saluer bien qu'il habite de l'autre côté du fjord de Hvammsfjörður. Je les avais écoutés chanter, siffloter, chevroter, gazouiller, siffler, appeler, crier, piailler, rire et pousser de longues plaintes. Si merveilleux orchestre. Je n'avais par contre jamais aimé le cri guttural du cormoran.

Dans mon atelier là-bas à New York ils m'avaient manqué l'hiver, j'avais pensé à eux lorsque j'entendais le hurlement d'une sirène, désiré retrouver leur compagnie, surtout après qu'Yvette était morte. Les gens qui viennent de l'extérieur et n'ont aucune famille dans la ville se retrouvent seuls lorsque leurs amis s'en vont un par un rejoindre leurs ancêtres. Peut-être aurais-je cependant gardé l'atelier et volé entre les deux si une aversion pour les aéroports ne m'était venue, supporter la hâte et l'angoisse qui y régnaient était au-dessus de mes forces. Mon voisin à l'étage en dessous avait dit sur un ton pleurnicheur lorsque j'avais fermé l'atelier pour la dernière fois que bien sûr c'était trop pour les personnes âgées de voler annuellement entre les deux continents. J'avais simplement regardé avec un air étonné l'homme qui était de onze ans plus jeune que moi, du même âge que Louise Bourgeois qui elle était juste en train de commencer. Ce sculpteur magnifique, son œuvre me suivrait jusqu'à la fin de ma vie. Et son homonyme Nevelson n'était pas moindre, d'un an plus âgée que moi, elle. Le vieux hibou. Onze ans plus jeune mais je n'arrive pas à aller jusqu'au café du coin sans trembler de fatigue. Certains deviennent sacrément vieux quand ils vieillissent.

Le premier été j'avais pensé à la sculpture, imaginé si je ne pourrais pas peut-être transformer la plage en bas du chemin, y jeter quelques sculptures en bois ou en fer. Vis les formes de personnages caricaturés devant mes yeux. Mais sentis combien j'étais fatiguée de l'art conceptuel, à quel point il manquait des tableaux purs dans ma vie, quelque chose que je n'avais jamais traité, était-ce le paysage, ou la vidange de mon esprit ?

Karitas

Chute de neige, 1985

Huile sur toile

La nature n'a jamais été pour Karitas un sujet
de réflexion, les montagnes lui déplaisent comme
elle l'a maintes fois dit elle-même mais les tableaux
qu'elle a faits après avoir définitivement quitté la
grande ville sont plus complexes que des paysages
car nulle part ne se dessine l'ébauche d'une colline
ou d'une hauteur. C'est l'atmosphère elle-même qui
crée l'ambiance de la nature, les vents, la pluie, le
brouillard, la chute de neige, avec la lumière d'un
blanc immaculé comme centre de gravité, les ombres
de l'obscurité hivernale arctique sur le pourtour, et
les environnements extérieur et intérieur s'affrontent
d'une telle manière que le spectateur perçoit l'image
comme une expérience psychologique. Lorsque Karitas achète une maison sur la côte de Skarösströnd
dans les années soixante-dix, qu'elle pense d'abord
utiliser comme maison d'été, elle se détourne de l'art
conceptuel. Après un séjour de plusieurs années dans
les grandes villes où l'aliénation, la marée humaine
et la pollution l'accablent, elle se met à désirer le
vierge et le pur, l'immensité blanc bleuté, le bruit
des vagues et le ressac chuintant, le mugissement
du vent, le battement de la pluie, et puis le silence
murmurant, le voile de mystère des matins d'hiver
dans une chute de neige. Il advient alors qu'elle

s'installe à demeure dans sa maison sur la côte avec l'océan devant elle et c'est de là qu'elle tire le sujet du tableau. On peut confusément distinguer une séparation entre le ciel et l'océan que les flocons de neige sont sur le point d'effacer et c'est comme si l'image d'un blanc neigeux murmurait au spectateur que bientôt se passera quelque chose, si ce n'est dans l'environnement, alors au plus profond de lui-même.

L'eau.

L'océan me regarde et je le regarde, je descends dans les profondeurs.

C'est là que je me trouvais lorsqu'il arriva. À bord d'un splendide carrosse comme autrefois. Il monta rapidement le bout de chemin qui menait à la maison, freina et me regarda un instant sur ma pierre à méditer avant de sortir de la voiture. Ses cheveux étaient devenus joliment blancs comme les miens. Il ne s'était quand même pas produit que nous n'ayons pas la même couleur de cheveux à la fin. Il sortit lestement avec l'allure autoritaire du capitaine, me regarda comme si j'étais un matelot qui n'aurait pas obéi à ses ordres, ne prononça pas un mot lorsqu'il marcha vers moi. Dégageant une belle prestance comme à l'accoutumée, la richesse l'avait bien traité. Il ne dit rien non plus lorsqu'il s'assit à côté de moi. Il ne m'effleura pas l'esprit d'ouvrir la bouche non plus, l'homme pouvait bien parler s'il avait quelque chose à me dire. Nous restâmes ainsi longtemps assis en silence côte à côte.

J'attendis qu'il me dise bonjour, ce qu'il ne fit pas, aussi je dis, alors réellement lassée de son comportement : tu ne sais pas encore que celui qui arrive doit saluer en premier, non pas celui qui est déjà là, les Français ne t'ont-ils pas appris les bonnes manières, Sigmar ? Il sembla songer à ces mots, puis fit courir un regard investigateur autour de lui et dit : alors tu as acheté la maison de la veuve qui parlait tant, où est le bateau ? Quel bateau ? demandai-je irritée. Le bateau que son mari possédait, répondit-il. Il y a une espèce de coquille de noix remisée dans l'abri, dis-je.

Il prit un bon moment pour examiner le bateau, était

un peu plus loquace lorsqu'il revint, demanda si nous ne devrions pas rentrer et prendre un café ensemble. Je demandai s'il pouvait boire du café, si le cœur ne lui faisait pas toujours un mal de chien, que j'avais entendu ça. Il s'alluma un petit cigare, dit que c'était exact, qu'il avait toujours un mal de chien mais que nous devions quand même prendre un café ensemble. Je me laissai persuader bien que je sois d'humeur maussade à cause de ses façons bourrues. Il examina ma petite salle de séjour, que j'avais essayé de transformer en atelier les étés précédents, j'avais enlevé les rideaux, réduit les meubles, et il dit : je crois comprendre que tu es devenue célèbre outre-Atlantique, un homme est même venu chez moi cet été me suppliant de lui procurer une œuvre de toi, il était prêt à offrir en échange tout ce qu'il possédait. Il savait que nous étions un couple et croyait que je pourrais peut-être te faire un peu entendre raison.

Est-ce que tu es venu pour ça ?

Non, je suis seulement venu pour te dire bonjour.

Il me dit qu'il avait passé quelques jours à Reykjavík et vu là une importante exposition d'œuvres de femmes artistes. Qu'il y avait regretté mon absence et demandé au surveillant ce qui se passait, pourquoi je n'étais pas parmi celles-ci, et reçu comme réponse qu'il s'agissait d'œuvres de femmes actuelles, des plus brillants espoirs de l'Islande.

Il était en train de chercher à découvrir si j'étais chagrinée de ne pas avoir été prise avec. Je dis que cela me réjouissait simplement que quelqu'un montre enfin de l'intérêt pour les œuvres des femmes, qu'il y en avait assurément assez de la vénération des hommes dans ce pays, que savoir si ces femmes artistes pourraient persister était une tout autre affaire, que ça ne suffisait pas d'avoir des os solides pour survivre en tant qu'artiste, supporter la solitude et les coups, qu'il fallait aussi avoir de bonnes dents, comme mon amie Pía l'avait formulé.

Il me toisa alors du regard, puis demanda avec sincérité : as-tu beaucoup ressenti le fait d'être une femme ? Oui, surtout quand j'étais enceinte de toi, répondis-je.

Il ressortit rapidement jusqu'à la voiture et en revint avec un petit sac de voyage et un cabas plein de provisions, je demandai prise de panique lorsqu'il revint s'il pensait s'installer chez moi ? Il dit d'une voix traînante : ça ce n'est pas exclu mais Silfá m'a dit que je devais apporter quelque chose avec moi pour toi puisque je venais. Est-ce qu'elle ne t'apporte pas régulièrement de quoi manger ? Tu n'as pas eu assez de sang dans les veines pour passer le permis et acheter une voiture ?

Je dis que je n'avais besoin d'aucune saleté de fichue voiture et que si Silfá ou Hrafn ne pouvaient pas faire un saut jusque chez moi, Bjarni et Unnur, le couple de la ferme d'à côté, faisaient les courses pour moi, des gens charmants.

Il voulut en savoir plus sur le couple tandis qu'il sortait pièce par pièce la viande et le lait du cabas, je dis que je ne buvais pas de lait sauf dans le café, qu'il n'aurait pas dû acheter tant de cartons, qu'il tournerait simplement, mais il n'écouta pas cela et me demanda ce que ce Bjarni faisait. Je dis qu'il était charpentier et qu'elle était fermière, si ça l'intéressait aussi de savoir dans quoi elle travaillait : et ils ont le même âge que nous, Sigmar, mais sont toujours gais et heureux de vivre. Elle brode des tableaux quand elle ne s'occupe pas des bêtes et lui travaille le bois chez lui dans une remise quand il ne travaille pas pour les autres. Il s'est fabriqué un cercueil pour lui et il est toujours en train de lui faire une beauté à l'occasion. La dernière fois où je suis allée en balade jusque chez eux, il est sorti en sifflant de la remise, déclarant qu'il avait l'intention d'en rafraîchir un peu le vernis. Ils viennent toujours chez moi avant d'aller à la coopérative d'achats pour savoir s'il me manque quelque chose. Et puis Silfá et

Hrafn trouvent simplement amusant de faire un saut jusqu'ici chez moi, surtout depuis que le petit Hrafn a eu son permis. Ainsi j'ai toujours une maison pleine de nourriture que je ne mange même pas, tu n'avais pas besoin de m'apporter un sac entier.

Est-ce que tu es venue ici pour mourir, Karitas ?

Tu es malade ou quoi, mon vieux, je suis juste en plein chantier, répondis-je en le regardant éberluée.

Au soir il mitonna quelque chose pour nous, fit frire des côtelettes d'agneau panées à la poêle et en mangea lui-même sept tandis que je peinais pour en avaler deux, puis retourna au hangar et resta longtemps auprès du bateau. Cela me prit un long moment pour ranger dans la cuisine, j'avais juste fini de frotter les éclaboussures qu'il avait faites sur la cuisinière lorsqu'il entra en bâillant et déclara qu'il allait se coucher. Il s'embarrassa peu, s'assit sur le bord du lit à deux places dans la chambre et enleva son pantalon. Je dis : tu ne crois tout de même pas, Sigmar Hilmarsson, que tu dois dormir là ? Tu peux dormir dans la chambre d'amis si tu tiens absolument à passer la nuit ici. Il dit sans lever les yeux : oh écoute, ne te comporte pas comme ça, Karitas, ça fait plus d'un demi-siècle que nous sommes mariés.

Il est hors de question que je me prépare à me coucher comme ça devant toi, va dans la chambre d'amis.

Il me fixa surpris avec de grands yeux ronds : mais tu es toujours aussi jolie, ma toute petite, ça serait un plaisir pour moi de te regarder te coucher.

File dans la chambre, Sigmar, dis-je.

Non, j'ai l'intention de dormir avec ma femme. Nous pourrons alors discuter avant de nous endormir. Et pas un mot de plus là-dessus. Mais apporte une autre couette et quelque chose pour l'habiller.

Il fit remarquer en ronchonnant combien le lit était court.

Tu es simplement un tel échalas, dis-je.

Nous étions étendus côte à côte dans la chambre blanche comme neige, il mentionna que c'était comme un bloc d'hôpital aseptisé et je dis que je m'étais toujours sentie bien dans une clarté immaculée. Que par ailleurs j'étais étonnée, depuis que j'étais devenue propriétaire d'une maison, de voir combien de temps partait en ménage et entretien à l'intérieur, que ce n'était pas surprenant si les femmes n'avaient pas le temps de s'adonner à l'art plus qu'elles ne le faisaient, qu'elles étaient esclaves du nettoyage et qu'il devait savoir que j'avais passé près de deux heures à ranger après lui.

Il se tourna vers moi, prit ma main et la porta à sa bouche : je te promets de faire moins d'éclaboussures la prochaine fois.

La prochaine fois ?! dis-je tout haut, tu n'as quand même pas l'intention de rester ici longtemps ?

Tu ne veux pas habiter dans ma maison, alors j'habiterai dans la tienne, dit-il.

Puis il ferma les yeux et en moins d'une minute, tandis que j'étais en train de trouver la bonne réponse, j'entendis qu'il s'était mis à respirer régulièrement et puissamment par le nez.

Il était parti lorsque je me réveillai.

Sa présence m'avait troublée et coûté une insomnie, aussi j'avais fait la grasse matinée. Je sortis à la porte en chemise de nuit, vis que sa voiture avait disparu, je présumai qu'il était reparti à Reykjavík. Il n'a dit ni bonjour ni au revoir, pensai-je en sentant monter l'irritation. Mais de retour à l'intérieur je vis que son sac était toujours à sa place.

Il revint en trombe vers midi, il avait fait un saut à Stykkishólmur pour chercher du bois et des outils. Et qu'est-ce que tu as l'intention de faire avec ça ? demandai-je. Ben, il faut arranger le bateau, ma vieille, tu ne le vois pas ? Tu n'as pas assez de bateaux, Sigmar

Hilmarsson ?! claironnai-je, mais il ne me répondit pas et je me désintéressai de lui. Lorsque je revins d'une longue promenade, le bateau était sorti dans la cour, le sol autour était jonché d'un fatras de morceaux de bois et le capitaine lui-même en grande effervescence, en manches de chemise dépenaillé et une scie à la main. Il me sembla qu'il avait tout enlevé de l'intérieur du bateau, les plats-bords et les bancs de rameurs. Tout pourri, dit-il rapidement lorsqu'il me vit.

Cela ne me disait rien qui vaille, il était manifeste qu'un atelier s'était élevé sur le côté nord de ma maison. Combien de temps t'es-tu figuré rester ici ? demandai-je. Il s'essuya les yeux du dos de la main : ça me prendra quelques jours de remettre ça en état.

Il rentra enfin après les informations du soir, laissa courir un regard surpris sur la cuisine baignée de soleil et demanda s'il n'y avait rien à manger ? Je lui demandai narquoise en retour s'il croyait que j'étais un restaurant ? Il fit alors quelque tambouille à la poêle, était des plus content de lui et m'invita à manger avec lui. Je piquai et mangeai du bout des lèvres morceau par morceau avec un air offensé, il n'avait pas à s'introduire par effraction dans ma vie de cette manière, être toujours celui qui dirigeait le cours des événements, j'étais juste en train de modeler en moi des idées pour de nouvelles œuvres, ne pouvais supporter aucune agitation dans mon entourage, et l'expression de mon visage le mit mal à l'aise, il dit : tu n'es pas contente d'avoir de la compagnie, Karitas ? Je déclarai bien pouvoir aimer la compagnie mais ne pas avoir envie de répéter notre mode de vie en ménage de Borgarfjörður-Est où il avait eu besoin d'un service continuel et où je n'avais pas eu moi quelque peu de liberté pour peindre.

Ma toute petite, dit-il posément, en tant que fameux cuisinier, bien que ce soit moi-même qui le dise, je cuisinerai et tu feras la vaisselle. Alors nous n'allons pas plus discutailler là-dessus. Mais tiens, je me rappelle quelque chose que j'avais presque oublié. J'ai un cadeau pour toi de la part de notre fils, Sumarliði. Il s'est installé dans notre villa à Marseille, il a réduit les croisières pour pouvoir s'occuper de la gestion, et il habite maintenant avec une rudement élégante dame de Nice. Il voulait que je t'apporte quelque chose de lui, ne savait pas ce que ça devait être et m'a demandé conseil. Je lui ai dit que tu avais toujours eu un faible pour les montres et le bon parfum. Alors il m'a envoyé avec ça, dit-il en sortant de son sac un coffret de belle taille.

Je ne recevais jamais de cadeau sauf à Noël, de la part d'Yvette, et puis des paquets d'Islande de la part de Silfá et de Hrafn, fus de ce fait un peu surprise de ce présent inattendu. Tandis que je grattais le scotch avec mes ongles je me mis à penser à Yvette et aux vêtements de nuit que nous nous étions toujours offerts l'une à l'autre et ce fut alors comme si je me rendais enfin compte qu'elle était partie, que je ne pourrais jamais la revoir et je me sentis accablée. Je me mis à penser combien notre relation avait été étrange. Jusqu'au dernier jour elle avait été le professeur, moi l'élève, elle l'agent artistique, moi l'artiste difficile qui devait faire preuve de patience comme n'importe quel autre enfant. C'est ainsi qu'elle avait voulu que soit notre relation et je m'étais inclinée devant sa volonté. Elle avait respecté mes œuvres et pour être payée en retour de ce respect, me faire lever les yeux avec admiration sur elle, elle devait se mettre à la place de l'adminis-trateur, de celui qui procurait, établissait les contacts, me lançait dans le monde, veillait à ce que les choses pratiques fonctionnent. Et en vérité je levais les yeux avec admiration sur elle. Mais ses sentiments, ses souhaits, ses désirs, ses peurs, elle les gardait pour elle. Sauf à Noël, c'était alors comme si pointait une joie enfantine sur son comportement, elle trouvait si excitant de voir si nous avions acheté le même genre de chemise de nuit l'une pour l'autre. Nous affectionnions toutes les deux beaux vêtements de nuit et parfums coûteux mais ne le disions à personne. C'est si bourgeois, me chuchota-t-elle une fois dans une boutique chic. Son fils s'était occupé de faire en sorte que sa dépouille soit ramenée à Paris. C'est là qu'elle voulait se faire enterrer, dans la ville des arts et des parfums. Son temps était venu, comme elle le disait elle-même sur son lit de mort, à cela on ne pouvait rien faire. Continue simplement ton chemin jusqu'à ce que ton temps soit épuisé, m'avait-elle dit. Ce furent ses derniers mots, elle était endormie lorsque son fils arriva à l'hôpital, droguée d'antalgiques, et ne se réveilla jamais plus.

Dans le coffret de mon fils il y avait une montre en diamant et cinq flacons de parfum onéreux. Je les sortis l'un après l'autre, les installai sur la table puis les fixai du regard.

C'est peut-être excessif, dit Sigmar ironique en voulant parler des flacons de parfum.

Non, il me faut bien ça, dis-je d'une voix rapide.

Ce fut la montre qui éveilla des sentiments, elle me rappela le temps dont Yvette parlait et qui bientôt serait écoulé, mais elle éveilla aussi les souvenirs des jours lumineux à Paris lorsque j'étais là-bas avec la petite Silfá et que nous nous tenions plantées devant la vitrine de l'horloger, regardant bouche bée les yeux écarquillés un monde merveilleux qui battait continuellement.

Il battait encore, maintenant serti de diamants.

C'est élégant de la part de Sumarliði, dis-je, mais je ne porte pas de montre même si je les collectionne. Je suis incapable d'avoir la moindre idée si le temps me dévisage. Mais comment savais-tu que j'aimais les montres ? Est-ce que tu m'espionnais quand je les regardais à Paris ?

Il dit lentement lorsqu'il eut délibéré un long moment : je t'observais un peu, je m'inquiétais pour toi.

La raison n'était-elle pas autre ? dis-je laconique.

Puis il se fit cependant lorsque nous nous couchâmes que je me mis à parler d'Yvette. Il m'encouragea avec des questions prévenantes et je lui racontai plusieurs histoires sur sa prévoyance pratique. Que sans elle je ne serais pas un nom dans le monde de l'art. Qu'il ne suffisait pas de peindre et s'acharner si personne ne voulait acheter le peintre. Qu'alors la carrière artistique se terminait très souvent rapidement. Mais qu'elle avait veillé à me lancer dans le monde, que je n'en aurais pas eu l'initiative moi-même à cette époque. Que l'autre question était que la satisfaction de l'art était mitigée lorsque les propres descendants de l'artiste avaient une dent contre celui-ci, comme notre fils Jón qui avait dit une année que j'étais une mauvaise mère. On était alors arrivé à un chapitre que nous avions déjà lu tous les deux. Ce fut une certaine consolation d'entendre que Sigmar avait eu sa part des critiques de Jón, « à chaque fois que nous nous voyons il me fait entendre combien j'ai été un père relâché et méchant avec toi. Et tout mon labeur devient inutile. »

Il caressa ma joue et mon oreille avec un doigt : mais j'ai remarqué une chose avec la mère de Jón, elle porte toujours de si beaux vêtements de nuit. Tu les collectionnes ?

Il était rendu par terre le matin lorsque je me réveillai.

Déclara souffrir cruellement du dos et qu'il avait dû avoir quelque chose de dur sous lui. Il était si raide que je dus l'aider à se relever et il me demanda alors si je n'étais pas devenue un peu raide aussi ? Pas beaucoup, dis-je, mais il me semble que toi tu l'es plutôt ? Il le reconnut. Toujours les genoux un peu douloureux, c'est si difficile d'être grand quand on vieillit, comme c'était beau tout ça autrefois, mais est-ce que les miens ne me faisaient pas souffrir ? Non, répondis-je lentement mais déclarai cependant bien remarquer que je n'allais pas aussi vite dans mes promenades que je le faisais autrefois, peut-être était-ce de la paresse. Mais et ta vue ? poursuivit-il. Je répondis qu'elle était excellente. Que j'avais toujours été légèrement myope mais que cela ne m'avait jamais gênée avant que je me mette à regarder la télévision chez Yvette là-bas à New York, que j'avais alors dû m'asseoir le nez dessus pour voir le visage des gens. Que sinon je pouvais lire sans lunettes. Il déclara ne pas voir une lettre sans lunettes, puis qu'il commençait à entendre mal de l'oreille gauche. Demanda si moi j'avais encore une bonne audition ? Je répondis entendre au moins encore son radotage.

Après une explicite évaluation de nos sens, nous nous assîmes avec nos tasses de café sur la pierre à méditer et regardâmes l'océan sous le soleil du matin. Il voyait bien de loin et put ainsi citer le nom de chaque oiseau qui volait devant nous. Je déclarai les reconnaître simplement aux cris, que cela me suffisait. Il se mit à me raconter des histoires de pétrel fulmar du temps où il était jeune homme en mer et était parti en voyage sur les vastes plaines de sa jeunesse lorsque je l'interrompis : Sigmar, comment se fait-il que les gens de notre âge ne parlent jamais d'autre chose que du passé ? Que c'est comme s'ils n'avaient ni présent ni futur ? Tu as raison, dit-il après avoir longtemps regardé mon profil avec reconnaissance, nous allons plutôt parler du présent. Est-ce que tu as pensé rester ici cet hiver ? Et sinon où ? demandai-je en retour, j'habite ici maintenant, c'est ma maison, j'y ai tous les appareils et je n'ai à me plaindre de rien. Il dit : ça peut devenir pas mal désolé ici l'hiver. Tu ne veux pas simplement vendre ça et puis nous achèterons ensemble une maison à Akureyri ? Là-bas il y a Jón avec sa famille et les petits-enfants que nous avons peu vus, ah oui et puis nous pourrons faire des sorties ensemble ou marcher sur le bord de mer par beau temps.

Ce fut alors moi qui regardai son profil et devins pensive.

Nous nous levâmes finalement, un peu raides après la longue position assise, il se mit à bricoler sur le bateau, je me mis à mélanger des couleurs. Puis quelque chose m'effleura l'esprit et je le rejoignis dehors. Il était en train de raboter, absorbé dans son travail et je m'étonnai de voir combien il s'intégrait bien dans le paysage maritime islandais, en pantalons de travail et chemise bleue à carreaux avec ses cheveux blancs ébouriffés, l'homme qui s'était promené dans les pays du Sud, probablement en chemise blanche et les cheveux soigneusement peignés. Je demandai : mais toi où avais-tu pensé être cet hiver, à Marseille ? Il leva les yeux, puis les rebaissa, et dit après un bon laps de temps : je serai ici en Islande. Ah, bon, dis-je, avec un seul sac, tout juste des vêtements de rechange ? Ben on peut laver ce qui vient du sac. Laver, hein, laver ? dis-je d'une voix sonore, et c'est naturellement moi qui dois faire ça ? Je peux te dire que j'ai suffisamment eu ma dose de lessives dans ma vie aussi ne va pas rêvasser que je vais me mettre à laver tes frusques, Sigmar. Il dit exaspéré : tu as besoin de toujours criailler là-dessus, femme ? Apprends-moi alors simplement à faire marcher ta foutue machine à laver.

Nous nous regardâmes comme des chiens féroces.

La question de la lessive était encore en souffrance lorsque Bjarni, mon voisin, arriva, remontant le sentier à grandes enjambées. L'enthousiasme et la curiosité ne se cachaient pas sur son visage, il avait vu un homme et un bateau dans la cour chez l'artiste, enfin un peu d'animation, il salua joyeusement et à haute voix longtemps avant d'arriver à la maison. Je ne pus rien faire d'autre que de sortir et les présenter, les hommes. Voici

Bjarni, charpentier, voilà Sigmar. Mon mari, ajoutai-je après un instant. Et Bjarni serra la main de Sigmar en disant enjoué : n'est-ce pas le capitaine en personne ? Sigmar déclara bien le croire, et avec cela je n'eus plus besoin de me mêler à la conversation. C'était comme si les deux hommes s'étaient connus toute la vie. En un éclair ils étaient partis à discuter d'affaires qui m'étaient inconnues.

Putain qu'ils sont mal sortis du truc là-bas dans l'Ouest ! Ouais, quel fichu merdier chez eux, la pêche peut pas résister à ça, encore moins le district. Oh merde, elle est moche à voir la bordure du toit chez toi, mon vieux, tu devrais pas y faire quelque chose avant l'hiver ? Si, faut la changer, les gouttières sont aussi un peu avachies. Puis ils filèrent chez Bjarni, je crus comprendre que le charpentier voulait montrer au capitaine son atelier.

La couleur blanche réussissait à s'installer sur la toile mais la transparence du ciel et de l'océan me causait des problèmes, les vagues fines, les délicats cirro-cumulus, dans une légère brume tissée. Une image sans objets, sans espace défini, sans forme, couleur froide de la nature bouillonnant d'un tempérament impétueux mais comment devais-je m'y prendre pour parvenir à cela ? Je peignis le fond, sortis et regardai l'océan, retournai dans la maison et fixai la toile, sortis et rentrai toute la journée, et rien ne se passa. Mon esprit était dans un état que je ne connaissais pas.

Tu attends quelqu'un ? demanda Sigmar lorsqu'il rentra enfin à la maison et me vit assise désœuvrée.

J'attends la neige.

La chose lui sembla instructive, la plupart des Islandais souhaitaient aujourd'hui en être débarrassés le plus longtemps possible.

Elle m'apportera la couleur juste.

Il fit alors mine de comprendre ce que je voulais

638

dire. Il s'assit auprès de moi devant le chevalet, timide comme un petit garçon qui n'est pas arrivé à l'heure pour le repas, regardant fixement comme moi la couleur de fond blanche. Puis dit encourageant pour adoucir mon humeur : tu as semé, travaillé le champ et récolté, est-ce que ça ne t'a pas rendue heureuse ? Je déclarai ne jamais avoir profité de la célébrité si c'était ce qu'il voulait signifier, que les ombres de ma vie m'avaient suivie et n'avaient jamais été aussi longues que justement quand mon soleil était au zénith. Que je pensais encore à l'enfant que j'avais perdu, à l'enfant que j'avais dû donner et à la petite-fille qui ne voulait plus vivre. Et que lorsque j'avais l'intention de profiter du soleil une ombre tombait toujours sur mon visage. Que c'est pour ça que j'avais tant envie de me détourner de l'art conceptuel, il soulevait les sentiments, de me tourner vers l'art pur, l'œuvre blanche. Mais que lorsque l'art m'étreignait, lorsque je ne faisais plus la différence entre le matin et le soir, la nuit et le jour, je ressentais un sentiment que l'on pouvait peut-être appeler le bonheur. Mais et toi, mon Sigmar, as-tu trouvé le bonheur dans ton argent ?

J'ai aspiré à l'argent pour pouvoir créer du travail pour les gens. En Islande, c'est sur de tels hommes qu'on lève le plus les yeux avec respect. Bien que ma mère soit une femme de courage et d'honneur que la plupart des gens admiraient, mon père était paresseux. On me taquinait souvent quand j'étais petit garçon, « est-ce qu'il n'est pas perdu quelque part ton papa, mon petit Simmi, peut-être en train de se prendre une cuite en Écosse ? » J'ai juré que je serais plus important et plus riche qu'eux, que j'achèterais avant eux tout le foutu village si je devais. Et puis tu es partie, et mon cœur a essayé de trouver un passage vers les pays d'ailleurs. Mais quoique j'aime bien acheter des bateaux et les exploiter pour la pêche, non, je n'ai jamais trouvé le bonheur là-dedans, ça a simplement été comme n'importe quel autre travail.

Tu ne m'avais jamais dit ça.

Il y a tant de choses que je ne t'ai jamais dites, ou que toi tu ne m'as jamais dites.

Les hommes ont rarement des amis sur leurs vieux jours, en dernier de tous les hommes mariés, mais avec Sigmar et Bjarni c'était une tout autre histoire. Bien que l'un ait passé toute sa vie sur la côte ouest de l'Islande et que l'autre ait appris culture et bonnes manières au cours de ses voyages sur les océans du monde, ils parlaient la même langue. Ils se retrouvaient chaque jour, passaient leur temps ou bien à s'occuper du bateau devant chez moi ou bien à bricoler dans l'atelier chez Bjarni. Allaient parfois à la pêche sur un petit bateau à moteur que le neveu d'Unnur possédait, étaient occupés toute la journée, une expression grave sur le visage comme des hommes qui ne devaient pas perdre de temps. Qu'est-ce que vous traficotez là-bas dans l'atelier toute la journée, demandai-je, vous n'êtes quand même pas en train de fabriquer plusieurs cercueils ? Si, justement, dit Sigmar, il est maintenant en train d'en tourner un pour Unnur, il va le faire un peu plus pour dame, et puis il fabrique et sculpte des panneaux que les gens mettent sur leurs chalets d'été, je l'ai un peu aidé avec ça. Et de quoi parlez-vous tout le jour, de la mort peut-être ? Oui, c'est ce que nous faisons en fait entre autres choses, c'est intéressant d'observer comment il prépare le voyage vers l'autre côté avec détermination et sans appréhension, juste comme s'il partait pour un voyage autour du monde.

Dans mon atelier par contre rien n'avançait ni ne progressait, il semblait leur être totalement impossible de travailler ensemble, mon esprit et ma main. Je fus de ce fait en quelque sorte bien aise lorsque Silfá téléphona en disant qu'elle et Hrafn étaient en chemin vers chez moi depuis Reykjavík, « avec les provisions d'hiver pour vous ! »

Des crêpes, Karitas, fais des crêpes, je vois qu'ils arrivent ! me cria Sigmar depuis la cour mais il se rappela à la même seconde la règle d'égalité qui était en vigueur à l'intérieur de la maison, fit quelques humhum, puis grogna : ouais, je ne sais pas si je sais encore faire ça mais tu dois bien avoir quelque recette dans la tête ?

On pourrait penser que nous sommes en exil ou en chemin vers lui, articulai-je lorsqu'ils déchargèrent la voiture. Gros pulls d'hiver, bottes en caoutchouc, nourriture congelée ou fraîche, produits en conserve et en sachets, six gros paquets de riz, « quand est-ce que nous devons manger tout ce riz ? » et toutes sortes de cochonneries que je ne consommais jamais, des boissons gazeuses et des chips en sachet, « c'est tellement bon devant la télé ! » Mais tu sais que je n'ai pas de télévision, ma Silfá. Aïe, je l'avais oublié. Grand-père, tu dois acheter une télé pour que je puisse regarder des cassettes vidéo le soir. Ta grand-mère peint le soir, dit pudiquement Sigmar avec la spatule à crêpes en l'air, et elle écoute de la musique. Hrafn dit fier de lui : ça je le savais, c'est pour ça que j'ai apporté mon violoncelle, je vais donner un petit concert pour vous ce soir.

Les garçons sortirent ensemble pour aller voir le bateau lorsqu'ils eurent englouti les crêpes de Sigmar, et Silfá dit alors en poussant un joyeux soupir : quand j'ai vu grand-père se tenir devant la cuisinière j'ai vu que la lutte des femmes, tout ce boulot les quinze dernières années, avait donné des résultats. Je dis sèchement : ton grand-père faisait déjà des crêpes quand il était jeune homme en mer il y a près de soixante-dix ans, il a commencé comme cuisinier sur un harenguier à dix-sept ans.

Bien sûr que la lutte a donné des résultats, dit-elle d'un ton tranchant, nous avons une femme comme président de la République, la première au monde, nous avons créé un parti des femmes qui en a placé trois au Parlement, elles sont neuf en tout maintenant au gouvernement, et tu vas dire que la lutte ces dernières années n'a pas donné de résultats ?

La lutte des Islandaises a commencé quand ton arrière-grand-mère a fait le tour du pays en bateau avec ses enfants pour leur faire faire des études, dis-je. Elle me regarda éclabousser avec la vaisselle sans même lever le petit doigt elle-même, puis dit : ça ne sert à rien de parler avec toi de la lutte des femmes, tu te fous de la totalité des choses, tu t'intéresses uniquement à toi et à tes œuvres.

J'avais pour ainsi dire déjà entendu cela auparavant, j'étais devenue un peu fatiguée de la rengaine, dis de ce fait un peu hâtive : peut-être que c'est ce qui marche le mieux, vous devriez peut-être me prendre en exemple, arrêter ces pleurnichements et suivre simplement votre propre chemin chacune pour soi, puis converger en un chœur, mais dis donc, vous ne savez pas encore combien le chemin est long ?

Elle me regarda comme si j'avais commis un meurtre aussi j'essayai d'atténuer mes déclarations et dis conciliante : vous avez bien progressé, et c'est maman qui disait que ce serait le siècle des femmes, le grand siècle des femmes.

Elle lâcha en serrant les dents, en tranchant chaque mot : tu, t'en, fous, complètement.

Oui, arrêtez de penser comme les autres veulent que vous pensiez. Mais est-ce que tu as remarqué, Silfá, comme il y a toujours un grand silence ici ?

Elle ne répondit pas à cela, je l'avais rendue pensive, puis je poursuivis : oui, ça a toujours été comme ça quand tu es venue, un silence immobile. Ce n'est pas venté ici en été. Mais hier il s'est passé quelque chose de bizarre, il est arrivé un épais brouillard de par-dessus les montagnes, si noir et épais que c'est devenu tout sombre à l'intérieur et que je ne voyais même pas le bateau de ton grand-père là dans la cour. Mais tu sais ce que j'ai fait ? Je suis simplement restée immobile et j'ai attendu qu'il se lève. Ce qui arrive toujours.

Tu ne me prends pas au sérieux, mamanmamie.

Non, c'est juste, on a du mal à prendre au sérieux les gens dont on a un jour changé les couches.

Où était grand-père pendant que le brouillard recouvrait tout ?

Chez Bjarni, en train de sculpter un cercueil.

Je n'aurais jamais cru que toi et grand-père pourriez finir ensemble.

Il est juste en visite. Sigmar est tout le temps venu et parti comme bon lui semblait.

Je suis quand même contente qu'il ait l'intention de rester ici chez toi cet hiver. Je n'aurais pas voulu te savoir seule et vulnérable dans l'obscurité et par gros mauvais temps.

Nous nous sommes en général débrouillées toutes seules, les femmes de ma génération, répondis-je en pensant en moi-même que je devais aller trouver Sigmar à la première occasion sur les galets de la plage. Ce n'était pas à lui de décider de son hivernage dans ma propre maison.

Mais il avait maintenant malgré tout décidé de montrer à Bjarni et Unnur sa descendance et ne cessa pas son remue-ménage avant de les avoir tirés à la maison sous le prétexte que les attendait un concert. Et le garçon qui avait seulement eu l'intention de montrer ses talents à sa famille qui ne se laisserait pas émouvoir par une faute ou une digression se retrouvait maintenant avec des auditeurs qui attendaient avec une expression solennelle les premières notes. J'avais entendu des musiciens dire qu'ils trouvaient souvent plus difficile de jouer pour une assistance réduite sélectionnée que devant une salle remplie d'inconnus et de fait il semblait que Hrafn avait le trac. Il faillit ne jamais se mettre à l'œuvre. Se plaignit d'un engourdissement à la pointe des doigts, que l'instrument n'était pas parfaitement accordé, que l'acoustique bien entendu n'était pas satisfaisante bien qu'il ne se trouve pas beaucoup de meubles dans le salon, il faisait défiler les excuses les unes après les autres, je me mis franchement à douter qu'il connaisse les notes de manière générale. Mais Silfá elle connaissait son fils, vit que probablement il suffisait juste d'adoucir très légèrement l'atmosphère dans la pièce et tira une bouteille de vin rouge, disant que c'était maintenant l'habitude dans de tels concerts de musique de chambre à l'étranger que les gens sirotent du vin pendant qu'ils écoutaient. Ce qui n'était naturellement pas évident en soi. Mais le vin eut son utilité, certes Bjarni demanda à Sigmar de lui donner seulement du café dans un verre avec une bonne dose de quelque chose de plus fort dedans, disant que cette mixture rouge ne lui convenait pas, mais nous les autres savourâmes le vin et lorsque le musicien entendit que nous nous étions mis à palabrer à notre aise l'engourdissement disparut de la pointe de ses doigts et l'instrument trouva son ton juste.

Il joua pour nous des suites de Bach.

Je fus d'abord tout à fait étonnée lorsque j'entendis à quel point il jouait bien. Plus tard extasiée. Les notes hypnotiques ouvrirent ma conscience, s'écoulèrent à grands flots dans mes veines, dirigèrent ma respiration, il me sembla pénétrer dans un pays de rêve azuré où il n'y avait aucune chose à voir, aucun être, là où seules les couleurs scintillantes régnaient. Je vis devant mes yeux les ombres qui s'approfondissaient, la lumière qui leur donnait la vie une nouvelle fois, la brume qui adoucissait et atténuait, la clarté qui provenait comme du lointain. J'eus l'impression d'être en pleine euphorie, je fermai les yeux pour prolonger sa vie.

La première suite s'acheva, tout devint silencieux,

comme si nous avions abandonné la maison, il nous avait enlevés avec lui, le garçon, je vis qu'il souriait pour lui-même, refermai les yeux, courbai la tête et la suite d'après résonna dans le salon.

Alors je perçus d'abord la présence des autres, me mis discrètement à les regarder à la dérobée. Ils étaient dans le même état, bien que je m'estime certaine qu'eux ne pensaient pas aux couleurs. Leurs yeux brillaient, je lus de la fierté dans le regard de tous, celui de la mère et de l'arrière-grand-père qui voyaient leur sang continuer à couler dans les veines du jeune homme, celui du couple de la ferme d'à côté qui croyait qu'il avait eu l'occasion unique d'entendre un génie qui plus tard conquerrait la célébrité dans son domaine. Puis je remarquai qu'ils me lançaient de temps en temps des regards furtifs, comme si je portais la responsabilité de la performance du garçon, et d'autant que je ne m'étais approchée ni de près ni de loin de sa pratique cela me prit du temps pour interpréter leur regard. Mais la chose devint soudain claire, ils étaient assis dans l'atelier d'une artiste et avaient vraisemblablement relié pour cette raison ses dons artistiques avec les miens. Je me rappelai des mots de madame Eugenía lorsqu'elle m'enseignait le dessin à Akureyri, elle disait : tu te tiens comme un joueur de violoncelle, Karitas, quand tu dessines. Et ne sachant pas alors ce qu'était un joueur de violoncelle j'avais eu honte jusqu'au bout des orteils de mon ignorance. Et maintenant il était assis devant moi, le joueur de violoncelle, mon arrière-petit-fils, il aurait tout aussi bien pu être en train de dessiner. Et je ne vis pas seulement Hrafn jouer du violoncelle mais aussi ma défunte petite Rán jouer du piano et me remplis d'une fierté enfantine, ils avaient bien entendu hérité tout cela de moi.

Il y eut bien de la gaieté en la demeure lorsque le concert prit fin, nous eûmes tous besoin d'applaudir le génie et de le persuader d'une rapide et brillante élévation dans le monde de la musique, il était étourdi de joie par l'accueil de son public, n'aurait pas été plus heureux s'il avait joué dans les plus grandes salles de concert d'Europe. Silfá, les joues rouges et transportée, dit que Hrafn pratiquait la musique depuis l'enfance, qu'il n'avait cependant joué du violoncelle que sept ans et qu'il avait étudié les suites de Bach pendant quatre ans, qu'elle-même n'avait pas su avant ce soir combien il était devenu doué. Mais qu'est-ce que vous croyez, poursuivit-elle, il n'est pas seulement bon en musique, il compose aussi des poèmes et il écrit des histoires. Mon Hrafn chéri, tu ne veux pas lire quelques poèmes aussi ? Mais cela le jeune homme ne le voulut pas. Son courage était épuisé après cette magnifique exécution.

C'était un concert pour toi, me chuchota-t-il dans la cour lorsque nous fîmes nos adieux aux visiteurs de la ferme d'à côté. Et je savais ce qu'il voulait dire même s'il ne le traduisait pas en mots. Ainsi était la vie de l'artiste, comme une suite avec une série de mélodies, chacune avec son rythme.

Nous étions silencieux et contents lorsque nous nous apprêtâmes à nous glisser sous la couette. Étions comme une petite famille sous le même toit. Mon toit. Et Sigmar décida que nous devions partager les chambres chacun avec son enfant, que les garçons dormiraient dans la chambre d'amis pour que nous les dames soyons bien installées. Nous considérâmes toutes les deux un moment le plafond blanc en silence. Puis Silfá dit : je suis en train de penser à suivre mon propre chemin. Je me suis battue pour les droits des femmes depuis que je suis revenue enceinte de Paris, ai passé mon temps en réunions et querelles, n'ai jamais voulu vivre à deux de peur que quelqu'un me retire ma propre gouverne, et fini si seule le samedi soir quand Hrafn est dehors avec ses copains. Là il y a un homme qui est amoureux de moi et veut que j'aille habiter avec lui.

Ce serait sensé, ma Silfá. Repose-toi un peu de la lutte afin d'avoir de la force pour la bataille finale, c'est ce que font tous les bons chefs.

J'ai envie de partager ma vie avec lui mais il habite à Ísafjörður, dans le Nord-Ouest, et si je déménage là-bas je devrai renoncer à une bonne situation à Reykjavík. Mais j'ai pensé à tes mots pendant que Hrafn jouait Bach et suis arrivée à cette conclusion que peut-être je serai aussi utile à la lutte en utilisant ma formation d'historienne et en propulsant les femmes sous les lumières de la scène. Le premier livre sera sur ta vie jusqu'au début de la guerre.

Qui écrira alors sur ma vie après la guerre ?

Ça, Hrafn peut le faire, il est si doué pour composer de la poésie.

Aïe, ne vous mettez quand même pas à raconter des sornettes sur moi, ma Silfá !

Je pourrai écrire en toute tranquillité dans l'Ouest, poursuivit-elle en n'ayant cure de mes mots.

Le premier carnet de croquis que j'ai eu a été acheté à Ísafjörður, dis-je.

Il est en train de tourner, dit Sigmar.

Je ne sentis aucun changement dans l'air, ainsi tout juste sortie du lit, ou peut-être n'avais-je jamais eu de flair pour les changements de temps, je prenais simplement plaisir à boire mon café et à saluer l'océan comme je le faisais chaque matin sur la pierre à méditer. Il s'était enfin habitué, Sigmar, à ce que je dorme tard dans la matinée, comme il nommait cela lorsque les gens ne sautaient pas du lit vers six heures comme lui, et pour me mettre en route plus rapidement il avait fini de faire passer le café quand je sortais du lit. Certains matins il avait disparu lorsque je me réveillais, il était alors parti menuiser chez Bjarni ou bien faire un tour à la pêche avec lui. Ces jours-là je devais préparer mon café moi-même et m'asseoir seule sur ma pierre tandis que je préparais ma journée. Je préférais l'autre cas de figure, de l'avoir à côté de moi, même s'il n'avait à parler de rien d'autre que du temps.

Il se lèvera une violente tempête après midi, dit-il sans enlever ses yeux du ciel. Je dis que ce ne serait en rien inhabituel à cette époque de l'année, qu'il devait fort bien le savoir lui-même, que l'hiver n'était pas loin non plus, qu'il commencerait bientôt à neiger sur les montagnes, que par ailleurs ça ne me faisait rien, que je faisais un travail d'intérieur. Il n'eut rien à ajouter à cela aussi je crus que la discussion matinale était terminée, m'apprêtais à me lever avec un petit bon allez lorsqu'il dit : le bateau, il est prêt. Ah bon, dis-je, et tu as l'intention de le mettre à flot ? C'est toi qui devras le faire, dit-il. Je trouvai que ça c'était une sacrée nouvelle et attendis de plus amples éclaircissements.

Tu te souviens, dit-il, de ce dont nous avons parlé sur le ponton il y a plusieurs années, juste avant que tu me pousses à la mer ? Je m'en rappelle vaguement, oui, répondis-je. Je t'avais demandé de me mettre sur un bateau et d'y bouter le feu quand je mourrais. Je ne veux pas me laisser enterrer dans quelque foutu trou, je veux que l'océan soit mon tombeau mais je trouve par contre humiliant d'être mangé par les poissons, moi qui les ai pêchés en si grandes quantités dans mes filets pendant toutes ces années. Aussi je veux être brûlé au large et si je me souviens bien tu as dit que ce serait pour toi un véritable plaisir de me mettre le feu.

Il me sidéra complètement : crois-tu que tu sois quelque Viking, Sigmar Hilmarsson ? Et comment as-tu pu t'imaginer que j'arriverais à hisser ta grande et lourde carcasse dans un bateau à rames ? Et qui plus est de mettre celui-ci à flot ? Je n'ai simplement jamais entendu pareille sornette de ma vie, est-ce que tu es retombé en enfance ou quoi ? Il dit : j'en ai parlé avec Bjarni et il te trouvera de braves hommes pour te prêter main forte. Tu devras seulement te rappeler quand je partirai de ne pas te mettre à appeler un médecin ou quelque foutu infirmier, ce sera fait dans l'intimité, à l'aube avant que la campagne s'éveille.

Je crois que tu as sérieusement perdu le nord, dis-je abrupte et rentrai. Je trouvais navrante la façon dont il se comportait, un homme aussi âgé, j'avais quand même cru qu'il était plus raisonnable, Sigmar. Puis il m'effleura l'esprit que peut-être s'était glissée en lui la nostalgie du Sud, qu'il avait commencé à s'ennuyer. Il devait pouvoir aller et venir pour s'épanouir. De fait mon soupçon s'avéra juste, en pleine tempête après midi il eut besoin de faire un saut à Búðardalur, le village le plus proche. Je fus soulagée lorsque je le vis partir en voiture, c'est difficile d'avoir des hommes nerveux autour de soi lorsque son travail est en pleine avancée. J'étais en train de maîtriser la nature, comme je la voyais, comme je voulais l'avoir, j'étais en train de réussir à rendre le brouillard, la bruine, le vent, la brume, de réussir à rendre ce souffle qui amène les gens à avoir l'impression qu'ils sont arrivés dans un endroit où quelque chose pourrait se passer, est sur le point de se passer, se passera aussitôt qu'ils détourneront le regard du tableau mais qu'il sera alors aussi devenu trop tard pour le voir.

Son agitation perdura, s'il ne devait pas faire un saut ici ou là il devait téléphoner à droite et à gauche. Je l'entendis dans le couloir parler italien et français, puis ce furent des conversations en islandais, je pus même entendre un jour qu'il parlait une fois avec Sumarliði, l'autre avec Jón. Mais quand je crus l'entendre mentionner le nom de notre fille Halldóra dans une conversation téléphonique je ne pus plus longtemps me retenir, lui demandai pourquoi il parlait avec tous ses enfants, s'il s'ennuyait ici à ce point-là ? Il eut une expression niaise comme s'il ne se souvenait plus lui-même pourquoi il avait téléphoné puis haussa les épaules : je voulais parler avec eux de bateaux que j'ai envie de vendre. Il savait que je n'avais aucun intérêt pour les bateaux et que de ce fait je ne demanderais rien de plus.

Étrange combien il est facile d'oublier le monde qui nous entoure lorsqu'on se trouve sur une côte islandaise, dit-il.

Je me tus dans l'espoir qu'il dise quelque chose de plus mais il avait dans l'immédiat terminé son discours, aussi nous continuâmes à marcher sur la plage vers le nord, avions marché longtemps lorsqu'il voulut faire demi-tour et rentrer vers la maison plein sud. L'air était devenu piquant, les vents froids venus du nord, le soleil était un peu mélancolique et pâle. Il se peut que son esprit avait pour cette raison pris son vol vers le sud en dépit de sa précédente déclaration car soudain il s'arrêta net, retourna un galet du pied et dit : tu te souviens quand nous étions ensemble sur la côte en France, nagions dans la mer avec la petite Silfá, dormions ensemble à l'hôtel ? En y repensant bien, je crois que ce furent les plus beaux jours de ma vie.

Il me regarda fixement. Je dis : oui, je me souviens combien j'ai trouvé bon de pouvoir sortir de la chaleur de Paris et sentir la brise de l'océan sur mon visage. Le rire frémit en lui : tu en avais bien besoin de la brise, tu étais rouge comme un crabe bouilli. Il trouva amusant de se remémorer mes jours rouges à la plage, énuméra le moindre événement jusqu'à ce que je trouve qu'il y en avait assez du bon vieux temps et lui demande d'un ton énervé s'il ne pouvait donc parler de rien d'autre que du passé ?

Tu veux parler du futur, tout à fait juste, pas des souvenirs. Qu'est-ce que tu dirais d'aller faire un tour en voiture jusqu'à Akureyri demain ? Nous pourrions regarder des maisons, peut-être en acheter une, tu en paieras la moitié, comme ça nous pourrions prendre part à la vie hivernale plus au nord, aller à des soirées et à la piscine, dans des restaurants et à la bibliothèque, rendre visite à nos petits-enfants, voir la vie humaine grouillante ? Je déclarai en avoir eu assez de cette éternelle vie humaine grouillante à New York. Il dit qu'Akureyri n'était vraiment pas une grande ville, que nous pourrions aussi marcher sur la plage, descendre sur le quai le matin et regarder les bateaux. Je déclarai devoir peindre. Il demanda s'il n'y avait pas assez de temps pour cela, si je n'avais pas tout l'avenir devant moi ? Nous viendrions seulement ici au printemps et alors je peindrais comme une farouche guerrière scandinave et lui construirait des bateaux et irait pêcher le lompe.

Tu crois comme ça que je voudrais vivre avec toi ce qui reste du chemin ? dis-je alors.

As-tu quelqu'un d'autre que moi, ai-je quelqu'un d'autre que toi ?

Je le toisai du regard en silence. J'avais encore envie de le dessiner. Je dis : du reste, que tu es bel homme, Sigmar.

Jamais tu ne m'as dit ça auparavant, ma toute petite, dit-il ému. Maintenant je vais te soulever et te poser sur une grosse pierre pour que nous puissions nous embrasser à la même hauteur.

Et lorsque nous nous fûmes embrassés à la même hauteur il me demanda si je pourrais lui pardonner de ne pas être rentré de mer quand j'avais eu les jumeaux. Je lui fis aussitôt observer que lui aussi les avait eus, pas seulement moi, mais que par ailleurs il y avait prescription pour l'affaire comme ils disaient en langage juridique, d'autant que plus d'un demi-siècle s'était écoulé depuis que celle-ci s'était passée. Qu'en ce qui concernait le pardon j'avais toujours trouvé celui-ci compliqué bien qu'il soit le noyau de la religion chrétienne, car en fait le Christ Lui-même n'avait jamais rien pardonné selon la Bible, qu'Il avait par contre demandé à Dieu fort aimablement de pardonner aux imbéciles mais que j'étais plus que prête à conclure une trêve éternelle.

Quand as-tu perdu la foi ? demanda-t-il, lui-même si croyant qu'il faisait le signe de la croix avant d'enfiler un maillot de corps propre. Je déclarai n'avoir jamais perdu la foi, que je croyais en l'art et que celui-ci était la foi dans sa représentation la plus pure.

Mais il nous sembla juste de sceller la trêve en faisant frire un aiglefin frais sur lequel nous avions réussi à mettre la main, combien il pouvait être difficile de se procurer du poisson dans cette notoire nation de pêche était par ailleurs singulier. Et Sigmar le fit frire à la poêle tandis que je faisais bouillir les pommes de terre. Il avait l'habitude de fumer son petit cigare après le repas dehors dans la cour mais il put le suçoter à l'intérieur dans mon atelier car au-dehors le froid était tellement piquant qu'on en avait le nez qui bleuissait. Il dit que le froid indiquait la neige, que ça se refroidissait toujours ainsi avant une chute et lorsque je contredis sa prévision météorologique, disant qu'il pouvait tout aussi bien pleuvoir, qu'on n'était que mi-octobre, il rit simplement. Nous nous tûmes tous les deux, je peignis, il écouta la radio, faisant mine de ne pas me regarder mais m'observant malgré tout du coin de l'œil, jusqu'à ce qu'il n'y tienne plus et affirme plus qu'il ne demande : il me semble que tu as du mal avec ce tableau, est-ce que tu n'as pas déjà passé deux mois dessus ? Je dus le reconnaître et dis que cela prenait toujours du temps de s'engager dans de nouvelles voies, que j'avais rejeté le chaos, que j'étais en train d'essayer de me fondre dans la nature limpide. Tu n'as pas simplement besoin de te prendre un petit repos ? demanda-t-il et je savais qu'il faisait allusion au voyage à Akureyri. Je ne répondis pas à cela et il bâilla alors en disant qu'il serait bien sûr plus conseillé de tirer le bateau dans l'abri avant qu'il se mette à neiger. Mais il n'eut pas envie de se lever même si la volonté y était, et était endormi dans le fauteuil la fois suivante où mes yeux se posèrent sur lui.

Il était près de minuit lorsque je le poussai du doigt. Il fut d'abord hébété, comme s'il avait été très occupé dans un autre monde puis précipité au beau milieu du salon chez moi par des forces inconnues, mais fut prompt à se ressaisir et me demanda avec la superbe du capitaine : est-ce que nous allons à Akureyri demain ou pas ? Je dis : bon d'accord, mon Sigmar, nous irons demain dans le Nord.

Je fis un étrange rêve de lessive étendue sur des fils.

Il me semblait que j'étendais du linge sur tous les membres de ma famille, même Bjarghildur bien qu'elle ne me concerne plus ainsi que sur Nicoletta et Giovanni en Italie qui ne m'étaient cependant en rien apparentés même s'ils se rattachaient indéniablement à ma famille mais lorsque je demandai à Sigmar de me tendre sa chemise bleue à carreaux pour que je puisse la suspendre aussi il déclara qu'elle n'était pas du tout à lui, qu'elle était mienne.

Je me réveillai tout à fait, vis qu'il faisait clair et que Sigmar était levé aussi je m'extirpai prestement du lit pour lui raconter mon rêve.

Le matin était d'un blanc immaculé.

Nulle part ne se voyait de terre nue, montagnes océan et ciel d'un blanc neigeux et pur, et les flocons tombaient encore, doux et majestueux dans le silence immobile. Je n'avais pas vu un si beau matin depuis de longues années, je fus d'abord incapable de bouger. Puis me souvins de Sigmar, mis mes chaussures et mon manteau sur ma chemise de nuit, sortis précipitamment, le froid avait cédé comme il l'avait dit.

Il était allongé à côté du bateau.

Je crus tout d'abord qu'il était en train de le réparer, il s'allongeait ainsi, mais je vis alors que ses yeux étaient fermés. Il remua légèrement dans son sommeil lorsque je pris sa tête dans mes mains, ouvrit les yeux à mon grand soulagement et dit, ayant du mal à parler : voulais rentrer ce foutu bateau dans l'abri mais j'ai glissé. Je demandai s'il pensait qu'il s'était blessé mais il répondit qu'il était indemne. Je dois juste me remettre, dit-il le souffle court et il porta la main à son cœur. Un frisson glacé me parcourut alors. Tu as eu une douleur au cœur, Sigmar ? Oui, je crois ça, dit-il. Je déclarai que j'allais rentrer pour téléphoner à un médecin mais il referma sa main sur mon poignet, me demanda juste d'attendre avec ça, que ça passait, puis ricana un peu et dit : je crois que je suis en train de m'en aller, Karitas.

Je te tue si tu pars avant moi, Sigmar.

Alors faut pas tarder, ma bonne.

On va te relever, dis-je en m'apprêtant à rentrer pour téléphoner mais il me tira de nouveau vers lui et dit : il y a tant de choses que j'ai eu envie de te dire mais ne l'ai pas fait.

Tu n'as jamais été un homme très bavard.

Le chagrin était dans ma maison. Quand je suis enfin rentré de mer et que tu avais disparu avec les enfants. Les ténèbres m'ont accueilli bien qu'il fasse clair dehors, un lourd nuage noir, une épaisse brume qui m'a enveloppé. C'était ton chagrin, mes péchés. Je les ai toujours portés dans mon cœur depuis. Je n'ai jamais demandé à Dieu de me pardonner, je Lui ai seulement demandé de me promettre de te voir sourire à nouveau. Et puis hier tu m'as souri si joliment sur les galets de la plage.

Je regardai fixement ses yeux, buvant leur couleur vert océan.

Il les plissait lorsque les flocons tombaient dedans,

puis il dit d'un ton impérieux : puis rappelle-toi, Karitas de me fermer les yeux quand je m'en serai allé.

Je ne fermerai jamais tes yeux, Sigmar.

Il avait les yeux ouverts lorsqu'il partit. Ce fut comme s'il avait vu un bateau naviguer sur le ciel blanc et avait voulu suivre du regard son voyage.

Il neigea dans ses yeux.

Karitas

Sans titre, 1999

Huile sur toile

Elle n'avait pas donné de nom au tableau mais si elle l'avait fait il est bien possible de s'imaginer que celui-ci aurait reçu le nom de *Brouillard* ou *Au-delà des brumes*. C'est comme si un brouillard gris se glissait doucement dans le fjord depuis la mer mais se transformait en brume bleu clair lorsque la terre se rapprochait. La terre elle n'est pas visible, seulement l'océan qui se confond dans la brume, et puis il semble que la lumière soit placée entre la brume et le brouillard. Le spectateur a envie d'arriver à atteindre cette clarté. Karitas s'était battue pendant quelques années avec l'atmosphère, comme elle appelait ses tableaux de paysages, et avait atteint des techniques dans le traitement des couleurs et de la texture qui firent impression à l'étranger. Elle envoyait annuellement quelques tableaux à l'extérieur mais ne satisfaisait jamais la demande. Le monde avait découvert Karitas Jónsdóttir lorsqu'elle était apparue avec ses tableaux féministes dans les années soixante-dix et tout ce qui provint de l'artiste après cela était réservé longtemps à l'avance.

Elle-même était peu transportée par cet intérêt.

Les dernières quinze années de sa vie elle habita dans le Nord-Ouest à Ísafjörður chez sa petite-fille, Silfá, et lorsque les journalistes étrangers et les auteurs de livres essayaient d'entrer en contact avec elle, l'artiste leur faisait dire par Silfá qu'elle était devenue trop vieille et décrépite et ne pouvait pas parler. Ce qui à tous égards n'était pas vrai, elle conservait la santé et la force de travailler, grimpait sur les coteaux au-dessus de la petite ville et remontait la côte sud du fjord lorsque le temps était beau mais on pouvait par contre trouver un grain de vérité dans sa description d'elle-même, elle prenait peu de plaisir à la discussion. Disait volontiers à sa petite-fille : je n'ai pas envie de parler, et montait dans la grande pièce sous le toit qui avait été aménagée à la fois comme chambre et comme atelier.

Ses trois enfants lui rendirent visite à Ísafjörður séparément, Sumarliði le plus rarement du fait qu'il habitait à l'étranger. Ils avaient découvert à la fin, c'est-à-dire lorsque Karitas était nonagénaire, que leur mère était une artiste que le monde culturel occidental admirait et voulaient vraisemblablement lui démontrer avant qu'il soit trop tard combien ils l'estimaient. Ils usaient avec elle de circonspection et de douceur et lui parlaient fort et clair comme les gens ont tendance à le faire lorsqu'il s'agit d'enfants et de personnes âgées. Ils passaient deux, trois jours dans la maison de Silfá, restaient assis les heures du soir dans le salon et devisaient de la vie dans le pays mais Karitas disait peu de chose dans ces moments, ou pour ainsi dire rien, et ses enfants considéraient que son silence et son indifférence pour les affaires courantes résultaient de surdité. Karitas entendait cependant fort bien et relativement mieux qu'eux, qui tous avaient dépassé soixante-dix ans et avaient depuis plusieurs années dû souffrir d'une audition altérée de l'oreille gauche. Qu'ils avaient selon toute vraisemblance héritée de leur père.

Il n'est pas non plus improbable que la sollicitude

tardive pour leur mère ait pu provenir de la mort de leur père. Bien que tous les deux aient été ces récalcitrants et fiers moutons errants qui refusent le troupeau, comme un parent anonyme l'a formulé, et que chacun ait tâché de maintenir la famille ensemble, ils étaient cependant les parents, les racines. Lorsque les gens arrivent sur leurs vieux jours, leur genèse commence à entrer en ligne de compte. Et même si leur ancêtre ne disait mot et regardait seulement dans le vague, il était utile pour les enfants de la considérer du regard s'il se faisait qu'une légère inclination de la tête ou un petit geste de la main donne des indications sur leur propre caractère. Comme les hommes veulent s'accrocher au plus infime espoir, avoir quelqu'un de plus âgé devant eux lorsqu'ils atteignent lentement mais sûrement le portail doré. Cela, ils en prirent clairement conscience, les frères et sœur, lorsqu'ils se tinrent sur la tombe de leur père dans le cimetière à Akureyri, regardant la place vide à côté que leur mère avait fait réserver pour elle à temps.

Bjarni de Skarðsströnd, qui arriva le premier sur les lieux lorsque survint la mort de Sigmar, avait demandé à la veuve s'ils ne devaient pas accomplir le vœu du capitaine en ce qui concernait les funérailles, entendant par là la crémation sur l'océan, disant que la cérémonie avait été préparée depuis longtemps par le défunt et que lui-même était tout prêt s'occuper de la chose car il n'y avait rien de plus naturel que l'on dise adieu à un homme comme Sigmar dans l'eau et le feu mais la veuve avait alors dit un peu hâtive : non, nous avons décidé hier soir d'aller habiter ensemble à Akureyri, il partira devant et nous procurera la maison, j'irai ensuite. On s'en tint à cela. Les funérailles eurent lieu à Akureyri en présence d'une foule nombreuse, du fait que Sigmar était un homme d'affaires connu. Après l'enterre-

659

ment, Karitas alla vivre chez sa fille à Ísafjörður, sa maison sur la côte de Skarðsströnd fut vendue, et lorsqu'intervint le partage de la fortune du capitaine elle ne s'en mêla aucunement, laissant les enfants s'occuper de ce tracas et ne voulut pas voir un sou de la succession. Déclara pouvoir travailler pour elle-même comme elle le ferait jusqu'au dernier jour.

Son rendement n'était pas bien élevé, elle s'escrimait des mois durant sur chaque tableau, qui plus est sa journée de travail avait raccourci, elle peignait seulement trois heures par jour tout additionné, un peu avant midi et l'après-midi. Entre les deux elle dormait, lisait de la poésie ou écoutait de la musique. On ne l'entendait pas beaucoup à l'étage sous le toit. Par temps calme elle faisait des promenades vers le fond du fjord, souvent en emportant un petit carnet de croquis et les gens s'étonnaient de la longévité et de la santé de l'artiste, surtout lorsqu'ils voyaient combien elle avait le pied léger et le dos droit. Si elles étaient seulement toutes comme elle, était censé avoir dit un médecin, mais le même s'était plaint de la longévité des femmes islandaises, que c'était en train de miner le système de santé. Dans le fjord de Skagafjörður où celle-ci était finalement retournée, sa sœur Bjarghildur s'était installée dans une maison de retraite médicalisée et bien qu'elle soit envahie de la plupart des maladies connues, en plus du fait qu'elle s'en découvrait une nouvelle à chaque printemps et était maintenant définitivement alitée, elle était un bon représentant du phénomène islandais. Elle avait toute sa tête et donnait chaque jour aux employés des recommandations sur la gestion du centre. Halldóra rapportait des nouvelles d'elle dans le Nord-Ouest, disait que pratiquement chaque mois elle demandait si Karitas était morte. Que si elle entendait que ce n'était pas le cas elle disait : ah bon,

alors il n'y a rien d'autre à faire que de continuer à
durer. Les trois frères rejoignirent par contre leurs
ancêtres l'un après l'autre et Karitas les accompagna
tous jusqu'à la tombe. Ólafur et Pétur furent enterrés
dans le Sud à Reykjavík mais Páll dans le Nord à
Akureyri. Après une heureuse vie chez son amante
au Portugal il était revenu au pays juste à temps pour
y mourir. Herma avait par contre annoncé à Karitas
dans une lettre qu'elle avait l'intention de mourir et
se faire enterrer à Rome comme les autres génies.

Mais même si la santé de Karitas était exception-
nellement bonne, il arrivait cependant qu'elle ait
des crises de vertiges et celles-ci survenaient surtout
dans le sillage de la mort de gens qui avaient marché avec elle sur le chemin de la vie. Le vertige la
prenait alors là où elle se trouvait à chaque fois et
elle avait tendance à s'affaisser doucement à terre
devant les gens qui discutaient avec elle en toute
innocence. Après la mort de son frère Pétur, les crises
de vertiges s'accentuèrent et lorsqu'un hiver elle eut
une fois roulé en bas de quelques marches de l'escalier chez sa petite-fille elle fut transportée à l'hôpital
pour soin et observation. Ils lui injectèrent là fer et
vitamines et cela sembla se révéler passablement
efficace, car un matin alors qu'un médecin quittait
l'hôpital à pied après une nuit éprouvante il vit arriver Karitas vers lui pataugeant avec des livres sous
le bras. Il l'avait vue pour la dernière fois quelques
heures plus tôt dans son hôpital et de ce fait écar-
quilla les yeux. Elle dit un peu sur un ton d'excuse
lorsqu'ils se rencontrèrent qu'elle avait juste fait
un saut à la maison pour aller se chercher quelque
chose à lire, qu'elle n'avait pas pu dormir. Puis
indiqua ses pieds et ajouta : ai mis aussi des bottes
en caoutchouc, il n'y a rien de mieux dans la neige
mouillée. Le médecin signa sa sortie le jour même.

Puis venaient des jours où elle ne levait pas un pinceau, regardait uniquement vers l'embouchure du fjord. C'était à l'automne lorsque chutait la première neige. Les flocons qui tombaient dans l'air calme, beaux et doux comme du duvet, l'envoyaient dans un monde auquel personne d'autre n'avait accès. Et le chagrin de ce monde flottait dans ses yeux des jours durant. Elle dormait peu, n'avait pas d'appétit, restait assise à la fenêtre du salon tant que durait la courte lumière du jour et ne quittait pas des yeux le chenal d'entrée. Comme si elle espérait un bateau.

Lorsque sa petite-fille trouvait qu'il y en avait assez de sa léthargie, elle prenait des mesures pour que son fils vienne en congé chez elle, personne n'avait une aussi bonne influence sur l'humeur de l'artiste que le jeune joueur de violoncelle.

Il rentrait alors de Copenhague où il travaillait et habitait, avec son violoncelle et les valises pleines du luxe de la culture internationale, de musique, de livres, de journaux et de programmes d'expositions du Glypotek, le musée d'Art classique de Copenhague auxquels il supposait que l'artiste s'intéresserait, en plus de fromages et chocolats danois car cela elle le mangeait alors qu'elle boudait tout le reste, et elle perdait peu à peu son intérêt pour l'entrée du fjord puis se mettait à accorder au violoncelle la plus grande attention. Il commençait par jouer des suites de Bach et lorsqu'il avait éclairci en elle les sombres nuages de sa torpeur avec la musique et les chocolats, il pouvait se mettre à parler avec elle, lui raconter des histoires de la vie artistique et enfin la transporter avec lui dans un monde que tous les deux connaissaient et aimaient. Il la persuadait d'évoquer ses années dans les grandes villes et elle lui parlait des gens et des événements, énumérait les détails qu'elle n'avait jamais dits auparavant, parlait de sa vie amoureuse comme si elle décrivait des points techniques dans la construction d'un tableau, et si elle s'oubliait un instant dans la narration, hésitait, devenait pensive et se taisait, il jouait alors du jazz sur son violoncelle avec les doigts, une musique légère et insouciante, et cela marchait à tous les coups, elle se rappelait diverses choses qu'elle n'avait pas du tout eu l'intention de se rappeler.

Elle lui raconta que même si elle aimait habiter en Islande elle s'était très souvent davantage plu à l'étranger, qu'il y avait eu là-bas moins d'elfes et de revenants et que cela faisait pencher la balance. Que par contre elle avait peu remarqué de telles choses ces dernières années ou tout du moins depuis que Sigmar était passé de l'autre côté. Quelques heures après sa mort, dit-elle, ses belles chaussures marron se mirent à danser. Elles se tortillèrent d'abord dans le couloir là où il les avait laissées la dernière fois, puis elles entrèrent dans son atelier et y dansèrent toute la nuit. Elle lui raconta plusieurs événements identiques du temps passé et lorsqu'il trouva qu'elle s'était mise à regarder bizarrement le plafond et autour d'elle, il lui sembla plus juste de la ramener sur terre, il lui demanda à demi sur le ton de la plaisanterie en faisant référence une célèbre phrase des sagas des Islandais lequel elle, Karitas Jónsdóttir, avait le plus aimé dans sa vie ? Et elle répondit sans trouver aucunement la question absurde : je crois que j'ai le plus aimé celui qui a le mieux dansé.

Bjarghildur, qui elle avait dansé en descendant les coteaux du fjord autrefois avec Brahms dans les oreilles, ne revint pas sur la piste de danse. Elle arriva à vivre un siècle et une année de mieux, sa dernière question à la vie fut : alors, est-ce que Karitas est morte ? Mais elle rendit son dernier soupir avant de recevoir la réponse. Karitas n'alla

pas à l'enterrement, elle déclara ne pas se sentir en
état de se faire cahoter dans une voiture jusque dans
le fjord de Skagafjörður. Elle était alors devenue la
seule encore en vie de la fratrie qui avait franchi la
haute lande de bruyère il y avait quatre-vingt-cinq
ans pour s'instruire et s'éduquer et ce fait la rendit
triste. Elle ne prononça pas le moindre mot des jours
durant, peignant entre les moments où elle dormait,
elle commençait à avoir besoin du même sommeil
que les enfants au berceau, mais au douzième jour
alors qu'elle était assise face à Silfá et mangeait
son aiglefin du meilleur appétit elle s'exclama :
bon sang de bon sang, je vais avoir cent ans.

Au début du mois d'août, par un temps très doux
alors qu'elle était à six mois de son centenaire, elle
demanda à Silfá si elle ne pouvait pas faire un saut
avec elle jusqu'à Skálavík, elle avait tant envie de
revoir les lieux de son enfance avant d'avoir cent
ans. Pour cela elle n'avait rien contre l'idée de se
faire ballotter dans une voiture pour franchir la haute
lande. Silfá accueillit cette demande avec joie, elle
avait une amie qui habitait justement là-bas en été
et il lui vint à l'idée de lui rendre visite en passant.
C'était par un beau matin des Fjords de l'Ouest et la
mer était bleu-gris. Lorsque la crique apparut à leurs
yeux depuis le col comme une assiette de porcelaine
avec une frange blanche sur le pourtour, Karitas dit :
alors j'ai fait le tour, dans le même sens que le soleil.

Silfá ne songea aux mots de sa grand-mère que
plus tard. Elles étaient restées un bon moment dans
une chaleureuse ambiance et fort bien traitées chez
son amie lorsque Karitas déclara vouloir descendre
à la plage où elle avait joué enfant pour ramasser quelques coquillages. Elles se proposèrent pour
l'accompagner mais elle refusa, disant ne pas pouvoir
réfléchir à un sujet de tableau avec du monde autour

d'elle. Elles en restèrent là et la suivirent des yeux par la fenêtre tandis qu'elles devisaient. La virent aller et venir tranquillement sur la plage. Silfá eut justement son regard attiré par hasard à l'extérieur à l'instant où elle disparut. Elle la vit marcher droit dans la mer lisse comme un miroir avec le soleil en face comme si elle pensait nager vers le large.

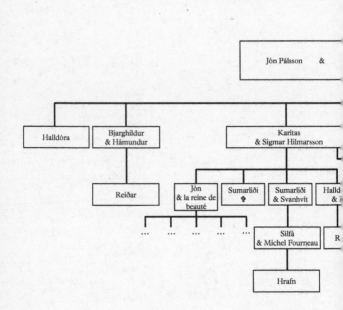

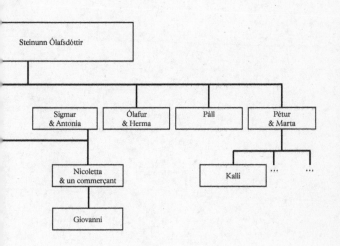

RÉALISATION : NORD COMPO À VILLENEUVE-D'ASCQ
IMPRESSION : CPI FRANCE
DÉPÔT LÉGAL : FÉVRIER 2013. N° 110239-5 (2023907)
IMPRIMÉ EN FRANCE